WISE SAYING

라로슈푸코

(3) 행복

Happiness

김동구 엮음

圖書
出版 明文堂

머리말—세상 살아가는 지혜

『명언(名言)』(Wise Saying)은 오랜 세월을 두고 음미할 가치가 있는 말, 우리의 삶에 있어서 빛이나 등대의 역할을 해주는 말이다. 이 책은 각 항목마다 동서양을 망라한 학자·정치가·작가·기업가·성직자·시인……들의 주옥같은 말들을 예시하고 있다.

이러한 말과 글, 시와 문장들이 우리의 삶에 용기와 지침이 됨과 아울러 한 걸음 나아가 다양한 지적 활동, 이를테면 에세이, 칼럼, 논문 등 글을 쓴다든지, 일상적 대화나, 대중연설, 설교, 강연 등에서 자유로이 적절하게 인용할 수 있는 여건을 충족시켜 줄 것이다.

독자들은 동서양의 수많은 석학들 그리고 그들의 주옥같은 명언과 가르침, 사상과 철학을 접할 수 있는 좋은 기회를 얻음으로써 한층 다양하고 품격 높은 삶을 영위할 수 있을 것이다.

이 책은 각 항목 별로 다음과 같이 구성되어 있다.

【어록】

어록이라 하면 위인들이 한 말을 간추려 모은 기록이다. 또한 유학자가 설명한 유교 경서나 스님이 설명한 불교 교리를 뒤에 제자들이 기록한 책을 어록이라고 한다. 각 항목마다 촌철살인의 명언, 명구들을 예시하고 있다.

【속담·격언】

오랜 세월에 걸쳐서, 민족과 지역의 수많은 사람들의 생생한 경험을 통해서 여과된 삶의 지혜를 가장 극명하게 표현하는 것이기 때문에 문자 그대로 명언 가운데서도 바로 가슴에 와 닿는 일자천금(一字千金)의 주옥같은 말이라고 할 수 있다.

【시·문장】

항목을 그리는 가장 감동 감화적인 표현이라고 할 수 있다. 가장 마음속에 와 닿는 시와 문장을 최대한 발췌해 수록했다.

【중국의 고사】

동양의 석학 제자백가, 사서오경(四書五經)을 비롯한 《노자》《장자》《한비자》《사기》……등의 고사를 바탕으로 한 현장감 있는 명언명구를 인용함으로써 이해도를 한층 높여준다.

【에피소드】

서양의 석학, 사상가, 철학자들의 삶과 사건 등의 고사를 통한 에피소드를 접함으로써 품위 있고 흥미로운 대화를 영위할 수 있는 소양을 갖추는 계기가 된다. 그 밖에도 **【우리나라 고사】 【신화】【명연설】 【명작】 【전설】 【成句】** …… 등이 독자들로 하여금 박학한 지식을 쌓는 데 한층 기여해줄 것이다.

많은 서적들을 참고하여 가능한 한 최근의 명사들의 명언까지도 광범위하게 발췌해 수록했다. 그러나 너무도 많은 자료들을 수집하다 보니 미비한 점도 있을 것으로, 독자 여러분의 너그러운 이해를 바란다.

— 雲溪 金東求

4

차 례

행복 *happiness* 幸福
(불행)

【어록】

■ 모든 국민은 인간으로서의 존엄과 가치를 가지며, 행복을 추구할 권리를 가진다.   — 대한민국헌법 제10조

■ 행복한 순간이야말로 바로 그 옆에 불행이 엎드려 있다. 불행한 순간이야말로 행복이 깃들일 수 있는 하나의 터전이다.

     — 《노자》

■ 불행은 행복 위에 서고, 행복은 불행 위에 눕는다. — 《노자》

■ 화와 복은 이웃하여 그 문이 어디 있는지 알 수 없다(禍與福隣莫知其門).   — 《순자》

■ 행복이란 화(禍)가 없음을 으뜸으로 한다.   — 《순자》

■ 불행과 행복은 자기가 구하지 않는데도 찾아오는 일은 없다(禍福無不自己求之者).   — 《맹자》

■ 부모를 섬기고 처자를 애호하며 일에 질서가 있어 혼란을 일으키지 않는 것―이것이 가장 큰 행복이다.   — 석가모니

■ 행복은 애타심(愛他心)에서 태어나고 불행은 자기본위에서 태어난다. — 석가모니

■ 불행과 행복은 바뀌어서 서로 번갈아 일어나니 그 변화는 예견하기 어렵다. 행복이 (변해) 불행이 될 수 있고 불행이 (변해) 행복이 될 수 있다(禍福之轉而相生 其變難見也 福之爲禍 禍之爲福). — 《회남자(淮南子)》

■ 복이란 화(禍)가 없는 것보다 더 큰 것이 없고, 이(利)란 잃지 않는 것보다 나은 것이 없다. — 《회남자》

■ 식구끼리 화목한 것보다 더 큰 복은 없고, 집안싸움보다 더 큰 재난은 없다(福善之門莫美於和睦 患咎之首莫大於內離).

— 《한서》

■ 화와 복은 이어져 있고, 삶과 죽음은 이웃이다(禍與福相貫 生與亡爲隣). — 《전국책》

■ 망할 세상의 사람들은 귀신 믿기를 좋아하고, 미련한 사람은 복 구하기를 잘한다(衰世好信鬼 愚人好求福). — 《논형(論衡)》

■ 복(福)은 선(善)으로 얻고, 화는 악으로 얻는다(福兮可以善取 禍兮可以惡召). — 유우석(劉禹錫)

■ 복을 다 누려서는 안 된다(福不可受盡). — 《경세통언》

■ 복과 장수안녕은 사람마다 바라는 바이고, 사망과 질병도 사람마다 못 떠나는 것이다(福壽康寧 固人之所同欲 死亡疾病 亦人所不能無). — 《유학경림(幼學瓊林)》

■ 군자는 재화(災禍)를 묻지 복은 묻지 않는다(君子問災不問福).

— 《수호전(水滸傳)》

■ 복은 선이 가득 찬 뒤에 오고, 재앙은 악이 가득 찬 뒤에 온다

(善盈而後福 惡盈而後禍). ──《동주열국지(東周列國志)》

▪ 복은 좋은 권속이다. ── 팔만대장경

▪ 큰 행복은 작은 괴로움을 녹여 버린다. ──《아함경(阿含經)》

▪ 큰 불행 중에 큰 다행이 있다(大不幸之中 却有大幸).

──《홍루몽(紅樓夢)》

▪ 행복은 번뇌의 소명에 있다. ──《법구경》

▪ 자식과 손자에겐 저마다 복이 따로 있으니, 자손의 앞날을 지나치게 걱정하는 것은 부질없는 일이다(兒孫自有兒孫福 莫爲兒孫作遠憂). ── 관한경(關漢卿)

▪ 복은 가까워서 알기 쉽지만, 화는 멀어서 예측하기 어렵다(福近易知 禍遠難見). ──《경화연(鏡花緣)》

▪ 행복에는 여러 가지 형태가 있다. 돈 있는 것도 행복의 하나요, 지위 있고 명예 있는 것도 행복의 하나인 것은 틀림없다. 그러나 그 중에도 번다한 일이 없고 사고 없이 평온하게 지내며 얻은 부귀와 명예라면 이것은 정원에 심은 꽃과 같다. 즉, 잘 가꾸면 꽃이 피고 어느 정도 오래 갈 수 있다. 또 권력이나 모략으로 얻은 부귀나 명예라면 이것은 화병에 꽂아 놓은 꽃과 같다. 뿌리가 없으니 얼마 안 가서 시들고 만다. ──《채근담》

▪ 행복은 구해서 얻어지는 것이 아니다. 유쾌하게 살아서 복을 부르는 수밖에 없다. 불행은 피할 수가 없다. 타인을 해하려는 마음을 없애고 불행에서 멀어져 가는 수밖에 없다.

──《채근담》

▪ 불행에는 여러 가지 형태가 있는데, 사람에 따라 그 경우가 천차만별이다. 그러나 그 중에도 가장 불행한 것은 마음이 사방

으로 흩어져서 스스로 마음을 잡지 못하는 것이다. 마음을 조용히 한데 모으고 있는 사람은 적어도 행복한 사람이다.

— 《채근담》

■ 인간은 행복보다도 불행 쪽이 두 배나 많다.　 — 호메로스

■ 불행한 사람들은 또 다른 불행한 사람들에 의해서 위안을 받는다.　 — 이솝

■ 불행을 견디지 못하는 것도 불행의 하나다.　 — 디오게네스

■ 누가 행복한가. 그것은 건강하고 돈이 있고 학식이 있는 사람이다.　 — 탈레스

■ 행복한 상태에서 그 일생을 마친 자만을 행복하다고 생각해야 한다.　 — 아이스킬로스

■ 불행은 친구를 갖지 못한다.　 — 에우리피데스

■ 불행도 끝내는 지칠 때가 온다. 바람이 언제까지 같은 강도(强度)로 불 수 없듯이.　 — 에우리피데스

■ 행복하게 살고 있다고 생각되는 사람도 죽는 것을 보기 전에는 부러워해서는 안 된다. 운은 그 날을 한도로 다한다.

— 에우리피데스

■ 죽음이여, 너 때문에 사람은 죽을 때까지 불행하다.

— 에우리피데스

■ 황금은 불에 의해 제련이 되고, 사람은 불행의 도가니에서 시련을 받는다.　 — 테오그니스

■ 남의 불행을 보는 것은 나의 불행을 견딜 수 있게 해준다.

— 소포클레스

■ 참된 행복 앞에서는 부(富)도 연기만큼의 가치밖에 없다.

— 소포클레스

■ 인간 최대의 행복은 날마다 덕에 대해서 말을 주고받는 것이다. 혼이 없는 생활은 인간에 값하는 생활이 아니다.

— 소크라테스

■ 행복과 불행은 모두 마음에 달려있다.　　— 데모크리토스

■ 부자는 선량할 수가 없다. 선량하지 못하면 행복하다고 할 수 없다.　　— 플라톤

■ 남을 행복하게 할 수 있는 자만이 또한 행복을 얻는다.

— 플라톤

■ 행복은 만족하는 인간에게 속한다.　　— 아리스토텔레스

■ 행복은 자주(自主) 자족(自足) 속에 있다.　— 아리스토텔레스

■ 인간이 불행에 처해 있을 때는 희망이 구세주이다.

— 메난드로스

■ 무덤에 들어갈 때까지는 인간은 행복하다고 말할 수 없다.

— 오비디우스

■ 한 생명이 불행한 고통을 느낄 수 있으려면 그 불행이 생성할 수 있는 시간 속에 그가 존재해야 한다.　　— 루크레티우스

■ 신중하고 성실하며 공정하지 않으면 행복하게 살 수 없으며, 또 행복하지 못하면 신중하고 성실하며 공정하게 살지 못한다.

— 에피쿠로스

■ 불행에 굴복하는 일이 없어라. 아니, 그보다도 대담하게, 적극 과감하게 불행에 도전할 일이다.　　— 베르길리우스

■ 모든 비운 중에서도 가장 큰 불행은 옛날에 행복했다는 것이다.

— 호라티우스

■ 신은 인류에게 한 개의 복과 두 개의 화(禍)를 분배한다.

— 핀다로스

■ 행복한 생활이란 마음의 평화에서만이 성립할 수 있다.

— M. T. 키케로

■ 삼라만상 중에 인과관계가 가장 긴밀한 상태는 행복과 덕성과의 관계다. 덕성이 있는 곳에 가장 자연적 행복이 있고, 행복이 있는 곳에 가장 필연적으로 덕성을 예상한다. — L. A. 세네카

■ 불행할 때 슬퍼한 적이 없고, 운명을 통탄한 적이 없는 자는 스스로 위대함을 보여준 것이다. — L. A. 세네카

■ 이성(理性)의 덕분으로 물건을 탐내지도 않고 꺼리지도 않는 그러한 사람이 행복한 사람이라고 말할 수 있다. 돌이나 목축도 겁이나 슬픔을 갖지 않는다. 그렇다고 해서 행복에 대한 감정이 없는 그들을 행복하다고는 누구도 말하지 않을 것이다. 그러니까 행복한 생활이란 바르고 확실한 판단에 의한 안정, 그리고 변하지 않는 생활을 가리키는 말이다. — L. A. 세네카

■ 비참한 사람에게는 인생은 짧고, 행복한 사람에게는 길다.

— 푸블릴리우스 시루스

■ 인간은 신의 생활에 참여함으로써만 참되게 행복해진다.

— 보이티우스

■ 인간이 불행을 모면할 유일한 길은 하느님의 은총에 의지하며, 학문이 왕의 전제와 결합하여 선으로 악을 이김이라.

— 플루타르코스

■ 만약 당신이 행복하지 않으면, 그 불행의 원인은 당신 자신에게 있음을 알지 않으면 안된다. 왜냐하면 신은 모든 사람을 행

복 되게 만드셨기 때문이다.　　　　　 — 에픽테토스

■ 행복은 자기 안에 있다.　　　　　　　 — 보이티우스

■ 행복하면 행복할수록 세월은 빨리 흐른다. — 플리니우스 2세

■ 함께 난파하면 불행도 가벼워진다.　　　 — 에라스무스

■ 잘 지낸 하루가 행복한 잠을 이루게 하는 것처럼 잘 보낸 인생
은 행복한 죽음을 가져온다.　　　　　　 — 레오나르도 다빈치

■ 불행할 때 행복했던 과거를 회상하는 것보다 더 큰 슬픔은 없
다.　　　　　　　　　　　　　　　　　 — A. 단테

■ 불행은 태반이 인생에 대한 그릇된 해석 때문이다. — 몽테뉴

■ 생명의 박탈이 불행하지 않은 까닭을 깨닫는 자에게 있어서는
이 세상에 아무런 불행도 없다.　　　　　 — 몽테뉴

■ 세상에 어떠한 것도 참을 수 있다. 그러나 행복한 날의 연속만
은 참을 수 없다.　　　　　　　　　　　 — 괴테

■ 진정한 행복은 절제에서 솟아난다.　　　 — 괴테

■ 나날의 행복은 정밀한 저울로 달아 볼 것이 못된다. 보통의 저
울로 달아보면 부정확하기는 하지만 만족스럽기는 할 것이다.
　　　　　　　　　　　　　　　　　　　 — 괴테

■ 행복은 마음이 들뜬 창부이다. 잠자코 같은 장소에 있을 수 없
다.　　　　　　　　　　　　　　　 — 하인리히 하이네

■ 사람의 불행은 그 사람의 위대함을 증명하려는 것이다.
　　　　　　　　　　　　　　　　　　　 — 파스칼

■ 인간의 모든 불행은, 한 방에 들어앉아 아무것도 하지 않고 지
낼 수가 있다는 단 한 가지 일에서 일어난다는 것을 발견했다.
　　　　　　　　　　　　　　　　　　　 — 파스칼

■ 불행의 원인은 늘 나 자신이다. 몸이 굽으니 그림자도 굽다. 어찌 그림자 굽은 것을 한탄할 것인가! 나 외에는 아무도 나의 불행을 치료해 줄 사람은 없다. 불행은 내 마음이 만드는 것과 같이 불행도 나 자신이 만들 뿐이요, 또 치료할 수 있을 뿐이다. 내 마음을 평화롭게 가져라! 그러면 그대의 표정도 평화롭고 자애로워질 것이다.　　　　　　　　　　　　　　　— 파스칼

■ 불행을 고치는 약은 오직 희망밖에 없다.　　　— 셰익스피어

■ 개개의 불행이 일반적으로 행복을 만드는 것입니다. 따라서 개개의 불행이 많으면 많을수록 모든 것은 선인 것입니다.
　　　　　　　　　　　　　　　　　　　　　　— 볼테르

■ 행복은 꿈에 지나지 않고, 고통은 현실이다.　　　— 볼테르

■ 불행의 봉우리는 법의 손도 미치지 못한다.　　　— 볼테르

■ 일생의 일을 발견한 사람은 행복하다. 그에게는 다른 행복을 찾을 필요가 없다.　　　　　　　　　　— 토머스 칼라일

■ 불행이 크면 클수록 인생살이도 크다.　　　　— 크레비용

■ 사람이란 남이 겪고 있는 불행이나 괴로움에 대하여 적지 않은 기쁨을 느끼는 법이다.　　　　　　　— 에드먼드 버크

■ 불행이란 이상한 것이다. 우리들이 그것에 대하여 말하면 그것은 점점 더 커진다. 그 원인과 그것이 미치는 범위를 바르게 이해하는 것만이 우리들에게 그것을 이겨낼 수 있도록 해준다.
　　　　　　　　　　　　　　　　　　　　　　— 베토벤

■ 행복이란 자기의 영혼을 훌륭하다고 느끼는 데 있다. 그 밖에는 소위 행복이란 것은 없다. 그러므로 행복은 비탄이나 회한 가운데에도 존재할 수 있다. 쾌락은 육체의 어떤 한 부분의 행

복에 지나지 않는다. 참다운 행복, 유일한 행복, 온전한 행복은
마음 전체의 영혼 가운데 존재한다.   — 조제프 주베르

■ 사람의 불행은 거의 반성에 의해서만 생긴다.

       — 조제프 주베르

■ 누구나 행복을 추구한다. 평화, 이것이야말로 이 지상에서 행복
에 접근하는 최대의 지름길이며, 게다가 누구나 손에 넣을 수
있는 것이다.   — 카를 힐티

■ 행복이란 말에는 무언지 우울한 가락이 있다. 그것을 입에 담
을 때 이미 그것은 도망쳐 버리고 있다.   — 카를 힐티

■ 이길 가망이 없는 싸움은 걸지만 않으면 걱정은 없다. 세인의
존경을 받는 사람, 굉장한 세력이 있는 사람, 또는 명망이 높은
사람을 볼 때 자기 상상으로 그들이 행복하다고 생각지 않도록
조심하여라. 모든 참다운 행복은 우리의 힘이 닿는 데 있으므
로 질투나 선망은 의미 없는 일이다.   — 카를 힐티

■ 인간의 생활에는 불행이 필연적으로 따르게 마련이고, 그뿐 아
니라, 좀 역설적으로 말하면, 불행은 행복에 속해 있는 것이다.

       — 카를 힐티

■ 행복, 그것은 그대의 『앞길을 가로막고 선 사자』이다. 대개의
사람은 그것을 보고 되돌아서고 만다. 그리하여 행복과는 얼토
당토않은 어떤 시시한 것으로써 만족해 버린다. — 카를 힐티

■ 행복의 제일의 불가결한 조건은 윤리적 세계질서에 대한 확고
한 신앙이다.   — 카를 힐티

■ 행복은 부가 가져다주는 것이 아니라 부를 사용함으로써 얻어
지는 것이다.   — 세르반테스

■ 사람은 스스로 상상하고 있는 만큼 행복하지도 불행하지도 않다. ── 라로슈푸코

■ 장차 있을지도 모를 불행을 미리 염려하기보다 눈앞에 닥친 불행을 견디어 나가는 데 정신을 쏟는 편이 낫다. 우리는 모두 남의 불행을 잠자코 보고 있을 수 있을 만큼 마음이 꿋꿋하다. ── 라로슈푸코

■ 남에게 행복하게 보이려는 허영심 때문에 자기 앞에 있는 진짜 행복을 놓치는 수가 참으로 많다. ── 라로슈푸코

■ 사람의 운수는 아무리 다르게 보일지라도 복과 화가 서로 뒤섞여서 결국은 평등하게 된다. ── 라로슈푸코

■ 불행한 것처럼 보이게 함으로써 어떤 즐거움이 얻어진다면 그렇게 함으로써 흔히 자신의 불행도 체념할 수 있다. ── 라로슈푸코

■ 어떠한 것이 큰 불행이고, 또 어떤 것이 커다란 행복인가? 본시 행복과 불행은 그 크기가 미리부터 정해져 있는 것은 아니다. 다만 그것을 받아들이는 사람의 마음에 따라서 작은 것도 커지고 큰 것도 작아질 수 있는 것이다. 현명한 사람은 큰 불행도 작게 처리해 버린다. 어리석은 사람은 조그마한 불행을 현미경적으로 확대해서 스스로 큰 고민 속에 빠진다. ── 라로슈푸코

■ 행복한 사람들은 언제나 자기가 옳다고 생각하고 있다. ── 라로슈푸코

■ 많이 웃는 자는 행복하고, 많이 우는 자는 불행하다. ── 쇼펜하우어

■ 모든 사람에게 타고난 과실이 하나씩 있다. 그것은 우리가 행

복을 얻기 위하여 태어난 것이라고 믿고 있는 그 일이다.

— 쇼펜하우어

■ 우리들의 시야, 활동 범위, 접촉 범위가 좁을수록 우리들의 행복은 크다. 그것들이 넓을수록 우리의 고뇌와 불안의 느낌은 커진다. 그것은 그것들과 함께 걱정, 원망, 공포가 증대하고 확대되기 때문이다. — 쇼펜하우어

■ 행복이란, 교묘히 속여지는 상태의 끊임없는 소유이다.

— 조나단 스위프트

■ 행복을 추구하는 것도 중요하지만, 행복을 누릴 자격이 있는 사람이 되는 일이 더욱 중요하다. — 임마누엘 칸트

■ 행복한 사람은 남을 행복하게 만들어 줄 수 있다. 남을 복되게 해주면 자기의 행복도 한층 더해진다. — 야코브 그림

■ 불운은 날아서 와, 걸어서 떠난다. — 헨리 본

■ 참된 행복은 잘 정착하지 않는다. 좀처럼 발견되지 않지만 어느 곳에나 있다. 돈으로도 살 수 없지만, 언제든 구할 수는 있다. — 알렉산더 포프

■ 모든 불행은 미래에의 발판에 지나지 않는다. — 헨리 소로

■ 행복이란 대개 사람에게 부름을 받지 않고 찾아오는 것이며, 멀리하면 멀리할수록 더욱 찾아드는 것이다. — 카를 훔볼트

■ 행복이란 우리 집 앞 길가에서 자라나는 것이지 남의 정원에서 따오는 것은 아니다. — P. 제랄디

■ 행복은 남의 행복을 바라볼 수 있는 데서 생기는 즐거운 느낌이다. — 앰브로즈 비어스

■ 재난에는 두 종류가 있다. 즉, 우리에게는 불운을, 다른 사람에

게는 행복을.   — 앰브로즈 비어스

■ 영어의 행복이란 단어 "happiness"는 본시 옳은 일이 자신 속에 일어난다는 뜻을 가진 "happen"에서 나온 말이다. 『행복』이란 글자가 가진 뜻과 같이, 그것은 그 사람의 올바른 성과이며, 우연히 외부에서 찾아온 운명의 힘은 아니다.   — 칼 메닝거

■ 가정에서의 행복은 온갖 소원들의 궁극적인 결과다.
                                    — 새뮤얼 존슨

■ 행복은 대개의 경우 쾌락이 아니며, 대체로 승리인 것이다.
                                    — 랠프 에머슨

■ 이 세상에서 행복 이상의 어떤 것을 구하는 사람은, 행복을 소유하지 못했다고 해서 불평해서는 안된다.   — 랠프 에머슨

■ 행복이란 언제 낳는지도 모르며, 또한 사람에게 영접을 받는 일도 거의 없이 사라져 버린, 다시 돌이킬 수 없는 순간을 말함인가?   — 니콜라우스 레나우

■ 안일을 바라는 마음을 버리지 못하는 사람은 결코 행복을 차지할 수 없다.   — M. E. 에센바흐

■ 우리들은 남이 행복하지 않은 것은 당연한 것으로 생각하고, 자기 자신이 행복하지 않은 것에는 언제나 납득하지 않는다.
                                    — M. E. 에센바흐

■ 인생의 작은 불행은, 우리들이 큰 불행을 이겨내는 것을 도와준다.   — M. E. 에센바흐

■ 만약 인생이 불행하다면 우리는 그 괴로운 짐을 벗어버리려고 애쓴다. 반대로 만약 인생이 행복하다면 그것을 잃어버릴까 겁을 낸다. 깊이 생각하면, 행복이고 불행이고 마음에 부담이 되

는 점은 마찬가지다.　　　　　　　　　　　　　— 라브뤼예르
■ 부자가 가지고 있는 커다란 행복은 자선을 행할 수 있는 일이
다.　　　　　　　　　　　　　　　　　　　　　— 라브뤼예르
■ 인생에 있어서 일어난 일을 어떻게 받아들이느냐 하는 것은,
일어난 일 못지않게 우리들의 행불행과 중요한 관련이 있다.
　　　　　　　　　　　　　　　　　　　　　　— A. 훔볼트
■ 모든 사람이 행복하게 되기까지는 어떠한 사람이든 완전히 행
복할 수는 없다.　　　　　　　　　　　　　— 허버트 스펜서
■ 화장이 여자의 가식인 것처럼 행복은 여자의 시정(詩情)이다.
　　　　　　　　　　　　　　　　　　　　　　　— 발자크
■ 불행을 불행으로서 끝맺는 사람은 지혜 없는 사람이다. 불행
앞에 우는 사람이 되지 말고, 불행을 하나의 출발점으로 이용
할 수 있는 사람이 되어라! 불행은 예고 없이 도처에서 우리를
기다리고 있다. 어떠한 총명도 미리부터 불행을 막을 길은 없
다. 그러나 불행을 밟고 그 속에서 새로운 길을 발견할 힘은 우
리에게 있는 것이다. 불행은 때때로 유익한 자극제가 될 수 있
다. 우리는 불행을 자신을 위하여 이용할 수는 있는 것이다.
　　　　　　　　　　　　　　　　　　　　　　　— 발자크
■ 행복은 쌍둥이로 태어난다.　　　　　　　　　— 조지 바이런
■ 슬픔 가운데서 행복을 구하라. 힘써 노동하라. 노동자의 행복은
일하는 데 있다.　　　　　　　　　　　　— 도스토예프스키
■ 인간에겐 행복 이외에 똑같은 분량의 불행이 항상 필요하다.
　　　　　　　　　　　　　　　　　　　— 도스토예프스키
■ 불행을 갖지 않음이 행복을 가짐이다.　— 퀸투스 엔니우스

▪ 행복의 크나큰 장애는 너무 크게 행복을 기대하는 데에 있다.
　　　　　　　　　　　　　　　　　　　　— 퐁트넬

▪ 불행에 대한 특효약은 없습니다. 다만 옛날부터의 권태라든지, 인내라든지, 포기라든지 하는 미덕이 있을 뿐입니다.
　　　　　　　　　　　　　　　　　　— 올더스 헉슬리

▪ 근친사별(近親死別) 같은 불행사가 있을 경우에는 사랑은 진정 제나 하와이 여행과 같단 말이야. 과부나 고아가 이러한 방법으로 슬픔의 경감을 구한다고 해서 나무랄 수는 없는 노릇이지.
　　　　　　　　　　　　　　　　　　— 올더스 헉슬리

▪ 참된 행복은 눈에 비치지 않는다. 참된 행복은 안 보이지만, 나의 경우에는 희망을 잃었을 때 비로소 행복이 찾아왔다.
　　　　　　　　　　　　　　　　　　— S. 샹포르

▪ 쾌락은 몽상으로 얻을 수 있지만, 행복은 현실에 뿌리박는다.
　　　　　　　　　　　　　　　　　　— S. 샹포르

▪ 행복은 자신이 좋아하는 일을 할 때가 아니라 자신이 좋아하는 일을 좋아하는 것이다.　　　　　　— 앤드류 매튜스

▪ 이 세상의 행복이란 무엇인가?—그림자에 불과하다. 이 세상의 명성이란 무엇인가?—꿈에 불과하다.　　— 프란츠 그릴파르처

▪ 행복이란 순전한 금전문제이지, 그 밖의 아무것도 아닙니다.
　　　　　　　　　　　　　　　　　　— 호르바트

▪ 인생은 학교다. 거기서는 행복보다도 불행 쪽이 보다 좋은 교사다.　　　　　　　　　　　　— 블라드미르 프리체

▪ 어리석은 사람은 행복을 멀리에서 찾는다. 슬기로운 사람은 자신의 발밑에서 행복을 키운다.　　　　— J. 오펜하이머

■ 행복을 얻는 유일한 방법은 그 자체를 인생의 목적으로 삼지
말고 그 이외의 어떤 것을 인생의 목적으로 삼는 데 있다. 나는
지금까지 자기의 욕구를 충족시키려고 노력하기보다는 오히려
그것을 억제하려 함으로써 행복을 얻을 수 있음을 알게 되었다.
— 존 스튜어트 밀
■ 짧은 인생! 위대한 희망! 행복은 허무하고 불행은 오래 간다.
— J. G. 헤르더
■ 모든 사람의 행복은 다른 사람의 불행 위에 세워진다.
— 투르게네프
■ 행복스러운 사람은 주위에 행복스러운 얼굴을 가지고 싶어 한
다. 슬픈 얼굴은 그의 행복을 위하여 금물이다.   — 앨런 밀른
■ 불행, 그것의 관조(觀照). 우리들의 혼에 내적인 기쁨을 준다.
그것도 그 기쁨은 불행을 관찰하는 일의 노력에서 생긴다.
— A. V. 비니
■ 조용히 앉아서 명상을 하면—지난날 노인들의 얼굴을 회상하
되 탐내지 말고, 남의 위대한 행위를 반가워하되 부러워 말고,
무엇이 됐건 어디에 있건 동정을 하고, 그러면서도 현재의 위
치와 직업에 만족하는 것이 바로 지혜와 가치를 깨닫는 길이며
행복하게 사는 방편이 아닐까?   — 로버트 스티븐슨
■ 참다운 행복, 그것은 우리들이 어떻게 끝을 맺느냐 하는 것이
아니라 어떻게 시작하느냐 하는 문제이다. 또 우리들이 무엇을
소유하느냐가 아니라 무엇을 바라느냐의 문제이다.
— 로버트 스티븐슨
■ 가장 당해 내기 어려운 불행은 올 듯 올 듯 하면서도 결국은

오지 않는 것들이다.   — 존 로널드 로얼

■ 행복이란 인생을 시인하는 유일한 것이다. 행복이 이루어지지 않는 곳의 인간의 존재란 미치고 불쌍한 한낱 실험에 불과하다.

      — 조지 산타야나

■ 불행이란 인생의 기괴한 동반자이다.   — 헨리 제임스

■ 재산을 만드는 일 없이 재산을 낭비해서는 안 되는 것처럼 행복을 만들어내지 않으면서 행복을 낭비해서는 안 된다.

      — 조지 버나드 쇼

■ 행복한 인생! 살아 있는 인간치고 이를 견뎌낼 자는 없을 것이다.   — 조지 버나드 쇼

■ 살다 보니, 이 세상엔 너무나 불행이 많아서 우리는 그만 웃지 않을 수가 없다. 그러나 그 웃음은 보조개를 만들지 않고 주름살을 만든다.   — 올리버 홈스

■ 불행한 사람의 특징은 그것이 불행한 것인 줄 알면서도 그 쪽으로 가는 점에 있다. 우리 앞에는 불행과 행복의 두 가닥 갈림길이 언제나 있다. 우리 자신이 둘 중의 하나를 선택하도록 되어 있다.   — 에이브러햄 링컨

■ 우리들은 절대적 행복 혹은 또 불행이라는 것이 무엇인지 모르고 있다. 일생에 있어서는 모든 것이 뒤섞여 있다. ……행복이나 재난이라는 것도 우리들의 모두에게 공통적인 것이다. 다만 사람에 따라 그 한도가 다를 뿐이다. 가장 행복한 사람이란 가장 적게 고통을 입고 있는 사람이며, 가장 비참한 사람이란 가장 적게 쾌락을 느끼고 있는 사람이다.   — 장 자크 루소

■ 행복을 잃을 수 있는 한 그래도 우리는 행복을 가지고 있다는

말이 된다.　　　　　　　　　　　　　　　　　― 타킹턴

■ 이승의 인간들이 생각하고 있는 것 같은 대견스러운 행복에 대
해서는 언제나 구토제를 대한 듯한 반응밖에 보이지 않는 사람
이야말로 정말 행복을 누릴 가치가 있는 사람들일 것이다.

　　　　　　　　　　　　　　　　　　　　　　　― 보들레르

■ 약한 사람은 불행이 닥치면 체념해 버리고 만다. 그러나 위대
한 사람은 불행을 딛고 일어선다.　　　　　　― 워싱턴 어빙

■ 행복은 자기의 분수를 알고 그것을 사랑하는 것이다.

　　　　　　　　　　　　　　　　　　　　　　　― 로맹 롤랑

■ 누구든지 행복에 대해서 말하지만, 그것을 알고 있는 사람은
드물다.　　　　　　　　　　　　　　　　　― 로맹 롤랑

■ 언제까지나 계속되는 불행이란 있을 수 없다. 꾸준히 참고 견
디거나 용기를 내서 쫓아버리거나 한다.　　　― 로맹 롤랑

■ 비관주의는 기분에 속하고 낙관주의는 의지에 속한다. 그리고
모든 행복은 의지와 자제로 되어 있다. 어떠한 경우에도 변명
은 노예의 일이다. 이것으로 미루어 볼 때 낙관주의는 맹세를
필요로 함을 알 수 있다. 처음에는 아무리 이상하게 보이더라
도 행복해질 것을 맹세해야 한다.　　　　　　　　― 알랭

■ 가장 행복한 사람은 다른 행복은 서슴지 않고 던져 버리지만
자기의 참된 행복은 절대로 내던지지 않는다. 그들의 참된 행
복은 그들의 생명과 마찬가지로 그들에게 밀착되어 있다. 그들
은 이를테면 무기를 들고 싸우는 것처럼 그들의 행복을 위하여
싸우는 것이다. 『그들이 행복하였던 것은 조국을 위해 죽었기
때문이 아니라, 그들이 행복하였기 때문에 죽을 수 있는 힘을

갖고 있는 것이다』라는 스피노자의 격려를 그대들에게!

— 알랭

■ 행복이란 스스로 만족하는 점에 있다. 남보다 나은 점에서 행복을 구한다면 영원히 행복하지 못할 것이다. 왜냐하면 누구든지 한두 가지 나은 점은 있지만, 열 가지 전부가 남보다 뛰어날 수는 없기 때문이다. 그렇기 때문에 행복이란 남과 비교해서 찾을 것이 아니라, 스스로 만족할 수 있는 것이 중요하다.

— 알랭

■ 사람은 행복을 찾기 시작하면 행복을 얻지 못하는 운명에 빠지고 만다. 그러나 이것에는 아무 이상스러움도 없다. 행복이란, 저 쇼윈도 속의 물품과 같이 갖고 싶은 것을 골라서 돈을 치르면 가지고 갈 수 있는 것이 아니기 때문이다.   — 알랭

■ 인간은 자기가 나쁘지 않으면 결코 불행해지지 않는다.

— 프랑수아 모리아크

■ 행복은 우리들이 그것을 소유하고 있다고 의식하는 동안에 존재한다. 그것도 그 과정에 있어서, 미래는 약속을 결코 지켜 주지 않는다.   — 조르주 상드

■ 모든 행복은 우연히 마주치는 것이어서, 네가 노상에서 만나는 거지처럼 순간마다 그대 앞에 나타난다는 것을 어찌하여 깨닫지 못했단 말인가.   — 앙드레 지드

■ 나는 미래에 대해서, 행복이라기보다는 오히려 그 곳에 도달하기 위한 노력을 구하였으며, 이미 행복과 덕을 하나로 생각하고 있었다.   — 앙드레 지드

■ 행복은 대항의식 속에는 없다. 협조의식 속에만 있는 것이다.

— 앙드레 지드

■ 가장 큰 행복이란, 사랑하고 그 사랑을 고백(告白)하는 것이다.
— 앙드레 지드

■ 세상에는 우리의 침울한 두 눈으로 발견할 수 있는 이상의 행복이 있는 법이다.
— 프리드리히 니체

■ 남자의 행복은 『내가 하고 싶다』이고, 여자의 행복은 『그가 하고 싶어 한다』이다.
— 프리드리히 니체

■ 불행, 그것은 인간의 생활에 있어서의 시금석(試金石)이다.
— 존 플레처

■ 불행에서 자유롭다고 하는 것은 커다란 행복이다.
— 빌헬름 셰퍼

■ 행복이란 무엇인가! 권력이 자라면 느끼는 것, 저항이 극복된다는 감정이다.
— 프리드리히 니체

■ 내가 생각하는바 선한 인생이란 행복한 인생이다. 당신이 선하다면 행복할 것이라는 뜻이 아니다. 당신이 행복하다면 선한 것이라는 뜻이다.
— 버트런드 러셀

■ 행복은 인간 누구나가 타고난 권리이며, 그것을 빼앗긴다는 것은 어쩔 수 없이 인간을 괴팍스럽게 만들고 비참하게 만드는 법이다.
— 버트런드 러셀

■ 불행한 인간이란 것은, 잠자는 것이 서투른 사람이 불편을 자랑거리로 삼는 것과 같이 항상 자기가 불행하다는 사실을 자랑삼고 있다.
— 버트런드 러셀

■ 행복이 유일한 선이요, 이성이 유일한 횃불이고, 정의가 유일한 숭배이며, 박애가 유일한 종교이고, 사랑이 유일한 성직자이다.

　　　　　　　　　　　　　　　　　　　　　　— 잉거솔
■ 행복이란 상(賞)이 아니다. 필연의 귀결이다. 불행은 형벌이 아
니다. 일의 결말이다. 　　　　　　　　　　　　— 잉거솔
■ 행복의 빛은 광선과 마찬가지로 깨져서 흩어지기 전에는 무색
투명하다. 　　　　　　　　　　　　　　— 헨리 롱펠로
■ 불행만 계속되면 사람은 모두 이리가 된다.
　　　　　　　　　　　　　　　　— 요한 스트린드베리
■ 불행도 신앙과 같이 습성이 될 수 있다. 　　— 그레엄 그린
■ 가장 불행한 여자는 가장 불행한 국가처럼 역사도 가지고 있지
않다. 　　　　　　　　　　　　　　— 조지 엘리엇
■ 불행처럼 난해한 것은 없다. 불행은 하나의 미스터리다. 그리스
격언에 있는 불행은 아무것도 이야기해 주지 않는다. 불행의
진짜 뉘앙스나 원인을 파악하려면 무엇보다도 내면분석을 할
수 있어야 한다. 하지만 일반적으로 불행한 사람들에게는 이런
준비가 되어 있지 않다. 　　　　　　　　　— 시몬 베유
■ 불행한 사람들은 그들의 진정한 불행에 대해서는 언급함이 없
이 거의 언제나 거짓 불행에 대해서만 한탄한다. 게다가 그 불
행이 뿌리 깊고 지속적일 경우에는 심한 수치심 때문에 탄식조
차 할 수 없다. 이렇게 되면 각각의 불행한 조건은 인간들 사이
에 침묵의 지대를 조성하며, 이곳에서는 인간존재가 마치 고도
(孤島)에서처럼 갇히게 되는 것이다. 이 섬에서 빠져나가는 자
는 뒤도 돌아보지 않는다. 　　　　　　　　— 시몬 베유
■ 행복에는 날개가 있다. 따라서 붙들어 둘 수가 없다.
　　　　　　　　　　　　　　　　— 프리드리히 실러

■ 인간의 마음가짐이 곧 행복이다.　　　　― 프리드리히 실러

■ 행복은 작은 새와 같이 붙들어 두는 것이 좋다―될 수 있는 한 살짝, 그리고 부드럽게. 작은 새는 자기가 자유롭다고 느끼기만 하면 기꺼이 그대의 손 안에 머물러 있을 것이다. ― F. 헤벨

■ 나에게 말하라면, 이 세상에는 불행은 다음의 세 가지밖에 없다. 겨울에 추운 집에서 지내는 것, 여름에 꼭 끼는 장화를 신고 다니는 것, 그리고 살충제로 죽일 수도 없는 갓난아이의 빽빽거리며 우는 방에 머무는 일이다.　　　　　― 투르게네프

■ 인간에게는 아마도 순교자의 행복 같은 완전한 행복은 없을 것이다.　　　　　　　　　　　　　― 오 헨리

■ 행복이란, 그 자체가 긴 인내다.　　　　― 알베르 카뮈

■ 행복을 추구하고 있기만 하면 너는 행복해지지 않는다. 가령 가장 사랑하는 것을 손에 넣었다 할지라도…….
　　　　　　　　　　　　　　　　　　― 헤르만 헤세

■ 사랑받는 것은 행복이 아니고 사랑하는 일이야말로 행복이다.
　　　　　　　　　　　　　　　　　　― 헤르만 헤세

■ 삶의 가장 큰 행복은 우리 자신이 사랑받고 있다는 믿음으로부터 온다.　　　　　　　　　　　　― 빅토르 위고

■ 인간의 행복은 생활에 있고, 생활은 노동에 있다.
　　　　　　　　　　　　　　　　　　― 레프 톨스토이

■ 가장 큰 행복은 한 해의 마지막에서, 지난해의 처음보다 훨씬 나아진 자신을 느끼는 것이다.　　　　― 레프 톨스토이

■ 만약 그대에게 불행이 닥쳐오거든, 그 원인을 당신의 행위에서 보다도 그 행위를 하게 한 사상에서 찾아라. 그와 같이 어떤 사

건이 그대를 슬프게 하여 괴롭게 할 때, 그 원인을 사람들의 행위에서보다도 그 사건을 일으킨 사람들의 사상에서 찾아야 한다.　　　　　　　　　　　　　　　　　── 레프 톨스토이

■ 행복은 사람을 이기주의자로 만든다.　　── 레프 톨스토이

■ 행복은 항상 그대가 손에 잡고 있는 동안에는 작게 보이지만, 놓쳐 보라. 그러면 곧 그것이 얼마나 크고 귀중한지를 알 것이다.　　　　　　　　　　　　　　　　　── 막심 고리키

■ 내일 무엇을 해야 할지 모르는 사람은 불행한 사람이다.

　　　　　　　　　　　　　　　　　── 막심 고리키

■ 행복한 사람은 불행한 사람이 말없이 자신의 무거운 짐을 짊어지고 걷고 있기 때문에 행복을 즐기고 있는 것이다. 이 불행한 사람의 침묵이 없었던들 행복 따위가 있을 리 만무하다.

　　　　　　　　　　　　　　　　　── 안톤 체호프

■ 이 지상의 생활에는 절대적 행복이란 있을 수 없다. 행복은 그 내부에 행복의 요소를 숨기고 있거나, 그렇지 않으면 항상 외부의 무엇에 의하여 행복을 받고 있는 것이다. 행복은 우리들에게는 없다. 드물게 조차도 없다. 우리들은 다만 행복을 바랄 뿐이다. 행복은 없다. 또 있을 리가 만무하다. 설사 인생에 의의나 목적이 있다손 쳐도 그것은 우리들의 행복에 있는 것이 아니라, 어떤 보다 더 합리적이고 위대한 것 중에 있다.

　　　　　　　　　　　　　　　　　── 안톤 체호프

■ 모두가 행복할 때까지는 아무도 완전히 행복할 수 없다.

　　　　　　　　　　　　　　　　　── 헨리 스펜서

■ 행복이 더없이 클 때는 미소와 눈물이 생긴다.　── 스탕달

▪ 행복하게 되기 위해서는 두 가지 길이 있다. 욕망을 줄이거나 소유물을 늘이거나 하는 것이다. 어느 편이든 좋다.

— 벤저민 프랭클린

▪ 인간의 지복(至福)은 어쩌다 있을까 말까 하는 큰 행운으로 이루어지는 것이 아니라 매일매일 일어나는 조그마한 기쁜 일로 얻어진다. — 벤저민 프랭클린

▪ 태양은 서쪽으로 그 모습을 감추지만, 불행은 그 모습을 가리는 일이 없다. — 파울 하이제

▪ 연애는 행복을 죽이고, 행복은 연애를 죽인다. — 우나무노

▪ 어떻게 행복을 얻을 것이며, 어떻게 유지하고, 어떻게 회복시킬 것인가. 이것이 대개의 사람들이 하는 모든 일, 그들이 참아 가는 모든 일에 대한 그치지 않는 마음속의 은밀한 동기이다.

— 윌리엄 제임스

▪ 행복의 한쪽 문이 닫히면 다른 쪽 문이 열린다. 그러나 흔히 우리는 닫힌 문을 오랫동안 보기 때문에 우리를 위해 열려 있었던 문을 보지 못한다. — 헬렌 켈러

▪ 이론적으로 말한다면, 완전한 행복에 이를 가능성이 있다. 자기 속에 영원성을 믿고, 그것을 구하려 하지 않는 것이다.

— 프란츠 카프카

▪ 어째서 인간은 죽을 만큼 불행해지지는 말아야 하는가. 『죽을 만큼의 불행』도 인간의 가능성 가운데 하나이다.

— 비트겐슈타인

▪ 매우 불행한 사람만이 남을 가엾게 여길 자격이 있다.

— 비트겐슈타인

■ 불행만 계속되면 사람은 모두 늑대가 된다.

　　　　　　　　　　　　　　　　　— 요한 스트린드베리

■ 어떠한 불행 속에도 행복이 움츠리고 있다. 다만 어디에 좋은
일이 있고 어디에 나쁜 일이 있는지, 우리들이 모를 따름이다.

　　　　　　　　　　　　　　　　　— C. V. 게오르규

■ 행복은 슬픔이나 비애의 반대어로 정의할 수 있으며, 실로 대
부분의 사람은 행복을 슬픔이나 비애가 없는 심적 상태라고 정
의하고 있다.　　　　　　　　　　　— 에리히 프롬

■ 이제 행복은, 보다 새롭고 보다 나은 상품의 소비와 음악·영
화·잡담·성(性)·술과 담배 등을 즐기는 것과 같은 뜻이 되
었다.　　　　　　　　　　　　　　— 에리히 프롬

■ 지상에서의 생활과정에 있어서는, 행복과 불행의 분배는 윤리
와는 아랑곳없이 행해지고 있는 것이 사실이다.

　　　　　　　　　　　　　　　　　— 빌헬름 빈델반트

■ 불행이란 여자들에게는 받아들여질 만한 성질의 것이다. 그것
이 자기 아닌 다른 여인들에게 일어날 때는 더욱 그렇다.

　　　　　　　　　　　　　　　　　— 존 스타인벡

■ 우리는 남이 행복하지 않은 것은 당연한 일로 생각하고, 자기
자신이 행복하지 않은 데 대해서는 언제나 잘 납득하려고 하지
않는다.　　　　　　　　　　　　　— W. 에센바흐

■ 미래의 행복을 확보하는 가장 확실한 방법은 오늘 허락된 행복
을 오늘 한껏 누리는 것이다.　　　　— 찰스 엘리엇

■ 현자는 기회를 행복으로 바꾸어 놓는다.　— 조지 산타야나

■ 인간은 행복하지 않다. 그러나 항상 미래에 행복을 기대하는

존재다. 혼은 고향을 떠나 불안에 떨고, 미래의 생활에 생각을
달리며 쉬는 것이다.　　　　　　　　　　— 알렉산더 포프
■ 너의 가장 험한 불행이란, 그 자체가 불행이기 때문에 그런 것
이 아니다. 네가 자신과 자신의 생애 사이에 그 같은 불행이 있
다고 생각하기 때문이다.　　　　　— 미하일 아르치바셰프
■ 행복이 올 때는 우연히 찾아온다. 행복을 추구의 대상으로 노
력할 때는 들판의 거위를 쫓는 격이 되어 잡히지가 않는다.
　　　　　　　　　　　　　　　　　　— 너대니얼 호손
■ 행복은 길이에서 부족한 점은 높이에서 보충한다.
　　　　　　　　　　　　　　　　　　— 로버트 프로스트
■ 행복은 한계도 없고 그 무엇도, 아무것도 없어. 그것은 별게 아
니더군. 그에 비하면 나의 불행은 보다 중요한 것이야. 특성이
뚜렷하고, 추억도 있고, 볼록한 혹을 달고 무게가 있거든.
　　　　　　　　　　　　　　　　　　　— 앙리 미쇼
■ 행복은 습관이 된다. 그 습관을 키워라.　— 에드워드 허버트
■ 행복은 가슴의 굶주림 속에서 태어나 자란 처녀다.
　　　　　　　　　　　　　　　　　　— 칼릴 지브란
■ 나는 아내와 자식에게 그 어떠한 물질적 부와 명예도 남겨놓지
않았으며 또한 그것을 부끄럽게 생각하지도 않습니다. 오히려
나는 그것을 행복으로 여깁니다.　　　　　— 체 게바라
■ 천국의 즐거움은 행복이라는 것, 지옥의 괴로움은 행복이었다
는 것.　　　　　　　　　　　　　　　— 다니엘 잔델스
■ 세상 최고 구두쇠의 행복은 가까운 모든 친구들을 저축해 두는
것이다.　　　　　　　　　　　　　　— 로버트 셔우드

■ 인간의 행복은 대개가 동물적인 행복이다. 이 생각은 극히 과학적이다. 오해를 살 위험은 있지만, 이 점을 좀 더 분명히 말해 두고 싶다. 인간의 행복은 모두가 관능적인 행복이다.

— 임어당

■ 행복이란 것은 비애의 강물바닥에 가라앉아서 희미하게 빛나는 사금파리 같은 것이 아닐까.　　— 다자이 오사무(太宰治)

■ 불이 바야흐로 무서운 형세로 타고 있어도 혹 끌 수가 있고, 물결이 하늘을 뒤덮어도 혹 막을 수가 있으니, 화 (禍)란 위태한 데 있지 아니하고 편안한 데 있으며, 복(福)이란 경사에 있지 아니하고 걱정에 있다. 근심하고 걱정하는 것은 복과 경사의 기초이고, 연회를 베풀고 편안히 지내는 것은 화독(禍毒)의 싹이므로, 제왕의 업(業)이 걱정과 염려로써 흥하지 아니함이 없고, 편안히 즐겨서 망하지 아니함이 없다.　　— 김시습

■ 대개 사람의 복록은 하늘이 주었으되, 사람이 구하지 아니하면 오지 아니하고, 지키지 아니하면 가나니, 그러한 고로 옛 사람이 가로되, 스스로 많은 복을 구해야 하늘이 돕는다 하니라. 착한 일을 하여야 복록을 누리나니 사람의 즐거움은 착한 일에 있느니라.　　— 유길준

■ 행복은 전인성(全人性)을 위하여 스스로 노예 됨을 깨닫는 자만이 얻을 수 있는 열매다.　　— 조지훈

■ 모든 사람은 행복을 찾아 배회한다. 그러나 우리는 왕왕 우리가 찾아 놓은 행복에게서 얼마나 많은 배신을 당해 왔던가. 인간은 행복을 고민하면서 살아간다. 길고 먼 여로에서 더듬고 찾고 하며.　　— 모윤숙

▪ 불행은 오래 된 우리의 친구였다. 그러나 이 친구가 가진 누더기와 쓰레기 같은 악취를 더 친근할 수는 없다. 불행은 결속된 인간의 용기보다는 훨씬 약한 것이다.   ― 모윤숙

▪ 즐거움과 행복이 딴 데 있는 것이 아닙니다. 자기 삶의 보람을 갖기 위해 노력하는 그 과정 자체에 있다고 굳게 믿어야 할 것입니다.   ― 김은우

▪ 행복과 불행은 같은 지붕 밑에 살고 있으며, 번영의 바로 옆방에 파멸이 살고 있고, 성공의 옆방에 실패가 살고 있다.

    ― 안병욱

▪ 우리는 누구나 조금씩 불행하다. 누구에게나 쓰라리고 억울했던 기억이 있다. 그것은 우리가 아무리 행복해지더라도 남는 법이다. 그리고 행복의 의식 속에서 썩어버릴지 모르는 인간 정신을 항상 소금처럼 지켜 준다.   ― 손창섭

▪ 혼자 행복을 누린다는 것은 자랑할 만한 사실이 아니라 미안하고 죄송하게 여겨야 할 일입니다.   ― 지명관

▪ 불행은 차라리 나의 가장 가까운 손님이고 우리가 으레 당하고 결코 반항할 수 없는 최후의 벽일지도 알 수 없다. 그리하여 용감히 감수하고 때로는 스스로 만들어 당하는 고통도 가능한 것이 세상이다. 전쟁에 있어 배수진이 그것이고, 종교에 있어서 고행이 그것이다.   ― 서경보

▪ 인간의 행복이란 물위에 둥둥 떠 있는 물풀같이 허황한 것이 아니라 슬픔과 고난의 바다를 지나 그 바다 속 깊숙이 잠겨 있는 진주와 같은 것이더라고 그녀는 말했다. 인간은 진주와 같은 행복을 따기 위해서 깊은 슬픔의 바다 속에 갖은 고난을 헤

치면서 잠겨 들어가야 한다.　　　　　　　　— 장덕조

■ 항상 우리의 불행은 거리 조준의 착오에서 유래하는 것임을 내 자신 잘 앎에서다.　　　　　　　　　　— 유치환

■ 행복은 바로 삶 속에 존재한다. 그것은 바로 지금 발견하는 자에게만 존재하는 것이다.　　　　　　— 박목월 / 행복의 얼굴

■ 이 갈래 길처럼 우리는 갈라져야 할 게 아니겠소? 행복한 사람들이 가는 길과 불행한 사람들이 가는 길은 다르니까.

　　　　　　　　　　　　　　　　　　　— 박화성

■ 행복이란 것은 본질적으로 『도(道)』나 『진리』에 속한 것이 아니다. 무아경(無我境)의 법열(法悅)같이 고상한 것이 아니요, 어디까지나 유아본위(惟我本位)인 속세적인 이익이 근본인 것이다. 그것은 행복의 근본이 되는 『복』의 개념이 원래 그런 것이다.　　　　　　　　　　　　　　　— 김동리

■ 행복이 무엇이며 행복해질 수 있는 방법에 대해 알고 싶어 한다면 그것이 벌써 불행한 증거이다.　　　　　— 신일철

■ 원체 『부』라는 것도 재화의 풍성만을 한정한 말이 아니라고도 하지마는 아무튼 복이란 물질적인 것만에 한정한 말이 아닌 것은 틀림없다.　　　　　　　　　　　　　　— 오종식

■ 동양의 오복을 보면 철저하게 신분적이고 가정적인 것이다. 메테를링크 이전부터 자기 집 처마 끝에 파랑새가 산다고 믿었던 사람들이다.　　　　　　　　　　　　　　— 이어령

■ 완벽함의 추구를 멈추는 순간, 행복이 생겨난다. 완벽함은 남을 많이 의식하지만, 편한 것은 나를 먼저 생각한다.　　— 혜민

【속담 · 격언】

- 복 불복이라. (사람의 잘 살고 못 살고는 그 타고난 복에 의한 것으로 억지로 되는 것이 아니다)　　　　　　　— 한국
- 뇌성(雷聲)에 벽력. (불행의 연속)　　　　　　　— 한국
- 복은 쌍으로 안 오고 화는 홀로 한 온다. (복 받기는 매우 어렵고 화는 연거푸 겹쳐 온다)　　　　　　　— 한국
- 밥술이나 먹게 생겼다. (복 있어 보이는 사람을 일러) — 한국
- 복 들어오는 날 문 닫는다. (방정맞은 행동으로 들어오는 복을 차버린다)　　　　　　　— 한국
- 용수에 담은 찰밥도 엎지르다. (복이 없는 자는 큰 복을 얻어도 보전하지 못한다)　　　　　　　— 한국
- 화가 복 된다. (처음에는 아주 한심스럽고 걱정거리더니 후에는 그것이 도리어 다행스러운 경우가 된다)　　　　　　　— 한국
- 복 없는 가시나가 봉놋방에 가 누워도 고자 곁에 가 눕는다. (운수가 나쁘면 하는 일마다 잘 안된다)　　　　　　　— 한국
- 남의 복은 끌로도 못 판다. (남의 복은 아무리 시기해도 없애 버리지는 못한다)　　　　　　　— 한국
- 들어오는 복도 문 닫는다. (방정맞은 짓만 한다)　　— 한국
- 세 가지 불행이 있다.—젊어서 부친을 잃는 것, 중년에 상처하는 것과 늙어서 자식이 없는 것.　　　　　　　— 중국
- 미래에 대하여 품는 공포는 현재 누리고 있는 행복보다 두렵다.　　　　　　　— 영국
- 어떠한 일이라도 중간쯤에 행복이 있다.　　　　— 영국

■ 하루만 행복하려면 이발을 해라. 일주일 동안 행복해지고 싶거든 결혼을 해라. 한 달 동안 행복하려면 말을 사고, 한 해를 행복하게 지내려면 새 집을 지어라. 그러나 평생을 행복하게 지내려면 정직하여라.   — 영국

■ 행복은 자신의 가정에 있다. 타인의 뜰에서 찾을 것은 아니다.   — 영국

■ 슬픔은 원하지 않아도 찾아온다.   — 영국

■ 낮이 있으면 밤이 있고 행복 뒤에는 비애가 있다.   — 영국

■ 자기 스스로를 행복하다고 생각하는 사람은 행복하다. (He is happy that thinks himself so.)   — 영국

■ 불행이란 내가 불행에서 떠날 때까지 결코 내게서 떠나지 않는다.   — 영국

■ 행복은 사라진 뒤에 빛을 낸다.   — 영국

■ 사람은 그다지 행복하지도 않고, 그렇다고 불행하지도 않다. (We are never so happy or unfortunate as we think ourselves.)   — 영국

■ 불행은 흔히 안에서 생긴다.   — 영국

■ 말을 타지 않으면 떨어지는 일도 없다.   — 영국

■ 행복이 사라진 다음에야 아쉬워한다.   — 영국

■ 자고 있는 개를 깨우지 마라. (하지 않아도 될 일을 해서 도리어 생각지도 않은 화를 당한다)   — 영국

■ 불행도 무엇인가의 가치가 있다.   — 영국

■ 춤추는 사람 모두가 행복하지는 않다.   — 프랑스

■ 불행도 뭔가 이익이 된다.   — 프랑스

- 행복은 지배하지 않으면 안 되고 불행은 극복하지 않으면 안 된다. — 독일
- 구름이 없었더라면 햇빛을 고맙게 여기지 않을 것이다. — 아일랜드
- 행복한 사람은 막대기를 심어도 레몬나무가 자란다. — 이탈리아
- 행복의 계단은 미끄러지기 쉽다. — 로마
- 행복한 사람은 때를 맞추어 죽는다. 그가 안 죽으면 행복이 죽는다. — 스웨덴
- 불행을 견디는 자는 행복을 견딘다. — 스웨덴
- 귀머거리 남편과 장님 아내는 행복한 부부. — 덴마크
- 행복은 어리석은 자의 후견인이다. — 덴마크
- 신은 행복을 나누고 요리사는 수프를 나눈다. — 유고
- 행복은 뜻하지 않은 때에 날개를 타고 오고, 불행은 목발을 끌며 절름발이로 걸어온다. — 러시아
- 행복은 운반하기 어려운 혹이다. — 러시아
- 불행의 도움을 받지 않았던들 지금의 행복은 없었을 것이다. — 러시아
- 빨리 걸으면 네가 불행과 마주치게 되고, 천천히 걸으면 불행이 너를 붙잡는다. — 러시아
- 나를 피곤케 하는 자가 나에게 힘을 가르친다. — 세르비아
- 이 불행이란 놈, 한 번으로 끝내 준다면 네놈한테 고맙다고 할게. — 터키
- 불행에 바르는 약은 없다. — 반투족

■ 세상에서 강보에 싸인 채 죽는 것보다 행복한 사람은 없다.
— 집시

■ 행복할 수 있지만 행복하지 못한 사람과, 행복을 추구하지만
행복을 찾지 못하는 사람이 있다.　　　　　　— 아라비아

【시 · 문장】

행복하리로다.
홀로 있으면서도
오늘을 내 것이라고 말하는 사람이면.
내일은 최악의 것일지라도 그것이 무엇이랴
오늘 이토록 충실한 삶을 내가 누렸나니 .
— 호라티우스

행복을 찾아 나서는 동안은 너는
행복할 만큼 성숙해 있지 않다.
비록 가장 사랑스런 것들이 모두 너의 것일지라도.
잃어버린 것을 애석해 하고,
목표를 가지고, 또는 초조해 하는 동안은
평화가 어떤 것인지 너는 모른다.
모든 소망을 버리고
목표도 욕망도 모르고
행복을 입 밖에 내지 않을 때,
그때 비로소 세상일의 물결은
네 마음을 괴롭히지 않고

너의 영혼은 마침내 평화를 찾는다.

— 헤르만 헤세 / 행복

저 산 너머 멀리 헤매어 가면
행복이 산다고들 말하기에
아, 남들과 어울려 찾아갔다간
울면서 되돌아왔네.
저 산 너머 멀리 저 멀리에는
행복이 산다고들 말하건만…….

— 카를 부세 / 저 산 너머

리처드 코리가 읍내로 외출할 때마다
우리는 모두 길가 포장도로에 서서 그를 우러러 보았죠.
발끝부터 왕관(머리) 끝까지 완벽한 신사였고
깨끗한 용모에 호리호리한 풍채였답니다.
코리는 언제나 단정하게 차려입었고
말할 때는 늘 친절하였죠.
『안녕하십니까?』 하는 그의 인사는 언제나 가슴을 뛰게 했고,
걸을 때는 걸음걸이마다 빛이 났었더랬죠.
게다가 부유했고—임금보다도 더 부자였답니다!
모든 면에 맵시 있고 세련미가 물씬 넘쳐흘렀죠.
한 마디로 코리가 우리는 무조건 부러웠답니다.
우리는 그날그날 날품을 팔며 쥐구멍에 볕들 날을 기다렸어요.
고기도 못 먹는 주제에 매일 먹는 빵을 저주했답니다.

그런데 그만 리처드 코리는 어느 조용한 여름날 밤,
집에 돌아가 권총으로 머리를 쐈답니다.
— 에드윈 로빈슨 / 리처드 코리

종달새처럼 분방(奔放)하게, 아침,
하늘에 날아오르는 자는 행복하여라……
이 세상의 하늘 위를 날아다니며
피어나는 꽃과 소리 없는 것들의 밀어(密語)를
쉽사리 이해할 수 있는 자는 행복하여라.
— 보들레르 / 엘레바시옹

한 아이가 두 손에 잔뜩 풀을 들고서
『풀은 무엇인가요?』 하고 내게 묻는다.
내 어찌 그 물음에 대답할 수 있겠는가.
나도 그 아이처럼 그것이 무엇인지 알 수 없는 것이다.
나는 그것이 필연코 희망의 푸른 천으로 짜여진
내 천성의 깃발일 것이라고 생각한다.
아니면, 그것은 주님의 손수건이다.
하느님이 일부러 떨어뜨린 기념품일 터이고,
소유자의 이름이 어느 구석에 적혀 있어, 우리가 보고
『누구의 것』이라고 알 수 있는 것이다.
또한, 나는 추측하노니―풀은 그 자체가 어린아이,
식물에서 나온 어린아이일지도 모른다.
또한, 그것은 모양이 한결같은 상형문자일 테고

그것은 넓은 지역에서나 좁은 지역애서도 싹트고
흑인과 백인, 캐나다인, 버지니아인, 국회의원, 인디언,
나는 그들에게 그것을 주고 또한 받는다.
또한, 그것은 무덤에 돋아있는
깎지 않은 아름다운 머리털이라고 생각한다.
너 부드러운 풀이여— 나, 너를 고이 다루나니
너는 젊은이의 가슴에서 싹트는지도 모를 일이요,
내 만일 너를 미리 알았더라면
나는 너를 사랑했었을 지도 알 수 없는 일이다.
어쩌면 너는 노인들이나,
생후에 곧 어머니의 무릎에서 떼어낸
갓난아기에게서 나오는지도 모르는 것.
자, 그리고 여기에 그 어머니의 무릎이 있다.
이 풀은 늙은 어머니들의 흰 머리로부터
나온 것 치고는 너무나도 검으니,
노인의 빛바랜 수염보다도 검고,
연분홍 입천장에서 나온 것으로 치더라도 너무나 검다.
아, 나는 결국 그 숱한 발언들을 이해하나니,
그 발언들이 아무런 뜻 없이 입천장에서
나오지 않는다는 사실을 또한 알고 있는 것이다.
젊어서 죽은 남녀에 관한 암시를
풀어낼 수 있었으면 좋겠다고 생각하며
그것뿐만 아니라 노인들과 어머니와 그리고
그들의 무릎에서 떼어낸

갓난아이들에 관한 암시도 풀어냈으면 싶다.
그 젊은이와 늙은이가 어떻게 되었다 생각하며
여자들과 어린아이들이 어떻게 되었다 생각하는가.
그들은 어딘가에 살아서 잘 지내고 있을 터이고
아무리 작은 싹이라도 그것은 진정 죽음이란
존재하지 않음을 표시해 주고 있는 것일지니,
만일에 죽음이 있다면
그것은 삶을 추진하는 것이지
종점에서 기다렸다가 삶을 붙잡는 것은 아니다.
만물은 전진하고 밖으로 나아갈 뿐,
죽는 것은 없고
죽음은 사람들의 상상과는 달리 행복한 것이다
— 월트 휘트먼 / 풀잎

마음이 가난한 사람은 행복하다.
하늘나라가 그들의 것이다.
슬퍼하는 사람은 행복하다.
그들은 위로를 받을 것이다.
온유한 사람은 행복하다.
그들은 땅을 차지할 것이다.
옳은 일에 주리고 목마른 사람은 행복하다.
그들은 만족할 것이다.
자비를 베푸는 사람은 행복하다.
그들은 자비를 입을 것이다.

마음이 깨끗한 사람은 행복하다.

그들은 하나님을 뵙게 될 것이다.

평화를 위하여 일하는 사람은 행복하다.

그들은 하나님의 아들이 될 것이다.

옳은 일을 하다가 박해를 받는 사람은 행복하다.

하늘나라가 그들의 것이다.

나 때문에 모욕을 당하고 박해를 받으며

터무니없는 말로 갖은 비난을 다 받게 되면 너희는 행복하다.

기뻐하고 즐거워하여라.

너희가 받을 큰 상이 하늘에 마련되어 있다.

옛 예언자들도 너희에 앞서 같은 박해를 받았다.

— 마태복음

【중국의 고사】

■ **적선(積善)** : 착한 일을 많이 함. 동냥질에 응하는 행위를 미화하여 이르는 말. 『적선지가 필유여경(積善之家 必有餘慶)』에서 나온 말이다. 『선을 쌓은 집에는 반드시 남은 경사(행복)가 있다』는 말이다. 흔히 구걸하는 사람들이 『적선하십시오.』하고 머리를 숙이며 손을 내미는 것을 볼 수 있다. 좋은 일 하라는 뜻이다.

많은 착한 일 가운데 특히 딱한 사람과 불쌍한 사람을 동정하는 것을 『적선』이라고 하는 것은 여기 나오는 여경(餘慶)이라는 말과 관련이 있다. 『여경』은 남은 경사란 뜻이다. 남은 경사는 뒤에 올 복된 일을 말한다. 결국 『적선하십시오.』하는 말은 『이 다음날의 행복을 위해 내게 투자를 하십시오.』하는 권유의 뜻을 동시에 지니고 있는 말이다.

이 『적선지가에 필유여경』이란 말은 거의 우리말처럼 널리 보급되어 있는 말이다. 이 말은 『좋은 일을 많이 하면 뒷날 자손들이 반드시 그 보답으로 복을 누리게 된다』는 뜻이다. 이 말은 《역경》곤괘(坤卦) 문언전(文言傳)에 있는 말로 이 말이 있는 부분만을 소개하면 이렇다.

『선을 쌓은 집은 반드시 남은 경사가 있고, 불선을 쌓은 집은 반드시 남은 재앙이 있다. 신하가 그 임금을 죽이고, 자식이 그 아비를 죽이는 것이 하루아침 하루저녁의 까닭이 아니고, 그것이 싹튼 지는 오래다.』 착한 일이든 악한 일이든 오래 쌓은 뒤라야 복을 받고 화를 입게 된다는 뜻이다. 나무를 심어 과일을 따듯이 꾸준한 노력이 계속되지 않으면 그 성과를 볼 수가 없는 것이다.

나무에서 과일을 따지만, 그 관리를 소홀히 한다고 해서 금방 나무가 죽어 없어지는 것은 아니다. 몇 해를 거듭 게을리 하게 되면 비로소 그 과일밭은 완전히 버리게 된다. 그러나 노력을 쌓아 좋은 결과를 얻기는 어렵고, 게으름을 피워 얻은 결과를 망치기는 쉽다. 복과 화의 경우도 마찬가지다. 그러나 선을 쌓는 것 중에는 남이 아는 그런 선보다는 남이 알지 못하는 음덕(陰德)과 같은 선을 쌓는 것이 참복을 받는다는 것을 알아야 한다. 남이 몰라주는 노력과 봉사가 다 음덕에 속하는 일이다.

— 《역경》문언전(文言傳)

■ **호사토읍(狐死兔泣)** : 『여우가 죽으니 토끼가 슬퍼한다』라는 뜻으로, 동류(同類)의 불행을 슬퍼하는 것을 비유하는 말이다.

《송사(宋史)》 이전전(李全傳)에 있는 이야기로, 남송(南宋) 때 양묘진(楊妙眞)의 고사에서 유래되었다.

송나라는 금(金)나라에 밀려 북쪽지방을 빼앗기고 강남의 임안(臨安)으로 도읍을 옮겨 남송이라 했다. 금나라가 차지한 강북지역에서는 한인(漢人)들이 자위를 겸한 도적집단을 이루었고, 이들은 나중에 금나라에 빼앗긴 북송의 땅을 회복하려는 의병의 성격을 띠게 되었다.

양안아(楊安兒)라는 사람도 그들 가운데 한 명이었다. 양안아가 금나라 군대와 싸우다가 죽은 뒤에 그의 여동생 양묘진이 무리를 이끌었다. 여기에 이전(李全)의 무리가 합류하였고, 이전과 양묘진은 부부가 되었다. 이전은 남송에 귀순하였는데, 남송에서는 이처럼 귀순한 봉기군을 북군(北軍)이라고 불렀다. 이전은 초주(楚州)에 진출하여 남송과 금나라와 몽골을 상대로 항복과 배신을 반복하였다.

하전은 남송 회동제치사(淮東制置使) 유탁(劉琸)의 부하로, 본래 북군 출신이었다. 하전이 군사를 이끌고 초주를 공격하려 하자, 양묘진은 사람을 보내어 말을 전했다.

『여우가 죽으면 토끼가 우는 법이니, 이씨(이전을 가리킴)가 멸망하면 하씨(하전을 가리킴)라고 홀로 살아남을 수 있겠습니까? 장군께서 잘 살펴 주시기를 바랍니다(狐死兔泣 李氏滅 夏氏寧獨存 願將軍垂盼).』

이는 하전을 안심시켜 속이기 위한 계책이었다. 하전은 이에 넘어가 유탁을 몰아낸 뒤 성으로 돌아왔으나 양묘진은 태도가 돌변하여 그를 성 안으로 들이지 않았다. 나중에 하전은 금나라에 투항하였다.

여우와 토끼는 그 힘의 강약이 차이가 있기는 하지만 사람의 사냥감이 되기는 매한가지이다. 따라서 여우가 죽으면 그 다음 차례는 토끼일지도 모르고, 토끼가 죽으면 여우가 그 다음 차례일지도 모르는 『동병상련(同病相憐)』의 처지인 것이다. 여기서 유래하여 『호사토읍』은 남의 처지를 보고 자기 신세를 헤아려 동류의 불행을 슬퍼하여 욺을 비유하는 성어로 쓰인다. 『호사토비(狐死兎悲)』라고도 한다.

■ **설상가상(雪上加霜)** : 눈 위에 서리가 내린다는 뜻으로, 불행한 일이 거듭됨을 비유하는 말.

불서(佛書) 《경덕전등록(景德傳燈錄)》에 있는 이야기다.

마조(馬祖) 도일선사(道一禪師)의 법사 중에 대양화상(大陽和尙)이라는 스님이 있었다. 이(伊)선사라는 중이 인사하러 온 적이 있었는데, 대양선사가 말했다.

『그대는 앞만 볼 줄 알고 뒤를 돌아볼 줄은 모르는구나.』

이선사가 말하였다.

『눈 위에 다시 서리를 더하는 말씀입니다(雪上更加霜).』

대양선사가 말하였다.

『피차 마땅치 못하도다(彼此無便宜).』

또, 여산(廬山) 서현(栖賢) 회우선사(懷佑禪師) 조에는 이런 일화가 실려 있다.

46

어떤 중이 물었다.

『멀리서 왔으니, 스님께서 깨우쳐 주십시오(自遠而來 請師激發).』

『때에 맞지 않는구나(也不憑時).』

『스님께서 때에 맞추어 주십시오(請師憑時).』

『나는 바뀐 적 없다(我亦不換).』

『어떤 것이 이러한 법에 법이라는 차별마저 없는 것입니까(問如何是法法無差)?』

『눈 위에다 서리를 더하는구나(雪上更加霜).』

『설상가상』 내린 눈 위에 다시 서리가 내려 쌓인다는 뜻으로, 불행한 일이 거듭해 일어남을 비유한 말이다. 흔히 『엎친데 덮친다』는 등으로 풀어 쓴다. 계속해서 좋지 않은 일이 일어날 때 많이 쓰는 표현으로, 속담 가운데 『재수 없는 놈은 (뒤로) 자빠져도 코가 깨진다』와도 의미가 통한다.

같은 뜻의 한자 성어로는 『병을 앓는 동안에 또 다른 병이 겹쳐 생긴다』는 뜻의 병상첨병(病上添病)이 있다. 『비단 위에 꽃을 더한다』는 『금상첨화(錦上添花)』와는 반대의 뜻을 가지고 있다.

【우화】

■ 행복은 기운이 세지 못했지만, 반면 불행은 몸이 튼튼하고 힘이 세었다. 불행은 기운이 세니까 행복을 보기만 하면 덤벼들어 못살게 굴었다. 행복은 견딜 수가 없어서 이리저리 피해 다니다가 피할 곳이 없어서 하늘로 날아 올라갔다. 하늘에 올라

간 행복이 제우스신에게 의논을 했다. 제우스신은 생각을 하다
가 이렇게 대답했다.

『행복들이 모두 이곳에 있으면 나쁜 불행한테 고생을 당하
지 않게 되어 좋겠지만, 세상 사람들은 너희들을 좋아하고 너
희들이 오기를 기다리고 있으니 여기서만 살 수도 없지 않으냐.
그러니 여럿이 한꺼번에 내려가지 말고 여기서 갈 곳을 보아두
었다가 하나씩 하나씩 행복을 얻을 수 있는 사람에게로 바로
뛰어가도록 하여라. 그러면 괜히 여럿이 가서 갈 곳을 찾다가
불행에게 붙들리지 않고 좋지 않겠느냐?』

이렇게 되어서 이 세상에는 행복은 좀처럼 볼 수가 없고, 불
행은 여기저기에 숱하게 뒹굴어 다니게 된 것이라고 한다.

— 이솝 / 행복과 불행

■ 산 속에서 자란 나귀는 저 혼자 힘으로 먹을 것과 잠잘 곳을
찾으며 살았다. 비가 오면 비를 맞고, 찬바람이 불면 추위에 시
달리면서, 깔깔한 나뭇잎이나 풀을 뜯어먹으며 살아가는 것이
다. 그러던 산나귀가 하루는 사람들이 사는 마을로 내려왔다가
어느 집 외양간에서 한가롭게 먹이를 먹고 있는 나귀를 보았다.
나귀가 들어 있는 외양간은 깨끗하고 훌륭해서 비나 바람에
조금도 불편한 일이 없을 것 같았다. 게다가 나귀가 먹고 있는
먹이를 보니 아주 맛있는 것이었다. 산나귀는 보고 있다가 집
나귀의 사는 모양이 하도 부러워서 자기의 신세한탄을 하자,
집나귀는 『불편해서 견딜 수 없을 테니 어디 사람의 집에 와서
한번 살아 봐.』하고 말했다. 그러나 산나귀는 누구의 집에 가

48

서 그런 좋은 외양간과 맛좋은 먹이를 달랠 용기가 나지 않아 산으로 돌아왔다.

그 후 며칠이 지나서 산나귀는 고갯길에서 보리섬을 산더미같이 실은 수레를 끌고 올라오는 나귀를 만났다. 전날 마을에서 본 그 나귀가 땀을 흘리며 숨 가쁘게 걷고 있었다. 산나귀와 서로 인사를 하느라고 잠깐 멈추자 나귀 주인은 막대기로 집나귀의 등을 때리는 것이다.

매를 맞은 집나귀는 아무 말도 못하고 다시 짐수레를 끌기 시작했다. 이 모습을 본 산나귀는, 『가엾은 일이군. 저런 걸 모르고 나는 괜히 집나귀를 부러워했지. 아무리 깨끗한 집에서 맛난 음식을 먹고 지낸다 해도 이런 괴로움을 당하는 거라면, 자유롭게 사는 내가 훨씬 행복한 셈이야.』 하며 중얼거렸다.

— 이솝 / 산나귀와 집나귀

【명작】

■ 신곡(神曲, La Divina Commedia) : 이탈리아의 시인 단테(Alighieri Dante, 1265~1321)가 쓴 장편 서사시. 1307년경부터 쓰기 시작하여 몰년(歿年)인 1321년에 완성하였다. 〈지옥편(地獄篇)〉, 〈연옥편(煉獄篇)〉, 〈천국편(天國篇)〉 3부로 이루어졌다. 제명(題名)을 중세의 관용(慣用)에 따라 희곡(喜曲)이라 붙인 것은 비참한 인상을 주는 것은 〈지옥편〉 뿐으로, 나머지 〈연옥편〉, 〈천국편〉에는 쾌적하고 즐거운 내용을 다루고 있기 때문이다.

표면에 나타난 주제는 사후(死後)의 세계를 중심으로 한 단테의 여행담이다. 단테가 33살 되던 해의 성(聖)금요일 전날 밤 길을 잃고 어두운 숲속을 헤매며 번민의 하룻밤을 보낸 뒤, 빛이 비치는 언덕 위로 다가가려 했으나 3마리의 야수(野獸)가 길을 가로막으므로 올라갈 수가 없었다. 그때 베르길리우스가 나타나 그를 구해 주고 길을 인도한다. 그는 먼저 단테를 지옥으로, 다음에는 연옥의 산(山)으로 안내하고는 꼭대기에서 단테와 작별하고 베아트리체에게 그의 앞길을 맡긴다. 베아트리체에게 인도된 단테는 지고천(至高天)에까지 이르고, 그 곳에서 한순간 신(神)의 모습을 우러러보게 된다는 것이 전체의 줄거리이다.

　인간은 신이 정했다고 하는 자연계에서의 목적과 초자연계에서의 목적을 향하여 살아간다. 현세에 있어서의 행복(지상낙원을 상징)을 달성하기 위해서는 윤리적·지적 미덕이 명하는 바에 따라 살아가며, 제2의 목적(영원의 행복)을 얻는 길은 신의 은총에 힘입으면서 그리스도교의 믿음·소망·사랑에 따라 이 세상을 살아간다. 그리고 인류를 현세의 행복으로 안내하는 것은 황제의 의무이고, 천국의 행복으로 인도하는 것은 교황의 의무이다. 이것이 《신곡》의 중요한 장면에 나오는 이미지와 일치하는 점이다.

　따라서 단테의 상상 속에서 나온 우의적(寓意的) 여행담은 실제에 있어서는 구체적인 생활체험에서 얻은 진실을 의식적으로 표현한 것에 불과하다. 조잡한 생활, 이성과 덕이 결핍된 생활을 상징하는 『어두운 숲』은 『3마리의 야수』에 의해 지배되고 있는데, 이들 야수는 원죄(原罪)에 유래하는 3가지 아집(아집 : 색욕·교만·탐욕)의 상징이다. 그러나 베르길리우스에 인도된 단테는 이 숲을 벗어나 이성과 덕에 따라 살아가는 사람들에게 걸맞은, 현세에 있어서의 지선(至善 : 지상낙원)에 이른다.

우의적인 면에서 볼 때 《신곡》에 명문화된 여러 가지 체험은 파란만장한 인생체험을 통하여 단테 자신의 영혼의 성장과정을 나타낸 것이며, 망명 이후 심각한 정치적・윤리적・종교적 문제로 계속 고민했던 그가 자신의 양심과 영혼 속에서 그 해결방법을 찾아내기까지의 이야기라고 할 수 있다.

【成句】

■ 명야복야(命也福也) : 계속해서 생기는 행복.

■ 복경호우(福輕乎羽) : 복(福)이란 새털보다 가볍다, 라는 뜻으로, 자기 마음먹기에 따라 행복하게 됨을 이르는 말. /《장자》

■ 봉시불행(逢時不幸) : 공교롭게 불행한 때를 만남.

■ 비장수기(飛將數奇) : 재주 있는 사람일수록 불행한 처지에 놓이게 됨을 비유하는 말. /《한서》

■ 백록시하(百祿是荷) : 하늘로부터 많은 행복을 받음을 이름. / 《시경》

■ 복생유기(福生有基) : 행복이라는 것은 그 원인이 있다는 말.

■ 복과화생(福過禍生) : 지나친 행복은 재해(災害)를 가져오는 원인이 된다는 말. /《송서(宋書)》

■ 복취해무량(福聚海无量) : 복이 모여드는 것이 큰 바다에 물이 모여드는 것과 같음을 이름. /《법화경》

■ 복지심령(福至心靈) : 행복하게 되면 정신도 영명(靈明)하게 된

다는 말.

■ 혜분난비(蕙焚蘭悲) : 혜초(蕙草)가 불에 타니 난초(蘭草)가 슬퍼한다는 뜻으로, 벗의 불행을 슬퍼함을 비유하는 말.

■ 소훼난파(巢毀卵破) : 보금자리가 부서지면 알도 깨진다는 뜻으로, 국가나 사회에 불행이 있으면 백성들도 불행을 당하게 됨의 비유. /《삼국지》

■ 불위복선(不爲福先) : 행복을 남보다 먼저 차지하면 남한테 미움을 받으므로, 남에 앞서서 차지하려 하지 않음. /《장자》

■ 무망지복(毋望之福) : 무망(毋望)은 바라지도 않는데 갑자기, 또는 반드시 일어난다는 뜻으로, 뜻하지 않은 행복이나 이익. /《전국책》

■ 도소지양(屠所之羊) : 도살장으로 끌려가는 양이라 함이니, 다 죽게 된 불행한 처지의 사람을 가리키는 말.

■ 일로복성(一路福星) : 복성은 행복을 주는 별이란 뜻으로, 덕으로써 다스리는 사람에 비유함.

■ 평지낙상(平地落傷) : 평탄한 길에서 넘어져 다친다는 뜻으로, 생각지 않은 불행한 일을 당함의 비유. /《동언해》

우정 *friendship* 友情
(친구)

【어록】

■ 네가 아무리 용감할지라도 온화한 사람을 친구로 두어야 한다.
— 석가모니

■ 나이가 자기의 배가 되면 아버지처럼 섬기고, 열 살이 위면 형
님처럼 섬기고, 다섯 살이 위면 친구로 사귀어도 된다.
—《예기》

■ 학문만 하고 친구가 없으면 고루하여 견문이 없다.
—《예기》

■ 선비에게 충고해 주는 벗이 있으면 영예의 이름을 보장할 수
있다.
—《예기》

■ 충고하여 벗을 선도하고, 듣지 않으면 곧 중지하여 스스로 욕
됨이 없게 하라(忠告而善導之 不可則止 毋自辱焉 : 자공(子貢)
이 교우(交友)의 도에 관해 묻자, 공자가 대답한 말이다).
—《논어》 안연

▪ 유익한 벗이 셋 있고, 해로운 벗이 셋 있다. 곧은 사람과 신용 있는 사람과 견문이 많은 사람을 벗으로 사귀면 유익하며, 편벽한 사람과 아첨하는 사람과 말이 간사한 사람을 사귀면 해롭다(益者三友 損者三友 友直 友諒 友多聞 益矣 友便辟 友善柔 友便佞 損矣).　　　　　　　　　　　 —《논어》 계씨

▪ 친구와 사귀는 일은 익숙하게 되면 예의를 잃게 되기 쉽다. 오래 되어도 서로 상대방을 존경하는 사이가 되어야 한다.
　　　　　　　　　　　　　　　　　　　 —《논어》

▪ 군자가 이웃을 가려 사귀는 것은 환난을 막기 위함이다.
　　　　　　　　　　　　　　　　　　　 —《논어》

▪ 군자는 학문을 통해서 벗을 모으고, 인(仁)을 행함으로써 벗의 도움을 받는다.　　　　　　　　　 —《논어》 안연

▪ 벗이 있어 먼 곳으로부터 찾으면 또한 즐겁지 아니하랴(有朋自遠方來 不亦樂乎).　　　　　　　 —《논어》 학이

▪ 그 임금을 알려면 그 좌우를 보라. 그 아들을 알려면 그 벗을 보라.　　　　　　　　　　　　　 —《순자》

▪ 물이 지나치게 맑으면 사는 고기가 없고, 사람이 지나치게 비판적이면 사귀는 벗이 없다(水至淸則無魚 人至察則無徒).
　　　　　　　　　　　　　　　　　　　 —《맹자》

▪ 앉은뱅이가 소경에게 알리자, 소경은 앉은뱅이를 업고 달아났다. (앉은뱅이가 소경에게 난리가 일어났다고 알리자, 소경은 서둘러 앉은뱅이를 업고 달아났다. 그래서 두 사람은 무사히 살아날 수 있었다. 두 사람은 불구이지만 각자의 기능한 바를 알기 때문에 살아난 것이다)　　　　　 —《회남자》

■ 내가 듣기로는 친하다는 것은 그 친한 것을 잃어버리지 않는다는 것이고, 옛 친구라는 것은 그 옛일을 잃어버리지 않는다는 것이다. ─《공자가어》

■ 나를 낳은 이는 부모이지만, 나를 아는 이는 오로지 포숙이다 (生我者父母 知我者鮑子也). ─《사기》관안열전(管晏列傳)

■ 사해 안에 지기(知己)가 있다면 하늘 끝에 산다 해도 이웃같이 여기리라(海內存知己 天涯若比隣). ─ 왕발(王勃)

■ 인생에서 귀중한 건 지기(知己)이거늘, 황금이나 금전이 무슨 소용이랴(人生貴相知 何必金與錢). ─ 이백

■ 고난과 불행이 찾아올 때에 비로소 친구가 친구임을 안다. ─ 이백(李白)

■ 뜬구름은 나그네의 마음이요, 지는 해는 보내는 옛 벗의 정이로구나(浮雲遊子意 落日故人情). ─ 이백

■ 홍안인 그대는 아직도 한창인데, 나는 백발이라 먼저 늙누나(朱顔君未老 白發我先秋). ─ 이백

■ 꿈결 속에 찾아온 그리운 옛 벗, 나에게 당부하네, 잊지 말자고 (故人入我夢 明我長相憶). ─ 두보(杜甫)

■ 젊은이는 새 벗을 즐겨 사귀고, 늙은이는 옛 벗을 그리워하네 (少年樂新知 衰莫思故友). ─ 한유(韓愈)

■ 군자와 군자는 같은 도로써 벗을 삼고, 소인과 소인은 같은 이익으로 벗을 삼는다(君子與君子以同道爲朋 小人與小人以同利爲朋). ─ 구양수(歐陽修)

■ 훌륭한 사람이 되려면 꼭 훌륭한 벗을 찾아야 한다(要成好人 須尋好友). ─ 여득승(呂得勝)

■ 술상 앞에 모였던 천여 명 형제 역경에 부딪치니 하나도 없네
(酒肉弟兄千個有 落難之中無一個).　　　　― 풍몽룡(馮夢龍)

■ 주사(朱砂)를 가까이 하면 붉게 되고, 먹을 가까이 하면 검게 된
다(近朱者赤 近墨者黑).　　　　　　　　　― 부현(傅玄)

■ 군자는 우선 그 벗을 택한 후에 사귄다. 소인은 우선 사귀고 난
후에 벗을 택한다. 그러므로 군자는 실수함이 적고, 소인은 유
한(遺恨)이 많다.　　　　　　　　　― 《문중자(文中子)》

■ 나보다 나을 것 없고, 내게 맞는 길벗이 없거든 차라리 혼자서
착하기를 지켜라. 어리석은 이의 길동무가 되지 말라.
　　　　　　　　　　　　　　　　― 《법구경》

■ 사람을 씀에는 마땅히 각박하지 말 것이니, 각박하면 공효(功
效)를 생각하는 자 떠나리라. 벗을 사귐에는 마땅히 넘치지 말
것이니, 넘치면 아첨을 일삼는 자도 찾아오리라. ― 《채근담》

■ 벗을 사귐에는 모름지기 세 푼(三分)의 협기(俠氣)를 띠어야 하
고, 사람이 되기 위해서는 한 점의 본마음을 지녀야 한다.
　　　　　　　　　　　　　　　　― 《채근담》

■ 벗과 교제하는 데에도 약자를 돕고 강자를 누르는 남아의 의기
가 필요하다. 이로운 점이 있기 때문에 교제를 한다든가, 또는
교제를 하면 손해를 볼 것이므로 절교하는 등, 이해를 생각하는
교제는 건실한 교제라 결코 할 수 없다.　　　― 《채근담》

■ 벗을 사귐에는 과하여 넘치지 말지니, 넘치면 아첨하는 자가
생기리라.　　　　　　　　　　　　　― 《채근담》

■ 친구가 꿀처럼 달더라도 그것을 전부 빨아먹지 말라.
　　　　　　　　　　　　　　　　― 《탈무드》

■ 친구는 너를 친구로 여기고, 친구의 친구도 너를 친구로 간주
한다.   ―《탈무드》

■ 너를 칭찬하고 따르는 친구도 있을 것이며, 너를 비난하고 비
판하는 친구도 있을 것이다. 너를 비난하는 친구와 가까이 지내
도록 하고 너를 칭찬하는 친구와 멀리하라.   ―《탈무드》

■ 벗이 화내고 있을 때에는 달래려고 하지 말라. 그가 슬퍼하고
있을 때에도 위로하지 말라.   ―《탈무드》

■ 만약 친구가 야채를 갖고 있으면 고기를 주어라.
                                        ―《탈무드》

■ 친구가 없어도 혼자서 일해 나갈 수 있다고 생각하면 잘못이다.
그런데 친구가 없으면 혼자 처리할 수 없다고 생각하면 대단한
잘못이다. 그리고 자기가 없으면 친구가 일할 수 없다고 생각하
면 더욱 큰 잘못이다.   ―《탈무드》

■ 친구에는 세 종류가 있다. 첫째, 음식과 같은 친구로 매일 빠져
서는 안 된다. 둘째, 약과 같은 친구로 이따금 있어야 한다. 셋
째, 병과 같은 친구로 이를 피하지 않으면 안 된다.
                                        ―《탈무드》

■ 참다운 친구는 불행에 닥쳤을 때 비로소 알게 된다. ― 이솝

■ 충실한 친구는 반드시 설득할 수 있다.   ― 호메로스

■ 적도 언젠가는 벗이 될 수 있다고 생각하면서 미워하고, 벗도
적이 될지 모른다고 생각하면서 사랑해야 한다. ― 소포클레스

■ 친구의 수를 세는 것보다 양(羊)의 수를 세는 게 쉽다.
                                        ― 소크라테스

■ 친구라는 이름은 흔하지만 우정 있는 신뢰는 드물다.

— 파에드루스

- 진정한 우정은 영원하다.　　　　　　　　　　— 피타고라스
- 어느 누구의 권세도 우정의 권리를 침범할 권한을 갖지 못한다.

— 오비디우스

- 가장 귀중한 재산은 사려가 깊고 헌신적인 친구이다.

— 다리우스 1세

- 많은 벗을 가진 사람은 한 사람의 진실한 벗을 가질 수 없다.

— 아리스토텔레스

- 우정은 사랑을 받게 되는 것보다는 사랑하는 곳에 있다.

— 아리스토텔레스

- 야수는 야수를 안다. 같은 깃털을 가진 새는 스스로 한 군데로 모인다.　　　　　　　　　　　　　　　— 아리스토텔레스
- 설령 모든 좋은 것을 가졌던들 벗이 없으면 그 누가 살기를 원하리오.　　　　　　　　　　　　　　　— 아리스토텔레스
- 내가 바라는 것을 친구에게 행하여야 한다.

— 아리스토텔레스

- 친구가 많다는 것은 친구가 전혀 없다는 것이다.

— 아리스토텔레스

- 친구란 두 신체에 깃들인 하나의 영혼이다.

— 아리스토텔레스

- 그 사람을 모르거든 그 벗을 보라.　　　　　— 메난드로스
- 비탄의 구렁텅이에 빠져 있을 때 친구가 건네주는 말처럼 기쁜 것은 없다. 그 목소리처럼 아름답게 들리는 것은 없다.

— 메난드로스

■ 친구처럼 보이는 사람은 대개 친구가 아니고, 그렇게 보이지
않는 사람이 오히려 친구다.　　　　　— 데모크리토스

■ 단 한 사람의 고귀한 친구조차도 갖지 못한 사람은 살 가치가
없는 사람이다.　　　　　　　　　　— 데모크리토스

■ 순경(順境)에서 친구를 찾기는 쉽고, 역경(逆境)에서는 극히 어
렵다.　　　　　　　　　　　　　　　— 에픽테토스

■ 하찮은 여러 벗을 갖느니보다는 하나의 훌륭한 벗을 갖는 편이
훨씬 낫다.　　　　　　　　　　　　— 아나카르시스

■ 가짜 돈에 속은 것은 불행이지만, 불행은 견딜 수 있고 가짜는
간파할 수도 있다. 그러나 거짓 친구가 되면 그것을 깨닫기가
몹시 힘들다.　　　　　　　　　　　— 테오그니스

■ 먹고 마시는 일에는 많은 친구가 있다. 그러나 위급한 일에 있
어서는 친구가 몹시 드물다.　　　　　— 테오그니스

■ 친구는 또 하나의 나다.　　　　　— M. T. 키케로

■ 나는 삶을 같이할 친구가 없는 한, 어떠한 즐거움도 가질 수 없
다고 결심했다.　　　　　　　　　　— 테렌티우스

■ 생활이 넉넉할 때는 많은 벗이 모여들지만 천기(天機)를 누리
지 못하고, 생활이 여의치 않으면 모두 떠나 버린다.
　　　　　　　　　　　　　　　　　— 오비디우스

■ 술독이 바닥이 나면 친구들이 흩어진다.　— 호라티우스

■ 나에게 양식(良識)이 있는 한, 좋은 친구에 비길 것은 아무것도
없다.　　　　　　　　　　　　　　— 호라티우스

■ 충실한 벗은 인생의 약이다.　　　　— 아포크리파

■ 옛 벗을 버리지 말라. 새로운 벗은 옛 벗을 당할 수 없다. 새로

운 벗은 새 술과 같은 것, 오래되면 기쁨으로 마실 수 있기 때문
이다.   — 아포크리파
▪ 네가 부자가 되면 너의 친구는 가난해진다.   — 유베날리스
▪ 친구란 자기 이외의 자기를 말한다.   — 제노
▪ 친구를 형제처럼 여기지 말라.   — 헤시오도스
▪ 주여, 참된 우정이라는 것은 당신에게 매달리는 사람들 가운데
  서 당신이 우정의 고리를 이어주는 그 때에 비로소 존재하는
  것입니다.   — 아우구스티누스
▪ 우정은 풀어야지 끊지 말라.   — M. 카토
▪ 우정은 항상 유익하지만 사랑은 때로 해로울 때가 있다.
                                          — 샤를루이 필리프
▪ 대지(大地)로부터의 선물은 각각의 계절을 기다려야 하지만 우
  정의 과실은 언제든지 수확할 수 있다.   — 데모크리토스
▪ 우정은 다른 사물에서와 같이 싫증이 나는 일이 있어서는 안
  된다. 그리고 오래 계속될수록 좋다. 마치 오래 묵힌 포도주처
  럼 달콤해지는 것이 당연한 이치이며, 세상에서 말하듯이 우정
  을 다하기 위해서는 함께 여러 말(斗)의 소금을 먹어 봐야 한다
  함은 옳은 말이다.   — M. T. 키케로
▪ 번영은 친구를 만들고, 역경은 친구를 시험한다.
                                        — 푸블릴리우스 시루스
▪ 네 친구를 그늘에서는 충고하고, 남 앞에서는 칭찬하라.
                                        — 푸블릴리우스 시루스
▪ 궁핍한 벗에 벗다운 사람은 친구 중에서 가장 위대한 친구다.
                                          — 플루타르코스

■ 어떤 목적을 위해 시작한 우정은 그 목적에 이를 때까지만 지속된다.   — M. A. 카루스

■ 보지 않는 곳에서 나를 좋게 말하는 사람은 나의 친구다.

     — T. 풀러

■ 불길처럼 불타오른 우정은 쉽게 꺼져 버리는 법이다.

     — T. 풀러

■ 친구에게 충실한 사람은 자기 자신에게도 충실하다.

     — 에라스무스

■ 새로운 친구를 사귀어도 오래 된 친구를 잊지 말라.

     — 에라스무스

■ 우정은 때로 사랑으로 변하지만 사랑이 우정으로 변하는 일은 지극히 드물다.   — C. C. 콜턴

■ 세상에는 세 종류의 벗이 있다. 그대를 사랑하는 벗, 그대를 잊어버리는 벗, 그대를 미워하는 벗이 그것이다.   — S. 샹포르

■ 모든 사람이 서로에 대해서 어떻게 말하는지 알게 된다면, 누구든 이 세상에서 네 명 이상의 친구를 갖지 못할 것이다.

     — 파스칼

■ 친구가 외눈박이면 나는 그 옆얼굴을 본다. — 조제프 주베르

■ 무지(無知)한 친구만큼 위험한 것은 없다.   — 라퐁텐

■ 서로 친구라 하더라도, 그것을 믿는 것은 어리석은 일이다. 이 이름처럼 세상에 흔한 것이 없고, 그 실존처럼 철학에 희귀한 것도 없다.   — 라퐁텐

■ 좋은 벗과 훌륭한 담화는 바로 미덕의 골격이다.

     — 아이작 월턴

■ 열 명의 칭찬하는 적보다 한 명의 사랑하는 친구를 갖는 것이 낫다.   — 조지 맥도널드

■ 한 친구를 만족시키지 못한 자는 인생에서 성공했다고 할 수 없다.   — 헨리 소로

■ 친구로부터 대접을 받을 때는 천천히 가고, 친구가 어려움에 처해 있을 때는 지체 없이 가라.   — 헨리 소로

■ 나는 고독처럼 다정한 친구를 이제껏 발견하지 못하였다.
    — 헨리 소로

■ 네가 누구하고 사귀는지를 말해 보라. 그러면 네가 어떤 사람인지 말해 주마.   — 세르반테스

■ 빈곤이 문안으로 들어오면 가짜 우정은 바로 창을 통해 나가버린다.   — 프리드리히 밀러

■ 여자끼리의 우정은 언제나 제3의 여인에 대한 음모에 불과하다.   — 알퐁스 칼

■ 우정—함께 잘 수 없는 두 인간의 결혼이다.   — 쥘 르나르

■ 남녀 사이에는 우정은 있을 수 없다. 정열·정의·숭배·연애는 있다. 그러나 우정은 없다.   — 오스카 와일드

■ 불성실한 벗을 얻을 바에야 차라리 적을 갖는 편이 낫다.
    — 셰익스피어

■ 돈을 빌리면 돈도 친구도 잃는다. 돈을 빌리면 절약할 마음이 둔해진다.   — 셰익스피어

■ 우정의 대부분은 보이기 위한 것이며, 사랑의 대부분은 어리석음에 지나지 않는다.   — 셰익스피어

■ 속으로는 생각해도 입 밖에 내지 말며, 서로 사귐에는 친해도

분수를 넘지 말라. 그러나 일단 마음에 든 친구는 쇠사슬로 묶어서라도 놓치지 말라.　　　　　　　　　　 — 셰익스피어

■ 우정이 연애로 변할 때는, 두 냇물이 합치는 것과 같이 혼합되며, 유명한 편이 다른 쪽의 이름을 흡수한다.　　 — 스퀴데리

■ 거만한 가슴에는 우정이 싹트지 않는다.　　　　　　 — 괴테

■ 친구여, 모든 이론은 회색이지만 실제 인생의 황금나무는 언제나 푸르다.　　　　　　　　　　　　　　　　　 — 괴테

■ 좋은 친구와의 사귐은 대화에서 배우고 침묵으로 맺어진다.

　　　　　　　　　　　　　　　　　　　　　　 — 괴테

■ 우정은 천국이며, 우정의 결핍은 지옥이다. 우정은 삶이며, 우정의 결핍은 죽음이다.　　　　　　　　　　　　 — 모리츠

■ 우정관계는 동등의 관계이다.　　　　　 — 임마누엘 칸트

■ 우정은 기쁨은 두 배로 하고 슬픔은 나눈다.　　 — 헨리 본

■ 세상에는 기묘한 우정이 존재한다. 서로 잡아먹을 듯하면서도 헤어지지도 못한 채 일생을 보내는 인간이 있다.

　　　　　　　　　　　　　　　　　　 — 도스토예프스키

■ 우정이란 대부분 굴종(屈從)에 기반을 두고 있다.

　　　　　　　　　　　　　　　　　　 — 도스토예프스키

■ 우정은 날개 없는 큐핏이다.　　　　　　 — 조지 바이런

■ 우리가 친구에게 구하는 것은 우리의 행동에 대한 동조가 아니고 이해다.　　　　　　　　　　　　　 — 하인리히 하이네

■ 괴로움을 함께 하기보다 즐거움을 함께하는 것이 친구를 만든다.　　　　　　　　　　　　　　　 — 프리드리히 니체

■ 화제에 궁했을 때 자기 친구의 비밀을 폭로하지 않는 자는 드

물다.   — 프리드리히 니체
- 남녀 간의 우정은 음악이다. 그것은 음악과 음악을 만들어 내는 악기와의 관계이다. 완전히 비물질적이며 천상적인, 그리고 육감과는 전혀 취향을 달리하지만, 이 육감이 없이는 있을 수 없는 음악인 것이다.   — 몽테를랑
- 그대를 이해하는 벗은 그대를 창조한다.   — 로맹 롤랑
- 동물만큼 기분 좋은 벗들은 없다. 그들은 질문도 하지 않으려니와 또한 비판도 하지 않는다.   — 조지 엘리엇
- 친구여, 박수를! 희극은 끝났다.   — 베토벤
- 연정(戀情)은 맹목일 수 있다. 그러나 우정은 결코 그렇게 되지 않는다. 결코 그렇게 되어서는 안 될 책임이 있다. 친구의 결점을 사랑하는 데까지 발전하는 수가 있다. 그러나 그것은 친구를 도와서 그에게 그것을 알려주기 위해서이다. — 앙드레 지드
- 벗을 믿지 않음은 벗에게 속아 넘어가는 것보다 더 수치스러운 일이다. 벗은 제2의 자신이기 때문이다.   — 라로슈푸코
- 친구가 역경에 처해 있는 것을 보면 우리는 뭔가 싫지 않은 것을 느낀다.   — 라로슈푸코
- 친구를 불신하는 것은 친구에게 속는 것보다도 수치스런 일이다. 시종 변치 않는 벗이란 온갖 재산 가운데서도 가장 풍요한 것이지만, 사람들은 가장 등한히 한다.   — 라로슈푸코
- 벗의 우정이 싸늘함을 깨닫지 못하는 것은 자신에게 우정이 없다는 증거다.   — 라로슈푸코
- 우정에 있어서의 최대의 노력은, 벗에게 우리의 결점을 보여주는 것이 아니라, 상대가 자기 결점을 우리에게 보여주게 하는

64

일이다.　　　　　　　　　　　— 라로슈푸코

■ 참다운 사랑이 희귀하지만, 참다운 우정에 비하면 희귀하지 않다.　　　　　　　　　　　— 라로슈푸코

■ 대도시에서는 우정이 뿔뿔이 흩어진다. 이웃이라는 가까운 교제는 찾아볼 수 없다.　　　　　　　— 프랜시스 베이컨

■ 결혼을 위한 사랑은 인간을 만들지만, 우정의 사랑은 인간을 완성한다.　　　　　　　　　— 프랜시스 베이컨

■ 우정은 지혜에 바탕을 둔다. 따라서 신만이 진실하고 영원한 우정의 원리이며 기초이다.　　　　　　　— 츠빙글리

■ 사랑에는 신뢰받을 필요가 있고, 우정에는 이해받을 필요가 있다.　　　　　　　　　　　— 피에르 보나르

■ 연애에서는 우리는 세상을 버리고, 우정에서는 세상을 내려다본다.　　　　　　　　　　　— 피에르 보나르

■ 우리는 연애를 꿈꾸는 일은 있어도 우정을 꿈꾸는 일은 없다. 꿈꾸는 것은 육체이기 때문이다.　　　— 피에르 보나르

■ 거짓 친구를 잃는 것은 진정 이익이며 성장이다. 그것은 우정에 대하여 우리를 눈뜨게 한다. 마치 정부(情婦)와의 절연(絕緣)이 연애에 눈뜨게 하는 것처럼.　　　— 피에르 보나르

■ 사람은 하나의 친구를 못 찾았기 때문에 몇 사람의 친구로서 스스로 위로하고 있다.　　　　　— 피에르 보나르

■ 모든 것을 잊고 도취하는 것이 연인이지만, 모든 것을 알고 기뻐하는 것이 친구다.　　　　　— 피에르 보나르

■ 우정은 다감한 마음을 지닌 두 사람의 유덕(有德)한 인사가 서로 주고받는 암묵의 계약이다.　　　　— 볼테르

■ 우정은 영혼의 결합이다.　　　　　　　　— 볼테르

■ 우정은 마음의 결혼이지만, 이 결혼은 이혼하는 버릇이 있다.
　　　　　　　　　　　　　　　　　　　— 볼테르

■ 인생을 살아가며 새로운 친구를 만들지 않으면 곧 고립에 처해
진 자신을 발견하게 된다. 우정은 쉼 없이 손질을 하면서 지켜
나가야 한다. 우정을 나태와 침묵으로 죽여 없애는 것은 어리석
은 일이다. 그것은 확실히 권태로운 역정(歷程)의 가장 큰 위안
가운데 하나를 의식적으로 내던져버리는 것이 된다. 나는 새로
운 지기(知己)를 만들지 않은 나날들은 모두 잃어버린 세월로
간주한다.　　　　　　　　　　　　　　— 새뮤얼 존슨

■ 아는 사람은 많아도 친구는 적다.　　　— 새뮤얼 존슨

■ 친구란 내 시간을 훔쳐가는 사람이다.　　— 프랜시스 베이컨

■ 참된 벗을 갖지 않는다는 것은 참혹한 고독이다. 벗이 없는 이
세상은 황야에 지나지 않는다.　　　　　— 프랜시스 베이컨

■ 마음을 털어놓을 친구를 갖지 않은 사람은 자신과 자기 마음을
좀먹는 귀신이다.　　　　　　　　　　　— 프랜시스 베이컨

■ 다정한 벗을 찾기 위해서라면 천 리의 길도 멀지 않다.
　　　　　　　　　　　　　　　　　　— 레프 톨스토이

■ 우리가 우리 친구들을 사랑하면 할수록 더더욱 우리들은 그들
에게 아첨한다.　　　　　　　　　　　　— 몰리에르

■ 참된 우정이란 느리게 자라나는 나무와 같다.— 조지 워싱턴

■ 모든 사람에게 친절하라. 그러나 몇 사람만 사귀어라. 그 몇 사
람도 믿기 전에 충분히 알아보라. 진정한 우정이란 성장이 더딘
나무와 같고, 친구라는 이름을 얻기 전에 갖가지 충격을 겪어

봐야 한다.   ― 조지 워싱턴

■ 친구들보다 오래 살아서 홀로 지나간 과거의 단순한 기념비밖에 되지 못한다는 데에 나는 위로를 얻지 못한다.

                                                ― 토머스 제퍼슨

■ 친구를 선택하는 데 서두르지 말라. 바꿀 때는 더욱 그렇다.
                                                ― 벤저민 프랭클린

■ 충실한 친구 셋이 있다. 조강지처(糟糠之妻), 함께 늙은 개, 그리고 돈이다.   ― 벤저민 프랭클린

■ 아버지는 보배, 형제는 위로, 친구는 그 둘 다.
                                                ― 벤저민 프랭클린

■ 만약 사람이 타인의 기분을 대국적인 견지에서 보지 못한다고 하면 영속할 수 있는 벗이란 거의 없을 것이다.

                                                ― 리히텐베르크

■ 가장 충실한 친구는 자기가 모르는 일에 관해서는 입을 다무는 사람이다.   ― 알프레드 뮈세

■ 여자와 남자 사이의 우정이란 있을 수 없다. 남자가 친구 이상이면 여자는 친구 이하가 된다.   ― 블레싱턴 백작부인

■ 친구는 너의 신용 정도를 알게 하는 자(尺)이다.

                                                ― 블레싱턴 백작부인

■ 친구는 세 번 축복을 받는다. 그들은 나를 찾아주고, 내 곁에 있어 주고, 그리고 잠시 있다가 돌아가 준다.   ― R. R. 카크

■ 우리는 건강에 유의하고, 돈을 저축하고, 지붕을 새지 않게 하고, 옷에 모자람이 없게 한다. 그러나 과연 어떠한 사람이 가장 소중한 재산―우정에 궁해지지 않도록 현명하게 마련을 하고

있을까?　　　　　　　　　　　　　　　— 랠프 에머슨

■ 친구를 얻는 유일한 방법은 스스로 완전한 친구가 되는 것이다.
　　　　　　　　　　　　　　　　　　— 랠프 에머슨

■ 같은 것을 서로 알고 있는 사람들은 이미 서로 최선의 벗은 아
니다.　　　　　　　　　　　　　　　— 랠프 에머슨

■ 나의 친구에 대한 관계는 책에 대한 관계와 같다. 그러나 그것
을 이용하는 일은 거의 드물다.　　　　— 랠프 에머슨

■ 친구로는 재주 있는 사람보다는 정직한 사람을, 착한 사람을,
친절한 사람을, 관대하고 동감해 주는 사람을 마음으로부터 고
를 것이다.　　　　　　　　　　　　　— 쇼펜하우어

■ 어떤 친구가 참다운 친구인지 알아보려면 진지한 원조와 많은
희생이 가장 좋지만, 그 다음으로 좋은 기회는 당장 닥친 불행
을 친구에게 알리는 순간이다.　　　　　— 쇼펜하우어

■ 돈 빌려 달라는 것을 거절함으로써 친구를 잃는 일은 적지만,
반대로 돈을 빌려줌으로써 도리어 친구를 잃기 쉽다.
　　　　　　　　　　　　　　　　　　— 쇼펜하우어

■ 벗은 기쁨을 두 배, 슬픔을 반으로 한다.　— 프리드리히 실러

■ 번영은 거의 친구를 만들지 않는다.　　　— 보브나르그

■ 불행에 직면했을 때 친구를 안다.　　　— J. G. 헤르더

■ 이보다 더 참다운 친구일 수가 있는가! 나의 행운에 새 전망이
떠오른다. (단두대로 가는 호송차 속에서 같은 운명의 한 친구
를 보고 그는 이와 같이 읊었다.)　　　　— A. 셰니에

■ 친구 없이 사는 것은 증인 없이 죽는 것이다.　— G. 허버트

■ 생애에 친구가 하나면 족하다. 둘이면 많고, 셋은 불가능하다.

　　　　　　　　　　　　　— 헨리 애덤스
■ 융성할 때의 벗은 잃어버린 벗이다.　　　— 헨리 애덤스
■ 인생행로에 제법 먼 곳까지 이르고 보니, 전에는 우연한 길벗
　에 지나지 않는다고 생각했던 많은 사람들이 이제 생각해 보니
　실은 성실한 친구였다는 것을 알게 된다.　— 한스 카로사
■ 친구와의 사귐은 제2의 인생이다.　　— 그라시안이모랄레스
■ 친구 없이 사는 것은 무서운 사막과 같다.

　　　　　　　　　　　　— 그라시안이모랄레스
■ 현명한 친구는 보물처럼 다루어라. 인생에서 만나는 많은 사람
　들의 호의보다 한 사람의 친구로부터 받는 이해심이 더욱 유익
　하다.　　　　　　　　　— 그라시안이모랄레스
■ 마음에 박힌 가시를 뽑아주는 사람은 친구의 손밖에 없다.

　　　　　　　　　　　　　　— 엘베시우스
■ 남녀 사이의 우정에 있어 그것이 본원적인 감정이란 불가능하
　다.　　　　　　　　　　— D. H. 로렌스
■ 사랑의 불은 때로 우정의 재를 남긴다.　　— H. 레니에
■ 우리는 죽은 친구를 회상할 때 더욱 자신의 고독감을 느낀다.

　　　　　　　　　　　　　　— 월터 스콧
■ 가장 훌륭한 벗은 가장 좋은 책이다.　— P. 체스터필드
■ 무엇인가 슬픈 일이 있을 때, 따뜻한 자리에 눕는 것도 좋은 일
　이다. ……그러나 그것보다 더 좋은 자리, 거룩한 향기가 가득
　히 떠도는 자리가 있다. 그것은 상냥하면서도 깊고 측량할 수
　없는 우리들의 우정이다.　　　　— 마르셀 프루스트
■ 적어도 강한 우정은 어떤 불신과 저항에서 비롯되는 것이 자연

인 것 같다.   ― 알랭

▪ 벗을 만들 뿐만 아니라, 자기 스스로가 우정을 배양하여야 하며 힘써 오래 돌보아주는, 이를테면 우정에 물을 주는 것이 필요하다.   ― 조제프 주베르

▪ 연애는 진폭이 크고 정열의 파도에 좌우된다. 우정은 고요하고 안정된 흐름에 이른다.   ― 앙드레 모루아

▪ 우정으로부터 결혼에 이르는 최단거리는 남성의 직업에 대하여 여성이 어떠한 관심을 나타내는가, 또 그 남성에 대하여 얼마나 아낌없이 찬사를 보내는가에 달려 있다.

― 앙드레 모루아

▪ 노년은 남녀 간의 우정에는 가장 적합한 시기다. 그것은, 그들은 그 때에는 남자이고 여자인 것이 중지되었기 때문이다.

― 앙드레 모루아

▪ 행복한 결혼은 연애 위에 언젠가는 아름다운 우정이 접목됩니다. 이 우정은 마음과 육체와 두뇌에 동시에 결부되어 있기 때문에 한층 견고한 것입니다.   ― 앙드레 모루아

▪ 결혼이란 제도의 도움으로 연애가 뿌리 깊게 계속됨이 건전한 것과 같이 자라나는 우정도 일종의 구속이 필요하다.

― 앙드레 모루아

▪ 청춘의 생활 중에서 오직 행복을 부여해 주는 본질적인 것은 우정의 선물이다.   ― 윌리엄 오슬러

▪ 우정은 순간이 피우는 꽃이며 시간이 맺어주는 일이다.

― A. 코체부

▪ 우정의 꽃은 가냘프기 때문에 불신의 벌레가 파먹기 쉽다.

　　　　　　　　　　　　　　　　　　— 에마뉴엘 가이벨

■ 술이 빚은 우정은 술처럼 하룻밤밖에 가지 못한다.

　　　　　　　　　　　　　　　　　　— 프리드리히 로가우

■ 오래 된 친구를 새 친구로 바꾸는 것은, 열매를 팔아 꽃을 사는
　것과 같다.　　　　　　　　　　　　— 프리드리히 로가우

■ 참다운 벗이라고 부를 수 있는 사람은, 그대가 보지 않는 곳에
　서 그대의 친구라는 사실을 입증할 수 있는 남자를 말한다.

　　　　　　　　　　　　　　　　　　— 프리드리히 로가우

■ 남녀의 우정은 좋은 것입니다. 그것이 젊은이끼리는 연애가 되
　고 노인끼리는 사랑의 추억이 된다면 말입니다.

　　　　　　　　　　　　　　　　　　— 이반 곤차로프

■ 남녀 간의 사랑은 아침 그림자와 같이 점점 작아지지만, 우정
　은 저녁나절의 그림자와 같이 인생의 태양이 가라앉을 때까지
　계속된다.　　　　　　　　　　　　　— 제임스 베벨

■ 증오로부터 우정까지의 거리는 반감으로부터 우정까지의 거리
　만큼 멀지 않다.　　　　　　　　　　　— 라브뤼예르

■ 시간은 우정을 강하게 하지만, 연애를 약하게 한다.

　　　　　　　　　　　　　　　　　　— 라브뤼예르

■ 연애와 우정은 상반된다. 열렬한 사랑을 경험한 사람은 우정을
　소홀히 하며, 우정에 진력한 사람은 사랑을 위하여 아무 일도
　한 일이 없다.　　　　　　　　　　　　— 라브뤼예르

■ 사랑의 경우, 대부분 여자가 남자보다 깊이 빠지지만 우정의
　경우는 남자가 여자보다 우세하다.　　　　— 라브뤼예르

■ 우정보다 증오를 부채질하는 선전이 훨씬 효과적인 것은 어째

서인가? 그 까닭은 매우 명백해서 현대문명을 만들어 낸 인간
의 심정이 우정보다 증오 쪽으로 기울기 쉽기 때문이다.

— 버트런드 러셀

■ 이해는 모든 우정의 과일을 낳고 기르는 토양임에 틀림없다.

— 우드로 윌슨

■ 우정과 연애는 큰 차이가 있다. 전자는 밝은 신전이고, 후자는
영원히 베일에 싸인 신비다.　　　　　— 카를 하르트만

■ 참다운 우정은 애정과 마찬가지로 극히 드물다. 만약 일생 동
안 변치 않는 우정이 있다면 그것은 요행이라 하겠다.

— 자크 샤르돈느

■ 우정은 존경의 위에, 즉 심정의 특성 위에 구축된다. 그러나 연
애는 육체의 특성 위에 구축된다.　　　— E. 클라이스트

■ 훌륭한 사람은 설사 의견을 서로 달리할 경우는 있어도 결코
그로 인해서 우정을 해치는 일은 없다.　　　— V. 몬티

■ 우정은, 대등한 인간 동지 사이의 이해를 떠난 거래이고, 연애
는 폭군과 노예 간의 천한 거래다.　　　— 올리버 골드스미스

■ 참된 우정은 앞에서 보나 뒤에서 보나 똑같다. 앞에서 보면 장
미, 뒤에서 보면 가시, 그런 것이 아니다.

— 프리드리히 뤼케르트

■ 우정과 연애는 인생의 행복을 낳는다. 두 입술이 마음을 아주
즐겁게 하는 입맞춤을 만들어내듯이.　　　— F. 헤벨

■ 하나의 진실한 벗은 천 명의 적이 우리를 불행하게 만드는 데
거드는 이상으로 우리의 행복에 이바지한다. — W. 에셴바흐

■ 『사람을 보면 늑대로 알라』는 격언은 『사람을 보면 친구로

알라』로 고쳐야 한다.   — 카를 힐티

■ 친구의 고난에 대한 동정은 누구나 할 수 있다. 그러나 친구의 성공에 대한 찬양은 남다른 성품이 있어야 한다.

       — 오스카 와일드

■ 친구 없는 인생은 곤란하고 위험하니 하느님에게 친구를 달라고 기원하라.   — J. 반네스

■ 좋은 친구가 생기기를 기다리는 것보다 스스로가 누군가의 친구가 되었을 때 행복하다.   — 버트런드 러셀

■ 친구를 선택하는 데 조심하지 않으면 안 된다. 세상에는 전염병과도 같은 사람이 있다. 처음에는 다 같은 인간으로 보인다. 그러나 정신을 차렸을 때는 이미 그의 병균이 완전히 내 몸에 옮았을 경우가 흔히 있다.   — 막심 고리키

■ 행복은 길동무를 만들어 주며 위험은 벗을 가져온다.

       — F. 하룸

■ 참다운 친구란 가장 중요한 문제점들에 대해서까지도 의견일치를 요구해서는 안 된다. 오직 불일치만이 그런 문제점들에 대해서 지나친 날카로움과 불행한 결과를 막을 수 있다.

       — 마하트마 간디

■ 서로 만나는 같은 산꼭대기를 향하여 같은 로프로 결합되지 않으면 친구가 아니다.   — 생텍쥐페리

■ 황금으로 산 우정은 돈으로 좌우되는 것으로서 한결같음이 결여된다. 액운이 닥쳤을 때 이런 우정은 아무 소용이 없다.

       — 마키아벨리

■ 잃어버린 친구를 대신할 만한 것은 아무것도 없다. 오랜 벗들

은 만들어지는 것이 아니다. 공유한 그 많은 추억, 함께 겪은 그 많은 괴로운 시간, 그 많은 불화, 화해, 마음의 격동이라는 보물만큼 값어치가 있는 것은 어디에도 없다. 이런 것들을 다시 만들어 내지는 못한다. 참나무를 심었다고 금세 그 그늘 밑에 쉬기를 바라는 것은 헛된 일이다.　　　　　— 생텍쥐페리

■ 자유가 없는 곳에 우정이 있을 수 없다. 우정은 자유의 공기를 사랑하여 높고 좁은 장소에 갇히기 싫어한다.　　　— W. 펜

■ 너와 나 사이의 우정을 나는 고리로 얽혀 있는 사슬에 비유하지 않으렵니다. 고리는 녹이 슬고 사슬은 넘어지는 나무에 끊어질 수도 있기 때문입니다.　　　　　　　— W. 펜

■ 진정한 우정은 왕실의 혈통을 이었습니다. 충성심과 자기희생과는 일가친척입니다. 그러면서도 우정은 그들보다 더 높은 원칙을 지향합니다. 충성심은 맹목적일 수 있으나 우정은 그럴 수 없기 때문입니다.　　　　　　　— 우드로 윌슨

■ 우정은 인간을 가장 풍부하게 해주는 것임을 저는 알게 되었습니다.　　　　　　　　　　　　— 아들라이 스티븐슨

■ 선물이 늘어나면 친구는 줄어든다.　　　　— 칼릴 지브란

■ 그는 너희의 부족함을 채우는 것이지, 결코 너희의 텅 빔을 채우자는 것은 아니다.　　　　　　　　— 칼릴 지브란

■ 우정이 개인적인 호의나 매력의 기반 위에서 만들어지는 것이 아니라, 어떤 사람의 집이나 아파트가 다른 사람의 집과 얼마나 멀고 가까운가에 따라 결정된다는 것이 소외된 인간관계의 또 다른 하나의 단면이다.　　　　　　　— 에리히 프롬

■ 미덕과 우정만큼 칭찬할 만한 것은 없으며, 실로 우정 그 자체

는 미덕의 일부에 지나지 않는다.　　　　　— 알렉산더 포프
- 꽃을 즐기려면 반드시 도량 넓은 벗이 있어야 한다. 청루(靑樓)로 가기(歌妓)를 보러 가는 데는 호방한 친구가 있어야 한다. 높은 산에 오르는 데는 로맨틱한 벗이 있어야 한다. 뱃놀이에는 기우광활(氣宇廣闊)한 벗이 있어야 한다. 달을 대할 때는 냉철한 철학을 가진 벗이 있어야 한다. 술자리에는 풍미(風味)와 매력 있는 벗이 곁에 있어야 한다.　　　　　— 임어당
- 지도자를 구하지 말라. 벗을 구하라.　　　　　— 노신
- 부자의 겸손은 빈자의 벗이 된다.　　　　　— 팔만대장경
- 벗을 선택함에 있어 반드시 배움을 좋아하고, 선을 좋아하며, 방정하고, 엄숙하고, 곧고 밝은 사람을 취하여, 함께 있으면서 규계(規戒)를 허심(虛心)으로 받아들여 나의 결함을 다스리고, 만일 게을러서 장난을 좋아하고 유연하고 망령되어 정직하지 못한 자라면 사귀지 말아야 한다.　　　　　— 이이
- 벗이란 동거하지 않는 아내요, 동기(同氣) 아닌 아우이다.

　　　　　— 박지원
- 그러므로 벗 사귐엔 서로 그 마음을 알아주는 것보다 더 고귀한 것은 없고, 기쁨엔 서로 그 마음을 감동시키는 것보다 더 지극한 것이 없는 거야.　　　　　— 박지원
- 친구란 같은 무리를 말하는 것이다. 그러므로 어떠한 사람이라도 인간인 이상 친구가 될 수 없다.　　　　　— 유길준
- 인정을 팔아서 돈을 사는 것은 어리석은 일이니, 네 가진 것을 다 주고라도 벗을 사거라. 목숨까지 주고라도 좋은 벗을 사고 인정을 사거라.　　　　　— 이광수

▣ 학창에서는 아무리 자별한 사이라도 제복을 벗고 결혼을 하게
되면 언제 그렇게 정다웠더냐 싶어지는 것이 여동창이요 여자
들의 우정이다. — 안수길

▣ 무지개처럼 영롱한 소녀시절의 우정, 그것은 여성들의 보석이
아닐 수 없다. — 신지식

▣ 친구가 따로 있는 것이 아니라 내가 만들면 모든 사람이 친구
가 된다. — 이창배

▣ 친구를 갖는 것은 좋지만 친구를 필요로 하는 것은 좋지 않다.
— 미상

▣ 우정은 어쩌면 술과도 같은 작용을 하는지도 모른다. 지기(知
己)와의 만남은 긴장을 풀어주고 마음을 푸근하게 해주기 때문
이다. — 장왕록

▣ 우정은 인생의 소중한 가치의 하나다. 정다운 친구와 마주앉아
서 허물없이 대화를 즐기는 시간은 인생의 즐거운 시간이다. 진
정한 친구란 그리 흔한 게 아니다. 인생의 지기(知己)는 참으로
드물다. — 안병욱

▣ 우정은 부부 사이에 있어서의 애정과 흡사하다. 피차의 결점에
대한 비판보다는 이해에, 이해보다는 내용에, 내용보다는 사랑
에 입각해 있을 때에 건전하고, 그 사랑은 맹목이라는 바탕에서
도 존립한다. — 박두진

▣ 신앙을 같이하는 속에서 생기는 우정, 이념을 같이하는 곳에서
생기는 우정, 학문의 연구를 같이하는 생활 속에서 생기는 우
정, 즉 가치를 같이하는 우정은 때로 혈육의 정보다 더 뜨겁고
짙은 경우를 얼마든지 본다. — 송건호

■ 친구란 나의 부름에 대한 메아리다.   — 법정

【속담 · 격언】

■ 사귀어야 절교하지. (서로 관계가 없다면 의를 상하지도 않는다는 말. 원인이 없으면 결과도 없다)   — 한국

■ 의가 좋으면 천하도 반분한다. (사이가 좋으면 아무리 귀중한 것이라도 나누어 가진다)   — 한국

■ 친척에는 멀고 가까운 이가 있고, 친구 우정에 두텁고 엷음이 있다.   — 중국

■ 상두 술로 벗 사귄다. (남의 술로 제 벗을 대접하여 사귄다는 뜻이니, 남의 것을 가지고 제 체면을 세우는 사람을 일컫는 말)   — 한국

■ 벗 따라 강남 간다. (친구 따라서는 먼 길이라도 간다. 자기는 하기 싫더라도 마지못해 따라 하게 된다)   — 한국

■ 친구는 옛 친구가 좋고, 옷은 새 옷이 좋다.   — 한국

■ 벗 줄 것은 없어도 도둑 줄 것은 있다. (가난해서 남 줄 것은 없어도 도둑맞을 것은 있다. 제게 가까운 사람들에게는 매우 인색하나 억지로 빼앗아가는 데는 못 이긴다)   — 한국

■ 무대 위의 친구. (거짓 우정)   — 중국

■ 바다가 깊다고 생각하지 말라. 우정이 가장 깊다.   — 중국

■ 처음 책을 읽을 때에는 한 사람의 친구와 알게 되고, 두 번째 읽을 때에는 옛 친구를 만난다.   — 중국

■ 친구는 일 년이 걸려도 잘 생기지 않지만, 친구를 잃는 데는 한 시간도 안 걸린다.   — 중국

■ 용은 용끼리, 봉황은 봉황끼리 교제하며, 쥐의 친구들은 모두 구멍을 팔 줄 안다. — 중국

■ 너도 있고 나도 있으니 우린 서로 친구다. (돈만 있으면 친구가 된다) — 중국

■ 진정한 벗은 같이 호랑이를 잡아 같이 그 고기를 먹는다.
— 중국

■ 가짜 친구는 이익이 있으면 오고, 손해 볼 것 같으면 가버린다.
— 중국

■ 얼굴 가득 희색이 돌 때야 누구든 친구지만, 위급한 어려움에 처하면 아무도 없다. — 중국

■ 두텁고 엷은 우정이 있고, 멀고 가까운 친척이 있다. — 중국

■ 친구가 돈이 없으면 친구가 아니고, 친척이 돈이 없으면 친척이 아니다. — 중국

■ 친구지간은 한 자루의 톱이다.—네가 오지 않으면 나도 안 간다. (오는 정이 있어야 가는 정도 있다) — 중국

■ 친구끼리 술은 권하더라도 여색을 권하지는 않는다. — 중국

■ 술은 지기(知己)를 만나 마시고, 시(詩)는 사람이 모인 곳에서 읊어야 한다. — 중국

■ 환난에 절친한 친우를 볼 수 있고, 뜨거운 불 속에서야 진짜 황금이 보인다. (시련과 위기를 겪어봐야 우정을 안다) — 중국

■ 똑똑한 사람에겐 친구가 없다. — 일본

■ 참된 친구를 발견하기보다는 바다가 마르는 것을 기다리는 것이 더 쉽다. — 필리핀

■ 망했을 때는 친구 집에 가도 좋지만, 자매 집에는 가지 말라.

　　　　　　　　　　　　　　　　　　　　　　　— 인도

■ 적의 미덕에 대해서보다, 친구의 결점에 대해서 맹목적이어서
는 안 된다.　　　　　　　　　　　　　　　　— 인도

■ 둘은 친구, 셋은 아무것도 아니다. (Two is company, but three is
none.)　　　　　　　　　　　　　　　　　— 서양 속담

■ 가짜 친구보다는 공공연한 적이 낫다.　　　　— 서양 속담

■ 필요하지 않을 때 우정을 맺어라.　　　　　　— 미국

■ 친구의 실책에는 눈을 감으라. 악덕에는 눈을 감지 말라. (Be
blind to the failing of your friends, but never to their vices.)

　　　　　　　　　　　　　　　　　　　　　　　— 영국

■ 너 자신이 친구가 되어라, 그러면 타인도 너의 친구가 될 것이
다. (Be a friend to thyself and others will be friend thee.)

　　　　　　　　　　　　　　　　　　　　　　　— 영국

■ 만인에게 벗이 되는 사람과 누구에게나 벗이 될 수 없는 사람
은 동일하다. (Everybody's friend and nobody's friend is all one.)

　　　　　　　　　　　　　　　　　　　　　　　— 영국

■ 우정은 돈과 같아서 버는 것보다 간직하는 것이 더 어렵다.

　　　　　　　　　　　　　　　　　　　　　　　— 영국

■ 친구를 위해서 죽기는 쉽다. 삶을 줄 수 있는 친구를 얻기란 어
렵다.　　　　　　　　　　　　　　　　　　　— 영국

■ 행운이 있는 동안은 벗이 있다.　　　　　　　— 영국

■ 벗을 위하여 괴로움을 겪는 것은 우정을 두텁게 한다.

　　　　　　　　　　　　　　　　　　　　　　　— 영국

■ 친구가 없는 것은 혼이 없는 몸과 같다.　　　— 영국

- 벗의 손에 들어가는 것이라면 잃은 것이 아니다. — 영국
- 벗이란 역경에 처했을 때 가장 잘 나타난다. — 영국
- 벗은 필요로 할 때 처음으로 알게 된다. — 영국
- 여행의 벗은 인생의 벗. — 영국
- 아는 사람은 많이 갖더라도 친구는 조금만 가져라. — 영국
- 유쾌한 길벗은 마차처럼 좋다. — 영국
- 불성실한 친구는 입에 꿀을 바르고 가슴에 칼을 품는다.

  — 영국
- 불성실한 친구와 그늘은 태양이 빛날 때만 있다. — 영국
- 우정은 영혼의 결혼인데, 이 결혼은 이혼하기 십상이다.

  — 영국
- 우정은 형편이 비슷하거나 아니면 한쪽이 우월하다 해도 똑같은 수준의 입장으로 내려주는 경우가 아니면 결코 오래 유지될 수 없다. — 영국
- 불길처럼 불타오른 우정은 쉽게 꺼져 버리는 법이다. — 영국
- 친구의 우정을 시험하는 것은 부인의 정절을 시험하는 것과 똑같은 어리석음이다. — 영국
- 진정한 우정은 곤경에 처했을 때 나타난다. 형편이 좋을 때는 별별 친구들이 다 몰려오기 때문이다. — 영국
- 채무 기간이 짧을수록 우정은 길어진다. — 영국
- 금은 불로 시험되고, 우정은 곤경에서 시험된다. — 영국
- 악마의 우정은 형무소의 창에서 끝난다. — 영국
- 사이에 있는 담벼락은 우정을 새롭게 보존한다. — 영국
- 우정이라는 나무는 빨리 자라지 않는다. — 영국

- 우정은 불멸의 것이어야 하고 적대감은 일시적인 것이어야 한다. ─ 영국
- 찢어진 우정은 기워도 소용없다. ─ 영국
- 우정은 즐거움을 보태고 슬픔을 나눈다. ─ 영국
- 마음에 없는 승낙보다 우정에 찬 거절이 낫다. ─ 독일
- 우정이란 이해를 가진 사랑이다. ─ 독일
- 친구를 칭찬할 때는 널리 알도록 하고 친구를 책망할 때는 남이 모르게 한다. ─ 독일
- 새로운 친구와 오랜 적은 믿지 마라. ─ 스코틀랜드
- 정성어린 봉사는 벗을 만들고, 진실을 말하면 적을 만든다. ─ 프랑스
- 허리춤 속의 돈보다 오가다 만난 친구가 낫다. ─ 프랑스
- 담는 그릇이 나쁘면 포도주에서 냄새가 난다. ─ 프랑스
- 죽은 자에게는 친구가 없지만 병자에게는 친구의 단편(斷片)이 있다. ─ 프랑스
- 아무에게나 웃음을 던지는 친구는 그 누구의 친구도 아니다. ─ 네덜란드
- 오래 된 친구보다 좋은 거울은 없다. ─ 이탈리아
- 벗 없이 사는 인생은 죽은 인생이다. ─ 스웨덴
- 술친구를 이웃으로 삼아서는 안 된다. ─ 스페인
- 결혼한 친구는 반쪽 친구. ─ 스페인
- 프랑스인을 친구로 삼아라. 그러나 절대로 이웃으로 삼지는 마라. ─ 스페인
- 친구 사이에 한 지갑에서 돈을 꺼낼 경우, 한 사람은 노래 부르

고 또 한 사람은 운다.   — 스페인

■ 친구와 책은 좋은 것을 조금만 가져라.   — 스페인

■ 사랑을 구하는 자에게 우정을 바치는 것은 목말라 죽으려는 사람에게 빵을 주는 일이다.   — 스페인

■ 번영하고 있는 동안에는 많은 친구가 생긴다.   — 그리스

■ 냄비가 끓고 있는 동안에는 우정이 이어진다.   — 그리스

■ 나쁜 일이 생기면 친구는 멀다.   — 폴란드

■ 빵의 친구는 있으나 가난뱅이 친구는 없다.   — 폴란드

■ 신은 하나로 충분하지만 친구는 하나로선 충분치 않다.
                         — 체코슬로바키아

■ 술이 떨어지면 이야기도 끝난다. 돈이 떨어지면 친구도 사라진다.   — 유고슬라비아

■ 친구와 재회하기 위해서라면 아무리 먼 길도 멀지 않다.
                              — 러시아

■ 고난의 시련을 받아 보지 못한 친구는 아직 까보지 못한 호도 열매와 같다.   — 러시아

■ 개와 어울리는 자는 개의 헐떡거림을 배운다.   — 러시아

■ 무엇 하나 꿀 수 없는 친구는 들지 않는 칼과 마찬가지다.
                              — 러시아

■ 변치 않는 우정을 구하는 자는 무덤으로 가라.   — 러시아

■ 누군가를 알고 싶거든 우선 그 사람의 친구가 누구인지를 물어라.   — 터키

■ 결점 없는 친구를 찾는 사람은 친구를 얻지 못한다. — 터키

■ 친구를 만들지 않고 사는 부자는 벼랑 끝에서 잠자는 나그네와

같다.   — 바스크

■ 물이 들어가면 우유는 상하고, 귀찮게 굴면 친구는 없어진다.
                                            — 바스크

■ 친구를 위해 하는 고생은 휴식이다.   — 페르시아

■ 네 부와 신분에 어울리는 사람 이외는 사귀지 말라. 기름은 물과 섞이지 않으며, 초는 우유와 섞이지 않는다.   — 페르시아

■ 친구와 식사는 함께 하라. 하지만 거래는 하지 마라.
                                            — 아르메니아

■ 유복한 사람은 누가 자기의 친구인지 알지 못한다.   — 라틴

■ 주머니 속의 돈보다 친구가 더 고맙다.   — 자메이카

■ 네 친구를 알고 싶으면 길가에 누워서 취한 체하라.
                                            — 자메이카

■ 나의 개는 내 친구, 나의 마누라는 나의 적, 나의 아들은 내 상전.   — 아르헨티나

■ 형제가 없어도 살아갈 수 있지만, 친구가 없으면 살아갈 수 없다.   — 아라비아

■ 네 친구가 벌꿀로 만들어져 있다 해도 그걸 전부 먹어서는 안된다.   — 아라비아

■ 눈과 친구는 작은 일로 금방 상처를 입는다.   — 에티오피아

■ 한 사람의 오랜 친구가 열 사람의 새로운 친구보다도 낫다.
                                            — 유태인

■ 친구에는 세 종류가 있다. 첫째, 음식 같은 친구로 매일 빠져서는 안 된다. 둘째, 약과 같은 친구로 이따금 있어야만 한다. 셋째, 병(病)과 같은 친구로 피하지 않으면 안 된다.   — 유태인

■ 바늘구멍이라도 두 사람의 친구가 빠져나가기에는 좁지 않지
만, 원수가 되어버린 친구에게는 온 세상도 좁다. — 유태인
■ 얼음이 갈라지기까지는 누가 너의 친구인지 알지 못할 것이다.
— 에스키모
■ 드문 방문은 우정을 더한다. — 아라비아
■ 두 사람의 우정에는 한 사람의 인내가 필요하다. — 타미르족

【시·문장】

벗은 설움에서 반갑고
님은 사랑에서 좋아라.
딸기꽃 피어서 향기로운 때를
고초(苦草)의 붉은 열매 익어가는 밤을
그대여, 부르라. 나는 마시리.

— 김소월 / 님과 벗

재 너머 성권롱 집에 술 낙닷 말 어제 듣고,
누운 소 발로 박차 언치 놓아 지즐타고
아희야 네 권롱 계시냐 정좌수 왔다 하여라.

— 정철

손을 뒤집어 구름을 짓고, 손을 엎어서는 비를 내리게 하나니,
어지럽고 경박한 사람을 어찌 다 셀 수 있으리오.
그대는 관중과 포숙의 가난할 때의 사귐을 보지 않았는가.
이 도를 이제 사람은 흙같이 버린다.

飜手作雲覆手雨　　　번수작운복수우
紛紛輕薄何須數　　　분분경박하수수
君不見管鮑貧時交　　군불견관포빈시교
此道今人棄如土　　　차도금인기여토

　　　　　　　　　　　　— 두보 / 빈교행(貧交行)

수많은 연인의 정을 모아도
내 가슴에 타는 우정의 불에는 미치지 못한다.
항상 이 가슴에 꺼지는 일 없이
내 혈맥은 따뜻한 때에 물결친다.

　　　　　　　　　　　　— 조지 바이런

같이 놀던 친구들도 있었고 동무들도 있었지.
내 어린 시절에, 내 즐거웠던 학창시절에
모두, 모두 가버렸다네. 그리운 옛 얼굴들
소리 내어 웃었고, 흥청거리며 술도 마셨지
절친했던 친구들과 밤늦도록 마시고 어울리고
모두, 모두 가버렸다네. 그리운 옛 얼굴들
한 때 눈부시도록 아름다운 여인을 사랑하기도 했어
그녀는 내게 문을 닫아버렸고 나는 그녈 바라봐서는 안되었지
모두, 모두 가버렸다네. 그리운 옛 얼굴들
친구가 있었다네, 누구도 그처럼 친절할 수 없었지.
난 그 친구를 갑자기 떠났지, 그에게 보답하지도 못하고
그 친구는 그리운 옛 얼굴들을 그저 바라보도록 남겨두고?

나는 유령처럼 내 어린 시절의 놀던 곳을 배회했다.
내가 꼭 지나가야 했던 사막?
그리운 얼굴들을 찾으려 애쓰면서
내 사랑하는 벗. 형제보다도 더한
왜 당신은 내 아버지의 집에서 태어나지 않았는지.
그랬다면 그 그리운 옛 얼굴들과 이야기할 수 있었을 텐데.
먼저 죽은 이들도 있고 나를 떠난 이들도 있지
그리고 어떤 이들은 빼앗겼어. 나에게서 모두 가버렸어.
모두, 모두 가버렸다네. 그리운 옛 얼굴들
　　　　　　　　　　　　　— 찰스 램 / 그리운 얼굴들

하나의 벗을!
오 주여!
또 하나의 벗을!
수많은 벗을 갖는 자는
하나의 벗도 갖지 못하리니.
　　　　　　　　　　　　　— 요한 글라임 / 시집

홍안서생(紅顔書生)으로 이런 단안을 내리는 것은 외람한 일이나,
동무란 한낱 괴로운 존재요, 우정이란 진정 위태로운 잔에 떠놓은
물이다. 이 말을 반대할 자 누구랴. 그러나 지기(知己) 하나 얻기
힘든다 하거늘 알뜰한 동무 하나 잃어버린다는 것이 살을 베어내
는 아픔이다.　　　　　　　　　　— 윤동주 / 달을 쏘다

생명은 무엇이며 죽음은 무엇이뇨. 생명과 죽음은 한데 매어 놓은 빛 다른 노끈과 같으니, 붉은 노끈과 검은 노끈은 원래 다른 것이 아니라 같은 노끈의 한 끝을 붉게 들이고 한 끝을 검게 들였을 뿐이니, 이 빛과 저 빛의 거리는 영(零)이로소이다. 우리는 광대 모양으로 두 팔을 벌리고 붉은 끝에서 시작하여 시시각각으로 검은 끝을 향하여 가되 어디까지가 붉은 끝이며 어디서부터 검은 끝인지를 알지 못하나니, 다만 가고 가는 동안에 언제 온지 모르게 검은 끝에 발을 들여놓은 것이로소이다.　　— 이광수 / 어린 벗에게

【중국의 고사】

■ **관포지교(管鮑之交)** : 관중(管仲)과 포숙아(鮑叔牙)는 중국 춘추 시대 사람으로, 두 사람은 죽마고우로 둘도 없는 친구 사이였다. 처음에 둘은 장사를 했다. 포숙아는 자본을 대고, 관중은 경영을 담당했다. 포숙아는 모든 것을 관중에게 일임하고 일체 간섭하는 일이 없었다. 기말 결산에 이익 배당을 할 때면 관중은 언제나 훨씬 많은 액수를 자기 몫으로 차지하곤 했다. 그래서 간부 몇 사람이 포숙아를 찾아가 관중의 처사가 틀렸다는 것을 흥분해 가며 늘어놓았다. 그러나 포숙아는 아무렇지도 않게, 『그 사람은 나보다 가족이 많다. 그리고 어머님이 계신다. 그 만한 돈이 꼭 필요해서 그러는 것이 아니겠는가. 내가 일일이 신경을 써 가며 보살피기보다는 그가 필요한 대로 알아서 쓰는 것이 얼마나 서로 편리한 일인가. 그 사람이 만일 돈에 욕심이 있어서 그런다면 내가 트집을 잡으려고 해도 잡을 수 없게끔 얼마든지 돈을 가로챌 수 있을 것이다.』

　그 뒤 관중은 독립해서 여러 가지 일을 시작해 보았으나 번번이 실패를 거듭할 뿐이었다. 사람들은 관중의 무능함을 비웃었다. 그러나 그때마다 포숙아는 관중을 이렇게 변명해 주었다. 『그것은 관중이 지혜가 모자라서 그런 것이 아니다. 아직 운이 없어서 그런 것이다.』 그 뒤 관중은 포숙아와 함께 벼슬길로 들어가게 되었다.

　처음 관중은 공자(公子) 규(糾)의 측근으로, 포숙아는 공자 소백(小白)의 측근으로 있었으나 두 공자의 형이며 제나라의 임금인 양공(襄公)이 무도하자 관중은 공자 규를 따라 노(魯)나라로, 포숙은 공자 소백을 따라 거(莒)나라로 망명했다. 이어서 제나라 양공은 그의 사촌동생 공손(公孫) 무지(無知)에게 시해당하게 되고 왕위에 오른 공손 무지도 살해되고 제나라 왕위에 공백이 생겼다.

　망명 중인 두 공자 규와 소백은 이런 와중에 서로 제나라 왕이 되고자 다투어 귀국을 서둘렀고, 관중과 포숙아는 본의 아니게 생사를 겨루는 정적(政敵)이 되었다. 관중은 소백을 암살하려 하였으나 실패하고 소백이 먼저 귀국하여 왕위에 올랐다. 이가 훗날 춘추시대에 패자(覇者)가 된 환공(桓公)이다.

　환공은 즉위하자마자 노나라에 자기와 왕위를 겨루던 공자 규의 처형과 아울러 공자 규의 측근인 관중과 소홀에 대해 제나라로의 압송을 요구하였다. 이에 공자 규와 소홀은 자살하였고, 관중은 죄수가 되어 제나라에 압송되어 왔다. 환공이 압송되어온 관중을 죽이려 하자 포숙아는 환공에게 이렇게 진언하였다. 『전하, 제(齊) 한 나라만 다스리는 것으로 만족하신다면

신(臣)으로도 충분할 것이옵니다. 하오나 천하의 패자가 되시려
면 관중을 기용하십시오.』

　도량이 넓고 식견이 높은 환공은 신뢰하는 포숙아의 진언을
받아들여 관중을 중용하고 나라의 정사를 맡겼다 한다. 마침내
재상이 된 관중은 그의 능력을 발휘하여 환공으로 하여금 천하
의 패자가 되게 하였다. 관중은 나중에 이렇게 말했다.

　『……나를 낳은 이는 부모지만, 나를 알아주는 이는 오직 포
숙아다(……生我者父母 知我者鮑子也).』 이 관포의 우정을 어
찌 한낱 우정으로만 말할 수 있겠는가. 개인의 영달보다도 국가
와 천하를 더 소중히 아는 대인군자가 아니고서는 한갓 우정만
으로 이 같은 사귐을 가질 수는 없는 것이다.

— 《사기》 관안열전

■ **유붕자원방래(有朋自遠方來)** : 뜻을 같이하는 친구가 먼 곳에서
찾아옴을 이르는 말이다. 붕(朋)은 뜻을 같이하는 친구를 말한
다. 『배우고 때로 익히면 또한 기쁘지 아니하냐(學而時習之 不
亦說乎). 벗이 있어 먼 곳으로부터 오면 또한 즐겁지 아니하냐
(有朋自遠方來 不亦樂乎). 사람이 알지 못해도 노엽게 생각지
않으면 또한 군자가 아니냐(人不知而不慍 不亦君子乎).』

　이 말은 《논어》 맨 처음에 나와 있는 말인 만큼 거의가 다 알
고 있는 말이요, 또 널리 쓰이고 있는 말이기도 하다. 배우고 때
로 익히는 가운데 기쁨을 느끼는 것이 학문하는 사람만이 가지
는 기쁨이다. 또 이 같은 기쁨이 없이는 참다운 학문을 할 수
없게 된다. 그리고 공자가 배우고 익힌다는 것은 오늘날 우리가

말하는 지식이 반드시 연구 같은 그런 학문을 말하는 것만은 아니다. 지식 이외의 옳은 행동 같은 것을 스스로 깨닫는 것도 학문이요, 스승으로부터 얻어 듣는 것도 학문이다.

학은 배워서 아는 것과 깨우치는 것을 말하고, 익히는 것은 그것을 실천에 옮기고 실생활에 적응시키는 것이다. 이렇게 그의 지식과 수양과 덕행이 점점 향상되고 확고해짐으로써 그와 뜻을 같이하는 사람이 그를 찾아오게 되고, 그의 인격과 지식과 덕행을 사모하는 사람이 그의 문에서 배우러 오게 된다. 이렇게 뜻을 같이하는 친구와 후배들이 찾아오는 데 보람을 느끼고 즐거움을 얻는 것은 뜻있는 사람이면 누구나 갖는 공통된 심리일 것이다.

그러나 때로는 세상 사람이 몰라주는 경우도 없지 않다. 평생을 고독 속에 보내는 고고한 선비도 세상에는 얼마든지 있다. 또 오해를 받아 박해를 받을 수도 있다. 공자 자신도 여러 번 그런 변을 당한 일이 있다 그럴 때는 세상을 원망하거나 사람을 미워하지 않는 것이 수양을 쌓은 완전한 인격자, 즉 군자일 수 있는 것이다. ─ 《논어》 학이편

■ **반형도고(班荊道故)** : 옛 친구를 만나 허물없이 옛 정을 토로함. 반형도구(班荊道舊)라고도 한다. 춘추시대 초(楚)나라의 오거(伍擧)와 채(蔡)나라의 성자(聲子)는 친분이 두터웠으며, 오거의 아버지 오삼(伍參)과 성자의 아버지 자조(子朝)도 서로 매우 가깝게 지냈다. 초나라의 대부였던 오거는 초거(椒擧)라고도 불리는데, 그의 아내는 죄를 짓고 달아난 왕자모(王子牟)의 딸이었다.

그런데 사위인 오거가 왕자모를 빼내어 다른 곳으로 보냈다는 소문이 퍼졌기 때문에, 오거는 정(鄭)나라로 몸을 피했다.

정나라에 가서 숨어 지낸 오거가 또다시 진(晉)나라로 피신할 무렵, 오거의 친구로 채나라의 대부인 성자가 진나라로 가려던 중에 정나라의 도읍 가까운 곳에서 오거를 우연히 만났다. 『성자와 오거는 풀밭에서 음식을 서로 나누어 먹으면서 지나간 옛이야기를 하였다(班荊相與食 而言復故).』그 뒤 오거는 성자의 도움을 받아 초나라로 되돌아갔다고 전해진다.

— 《좌씨전》 양공(襄公) 26년

■ **문경지교(刎頸之交)** : 생사를 같이하여 목이 떨어져도 두려워 않을 만큼 친한 사이를 말한다. 문경(刎頸)은 목을 벤다는 뜻이다. 《사기》 염파인상여열전에 나오는 이야기다. 진나라 소왕(昭王)이 조나라 혜문왕(惠文王)에게 사신을 보내 화친을 맺고 싶다면서 양국 국경 가까이 있는 민지(澠池)에서 만나자고 통고를 해 왔다. 조왕은 어떤 불행이 기다리고 있을 것만 같은 생각에 이를 거절하려 했다. 그러나 장군 염파와 인상여는 이렇게 말했다.

『왕께서 가시지 않으면 조나라가 약하다는 것을 보여주게 됩니다.』이리하여 인상여가 조왕을 수행하고 염파가 나라를 지키기로 한 다음 염파는 왕을 국경까지 호송하고 작별에 앞서 이렇게 말했다. 『왕복 한 달이면 돌아오실 수 있습니다. 그때까지 돌아오시지 않을 때는 태자를 왕위에 올려 진나라의 야심을 사전에 막았으면 하옵니다.』왕은 승낙했다. 모두 최악의 사태를 각오하고 떠나는 길이었다.

면지에서 회견이 끝나고 술자리가 베풀어졌을 때, 진왕은 조왕에게 거문고를 한 곡 켜 달라고 청했다. 조왕이 마지못해 한 곡을 마치자, 진나라 어사가 앞으로 나와 이렇게 기록했다. 『아무 해, 아무 달, 아무 날 진왕이 조왕과 만나 술을 마시며 조왕에게 거문고를 타게 했다.』조왕에게 모욕을 주려는 계획된 행동이었다. 그러자 인상여가 앞으로 나아가, 『서로 주고받는 것이 예의이니, 이번에는 진왕께서 우리 임금을 위해 진나라 음악을 한번 들려주십시오.』하고 부(缶 : 질그릇 악기)를 진왕에게로 내밀었다.

진왕은 얼굴에 노기를 띠고 응하지 않았다. 인상여는 다시 부를 바짝 들이밀고 청했다. 진왕은 여전히 부를 칠 뜻이 없었다. 인상여는 말했다. 『지금 대왕과 나 사이는 불과 다섯 걸음밖에 안됩니다. 나는 내 목의 피로 대왕의 옷을 물들일까 합니다. 어서 치십시오.』내 손에 죽을 수도 있다는 위협이었다. 진왕을 모시고 있던 시신들이 인상여를 칼로 치려했다. 인상여는 눈을 부릅뜨고 소리쳐 꾸짖었다. 그들은 겁에 질려 옆으로 피했다. 진왕도 기가 꺾여 마지못해 부를 치며 한 곡을 치는 둥 마는 둥 끝냈다. 인상여는 조나라 어사를 불러 이렇게 기록하도록 했다. 『아무 해, 아무 달, 아무 날, 진왕이 조왕을 위해 부를 쳤다.』 진나라 신하들은 멋쩍은 태도로 말했다. 『조나라에 열다섯 성을 바치고 진왕의 장수를 베십시오.』그러자 인상여는 얼른 이렇게 받아넘겼다. 『진나라 함양(咸陽 : 수도)을 바치고 조왕의 장수를 베십시오.』

　진왕은 끝내 조나라를 누를 수가 없었다. 무력으로 어떻게 해볼까도 생각했으나, 조나라에서 이미 만일에 대비한 모든 준비가 되어 있는 것을 알자 감히 손을 대지 못했다. 귀국하자 조왕은 인상여가 너무도 고맙고 훌륭하게 보여서 그를 상경(上卿)에 임명했다. 그렇게 되자 염파보다 지위가 위가 되었다. 염파는 화가 치밀었다. 『나는 조나라 장군으로서 성을 치고 들에서 싸운 큰 공이 있는 사람이다. 인상여는 한갓 입과 혀를 놀림으로써 나보다 윗자리에 오르다니 이는 용납할 수 없는 일이다. 상여를 만나면 반드시 모욕을 주고 말겠다.』

　이 소문을 들은 인상여는 될 수 있으면 염파를 만나지 않으려 했다. 조회 때가 되면 항상 병을 핑계하고 염파와 자리다툼하는 것을 피했다. 언젠가 인상여가 밖으로 나가다가 멀리 염파가 오는 것을 보자 옆 골목으로 피해 달아나기까지 했다. 이런 광경을 본 인상여의 부하들은 인상여의 태도가 비위에 거슬렸다. 그들은 상의 끝에 인상여를 보고 말했다. 『우리들이 이리로 온 것은 대감의 높으신 의기를 사모해서였습니다. 그런데 염장군이 무서워 피해 숨는다는 것은 못난 사람들도 수치로 아는 일입니다. 저희들은 이만 물러가겠습니다.』

　인상여는 그들을 달랬다. 『공들은 염장군과 진왕 중 어느 쪽이 더 대단하다고 생각하는가?』 『그야 진왕과 어떻게 비교가 되겠습니까?』 『그 진왕의 위력 앞에서도 이 인상여는 그를 만조백관이 보는 앞에서 꾸짖었소. 아무리 내가 우둔하기로 염장군을 두려워할 리가 있소. 진나라가 우리 조나라를 함부로 넘보지 못하는 것은 염장군과 내가 있기 때문이오. 두 호랑이가 맞서 싸우면 하나는 반드시 죽고 마는 법이오. 내가 달아나 숨는 것은 나라 일을 소중히 알고, 사사로운 원한 같은 것은 뒤로 돌려버리기 때문이오.』

그 뒤 이 소식을 전해들은 염파는 자신의 못남을 뼈아프게 느꼈다. 웃옷을 벗어 매를 등에 지고 사람을 사이에 넣어 인상여의 집을 찾아가 무릎을 꿇고 사죄했다. 『못난 사람이 장군께서 그토록 관대하신 줄을 미처 몰랐습니다.』

이리하여 두 사람은 다시 친한 사이가 되어 죽음을 함께 해도 마음이 변하지 않는 그런 사이가 되었다(卒相與驩 爲刎頸之交). 인상여도 위대하지만, 자기의 잘못을 뉘우치고 순식간에 새로운 기분으로 돌아가 깨끗이 사과를 하는 염파의 과감하고 솔직한 태도야말로 길이 우리의 모범이 아닐 수 없다.

— 《사기》 염파인상여열전

■ **백아절현(伯牙絶絃)** : 춘추시대 백아(伯牙)라는 거문고의 명수가 있었다. 그런데 그에게는 그의 연주를 누구보다도 잘 이해해주는 종자기(種子期)라는 친구가 있었다. 종자기는 백아가 연주를 하면, 백아가 그리고 있는 악상을 그대로 이해해내는 친구였다. 백아가 높은 산을 주제로 연주를 하면 곁에서 귀를 기울이고 있던 종자기는 탄성을 질러 말했다. 『아, 마치 높이 치솟은 태산(泰山) 같구나!』 또 백아가 흐르는 강을 주제로 연주를 하면, 『참으로 훌륭하도다! 도도하게 흐르는 황하(黃河)와도 같구나.』

이런 식이라 백아가 마음속으로 생각하고 거문고에 의탁하는 기분을 종자기는 정확하게 들어 판단해서 틀리는 법이 없었다. 어느 때의 일이다. 두 사람은 함께 태산 깊숙이 들어간 일이 있었다. 그 도중에서 갑자기 큰 비를 만나 두 사람은 바위 밑에 은신했는데, 아무리 시간이 흘러도 비는 그치지 않고 물에 씻겨 흐르는 토사 소리는 요란했다. 겁에 질려 덜덜 떨면서도 역시 거문고의 명수인 백아는 거문고를 집어 들고 서서히 타기 시작했다.

처음에는 임우지곡(霖雨之曲), 다음에는 붕산지곡(崩山之曲), 한 곡을 끝낼 때마다 여전히 종자기는 정확하게 그 곡의 취지를 알아맞히고는 칭찬해 주었다. 그것은 언제나의 일이었으나, 그 때는 때가 때인 만큼, 백아는 울음을 터뜨릴 정도의 감격을 느끼고 느닷없이 거문고를 내려놓더니 감탄하며 말했다. 『아아, 이건 굉장하구나! 자네의 듣는 귀는 정말 굉장하군. 자네 그 마음의 깊이는 내 맘 그대로 아닌가. 자네 앞에서는 거문고 소리를 속일 수가 없네.』

그러나 그 후 얼마 지나지 않아 불행하게도 종자기는 병을 얻어 죽고 말았다. 그러자 백아는 그토록 거문고에 정혼(精魂)을 기울여 일세의 명인으로 불리어졌음에도 불구하고 그 애용하던 거문고의 줄을 끊어버리고 죽을 때까지 두 번 다시 거문고를 손에 들지 않았다. 그것은 종자기라는 얻기 어려운 친구, 다시 말해서 자기 거문고 소리를 틀림없이 들어주는 친구를 잃은 비탄에서였다고 한다.

이 이야기는 참된 예술의 정신이라고 할 만한 것을 시사해 준다. 그러나 예술의 세계만은 아니다. 어느 시대에도, 또 어떤 사회에서도 내가 하는 일, 아니 그 일을 지탱해 나가고 있는 나의 기분을 남김없이 이해해 주는 참된 우인지기(友人知己)를 갖는 다는 것은 무상의 행복이고, 또 그런 우인지기를 잃는 것은 보상받을 수 없는 불행이라고 하지 않으면 안 된다.

우인지기의 죽음을 슬퍼할 때 곧잘 사람들은 이 『백아절현』을 말하며 유감의 뜻을 표명하곤 한다. 진실로 백아와 종자기 같은 교정(交情)을 맺고 있는 우인 지기는 그리 많을 수가 없다. 또 지기(知己)를 『지음(知音)』이라고 하는 것도 이 고사에서 나왔다.　　　　　　　　　　　　　　　　　—《여씨춘추》

■ **간담상조(肝膽相照)** : 간과 쓸개를 서로 꺼내 보인다는 말로서, 허물없는 절친한 사이라는 뜻이다. 이 말은 당송팔대가(唐宋八大家) 가운데 한 사람인 한유(韓愈 : 자는 退之)가 그의 둘도 없는 친구인 유종원(자는 子厚)의 우정을 칭송해서 쓴 『유자후묘지명(柳子厚墓誌銘)』에서 비롯된 말이다.

한유와 유종원은 당대(唐代)를 대표하는 대문장가이다. 묘지명에는 이렇게 씌어 있었다. 『사람이 어려운 지경에 처했을 때야 비로소 진정한 절의(節義)가 드러나는 법이다. 아무 걱정 없이 살아갈 때는 서로 아껴 주며 술자리나 잔치자리에 부르곤 한다. 때로는 농담도 하고 서로 사양하고 손을 맞잡기도 한다. 그뿐이겠는가. 죽어도 배신하지 말자고, 「쓸개와 간을 서로 내보이며(肝膽相照)」 맹세한다. 하지만 조금이라도 이해관계가 엇갈리면 눈길을 돌리며 마치 모르는 사람 대하듯 한다. 함정에 빠진 사람을 구해 주기는커녕 오히려 구덩이 속으로 밀어 넣고

돌을 던지는 사람이 이 세상에는 널려 있다.』

한유가 유종원의 우정을 참된 우정으로 높이 평가한 데는 다음과 같은 일을 상기하였던 것이다. 유종원은 유우석(柳禹錫 : 자는 夢得)이라는 친구가 있었는데, 자신이 유주자사로 임명되었을 때 유우석은 파주자사로 임명되었다. 파주는 변방인 데다 70 노경에 있는 어머니를 모시고 갈 일이 걱정이었다. 이런 사실을 안 유종원은 자기가 대신 파주로 가겠다고 자청해 나섰다. 이것이 참된 친구요 『간담상조』 할 수 있는 우정이라고 한유는 묘지명에 썼던 것이다. 『간담상조』는 진심을 터놓는 허물없는 우정, 마음이 잘 맞는 절친한 사이라는 뜻으로 쓰인다.

― 유종원(柳宗元) / 유자후묘지명

■ **수어지교(水魚之交)** : 떼려야 뗄 수 없는 썩 가까운 사이를 물과 물고기에 비유해서 한 말이다. 『삼고초려』의 정성을 다해 제갈양을 자기 사람으로 만든 유현덕은 날이 갈수록 제갈양과의 사이가 친밀해지기만 했다. 이것을 바라보고 있는 관우와 장비 등 무장들은 현덕의 제갈양에 대한 그 같은 태도가 몹시 마음에 불쾌했다.

그들의 불평을 짐작하고 있던 현덕이 장비 등 제장을 조용히 불러 이렇게 타일렀다. 『내가 공명을 가졌다는 것은 고기가 물을 가진 것과 같다. 제군들은 다시는 아무 말도 하지 말아 주게.』 그래서 그 뒤로는 관우와 장비도 다시는 불평을 하지 않았다는 것이다.   ―《삼국지》 촉지 제갈양전

■ **교칠지교(膠漆之交)** : 당나라 시인 백낙천(白樂天)은 당헌종 원화(元和) 12년(817년) 봄, 좌찬선대부(左贊善大夫)라는, 천자를 측근에서 모시는 벼슬에서 강주(江州) 사마(司馬)라는 한직으로 물러나 있던 때, 여가를 틈타 여산 향로봉 기슭에 조그만 암자를 세웠다. 이 때 백낙천은 실의에 차 있을 때였다. 재상을 암살한 도둑을 빨리 체포하라고 상소문을 올린 것이 화근이 되었다. 재상 무원형(武元衡)을 미워해 자객을 시켜 살해한 자들의 지탄을 받은 것이다.

처음에는 강주자사라는 지방장관으로 내려와 있다가 다시 부지사격인 사마라는 한직으로 내려앉게 되었으니 그의 답답한 심정이야 알고도 남을 것이다. 이 해 여름 낙천은 지기였던 원미지(元微之)에게 보낸 편지를 이 암자에서 썼다. 원미지도 그 때 통주(通州) 사마로 좌천되어 있을 때였다. 백낙천과 원미지는 일찍부터 친구였는데, 헌종 원화 원년, 천자가 직접 치르는 과거에 똑같이 장원급제하여, 낙천은 장안 근처의 위(尉 : 검찰관)에 임명되고, 미지는 문하성의 간관(諫官)인 좌습유에 임명되었다.

이리하여 두 사람은 다 같이 나라와 백성을 건져 보겠다는 불타는 열의 속에 그 첫발을 내딛게 되었다. 이것만으로도 두 사람 사이가 얼마나 친밀했는지 알 수 있는 일이지만, 그 밖에 두 사람은 시문학(詩文學)의 혁신에도 뜻을 같이했다. 백낙천이 중심이 되어 완성한 새로운 시체(詩體)를 신악부(新樂府)라고 한다. 그것은 한대의 민요를 바탕으로 만들어진 악부라는 가요 형식에 시폐(詩幣)에 대한 분노와 인민들의 고통과 번민을 응축시킨 것으로, 거기에는 유교적인 민본사상(民本思想)이 약동하고 있었다.

이리하여 두 사람은 시를 통해 뜻을 같이한 사이이기도 했다. 그들은 그러한 강경 사상이 화근이 되어 결국 미지는 원화 9년에 통주사마로 좌천되고, 낙천은 이듬해에 강주사마로 내려앉게 되었던 것이다. 이해 4월 10일 밤, 백낙천이 원미지에게 보냈다는 편지에,

『미지여, 미지여, 그대의 얼굴을 보지 못한 지 벌써 3년이구나. 그대의 편지를 받지 못한 지도 2년이 가깝구나. 사람이 살면 얼마나 살기에 이토록 멀리 떨어져 있단 말인가. 더구나 교칠 같은 마음으로(況以膠漆之心) 몸을 호월(胡越)에 둔단 말인가. 나아가도 서로 만날 수 없고, 물러나도 서로 잊을 수가 없다. 서로 잡아끌리면서도 본의 아니게 떨어져 있어, 이대로 각각 백발이 되려 하고 있다. 어쩌면 좋은가, 어쩌면 좋은가. 실상 하늘이 하는 일이니, 이를 어쩌면 좋단 말인가?』라고 썼다.

교칠(膠漆)은 아교와 옻을 말하는데, 아교로 붙이면 서로 떨어지지 않고, 옻으로 칠을 하면 벗겨지지 않는다. 그렇게 서로 딱 붙어 떨어질 수 없는 그리운 마음을 교칠지심이라 하고, 그런 두 친구의 교분을 가리켜 『교칠지교(膠漆之交)』라 한다.

— 《백씨문집》 여미지서

■ **도원결의(桃園結義)** : 《삼국지연의》 맨 첫머리에 나오는 제목이 『도원결의』 다. 전한(前漢)은 외척에 의해 망했고, 후한은 환관에 의해 망했다고 한다. 그러나 후한의 직접적인 붕괴를 가

져오게 한 것은 황건적의 봉기였다. 어지러워진 국정에 거듭되는 흉년으로 당장 먹을 것이 없어 굶주린 백성들은 태평도(太平道)의 교조 장각(張角)의 깃발 아래로 모여들어 누런 두건을 머리에 두르고 황건적이 되었다. 그래서 삽시간에 그 세력은 50만으로 불어났다. 이를 진압하기 위한 관군은 이들 난민들 앞에서는 너무도 무력했다.

당황한 정부에서는 각 지방장관에게 용병을 모집해서 이를 진압하라는 지시를 내렸다. 유주(幽州) 탁현에 의용군 모집의 게시판이 높이 나붙었을 때의 이야기다. 맨 먼저 이 게시판 앞에 발길을 멈춘 청년은 바로 다른 사람 아닌 현덕 유비였다. 유비는 나라 일을 걱정하며 길게 한숨을 내쉬었다. 이때, 『왜 나라를 위해 싸울 생각은 않고 한숨만 쉬고 있는 거요?』유비를 책망한 사람은 다름 아닌 익덕(翼德) 장비였다. 두 사람은 서로 인사를 교환한 다음 함께 나라 일을 걱정했다. 가까운 술집으로 들어가 이야기를 하고 있는데, 한 거한이 들어왔다. 그가 바로 운장(雲長) 관우였다.

이들 셋은 자리를 같이하고 술을 나누며 이야기하는 동안 서로 뜻이 맞아 함께 천하를 위해 손잡고 일하기로 결심을 했다. 이리하여 장비의 제안으로, 그의 집 후원 복숭아밭에서 세 사람이 형제의 의를 맺고, 힘을 합쳐 천하를 위해 일하기로 맹세를 했다. 이때에 맹세한 내용을 원문에 있는 그대로 옮기면 이렇다. 『생각하건대, 유비·관우·장비는 비록 성은 다르지만 이미 의를 맺어 형제가 되었으니, 곧 마음을 같이하고 힘을 합하여, 괴로운 것을 건지고 위태로운 것을 붙들어 위로는 국가에 보답하고 아래로는 만백성을 편안케 하리라. 같은 해 같은 달 같은 날 나기를 구할 수는 없지만, 다만 같은 해 같은 달 같은 날 죽기를 원한다. 천지신명은 참으로 이 마음을 굽어 살피소서. 의리를 저버리고 은혜를 잊는 일이 있으면 하늘과 사람이 함께 죽이리라.』

이리하여 세 사람은 지방의 3백여 명 젊은이들을 이끌고 황건적 토벌에 가담하게 되었고, 뒤에 제갈공명을 유현덕이 삼고초려(三顧草廬)로 맞아들임으로써 조조, 손권과 함께 천하를 셋으로 나누어 삼국시대를 이루게 된 것은 너무도 잘 알려진 사실이다.　　　　　　　　　　　　　　　　　　　— 《삼국지연의》

【우화】

■ 친구 둘이 함께 먼 길을 가게 되었다. 험한 산길을 가야 하는 여행이므로 둘은 여행 중 위급한 일이 생기면 서로 도와줄 수 있으니 다행이라고 생각하면서 위급할 때 서로 돕는 게 친구라고 이야기를 했다. 산길이라 무서운 생각이 들었지만, 친구와 같이 가는 것이 퍽 마음 든든하다고 여겨졌다. 이 때 마침 큰 곰이 두 사람 앞에 불쑥 나타났다. 그 중 한 친구는 재빨리 나무 위로 올라갔고, 그를 보지 못한 다른 한 친구는 곰이 바로 앞까지 다가오자 그 자리에 푹 쓰러져 버렸다. 무섭고 달아날 수도 없고 해서 기절해버린 것이다. 곰은 죽은 사람은 잘 건드리지 않는 짐승이므로, 나그네의 얼굴에 코를 대고 킁킁대다가 그냥 가버렸다.

나무 위에서 이 광경을 내려다본 사람이 내려와서 엎드려 있는 친구를 일으키며 물었다. 『그 참 이상한 일이지! 곰이 자네에게 뭐라고 말을 하는 것 같았는데, 대체 뭐라던가?』 누워 있던 친구가 정신을 차려 일어나 앉더니 대답했다. 『곰이 내게 말하는 걸 자넨 못 들었나? 위급할 때 도와주지 않고 혼자 나무 위로 내빼는 친구하고는 같이 다니지 말라고 그러던걸.』 이 말을 듣고 그 친구는 부끄러워 얼굴을 붉혔다.

— 이솝 / 나그네와 곰

[에피소드]

■ 어느 날, 석가(釋迦)가 제자들을 대동하고 길을 걷고 있었다. 석가는 한 제자에게 땅에 떨어진 새끼줄을 집었다 버리게 하여 그 손을 냄새 맡게 하고, 또 한 제자에게는 향(香)을 넣었던 주머니를 집었다 버리게 하고 냄새를 맡게 하였다. 생선을 묶었던 새끼줄을 집었던 제자의 손에서는 생선 냄새가 나고, 향주머니를 집었던 제자의 손에서는 향내가 났다. 그러자 석가가 말했다. 『나쁜 친구와 어울리면 언젠가는 그렇게 나쁜 인간이 되고, 좋은 친구와 어울리면 친구의 감화를 받아 선인이 된다.』

■ 소아시아 지역 연안에 있는 레스보스(Lesbos) 섬에 기원전 6세기 중반에 사포(Sappho)라는 여류시인이 있었다. 이 시대에는 다른 여류시인들도 있었지만 사포는 『여류시인의 제1인자』였고, 『열 번째 뮤즈 신』(Muse는 학예·시·음악을 관장하는 여신들인데 그 수는 9명이다)으로 불렸다. 미소년 파온(Phaon)을 사모했지만 그녀의 사랑이 받아들여지지 않았기 때문에 레우카

디아 곶에서 투신자살했다는 전설도 있으나, 이것은 후세의 위작(僞作)으로 평가되고 있다.

사포의 시 가운데는 연애관계 시가 많고 자유연애를 권장했지만, 같은 시대의 시인 알카이오스(Alkaios, BC 620년경 출생)가 그녀에게 구애했을 때 그녀는 이를 쌀쌀하게 거절했다고 한다. 그녀는 사랑과 아름다움의 여신 아프로디테를 찬양하는 일종의 종교 결사이자, 시·음악·무용학교이기도 한 것을 레스보스 섬에 만들고 모집한 소녀들과 같이 지냈다. 사포와 이들 소녀들과의 사이에는 동성애(同性愛)와 같은 관계가 있었다고 사람들은 믿었다. 그래서 오늘날에는 여성간의 동성애를 『레스보스적인 사랑(lesbianism)』이라고 말하게 되었다. 그녀가 알카이오스의 구애를 물리친 것도 이 때문이었다고 믿어지고 있다.

【成句】

■ 우(友) : 왼손과 오른손을 나타내는 又자를 어우른 글자. 손에 손을 잡고 친하게 돕는다 하여, 벗 또는 『친하다』의 뜻이 되었다.

■ 격벽(隔壁) : 겨우 벽으로 막았을 뿐이라는 말로, 심히 가까운 것을 뜻함. /《유양잡조》

■ 계돈동사(鷄豚同社) : 같은 고향 사람끼리 친목을 도모함.

■ 금란지계(金蘭之契) : 견고한 벗 사이의 우정을 이름. 금(金)은 지극히 견고하지만, 두 사람의 마음을 합치면 그 견고함이 금을 능히 단절할 수 있으며, 두 사람의 진정(眞情)의 말을 향기로운 난초(蘭草)에 비유하여 금란(金蘭)이라 함. /《세설신어》

- 금란지교(金蘭之交) : 쇠같이 단단하고 난초처럼 향기로운 사귐이란 뜻으로, 지극히 친한 사이. /《세설신어》
- 기비구구인유구구(器非求舊人惟求舊) : 물건은 새것이 좋으나 사람만은 오래 사귀어온 사이가 더 좋다는 말.
- 낙월옥량(落月屋梁) : 벗의 꿈을 꾸고 깨어 보니, 지는 달이 지붕을 비추고 있더라는 두보(杜甫)의 시에서, 벗을 생각하는 심정이 간절함의 비유.
- 단금지계(斷金之契) : 쇠붙이를 자를 만큼 단단하다는 뜻으로, 매우 친밀한 우정이나 굳은 약속의 비유. /《역경》
- 도리상영(倒履相迎) : 벗이 찾아와 기쁜 나머지 신발을 거꾸로 신고 나가 마중한다는 뜻으로, 손님을 반갑게 맞이함의 비유. /《한서》
- 동이불화(同而不和) : 동(同)은 임시로 그 자리에서만 사이좋게 지내는 것. 화(和)는 서로가 도우며 상대방의 일을 서로가 배려하는 그런 사귐. 곧 하찮은 소인(小人)의 사귐. 반대는 화이부동(和而不同). /《논어》 자로.
- 망년교(忘年交) : 나이 차를 잊고 사귀는 벗.
- 모우전구(冒雨翦韭) : 우중(雨中)을 불구하고 부추를 솎아 손님을 대접한다는 뜻으로, 우정의 두터움을 비유하는 말. /《곽림종별전(郭林宗別傳)》
- 반면지분(半面之分) : 일면지분(一面之分)도 못되는 교분. 얼굴을 반만 아는 사이라는 뜻으로, 서로 알아는 보지만 친하게 지내지는 않는 사이. 극히 얕은 교분. 반면지식(半面之識). /《후한서》

▪ 물박정후(物薄情厚) : 사람과 사귀는 데 예물이나 식사 대접은 약소하더라도 정만은 깊고 두터워야 함을 이름.

▪ 불즉불리(不卽不離) : 붙지도 않고 떨어져 있지도 않음. 곧 어중 간함의 뜻. 너무 밀착해 있지도 않고 너무 떨어져 있지도 않은 관계를 유지하는 것. 인간관계로 말하면, 군자의 교제와 같은 담박(淡泊)하고 호감이 가는 관계. /《원각경(圓覺經)》

▪ 빈천지교불가망(貧賤之交不可忘) : 가난했던 때의 친구는 언제 까지나 잊어서는 안 된다는 뜻. /《후한서》 송홍전.

▪ 사우(死友) : 죽음을 함께 할 수 있을 만큼 극진한 벗. 죽을 때까 지 우정으로 맺어진 벗.

▪ 상마지교(桑痲之交) : 소박한 사귐. 전부(佃夫), 야인(野人)의 텁 텁한 사귐. / 두보

▪ 산양문적(山陽聞笛) : 이미 죽은 벗을 생각하는 마음.

▪ 송무백열(松茂柏悅) : 소나무가 무성하니 잣나무가 기뻐한다 함 은 친구의 잘됨을 기뻐한다는 말.

▪ 소거백마(素車白馬) : 흰 수레와 흰 말이라는 뜻으로, 아주 절친 한 사이를 비유하거나, 친구의 죽음을 애도하는 마음을 말할 때 쓴다. 원래 흰 수레와 흰 말은 사람이 죽었을 때 상여(喪輿)로 썼다고 한다. /《후한서》

▪ 수화불통(水火不通) : 물과 불이 서로 통하지 않는 것처럼 친교 를 끊음.

▪ 시도지교(市道之交) : 이해득실(利害得失)만의 사귐. 시도(市道) 는 시장에서 거래하는 장사치의 도리라는 뜻. /《사기》

▪ 예수지교(醴水之交) : 덕과 교양이 있는 인격자의 교우(交友)는

담담하기 때문에 오래가지만, 범인의 교우는 달콤하고 끈적끈적하기 때문에 곧 소원해진다. 인격자와 범인의 교우의 차이에 대해서 하는 말. 예(醴)는 하룻밤 발효시킨 감주(甘酒). /《장자》

▨ 익자삼우(益者三友) : 사귀어서 자기에게 유익한 세 벗. 곧 정직한 사람·신의(信義) 있는 사람·지식 있는 사람. /《논어》

▨ 손자삼우(損者三友) : 착하기만 하고 줏대가 없는 벗·말만 번드르르하고 성실하지 못한 벗·성질이 편벽한 벗. /《논어》

▨ 오집지교(烏集之交) : 까마귀처럼 많이 모인 교제라는 뜻으로, 잇속으로 맺어진 교제. /《관자》

▨ 금석지교(金石之交) : 쇠나 돌과 같이 굳은 교분. /《사기》 회음후열전.

▨ 막역지우(莫逆之友) : 마음이 맞아 서로 거슬리는 일이 없는, 사생(死生)과 존망(存亡)을 같이할 수 있는 친밀한 벗. /《장자》 대종사편.

▨ 복심지우(腹心之友) : 마음이 맞는 극친한 친우. /《한서》

▨ 추우강남(追友江南) : 『친구 따라 강남 간다』와 같은 뜻으로, 내키지는 않지만, 남이 권하므로 마지못해 따르게 된다는 말. 또는 별 필요도 없는 일을 덩달아 따라함을 이르는 말.

▨ 고인상봉(故人相逢) : 벗을 만남.

▨ 빈붕(賓朋) : 손님으로 대접하는 점잖은 벗.

▨ 조방(助幇)꾼이 : 어린아이들의 동무가 되는 사람을 가리키는 말.

▨ 백두여신경개여고(白頭如新傾蓋如故) : 서로 마음을 알지 못하

면 늙을 때까지 사귀어도 처음 사귄 벗 같고, 또 서로 마음이
통하면 길에서 처음 만나 인사해도 옛 벗과 같다는 말. /《사
기》

■ 벌목지계(伐木之契) : 매우 친밀한 우정. 친애(親愛)하는 정에
비유한다. 벌목(伐木)은 나무를 자르는 것인데, 그 소리가 울리
는 속에서 새가 서로 벗을 찾아 운다는 데서, 가까운 친구 사이
의 비유. /《시경》

■ 수사심복(輸寫心腹) : 숨기는 일 없이 마음에 있는 것을 모두
털어 놓는 것. 심복지우(心腹之友)라고 하면, 서로 마음을 털어
놓을 수 있는 절친한 친구. /《한서》

■ 야우대상(夜雨對牀) : 비 오는 밤에 잠자리를 나란히 하고 잠잔
다는 뜻으로, 형제, 또는 친구 등의 친밀함의 비유.

■ 여자동포(與子同袍) : 자네와 두루마기를 같이 입자는 뜻으로,
친구 사이에 서로 무관하여 하는 말. /《시경》

■ 일면여구(一面如舊) : 처음 만났으나 곧 옛 벗처럼 친밀하게 됨
을 이름. /《진서》 장화전.

■ 천애여비린(天涯如比隣) : 멀리 떨어진 곳에 있음에도 마치 이
곳에 있는 것처럼 생각함. / 왕발.

■ 위수강운(渭樹江雲) : 위수(渭水) 가의 나무와 장강(長江 : 양자
강) 위를 떠도는 구름이라는 뜻으로, 멀리 떨어져 있는 친구를
그리워하는 정이 간절함의 비유. / 두보 『춘일억이백(春日憶李
白)』

■ 일견여구(一見如舊) : 한번 만났을 뿐인데 의기투합하여 오랜
친구처럼 친밀해지는 것.

■ 정운낙월(停雲落月) : 사모하는 정. 특히 친구를 그리는 심정의 비유. 정운(停雲)은 도연명의 시제(詩題), 낙월(落月)은 두보의 시 속의 말. 모두 친구를 그리는 심경을 읊은 것.

■ 지란지교(芝蘭之交) : 벗 사이의 고상한 교제.

■ 책선붕우지도야(責善朋友之道也) : 상호간에 그릇된 일을 책하고 착한 일을 권함은 친우의 도리임을 이르는 말. / 《맹자》

■ 총각지호(總角之好) : 어렸을 때부터의 친구, 소꿉친구. 총각(總角)은 아이들의 머리 모양의 하나로, 머리를 좌우로 갈라 올려 말아서 맨 모양이 뿔처럼 생긴 데서 나온 명칭. 관례(冠禮) 전의 아이를 말한다.

■ 춘수모운(春樹暮雲) : 봄철의 수목과 저문 날의 구름이라는 뜻으로, 먼 곳에 있는 친구를 그리워하는 모정(慕情)이 일어남을 비유하는 말.

■ 해내존지기(海內存知己) : 도처에 자신을 알아주는 사람이 있음을 이르는 말. 지기(知己)는 자기를 알아주는 사람.

■ 호사토읍(狐死兎泣) : 여우가 죽으니 토끼가 운다는 뜻으로, 친구의 불행을 슬퍼함을 이르는 말. / 《송사》

■ 혜분난비(蕙焚蘭悲) : 혜초(蕙草)가 불에 타니 난초(蘭草)가 슬퍼한다는 뜻으로, 벗의 불행을 슬퍼함을 비유하는 말.

마음 *mind* 心

【어록】

- 현자에게 일을 맡김에 두 마음을 갖지 말고, 사악한 자를 버리면 의심치 말라(任賢勿貳 去邪勿疑). ─《상서》
- 열 길 물 속은 알 수 있으나 사람의 마음속은 알기가 어렵다. 친구의 경우도 마찬가지다. ─《관자》
- 내 마음 돌이 아니거니 굴릴 수 없고, 내 마음 돗자리 아니거니 말아 거둘 수 없네(我心匪石 不可轉也 我心匪席 不可捲也). ─《시경》 패풍(邶風)
- 두 사람이 마음을 합하면 그 예리함이 쇠라도 끊게 되고, 하나 된 마음에서 나온 말은 난초의 향기와 같다(二人同心 其利斷金 同心之言 其臭如蘭). ─《주역》
- 마음 비우기를 극진히 하고, 평온함 지키기를 철저하게 한다(致虛極 守靜篤 : 마음을 철저하게 비운다면 고요함도 철저하게 지킬 수가 있다. 사회를 안정시키려면 먼저 마음을 비워야 한다). ─《노자》 16장

■ 성인은 고정된 마음이 없이 백성의 마음을 그 마음으로 삼는다
{聖人無常心 以百姓心爲心 : 성인은 본래 이상 속의 완전무결
한 존재이다. 물론 말하는 이의 생각이나 믿음에 따라 차이가
날 수도 있다. 그 이상적인 존재인 성인은 집착이나 편견이 없
고 사적인 입장도 없다. 자연히 대중의 뜻을 최종 귀착점으로
삼아 따른다. 그로써 비로소 천하의 법이 되며 만인의 스승이
될 수가 있는 것이다}.   ─《노자》49장

■ 쾌락의 유혹으로부터 자신을 지키고, 외부 대상에 대한 관심의
문을 닫아버린다{塞其兌 閉其門 : 마음을 즐겁게, 들뜨게 하여
유혹하는 쾌락으로부터 자신을 지킨다. 외부로 향하는 마음의
문을 닫아 외부 대상에 대한 관심을 없애버린다. 태(兌)는 기쁜
것, 좋아하는 것, 변화하는 마음}.   ─《노자》52장

■ 말로 하지는 않지만 알고 있다{默而識之 : 말로 하지 않아도 알
아줄 것은 다 알아주고 통한다. 알고 있는 것을 곧 입으로 내는
것 같은 경박한 일은 하지 않는다. 오히려 마음속에 간직하고
인식을 깊게 할 일이다}.   ─《논어》술이

■ 총명하고 지혜롭더라도 어리석은 마음가짐을 지키고, 공로가
세상을 뒤덮더라도 사양하는 마음가짐을 지키고, 용맹과 힘이
세상에 떨치더라도 겁내는 마음가짐을 지키고, 부유함이 세상
에 넘치더라도 겸손한 마음가짐을 지켜라.   ─《논어》

■ 일흔이 되어서 마음이 원하는 대로 언동을 해도 결코 그 정해
진 규범을 벗어나는 일이 없었다(七十而從心所慾 不踰矩).
                                      ─《논어》위정

■ 가지면 살고 버리면 죽는다. 출입할 때 언제나 그 있는 데를 알

고 있지 않아서 안 되는 것이 오직 마음을 두고 하는 말이다.

— 《논어》

■ 군자의 마음은 늘 평정하면서도 넓고, 소인의 마음은 항시 근심에 차서 초조하다. — 《논어》 술이편

■ 거울이 맑으면 먼지가 끼지 않는다(鑑明則塵垢不止 : 마음을 잘 닦고 깨끗하게 하면 더러운 생각은 깃들이지 않는다).

— 《장자》

■ 서로 마음과 뜻이 맞아 벗이 되었다(莫逆於心 遂相與友).

— 《장자》

■ 쑥 같은 마음{蓬之心 : 쑥이 무성하게 자라서 들을 덮는 것처럼 잡념으로 가득 차 있는 마음. 봉심(蓬心)은 잡념으로 가득 차 있는 마음}. — 《장자》

■ 마음을 진실로 불 꺼진 재처럼 지닐 수 있어야 한다(心固可使如死灰 : 타다 남은 재는 다시 탈 수도 있지만, 죽은 재는 그렇게 될 수 없다. 인간의 마음도 그러한 죽은 재와 마찬가지로 동요하지 않는 상태로 두는 것이 좋다). — 《장자》

■ 뜻을 바르게 하면 마음이 고요해지고, 마음이 고요해지면 사리가 분명해지고, 사리가 분명해지면 무심(虛)의 경지(道)에 이르게 되어, 비로소 자기의 마음이 허(虛), 즉 허심탄회한 상태로 된다{正則靜 靜則明 明則虛 虛則無爲而無不爲 : 이와 같이 허(虛)의 상태로 된 때에는 어떤 일이라도 불가능한 것은 없어진다. 이것이 사람이 지니는 칠정(七情), 즉 희로애락애오욕(喜怒哀樂愛惡慾), 곧 기뻐하는 희(喜), 성내는 노(怒), 슬퍼하는 애(哀), 두려워하는 구(懼), 사랑하는 애(愛), 미워하는 오(惡), 욕심

을 부리는 욕(慾)의 칠정(七情)에 마음이 동하지 않고 세상을 사는 방법이다}.　　　　　　　　　　　　　— 《장자》

▪ 하늘의 문이 열리지 않는다{天門弗開矣 : 참다운 마음의 깨달음이 아직 충분하지 않다. 천문(天門)은 마음을 가리킨다}.

　　　　　　　　　　　　　　　　　　　　— 《장자》

▪ 마음이 쉬 흔들리는 사람{風波之民 : 바람이나 물결처럼 항상 마음이 쉽게 동요하는 사람을 말한다}.　　　　— 《장자》

▪ 방을 비우면 빛이 그 틈새로 들어와 환하다{虛室生白 : 마음을 비우고 무념무상(無念無想)의 경지에 이르면 저절로 진리에 도달할 수 있음을 비유해 이르는 말}.　　　　— 《장자》

▪ 산(山)에는 비틀거리지 않고 개구멍에 비틀거린다. (작은 일에는 마음을 놓아 실패하기 쉽다)　　　　　　— 《한비자》

▪ 군자는 마음으로 이목을 이끌고 의리를 수립하는 것을 용맹이라 하지만, 소인은 이목으로 마음을 이끌며 불손한 것을 용맹이라 한다(君子以心導耳目 立義以爲勇 小人以耳目導心 不孫以爲勇).　　　　　　　　　— 《공자가어(孔子家語)》

▪ 사람의 본성은 악하며 착한 것은 인위적이다(人之性惡 其善者僞也).　　　　　　　　　　　　　　　　— 《순자》

▪ 공평한 마음은 밝음을 낳고, 편협한 마음은 어둠을 낳는다(公生明 偏生闇 : 마음을 공평하게 가지면 이 세상의 모든 것을 뚜렷이 알 수 있다. 그러나 만약 애증이나 이해관계 때문에 마음이 공평하지 못하면 세상의 모든 일이 바르게 마음에 투영되지 않으므로 어둠이 된다).　　　　　　　　— 《순자》

▪ 사람의 마음은 마치 대야의 물과 같다(人心譬 如槃水 : 사람의

마음은, 비유하자면 바닥이 얕은 세숫대야의 물과 같다. 가만히 두면 물체를 잘 비쳐주지만 조금만 건드려도 수면이 흔들려서 비치지 않게 된다). ─《순자》

▪ 사람이 편하지 못한 것은, 편안한 거처가 없어서가 아니라 자기 스스로 편한 마음이 없어서이다(非無安居也 我無安心也 : 편안하게 있을 곳이 없는 것이 아니다. 편안한 마음이 없기 때문에 편안하지 않은 것이다. 곧 만족만 한다면 어떤 경우라도 편안한 곳이다). ─《묵자》

▪ 어질지 못한 사람이 그 사사로운 지혜를 다하여 천승지국(제후의 나라)을 훔칠 수 있으나, 결코 많은 사람들의 마음을 얻을 수는 없다(不仁之人 騁其私智 可以盜千乘之國 而不可以得丘民之心). ─《맹자》

▪ 힘으로 남을 복종시키면 마음속으로 복종하는 것이 아니라 힘이 모자라서 복종할 뿐이며, 덕으로 남을 복종시키면 마음속으로 기뻐하며 진정으로 복종한다(以力服人者 非心服也 力不贍也 以德服人者 中心悅而誠服也). ─《맹자》

▪ 사람을 알아보는 데는 눈동자보다 더 좋은 것이 없다. 눈동자는 마음속의 악을 감추지 못한다. 마음이 올바르면 그 눈동자가 밝고, 마음이 올바르지 못하면 눈동자가 어둡다(存乎人者莫良於眸子 眸子不能掩其惡 胸中正則眸子瞭焉 胸中不正則眸子眊焉). ─《맹자》

▪ 학문하는 방법은 다른 것이 없고, 그 다잡지 않고 풀어 놓아버린 마음을 찾아내는 것일 따름이다. ─《맹자》

▪ 큰 인물이란 어린애의 (천진한) 마음을 잃지 않은 자이다(大人

者 不失其赤子之心者也). ─《맹자》

■ 어짊은 사람이 지닐 마음이고, 의로움은 사람이 갈 길이다. 그런데 그 길을 버리고 따르지 않으며, 그 마음을 놓아 버리고 찾을 줄 모르니, 슬프다. ─《맹자》

■ 마흔에 마음이 외부의 충동에도 흔들리거나 움직이지 아니한다{四十不動心 : 맹자는 마흔 살이 되어서 마음의 동요가 없었다.《논어》에서는 공자가 사십이불혹(四十而不惑)이라 했다. 즉 마흔에 세상일에 정신을 빼앗겨 갈팡질팡하거나 판단을 흐리는 일이 없게 되었다는 말이다}. ─《맹자》

■ 마음을 수양하는 데는 욕심을 적게 함보다 더 좋은 방법은 없다. ─《맹자》

■ 마음으로 잊지 말며, 조장하지도 말라{心勿忘 勿助長也 : 유의(留意)하는 것을 잊어서는 안 된다. 그러나 때를 기다리지 않고 무리하게 조장(助長)해서도 안 된다}. ─《맹자》

■ 변치 않는 재산이 있으면 변치 않는 마음도 있는 법이다(有恒産者有恒心 : 사람은 생활할 수 있는 재산이나 생업이 있으면 언제나 변치 않는 떳떳한 마음을 지닐 수가 있다. 백성에게 일정한 재산이나 생업을 갖게 하는 것이 민심을 안정시키는 방법이다). ─《맹자》

■ 학문의 방법은 다른 것이 없다. 놓아버린 마음을 구할 뿐이다(學問之道無他 求其放心而已矣 : 학문의 길이란 단지 잃어버린 본래의 양심을 구하는 것뿐이다). ─《맹자》

■ 참된 뜻을 가지고 남을 불쌍히 여기는 마음이 어짊의 시초이고, 자기의 착하지 않은 점을 부끄러워하고 남의 악한 점을 미워하

는 마음이 옳음의 시초이고, 자기에게 이로운 점을 사양하여
남에게 미루어주는 마음이 예절의 시초이고, 그 착한 점을 알
아 옳게 여기고 그 악한 점을 알아 그르게 여기는 마음이 지혜
의 시초다(惻隱之心 仁之端也 羞惡之心 義之端也 辭讓之心 禮
之端也 是非之心 智之端也).　　　　　　　　　　—《맹자》

▪ 혈기 있는 사람에게는 누구에게나 다투려는 마음이 있다(凡有
血氣 皆有爭心).　　　　　　　　　　　　　　　—《좌전》

▪ 사람의 마음을 공략하는 게 최고의 용병이다(用兵之道 攻心爲
上).　　　　　　　　　　　　　　　—《상군서(商君書)》

▪ 문(門)은 저자와 같고 마음은 물과 같다. 유숭(劉崇)의 말로서
문전에 손은 저자처럼 모이지만, 마음은 물같이 냉정해서 아무
것에도 동요되지 않는다.　　　　　　　—《한서(漢書)》

▪ 사람의 얼굴을 하고 있으나 마음은 짐승과 같다(人面獸心).
　　　　　　　　　　　　　　　—《한서》 흉노전

▪ 여유가 있으면 양보하는 마음이 생겨나고, 부족하면 다투려는
마음이 일어난다(讓生於有餘 爭起於不足).　　—《논형》

▪ 나의 마음은 저울과 같다. 그러나 사람 때문에 높낮이를 잴 수
없다.　　　　　　　　　　　　　— 제갈량(諸葛亮)

▪ 몸과 마음 다 바쳐 일하다가 죽으면 그뿐이다(鞠躬盡力 死而後
已).　　　　　　　　　　　　　　　— 제갈량

▪ 군자의 행실은 마음을 조용하게 하여 몸가짐을 잘 닦고, 생활
을 검소하게 하여 덕행을 잘 길러야 할 것이다. 사람은 마음이
깨끗하지 않으면 뜻을 밝게 지닐 수가 없고, 마음이 편안하고
고요하지 않으면 원대한 뜻을 잘 이룰 수가 없다. — 제갈량

▣ 대체로 책을 읽고 학문하는 까닭은 그 근본이 마음을 열리게
하고 앎을 밝게 해서 행실에 이롭게 하고자 할 따름이다.
— 《안씨가훈》

▣ 나의 작위가 높을수록 나는 뜻을 낮게 가지고, 나의 벼슬이 클
수록 나는 마음을 작게 가지며, 나의 봉록이 두터울수록 나는
시사를 더 넓게 한다(吾爵益高 吾志益下 吾官益大 吾心益小 吾
祿益厚 吾施益博).　　　— 《한시외전(韓詩外傳)》

▣ 여러 사람의 마음이 하나로 뭉치면 성을 이루고, 여러 사람의
입에 오르면 쇠도 녹는다(衆心成城 衆口鑠金).
— 《국어(國語)》

▣ 누가 말 하는가? 한 치 풀의 마음이 석 달 봄볕에 보답할 수
있다고(誰言寸草心 報得三春暉).　　　— 맹교(孟郊)

▣ 덕이 있는 군주는 백성의 마음으로 (자기의) 마음을 삼는다(有
道之主 以百姓之心爲心).　　　— 《정관정요》

▣ 군주를 섬기는 신하로서 군주의 뜻을 따르기는 쉬워도 그 마음
을 거스르기는 어려운 것이다(人臣事主 順旨甚易 忤情尤難).
— 《정관정요》

▣ 마음이 비뚤면 나라를 패망시키지만, 얼굴이 비뚤어서는 해롭
지 않다(心狠敗國 面狠不害).　　　— 《국어(國語)》

▣ 마음의 병은 돌침으로도 치유하지 못한다(心中疾 石非所砭).
— 한유(韓愈)

▣ 힘으로 천하를 얻을 수는 있지만, 한 사나이나 한 아낙네의 마
음은 얻지 못한다(力可以得天下 不可以得匹夫匹婦之心).
— 소식(蘇軾)

■ 현자와 어리석은 자를 가리지 못하는 것은 눈이 흐린 것이고, 시서(詩書)를 읽지 않으니 입이 흐린 것이고, 뭇사람들의 말을 가납하지 않았으니 귀가 흐린 것이고, 고금을 통달하지 못하였으니 몸 행실이 흐린 것이고, 제후들을 용납 못하였으니 배속이 흐린 것이며, 늘 찬역할 뜻을 품고 있으니 마음이 흐린 것이다(不識賢愚 是眼濁也 不讀詩書 是口濁也 不納衆言 是耳濁也 不通古今 是身濁也 不容諸侯 是腹濁也 常懷簒逆 是心濁也).

　　　　　　　　　　　　　　　　　　— 《삼국연의(三國演義)》

■ 사람을 가르치는데 그 착한 마음씨를 길러주면 그 악한 마음은 저절로 사라져 간다(敎人者 養其善心而惡自消 : 단점을 고치기보다는 장점을 키우는 것이 좋다).　　　　　　— 《근사록》

■ 마음을 비운 상태에서 외물(外物)에 순응한다(物來而順應 : 마치 거울에 물체가 비치는 것처럼 외물을 그대로 내 마음에 바르게 받아들인다. 그리고 이것에 순응해서 적당한 처치를 한다. 쓸데없는 잡념을 넣어서 마음에 동요를 오게 해서는 안 된다).

　　　　　　　　　　　　　　　　　　　　　　— 《근사록》

■ 어떤 마음으로는 나라를 망하게 할 수 있고, 또 어떤 마음으로는 나라를 흥성하게도 한다. 그것은 마음을 쓰는 데 공(公)과 사(私)의 차이에서 오는 것이다(一心可以喪邦 一心可以興邦 只在 公私之間爾).　　　　　　　　　　　　— 《근사록》

■ 마음이 고요해진 후에 만물을 보면 자연히 만물이 모두 봄의 생기를 가지고 있다(靜後見萬物 自然皆有春意 : 마음을 고요하게 한 다음 천지 사이의 만물을 보면 어디나 모두 봄의 양기가 자욱이 끼여 생생하게 발육하는 모습이 눈앞에 나타난다. 이런

기분이야말로 인자(仁者)의 마음과 일치하는 것이다}.

— 《근사록》

▣ 마음을 비우고 상대를 받아들인다(虛受人 : 욕심과 편견을 비우고 즐거이 사람을 맞이한다. 자기 마음에 나라는 것이 있어서는 남의 가르침이나 훈계 등을 받아들일 마음의 여유가 없다). — 《근사록》

▣ 분한 마음을 징계하는 것을 다정한 친구를 충고하는 것같이 하고, 욕심스러운 마음을 막는 것을 물을 막는 것같이 하라.

— 《근사록》

▣ 만사의 주체인 마음의 움직임에서 절도가 없으면 난이 생긴다(心爲萬事之主 動而無節則亂). — 《정관정요》

▣ 기쁘고·노엽고·슬프고·즐겁고·좋고·나쁘고·욕심이 밖으로 나오지 않고 마음속에 있으면 성질이요, 이 모든 것들이 밖에 나와 행동에 드러나면 정이다(喜怒哀樂好惡欲 未發於外而存於心 性也 喜怒哀樂好惡欲 發於外而見於行 情也).

— 왕안석(王安石)

▣ 자기 마음으로 남의 마음을 짐작한다(以己之心 度人之心).

— 주희(朱喜)

▣ 성(性)이라는 것은 천리(天理)이니 만물이 품(稟)하여 받아서 한 이치도 갖추지 않은 것이 없다. 심(心)이라는 것은 한 몸의 주재요, 의(意)라는 것은 마음의 발하는 것이요, 정(情)이라는 것은 마음의 동(動)하는 것이요, 지(志)라는 것은 마음의 가는 것이요, 기(氣)라는 것은 나의 혈기로써 몸에 찬 것이다. — 주희

▣ 망령된 마음이 없으면 망동이 있을 수 없다(內無妄思 外無妄

118

動).   ― 주희

■ 남을 가르치는 사람은 그 자신이 착한 마음을 기르고서야 악한
마음이 자연 없어지고, 백성을 다스리는 사람은 공경하고 사양
하는 마음으로 인도해야 사람들의 다투는 마음이 자연이 그쳐
질 것이다.   ― 정호(程顥)

■ 마음은 머무를 줄 알게 된 후에야 정해지고, 정해진 후에야 조
용해질 수 있고, 조용해진 후에야 편안하여질 수 있고, 편안하
여진 후에야 사고(思考)할 수 있고, 사고할 수 있게 된 후에야
터득할 수 있게 된다.   ―《대학》

■ 이른바 몸을 닦음이 그 마음을 바르게 함에 있다는 것은 마음
에 노여워하는 바를 두면 그 바른 마음을 얻지 못하고, 마음에
두려워하는 바를 두면 그 바름을 얻지 못하고, 기뻐하는 바를
두면 그 바른 마음을 얻지 못하고, 마음에 걱정하는 바를 두면
그 바른 마음을 얻지 못한다(所謂修身在正其心者 身有所忿 則
不得其正 有所恐懼 則不得其正 有所好樂 則不得其正 有所憂患
則不得其正).   ―《대학》

■ 마음에 있지 않으면 보아도 보이지 않고, 들어도 들리지 않으
며, 먹어도 그 맛을 모른다(心不在焉 視而不見 聽而不聞 食而
不知其味 : 어떤 일이라도 마음이 바르지 않으면 올바른 판단
과 행동을 할 수가 없다는 말).   ―《대학》정심장(正心章)

■ 산 속의 적은 무찌르기 쉬워도, 마음속의 적을 무찌르기는 어
렵다.   ― 왕양명

■ 아버지의 마음을 내 마음으로 생각하면, 내 자식이나 형의 자
식이나 조금도 차이가 없을 것이다.   ― 육유

■ 도리를 따르면 마음에 여유가 있고, 욕심을 따르면 위태롭다(順理則裕 從欲惟危 : 도리를 따라 행동하면 언제나 마음은 풍족하고 여유가 있다. 욕심을 따라가게 되면 한편 자유스러워 보이나 항상 위험을 느끼게 된다).

—《소학》

■ 남에게 경사가 있으면 질투하는 마음을 가져서는 안되며, 남에게 재화가 있으면 좋아하는 마음이 생겨서는 안된다(人有喜慶 不可生妨忌心 人有禍患 不可生喜幸心).　— 주백려(朱柏廬)

■ 마음속에 의심이 생기면 밖으로 보고 듣는 데서 의혹스럽게 여긴다(疑心動於中 則視聽惑於外).　— 구양수(歐陽修)

■ 나무를 기르는 자는 그 뿌리를 북돋아주고, 덕을 기르는 자는 그 마음을 수양한다(種樹者必培其根 種德者必養其心).

—《전습록(傳習錄)》

■ 살무사 입안의 풀도, 전갈꼬리의 침도 독이 있다고 할 수 없다. 가장 독한 것은 배신한 사람의 마음이다(蝮蛇口中草 蠍子尾後針 兩般猶未毒 最毒負心人).　—《경세통언(警世通言)》

■ 눈은 밝게 보는 것이 중요하고, 귀는 똑똑히 듣는 것이 중요하며, 마음은 공정한 것이 중요하다(目貴明 耳貴聰 心貴公).

—《등석자(鄧析子)》

■ 남의 잘못을 책망하는 마음으로 자기 자신을 책망하고, 자기 잘못을 용서하는 마음으로 남을 용서하라.　— 범순인

■ 꽃같이 고운 그대 얼굴은 그려내기 쉽건만, 가슴 아픈 이내 마음은 그릴 수가 없구나(三分春色描來易 一段傷心畫出難).

— 탕현조(湯顯祖)

■ 서로 마음을 터놓은 당신과 나 사이에는 마음에 멀고 가까운 구별은 없다(寸心無遠近).　　　　　　　— 《고시원(古詩源)》

■ 모든 것은 마음에서부터 바뀐다.　　　　　　　— 《화엄경》

■ 쇠의 녹은 쇠에서 생긴 것이지만 차차 쇠를 먹어 버린다. 이와 한가지로 그 마음이 옳지 못하면 무엇보다도 그 옳지 못한 마음은 그 사람 자신을 먹어버리게 된다.　　　　— 《법화경》

■ 너는 너의 귀의(歸依)할 곳을 만들라. 부지런히 힘쓰고 지혜로워라. 마음의 더러움이 없는 사람은 거룩하고 빛나는 하늘에 날 것이다.　　　　　　　　　　　　　— 《법구경》

■ 자기 마음을 스승으로 삼아라. 남을 따라서 스승으로 하지 말라. 자기를 잘 닦아 스승으로 삼으면, 능히 얻기 어려운 스승을 얻게 된다.　　　　　　　　　　　　　— 《법구경》

■ 마음은 모든 일의 근본이 된다. 마음은 주(主)가 되어 모든 일을 시키나니, 마음속에 악한 일을 생각하면 그 말과 행동도 또한 그러하리라. 그 때문에 괴로움은 그를 따라 마치 수레를 따르는 수레자취처럼 된다.　　　　　　　　— 《법구경》

■ 몸을 빈 병과 같다고 보고 이 마음 성처럼 든든히 있게 하여, 지혜로써 악마와 싸워 이겨 다시는 그들을 날뛰게 하지 마라.
　　　　　　　　　　　　　　　　　　　— 《법구경》

■ 자제하기 어렵고 가벼워서 제멋대로 해내는 마음을 억제하는 일은 훌륭하다. 억제된 마음은 행복의 보금자리더라.

　　　　　　　　　　　　　　　　　　　— 《반야경》

■ 마음을 안정하고 일을 처리하면 비록 책을 읽지 않았더라도 가

히 덕망이 있는 군자라고 할 수 있다.　　　　　 ─《경행록》

■ 은밀한 방안에 앉아 있어도 네거리에 있는 것같이 하고, 마음을 다잡기를 여섯 필의 말을 부리듯 하면 가히 허물을 면할 수 있을 것이다.　　　　　　　　　　　　　 ─《경행록》

■ 물은 물결이 일지 않으면 절로 고요하고, 거울은 흐려지지 않으면 스스로 밝다(水不波則自定 鑑不翳則自明 : 사람의 마음 또한 감정에 물결치고, 번뇌의 고통만 없다면 본래의 명철함을 보존할 수가 있다).　　　　　　　　　　 ─《채근담》

■ 세상 괴로움에 얽매임과 벗어남이 오직 제 마음에 있나니, 마음에 깨달음이 있으면 고깃간과 술집도 정토(淨土)가 된다.
　　　　　　　　　　　　　　　　　　 ─《채근담》

■ 마음자리가 밝으면 어두운 방 안에도 푸른 하늘이 있고, 생각 머리가 어두우면 백일 아래도 도깨비가 나타난다. (心體光明 暗室中 有青天 念頭暗昧 白日下 生厲鬼).　　　 ─《채근담》

■ 군자의 마음 속 일은 푸른 하늘의 햇빛 같아서 남으로 하여금 알지 못하게 할 수 없다(君子之心事 天青日白 不可使人不知 : 군자는 자신의 마음가짐에 꾸밈이나 거짓이 없어서, 하늘이 푸르고 태양이 빛나는 것처럼 누가 보더라도 그 마음을 곧 알 수 있게 하고, 반면 자신의 재주나 지혜는 구슬이 바위 속에 감추어져 있는 것과 같이 하여 남들이 쉽사리 알게 하지 않는다).
　　　　　　　　　　　　　　　　　　 ─《채근담》

■ 바람이 자고 물결 고요한 가운데 인생의 참 경계를 보고, 맛이 담담하고 소리 드문 곳에서 마음자리의 본연을 안다.
　　　　　　　　　　　　　　　　　　 ─《채근담》

■ 마음에 욕심이 일면 차가운 못에 물결이 끓나니 산림에 있어도 그 고요함을 보지 못한다. 마음이 공허하면 혹서에도 청량한 기운이 생기나니 저자에 살아도 그 시끄러움을 모른다.

— 《채근담》

■ 마음의 기쁨에 들떠서 일을 가벼이 맡지 말고, 취함을 인연(因緣)하여 화를 내지 말라. 마음의 즐거움에 딸려서 일을 많이 하지 말고, 곤(困)함을 핑계하여 끝마침을 적게 말라.

— 《채근담》

■ 아무리 바쁜 중에라도 하나의 냉정한 눈을 뜨고 보면 문득 허다한 노심초사를 덜게 된다. 아주 어려운 때라도 하나의 정성스러운 마음을 마련하면 문득 허다한 참 취미를 얻게 된다.

— 《채근담》

■ 물은 물결 아니면 저절로 고요하고, 거울은 흐리지 않으면 스스로 밝게 된다. 마음도 이와 같으니, 그 흐린 것을 버리면 밝음이 저절로 나타날 것이요, 즐거움도 구태여 찾지 말 것이니 그 괴로움을 버리면 즐거움이 저절로 있으리라.   — 《채근담》

■ 마음 바탕이 조촐하여야 책을 읽어 옛날을 배울 것이니, 그렇지 않으면 한 가지 선행(善行)을 보아도 이를 훔쳐서 사욕을 펴는 데 악용할 것이요, 한마디의 선행을 들어도 이를 빌어서 저의 단처(短處)를 감추는 데 쓸 것이다. 이 어찌 원수에게 병장개를 도와주고 도적에게 양식을 대주는 것이 아니리요.

— 《채근담》

■ 너그러운 마음씨는 사나운 혀를 고쳐 준다.   — 호메로스

■ 말은 분노를 고치는 마음의 의사다.   — 아이스킬로스

▨ 연애—그것은 마음의 중병이다.　　　　　— 플라톤

▨ 행복과 불행은 모두 마음에 달려있다.　　— 데모크리토스

▨ 중상이란 악의에 가득 찬 마음이 말로 나타난 것이다.
　　　　　　　　　　　　　　　　— 테오프라스토스

▨ 마음의 평온함을 얻은 자는 자기 자신에게나 타인에게도 문제
　를 일으키지 않는다.　　　　　　　　— 에피쿠로스

▨ 정의가 갖다 주는 최대의 열매는 마음의 평정이다.
　　　　　　　　　　　　　　　　　— 에피쿠로스

▨ 의로운 사람만이 마음의 평화를 누린다.　　— 에피쿠로스

▨ 꿀을 바른 입, 쓸개즙과도 같은 마음이다.　　— 플라우투스

▨ 어지럽혀지지 않는 마음은 재앙에 대한 최상의 원천이다.
　　　　　　　　　　　　　　　　　— 플라우투스

▨ 혀는 맹세하지만, 마음은 맹세하지 않는다.　— 에우리피데스

▨ 행복한 생활이란 마음의 평화에서만이 성립할 수 있다.
　　　　　　　　　　　　　　　　— M. T. 키케로

▨ 종이에 쓰지 말고 마음에 새겨 두라.　　— 안티스테네스

▨ 연설은 마음의 색인(索引)이다.　　　　— L. A. 세네카

▨ 아직 느끼기 쉬울 때에 마음을 수양하기는 어렵지 않다.
　　　　　　　　　　　　　　　　— L. A. 세네카

▨ 인간에게 있어서 참된 적은 마음속의 적이다. — L. A. 세네카

▨ 마음이 후한 사람은 항상 자기가 부자인 것처럼 생각하고 있다.
　　　　　　　　　　　　　　— 푸블릴리우스 시루스

▨ 마음이 딴 곳에 가 있으면 눈은 소경이다.
　　　　　　　　　　　　　　— 푸블릴리우스 시루스

■ 마음의 괴로움은 육체의 고통보다 더 견디기 힘들다.

— 푸블릴리우스 시루스

■ 오, 인간이여! 행복은 마음속에 있거늘, 어찌하여 그대는 밖에서 찾는가! — 보에티우스

■ 말이 통하지 않는 인간보다는 마음을 알 수 있는 개와 동반하는 것이 더 낫다. — 아우구스티누스

■ 인간의 마음속에는 절대적 의지 또는 자유의지는 없다. 오히려 마음은 이것 또는 저것을 바라도록 하는 원인에 의해 결정되어 있고, 이 원인은 또한 다른 원인에 의해 결정되었고, 이 원인도 또 다른 원인에 의해 결정되었으며, 이러한 일은 무한히 계속된다. — 스피노자

■ 자기의 잘못을 의식하는 것처럼 마음이 가벼워지는 일은 없다. 또한 자기가 옳다는 것을 인정하려고 하는 것처럼 마음이 무거운 것은 없다. —《탈무드》

■ 자기의 마음을 다스리는 자는 성을 빼앗는 자보다 낫다.

— 잠언

■ 서로 마음을 같이하고 교만한 마음을 품지 말며, 낮은 사람들과 같이하고 자기 지혜를 과시하지 말라. — 로마서

■ 무위(無爲)는 마음의 적이다. — 성 베네딕투스

■ 마음을 불사르는 세 가지 불꽃이 있는데, 자만심과 질투와 인색함이다. — A. 단테

■ 그대의 것이 아니거든 보지를 말라! 그대의 마음을 흔드는 것이라면 보지를 말라! 그래도 강하게 덤비거든, 그 마음을 힘차게 불러일으켜라! 사랑은 사랑하는 자에게 찾아갈 것이다.

— 괴테

▣ 노령은 얼굴보다 마음에 더 많은 주름살을 심는다.

— 몽테뉴

▣ 마음이 후한 사람은 충고보다는 구원의 손길을 내민다.

— 보브나르그

▣ 게으름은 마음의 잠이다. — 보브나르그

▣ 마음은 영원한 눈이며 힘의 본원은 아니다. — 보브나르그

▣ 사람의 마음은 일정한 음정을 가진 악기와 비견할 수 있을 게
다. 아래위로 그 음정을 넘어서면 영원한 침묵이 있는 악기이
다. — 존 틴들

▣ 마음에 오점이 남는 것보다는 얼굴에 수치스러움이 떠오르는
쪽이 낫다. — 세르반테스

▣ 펜은 마음의 혀. — 세르반테스

▣ 마음이라는 것도 위장과 마찬가지로, 여러 가지 자양물이 필요
하다. — 플로베르

▣ 마음은 팔고 사지는 못하지만, 줄 수는 있는 재산이다.

— 플로베르

▣ 사람은 사랑하는 만큼 고뇌가 많아진다. 각자의 마음에 가능한
슬픔의 총량은 그 마음의 완전성의 도와 비례한다.

— 헨리 F. 아미엘

▣ 증오는 마음속에서부터 나오고 경멸은 머릿속에서 나온다.

— 쇼펜하우어

▣ 마음이 곧 인간이다. 지식은 곧 마음이다. 인간의 모두는 그의
지성뿐이다. — 프랜시스 베이컨

■ 우리가 매일 수염을 깎아야 하듯 그 마음도 매일 다듬지 않으면 안 된다. 한 번 소제했다고 언제까지나 방안이 깨끗한 것은 아니다. 우리의 마음도 한번 반성하고 좋은 뜻을 가졌다고 해서 그것이 늘 우리 마음속에 있는 것은 아니다. 어제 먹은 뜻을 오늘 새롭게 하지 않으면, 그것은 곧 우리를 떠나고 만다. 그렇기 때문에 어제의 좋은 뜻은 매일 마음속에 새기며 되씹어야 한다. — 마르틴 루터

■ 후회는 약한 마음의 미덕이다. — 드라이든

■ 가장 위험한 적(敵)은 마음속을 좀먹는 정욕이다. — M. 사디

■ 마음의 목마름은 물을 마셨다고 해갈되지는 않는다.
— M. 사디

■ 부동의 마음가짐이란 기력을 발휘함이다. — 볼테르

■ 마음은 이성(理性)이 알지 못하는 스스로의 이유를 가진다.
— 파스칼

■ 자기의 마음을 감추지 못하는 사람은 무슨 일이든 대성할 수 없으며 성공할 수 없다. — 토머스 칼라일

■ 진실한 사람의 마음은 언제나 평온하다. — 셰익스피어

■ 편하지 않은 마음에는 의구(疑懼)가 따르기 쉽다.
— 셰익스피어

■ 마음에도 없는 것을 말하는 것은 여자에게 있어서는 그다지 힘든 일이 아니다. 마음먹은 것을 말하는 것은 남자에게 있어서 그다지 힘든 일이 아니다. — 라브뤼예르

■ 마음은 『나』를 장소(場所)로 한다. — 존 밀턴

■ 시인은 세계의 마음이다. — 아이헨도르프

■ 대해(大海)보다 큰 것은 대공(大空)이요, 대공보다 큰 것은 인간의 마음이다.   — 빅토르 위고

■ 바람 속의 깃털처럼 변하기 쉬운 것이 여자의 마음이다.
                    — 주세페 베르디

■ 우리들은 사람을 사랑하는 마음이 엷은 것이 아니고 자연을 사랑하는 마음이 깊은 것이다.   — 조지 바이런

■ 그 드높은 곳에 달하는 것은 가슴이지 머리가 아니다.
                    — 헨리 롱펠로

■ 모든 사람의 마음엔 인정이 깃들여 있다.   —헨리 롱펠로

■ 착한 마음씨는 이 세상의 모든 두뇌보다 낫다.   — 불워 리턴

■ 좋은 얼굴이 추천장이라면, 좋은 마음은 신용장이다.
                    — 불워 리턴

■ 마음처럼 부드럽고도 엄한 것은 없다.   — 리히텐베르크

■ 인간의 마음가짐이 곧 행복이다.   — 프리드리히 실러

■ 마음이 거절하는 것에 손이 닿지 못한다.   — T. 풀러

■ 정직한 마음의 단 하나의 약점은 쉽게 믿는 것이다.
                    — 필립 시드니

■ 사람은 자기 마음의 주인이 아니다.   — 피에르 드 마리보

■ 얼굴을 비추는 거울은 있지만, 마음을 비춰 주는 거울은 없다.
              — 그라시안이모랄레스

■ 자선은 마음의 미덕이지 손의 미덕이 아니다.
                    — 조지프 애디슨

■ 온건은 마음의 권태와 태만이며, 대망은 마음의 행동과 작열이다.   — 라로슈푸코

- 마음이 후하다는 것은 대체로 베풀어 주는 데 대한 허영에 지나지 않다. — 라로슈푸코

- 마음속의 감정을 감추는 일은 마음에 없는 감정을 가장하는 것 이상으로 어렵다. — 라로슈푸코

- 누구도 마음에 들지 않는 사람은 누구에게도 마음에 들어 있지 않는 사람보다 훨씬 더 불행하다. — 라로슈푸코

- 젊은 시절에 너무 방종하면 마음의 질서가 없어지고, 너무 절제하면 머리가 잘 돌아가지 않는다. — 생트 뵈브

- 마음의 초초함을 달래려면 아름다운 경치를 보거나 산을 오르라. — 랠프 에머슨

- 모든 혁명은 한 사람의 인간의 마음에서 우러난 하나의 사상이다. — 랠프 에머슨

- 마음이 서로 맞는 생활의 비결은 목표를 함께 조화시켜 나가는 것이며 처음부터 의견이 같은 데에 있는 것은 아니다.
  — 랠프 에머슨

- 사람은 누구나 그 마음속에 숨은 미치광이를 가지고 있다. 그렇기 때문에, 그 미치광이가 날뛰지 않게 조심해야 한다.
  — 랠프 에머슨

- 교만한 마음이 천사를 타락시켰다. — 랠프 에머슨

- 책임감이 마음을 괴롭힐지는 몰라도 그 마음은 또 비범한 일을 가능케 한다. — 헨리 L. 멩컨

- 마음을 향상시키기 위해서는 학문보다도 명상(瞑想)이 더 필요하다. — 르네 데카르트

- 신과 악마가 싸우고 있다. 그 전장(戰場)이야말로 인간의 마음

이다.   — 도스토예프스키

■ 사람의 마음은 얼굴에 나타난다. 그러므로 ABC를 읽을 수 없는
사람이라도 얼굴을 보면 성격을 읽을 수 있다.

— 토머스 브라운

■ 어리석은 자의 마음은 그 입 속에 있다. 그러나 착한 사람의 입
은 그 마음속에 있다.   — 벤저민 프랭클린

■ 마음은 단순한 감수성의 영역이 아니다. 그것을 나는 내면생활
의 넓은 왕국으로 생각한다. 그 왕국을 자유로이 지배할 수가
있으며, 또 자기의 근원적인 힘에 의한 영웅은 무수한 적과도
대항할 수 있는 힘을 가지는 법이다.   — 로맹 롤랑

■ 쾌활한 마음을 갖는 것이 육체와 정신의 최상의 위생법이다.

— 조르쥬 상드

■ 마음은 머리에 유용한 교훈을 줄 수 있다. 그리고 그 가르침은
책이 없이도 자랄 수 있다.   — 윌리엄 쿠퍼

■ 모든 것을 이해하면 마음은 지극히 관대할 수 있다.

— 제르멘 드 스탈

■ 사람의 마음속에는 두 개의 침실이 있어 기쁨과 슬픔이 살고
있다. 한 방에서 기쁨이 깼을 땐, 다른 방에서 슬픔이 잔다. 기
쁨아, 조심하라! 슬픔이 깨지 않도록 조용히 말하려무나.

— 존 뉴먼

■ 세계에는 두 개의 힘—칼과 마음—밖에 없다. 결국은 칼은 항
상 마음에 의해서 일임된다.   — 나폴레옹 1세

■ 마음은 일종의 극장이다. 거기서는 온갖 지각(知覺)이 차례차례
로 나타난다. 사라져서는 되돌아와 춤추고 어느새 꺼지고, 뒤섞

여겨서는 끝없이 여러 가지 정세나 상황을 만들어 낸다.

— 데이비드 흄

■ 마음을 달래는 것은 정열의 휴식이다. — 조제프 주베르

■ 진정 우리가 미워해야 할 사람이 이 세상에 흔한 것은 아니다. 원수는 맞은편에 있는 것이 아니라, 막상 내 마음속에 있을 때가 많다. — 알랭

■ 당신의 눈은 살그머니 내 마음을 훔친다. 도적아! 도적아! 도적아! — 몰리에르

■ 마음은 생각나는 대로 몸을 잡아끈다. 마치 임자 없는 여자가 남자를 잡아끌 듯이. — 에드워드 피츠제럴드

■ 사람의 마음이라는 것은 변화가 무궁한 것이어서 자칫 방심하게 되면 벌써 마음속에선 무서운 구더기들이 자라나 제멋대로 생명의 수액(樹液)을 빨아먹는다. — N. 고골리

■ 사람의 마음은 거칠고 격렬한 충격을 가하지 않더라도 쉽게 감동할 수 있다. — 윌리엄 워즈워스

■ 마음은 정신 이상의 것이다. 마음은 정신이 꽃향기처럼 사라져도 계속 뿌리로 남기 때문이다. — 프리드리히 뤼케르트

■ 자신의 마음을 진정시키는 일—바로 이것이 어쩌면 내가 일기를 쓰는 중요한 이유인지도 모르겠다. — 엘리아스 카네티

■ 여러분들이 마음이라고 부르는 물건은 조끼의 네 번째 단추보다 훨씬 아래쪽에 있다. — 리히텐베르크

■ 마음은 여러 곡을 연주하는 기계 같지만, 그러나 하나씩 차례로 연주한다. 한 생각이 딴 생각을 부르지만, 동시에 나머지 생각들을 모두 지워버리고 만다. — 윌리엄 해즐릿

▪ 마음이란 것은 사용하지 않고 두면 말라버리는 것이다. 전체가 잘 되면, 혹은 잘되기 위해서 부분이 못해지는 것도 있다.

— 앙드레 지드

▪ 힘으로 타인의 마음을 다스리는 사람은 폭군이고, 타인에게 마음을 예속시키는 사람은 노예이다.　　　　　　— 잉거솔

▪ 마술은 내 마음에 있다. 내 마음이 지옥을 천국으로 만들 수도 있으며, 천국을 지옥으로 만들 수도 있다. 그러므로 자연의 비밀을 풀어 인류의 행복에 기여하라.　　　— 토머스 에디슨

▪ 어느 곳에 돈이 떨어져 있다면 길이 멀어도 주우러 가면서, 제 발 밑에 있는 일거리는 발로 차버리고 지나치는 사람이 있다. 눈을 떠라. 행복의 열쇠는 어디에나 떨어져 있다. 기웃거리고 다니기 전에 먼저 마음의 눈을 닦아라.　　　— 데일 카네기

▪ 평화가 올 것인지, 오지 않을 것인지의 문제는 개개인의 마음가짐에 따라서, 모든 국민의 마음의 자세에 의해 이루어진다.

— 알베르트 슈바이처

▪ 인생에는 두 가지 비극이 있다. 하나는 자기 마음의 욕망대로 하지 못하는 것이요, 또 하나는 그것을 하는 것이다.

— 조지 버나드 쇼

▪ 어떤 사람들은 피라미드와 같다. 땅에 닿고 있는 부분은 지극히 넓지만 하늘로 올라갈수록 좁아진다.　　　— 헨리 비처

▪ 마음이 끌리는 남자는 호감이 가지만, 마음을 끌려 하는 남자는 싫다.　　　　　　　　　　　— 니논 드 랑크로

▪ 마음은 모든 것의 위대한 지렛대입니다.　— 다니엘 웹스터

▪ 아, 상처 입은 마음, 그러나 마음은 아무 흔적을 보이지 않는다.

새하얘진 입술, 색 바랜 머리칼, 그저 그것뿐이다.

— 올리버 홈스

■ 왜소한 마음은 비상한 것에, 위대한 마음은 평범한 것에 흥미를 느낀다. — E. G. 허버드

■ 우리는 남에게 내 마음속을 보이고 싶지 않다. 인간의 마음이란 결코 아름답게만 보이지 않기 때문이다. — 비트겐슈타인

■ 어째서 마음은 허무한 생각에 동요될까? 어떠한 각도에서 허무한 생각은 동요 받게 되는 것일까? 어쨌거나 마음은 허무한 생각에 흔들리고 있는 것이 사실이다. (공기에 지나지 않는 바람이 어떻게 나무를 움직일 수 있을까. 어쨌든 바람은 나무를 움직이고 있는 것이다. 그 점을 잊어서는 안 된다)

— 비트겐슈타인

■ 마음은 법에 대해서는 언제나 문맹과 같았다.

— C. V. 게오르규

■ 마음은 다이아몬드와 같아 순수할수록 무게가 더 나간다.

— C. V. 게오르규

■ 마음은 측정도 안 되고, 길도 나 있지 않으며 지도도 그려 놓지 않았다. 오직 그곳에는 엄청난 두려움이 존재하리라.

— 오쇼 라즈니쉬

■ 이성은 바깥쪽으로 움직이고 타인에게로 열린다. 마음은 안쪽으로 열리고 자신에게로 열린다. — 오쇼 라즈니쉬

■ 장생(莊生)은 『마음이란 뜨겁기는 타는 불이요, 차기는 얼음이며, 빠르기는 구부리고 우러르는 동안에 사해(四海) 밖을 두 번 어루만진다. 가만히 있을 때는 깊고 고요하며, 움직일 때는 하

늘까지 멀리 가는 것은 오직 사람의 마음이구나.』 라고 하였다.
이것은 장생이 먼저 범부의 마음은 이처럼 다스리기 어려움을
말한 것이다.   — 지눌(知訥)

■ 천지가 물을 낳음으로써 마음을 얻어 세상에 태어났다. 그러므
로 사람은 모두가 차마 하지 못하는 마음이 있으니, 이것이 바
로 이른바 인(仁)이다.   — 정도전

■ 마음, 즉 진명(眞命)의 마음은 신체의 주인이요, 형(形)은 마음
의 심부름꾼이다. 선악 등 여러 가지 일을 임금 격인 마음이 명
하면 신하 격인 형(形)이 행동을 짓는다. 이것이 응보에 있어서
는 생명이 있을 때엔 마음과 형이 다 같이 받고, 죽어서는 형은
물러가고 마음만이 홀로 받는다.   — 기화(己和)

■ 참다운 마음의 평화는 최악의 사태를 감수하는 데서 얻어지며,
이는 또 심리학적으로 에너지의 해방을 의미한다.   — 임어당

■ 우리들의 마음은 마치 한 알의 투명하고 광채가 나는 붉은 진
주와 같아서 맑고 깨끗하며 그림자도 없고 모양도 없으며 안과
밖이 없다.   — 장기윤

■ 천지 사이에 바람과 달이 가장 맑으나 사람 마음의 묘한 것도
또한 그것과 다름이 없다. 다만 형기(形氣)에 얽매이고 물욕으
로 더럽혀져서 능히 그 전체를 온전히 하는 자가 적다.

                                                          — 박팽년

■ 대저 마음은 둘로 쓸 수 없는 것이니 착함에 향하면 악함을 배
반하는 것이다.   — 조광조

■ 사람의 용모는 미운 것을 고쳐 고운 것으로 만들 수 없고, 힘은
약한 것을 고쳐 강하게 만들 수 없고, 신체는 짧은(작은) 것을

고쳐 길게(크게) 만들 수 없다. 이는 이미 정하여진 분수라 고칠 수가 없거니와, 오직 마음과 뜻만은 가히 어리석은 것을 고쳐 지혜롭게 만들고, 어질지 못한 것은 고쳐 어질게 만들 수 있다. 이는 마음의 성스러운 본성이 타고난 분수에 매이지 않는 까닭이다.   — 이이

■ 사람의 얼굴은 추한 것을 곱게 바꿀 수 없으며, 힘은 약한 것을 세게 바꿀 수 없으며, 키는 짧은 것을 길게 바꿀 수 없으니, 이 것은 이미 정해진 분수이므로 고칠 수 없으나, 오직 심지(心志) 는 어리석은 것을 지혜롭게, 어두운 것을 어질게 바꿀 수 있으니, 이것은 마음이란 것이 매우 신령스러워서 타고난 것에는 얽매이지 않기 때문이다.   — 이이

■ 문장은 비록 그 여사(餘事)일지라도 역시 다만 마음에서 소리 나는 것인데 마음에 어찌 겉과 속, 크고 작음이 있어 남길 것이 있단 말인가.   — 노수신

■ 마음은 하나의 물건처럼 진실로 형체 있는 것이 아니므로 옮길 수가 없을 듯하지만, 그러나 마음은 활동하는 것으로서 광명통철(光明洞徹)하고 만 가지 이(理)가 모두 갖추어져 있으니, 전이 (轉移)의 기(機)가 나에게 있으면 그만이지 무엇이 못할 이유가 있겠는가.   — 기대승

■ 대개 마음이란 만 가지 변화하는 근원이요, 경(敬)은 한 마음의 주장이니, 정치를 하면서 그 마음을 바로잡지 않으면 어찌 좋은 정치가 될 것이며, 마음을 구하면서 경함을 모르면 어찌 마음이 바르게 될 수 있으리까. 아아! 한 마음의 경함이 실로 치국하는 도의 큰 근원이요, 백대 임금의 마음 구하는 법칙이다.

― 윤상

▣ 마음이 불화하면 자연히 몸이 따라서 궤도를 잃어버리고 행동
과 사물 처리가 모두 다 그 절차를 잃어버리게 된다.

― 정약용

▣ 입은 곤륜산과 같이 무거워야 하고, 마음은 황하수와 같이 깊
어야 한다.　　　　　　　　　　　　　　　　　― 오수덕

▣ 오! 모든 것이 마음이로구나! 오직 마음 하나로다. 괴롭다 하는
것도 이 마음이요, 즐겁다 하는 것도 이 마음이요, 죽는다, 산다
하는 것도 필경은 이 마음 하나로구나! 극락과 지옥이 어디 따
로 있는 것이 아니라 필경은 이 마음자리 하나구나!

― 이광수

▣ 사람들이 영원하다고 보는 하늘, 해와 달과 별들과 몇 억만 번
나고 죽고, 있고 없고 한 것이란 말이다. 이 속에 나지도 않고
죽지도 않는 것이 있다.　　　　　　　　　　　― 이광수

▣ 세상에 마음대로 못할 것은 여자의 마음이다.　　　― 이광수

▣ 선정(禪定)은 정려(靜慮)다. 기악(棄惡)이라고도 한다. 사유수(思
惟修)라고도 한다. 만종염려(萬種念慮)를 다 버리고 마음을 일
경(一境)에 안주시키는 것이 선(禪)이다.　　　　　― 이은상

▣ 흐르는 것은 액체다. 마음은 끊임없이 흐른다. 그러므로 마음은
액체다.　　　　　　　　　　　　　　　　　　　― 조지훈

▣ 사람들의 마음은 염색이 되어 있다. 어떤 마음은 진하게, 그리
고 또 다른 마음은 덜 진하게……　　　　　　　　― 이기영

▣ 사람의 마음이란 실뭉당이와 같은 것, 얽히려 들면 아무리 애
를 써도 얽히기만 하는 것이고, 풀리려 들면 술술 저절로 풀리

게 마련인 것이다.   — 미상

■ 빈 마음 그것을 무심이라고 한다. 빈 마음이 곧 우리들의 본마
음이다. 무엇인가 채워져 있으면, 본마음이 아니다. 텅 비우고
있어야 거기 울림이 있다. 울림이 있어야 삶이 신선하고 활기
있는 것이다.   — 법정

■ 마음이야말로 정신의 인덱스인 것이다.   — 이어령

■ 평상시의 마음이 곧 도(道)요 진리다. 진리를 특별한 곳에서 찾
지 말자. 매일의 평범한 생활 속에서 우리는 진리를 찾아야 한
다.   — 안병욱

【속담 · 격언】

■ 민심(民心)이 천심(天心). (백성의 마음은 어길 수 없다)
                                                  — 한국

■ 배가 맞는다. (서로 마음이나 배짱이 잘 통한다)   — 한국

■ 마음이 화합하면 부처도 곤다. (서로 도우면 아무리 어려운 일
이라도 이룰 수 있다)   — 한국

■ 마음이 맞으면 삶은 도토리 한 알을 가지고도 시장 멈춤을 한
다. (아무리 가난하더라도 마음만 맞으면 모든 역경을 극복할
수 있다)   — 한국

■ 사람의 마음은 하루에도 열두 번.   — 한국

■ 뽕내 맡은 누에 같다. (마음에 흡족하여 어쩔 줄 모른다)
                                                  — 한국

■ 마음씨가 고우면 옷 앞섶이 아문다. (아름다운 마음씨는 겉모양
에도 나타난다. 외모는 마음의 거울이다)   — 한국

▣ 낮은 알아도 마음은 모른다.   — 한국

▣ 눈에 차다. (마음에 들어 만족하다)   — 한국

▣ 정성을 들였다고 마음을 놓지 말라. (무슨 일을 이루려면 한시
라도 마음을 놓아서는 안 된다)   — 한국

▣ 마음은 굴뚝같다.   — 한국

▣ 까마귀가 검기로 마음도 검겠나.   — 한국

▣ 마음이 풀어지면 하는 일이 가볍다. (마음에 맺혔던 근심 걱정
이 없어지고 부화가 풀리면 하는 일도 힘들지 않게 된다)
      — 한국

▣ 외모는 거울로 보고 마음은 술로 본다. (술을 마시면 마음을 털
어놓고 이야기한다)   — 한국

▣ 산 속에 있는 열 놈의 도둑은 잡아도 제 마음속에 있는 한 놈의
도둑은 못 잡는다. (제 마음속의 좋지 못한 생각은 스스로 고치
기가 힘들다)   — 한국

▣ 난봉자식이 마음잡아야 사흘이다.   — 한국

▣ 마음잡아 개장사라. (개장사는 오래 할 장사가 아니므로 방탕하
던 사람의 일시적인 안정상태를 일러)   — 한국

▣ 심사는 좋아도 이웃집 불붙는 것 보고 좋아한다. (마음씨가 그
다지 나쁘지 않은 사람도 남 잘못 되는 것 보면 좋아한다)
      — 한국

▣ 마음 한 번 잘 먹으면 북두칠성이 굽어보신다. (마음을 바르게
가져라)   — 한국

▣ 인간을 안다는 것은 그의 얼굴을 안다는 것이 아니라, 그의 마
음을 아는 것이다.   — 중국

- 마음의 밑바닥은 이 세상 끝보다도 더 깊다. — 중국
- 여자의 정신은 수은으로 되어 있고, 마음은 밀랍(密蠟)으로 되어 있다. — 중국
- 세계는 바다이고 마음은 바닷가이다. — 중국
- 체념은 마음의 몸조리다. — 일본
- 어리석은 자는 자기 마음을 혓바닥 위에 두고, 현명한 자는 자기의 혀를 마음속에 둔다. — 인도
- 사람은 바위를 갈라놓기도 하지만, 언제나 남의 마음을 감동시키지는 못한다. — 인도
- 남의 마음속은 어두운 숲 속과 같아서 그 속으로 들어갈 수 없다. — 몽고
- 마음 약한 자 미인을 차지한 일 없다. (Faint heart never won fair lady.) — 서양속담
- 친구의 집으로 가는 길은 멀지가 않다. (마음이 지척이면 천리도 지척) — 서양속담
- 눈에서 벗어나면 마음에서도 벗어난다. (Out of sight, out of mind.) — 영국
- 폭풍 속의 맹세란 고요 속에서 없어져 버린다. (똥 누러 갈 적 마음 다르고 올 적 마음 다르다.) — 서양속담
- 만나지 못하면 더욱 간절한 마음. (Absence makes the heart grow fonder.) — 영국
- 사람은 병을 마음으로 느끼지만 건강은 마음으로 느끼지 못한다. — 영국
- 실행은 강하게 하고 마음은 상냥하게 가져라. — 영국

- 마음을 빼앗기면 눈은 아무것도 못 본다.   — 영국
- 말은 마음의 그림이다.   — 영국
- 마음이 홀가분해야 오래 산다.   — 영국
- 같은 마음을 지닌 두 사람은 없다. (No two men are of a mind.
  : 사람마다 마음이 다르다)   — 영국
- 마음이 앞서면 발도 가볍다.   — 영국
- 세상은 마음먹기에 달린 것.   — 영국
- 마음이 꺼림하면 나무라지 않아도 괴롭다.   — 영국
- 고귀한 마음은 누더기 외투 속에 감추어져 있다. (외관만으로는
  그 가치를 알 수 없다)   — 영국
- 행복한 마음은 아름다운 얼굴을 만든다.   — 영국
- 어린 자식은 어머니의 얼을 밟고, 큰 자식은 어머니의 마음을
  밟는다.   — 독일
- 마음에 족한 사람, 부(富)에 족하다.   — 독일
- 거울은 당신의 흐트러진 머리칼을 가리켜 준다. 술은 당신의
  흐트러진 마음을 가리켜 준다. 술잔 앞에서는 마음을 여며라!
      — 독일
- 입에는 꿀, 마음에는 노여움.   — 독일
- 마음에서 나온 것은 마음으로 들어간다.   — 독일
- 마음에 없는 승낙보다 우정에 찬 거절이 낫다.   — 독일
- 비둘기가 까마귀와 놀게 되면 그 날개는 여전히 희지만 그 마
  음은 검어진다.   — 독일
- 지갑 속과 마음속은 보여서는 안 된다.   — 이탈리아
- 어린 자식에게는 작은 마음고생, 성장한 자식에게는 큰 마음고

생.   — 덴마크

■ 누더기를 걸쳐도 마음은 왕후(王侯).   — 덴마크

■ 마음은 항상 진리를 알아맞히는 점쟁이다.   — 스페인

■ 아이들을 마음으로 사랑하되 손으로 훈련하라.   — 러시아

■ 마음이 장미꽃처럼 아름답다면 향기로운 말을 할 것이다.

     — 러시아

■ 아이는 마음으로 사랑하고 손으로 키워라.   — 우크라이나

■ 지나가는 구름은 볼 수가 있다. 그러나 지나가는 생각은 볼 수
가 없다.   — 오스트레일리아

■ 사람 각각, 마음 각각.   — 라틴

■ 고상한 마음은 부동의 마음이다.   — 라틴

■ 두 마음도 하나가 되면 산이라도 무너뜨린다.   — 페르시아

■ 마음에서 우러나온 말은 마음으로 전해진다.   — 이스라엘

■ 사람의 마음과 바다 속은 재 볼 길이 없다.   — 이스라엘

■ 마음은 눈에 보이지 않는 것을 느낀다.   — 이슬람

■ 몸은 마음에 의존하고 마음은 지갑에 의존하고 있다.

     — 유태인

【시 · 문장】

마음이 어린 후(後)니 하는 일이 다 어리다
만중운산(萬重雲山)에 어느 님 오리마는
지는 잎 부는 바람에 행여 긘가 하노라.

     — 서경덕

내 마음 베어내어 저 달을 맹글고자
구만리 장천(長天)에 번듯이 걸려 있어
고운 님 계신 곳에 가 비추어나 보리라.

　　　　　　　　　　　　　　— 정철

내 마음을 아실 이
내 혼자 마음 날 같이 아실 이
그래도 어데나 계실 것이면
내 마음에 때때로 어리우는 티끌과
속임 없는 눈물의 간곡한 방울방울
푸른 밤 고이 맺는 이슬 같은 보람을
보밴 듯 감추었다 내어드리지.
아! 그립다.
내 혼자 마음 날 같이 아실 이
꿈에나 아득히 보이는가.
향맑은 옥돌에 불이 달어
사랑은 타기도 하오련만
불빛에 연긴 듯 희미론 마음은
사랑도 모르리 내 혼자 마음은.

　　　　　　　　　— 김영랑 / 내 마음 아실 이

그대의 얼굴은 짓밟힐지언정
마음만은 무엇에도 짓밟히지 말아야 한다.
눈을 안으로 뜨라.

그대가 찾는 것은 그대의 마음속에 있다.
이제 까지 발견하지 못했던
새로운 것이 거기에 있을 것이다.
그대의 마음속에서 얻은 것이
진정 그대의 것이다.

— H. D. 소로 / 마음

늙었다 물러가자 마음과 의논하니
이 님 버리고 어드러로 가잔 말고
마음아 너랑 있거라 몸만 먼저 가리라.

— 무명씨

죽음이란, 날마다 밤이 오고 해마다 겨울이 찾아오는 것과 같이 피할 수 없는 일이다. 우리들은 밤이나 겨울에 대해서는 조금도 준비를 하지 않는 것일까? 죽음에 대한 준비는 단 하나밖에 없다. 그것은 훌륭한 인생을 사는 것이다. 우리들이 훌륭한 인생을 살수록 죽음은 더한층 무의미한 것이 되며, 그에 대한 공포도 사라진다. 그러므로 성자에게는 죽음의 공포란 있을 수 없다. 이 우주가 즐겁고 화락한 곳인지, 혹은 슬픔과 소란한 곳인지 그것을 논하지 말라. 내 마음에 따라 이 우주는 즐거운 보금자리도 될 수 있고, 슬픔과 괴로움에 가득 찬 구렁텅이도 될 수 있다. 우리는 그 마음에 따라 이 두 가지 중의 하나를 선택할 자유가 있다.   — 존 러스킨

병이 생겼으면 그 병은 육체의 병이지 마음의 병은 아니다. 성한

다리가 절룩거리면 그것은 어디까지나 다리에 생긴 고장이지 내 마음에 생긴 고장은 아니다. 이 한계를 분명히 안다면 언제나 그 마음을 온전히 보전할 수 있다. 남이 나를 욕한다면 그 욕한 사람의 입에 고장이 난 것이지 내 마음에 생긴 고장은 아니다. 우리는 너무도 자기 마음에 관계없는 일에 머리를 쓰고 괴로워한다. 그러한 괴로움은 떨쳐 버려야 한다. 내 뜻과 내 마음은 무엇에게나 다치지 않고, 내가 잘 보전할 수 있는 것이다.　　　　— 카를 힐티

마인츠의 대주교인 알베르트는 늘 말하기를, 인간의 마음이란 맷돌과 같다고 했다. 만일 여러분이 맷돌 위에 곡식을 쏟으면 그 맷돌이 회전하여 곡식을 부수고 빻아서 가루가 되게 하지만 거기에 곡식이 없으면 맷돌이 돌 때에 그 자체를 부수어 더 얇아지고 작아지는 것과 마찬가지로, 인간의 마음은 무엇인가를 행하기를 원하는데, 만일 할 일, 즉 부름이 없다면 악마가 와서 유혹과 우울과 슬픔을 그 가운데 쏟아낸다. 그렇게 되면 마음은 슬픔으로 쇠진해지고 마음이 쇠해져서 많은 사람이 괴로움으로 죽고 만다.
　　　　— 마르틴 루터

마음이라는 것은 사람이 하늘로부터 얻어서 몸에 주장이 되어 이(理)와 기(氣)가 묘하게 합하여 허령(虛靈)하고 통철(洞徹)하여 신명(神明)의 집이 된 뒤 성(性)·정(情)을 통할(統轄)하니 이른바 명덕(明德)이란 것이 되어 중리(衆理)를 갖추고 만사에 응하는 것이다. 기품의 구애되는 것과 물욕의 가리는(蔽) 것으로 인하여 그 용(用)의 발(發)하는 것이 때로는 어두워지는 것이 있으니, 배우는 자가

마땅히 경(敬)으로 안을 곧게 하여 그 어두운 것을 없애고 그 밝은 것을 회복하여야 한다. ─ 권근(權近) / 입학도설(入學圖說)

무릇 마음이란 것은 잡아두면 존재하고 놓아버리면 도망하는 것이니, 도망하면 사특한 생각이 생기고 사특한 생각이 생기면 물건이 끌어갈 뿐이다. 물건이 끌어가도 마음을 보존할 줄을 알지 못하면 정신이 소모되어 피곤하고 온갖 맥박이 흐려서 깨끗하지 못하며, 형상이 없어도 형상이 있는 듯 눈을 가리고, 소리가 없어도 소리가 있는 듯 귀를 가려 차츰차츰 구제할 수 없는 지경에 이르면 심신도 따라서 없어지고 형기(形氣)도 따라서 흩어지는 것이다. ─ 남효온 / 추강집(秋江集)

마음은 물질이 아니다. 유(有)도 아닌 동시에 또한 무(無)도 아니다. 그러므로 마음에 대하여 형태를 말한다는 것이 타당한 말이 아니다. 그러나 언어문자로 나타내려면 형식을 빌어서 하지 아니할 수 없다. 마음은 대개 허령(虛靈)하여서 조금도 유가 없지마는 실로 만법을 구비하여서 하나도 갖추지 아니한 것이 없다. 허령한 고로 용납지 못하는 것이 없고, 갖추지 아니한 것이 없는 고로 하나도 치우쳐 있는 것이 없다. 본연의 법성(法性)으로 보면 담연공적(湛然空寂)하여 명상(名相)과 형색이 없으나 수류(隨流)의 중생성(衆生性)으로 보면 일체 만법이 구비하여 진망선악(眞妄善惡)의 제법이 생멸부단(生滅不斷)하는 것이다. 옛사람이 마음을 말할 때에 마음을 거울과 물에 비하였으니, 실로 비유를 잘한 것이다. ─ 한용운 / 선(禪)과 인생

【중국의 고사】

■ **이심전심(以心傳心)** : 말이나 글로가 아니고, 남이 보지도 듣지도 못하는 마음과 마음이 서로 통한다는 뜻이다. 즉 이쪽 마음으로써 상대방 마음에 전해 준다는 말이다. 말을 필요로 하지 않는 서로의 이해 같은 것도 이심전심일 수 있고, 이른바 눈치 작전 같은 것도 일종의 이심전심이라 하겠다. 지금은 이 말이 아무렇게나 널리 쓰이고 있지만, 원래 이 말은 불교의 법통(法統) 계승에 쓰여 온 말이다.

《전등록》은 송(宋)나라 사문(沙門) 도언(道彦)이 석가세존 이래로 내려온 조사(祖師)들의 법맥(法脈)의 계통을 세우고, 많은 법어들을 기록한 책인데 거기에, 『부처님이 가신 뒤 법을 가섭에게 붙였는데, 마음으로써 마음에 전했다(佛滅後 附法於 迦葉 以心傳心)』라고 나와 있다. 즉 석가세존께서 가섭존자(迦葉尊者 : 摩訶迦葉)에게 불교의 진리를 전했는데, 그것은 이심전심으로 행해졌다는 것이다. 『이심전심』을 한 장소는 영산(靈山 : 영취산) 집회였는데, 이 집회에 대해 같은 송나라 사문 보제(普濟)가 지은 《오등회원(五燈會元)》에는 이렇게 기록되어 있다.

어느 날, 세존께서 영산에 제자들을 모아 놓고 설교를 했다. 그때 세존은 연꽃을 손에 들고 꽃을 비틀어 보였다. 제자들은 그 뜻을 알 수 없어 잠자코 있었는데, 가섭존자만이 그 뜻을 깨닫고 활짝 미소를 지어 보였다. 그러자 세존은 이렇게 말했다. 『나는 정법안장(正法眼藏), 열반묘심(涅槃妙心), 실상무상(實

相無相), 미묘법문(微妙法門)을 글로 기록하지 않고 가르침 밖에 따로 전하는 것이 있다. 그것을 가섭존자에게 전한다.』고 했다.

　글로 기록하지 않고, 가르침 밖에 따로 전하는 『교외별전(敎外別傳)』이것이 바로 이심전심인 것이다. 연꽃을 비틀어 보인 것은 역시 일종의 암시다. 완전한 이심전심은 아니라고도 볼 수 있다. 우리들의 이심전심도 역시 태도나 눈치 같은 것을 필요로 할 때가 많은 것은 『이심전심』의 한 보조 수단이라 하겠다.　　　　　　　　　　　　　　—《전등록(傳燈錄)》

■ **부동심(不動心)** : 마음이 어떤 일이나 외부의 충격으로 인해 동요되는 일이 없는 것을 뜻한다. 제자 공손추와 맹자의 일문일답에 이런 내용이 나온다. 공손추가 물었다. 『선생님께서 제나라의 재상이 되어 도를 행하시게 되면, 패(覇)나 왕(王)을 이루시어도 이상할 것은 없습니다. 그러나 그렇게 되면 마음을 움직이게 되십니까, 그렇지 않습니까?』맹자가 대답했다. 『그렇지 않다. 나는 마흔에 마음을 움직이지 않게 되었다(否 我四十 不動心).』

　마흔 살 때부터 어떤 것에도 마음이 동요되는 일이 없었다는 말이다. 공자가 『마흔에 의혹을 하지 않았다(四十不惑)』는 말과 같은 내용으로 사람들은 풀이하고 있다. 의혹이 없으면 자연 동요하는 일이 없기 때문이다. 공손추는 다시 물었다. 『그럼 선생님께선 맹분(孟賁)과는 거리가 머시겠습니다.』맹분은 한 손으로 황소의 뿔을 잡아 뽑아 죽게 만들었다는 그 당시의 이름난 장사였다.

『맹분과 같은 그런 부동심은 어려운 것이 아니다. 고자(告子) 같은 사람도 나보다 먼저 부동심이 되었다.』『부동심에도 도(道)가 있습니까?』 이렇게 묻는 말에 맹자는 있다고 대답하고 몇 가지 예를 들어 설명한다. 그리고 끝으로 부동심을 위한 근본적인 수양 방법으로 공자의 말씀을 인용하여 이렇게 말했다.

『옛날 증자께서 자양(子襄)을 보고 말씀하셨다. 그대는 용병을 좋아하는가. 내 일찍이 공자에게서 큰 용기에 대해 들었다. 「스스로 돌이켜보아 옳지 못하면 비록 천한 사람일지라도 내가 양보를 한다. 스스로 돌이켜보아 옳으면 비록 천만 명일지라도 밀고 나간다」고 하셨다.』 즉 양심의 명령에 따라 행동을 하는 곳에 참다운 용기가 생기고, 이러한 용기가 『부동심』의 밑거름이 된다는 이야기다.　　—《맹자》 공손추상(公孫丑上)

■ **시비지심(是非之心)** : 옳음과 그름을 가릴 줄 아는 마음. 맹자의 사단설(四端說) 가운데 나오는 말이다.

『불쌍히 여기는 마음이 없으면 사람이 아니고, 부끄러운 마음이 없으면 사람이 아니며, 사양하는 마음이 없으면 사람이 아니고, 옳고 그름을 아는 마음이 없으면 사람이 아니다. 「불쌍히 여기는 마음」은 어짊의 극치이고, 부끄러움을 아는 마음은 옳음의 극치이고, 사양하는 마음은 예절의 극치이고, 옳고 그름을 아는 마음은 지혜의 극치이다(無惻隱之心 非人也 無羞惡之心 非人也 無辭讓之心 非人也 無是非之心 非人也 惻隱之心 仁之端也 羞惡之心 義之端也 辭讓之心 禮之端也 是非之心

智之端也).』

이 말은 맹자가 독창적으로 주창한 인성론으로서 『사단설』 또는 『성선설(性善說)』이라고도 한다. 성선설이란 사람의 본성은 『선(善)』이라고 보는 학설이다. 맹자에 따르면 사람의 본성은 의지적인 확충작용에 의해 덕성으로 높일 수 있는 단서를 천부적으로 가지고 있다. 측은(惻隱)·수오(羞惡)·사양(辭讓)·시비(是非)의 마음이 4단(四端)이며, 그것은 각각 인(仁)·의(義)·예(禮)·지(智)의 근원을 이룬다. 맹자의 정치사상의 핵심은 왕도정치인데, 이 왕도정치가 가능한 것은 사람의 본성이 선하기 때문에 가능하다는 것이다. 곧 사람의 본성은 착하다고 보고 그 마음을 확대하여 나가면 『인·의·예·지』라는 네 가지 덕을 완성하게 되고, 다시 이 덕행으로 천하의 백성들을 교화시킴으로써 왕도정치가 실현된다고 보았다.

맹자는 왕도정치의 정신을 다음과 같이 말하고 있다. 『사람은 대개 사람에게 차마 못하는 마음이 있다. 왕이 먼저 백성에게 차마 못하는 마음이 있으면, 백성에게 차마 못하는 정치가 있다. 백성에게 차마 못하는 정치를 행하면 천하 다스리기를 손바닥 안에서 움직일 수 있다.』 여기서 사람에게 차마 못하는 마음이란, 사람에게 해를 가하는 것을 차마 하지 못하여 사람의 불행을 앉아서 차마 보지 못하는 마음을 말하는데, 이 마음으로 천하를 다스린다면 마치 손바닥 위에서 물건을 굴리는 것과 같이 아주 쉽게 공을 거둘 수 있다는 말이다. 맹자는 사람에게 차마 못하는 마음은 사람에게 본래 있는 것이라며 성선설을 입증하고 있다.

『사람들은 사람에게 차마 못하는 마음이 있다고 하는 까닭은 이러하다. 이제 사람들이 어린아이가 막 우물에 빠지는 것을 보면 놀라고 불쌍한 마음을 가진다. 이는 그 어린아이의 부모와 사귀려 함도 아니며, 마을 사람들과 벗들에게 칭찬을 받기 위하여 그러는 까닭도 아니며, 그 원성을 듣기 싫어서 그렇게 하는 것도 아니다.』 맹자는 사람들은 다 차마 못하는 마음을 지니고 있다는 것을 앞의 이야기로 설명하고 있다. 곧, 어린아이가 위험에 처했을 때 사람들은 누구나 두려워 근심하고 불쌍히 여기는 마음이 들어 반드시 달려가 구하려고 하는데, 이는 사람에게 차마 못하는 근본 마음이 본능적으로 행동하게 할 뿐이라는 것이다.　　　　　　　　　　　—《맹자》공손추

■ **호연지기(浩然之氣)** : 하늘과 땅 사이에 넘치게 가득 찬 넓고도 큰 원기. 또 마음이 넓고 뜻이 아주 큰 모양. 호(浩)는 넓고 크다는 뜻이다. 넓고 큰 기운이 『호연지기』다. 넓고 큰 기운이 과연 어떤 것일까. 이 말을 처음 쓴 맹자의 설명을 《맹자》에서 찾아보기로 한다.

공손추 상에 보면 맹자의 제자 공손추가 부동심(不動心)에 대한 긴 이야기 끝에, 『선생님은 어떤 점에 특히 뛰어나십니까?』하고 묻자 맹자는, 『나는 나의 호연지기를 잘 기르고 있다(善養吾浩然之氣).』고 대답했다. 그러자 공손추는 다시, 『감히 무엇을 가리켜 호연지기라고 하는지 듣고 싶습니다.』하고 물었다. 맹자는 말로 표현하기 어렵다고 전제하고 다음과 같이 설명하고 있다.

『그 기운 됨이 지극히 크고 지극히 강해서 그것을 올바로 길러 상하게 하는 일이 없으면 하늘과 땅 사이에 꽉 차게 된다. 그 기운 됨이 의(義)와 도(道)를 함께 짝하게 되어 있다. 의와 도가 없으면 그 기운은 그대로 시들어 없어지게 된다. 이것은 의(義)를 쌓고 쌓아 생겨나는 것으로, 하루아침에 의를 한다고 해서 얻어지는 것이 아니다. 일상생활에 조금이라도 양심에 개운치 못한 것이 있으면 그 기운은 곧 시들고 만다.』하고 이어서 그 기운을 기르는 방법을 길게 설명하고 있다.

이 『호연지기』에 대한 뜻을 이희승씨의 《국어대사전》에는 이렇게 풀이하고 있다. 『(1) 하늘과 땅 사이에 넘치게 가득 찬 넓고도 큰 원기. (2) 도의에 뿌리를 박고, 공명정대하여 조금도 부끄러울 바가 없는 도덕적 용기. (3) 사물에서 해방되어 자유스럽고 유쾌한 마음』맹자의 설명과 맹자의 뜻을 종합 분석한 잘된 풀이로 생각된다. 불교에서 말하는 금강불괴(錦江不壞)란 바로 이 호연지기를 말한 것이라 볼 수 있다.

— 《맹자》 공손추상

■ **명경지수(明鏡止水)** : 사람의 마음이 맑고 조용한 것을 비유해서 명경지수와 같다고 한다. 불경(佛經)에 흔히 사념(邪念)이 없이 맑고 깨끗한 마음을 가리켜서 명경지수라 말한다. 그러나 실상 이 말은 《장자》에서도 그 유래를 찾아볼 수 있다. 《장자》 덕충부(德充符)에 다음과 같은 지어낸 이야기가 있다.

신도가(申徒嘉)는 발을 자르는 형을 받은 불구자였는데, 정나라 재상 자산(子産)과 함께 백혼무인(伯昏無人)을 스승으로 모시고 있었다. 하루는 자산이 신도가에게 말했다. 『내가 그대보다 먼저 선생님을 하직하고 나갈 때는 그대는 잠시 남아 있게. 그대가 먼저 나가게 되었을 때는 내가 잠시 남아 있을 테니.』

이튿날 두 사람은 또 같은 방에 함께 있게 되었다. 자산은 또 어제와 똑같은 말을 하고, 『지금 내가 먼저 나가려 하는데, 뒤에 남아 주겠지. 설마 그렇게 못하겠다고 말하지는 않겠지. 그대는 재상인 나를 보고도 조금도 어려워하는 기색이 없는데, 그대는 자신을 재상과 같다고 생각하는가?』 그러자 신도가가 말했다.

『선생님 밑에 재상과 같은 것이 있을 수 있겠소. 당신은 자신이 재상이란 것을 자랑하여 남을 업신여기고 있는 거요. 나는 이런 말을 듣고 있소. 『거울이 밝으면 먼지가 앉지 못한다(鑑明則塵垢不止). 먼지가 앉으면 거울은 밝지 못하다. 오래 어진 사람과 같이 있으면 허물이 없다』고 말이오. 그런데 지금 당신은 큰 도를 배우기 위해 선생님 밑에 다니면서 이 같은 세속적인 말을 하니 좀 잘못되지 않았소?』

여기에 나오는 밝은 거울은 어진 사람의 때 묻지 않은 마음을 비유하고 있다. 같은 덕충부편에는 또 역시 발이 잘린 왕태(王駘)라는 불구자의 이야기가 공자와 공자의 제자인 상계(常季)와의 문답형식으로 나온다. 왕태의 문하에서 배우는 사람의 수는 공자의 문하에서 배우는 사람의 수만큼 많았다. 그래서 상계는 속으로 그것을 다소 불만스럽게 생각하고 공자에게 그 까닭을 물었다.

『왕태는 몸을 닦는 데 있어서, 자신의 지혜로써 자신의 마음을 알고, 그것에 의해 자신의 본심을 깨닫는다고 합니다. 이것은 어디까지나 자기 자신만을 위한 공부로서 남을 위하거나 세상을 위한 공부는 아닙니다. 그런데도 어떻게 그토록 많은 사람들이 그에게 모여드는지 알 수 없습니다.』 공자는 이렇게 대답했다.

『사람은 흐르는 물을 거울로 삼는 일이 없이 그쳐 있는 물을 거울로 삼는다(人莫鑑於流水而鑑於止水). 왕태의 마음은 멈추어 있는 물처럼 조용하기 때문에 사람들은 그를 거울삼아 모여들고 있는 것이다.』

여기서는 왕태의 고요한 마음이 멈추어 있는 물(止水)에 비유되고 있다. 이 『명경지수』란 말은 《장자》의 이 두 가지 이야기에서 나온 말인데, 송(宋)나라 때 선비들이 선가(禪家)의 영향을 받아 즐겨 이 말을 써 왔기 때문에, 뒤에는 이 말이 가진 허(虛)와 무(無)의 본뜻은 없어지고, 다만 고요하고 담담한 심정을 비유해서 쓰이게 되었다.   —《장자》 덕충부(德充符)

■ **목인석심(木人石心)** : 의지가 굳어 어떤 유혹에도 마음이 흔들리지 않는다는 말. 하통은 진나라 때 강남의 유명한 인사였다. 그는 학식이 넓고 재주가 많으며 웅변을 잘했다. 그러나 명리에 있어서는 오히려 무척 담박하였다. 당시 많은 사람들이 그의 재주와 능력을 아깝게 여겨 벼슬을 해보라고 권유를 했으나 극구 거절하곤 했다. 한 번은 그가 볼일을 보러 서울에 올라갔던 길에 친구인 가충을 찾아갔다. 가충은 태위라는 벼슬 직에 있는 사람으로 평소 하통을 깊이 흠앙해 왔던 차라 그가 찾아

온 것을 보고 여간 기쁘지가 않았다.

그는 속으로 『내가 만일 그를 권하여 벼슬을 하게 되면 그의 재간과 학식으로 사인의 세력을 휘감아 잡을 수가 있으니 얼마나 좋은가.』하고 생각하였다. 그리하여 하통에게 설복작전을 폈다. 하통은 결코 벼슬을 하지 않겠다고 결심이 선 지 이미 오래고 권력을 다투고 이익을 빼앗는 일에 대해 흥미도 없었을 뿐더러 아니꼽기 짝이 없었으며 오늘 가충이 꾸미는 의도는 자기를 이용하는 데 불과한 것이라 생각한 나머지 한 마디로 거절해 버리고 말았다.

가충은 간사하여 권유로는 효과를 못 보겠기에 다른 방법을 써서 자기 뜻에 따르도록 꾀하였다. 그리하여 일반 군대와 완전무장한 군마를 소집하여 대열을 가지런히 지어 놓고 웅장한 전고를 울리고 나팔을 우렁차게 불게 하더니 하통에게 열병을 하도록 권하면서 말을 꺼냈다. 『자네 좀 보게! 자네가 내 부탁을 들어 벼슬을 한다면 이 많은 군대는 모두 자네가 지휘하게 되는 거야. 어떤가, 위무가 당당하지 않은가?』 『그렇구먼! 군대가 사기가 있어 보이는군! 군마도 위풍이 있고, 한데 유감스럽게도 난 취미가 없어.』 하통은 담담한 태도로 말했다.

가충이 그 말을 듣고 실망을 하면서도 끈질기게 또 속으로 아마도 권세에는 흥미가 없는 모양인데, 그렇다면 돈과 계집이야 싫어하지 않겠지? 생각하고는 다시 가희들을 불렀다. 그들을 하나하나 화장을 시키니 향기로운 냄새며, 유연한 자태와 아름답기가 마치 선녀와 같았다. 어여쁜 의상에 금주보옥의 장식을 한 요염한 가희들이 걸어 나와 나비가 꽃 위를 나르듯 춤을 추

기 시작했다. 그러자 가충이 또 그를 타일렀다. 『보게나, 얼마
나 아름다운 미인들인가? 이건 보통사람이 누릴 수 있는 게 아
니야. 자네가 기꺼이 나서서 벼슬을 한다면 이들 미희들은 다
자네의 소유일세.』

　인간됨이 깨끗한 하통이 이런 음악과 여색에 유혹될 리가 없
었다. 그의 의지는 눈앞에 있는 미녀가 보이지도 않는 듯 마음
이 조금도 흔들리지 않았다. 그는 한사코 단정히 정좌한 채 무
슨 여자니 춤이니를 염두에 두지도 않았다. 또한 가충의 권고
도 못 들은 체 상대하지도 않았다. 가충은 완전히 실망을 하였
다. 그리고 권세와 미색으로 그의 마음을 움직이지 못함을 느
낀 그는 천하에 어리석은 녀석이라 분개하면서 다른 사람에게
이렇게 말했다. 『하통 그 녀석은 정말로 나무로 만든 사람에
돌로 만든 마음이야(木人石心).』라고.

— 《진서(晉書)》 하통전(夏統傳)

■ **심원의마(心猿意馬)** : 번뇌와 정욕으로 마음이 어지러움을 누르
기 힘듦. 『심원의마』는 마음은 원숭이 같고 생각은 말 같다
는 말이다. 원숭이는 잠시도 가만히 있지 못하는 성질이다. 마
음이 조용히 가라앉지 못하고 이랬다저랬다 하는 것이 심원(心
猿)이다. 말은 달리는 성질을 가지고 있다. 생각이 가만히 한 곳
에 있지 못하고 먼 곳으로 달아나버리는 것이 의마(意馬)다. 이
말은 불교 경전에서 나온 말이다. 사람이 번뇌로 인해 잠시도
마음과 생각을 가라앉히지 못하는 것을 원숭이와 말에 비유한
것이다.

당나라 석두대사(石頭大師)는 선(禪)의 이치를 말한《참동계
(參同契)》주석에서 말하기를, 『마음의 원숭이는 가만히 있지
못하고, 생각의 말은 사방으로 달리며, 신기(神氣)는 밖으로 어
지럽게 흩어진다(心猿不定 意馬四馳 神氣散亂於外).』라고 했
다. 이것이 뒤에는 불교 관계만이 아니고, 일반적으로 마음과
생각이 흩어져 안정되어 있지 않은 것을 가리켜 쓰이게 되었다.
왕양명(王陽明, 1472~1528)은 『심원의마』에 대해서 이렇게
쓰고 있다. 『처음 배울 때는 마음이 원숭이 같고 생각이 말과
같아 붙들어 매어 안정시킬 수가 없다……(初學時 心猿意馬 全
縛不定……).』

왕양명은 학문의 첫 목적이 지식에 있지 않고 마음의 안정에
있다는 것을 강조하여 이와 같이 말하고 있는 것이다.

—《참동계》

■ **방촌지지(方寸之地)** : 『방촌의 땅』이라는 뜻으로, 사람의 마
음을 가리킨다. 줄여서 『방촌(方寸)』이라고도 한다. 방촌
은 원래 『사방 한 치의 좁은 땅』을 뜻하는데, 마음이 사방 한
치의 심장에 깃들어 있다는 뜻에서 사람의 마음 또는 심장을
의미하게 되었다.

이 말은 《열자》중니(仲尼)편에서 처음으로 사용되었다. 용
숙이라는 사람이 명의로 이름난 문지(文摯)에게 자신의 병에
대하여 물었다. 문지는 용숙을 살펴보더니 『내가 그대의 심장
을 들여다보니 방촌지지(마음)가 비어 있는 것이 거의 성인이
로군요(吾見子之心矣, 方寸之地虛矣, 幾聖人也)』라고 말하였

다.

또한 《삼국지(三國志)》 제갈량전(諸葛亮傳)에는 이런 내용이 기록되어 있다. 유비가 신야(新野)에 주둔하고 있을 때 서서(徐庶)는 유비의 군사(軍師)로 활약했다. 그는 유비에게 제갈량을 추천한 인물이기도 하다. 기원전 208년 형주(荊州)를 다스리던 유표(劉表)가 죽자 그 아들인 유종(劉琮)이 그 뒤를 이었다.

유종은 조조가 형주를 정벌하려는 소식을 듣고 사자를 보내 항복을 청했다. 번성(樊城)에 있던 유비는 이 일을 듣고 군사를 이끌고 남쪽으로 퇴각하였으나, 추격해온 조조의 군대에 패하였고 서서의 모친도 사로잡았다.

효성이 지극한 서서는 유비에게 하직 인사를 올리며 『본래 장군과 더불어 왕패(王霸)의 업을 도모하려 한 것이 제 방촌지지(마음)였습니다. 이제 이미 늙으신 어머니를 잃었기에 방촌이 혼란스러워 더 이상 장군을 섬기더라도 도움이 되지 못할 것이니, 청컨대 여기서 작별을 고하고자 합니다(本欲與將軍共圖王霸之業, 以此方寸之地也. 今已失老母, 方寸亂矣, 無益于事, 請從此別)』라고 말하고, 조조의 진영으로 갔다. 이처럼 『사방 한 치의 좁은 땅』을 뜻하는 방촌지지(方寸之地)는 『사람의 마음』을 나타내는 말로 사용되며, 『마음속으로 품은 작은 뜻』을 뜻하는 『촌심(寸心)』이나, 『작은 성의』를 뜻하는 『촌지(寸志)』라는 말도 모두 여기에서 비롯되었다.

— 《열자》 중니(仲尼)편

【成句】

■ 전심치지(專心致志) : 한결같은 마음으로 그 일에만 뜻을 다하여 집중시킨다는 말.

■ 남비징청(攬轡澄淸) : 말의 고삐를 잡아 천하를 맑게 한다는 뜻으로, 관직에 나서는 마음가짐을 비유적으로 이르는 말. /《후한서》

■ 내심왕실(乃心王室) : 마음을 왕실에 둠. 곧 나라에 충성함. /《서경》

■ 천성흑백(天性黑白) : 본시부터 검고 흰 것.

■ 상사일념(相思一念) : 오직 임 그리는 마음.

■ 노심초사(勞心焦思) : 마음을 태우며 괴롭게 염려함. 이를테면 성적이 나쁜 자식을 생각하는 부모의 고뇌(苦惱).

■ 구곡간장(九曲肝腸) : 굽이굽이 깊이 든 마음속.

■ 충연유득(充然有得) : 마음에 부족함이 없음. 만족하게 생각함.

■ 노파심절(老婆心切) : 남의 일을 지나치게 걱정하는 마음. 노파가 이것저것 장황하게 마음을 쓰는 친절심(親切心)을 말한다. 『노파심』이라는 말은 여기에서 온 것이다. /《전등록》

■ 단심조만고(丹心照萬古) : 거짓이 없는 지성스러운 마음은 영원히 빛난다는 말.

■ 무괴어심(無愧於心) : 언행이 공명정대하여 마음에 부끄러울 것이 없음.

■ 청심절욕(淸心節慾) : 밝은 마음으로 욕심을 억제함.

■ 아심비석불가전(我心匪石不可轉) : 돌은 굴려도 나의 마음을 움

직일 수 없다는 뜻. 즉 지조가 굳음을 비유한 말. /《시경》북
풍.

■ 동기상구(同氣相求) : 마음이 맞는 사람은 서로가 찾아서 모여
든다. 또는 서로 마음이 맞는 사람끼리라는 말. /《역경》

■ 수면천심(水面天心) : 맑은 수면과 하늘의 한가운데, 마음이 고
요함.

■ 무염족심(無厭足心) : 싫증이 나지 않는 마음.

■ 호심낙사(豪心樂事) : 호매한 마음과 즐거운 일.

■ 명기누골(銘肌鏤骨) : 살과 뼈에 새긴다는 뜻으로, 깊이 마음에
새겨 넣어 결코 잊지 않음을 이르는 말. /《안씨가훈》

■ 명심누골(銘心鏤骨) : 마음에 간직하고 뼈에 새긴다는 뜻으로,
은덕(隱德)을 입은 것을 잊지 않음을 이르는 말. /《서언고사(書
言故事)》

■ 명심불망(銘心不忘) : 마음속에 새겨두고 오래 잊지 않음.

■ 미의연년(美意延年) : 즐거운 마음으로 있으면 오래 살 수 있음
을 이르는 말. 미의(美意)는 즐거운 마음, 즐겁게 하는 것. 연년
(延年)은 오래 사는 것, 수명을 연장하는 것. /《순자》

■ 예의염치(禮義廉恥) : 예절과 의리와 청렴함과 부끄러움을 아는
마음. /《관자》

■ 민심무상(民心無常) : 백성의 마음은 일정하지 않다는 뜻으로,
정치의 득실에 따라 착하게도 되고 악하게도 됨을 이르는 말.
/《서경》

■ 마이불린 열이불치(磨而不磷涅而不緇) : 견고한 물체는 갈아도
닳지 않고, 아주 흰 물건은 검은 물을 들여도 물들지 않는다는

말로, 군자는 외계의 여하한 변동에도 마음의 중심을 변치 아
니한다는 뜻. /《논어》 양화편.

■ 발단심장(髮短心長) : 머리털은 빠져 짧으나 마음은 길다는 뜻
으로, 나이는 먹었지만 슬기는 많음을 일컬음.

■ 본래무일물(本來無一物) : 마음이 어떤 것에 집착함이 없이 모
든 것으로부터 자유자재가 된 상태를 이름. /《전등록》

■ 불궤지심(不軌之心) : 모반을 꾀하는 마음.

■ 구궐심장(究厥心腸) : 남의 마음을 속속들이 짐작함.

■ 불립문자(不立文字) : 【불교】 문자에 의해서 교(敎)를 세우는
것이 아니라는 뜻으로,『이심전심(以心傳心)』과 함께 선종(禪
宗)의 입장을 나타내는 표어. 오도(悟道)는 문자나 말로써 전하
는 것이 아니라 마음으로 전해진다는 뜻. /《전등록》

■ 만물불능이(萬物不能移) : 천하의 만물도 한 마음을 움직일 수
없다는 말로, 의지의 견고함을 이름. /《진서》 완함전.

■ 백두여신경개여고(白頭如新傾蓋如故) : 서로 마음을 알지 못하
면 늙을 때까지 사귀어도 처음 사귄 벗 같고, 또 서로 마음이
통하면 길에서 처음 만나 인사해도 옛 벗과 같다는 말. /《사
기》

■ 복심지신(腹心之臣) : 마음을 한가지로 하고 덕을 함께 하는 신
하.

■ 고심혈성(苦心血誠) : 마음과 힘을 다하는 정성.

■ 비석지심(匪石之心) : 확고하게 동요하지 않는 마음. 비(匪)는
비(非)와 같다. 곧 마음은 돌이 아니므로 돌멩이처럼 마음대로
는 할 수 없음을 이르는 말. /《서경》

■ 격기비심(格其非心) : 불순한 마음을 바르게 고침. /《서경》

■ 석안유심(釋眼儒心) : 석가의 눈과 공자의 마음, 곧 자비스럽고 인애(仁愛)가 깊은 일.

■ 만인이심(萬人異心) : 각 사람마다 제각기 마음이 다름. /《회남자》

■ 빙호지심(氷壺之心) : 맑고 투명한 마음. 청렴결백한 마음. 호(壺)는 백옥으로 만든 항아리. 백옥으로 만든 항아리에 한 조각의 얼음을 넣은 것처럼 깨끗하고 맑은 마음이라는 뜻. / 포조(鮑照)《대백두음(代白頭吟)》

■ 허령불매(虛靈不昧) : 마음은 형체가 없어 텅 비었으나 그 작용은 뛰어나 신령하고 밝음. /《대학》

■ 사심불구(蛇心佛口) : 뱀의 마음에 부처의 입이라는 뜻으로, 마음은 간악하되 입으로는 착한 말을 꾸미는 일. 또 그러한 사람.

■ 다정불심(多情佛心) : 정이 많고 자비로운 마음. 다정다감(多情多感)하고 착한 마음.

■ 사자심상빈(奢者心嘗貧) : 사치하는 사람은 만족할 줄 모르므로 항상 마음속이 허전하다는 뜻.

■ 담여수(淡如水) : 욕심이 없고 마음이 깨끗하여 물과 같다는 뜻으로 군자의 마음씨를 형용하는 말. /《예기》

■ 삼계유일심(三界唯一心) : 【불교】 삼계(三界)의 삼라만상이 자기의 마음에 반영된 현상이어서 자기의 마음 이외에는 삼계가 없다는 뜻. 삼계(三界)는, ① 천계(天界)·지계(地界)·인계(人界). ② 중생이 사는 세 가지 세계. 곧 욕계(慾界)·색계(色界)·무색계(無色界). ③ 시방제불(十方諸佛)과 일체중생(一切衆生)

과 자기일심(自己一心)의 세 가지. 곧 불계(佛界)·중생계(衆生界)·심계(心界). ④ 과거·현재·미래의 세 세계. /《화엄경》

■ 고와(高臥) : 세상을 피하여 은거하며 그 마음을 고상하게 함. /《진서》사안전.

■ 복경효우(福輕乎羽) : 복(福)은 새털보다도 가볍다는 뜻으로, 자기 마음 여하에 따라 행복하게 된다는 말. /《장자》

■ 선하심후하심(先何心後何心) : 먼저는 무슨 마음이고 나중에는 무슨 마음이냐는 뜻으로, 이랬다저랬다 하는 변덕스러운 마음을 일컫는 말.

■ 팔풍(八風) : 사람의 마음을 흔드는 여덟 가지 바람. 즉 利·衰·毁·譽·稱·譏·苦·樂.

■ 해활천공(海闊天空) : 바다가 광활하고 하늘이 창창하여 끝없는 것과 같이 마음이 넓은 것의 비유.

■ 성중형외(誠中形外) : 마음속에 담긴 진실한 생각은 저절로 밖으로 드러나게 마련이다. 이 말은 역으로 생각해서 악한 심보를 가진 사람은 아무리 겉으로 착한 척해도 본심이 드러나 남이 눈치 챈다는 말도 된다. /《대학》

■ 평기허심(平氣虛心) : 마음이 평온하고 걸리는 일이 없음. /《장자》

■ 수심가지 인심난지(水深可知 人心難知) : 열 길 물속은 알아도 한 길 마음속은 모른다는 말과 같은 뜻으로, 사람의 속마음을 헤아리기 어려움.

■ 인심여면(人心如面) : 사람의 얼굴이 각각 다름과 같이 마음도 또한 각기 다르다는 뜻. /《좌씨전》

162

- 신로심불로(身老心不老) : 몸은 비록 늙었으나 마음은 젊다는 뜻으로, 늙은이라 하더라도 젊은이 행세를 하고 싶어 함을 이르는 말.
- 파산중적이파심중적난(破山中賊易破心中賊難) : 산 속에 있는 적을 무찌르기는 쉬우나, 자기의 나쁜 마음을 퇴치하기는 어렵다는 뜻. / 왕양명
- 호랑지심(虎狼之心) : 사납고 모진 마음씨.
- 성인무양심(聖人無兩心) : 성인의 마음은 한결같아서 딴마음이 없음. /《순자》
- 봉인지가삼분화(逢人只可三分話) : 남에게 내 마음의 전부를 보여서는 안 됨을 훈계하는 말. /《속전등록》
- 심정필정(心正筆正) : 마음이 바른 사람은 필법(筆法)도 스스로 바름을 이름. / 유공권《서법정전》
- 인심난측(人心難測) : 사람의 마음은 헤아리기 어려움을 이름. /《사기》회음후열전
- 고목사회(枯木死灰) : 외형은 마른 나무고 마음은 죽은 재와 같이 생기 없고 의욕이 없는 사람을 이르는 말. /《장자》
- 인심험어산천(人心險於山川) : 사람의 마음은 산천보다도 험하고 매섭다는 뜻. /《장자》열어구편.
- 구곡간장(九曲肝腸) : 굽이굽이 깊이 든 마음속. 깊은 마음속.
- 심외무별법(心外無別法) : 법은 마음이 있음으로써 존재하는 것이지, 마음 밖에 따로 존재할 수 없다는 것을 이름. /《능가경(楞伽經)》
- 구로지감(劬勞之感) : 자기를 낳아 기르느라 애쓴 부모의 은덕

을 생각하는 마음. / 《시경》

■ 허선촉주인불노(虛船觸舟人不怒) : 사람이 타지 않은 빈 배가 남의 배에 부딪쳐도 사람은 노하지 않는다는 뜻으로, 허심(虛心)하면 남의 감정을 상하게 하는 일이 없음을 비유한 말. / 《장자》

■ 귀목술심(劌目鉥心) : 돗바늘로 눈과 마음을 찌른다는 뜻으로, 마음과 눈을 놀라게 함. 전(轉)하여 문장의 구상이 뛰어나서 사람의 생각을 벗어남을 이르는 말.

■ 기한이 발선심(飢寒而 發善心) : 굶주려 고생을 하면 착한 마음이 생긴다는 뜻.

■ 회인자불능회기정(繪人者不能繪其情) : 사람의 심정을 그림으로 그릴 수는 없다는 말. / 《학림옥로(鶴林玉露)》

즐거움 *pleasure* 樂
(고통)

【어록】

■ 유익한 즐거움이 셋 있고, 해로운 즐거움이 셋 있다. 예악(禮樂)
을 조절함을 좋아하며, 남의 착한 것을 말함을 좋아하며, 어진
벗이 많음을 좋아하면 유익하다. 분에 넘치게 즐기며, 안일을
즐기며, 주색을 즐기면 해롭다(益者三樂 損者三樂 樂節禮樂 樂
道人之善 樂多賢友 益矣 樂驕樂 樂佚遊 樂宴樂 損矣).
　　　　　　　　　　　　　　　　　　　　— 《논어》 계씨

■ 나물 먹고 물마시고 팔 구부려 베게 삼아도 즐거움이 또한 그
가운데 있다(飯疏食飲水 曲肱而枕之 樂亦在其中矣).
　　　　　　　　　　　　　　　　　　　　— 《논어》 술이

■ 가난해도 즐거워한다(貧而樂 : 비록 가난하다고 해서 걱정할
것도 비관할 것도 없다. 목적을 가지고 살고, 믿음을 가지고 살
고, 취미를 가지고 살고, 수양에 힘쓰고 하면 저절로 적극적인
인생의 즐거움이 있는 것이다).　　　　　　— 《논어》 학이

▣ 배우고 때로 익히면 또한 기쁘지 아니하랴. 벗이 있어 먼 곳으로부터 찾아오면 또한 즐겁지 아니하랴. 사람이 알아주지 않아도 원망하지 아니하면 어찌 군자가 아니랴? (學而時習之 不亦說乎, 有朋自遠方來 不亦樂乎? 人不知而不慍 不亦君子乎)
—《논어》 학이편

▣ 지극한 즐거움이란 그것이 즐거움인지 모르는 평온무사함이다 (至樂無樂 : 진리를 깨닫는 사람의 즐거움은 즐겁다는 자각이 없는, 언제나 그대로인 것임을 말하려 한 것).　—《장자》

▣ 즐거움이 극에 달하면 슬픔이 생긴다(樂極哀生).　—《장자》

▣ 사람은 괴로움과 함께 태어난다.　—《장자》

▣ 그대는 내가 아닌 이상 어떻게 내가 물고기의 즐거움을 알지 못한다는 것을 알 수 있소(子非我 安知我不知魚之樂)?
—《장자》

▣ 백성들과 함께 즐거움을 서로 나누면 능히 즐거울 수 있다(與民偕樂 故能樂也).　—《맹자》

▣ 삶이란 근심 속에 존재하는 것이며, 죽음이란 편하고 즐거운 가운데 있는 것이다(生於憂患 死於安樂).　—《맹자》

▣ 천하 백성들의 즐거움으로 즐거워하고, 천하 백성들의 근심으로 근심한다(樂以天下 憂以天下).　—《맹자》

▣ 백성들의 즐거움을 즐거워하면 백성들도 그의 즐거움을 즐거워한다(樂民之樂者 民亦樂其樂).　—《맹자》

▣ 군자에게는 세 가지 낙이 있다(君子三樂 : 양친이 다 살아 계시고 형제가 무고한 것이 첫 번째 즐거움이요, 우러러 하늘에 부끄럽지 않고 굽어보아도 사람들에게 부끄럽지 않은 것이 두 번

째 즐거움이요, 천하의 영재를 얻어서 교육하는 것이 세 번째
즐거움이다).　　　　　　　　　　　　　　　　—《맹자》

■ 생이별보다 더 큰 슬픔 다시없고, 새 사람 만나기보다 더 큰 기
쁨 없다(悲莫悲兮生別離 樂莫樂兮新相知).　　　— 굴원(屈原)

■ 술이 지나치면 어지러워지고, 즐거움이 지나치면 슬퍼진다. 세
상일이란 다 그런 것이다(酒極則亂 樂極則悲 萬事盡然).
　　　　　　　　　　　　　　— 《사기》 골계열전(滑稽列傳)

■ 꽃들은 기쁨 맞아 웃을 줄 알고, 새들도 기쁘면 노래할 줄 안다
(花迎喜氣皆知笑 鳥識歡心亦解歌).　　　　　— 왕유(王維)

■ 함께 환난을 겪을 수는 있지만, 함께 즐거움을 나눌 수는 없다
(可與共患難 不可與共逸樂).　　　　　　　　— 소식(蘇軾)

■ 천하의 이득을 향수하는 자는 천하의 환난을 떠메고, 천하의
즐거움을 가진 자는 천하의 근심을 같이한다(享天下之利者 任
天下之患 居天下之樂者 同天下之憂).　　　　　　— 소식

■ 천하의 즐거움은 무궁하지만, 마음에 맞아야 기쁨이 된다(天下
之樂無窮 而以適意爲悅).　　　　　　　　　　　— 소식

■ 즐거움 중에 새로운 지기를 얻는 것보다 더한 즐거움은 없다.
슬픔 중에서도 살아 서로 이별하는 슬픔보다 더 슬픈 것은 없
다(樂莫樂兮 新相知 非莫悲 生別離).　　　— 《고시원(古詩源)》

■ 기쁨과 즐거움이 절정에 이르니 오히려 슬픈 정이 많더라(歡樂
極兮 哀情多).　　　　　　　　　　　　　　　— 《고시원》

■ 먼저 천하를 근심하고 후에 천하의 즐거움을 즐긴다(先天下之
憂而憂 後天下之樂而樂).　　　　　　　　— 범중엄(範仲淹)

■ 걱정을 앞세우면 즐겁게 되고, 즐거움을 앞세우면 걱정이 생긴

다(先憂事者後樂事 先樂事者後優事). —《대대례기(大戴禮記)》

■ 몸에 즐거움이 있기보다 그 마음에 근심 없는 편이 낫다(與其
有樂於身 孰若無憂於其心).　　　　　　—《문장궤범》

■ 선비는 마땅히 세상 근심을 먼저 근심하고, 세상 즐거움은 뒤
에 즐긴다(先憂後樂).　　　　　　　—《소학(小學)》

■ 사랑하는 사람을 갖지 말라. 미운 사람도 갖지 말라. 사랑하는
사람은 못 만나 괴롭고 미운 사람은 만나서 괴롭다.

—《법구경》

■ 하늘이 칠보(七寶)를 비처럼 내려도 욕심은 오히려 배부를 줄
모르나니, 즐거움은 잠깐이요 괴로움이 많음을 어진 이는 이것
을 깨달아 안다.　　　　　　　　　—《법구경》

■ 지나야 할 길(생사의 길)을 이미 지나고, 끊어야 할 걱정을 일체
떠나서 모든 얽매임에서 벗어난 사람에겐 괴로움도 번뇌도 있
을 수 없다.　　　　　　　　　　　—《법구경》

■ 애써 즐거움을 찾지 않아도 괴로움만 버리면 즐거움은 저절로
생긴다(樂不必尋 去其苦之者而樂自存).　　—《채근담》

■ 한편에 즐거운 경지가 있으면 다른 한편에 즐겁지 않은 경지가
있어서 서로 상대를 이룬다(有一樂境界 就有一不樂的相對待).

—《채근담》

■ 물은 물결 아니면 저절로 고요하고, 거울은 흐리지 않으면 스
스로 맑게 된다. 마음도 이와 같으니, 그 흐린 것을 버리면 맑음
이 저절로 나타날 것이요, 즐거움도 구태여 찾지 말 것이니 그
괴로움을 버리면 즐거움이 저절로 있으리라.　　—《채근담》

■ 낚시질은 조용하고 뛰어난 일이지만 그래도 살생하는 마음이

있는 것이고, 장기와 바둑은 깨끗한 놀이지만 그래도 전쟁하는 마음을 일으키게 하느니라. 이로써 볼 때 즐거운 일이란, 일을 덜어 마음에 알맞도록 하는 것만 못하고, 재능이 많은 것보다는 무능하여 천진(天眞)을 보전하는 것이 나은 것을 알 것이다.

— 《채근담》

■ 냉정한 눈으로 열광했을 때를 바라본 뒤에라야 열광할 때의 분주함이 무익했음을 알게 되고, 번잡함에서 한가함으로 돌아가 본 뒤에라야 한가한 가운데의 재미가 가장 길다는 것을 깨닫게 된다. — 《채근담》

■ 사람은 명예와 지위의 즐거움을 알면서도 이름 없고 지위가 없이 지내는 참다운 즐거움을 알지 못한다. — 《채근담》

■ 즐거움도 애써 찾을 것이 아니고, 괴로운 점만 없애면 곧 즐거워진다. — 《채근담》

■ 즐거움은 너희가 만족하고 있는 경우에는 고통의 기억이다.

— 에우리피데스

■ 돼지가 되어 즐거워하기보다 사람이 되어 슬퍼하는 것이 낫다.

— 소크라테스

■ 신에 의해 부여된 인생은 짧지만, 즐겁게 보낸 인생의 기억은 영원하다. — M. T. 키케로

■ 즐거움이란 다른 사람의 고통에서 생기는 쾌락이다.

— 오비디우스

■ 즐거움을 자유로이 누릴 수 있는 사람은 매우 적다.

— 오비디우스

■ 마음의 즐거움은 양약이라도, 심령의 근심은 뼈를 마르게 하느

니라.　　　　　　　　　　　　　　　　　 — 잠언
▨ 내일 일을 위하여 염려하지 말라. 내일 일은 내일이 염려할 것
　이요, 한 날의 괴로움은 그 날로 족하니라.　　　 — 마태복음
▨ 괴로움이 남기고 간 것을 음미하라! 고난도 지나쳐 버리면 달
　콤하다.　　　　　　　　　　　　　　　　　 — 괴테
▨ 오락은 생각할 수 없는 자들의 행복이다.　 — 알렉산더 포프
▨ 우리 생활에는 많은 괴로움이 있다. 하지만 모든 괴로움에도
　불구하고 그 근본에 『선』이라는 행복한 기초가 있어야 한다.
　　　　　　　　　　　　　　　　　　　　 — J. 밀레
▨ 여자에게는 사랑 이외의 인생의 즐거움은 없다.
　　　　　　　　　　　　　　　　　 — 로버트 브라우닝
▨ 슬픔은 오해된 즐거움인지도 모른다.　　 — 로버트 브라우닝
▨ 천국의 즐거움은 행복이라는 것, 지옥의 괴로움은 행복이었다
　는 것.　　　　　　　　　　　　　　　 — 다니엘 잔델스
▨ 고통은 잠시요, 즐거움은 영원하다.　　　 — 프리드리히 실러
▨ 괴로운 한 시간은 즐거운 하루만큼 길다.　　　 — T. 풀러
▨ 남자는 자기가 아는 것을 말하고, 여자는 즐거운 것을 말한다.
　　　　　　　　　　　　　　　　　　 — 장 자크 루소
▨ 인간의 운명은 항상 괴로워하는 데 있다. 자기를 지키려고 생
　각하는 그것이 고통에 접하는 것이다. 어린 시절 육체에 대한
　재난밖에 모르는 사람은 행복하다. 그것은 마음의 괴로움에
　비한다면 그다지 참혹한 것이 아니며 그만큼 또 고통스럽지도
　않고, 그 때문에 자살까지 하는 일은 극히 드물다.
　　　　　　　　　　　　　　　　　　 — 장 자크 루소

■ 죽는 것보다도 괴로워하는 편이 오히려 용기를 필요로 한다.

— 나폴레옹 1세

■ 왜들 우느냐? 나를 영원히 살아야 할 사람으로 생각하느냐? 죽음이란 이보다 더 괴로운 것으로 나는 생각했었지. (임종 시 시종들에게 한 말)

— 루이 14세

■ 괴로움은 생리적으로나 정신적으로나 인간이 발전하여 가는데 없어서는 안 될 조건이다.

— 레프 톨스토이

■ 괴로움은 무한한 것이어서 여러 형태로 나타난다.

— 로맹 롤랑

■ 진심으로 즐거웠을 때 우리는 마음의 자양분을 얻는다.

— 랠프 에머슨

■ 인생의 즐거움은 인생을 사는 인간에게 달려 있다. 하는 일이나 장소에 좌우되는 것은 아니다.

— 랠프 에머슨

■ 너는 나에게 있어 즐거운 고통이다.

— 랠프 에머슨

■ 인간의 본질은 괴로움이며, 자기 숙명에 대한 의식이다. 그 결과 모든 공포, 죽음의 공포까지 거기에서 생겨난다.

— 앙드레 말로

■ 후회의 씨앗은 젊었을 때 즐거움으로 뿌려지지만, 늙었을 때 괴로움으로 거둬들인다.

— C. C. 콜턴

■ 악은 즐거움 속에서도 고통을 주지만, 덕은 고통 속에서도 우리를 위로해 준다.

— C. C. 콜턴

■ 인생은 평화와 행복만으로 시종(始終)할 수는 없다. 괴로움이 필요하다. 그리고 노력이 필요하고 투쟁이 필요하다. 괴로움을 두려워 말고 슬퍼하지도 말라! 참고 견디며 이겨 나가는 것이

인생이다. 인생의 희망은 늘 괴로운 언덕길 너머에서 기다리고
있다.   — 폴 베를렌

■ 괴로운 생각을 잊으려 하는 사람들은 괴로움을 불러일으키는
인연과 사물을 잠시 떠나 있는 것이 좋으리라. 그러나 우리의
운명은 삶을 타고난 곳에서 완성시킬 수밖에 없다.
     — 윌리엄 해즐릿

■ 무엇보다 즐겨 노는 오락의 자리를 절제하라. 향락을 절제하면
당신은 그만큼 풍성해질 것이다.   — 임마누엘 칸트

■ 괴로움을 함께 하는 것이 아니고 즐거움을 함께하는 것이 친구
를 만든다.   — 프리드리히 니체

■ 즐거움이 아니라 즐겁지 않다는 것이 방탕의 어머니다.
     — 프리드리히 니체

■ 생명의 비밀은 바로 괴로움이다.   — 오스카 와일드

■ 더 깊은 인간이 되었다고 하는 것은 괴로움을 겪은 인간만이
가질 수 있는 특권이다.   — 오스카 와일드

■ 일이 즐거움이라면 인생은 극락이다. 괴로움이라면 그것은 지
옥이다.   — 막심 고리키

■ 오오 신이여! 단 하루를, 진정한 환희의 단 하루를 나에게 보여
주십시오. 참다운 즐거움의 저 깊은 음향이 나로부터 멀어진 지
이미 오래 됩니다. 오오, 나의 신이여! 언제 나는 다시 한 번 즐
거움을 대하게 될 것입니까. 그 날은 영원히 오지 않는 것입니
까. 아니, 그것은 너무나 잔인합니다.   — 베토벤

■ 즐거움에 찬 얼굴은 한 접시의 물로도 연회를 만들 수 있다.
     — 알프레드 허버트

- 좋은 결혼은 있지만, 즐거운 결혼은 결코 없다. — 라로슈푸코
- 여자가 제일 사랑하는 즐거움은 남자의 자기기만을 폭로하는 그것인데, 그럼에도 불구하고 남자의 제일 큰 즐거움은 그들 여자를 즐겁게 해주려는 그것이다.   — 조지 버나드 쇼
- 이 세상에 사랑보다 즐거운 것은 없다. 사랑 다음으로 즐거운 것은 증오다.   — 헨리 롱펠로
- 즐거움과 절제와 안면은 의사와의 인연의 문을 닫는다.
          — 헨리 롱펠로
- 다른 사람의 삶에서 고통을 덜어주려고 노력하지 않는다면 우리는 과연 무엇 때문에 살고 있단 말인가?   — 조지 엘리엇
- 세상은 고통으로 가득 차있지만 그것을 이겨내는 일로도 가득 차 있다.   — 헬렌 켈러
- 나의 젊었을 때를 평하여 사람들은, 내가 술과 여자와 노래로 시간을 보냈다고 한다. 그것은 절대로 틀린 말이다. 내 관심의 90퍼센트는 여자에게 가 있었다.   — 아르투르 루빈스타인
- 즐거움과 절도(節度)의 평온은 의사를 멀리한다.
          — 프리드리히 로가우
- 즐거움은 때때로 찾아오는 손님이지만, 괴로움은 무턱대고 우리들에게 들러붙는다.   — 존 키츠
- 모든 인간적인 것은 수심에 차 있다. 유머 자체의 핵심은 즐거움이 아니라 슬픔이다. 그래서 천당에는 유머가 없다.
          — 마크 트웨인
- 누구라도 즐거움에 빠져 있을 때는 위선자라는 허울을 벗어 던지게 된다.   — 새뮤얼 존슨

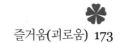

■ 괴로움은 물질의 선망(羨望)에서 오는 그림자다.

— 팔만대장경

■ 괴로움은 괴로워하는 자만의 것이요, 다른 어느 누구의 아랑곳
할 것도 못 되는 것인가 봅니다. — 유치환

■ 욕심 없이 얻어지는 즐거움은 얼마든지 추구하는 게 좋다.

— 유주현

■ 즐거움과 행복이 딴 데 있는 것이 아닙니다. 자기 삶의 보람을
갖기 위해 노력하는 그 과정 자체에 있다고 굳게 믿어야 할 것
입니다. — 김은우

■ 즐거움이란 자기가 뜻하는 생의 가치를 성취하며 그것을 자기
의 것으로 하는 삶의 만족감을 말한다. — 김형석

■ 즐거움은 괴로움 밖에 있는 것이 아니요, 도리어 그 괴로움 자
체가 즐거움이기 때문이다. — 조지훈

■ 세상에서 가장 어려운 것은 멋있게 노는 것이다. — 김용옥

[속담 · 격언]

■ 고생 끝에 낙(樂)이 있다. — 한국

■ 동방화촉 노(老) 도령이 숙녀 만나 즐거운 일. (오랫동안 원하던
일이 성사되어 아주 즐거운 일) — 한국

■ 갓방 인두 달 듯. (갓을 만드는 갓방에서 인두가 뜨겁게 달아
있듯이, 혼자 애태우고 어쩔 줄 모른다) — 한국

■ 단맛 쓴맛 다 보았다. — 한국

■ 기름떡 먹기. (아주 쉽고도 즐거운 일) — 한국

■ 태산을 넘으면 평지를 본다. (고생 끝에 낙이 온다) — 한국

- 황소처럼 참을성 있고, 사자처럼 용감하고, 벌처럼 부지런하고, 새처럼 즐거워하라. ― 중국
- 괴로울 때는 계모의 사촌까지 찾는 법이다. ― 일본
- 행운은 즐거운 문으로 들어온다. (Fortune comes in by a merry gate.) ― 영국
- 괴로움 없이 이익 있는 것이 없다. ― 영국
- 즐길 수 있을 때 쾌락을 즐겨라. ― 영국
- 한 가지 즐거움은 백 가지 괴로움보다 낫다. ― 영국
- 즐거움과 슬픔은 오늘과 내일이다. ― 영국
- 괴로울 때의 한 시간은 즐거울 때의 하루보다 더 길다.

  ― 영국
- 즐거울 때 주의하라. ― 영국
- 즐거움과 슬픔은 이웃사촌이다. (Joy and sorrow are next door neighbours.) ― 영국
- 우정은 즐거움을 보태고 슬픔을 나눈다. ― 영국
- 슬픔의 아침 뒤에 즐거운 저녁이 깃들인다. ― 영국
- 자기가 무엇에 괴로워하는지는 자신이 가장 잘 안다.

  ― 스코틀랜드
- 진짜 즐거움이란 우리가 시기하던 사람의 불행을 보고 맛보는 악의에 찬 즐거움이다. ― 독일
- 황소처럼 참을성 있고, 사자처럼 용감하고, 벌처럼 부지런하고, 새처럼 즐거워하라. ― 유고
- 괴로울 때는 돼지를 아저씨라고 부른다. ― 알바니아
- 괴로울 때 받는 것은 그 두 배를 받는 것이다. ― 우크라이나

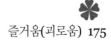

▨ 괴롭지 않은 사람은 없다. 만일 그렇다면 그는 사람이 아니다.
— 터키

▨ 오늘이란 날이 우리에게 어떤 괴로움을 주는지는 아무도 모른다.
— 가이아나

【시·문장】

부생(浮生)이 꿈이거늘 공명(功名)이 아랑곳가
현우귀천(賢愚貴賤)도 죽은 후면 다 한가지라
아마도 살아 한 잔 술이 즐거운가 하노라.
— 김천택

이 산을 오르려는 자,
골짜기에선 큰 괴로움을 만나리.
그러나 올라감에 따라 덜어지리라.
그러기에 신고(辛苦)도 즐거움으로 바뀔 때
오르는 것이 퍽 수월하게 보여,
빠른 흐름을 작은 배 타고 내려감과 같도다.
— A. 단테 /《神曲》연옥편

엄청난 고통이 지나면
덤덤한 느낌이 찾아온다.
신경들이 무덤처럼
엄숙하게 자리 잡고
굳어진 심장이 묻는다.

고통을 견딘 자가 그분인가?
그리고 어제 혹은 수 세기 전인가 하고.
발이 기계적으로 빙빙 돈다.
땅 혹은 허공 혹은 무의
제멋대로 뻗은
멋없는 길
돌 같은 석영의 만족감—
지금은 납과 같은 시간
살아남으면 기억된다.
동사자(凍死者)가 눈을 회상하듯
처음에 오한 그 후는 마비 그리고 해방감을—
— 에밀리 디킨슨 / 엄청난 고통이 지나면

추녀 끝에 걸어 놓은 풍경도 바람이 불지 않으면 소리가 나지 않는다. 바람이 불어 비로소 그윽한 소리가 난다. 인생도 평온무사만 하다면 즐거움이 무엇인지 알지 못한다. 곤란한 일이 있으므로 즐거움도 알게 된다. 기쁜 일이 있으면 슬픈 일이 있고, 즐거운 일이 있으면 괴로운 일이 있고, 이같이 희로애락이 오고 가고 뒤엉키어 심금(心琴)에 닿아서 그윽한 인생의 교향악은 연주되는 것이다.
— 헨리 롱펠로

괴로움에는 여러 가지 종류가 있다. 자기의 의무를 다하기 위한 괴로움이 있고, 운명과 싸우며 견디는 괴로움도 있다. 또 나쁜 유혹을 물리치려고 애쓰는 괴로움도 있고, 또 한 걸음 나아가서는 무엇인가 좋은 일을 하고 올바른 것을 지키기 위한 괴로움도 있다. 이 모든 괴로움은 신체에 양식이 필요하듯 우리의 정신의 양식이 될 수 있다. 편하기만을 원함은 영혼을 위태롭게 하는 결과가 될 것이다. 괴로움을 이겨 나가지 않고는 사람은 스스로의 영혼을 구하지 못한다. ― A. 고왈츠

세상 괴로움에 얽매임과 벗어남이 오직 제 마음에 있나니, 마음에 깨달음이 있으면 고깃간과 술집도 정토(淨土)가 된다. 그렇지 못하면 비록 거문고와 학(鶴)으로 벗을 삼고 꽃과 풀을 심어 즐김이 맑을지라도 악마의 방해를 끝내 벗어나지 못하리라. 옛말에 이르되, 깨달을 수 있으면 진경(塵境)도 묘경(妙境)이 되고, 깨닫지 못하면 승가(僧家)도 곧 속가(俗家)라 하였으니, 참된 말이다.

― 《채근담》

【중국의 고사】

■ **군자삼락(君子三樂)** : 전국시대, 철인(哲人)으로서 공자의 사상을 계승 발전시킨 맹자는 이렇게 말했다. 『군자에게 세 가지 참된 즐거움이 있다. 그러나 왕으로서 천하를 통치하는 일은 그 속에 들지 않는다. 부모가 다 생존해 있고 형제들이 아무 사고 없이 서로 화목한 것이 그 첫째 즐거움이다. 우러러 하늘에 부끄러움이 없고, 굽어보아 모든 사람들에게 부끄러운 일이 없는 것이 둘째 즐거움이다. 천하에 뛰어난 인재들을 얻어 교육하는 것이 셋째의 즐거움이다. 군자는 세 가지 즐거움이 있으나, 천하를 통일하여 왕이 되는 것은 여기에 들어 있지 않다(君子有三

樂 而王天下不與存焉 父母俱存兄弟無故一樂也 仰不愧於天俯
不怍於人二樂也 得天下英才而敎育之三樂也 而王天下不與存
焉).』

맹자가 말한 세 가지 즐거움 중에서 첫 번째 즐거움은 하늘이
내려준 즐거움이다. 부모의 생존은 자식이 원한다고 하여 영원
한 것이 아니므로 오랫동안 함께 할 수 있다면 그 자체로써 즐
겁다는 말이다. 두 번째 즐거움은 하늘과 땅에 한 점 부끄럼 없
는 삶을 강조한 것으로, 스스로의 인격수양을 통해서만 가능한
즐거움이다. 세 번째 즐거움은 자기가 갖고 있는 것을 다른 사
람에게 베푸는 즐거움으로, 즐거움을 혼자만 영위할 것이 아니
라 남과 공유하기를 바라는 것이다.

맹자는 세 가지 즐거움을 제시하면서 왕이 되는 것은 여기에
들어 있지 않음을 두 차례나 강조하고 있는데, 국가를 경영할
경륜도 없고, 백성을 사랑하는 인자함도 없으면서, 왕도정치에
는 귀도 기울이지 않고 오직 전쟁을 통해서, 백성들의 형편이야
어찌 되든 패자가 되려고만 했던 당시 군왕들에게, 왕 노릇보다
기본적인 사람이 되라는 맹자의 질책이었다.

공자는 우리를 이익 되게 하는 세 가지 즐거움을 《논어》 계
씨편에서 말하고 있다. 『유익한 세 가지 즐거움은, 예악을 절
도에 맞게 행하는 것을 좋아하고, 남의 선을 말하기를 좋아하
며, 어진 벗을 많이 가지기를 좋아함이다(益者三樂 樂節禮樂 道
人之善 樂多賢友).』

공자는 또 같은 편에서 우리를 망가뜨리는 즐거움도 들고 있
다. 『해로운 세 가지 즐거움은 교만방탕의 즐거움을 좋아하고,

편안히 노는 즐거움을 좋아하며, 잔치를 베푸는 즐거움을 좋아
함이다(損者三樂 樂驕樂 樂逸樂 樂宴樂).』   ─《맹자》

■ **영계기삼락(榮啓期三樂)** : 어느 날, 공자가 태산(泰山)에 가서
산천을 유람하였다. 산모퉁이를 돌고 있는데 한 은자를 만났다.
그의 이름은 영성기(榮聲期)(《장자》에는 영계기로 되어 있음)
로, 세상의 영고성쇠(榮苦盛衰)를 잊어버리고 산야에 묻혀 사는
사람이었다. 그는 사슴가죽으로 만든 옷에 새끼줄로 몸을 묶고
있었다. 그 모습이 보기 측은해 보였던 공자가 물었다.

『선생은 무슨 즐거움으로 세상을 살아가십니까?』 영성기가
대답하였다. 『하늘이 만물을 만들 때 오직 사람이 가장 귀하
다. 그런데 나는 사람으로 태어났으니 이것이 첫 번째 즐거움이
다. 남자는 존귀하고 여자는 비천한데 나는 남자로 태어났으니
이것이 두 번째 즐거움이다. 사람 중에는 태어나서 강보에 싸여
벗어나지도 못한 채 죽는 수도 있는데 나는 지금 95세로 장수
하고 있으니 이것이 세 번째 즐거움이다(天生萬物 惟人爲貴 吾
得爲人 一樂也 男尊女卑 吾得爲男二樂也 人生有不免襁褓者 吾
行年九十五矣 三樂也).』

이 말을 들은 공자는 한동안 가만있더니 고개를 끄덕거리고
는 다시 갈 길을 떠났다. 남녀차별이 사라진 이 시대에 이런 즐
거움이 꼭 타당한 것은 아니지만 자기에게 주어진 삶을 긍정하
면서 분수를 알고 살아가는 자세는 여전히 미덕이라고 할 수
있다.   ─《공자가어》

■ **안거낙업**(安居樂業) : 편안히 살고 즐겁게 일한다는 말이다. 이 말은 오늘날에도 널리 쓰이는 말이다. 춘추시대 노자(老子)가 말한『그 풍속에 맞춰 편안하게 지내고 자신의 생업에 즐거워한다(安其俗 樂其業)』는 말에서 유래한 것이다. 노자의 이 말은 노자의 다른 판본에서는, 『그 거처를 편안히 여기고 그 일을 즐거워한다(安其居 樂其業)』로 되어 있다. 《장자》에는, 『그 품속을 즐거워하고 그 거처를 편안히 여긴다(樂其俗 安其居)』로 되어 있는데, 모두 다 안거낙업의 초기 형태라고 할 수 있다.

그런데 당시 노자 등의 이러한 논조는 여러 고장의 백성들이 자급자족할 수 있다면 서로 교류하지 않아도 무방하다는 의미가 내포된 것이었는데, 오늘날의 입장에서 본다면 이런 폐쇄적인 경제관은 재고의 여지가 있다고 할 것이다. 그렇기 때문에 한(漢)나라 때의 유명한 역사가인 사마천(BC 145~?)은 그의 저서 《사기》 화식열전에서 노자의 이러한 견해에 찬성하지 않았던 것이다. 그러나 같은 한나라 때의 역사가인 반고(班固, 32~92)는 그의 저서 《한서》 화식전에서 노자의 논리를 인용해서, 『그 거처를 편안히 여기고 그 일을 즐거워한다(安其居而樂其業)』고 했는데, 이것은 『안거낙업』과 매우 유사한 논리라고 할 수 있다.　　　　　　　　　　　　 ─《노자》

■ **지락무락**(至樂無樂) : 지극한 즐거움이란 그것이 즐거움인지 모르는 평온무사함이다. 보통 우리가 즐겁다고 하는 것은 괴롭다는 것을 전제로 하고 있다. 괴로운 일이 있기 때문에 즐겁다는

감정이 생기는 것이다. 즐겁다고 느꼈을 때는 벌써 지금까지 괴로웠다는 것과 곧 이어서 괴로운 일이 온다는 것을 뜻한다고 볼 수 있다. 그러므로 즐겁다는 느낌은 상대적인 것인 동시에 괴로움에서 나와 다시 괴로움으로 돌아가는 한 과정에 불과한 것이다. 그러므로 그것은 참 즐거움이 될 수 없다. 철학자들도 말하기를, 『쾌락은 낙이 아니다』라고 했다. 이 말은 《장자》 지락편에 있는 말이다.

장자가 말한 본래의 뜻은, 진리를 깨닫는 사람의 즐거움은 즐겁다는 자각이 없는 언제나 그대로인 것임을 말하려 한 것이다. 그것은 죽고 사는 생사도 영광도 굴욕도 슬픔도 기쁨도 다 초월한 자기만이 가지는 즐거움이란 뜻이다. 장자는 말하기를, 『모름지기 남면(南面)을 한 임금의 즐거움도 이에서 더 즐거울 수는 없다.』고 했다. 그는 또 세상 사람들이 생각하는 즐거움과 뜻이 높은 사람이 가지고 있는 즐거움이 서로 다른 것을 비유하여 이런 예를 들고 있다.

노나라 임금이 들 밖에 날아든 바닷새를 붙들어다가 좋은 음악을 들려주고 사람이 먹는 귀한 음식을 주었다. 그러나 새는 조금도 반가워하는 일이 없이 사흘을 굶은 끝에 죽고 말았다는 것이다. 새에게는 역시 새만이 갖는 세계가 있다. 뜻이 높은 사람에게는 속인들의 영광이나 쾌락 같은 것이 한갓 고통스런 것에 불과한 것이다. 환난을 겪어 본 사람이 아니면 이 『지락무락 』의 뜻을 얼른 이해하기 힘들 것이다.

— 《장자》 지락편(至樂篇)

■ **지지자불여호지자(知之者不如好之者)** : 아는 사람이 좋아하는 사람만 못하다. 《논어》 옹야편에 있는 공자의 말이다. 이것은 물론 학문이나 진리를 두고 한 말이다 그러나 모든 일에 있어서 다 통용될 수 있다. 정도와 수준을 말할 때, 좋고 나쁜 것을 가릴 것 없이 이 말은 그대로 적용되는 것이다. 원문에는 이 『지지자 불여호지자』란 말 다음에, 『……호지자 불여낙지자(好之者 不如樂之者)』란 말이 계속되고 있다. 좋아하는 사람이 즐기는 사람만 못하다는 뜻이다. 주석에는 이렇게 풀이하고 있다.

『안다는 것은 진리가 있다는 것을 아는 것이다. 좋아한다는 것은 좋아만 했지 완전히 얻지 못한 것이다. 즐긴다는 것은 완전히 얻어서 이를 즐기는 것이다.』　　　—《논어》 옹야편

【成句】

■ 양주지학(揚州之鶴) : 모든 세속적인 즐거움을 한 몸에 다 모으려는 짓의 비유.

■ 운연과안(雲煙過眼) : 구름과 연기가 순식간에 눈앞을 스쳐가듯이, 한때의 쾌락을 오래 마음에 두지 않거나, 사물에 깊이 마음을 두지 않음을 비유하는 말.

■ 진의천인강(振衣千仞岡) : 대단히 높은 산 위에서 옷의 먼지를 떤다는 뜻으로, 아주 상쾌함을 이름.

■ 즉시일배주(卽時一杯酒) : 후세에 이름을 남길 일을 생각하기보다는 눈앞에 있는 한 잔의 술을 즐기는 편이 낫다는 말. 뒤에 닥칠 큰일보다는 목전의 작은 일을 택함의 비유. 찰나(刹那)의

쾌락을 추구하는 것. /《진서》

■ 종아소락(從我所樂) : 내가 즐겨한 바를 따름.

■ 부지수지무지족지도지(不知手之舞之足之蹈之) : 즐거움이 넘쳐
자기도 모르는 사이에 발이 우쭐거리고 손이 너울거리는 일. 참
된 즐거움을 형용한 말. 도를 깨달으면 생기는 현상이라고 한
다. /《맹자》

■ 낙생어우(樂生於憂) : 쾌락은 항상 고생하는 데서 나온다는 말.
/《명심보감》

관용 *tolerance* 寬容

【어록】

- 원한을 갚는 데 덕으로써 한다(報怨以德).　　　　—《노자》
- 선비가 마음이 너그럽고 굳세지 않으면 안되는 것은 길은 멀고 짐이 무겁기 때문이다(士不可以不弘毅 任重而道遠).

　　　　　　　　　　　　　　　　　　　　—《논어》태백
- 지식이 협소한 사람은 자칫 자신의 좁은 생각에 사로잡혀서 완고한 사람이 되기 쉽다(學則不固 : 학문에 의하여 지식과 식견을 넓혀 항상 너그럽고 유연한 정신상태를 지니도록 해야이무영 한다).　　　　　　　　　　　　　　—《논어》학이
- 덕이 있으면 외롭지 않아 이웃이 있다(德不孤必有隣 : 너그러운 아량으로 매우 좋은 일을 하는 덕스러운 사람은 때로는 고립하여 외로운 순간이 있을지라도 반드시 함께 참여하는 사람이 있다는 뜻으로, 덕을 쌓는 데 정진하라는 말이다).

　　　　　　　　　　　　　　　　　　　　—《논어》이인
- 너그러움으로 준열함을 보충하고, 준열함으로 너그러움을 보

충하면 정사가 조화롭게 펴진다(寬以濟猛 猛以濟寬 政是以和).
　　　　　　　　　　　　　　　　　　　—《좌전》

■ 자기에 대한 요구는 엄격하고 빈틈이 없어야 하지만, 남에 대한 요구는 너그럽고 간단해야 한다(其責己也重以周 其待人也輕以約).　　　　　　　　　　　　　　— 한유(韓愈)

■ 공평한 진리란 세상에 오직 백발뿐이니, 귀한 사람 머리에도 너그럽지 않았다(公道世間唯白發 貴人頭上不曾饒).
　　　　　　　　　　　　　　　　　　　— 두목(杜牧)

■ 생각이 너그럽고 두터운 사람은 봄바람이 만물을 따뜻하게 기르는 것과 같으니 모든 것이 이를 만나면 살아난다. 생각이 각박하고 냉혹한 사람은 삭북(朔北)의 한설(寒雪)이 모든 것을 얼게 함과 같아서 만물이 이를 만나면 곧 죽게 된다(念頭寬厚的 如春風煦育 萬物遭之而生 念頭忌刻的 如朔雪陰凝 萬物遭之而死).　　　　　　　　　　　　　— 《채근담》

■ 위엄은 처음 엄격하게 시작하여 관대하게 해야 한다. 먼저 너그럽고 나중에 엄격하면 사람들은 그 혹독함을 원망한다(威宜自嚴而寬 先寬後嚴者 人怨其酷).　　　— 《채근담》

■ 나는 자기를 제외한 모든 인간의 과실을 관용할 수 있다.
　　　　　　　　　　　　　　　　　　　— M. 카토

■ 마음이 후한 사람은 항상 자기가 부자인 것처럼 생각하고 있다.
　　　　　　　　　　　　　　　　— 푸블릴리우스 시루스

■ 『눈은 눈으로, 이는 이로 갚아라.』 하고 말한 것을 너희는 들었다. 그러나 나는 너희에게 말한다. 악한 사람에게 맞서지 마라. 누가 네 오른쪽 뺨을 치거든 왼쪽 뺨마저 돌려대어라. 너를

걸어 고소하여 네 속옷을 가지려는 사람에게는 겉옷까지도 내 주어라. ― 마태복음

■ 너희의 원수를 사랑하여라. 너희를 미워하는 사람들에게 잘 해 주고, 너희를 저주하는 사람들을 축복하고, 너희를 모욕하는 사 람들을 위하여 기도하여라. ― 누가복음

■ 남의 잘못에 대해서 관용하라! 오늘 저지른 남의 잘못은 어제 의 내 잘못이었던 것을 생각하라! 잘못이 없는 사람은 하나도 없다. 완전하지 못한 것이 사람이라는 점을 생각하고 진정으로 대해 주지 않으면 안 된다. 우리는 언제나 정의를 받들어야 하 지만 정의만으로 재판을 한다면 우리들 중에 단 한 사람도 구 함을 받지 못할 것이다. ― 셰익스피어

■ 마음이 후한 사람은 충고보다는 구원의 손길을 내민다.

― 보브나르그

■ 관용은 미덕이 입고 있는 의상이다. ― J. C. 플로리앙

■ 온갖 종교 중에서 기독교는 의심할 것 없이 관용을 가르친 종 교인 셈이다. 그러나 현재까지 기독교도는 모든 인간 중에서 가 장 관용하지 않은 사람들이었다. ― 볼테르

■ 관대는 왕권의 최후의 수단이다. 그러나 나는 엄격한 복종에 의해서 그 고귀한 망토를 벗겨 준다. ― 알랭

■ 관용은 유일한 문명의 테스트다. ― A. 헬프스

■ 왕후(王侯)의 관용은 국민의 충성을 빼앗는 하나의 정략에 지 나지 않는다. ― 라로슈푸코

■ 마음이 후하다는 것은 대체로 베풀어 주는 데 대한 허영에 지 나지 않다. ― 라로슈푸코

- 우리들의 지혜가 깊어짐에 따라 한층 관대해진다.

　　　　　　　　　　　　　　　　　　 — 제르멘 드 스탈

- 관용에 대해서 이야기함은 불관용이다. 이 말을 사전에서 없애 버려라.　　　　　　　　　　　　　　　　　 — H. 미라보

- 관용하는 자는 가장 성급한 인간이며, 잘 견디는 자는 제일 관용하지 않는 인간이다.　　　　　　　　　 — 시메옹 베르뇌

- 비관용(非寬容)의 정신으로 자유를 추구한다면 그것은 스스로 패배하는 것이다.　　　　　　　　 — 앨프레드 화이트헤드

- 용서는 좋은 일이다. 그러나 잊어버려 주는 일은 더욱 좋은 일이다.　　　　　　　　　　　　　　 — 로버트 브라우닝

- 견실한 자존심과 자기 자신의 용기, 위대성, 그리고 관용에 대한 확신에 있어서 대서양을 횡단한 영국의 자녀를 제외하고 누가 영국인과 어깨를 겨를 수 있겠는가.　　 — 윌리엄 새커리

- 정치에 있어서 관용은 최고의 지혜는 아니다.

　　　　　　　　　　　　　　　　　　 — 에드먼드 버크

- 전쟁할 때 과감하고, 패배했을 때 도전하고, 승리했을 때 관용을 베풀고, 평화 시에 선의를 가져라.　　 — 윈스턴 처칠

- 관용은 미덕이다. 군자에 필요불가결한 미덕이다. 어린아이가 무슨 기구를 깨뜨린 때에 어른이 눈을 붉혀 욕하고 때리는 것처럼 천(賤)해 보이는 것이 없으니 대개 어린아이를 저와 같이 여김이 지극히 미욱한 표적입니다.　　　　　 — 이광수

- 관용과 너그러움은 인생의 덕목(德目) 가운데서도 으뜸가는 덕목일 것이다. 관용과 너그러움은 또한 겸허의 덕을 불러 내준다.　　　　　　　　　　　　　　　　 — 신동집

- 화해와 일치는 남을 받아주고 용서하는 마음에서 비롯됩니다. 용서는 피해자가 가해자에게 할 수 있는 가장 아름다운 것입니다. — 김수환

- 세상의 모든 더러움과 썩고 죽은 것까지 받아들입니다. 그리하여 대지는 부패와 죽음을 극복하고 이를 오히려 밑거름으로 삼아 새로운 생명을 낳습니다. 그리스도가 바로 이런 분이십니다. — 김수환

- 버리고 비우는 일은 결코 소극적인 삶이 아니라 지혜로운 삶의 선택이다. 버리고 비우지 않고는 새것이 들어설 수 없다. 공간이나 여백은 그저 비어있는 것이 아니라, 그 공간과 여백이 본질과 실상을 떠받쳐주고 있다. — 법정

【속담 · 격언】

- 관용은 면제가 아니다. (눈감아 준다 해도 죄는 역시 죄인 것이다) — 영국

- 손아귀에 들어오지 않는 세 가지가 있다. 나이팅게일의 울음소리와 시(詩)의 재능과 관대한 마음이다. — 아일랜드

【중국의 고사】

- **관인대도(寬仁大度)** : 남을 걱정하는 어진 마음이 깊고 생각하는 바가 넓다. 남에게 너그럽고 자애롭게 대하는 넉넉한 마음씨를 비유하는 말이다. 《사기》 고조본기에 다음과 같은 말이 있다. 『관대하고 어질며 남을 사랑하고 베풀기를 좋아하였으며 뜻이 탁 트였다. 항상 큰 도량을 지녀 집안사람들이 하는 생산

작업을 일삼지 않았다(寬仁而愛人喜施 意豁如也 常有大度 不事家人生産作業).』

『물이 맑으면 큰 고기가 모이지 않는다(水至淸則無魚).』는 속담처럼 남을 수하에 거느리기 위해서는 위엄과 술수도 필요하지만 넉넉한 도량이 가장 좋다. 용서하고 이해하며 그들의 생각을 공감할 때 비로소 큰 인물들이 심복이 되어 들어오는 것이다. 《중용》제17장에 보면 『때문에 큰 덕은 반드시 그 지위를 얻을 것이고 그 녹을 받을 것이며, 그 이름을 얻을 것이고, 그 목숨을 유지할 수 있을 것이다(故大德 必得其位 必得其祿 必得其名 必得其壽).』는 말이 나오는데, 바로 관인대도한 마음이 낳은 효과라고 할 것이다.　　　　　―《사기》 고조본기

■ **절영지연(絶纓之宴)** : 『갓끈을 끊고 즐기는 연회』라는 뜻으로, 남의 잘못을 관대하게 용서해주거나 어려운 일에서 구해주면 반드시 보답이 따름을 비유하는 말이다. 유향(劉向)이 지은 《설원》과 《동주열국지》 등에 실려 있는 이야기다.

춘추오패(春秋五霸)의 하나인 초장왕(楚莊王)이 투월초의 난의 평정한 뒤 공을 세운 신하들을 위로하기 위하여 성대하게 잔치를 벌여 군신 간에 한참 거나하게 취해 있을 때, 돌연 촛불이 꺼져 실내가 캄캄해졌다. 이 때 한 신하가 왕의 애첩의 귀를 잡고 입을 맞추었다. 애첩은 깜짝 놀라 엉겁결에 그 사람의 갓끈을 잡아떼고 왕에게, 『왕이시여, 지금 어느 자가 첩에게 무례한 짓을 하기에 그 자의 갓끈을 잡아떼었으니 그 자를 잡아내소서.』 하고 사뢰었다. 이 말에 왕은, 『오늘밤 이 자리에서

갓끈을 떼지 않는 사람은 벌을 내리겠다.』고 영을 내리자 모두 다투어 갓끈을 떼었다. 불을 켜고 보니 모두 갓끈을 떼어져 있는지라 누가 무례한 짓을 한 사람인지 구별할 수가 없었다. 그리고 모두 밤이 새도록 마시고 노래하고 즐겁게 놀았다.

그 후 2년이 지난 뒤 초나라는 진나라와 전쟁이 벌어져 초나라가 위급한 처지에 놓이게 되었다. 이 때 어디선지 군사들이 나타나 진나라 군사를 무찔렀다. 초장왕은 너무나 뜻밖의 지원이라 그 군의 장수를 청하여 물은즉, 『신은 옛날 대왕의 애첩에게 무례한 짓을 한 신하로, 그 때 대왕의 너그러운 관용에 감동하여 그 날로 산중에 숨어 군사를 길러 어느 때고 대왕을 위하여 목숨을 바치려 결심 했던 중 이번에 대왕의 군사가 불리하다는 소식을 듣고 달려온 것입니다.』초장왕은 장수에게 많은 상을 내렸다. ─《설원(說苑)》,《동주열국지(東周列國志)》

【成句】

■ 거거(渠渠) : 너그럽지 못한 모양. /《순자》수신편.
■ 해활천공(海闊天空) : 바다가 광활하고 하늘이 창창하여 끝없는 것과 같이 넓은 것의 비유. /《고금시화(古今詩話)》

희망 *hope* 希望
(절망)

【어록】

■ 보는 것과 기대하는 것은 멀리 그리고 크게 하지 않으면 안 된
다(所見所期 不可不遠且大 : 보는 것, 즉 견식과, 기대하는 것,
즉 희망이나 이상은 되도록 원대해야 한다). ─《근사록》

■ 성인은 하늘의 모습을 배우기를 바라고, 현인은 성인의 모습을
배우기를 바라고, 선비는 현인의 모습을 배우기를 바란다(聖希
天 賢希聖 士希賢 : 수양이란 가까운 곳에서부터 한 발 한 발
나아가야 하는 것이다). ─《근사록》

■ 인류의 대다수를 먹여 살리는 것은 희망이다. ─ 소포클레스

■ 행복한 자는 희망을 가지고 산다. ─ 핀다로스

■ 희망은 눈을 뜨게 하는 사람들의 꿈에 불과하다. ─ 핀다로스

■ 희망은 잠자고 있지 않은 인간의 꿈이다. ─ 아리스토텔레스

■ 사악한 바람은 특히 그 바람의 소유자에게 해악으로 돌아온다.
─ 헤시오도스

■ 나의 희망은 항상 실현되지 않지만, 나는 항상 희망한다.

— 오비디우스

■ 희망은 지성(知性)이 부족한 인간의 유모(乳母)다.

— 메난드로스

■ 인간이 불행에 처해 있을 때는 희망이 구세주이다.

— 메난드로스

■ 희망이 없어지면 절망할 필요도 없다.   — L. A. 세네카

■ 용기가 있는 곳에 희망이 있다.   — 타키투스

■ 밤은 나의 벗, 우리의 지도자는 절망이다.   — 베르길리우스

■ 석양보다는 아침햇살을 추앙하는 사람이 더 많다.

— 폼페이우스

■ 사람은 두 방면에서부터 위험에 빠진다. 하나는 희망이요, 다른 하나는 절망이다.   — 아우구스티누스

■ 소망이 이루어지지 않으면 마음이 병들지만, 소원이 이루어지면 생명나무를 얻는다.   — 잠언

■ 우리들은 신을 믿음으로써 악 속에서 선을, 암흑 속에서 빛을, 절망에서 희망을 찾아낼 수 있다.   — 에라스무스

■ 희망 없이 공포는 있을 수 없으며, 공포 없이 희망도 있을 수 없다.   — 스피노자

■ 우리들은 우리들의 생산 활동을 통해서라기보다 우리들의 희망 속에 살고 있다.   — 토머스 모어

■ 『회의(懷疑)의 성』 이라고 불리는 하나의 성이 있는데, 그 소유자는 절망이라는 이름의 거인(巨人)이었다.   — 존 번연

■ 희망은 강한 용기이며 새로운 의지이다.   — 마르틴 루터

■ 희망의 실천이 자비요, 미의 실천이 선행이다.

　　　　　　　　　　　　　　　　　　　　— 미구엘 우나무노

■ 절망보다 나쁘고, 죽음보다 나쁜 것이 희망이다. — 퍼시 셸리

■ 희망의 샘은 영원히 샘솟는다.　　　　　— 알렉산더 포프

■ 비록 절망의 종점일망정 그 어디에 다다랐다는 것은 흐뭇한 일
이다.　　　　　　　　　　　　　　　　　　　　— 장 아누이

■ 빈곤과 희망은 어머니와 딸이다. 딸과 즐겁게 얘기하고 있으면
어머니 쪽을 잊는다.　　　　　　　　　　　　— 장 파울

■ 희망은 쉬지 않음을 미워한다.　　　　　　— 로버트 버턴

■ 청년은 희망의 환영을 가졌고, 노인은 회상의 환영을 가지고
있다.　　　　　　　　　　　　　　　　　　　— 키르케고르

■ 절망은 죽음에 이르는 병이다. 자기의 집인 이 병은 영원히 죽
는 것이며, 죽어야 할 것이면서 죽어지지 않는 것이다. 그것은
죽음을 주는 일이다.　　　　　　　　　　　　— 키르케고르

■ 절망인 것을 모르는 절망, 다시 말하면 남이 자기를, 그것도 영
원한 자기를 갖고 있다는 것에 대한 절망적인 무지이다.

　　　　　　　　　　　　　　　　　　　　— 키르케고르

■ 가장 아름다운 행복 속에도 절망은 둥지를 틀고 있으며, 모든
노력과 수고의 배후에는 정신적인 절망에의 짐이 더해 가고 있
을 뿐이다.　　　　　　　　　　　　　　　　— 키르케고르

■ 절실한 소망은 돈지갑을 뚫는다.　　　　　— 세르반테스

■ 보잘것없는 재산보다 훌륭한 희망을 갖는 것이 소망스럽다.

　　　　　　　　　　　　　　　　　　　　— 세르반테스

■ 희망은 재산 중에서 가장 유익한 것이며, 또 가장 해로운 것이

다.   — 보브나르그

▪ 희망은 현명한 자에게 기운을 주고, 자만심이 강한 사람이나 게으른 사람을 달콤하게 유혹한다. 자만심이 강한 사람이나 게으른 사람은 희망이 주는 약속을 아주 가볍게 신뢰해 버리고 만다.   — 보브나르그

▪ 낙담(落膽)은 절망의 어머니다.   — 존 키츠

▪ 희망은 사상이다.   — 셰익스피어

▪ 꿈, 그것은 그림자에 지나지 않는다.   — 셰익스피어

▪ 우리가 절망적이라는 것, 그것은 뚜렷한 사실이다. 우리에게 두 다리와 두 팔이 있다는 것과 똑같이 뚜렷한 일이다.

      — 로베르 사바티에

▪ 인간은 아무리 소망해도 절대적 선인이나 절대적 악인이 되지 않는다.   — 피에르 샤롱

▪ 위대한 희망이 가라앉는 것은 해가 지는 것과 같다. 인생의 빛이 사라진 것이다.   — 헨리 롱펠로

▪ 모두가 다 잊고 있더라도, 그것을 내게 알리지 말라. 이 절망이란 시해(屍骸)와 같은 신부와 만나게 하지 말라.

      — 로버트 브라우닝

▪ 절망은 용서받을 수 없는 죄였다.   — 그레엄 그린

▪ 사람이 희망을 안고 환상 속에 탐닉하게 되는 것은 어쩔 수 없는 일이다. 우리는 고통스러운 진실에는 눈을 감고, 사이렌의 노랫소리에는 자신(自身)을 잃고 짐승이 되도록 귀를 기울인다.

      — 패트릭 헨리

▪ 절망, 그것은 헌신의 쌍생아다.   — 앨저넌 스윈번

■ 희망은 제2의 영혼이다. — 괴테

■ 현자(賢者)들에게 과오가 없었다면 우자(愚者)들은 온통 절망할
수밖에 없을 것이다. — 괴테

■ 무슨 일에서든지 희망을 갖는다는 것은 절망하는 것보다 낫다.
가능한 것의 한계를 측정한다는 것은 누구에게든지 불가능한
일이기 때문이다. — 괴테

■ 너희들에게 초자연의 희망을 말하는 자를 신뢰하지 마라. 그들
은 생명의 경멸자일 뿐 아니라, 빈사자(瀕死者)들이다. 대지에
반역하는 것이 가장 무서운 죄를 짓는 것이다.
— 프리드리히 니체

■ 희망은 일상의 시간이 영원한 것과 속삭이는 대화이다.
— 라이너 마리아 릴케

■ 대지여, 너의 슬픈 소망은 눈에 안 보이는 것이 되어 우리들 마
음속에 소생하는 것은 아닌가. — 라이너 마리아 릴케

■ 희망은 멋진 아침식사이지만 형편없는 저녁식사다.
— 프랜시스 베이컨

■ 힘에 있어서 신과 같이 되려고 소망하여 천사는 법을 깨뜨려
타락했고, 지식에 있어서 신과 같이 되려고 소망하여 인간은
법을 깨뜨려 타락했다. — 프랜시스 베이컨

■ 절망이란 것보다 더한 신에 대한 불신은 없다. 아무리 작은 일
이라도 아무리 큰 일이라도 그것은 위대한 신의 계획의 일부이
기 때문에 아무리 어려워도 따라가지 않으면 안 되는 것이다.
— 프리드리히 뮐러

■ 희망이 작으면 작을수록 많은 평화가 온다. — 우드로 윌슨

■ 체념이란 것은 확인된 절망이다. 여러분은 절망의 도시에서 절망의 시골로 들어와 족제비와 사향뒤쥐의 용기를 내어 자신을 위안할 수밖에 없다. 무의식적이나마 판에 박힌 절망은 소위 인생의 놀이다, 오락이다 하는 것의 밑바닥까지 파고들어와 있다. 이것들 안에는 기쁨이 없다. 기쁨은 일 뒤에 오는 것이니까.
　　　　　　　　　　　　　　　　　　　　── 헨리 소로

■ 날은 날마다 자기가 여태까지 더럽혀 온 시간보다도 더 이르고 더 거룩하고 서광적인 시간이 존재한다는 것을 믿지 않는 사람은 인생에 이미 절망한 사람이며 내리막의 어두워져 가는 길을 걷고 있는 사람이다.　　　　　　　　　　── 헨리 소로

■ 하늘에 별이 없는 땅은 없다.　　　　　　── 랠프 에머슨

■ 희망은 불가측(不可測)의 해상에서가 아니면 결코 그 아름다운 날개를 펴지 않는다.　　　　　　　　　── 랠프 에머슨

■ 우리들은 울부짖으면서 나고, 괴로워하면서 살고, 실망하면서 죽는다.　　　　　　　　　　　　　　　── T. 풀러

■ 어리석게도 너무나 많은 사람들이 무지개 찾기에 뛰어들고 있다. 몇 개의 무지개가 있어야 만족할 것인가? ── 로버트 로이

■ 낯선 꿈, 지고한 열망, 위대한 희망, 좌절되고 고쳐지는 생각들, 이 모든 것들 사이에 사람들이 절망이라고 부르는 것이 있지. 나는 그것을 연옥(煉獄)이라고 부른다.　　　　── 칼릴 지브란

■ 희망은, 진실성에 대해서 자기의 명성을 결코 잃는 일이 없는 만능의 거짓말쟁이다.　　　　　　　　　　── 잉거솔

■ 한 사람의 인간이 느끼는 것보다 더 큰 고통을 나는 느끼지 못한다. 어떤 사람이 절망하고 있을 때 그것보다 더 큰 고통이 없

기 때문이다.   — 비트겐슈타인

▨ 희망은 가난한 자의 빵이다.   — 조지 허버트

▨ 자기의 희망을 인간이나 피조물에 두는 것은 어리석은 일이다.
           — 토마스 아 켐피스

▨ 보다 많이 가지는 것보다도 보다 적게 바라는 것을 항상 택하
라.   — 토마스 아 켐피스

▨ 희망은 사람을 성공으로 이끄는 신앙이다. 희망이 없으면 아무
것도 성취할 수 없다.   — 헬렌 켈러

▨ 나는 희망을 가졌는데, 나날이 시들어 간다. 아아! 뿌리가 끊긴
나무의 잎사귀에 물을 준들 무슨 소용이 있으랴?
           — 장 자크 루소

▨ 희망의 샘은 영원히 샘솟는다.   — 알렉산더 포프

▨ 행복의 결점은 하나하나 희망으로써 보충되고, 사교의 공허는
하나하나 자랑으로써 보상된다.   — 알렉산더 포프

▨ 희망은 영구히 사람의 가슴에 들끓는다. 사람은 언제든지 현재
행복한 일은 없고, 언제든지 늘 앞으로만 행복이 있는 것이다.
          — 알렉산더 포프

▨ 오늘날에는 행동의 영웅이란 없다. 절망과 고난의 영웅만이 있
을 뿐이다.   — 토머스 칼라일

▨ 바란 것대로의 행복을 얻지 못한 과거를 부정하고 자기를 위해
서 그것을 변경하려는 희망이야말로 소생(蘇生)한 인간이 갖는
매력이다.   — 앙드레 모루아

▨ 누구나 두려워하고 있는 일과 바라고 있는 일은 쉽게 믿어버린
다.   — 라퐁텐

- 희망을 버리면 사람들은 영혼의 안녕을 얻는다.　— 알랭
- 희망이란 무엇인가? 가냘픈 풀잎에 맺힌 아침이슬이거나, 좁고 위태로운 길목에서 빛나는 거미줄이다.　— 윌리엄 워즈워스
- 어쨌든 사람의 마음에서 희망을 절멸하지 않으면 안 된다. 분노의 폭발도 없고, 하늘을 원망하는 일도 없는 평화스러운 절망이야말로 지혜 바로 그것이다.　— A. V. 비니
- 노여움도 경련도 없고 하늘에 대한 비난도 없는 고요한 절망, 이것이야말로 슬기로움이다.　— A. V. 비니
- 희망은 깃털이 있어 마음속에 내려앉는 것이다.

　　　　　　　　　　　　　　　　— 에밀리 디킨스
- 희망은 아주 거짓말쟁이기는 하지만, 하여간 우리들을 즐거운 오솔길을 지나 인생의 끝까지 데려다 준다.　— 라로슈푸코
- 사람을 절망에서 구출해 주는 기쁨을 이해하려면 절망의 늪에 빠졌던 경험이 있어야 한다.　— 라로슈푸코
- 희망은 영원의 기쁨이다. 인간이 소유하고 있는 토지와 같은 것이다. 해마다 수익이 올라가, 결코 다 써버릴 수가 있는 확실한 재산이다.　— 로버트 스티븐슨
- 체념이라는 것에는 두 가지 종류가 있다. 하나는 절망에 뿌리를 박은 것이고, 하나는 누르려고 해도 누를 수 없는 희망에 뿌리를 박은 것이다. 전자는 좋지 않다. 그리고 후자라면 괜찮다.

　　　　　　　　　　　　　　　　— 버트런드 러셀
- 희망이란, 빛나는 햇빛을 받으며 나갔다가 비에 젖으면서 돌아오는 것이다.　— 쥘 르나르
- 희망 없이 일하는 것은 마치 맛 좋은 술을 채로 푸는 것과 같고,

목적 없는 소망은 오래 가지 못한다.　　　 — 새뮤얼 콜리지
▪ 만일에 희망에 희망이 없다면 공포에도 공포가 없을 것이다.
　　　　　　　　　　　　　　　　　　 — 로버트 워런
▪ 고뇌하는 한은 희망을 품으라. 인간의 최고의 행복은 항상 희
　망이다.　　　　　　　　　　　　　　　 — 빌헬름 셰퍼
▪ 희망은 항상 우리들을 속이는 사기사(詐欺師)다. 나의 경우, 희
　망을 잃었을 때 비로소 행복이 찾아왔다.　　　 — 샹포르
▪ 상상의 재(灰) 속에서 악마처럼 반짝이는 것은 희망이 아닐까.
　　　　　　　　　　　　　　　　　　 — 새뮤얼 베케트
▪ 인간의 희망은 절망보다도 격렬하고, 인간의 기쁨은 슬픔보다
　도 격렬하고, 그리고 영속하는 것이다.　 — 로버트 브리지스
▪ 희망이 없다는 것은 반드시 절망을 뜻하는 것은 아니다.
　　　　　　　　　　　　　　　　　　　 — 알베르 카뮈
▪ 삶에 대한 절망 없이 삶에 대한 사랑은 있을 수 없다.
　　　　　　　　　　　　　　　　　　　 — 알베르 카뮈
▪ 절망이 순한 것은 단 한 가지 경우밖에 없다. 그것은 사형선고
　를 받은 경우이다.　　　　　　　　　　 — 알베르 카뮈
▪ 인류의 온갖 악(惡)들이 우글거리는 판도라의 상자에서 그리스
　인들은 다른 모든 악들을 쏟아 놓고 난 후에 그 중에서도 가장
　끔찍한 악인 희망을 쏟아 냈다.　　　　 — 알베르 카뮈
▪ 절망이란 싸워야 할 이유를 모르면서 정말 싸우지 않으면 안
　된다는 것이다.　　　　　　　　　　　 — 알베르 카뮈
▪ 절망도 기쁨도 저 하늘과 거기서 내려오는 빛나는 은근한 열기
　앞에서는 아무런 근거도 없어 보인다.　　 — 알베르 카뮈

- 희망을 먹고 사는 사람은 굶어 죽는다.   — 벤저민 프랭클린
- 절망은 몇 개인가의 것을 파괴하지만, 예상은 많은 것을 파괴한다.   — 벤저민 프랭클린
- 희망은 해독이다.   — 장 폴 사르트르
- 신이 우리들에게 절망을 보내는 것은 우리들을 죽이려는 것이 아니라 우리들 속에 새로운 생명을 불러일으키기 위함이다.
      — 헤르만 헤세
- 희망이 없으면 절약도 없다.   — 윈스턴 처칠
- 모든 저항의 비밀은 희망에 기초를 두고 있다. 저항은 오로지 희망이다.   — 르네 샤르
- 희망은 그 자체가 일종의 행복이며, 이 세상이 베풀어주는 주된 행복일 것이다.   — 새뮤얼 존슨
- 희망이 없으면 노력이 없다.   — 새뮤얼 존슨
- 희망은 이를 추구하는 비참한 자를 결코 버리지 않는다.
      — 존 플레처
- 어떤 때에도 인간이 하지 않으면 안 되는 일은, 가령 세계의 종언(終焉)이 명백하더라도 자기는 오늘 사과나무를 심는다는 것이다.   — C. V. 게오르규
- 희망 없이 빵을 먹는 것은, 천천히 굶어서 죽는 것이다.
      — 펄 벅
- 해는 또다시 떠오른다.   — 어니스트 헤밍웨이
- 우리들이 공포 속에 있다고 해서, 우리들의 희망을 추구하는 것을 억제할 것이 아니다.   — 존 F. 케네디
- 모든 사람의 눈으로부터 모든 눈물을 제거하는 것이 나의 최대

의 소망이다.   — 자와할랄 네루

■ 공부하는 어린이들, 일터를 얻은 어른, 건강을 회복하는 환자, 이러한 모든 사람들이—제단에 보태어지는 촛불처럼—하느님을 믿는 사람들의 희망을 밝혀 줍니다.   — 린든 B. 존슨

■ 생각건대 희망이란 원래부터 있는 것이라고도 할 수 없고 없는 것이라고도 할 수 없다. 그것은 지상의 길과 같은 것이다. 지상에는 원래는 길이 없다. 걷는 사람이 많으면 그것이 길이 되는 것이다.   — 노신

■ 절망의 허망함이란 꼭 희망과 같다.   — 노신

■ 희망, 희망도 으스름달밤, 나락 밭고랑의 허수아비외다.

                         — 김소월

■ 어느 시대에도 그 현대인은 절망한다. 절망이 기교를 낳고 기교 때문에 또 절망한다.   — 이상

■ 인생은 황혼과 같이 암담한 것이다.   — 이광수

■ 우리에겐 아직 희망이 남아 있다. 그러나 희망이 그저 희망으로 끝날 때 그것은 무의미한 환상으로 귀결된다. 희망은 실현될 때에만 비로소 의미를 갖게 된다.   — 박이문

■ 걸핏하면 시커먼 아가리를 벌리고 달려들던 절망감도 이렇듯 남을 도와줄 때만은 태양 앞에 사라지는 도깨비처럼 자취를 감추는 것이다.   — 김말봉

■ 체념은 일체의 삶을 무시하고 영원한 망각의 세계로 들어가려는 절망의 극치에서 오는 안도감인지도 모른다.   — 김말봉

■ 절망이라는 것은 인간의 최후의 감정입니다. 그러나 젊었기 때문에 가질 수 있는 감정이기도 하지요. 우리 젊음은 버리고 살

도록 하십시다.   — 박영준
■ 사람들은 소망을 안고 사는 동안 아무리 고통스러워도 견디고
  용감하게 살 수 있다.   — 강원룡
■ 사람이 가지는 소망이나 절망은 언제나 그 사람을 앞질러 간다.
  그러므로 누구도 거기에 도달할 수는 없다. 도달점이라 생각한
  곳에 이르면 그것들은 벌써 그 곳을 떠나고 있는 것이다.

                                                — 한무숙
■ 나와 세상에 절망함으로써 우리는 한갓된 일상성에서 벗어나
  게 된다. 그것 없이는 진정한 나를 발견하고 나 자신의 발전을
  추구할 수 없다.   — 지명관
■ 절망이란 해결되어야 할 문제가 밀려서 얹힌 체증과 같은 것이
  다.   — 신일철

【속담 · 격언】

■ 하늘이 무너져도 솟아날 구멍은 있다.   — 한국
■ 고생 끝에 낙이 온다.   — 한국
■ 볶은 콩에 싹이 날까. (절망적인 경우를 이름)   — 한국
■ 부처님 위하여 불공하나. (남에게 뇌물을 줌은 그를 위하는 것
  같지만 사람이 하는 모든 일은 실상은 자기의 희망을 위하여
  한다)   — 한국
■ 나중 꿀 한 식기(食器) 먹기보다 당장의 엿 한가락이 더 달다.
  (장래의 막연한 희망보다, 작더라도 당장 눈앞에 있는 이로움
  을 택하는 편이 더 낫다)   — 한국
■ 막 들고 나선 판. (실패하여 도저히 가망이 없다)   — 한국

■ 상전벽해(桑田碧海) 되어도 비켜설 곳 있다. (아무리 큰 재액 속
 에서도 살아날 희망은 있다)　　　　　　　　　　— 한국
■ 광대 끈 떨어졌다. (연극할 때 얼굴에 쓰는 탈의 끈이 떨어졌다
 함이니, 의지할 데가 없어 꼼짝을 못한다)　　　　— 한국
■ 두더지 혼인. (분에 넘치는 엉뚱한 희망을 가짐의 비유, 또는 자
 기보다 썩 나은 사람과 혼인하려고 애쓰다가 결국은 동류끼리
 혼인하게 되고 만다)　　　　　　　　　　　　　— 한국
■ 일 년의 희망은 봄이 정하고, 하루의 희망은 새벽이, 가족의 희
 망은 화합이, 인생의 희망은 근면이 정한다.　　　　— 중국
■ 배가 뒤집히지도 않았는데 투신하려고 한다.　　　— 중국
■ 바람이 성취되면 또 다른 바람.　　　　　　　　　— 일본
■ 몽둥이만큼 바라고 바늘만큼 이루다.　　　　　　— 일본
■ 희망은 크게, 준비는 세심히.　　　　　　　　　　— 영국
■ 아무것도 기대하지 않는 자는 행복하다. 그 사람은 실망하는
 일이 없기 때문이다.　　　　　　　　　　　　　— 영국
■ 궁핍한 자에게 먹일 약은 희망뿐이다.　　　　　　— 영국
■ 절망은 비겁한 자에게 용기를 가져다준다.　　　　— 영국
■ 인간의 최대의 행복은 희망을 갖는 데 있다.　　　— 영국
■ 목숨이 붙어 있는 한 희망은 있다.　　　　　　　— 영국
■ 희망에 사는 자는 음악이 없어도 춤춘다.　　　　— 영국
■ 큰 희망은 위인을 만든다.　　　　　　　　　　　— 영국
■ 희망은 빈자(貧者)의 빵이다.　　　　　　　　　— 영국
■ 희망은 우리 인간들이 잃어버리는 최후의 것이다.　— 영국
■ 바람이 모두 성취되는 것이라면 양치기도 왕이 될 수 있을 것

이다.　　　　　　　　　　　　　　　　　　　　　— 프랑스
■ 희망만으로 살아가는 자는 굶어 죽는다.　　　— 이탈리아
■ 희망을 가질 필요가 있는 것은 살아야 하기 때문이다.
　　　　　　　　　　　　　　　　　　　　　　　　— 이탈리아
■ 희망의 왕국에는 겨울이 없다.　　　　　　　— 러시아
■ 강물에 빠진 사람은 뱀이라도 매달린다.　　— 터키
■ 나는 내게 숨결이 남아있는 한 희망을 품겠다. — 중세 라틴
■ 희망은 이 세상의 닻.　　　　　　　　　　　— 반투족

【시 · 문장】

희망이란 무엇? 어린애들이 비를 맞으며
따라가는 웃음 띤 무지개
여기 안 있고 더 저기 저기
어느 장난꾸러기도 아직 못 찾았네.
　　　　　　　　　　— 토머스 칼라일 / 쿠이보노

희망은 마치 박쥐처럼,
약한 날개로 벽을 두드리고
썩은 천장에 머리를 부딪고 저쪽으로 날아간다.
　　　　　　　　　　　　— 보들레르 / 악의 꽃

그 하늘가 돌이 깨지는 우지끈 소리
밤은 유리창을 깨뜨리고
시간은 멈춰 선다.

나는
돌
머리
얼빠져 내다본다
그대는!

— 라이너 마리아 릴케 / 절망

희망은 햇빛을 닮았다.
즉, 어느 것이나 다 밝은 것
하나는 거친 마음의 깨끗한 꿈이 되고,
하나는 진흙에 금빛을 띤다.

— 폴 베를렌 / 런던 브리지

날은 어둡고 음산한데
인생은 춥고 어둡고 음산한데
비는 오고 바람은 멎지 않는다.
내 마음 쓰러져 가는 과거 위에
아직도 매달려 있건만
바람 칠 때마다 청춘의 희망 뭉텅이로 진다.
날은 어둡고 음산한데 잠잠하라
슬픈 마음이여! 불평을 말라,
구름 뒤엔 아직도 태양이 빛나고 있거늘
네 운명은 모든 사랑의 운명이리라—
사람마다 일평생엔

때때로 비 오는 날도 있을 것이러니
어둡고 음산한 날도 있을 것이러니

— 헨리 롱펠로 / 궂은 날

희망, 희망의 색은 항상 녹색.
가난한 자가 아무 가진 것 없이 모든 사람들에게 등을 돌리고,
모든 것에게 고통을 당할지라도,
희망이여, 가난한 자에게 힘을 주어라.

— J. G. 헤르더 / 여러 민족의 소리

평화로 머리가 가득 찬 인간은
희망의 관(冠)을 쓴다.

— 폴 엘뤼아르 / 평화의 얼굴

한 아이가 두 손에 한 움큼 풀을 들고서
『풀은 무엇인가요?』하고 내게 묻는다.
내 어찌 그 물음에 대답할 수 있겠는가.
나도 그 아이처럼 그것이 무엇인지 알 수 없는 것이다.
나는 그것이 필연코 희망의 푸른 천으로 짜여진
내 천성의 깃발일 것이라고 생각한다.
아니면, 그것은 주님의 손수건이다.
하느님이 일부러 떨어뜨린 기념품일 터이고,
소유자의 이름이 어느 구석에 적혀 있어, 우리가 보고
『누구의 것』이라고 알 수 있는 것이다.

또한, 나는 추측하노니—풀은 그 자체가 어린아이,
식물에서 나온 어린아이일지도 모른다.
또한, 그것은 모양이 한결같은 상형문자일 테고
그것은 넓은 지역에서나 좁은 지역에서도 싹트고
흑인과 백인, 캐나다인, 버지니아인, 국회의원, 인디언,
나는 그들에게 그것을 주고 또한 받는다.
또한, 그것은 무덤에 돋아있는
깎지 않은 아름다운 머리털이라고 생각한다.
너 부드러운 풀이여— 나, 너를 고이 다루나니
너는 젊은이의 가슴에서 싹트는지도 모를 일이요,
내 만일 너를 미리 알았더라면
나는 너를 사랑했을 지도 알 수 없는 일이다.
어쩌면 너는 노인들이나,
생후에 곧 어머니의 무릎에서 떼어낸
갓난아기에게서 나오는지도 모르는 것.
자, 그리고 여기에 그 어머니의 무릎이 있다.
이 풀은 늙은 어머니들의 흰 머리로부터
나온 것 치고는 너무나도 검으니,
노인의 빛바랜 수염보다도 검고,
연분홍 입천장에서 나온 것으로 치더라도 너무나 검다.
아, 나는 결국 그 숱한 발언들을 이해하나니,
그 발언들이 아무런 뜻 없이 입천장에서
나오지 않는다는 사실을 또한 알고 있는 것이다.
젊어서 죽은 남녀에 관한 암시를

풀어낼 수 있었으면 좋겠다고 생각하며
그것뿐만 아니라 노인들과 어머니와 그리고
그들의 무릎에서 떼어낸
갓난아이들에 관한 암시도 풀어냈으면 싶다.
그 젊은이와 늙은이가 어떻게 되었다 생각하며
여자들과 어린아이들이 어떻게 되었다 생각하는가.
그들은 어딘가에 살아서 잘 지내고 있을 터이고
아무리 작은 싹이라도 그것은 진정 죽음이란
존재하지 않음을 표시해 주고 있는 것일지니,
만일에 죽음이 있다면
그것은 삶을 추진하는 것이지
종점에서 기다렸다가 삶을 붙잡는 것은 아니다.
만물은 전진하고 밖으로 나아갈 뿐,
죽는 것은 없고
죽음은 사람들의 상상과는 달리 행복한 것이다.

— 월트 휘트먼 / 풀잎

희망은 한 마리 새
영혼 위에 걸터앉아
가사 없는 곡조를 노래하며
그칠 줄을 모른다.
모진 바람 속에서 더욱 달콤한 소리
아무리 심한 폭풍도
많은 이의 가슴 따뜻히 보듬는

그 작은 새의 노래 멈추지 못하리.
나는 그 소리를 아주 추운 땅에서도
아주 낯선 바다에서도 들었다.
허나 아무리 절박한 때에도 내게
빵 한조각 청하지 않았다.
　　　　　　　— 에밀리 디킨슨 / 희망은 한 마리 새

희망은 날개를 가지고 있는 새처럼
영혼 위에 살포시 앉아
가사도 없는 노래를 부르며
절대 멈추지를 않는다.
광풍 속에서 더욱 더 아름답게 들려
폭풍우도 괴로워했고
이 작은 새를 당황하게 하여
많은 사람들은 따스함을 알았다.
나는 얼어붙듯 추운 나라나
멀리 떨어진 바다 근처에서도 그 노래를 들었다.
그러나 절대로, 극한 상황에 있을지라도
빵조각을 구걸하는 일은 하지 않았다.
　　　　　　　— 에밀리 디킨슨 / 희망은 날개를 가지고 있는 것

어떤 절망의 연속은 마침내는 기쁨을 낳고야 만다. 그리고 붉은
꽃을 앞에 보면서 사는 샌프란시스코의 바로 그 사람들의 방안에
는 그들의 명상을 키워 주는 죽음의 해골을 갖고 있으며 창문에

둘러싸여 사는 플로렌스 사람들은 식탁 위에 죽음을 갖고 있다. 나로서는 만약 내가 나의 인생의 전환기를 느낀다면 그것은 내가 얻은 바에 의하여서가 아니라 내가 잃은 그 무엇 때문이다.

— 알베르 카뮈 / 비망록

동편 하늘은 더욱 밝아지고 붉어진다. 멀지 않아서 둥그런 빛에 차고 열에 차고 영광에 찬 해가 올라올 것이다. — 이광수 / 흙

【중국의 고사】

■ **만사휴의(萬事休矣)** : 더 손쓸 수단도 없고 모든 것이 끝장이다.

일이 전혀 가망이 없다. 『이젠 끝장이다』 라는 말을 흔히 듣는다. 다시 어떻게 해볼 방법도, 행여나 하는 희망도 전연 없게 된 절망과 체념의 뜻을 나타내는 말이다. 『만사휴의』란 문자가 바로 그런 경우에 쓰는 말이다.

『만사(萬事)』는 모든 것이란 뜻이고, 『휴의(休矣)』란 『끝장이다』 라는 뜻이다. 10세기 전반, 당나라가 망하고 난 뒤, 군벌들에 의한 이른바 오대(五代)의 시대가 계속된다. 오대는 후오대(後五代) 혹은 오계(五季)라고도 하는데, 당(唐)과 송(宋) 사이 53년 동안에 양·당·진·한·주(梁唐晋漢周) 다섯 왕조가 번갈아 일어난다. 이들 나라에는 후(後)자를 붙여 구별하는 것이 보통이다.

이 동안 각 지방에는 당나라 때 절도사였던 군벌의 후예들이 무시 못 할 세력을 유지하고, 중앙에 새로 등장한 제국에 추종을 하면서 독립된 왕국을 형성하고 있었다. 형남(荊南 : 호북성

남부)의 고씨집(高家)도 그 하나로, 시조인 고계흥(高季興)이 당나라 말기에 형남절도사가 된 뒤로 그의 아들 종회(從誨), 종회의 맏아들 보융(保融), 열째아들 보욱(保勗), 보융의 아들 계중(繼仲), 이렇게 4대 다섯 임금이 57년에 걸쳐 이곳을 차지하고 있다가 송태조(宋太祖)에게 귀순하게 된다.

이 형남 고씨 집 4대째 임금인 보욱은 어릴 때부터 몸이 약했고, 자라난 뒤로는 몹시 음란한 짓을 좋아했는데, 매일같이 창녀들을 한방에 모아 넣고, 군인들 속에서 몸이 건장한 사람을 뽑아 함께 난잡한 짓을 하게 만든 다음, 그 광경을 희첩들과 함께 발 뒤에 숨어 구경을 하며 즐기는 절시증(竊視症)의 변태성욕자이기도 했다.

이 고보욱이 아직 어릴 때 일이다. 그는 수많은 아들들 가운데서 아버지 종회의 사랑을 독차지하고 있었는데, 그래서 그가 미워 눈을 흘기며 노려보는 사람이 있어도 보욱은 자기가 귀여워서 그런 줄로 알고 벙글벙글 웃고만 있었다 한다. 이런 것을 보는 사람들은 모든 일은 끝났다(荊人目爲萬事休矣)고 했다는 것이다.   ─《송사》형남고씨세가

■ **망매지갈(望梅止渴)** : 매실(梅實), 즉 매화나무 열매는 맛이 매우 시기 때문에 그 소리만 듣고도 입에 침이 돌아 갈증이 덜어진다는 뜻이다. 공상을 통해 위안거리를 삼거나, 빈말로 남의 욕구를 충족시켜 남에게 희망을 줄 뿐 실제 문제는 해결하지 못한다는 뜻으로도 쓰인다. 이 성구는 『화중지병(畵中之餅 : 그림의 떡)』과도 뜻이 통하는데, 어떤 경우에는 두 성구를 연

이어 쓰기도 한다.

조조(曹操)와 관련된 일화에서 나온 이야기다. 어느 날, 조조가 군사들을 거느리고 행군하는데, 날씨는 무덥고 식수는 바닥나 병졸들은 기진맥진하여 걸음조차 제대로 걷지 못할 지경에 이르렀다고 한다. 이때 조조는 문득 기발한 생각이 떠올라 군사들을 향해 이렇게 외쳤다.『저 산 너머에 매실 밭이 있으니 우리 어서 가서 새콤하고 달콤한 매실 열매를 실컷 따먹고 갈증을 풀기로 하자!』이에 병졸들은 매실이라는 소리에 자신도 모르게 입에서 침이 돌면서 희망에 차 계속 진군했다는 것이다.

— 《세설신어》 가귤편

■ **자포자기(自暴自棄)** : 마음에 불만이 있어 행동을 되는 대로 마구 취하고 스스로 자신을 돌아보지 아니함. 글자대로 새기면 스스로 자신을 학대하고 스스로 자신을 내던져 버리는 것이 자포자기다. 《맹자》이루상에 나오는 말이다.

『자포(自暴)하는 사람과는 함께 말을 할 수가 없고, 자기(自棄)하는 사람과는 함께 일을 할 수가 없다. 예의에 벗어나는 말을 하는 사람을『자포』한다 말하고, 자기 자신이 능히 어진 일을 할 수 없고, 옳은 길로 갈 수 없다고 하는 것을『자기』라고 말한다. 어짊(仁)은 사람의 편안한 집이요, 옳음은 사람의 바른 길이다. 편안한 집을 비워 두고 살지 않으며, 바른 길을 버리고 그곳으로 가지 않으니 슬픈 일이다.』

맹자의 말대로 하면 말을 함부로 하는 것이『자포』고, 행동을 되는 대로 하는 것이『자기』다. 말을 함부로 하는 것은,

어질고 바른 것을 적대시하는 적극적인 태도로 볼 수 있고, 행동을 되는 대로 하는 것은 희망을 잃은 소극적인 태도로 볼 수 있다. 아무튼 『자포자기』는 착하고 바른 일하는 것을 거부하려는 태도를 말하는 것이다. 『될 대로 돼라』 하는 말 자체가, 자제력을 상실한 감정의 노예가 되기를 자청하는 말이기도 하다.　　　　　　　　　　　　— 《맹자》 이루상(離婁上)

■ **칠전팔기**(七顚八起) : 일곱 번 넘어지고 여덟 번 일어난다는 뜻이다. 아무리 실패를 거듭해도 절망하거나 체념하지 않고 끝까지 분투노력하는 것을 말한다. 七이니 八이니 하는 숫자는 많다는 뜻이다. 넘어졌다가 일어나는 것을 이치대로 따진다면 일곱 번 넘어졌으면 일곱 번 일어나는 것으로 끝난다. 한 번 넘어진 사람이 두 번 일어날 수는 없기 때문이다. 결국 모두 실패에 굽히지 않고 다시 분투노력한다는 뜻이다.

　백 번 꺾여도 굴하지 않는다는 뜻의 백절불굴(百折不屈)·백절불요(百折不撓), 어떠한 위력이나 무력에도 굴하지 않는다는 뜻의 위무불굴(威武不屈), 결코 휘지도 굽히지도 않는다는 뜻의 불요불굴(不撓不屈)도 칠전팔기와 뜻이 통한다. 그 밖에 견인불발(堅忍不拔)도 결코 포기하지 않는다는 점에서는 칠전팔기와 일맥상통한다. 아무리 넘어져도 다시 일어선다는 뜻으로 흔히 쓰는 『오뚝이 정신』도 칠전팔기와 같은 뜻이다.

【신화】

■ **판도라의 상자**(Pandora Box) : 판도라는 그리스 신화에 나오는

인류 최초의 여성이다. 제우스신은 인간들이 밉고 괘씸했다. 불을 훔친 죄로 프로메테우스에게 형벌을 내렸지만 화가 풀리지 않았다. 제우스신은 대장장이 헤파이스토스에게 진흙으로 사람을 빚으라고 했다. 훌륭한 미인이 만들어졌다. 바느질의 신 아테네는 화려한 옷을 지어 주었다. 아프로디테는 간드러진 교태와 애가 타는 그리움과 몸이 나른해지는 시름을 주고, 헤르메스는 염치없는 마음씨와 교활한 성미를 각각 주었다. 이리하여 판도라가 탄생하였다.

판도라는 이름은 『모든 선물을 합친 여인』 이라는 뜻이다. 그녀에게는 상자가 들리어졌다. 그리고 절대 상자를 열어 보지 말라고 주의를 받았다. 그리고는 프로메테우스의 동생 에피메테우스에게 보내졌다. 앞일을 내다보는 프로메테우스는 동생에게 미리 주의를 주었으나 『뒤에야 정신을 차리는』 에피메테우스는 그만 아름다운 판도라를 맞아들이고 말았다.

판도라는 어느 날 몹시 심심하였다. 에피메테우스는 출타 중이었다. 문득 상자를 열어 보고 싶었다. 절대로 열지 말라는 주의는 생각할수록 그녀의 호기심을 자극할 뿐이었다. 마침내 판도라는 단단히 봉해진 상자의 뚜껑을 열었다. 풀썩 연기인 듯 혹은 악귀인 듯한 것이 피어올랐다. 깜짝 놀란 판도라는 얼른 상자의 뚜껑을 닫았다. 그러나 이미 나올 것은 다 나오고 오직 밑바닥에 깔려 있던 『희망』 만이 남았을 뿐이었다.

【명연설】

■ 이것은 나의 진정한 소망입니다. 사실 전 인류의 절실한 소망이

기도 합니다. 오늘의 이 엄숙한 기회로 하여, 더 나은 세계가 과거의 피와 살육을 딛고 이루어지기를 바랍니다. 그것은 믿음과 이해의 기초 위에 세워지는 세계이며, 인간의 존엄성과 인간이 가장 소중히 여기는 자유와 인내와 정의에 대한 소망이 달성되기 위해 헌신하는 세계입니다. 우리 모두 함께 평화가 이 세상에 다시 찾아오며 하느님이 언제까지나 평화를 보존해 주시기를 기도합시다. (일본의 항복 조인식 연설) — 더글러스 맥아더

【成句】

▪ 만리지망(萬里之望) : 먼 곳에 다다르려 하는 희망이라는 뜻으로, 입신출세의 욕망을 이른다.

▪ 운외창천(雲外蒼天) : 어두운 구름 밖으로 나오면 창궁(蒼穹 : 창공)은 넓고 따뜻하다. 운(雲)은 온갖 장해나 고뇌의 뜻. 난관을 뛰어넘고 노력해서 극복하면 맑고 푸른 하늘이 바라다 보인다고 하는 의미. 절망해서는 안된다고 하는 격려의 말.

▪ 망부석(望夫石) : 아내가 멀리 떠난 남편을 기다리다가 죽어서 화석이 되었다는 전설의 돌, 또는 그 위에서 기다렸다는 돌. 망부석 전설은 한국의 여러 지방에 전하는데, 대표적인 것으로 신라 눌지왕(訥祇王) 때 박제상(朴堤上)의 아내에 대한 전설이 있다. 박제상이 일본에 볼모로 있는 왕자를 구출하고 자신은 체포되어 죽음을 당하여 돌아오지 않자, 그의 아내는 수릿재(鵄述嶺)에 올라가 높은 바위 위에서 멀리 왜국을 바라보며 통곡하다가 그대로 돌부처가 되어 수릿재 신모(神母)가 되었고, 그 바위를 뒷날 사람들이 망부석이라 불렀다.

선물 *gift* 膳物
(뇌물)

【어록】

■ 군자는 사람에게 착하고 좋은 말을 선물하고, 서민(庶民)은 재 보를 선물한다(君子贈人以言 庶人贈人以財).　　— 안영(晏嬰)

■ 예물이 무겁고 말이 달콤하니 나를 유혹하는 것이다(幣重而言 甘 誘我也).　　　　　　　　　　　　　　　—《좌전》

■ 천금은 죽지 않고, 백금은 벌 받지 않는다(千金不死百金不刑 : 천금을 쓰면 사형도 면하고, 백금을 쓰면 형벌을 면할 수 있다 는 말. 돈만 있으면 죽음도 면할 수 있다는 말)

　　　　　　　　　　　　　　　　—《위요자(尉繚子)》

■ 물품은 소박해도 정은 두텁다(物薄而情厚). — 사마광(司馬光)

■ 영광 속에서의 죽음은 신이 내리시는 선물이다.

　　　　　　　　　　　　　　　　— 아이스킬로스

■ 선물이란 아무리 사소한 것일지라도 애정으로부터 우러나온 것이라면 그 진가는 큰 것이다.　　　　　　— 핀다로스

- 영지(英智)를 가미한 부는 본래 최상의 선물이다. — 핀다로스
- 선물은 신(神)을 달래고 폭군마저 설득시킨다. — 헤시오도스
- 적이 보내온 선물은 불길한 선물이다. — 소포클레스
- 이성은 신이 준 가장 잘 선택된 선물이다. — 소포클레스
- 자제(自制)는 신이 준 최고의 선물이다. — 에우리피데스
- 미래가 어떻게 될 것인지, 이것저것 살피는 것을 그만두라. 그리하여 시간이 갖다 주는 것은 무엇이든 선물로서 받으라.

  — 호라티우스
- 죽음의 뱃사공은 뇌물을 받지 않는다. — 호라티우스
- 대지(大地)로부터의 선물은 각각의 계절을 기다려야 하지만, 우정의 과실은 언제든지 수확할 수 있다. — 데모크리토스
- 이렇게 생각하고 살라, 즉 그대는 지금이라도 곧 인생을 하직하지 않으면 안된다고. 이렇게 생각하고 살라, 즉 당신에게 남겨져 있는 시간은 생각지 않은 선물이라고.

  — 마르쿠스 아우렐리우스
- 뇌물을 받는 버릇은, 일단 시작되기가 무섭게 정의를 수호하는 법원도, 나라를 지키는 군부도 휩쓸어 결국 나라를 제왕의 독재에 넘겨주었다. 왜냐하면 무력도 금력을 당할 수 없기 때문이다. — 플루타르코스
- 마음에서 우러나오는 선물은 곱절로 유쾌하다.

  — 푸블릴리우스 시루스
- 은밀하게 주는 선물은 화를 가라앉히고, 품속에 넣어주는 뇌물은 격한 분노를 가라앉힌다. — 잠언
- 호의의 선물을 거절할 때에는 조심스럽게 하여야 한다. 우리들

이 그것을 무시하거나 다음에 갚아야 할 것을 두려워해서 거절
하는 것같이 보이지 않도록.　　　　　　　　　— 스피노자

■ 훌륭한 충고보다 값진 선물은 없다.　　　　　— 에라스무스

■ 점치는 법은 하느님의 선물이다. 그 때문에 속임수를 쓰는 것
은 처벌받을 사기(詐欺)인 것이다.　　　　　　　— 몽테뉴

■ 거저 얻는 선물보다 비싼 것은 없다.　　　　　— 몽테뉴

■ 고귀한 마음을 가진 사람에게는 값진 선물도 보내온 사람이 친
절치 못하다는 것을 알면 하잘것없는 것이 되고 만다.

　　　　　　　　　　　　　　　　　　　— 셰익스피어

■ 준 사람의 정이 변하면 아무리 값진 선물도 초라해집니다.

　　　　　　　　　　　　　　　　　　　— 셰익스피어

■ 여자는 남자의 선물에 마음을 허용해서는 안 된다. 요즈음 세
상에 아무런 목적 없이 물건을 주는 남자는 없기 때문이다.

　　　　　　　　　　　　　　　　　　　— 몰리에르

■ 선물에는 바위도 부서진다.　　　　　　　— 세르반테스

■ 미는 자연이 여자에게 준 최초의 선물이다.　　— J. 밀레

■ 진실 된 사랑은, 오로지 사람에게만 신(神)이 준 선물이다.

　　　　　　　　　　　　　　　　　　　— 월터 스콧

■ 가난뱅이들은 즐겨 선물을 한다.　　　　— W. 에센바흐

■ 반지나 보석은 선물이 아니다. 선물 없는 핑계에 지나지 않는
다. 유일한 선물은 네 자신의 한 부분이다. 그래서 시인은 자기
시를 가져오고, 양치기는 어린 양을, 농부는 곡식을, 광부는 보
석을, 사공은 산호와 조가비를, 화가는 자기 그림을, 그리고 처
녀는 바느질한 손수건을 선물한다.　　　　　— 랠프 에머슨

■ 선물은 보낸 사람이 경멸당할 경우에는 오히려 큰 웃음거리다.

— 존 드라이든

■ 말은 웅변의 재능과 함께 신으로부터의 직접적인 선물이다.

— 노어 웹스터

■ 연애를 할 때에는, 그녀에게 선물 보낼 날을 자기가 미리 정하였더라도, 그 날이 되기 전에 주지 않고는 못 배긴다.

— 쥘 르나르

■ 이 세상의 참다운 행복은 물건을 받는 것이 아니라 물건을 주는 데 있다. — 아나톨 프랑스

■ 물건을 선사받는 상대방의 눈을 대함은 즐거운 일이다.

— 라브뤼예르

■ 너무 가난해서 뇌물도 들어오지 않고 또 남에게 성가시게 부탁하기에는 너무나 자존심이 강한 그는 돈을 벌 재주가 없었다.

— 토머스 그레이

■ 여자의 허영심—그것은 여성을 매력적으로 하는 신의 선물이다. — 벤저민 디즈레일리

■ 자연은 우리에게 두 가지 귀중한 선물을 주었다. 언제 어느 때나 바라는 대로 잠들 수 있는 능력과 과식할 수 없는 육체의 조건이다. — 나폴레옹 2세

■ 선물하는 물건보다 선물하는 방법이 중요하다.

— 피에르 코르네유

■ 선물이 가장 아름다운 것은 대신해서 기대하는 것이 없고 받지도 않는다는 점에 있다고 생각한다. — 헨리 롱펠로

■ 네가 가진 것을 선물하라. 어떤 사람에겐 그것이 네가 상상하

지도 못할 만큼 훌륭한 것이 될지도 모른다. — 헨리 롱펠로

■ 칭찬은 보내주고 감사받는 유일한 선물이다.

— 블레싱턴 백작부인

■ 나는 어떤 정치가를 뇌물로 매수하고 싶을 때 늘 반독점자들이 가장 매수하기 쉽다는 것을 발견한다. — 윌리엄 밴더빌트

■ 친구 사이에 재물을 통하는 의가 있는데, 주는 것은 받아야 하겠으나, 내가 부족하지 않으면 쌀이나 옷감을 주어도 받지 말고, 그 밖의 아는 사이에는 명목이 있는 선사만을 받고 명목 없는 선사는 받지 말아야 한다. — 이이

■ 뇌물을 주고받는 일을 누군들 비밀히 하지 않는 이가 있을까마는 밤중에 한 일이 아침이면 이미 널리 퍼지기 마련이다.

— 정약용

■ 신(神)은 갖가지 고귀한 선물을 우리 인간에게 베푼다. 그 귀한 선물 중에서도 으뜸가는 선물은 음악이라고 하겠다. 이 선물은 조용히 받기만 하면 되는 선물이다. — 양명문

■ 여행에는 선물이 따르는 법이다. 여행이 아닌 나들이에도 때에 따라 알맞은 선물이 필요한 것은 우리의 상식이요, 아름다운 습관이다. — 이하윤

【속담 · 격언】

■ 쇠 먹은 똥은 삭지 않는다. (뇌물은 효과가 있다) — 한국

■ 기름 먹인 가죽이 부드럽다. (뇌물로 통해 놓으면 일이 순조롭게 풀린다) — 한국

■ 부처님 위하여 불공하나. (뇌물은 받는 이를 위한 것 같지만 실

　상은 자기를 위함이다)　　　　　　　　　　　　　 — 한국
■ 눈이 내리면 숯을 보내고, 삼복에는 부채를 선물한다. — 중국
■ 타인에게 예물(선물)을 보내는 것은 틀림없이 구하는 것이 있
　기 때문이다.　　　　　　　　　　　　　　　　　 — 중국
■ 지나치게 예의를 차리면 틀림없이 속임수가 있다.　 — 중국
■ 돈이면 귀신과도 통할 수 있다.　　　　　　　　　　— 중국
■ 돈이면 귀신에게 맷돌을 돌리게 할 수도 있다.　　　 — 중국
■ 뇌물에는 서약을 잊어버린다. (서약도 이욕 앞에서는 맥을 못
　춘다)　　　　　　　　　　　　　　　　　　　　　 — 일본
■ 선물은 노크 없이 들어간다.　　　　　　　　　　　 — 영국
■ 선물로 받은 말의 입속을 들여다보지 마라. (말의 이빨을 보면
　그 말의 나이를 알 수 있다. 선물로 받은 말의 나이까지 살펴보
　는 것은 남의 호의에 대한 인사가 아니다)　　　　　 — 영국
■ 선물은 여자를 황홀하게, 승려의 마음을 너그럽게, 법을 유명무
　실하게 만든다.　　　　　　　　　　　　　　　　 — 덴마크
■ 중요한 것은 그 보내는 선물에 있지 않고 그 마음에 있다.
　　　　　　　　　　　　　　　　　　　　　　　　 — 러시아
■ 신(神)은 뇌물을 받은 재판관에게 좋은 꾀를 내려 주신다.
　　　　　　　　　　　　　　　　　　　　　　　　　 — 터키
■ 매일 새로운 일이 일어난다. 이것은 신의 선물이다. 인간도 매
　일 새로이 바뀐다. 그러므로 체념해서는 안 된다.　 — 유태인

【시·문장】
내게 모과를 던지기에

어여쁜 패옥으로 갚았지
답례라기보다는
길이 사이좋게 지내자고
내게 복숭아를 던지기에
예쁜 구슬로 갚았지
답례라기보다는
길이 사이좋게 지내자고
내게 오얏을 던지기에
예쁜 옥돌로 갚았지
답례라기보다는
길이 사랑하며 지내자고

投我以木瓜 報之以瓊琚　　투아이목과 보지이경거
匪報也　永以爲好也　　비보야　영이위호야
投我以木桃 報之以瓊瑤　　투아이목도 보지이경요
匪報也　永以爲好也　　비보야　영이위호야
投我以木李 報之以瓊玖　　투아이목리 보지이경구
匪報也　永以爲好也　　비보야　영이위호야

—《시경》위풍편

【중국의 고사】

■ **천금지자불사어시(千金之子不死於市)** : 천금을 가진 사람의 아들은 설사 죽을죄를 지었다 하더라도 시장바닥에 끌려 나가 사형을 당하지 않는다는 말이다. 돈의 위력을 말한 말이다. 요즈

음 우리 사회에서 흔히 듣는 말 가운데 『유전무죄 무전유죄(有錢無罪 無錢有罪)』란 자조적인 말이 있다. 돈만 있으면 있는 죄도 면할 수 있고, 돈이 없으면 없는 죄도 뒤집어쓴다는 말이다. 『돈만 있으면 귀신도 부린다(有錢使鬼神)』고 한 위진(魏晉) 시대의 유행어도 이와 같은 뜻이다.

범려(范蠡)는 월(越)나라 왕 구천(勾踐)의 곁을 떠난 뒤 이름을 도주공(陶朱公)이라 바꾸고 대부호가 되었다. 범려의 막내아들이 성인이 되었을 무렵, 둘째아들이 초나라에서 살인을 저질러 감옥에 갇혔다. 범려는 『살인죄를 저질렀으니 죽는 것이 당연하다. 그러나 천금을 가진 부잣집 자식은 저잣거리에서 죽지 않는다고 들었다(殺人而死, 職也. 然吾聞千金之子不死於市).』라고 하고는, 막내아들에게 거액을 가지고 가서 형을 구해 보라고 시켰다.

그러자 범려의 장남은 자신에게 그 일을 맡겨달라고 고집을 부렸다. 범려는 하는 수 없이 장남을 보내며, 초나라에 가서 장생(莊生)을 만나 자신이 써 준 편지와 돈을 전하고, 반드시 그의 지시를 따르도록 당부하였다. 장생은 장남으로부터 돈과 편지를 전해 받고 나서 고향으로 돌아가 기다리라고 일렀다. 그러나 장남은 돌아가지 않았다. 장생은 왕을 만나 사면령을 내리도록 손을 썼다.

이런 배경을 모르는 장남은 사면령이 내릴 것이라는 소문을 듣고서 헛돈을 썼다고 아까워하며 장생을 다시 찾아갔다. 장생은 장남의 속마음을 간파하고 돈을 가져가도록 하고는 다시 왕을 만나 대사령을 철회하도록 손을 썼다. 범려의 둘째아들은 결국 처형되었다. 그러나 범려는 혼자 쓴웃음을 지으며 이렇게 말했다.

『보낼 때부터 제 아우를 기어코 죽여서 돌아올 줄 알았다. 제 아우를 사랑하지 않아서가 아니다. 녀석은 이 아비와 함께 돈 벌기가 얼마나 어려운지를 체험해 왔기 때문에 천금을 차마 버리고 올 수 없었던 것이다. 내가 작은 자식을 보내려 했던 것은 녀석이 돈 아까운 줄을 모르고 자라났기 때문이다. 나는 매일같이 녀석이 죽어서 돌아오기만을 기다리고 있었다. 죽게 되어 죽은 자식을 슬퍼할 것이 무엇 있겠는가?』

― 《사기》 월세가

■ **사지(四知)** : 세상에 비밀은 없다. 하늘이 알고, 땅이 알고, 그대가 알고, 내가 안다고 한 고사에서 『사지(四知)』란 말이 생겼다. 세상 사람들은 아무도 모르는 비밀이라고 흔히들 말한다. 그러나 당사자인 두 사람과 천지신명은 이를 알고 있을 것이다. 낮말은 새가 듣고 밤 말은 쥐가 듣는다는 것과 같은 의미의, 차원이 다른 생각이라 말할 수 있다.

후한의 양진(楊震)은 그의 해박한 지식과 청렴결백으로 관서공자(關西公子)라는 칭호를 들었다고 한다. 그가 동래태수로 부임할 때의 일이다. 그는 부임 도중 창읍(昌邑)이란 곳에서 묵게 되었다. 이때 창읍 현령인 왕밀(王密)이 그를 찾아왔다. 그는 양진이 형주(荊州) 자사로 있을 때 무재(茂才)로 추천한 사람이었다. 밤이 되자 왕밀은 품속에 간직하고 있던 10금(金)을 양진에게 주었다. 양진이 이를 거절하면서, 『나는 당신을 정직한 사람으로 믿어 왔는데, 당신은 나를 이렇게 대한단 말인가!』하고 좋게 타일렀다. 그러자 왕밀은 이렇게 말했다. 『지금은 밤중이라 아무도 아는 사람이 없습니다.』하고 마치 양진이 소문날까 두려워하는 줄 알고 이렇게 말했다. 양진은 그의 말을 받아 이렇게 나무랐다.

『아무도 모르다니, 하늘이 알고 땅이 알고 그대가 알고 내가 아는데, 어째서 아는 사람이 없다고 한단 말인가?』

— 《후한서》 양진전(楊震傳)

■ **동취(銅臭)** : 동전 냄새라는 뜻으로, 돈으로 벼슬을 산 사람을 비웃는 말이다. 후한 말, 영제(靈帝) 때는 왕조 말기 증상이 여러 곳에서 나타나기 시작하였다. 신흥종교인 태평도가 비밀결사를 이루어 황건의 난을 일으키고, 조정에서는 환관이 득세하여 권력을 독점하고 매관매직으로 사복을 채우는 등 나라 안팎이 극도로 어지러웠다.

또 황제는 사치한 생활을 계속하여 국고를 탕진하였다. 나라에서는 고갈된 국고를 채우기 위해 급기야 홍도문(鴻都門)을 열고 관직과 작위를 공공연하게 매매하게 되었다. 이때 최열(崔烈)이라는 사람이 유모를 통해 5백만 전을 내고 사도(司徒)라는 관직을 샀다. 그리고는 주위의 반응을 보려고 아들에게 이렇게 물었다.

『내가 지금 삼공(三公)의 자리에 앉게 되었는데, 논의하는 자들은 이를 어떻게 평가하고 있느냐?』 그러자 아들이 말했다. 『아버님은 젊어서는 영민하다는 평가를 받았고, 대신(大臣)과

태수를 역임하기도 했습니다. 그래서 사람들은 아버님이 삼공이 되는 것은 당연하다고 했습니다. 그러나 이번에 아버님이 그 지위에 오르자 천하 사람들은 모두 실망했습니다.』 최열이 그 이유를 묻자, 아들이 대답했다. 『논의하는 자들은 돈 냄새(銅臭)를 싫어합니다.』 『동취』는 돈으로 벼슬을 사는 것을 말하는데, 오늘날에는 뇌물로 일을 성취시키려는 모든 행위나 인물을 가리키는 데에 두루 쓰이고 있다.　　　 ―《후한서》 최열전

■ **오정(五鼎)의 진미** : 주보언(主父偃)이 한(漢)의 무제(武帝)에게 글을 올려 낭중(郎中)의 벼슬을 했다. 그리고 한 해 동안에 네 번 승차하여 중대부(中大夫)가 되었다. 동료들은 그의 입이 무서워 수천금의 뇌물을 바쳤다. 대신들 모두 그의 입을 두려워하여 보낸 뇌물이 수천 금이나 되었다. 누군가 주보언에게 이렇게 말했다.

　『횡포가 지나칩니다.』 주보언이 말했다. 『나는 젊어서부터 40여 년 동안이나 떠돌며 배웠으나 뜻을 이루지 못했습니다. 부모님은 자식으로 여기지 않았고 형제들은 거두어 주지 않았으며, 빈객들은 나를 버렸습니다. 나는 오랜 세월을 곤궁하게 지내왔습니다. 대장부가 살아생전 오정(五鼎 : 고대 제후들이 연회 때 다섯 개의 솥에 소·돼지·닭·사슴·생선을 담아놓고 먹던 식사로서, 호사스런 생활이나 고귀한 신분을 가리킨다. 한편 오정에 삶겨진다는 것은 솥에 사람을 넣고 삶아 죽이는 고대의 형벌을 가리킨다)의 진미를 먹을 수 없다면 죽어서 오정에 삶겨질 뿐입니다. 날은 저물고 갈 길이 멀기 때문에 일

반적인 도리를 따르지 못하고 순서를 뒤바꾸어 일을 하는 것입니다.』 ─《사기》 주보언전

■ **전가통신(錢可通神)** : 『돈이면 귀신과도 통할 수 있다』라는 뜻으로, 무엇이든지 할 수 있게 만드는 돈의 위력을 비유하는 말이다. 전가통귀(錢可通鬼), 전가사귀(錢可使鬼), 전능통신(錢能通神)이라고도 한다. 중국 진(晉)나라 때 노포(魯褒)가 지은 《전신론(錢神論)》은 돈을 신에 비유하며 당시의 배금주의를 비판한 책이다. 노포는 여기서 속담을 인용하여 『돈은 귀가 없지만 귀신을 부릴 수 있다(錢無耳 可使鬼).』라고 하였다. 또 당(唐)나라 때 장고가 지은 《유한고취》에는 이런 이야기가 실려 있다.

장연상이라는 관리는 고위층이 연루된 큰 사건을 맡아 부하들에게 10일 안에 조사를 끝마치라는 엄명을 내렸다. 이튿날 누군가 그의 책상에 3만 관의 돈을 뇌물로 놓아두고 사건을 덮어달라고 부탁하였다. 장연상은 크게 노하여 더욱 조사에 박차를 가하라고 명령하였다. 그러자 그 다음날에는 5만 관이, 또 그 다음날에는 10만 관의 뇌물이 그의 책상 위에 올려져 있었다. 이에 장연상은, 『10만 관이라는 돈은 귀신과도 통할 수 있는 액수이다. 이를 거절했다가는 내게 화가 미칠까 두려우니 그만두지 않을 수 없다(錢至十萬 可通神矣 無不可回之事 吾懼及禍 不得不止).』라고 하고는 사건을 흐지부지 종결시켰다. 여기서 유래하여 『전가통신』은 귀신도 부릴 수 있는 돈의 위력을 비유하는 고사성어로 사용된다. 우리나라 속담 가

운데 『돈만 있으면 귀신도 부릴 수 있다』라는 말과 같은 뜻
이다.   — 장고(張固) /《유한고취(幽閒鼓吹)》

■ 어느 때 증자(曾子)가 다 떨어진 옷을 입고 노(魯)나라 시골에서
농사를 짓고 있었다. 노나라 임금이 이 소문을 듣고 증자에게
한 고을을 떼어 주었다. 그러나 증자는 그것을 굳이 사양하고
받지 않았다. 이 때 사람들이 누구나 다 말하기를, 『그대가 원
한 것이 아니고 노나라 임금이 자기 마음에서 주는 것인데 무
엇 때문에 굳이 사양하는가?』하며 증자에게 받기를 권유했다.
그러나 증자는, 『듣자니 남의 것을 받는 자는 항상 남을 두려워
하게 마련이고, 남에게 물건을 주는 자는 항상 남에게 교만하게
마련이라고 한다. 임금이 나에게 땅을 주기만 하고 교만을 부리
지 않는다 할지라도 나로서야 어찌 두려운 마음이 없겠는가?』
하고 대답하였다. 공자가 이 소문을 듣고, 『삼(參 : 증자의 이름)
의 말은 족히 그 절개를 완전히 하였도다.』하고 말하였다.
        —《공자가어》

[에피소드]

■ 영국의 낭만파 시인 바이런은 많은 여인을 사랑했다. 이탈리아
를 여행하던 중 베니스에서 전세로 든 집 주인의 부인과도 사랑
했다. 하루는 그 여자에게 아름다운 보석 목걸이를 선사하였다.
며칠 후에 집주인이 바이런에게 보석을 사라고 하였다. 그것은
그 여자에게 자기가 선물한 보석 목걸이였다. 바이런은 값을 깎
지도 않고 그 목걸이를 사서 그 여자에게 다시 선물하였다.

【명작】

■ **크리스마스 선물** : 오 헨리(O. Henry, 1862~1910)의 작품으로, 그는 《마지막 잎새》를 쓴 미국의 소설가다. 10년 남짓한 작가활동 기간 동안 300편 가까운 단편소설을 썼다. 그는 순수한 단편작가로, 따뜻한 유머와 깊은 페이소스를 작품에 풍겼다. 특히 독자의 의표를 찌르는 줄거리의 결말은 기교적으로 뛰어나다.

이 소설의 주인공 짐과 델리 부부는 서로를 마음속 깊이 아끼며 사랑한다. 그러나 형편은 매우 가난하고 불편한 생활이지만 두 사람은 각자 귀중한 보물을 하나씩 가지고 있었다. 아내 델리는 모든 사람이 부러워하는 금발을 가지고 있었고, 남편 짐에게는 아버지가 물려주신 금시계가 있었다. 어느 해, 크리스마스 무렵, 델리는 사랑하는 남편에게 크리스마스 선물을 해주고 싶어 주머니를 털었지만 돈이 없어 생각다 못해 자신의 금발을 잘라 팔아서 남편 짐의 금시계에 걸맞은 시곗줄 하나를 산다. 저녁이 되어 짐이 돌아왔고, 짐은 그 아름답게 출렁이던 아내 델리의 머리카락이 잘린 것을 보고 짐이 깜짝 놀라자, 델리가 말했다. 『당신 크리스마스 선물로 제가 시곗줄을 사 왔어요.』 그 말에 짐도 안주머니에서 부스럭거리며 포장지에 싼 물건을 하나 꺼내 놓는다. 바로 아주 값비싼 머리빗 한 세트였다.

아내의 출렁이는 아름다운 금발을 빗으라고 남편 짐이 자기가 물려받은 유일한 금시계를 팔아서 사온 것이었다. 누구나 다 알고 있는 이 이야기는 늘 크리스마스가 되면 또 다른 감동을 준다. 진정한 크리스마스 정신이 무엇인지 생각하게 해 주기도 한다.

【成句】

■ 투과득경(投瓜得瓊) : 모과를 선물하고 구슬을 얻는다는 뜻으로, 하찮은 선물을 주고 많은 답례를 받음을 이르는 말. /《시경》 위풍.

■ 헌근지의(獻芹之意) : 미나리를 바친다는 뜻으로, 남에게 물건을 선사할 때 겸사하는 말.

■ 하선동력(夏扇冬曆) : 여름의 부채와 겨울의 새해 책력. 곧 선사하는 물건이 철에 맞음을 이름.

■ 설중송탄(雪中送炭) : 눈이 올 때 숯을 선물하는 사람이 참된 군자이다.

■ 경거(瓊琚) : 옥으로 만든 좋은 패물로, 훌륭한 선물. /《시경》 위풍. 거

■ 역역지육(鶂鶂之肉) : 변변치 못한 선물이란 뜻.

■ 궤세(饋歲) : 연말에 친척과 벗에게 먹을 것을 선사하는 일. / 소식《동파전집》

■ 낙천도모(落天圖謀) : 다른 사람이 잘된 것을 자기가 힘써 그렇게 된 것이라 하여 그에 대한 사례로 금품을 요구하는 행동.

■ 천금불사백금불형(千金不死百金不刑) : 천금을 쓰면 죽을 것을 면하고 백금을 쓰면 형벌도 면할 수 있다 함이니, 돈만 있으면 무슨 일이나 다 할 수 있다는 말. /《울료자(蔚遼子)》

유머 *humor* 諧謔

【어록】

▪ 천도(天道)는 넓고도 넓다. 어찌 위대하다고 하지 않겠는가! 담소하는 말의 은미(隱微)함 속에도 이치에 맞는 것이 있어 이것으로써 얽힌 것을 풀 수 있다. — 사마천(司馬遷)

▪ 듣기 좋은 말은 남에게 팔고, 높은 행실은 남에게 베푼다. 군자(君子)는 좋은 말(言)을 서로 보내고, 소인은 재물을 서로 보낸다. — 《사기》 골계열전(滑稽列傳)

▪ 농담할 기회를 잃는 편이 친구를 잃게 되는 것보다 낫다. — 퀸틸리아누스

▪ 항상 서투른 농담만 하는 사람은 성격이 나쁜 사람이다. — 파스칼

▪ 유머는 지적인 천재의 가장 훌륭한 완성으로 간주되어 왔다. — 토머스 칼라일

▪ 해학의 정신이라 해서 늘 자비심을 모르는 것은 아니지만 그것은 드문 일이라 하겠다. — 보들레르

■ 참된 유머는 머리가 아닌 마음으로부터 나온다. 그것은 웃음에서 나오는 것이 아니라 훨씬 깊숙한 곳에 있는 조용한 미소로부터 나온다. 말의 노예가 되지 말라. 남과의 언쟁에 화를 내기 시작하면 그 때는 이미 진리를 위한 언쟁이 아니라 자기 자신을 위한 언쟁이 되고 만다. — 토머스 칼라일

■ 지적(知的) 사회에서는 웃음이 가능하지만 감정 세계에서는 웃음은 이해되지 않는다. — 앙리 베르그송

■ 재치 있는 농담은 재치를 부릴 생각이 없을 때 튀어나온다. 마찬가지로 우리가 감동하는 것은 그 사람에게 우리를 감동시키려는 생각이 전혀 없었을 때이다. — 볼테르

■ 풍자는 일종의 유리여서, 그걸 들여다보는 사람은 다른 이의 얼굴은 보아도 자기 자신은 보지 못한다. — 조나단 스위프트

■ 해학은 감정의 충격을 막는 방패고 무의식의 보호자며 공포를 중화함으로써 원초적(原初的) 과정을 통한 침투를 제거하고 자기 해방적 기능을 갖게 한다. — 지그문트 프로이트

■ 쾌락과 기지는 사람을 동료 가운데 빛나게 하지만, 진부한 농담과 커다란 웃음소리는 사람을 익살 광대로 전락시킨다.
— 필립 체스터필드

■ 기지를 사용하려면 기쁘게 하기 위해서 쓰고, 상처를 주기 위해 쓰지 말라. — 필립 체스터필드

■ 유머는 대화의 소금이지 음식물이 아니다. — 윌리엄 해즐릿

■ 전혀 새로운 농담이란 없다. — 윌리엄 길버트

■ 유머는 남용의 유행성이 있는 약이다. — 윌리엄 길버트

■ 운명과 유머가 세계를 지배한다. — 라로슈푸코

■ 인간은 악의에서보다는 허영에서 더 풍자스러워진다.
— 라로슈푸코

■ 사람에게 농을 하고 덤비는 데에는 완곡하기는 하지만, 그러면
서도 상대방에게 아부하게 되는 하나의 방법이 있다. 이 방법
을 가지고 실천하면 대화 중의 인물이 즐거이 털어놓으려고 생
각하고 있는 결점을 건드리게 되는 수도 있고, 비난하고 있는
듯하면서 사실은 그럴듯하게 상대방을 칭찬하는 것으로도 되
고, 상대방이 가지고 있는 붙임성을 인정하기 싫다는 태도를
지으면서 오히려 그것을 인정하는 폭이 되기도 하는 것이다.
— 라로슈푸코

■ 유머는 외국어로 옮겨지면 망하는 재능 중에 으뜸가는 것이다.
— 버지니아 울프

■ 유머가 있는 곳에 페이소스가 있다.   — 위블

■ 농담은 흔히 진실을 전달하는 수단으로 유효하게 쓰인다.
— 프랜시스 베이컨

■ 유머란 자기가 사랑하는 것을 웃을 수 있으면서, 그러나 여전
히 그것을 사랑할 수 있는 능력이다.   — 고든 올포트

■ 인생이 엄숙할수록 그만큼 유머가 필요하다. — 빅토르 위고

■ 나이를 먹은 사람들에게는 유머, 미소, 세계를 한 폭의 그림으
로 변화시키는 것, 사물을 잠시 있는 유희와 같이 바라보는 것
등이 어울린다.   — 헤르만 헤세

■ 어떤 일이 예의에 합당치 않고 또한 경우를 벗어났다 하더라도
금방 화를 내서는 안된다. 사람들은 대개 큰일보다는 작은 일
에 화를 내기 쉬운데, 그 순간 약간 방향을 틀어 유머러스한 말

로 응한다면 마음에 깃들었던 불쾌한 감정이 사라질 수 있다. 유머러스한 말로 가볍게 방향을 튼다는 것은 화기애애한 기분을 돋우는 데 큰 역할을 한다. 사람은 우스워서 웃음이 나오기도 하지만, 표정을 우습게 가짐으로써 우스운 기분이 생기기도 한다. 내용이 형식을 결정하는 대신 형식이 또한 내용에 영향을 주는 것을 잊어서는 안 된다. 해진 옷을 입고 있으면 불쾌하다. 기분도 그 때문에 침침해진다. 다소 우울하던 기분도 옷을 산뜻하게 갈아입으면 상쾌해지는 것은 그 때문이다. — 알랭

■ 여성의 유머감각만큼 낭만을 망쳐 놓는 것은 없다.

— 오스카 와일드

■ 겉으로는 몰라도 유머는 슬픔에서 나오는 것이지 기쁨에서 나오는 것이 아니다.   — 마크 트웨인

■ 모든 인간적인 것은 수심에 차 있다. 유머 자체의 핵심은 즐거움이 아니라 슬픔이다. 그래서 천당에는 유머가 없다.

— 마크 트웨인

■ 훌륭한 농담은 비판될 수 없는 하나의 궁극적이고 신성한 것이다.   — G. K. 체스터턴

■ 유머의 매력은 어디에 있는가. 우리에게 한 번에 여러 가지 생(生)을 살도록 하는 데 있다. 우리는 슬픈 동시에 기쁘고, 착각을 가지면서 착각을 깨뜨리고, 젊음과 동시에 늙고, 애정이 있으면서 또한 조롱적이다.   — 헨리 아미엘

■ 해학의 가장 심오한 점은 쓰라림과 슬픔이며 내면적으로는 아픔이 작용하면서 외적으로는 즐거운 표정을 짓는 것이다.

— 윈스턴 처칠

- 해학은 하나의 쇼다. 우리는 웃고 나서 유머의 존재를 인식하고 인간의 관대한 점을 발견한다. — 조지 버나드 쇼
- 기지(機智)와 해학의 차이점은 기지는 웃음이 목적이지만 유머에 있어서는 자신과 타인으로부터의 해방감을 주며 인격 보호의 역할을 한다. — T. 메이예르
- 유머는 기분이 아니라 세계관이다. 그래서 『나치 독일에서 유머는 뿌리째 뽑히고 말았다』라는 발언이 옳은 말이라면 그것은 『사람들의 기분이 좋지 못하였다』는 것보다 더 심각하고 중요한 의미를 지니고 있다. — 비트겐슈타인
- 『축제』의 개념, 우리는 즐거움을 떠올린다. 그러나 다른 시대에서는 혹시 두려움만이 그 생각에 수반되었던 것이 아닐까. 위트니 유머니 하고 지금 우리가 부르는 것도 시대에 따라서 정말 존재하지 않을지도 모른다. 게다가 위트니 유머니 하는 개념도 수시로 변화되고 있는 것이다. — 비트겐슈타인
- 유머의 중요성을 잊어서는 안 된다. 유머의 센스는 우리의 문화생활의 내용과 성질을 바꾼다. 현대인은 너무나도 생활을 지나치게 생각한다. — 임어당
- 현실주의(3)+꿈(2)+유머(2)+감수성(1)=영국인
  현실주의(2)+꿈(3)+유머(3)+감수성(3)=프랑스인
  현실주의(3)+꿈(3)+유머(2)+감수성(1)=미국인
  현실주의(3)+꿈(4)+유머(1)+감수성(2)=독일인
  현실주의(2)+꿈(4)+유머(1)+감수성(1)=러시아인
  현실주의(2)+꿈(3)+유머(1)+감수성(1)=일본인
  현실주의(4)+꿈(1)+유머(3)+감수성(3)=중국인 — 임어당

■ 유머의 중요성은 재론할 필요도 없다. 예컨대 독일의 카이제르 빌헬름은 웃을 수 없었던 탓으로 한 제국을 잃었다. 그는 공적 (公的) 생활에서 무엇이 마음에 거슬렸던지 늘 카이제르 수염 을 곧추 일으켜 세우고 자못 험상궂은 얼굴을 하고 있었다.

— 임어당

■ 인간에게는 유머를 이해할 수 있는 힘이 부여되어 있으며, 그 것이 있기 때문에 인간의 꿈을 비판하고 그 꿈을 현실세계와 접촉시킬 수가 있다. — 임어당

■ 『생각하는』 순간보다도 『유머』 라는 웃음을 웃는 찰나에 인 간은 더욱 강해진다. …… 『유머』 의 바탕은 집착을 넘어서 자 아 밖에서 자아를 관망하는 담담한 심정이다. 그 순간에는 걱 정도 두려움도 저쪽에 존재하는 객관적 사실이니, 나를 괴롭힐 사유가 못 된다. — 김태길

■ 슬픔과 고뇌를 체득한 자의 한바탕 춤이 비로소 멋이 되듯이 유머의 바닥에는 눈물이 깔려 있는 것이다. — 조지훈

■ 한국의 유머는 기발하기보다는 은근하고 슴슴한 숭늉 같으면 서도 버리기 어려운 운치가 있고 눈물이 스며 있고 달관(達觀) 과 농세(弄世)가 있어 좋다. 각국의 유머를 비교해 보면 거기는 제각기의 민족성이 단적으로 발로됨을 볼 수 있거니와 우리 유 머의 묘처(妙處)는 그 결구(結構)의 단락을 마지막 한 마디에 두 는 것, 다시 말하면 점층법으로 쌓아 올라가다가 클라이맥스에 가서 일격에 무너뜨리는 고대 비극적 수법의 대단원에 있다.

— 조지훈

■ 인생의 밑바닥에 흐르는 심오한 지혜를 뚫고 나와 눈앞에 나타

나는 가지가지의 사리(事理)를 통찰하고 기쁨과 슬픔을 다 같이 애정으로 자애(慈愛)의 웃음을 떠오르게 해줄 수 있다면 얼마나 높고 밝은 유머가 될 것인가. 유머는 인생의 고명이 아니고 양념이다. — 윤오영

■ 유머란 얼마나 힘 있는 것인가. 한 마디의 유머, 그리고 그에 따른 웃음이 얽히고 얽힌 어려운 문제를 순식간에 손쉽게 해결하고, 죽을 뻔한 위급도 이로써 타개할 수 있다면 유머는 일부러 배워도 배워야 될 것이다. 그러나 유머란 배워서 되는 것이 아니요, 천성으로서 저절로 우러나와야 되는 것이다.
— 조윤제

■ 유머란 상대자의 마음속으로까지 들어가서 호의와 동정을 느끼면서도 그것을 객관적으로 바라볼 수 있는 마음의 여유를 말한다. — 정병조

■ 그것은 실없는 익살이 진담보다 인생을 살찌게 하는 것과 같다.
— 신일철

■ 해학하는 마음이란 여유 있는 마음이요, 윤택한 마음이요, 즐기는 마음이다. 해학하는 마음을 흔히 유머라고 부르고 있다.
— 한갑수

■ 또한 유머의 미덕은 침착과 겸양에 있기도 하다. 격하기 쉬운 사람이나 자기를 앞세우는 사람에게서 유머를 찾아보기는 힘들다. — 박용구

■ 사실 우리 유머의 경지는 지극히 상식적이요 합리적인 것 같다. 지적(知的)인 것이 아니요, 인간이 즉각적으로 감지하는 하나의 정감인 것이다. 세속을 달관한 현자의 심중에 자연발생적으로

자리 잡고 있어서 천의무봉(天衣無縫)으로 꾸밈새가 없으며 기쁨과 즐거움의 정감으로 직결하게 마련이다.　　　　　— 심연섭

■ 사람의 언행으로 이루어지는 어떠한 특수한 작용에서 웃음은 부풀어 오를 수 있다. 인간의 이 특수한 작용이란 다름 아닌 『유머』인 것이다. 의미가 꼭 같지는 않다고 할는지 모르나 우리말의 『익살』이나 『괘사(변덕스럽게 익살부리는 말과 짓)』는 이 유머에 해당한 내용을 가지고 있으며, 중국말의 골계(滑稽)나 해학(諧謔)도 역시 같은 내용을 지니고 있는 말이라 하겠다. 유머의 속성을 분석하여 보면 언어로 이루어지는 일면이 있으니, 이것이 곧 익살이나 해학이라 할 것이다. 국어의 『우스갯말』이란 정히 이 면을 가리키는 것이라 하겠다.

— 이희승

■ 유머는 그냥 『우스운』 것이 아니라, 『정신적인 여유』 혹은 『인생을 대하는 너그러운 태도』 까지를 포함한 말이다. 긴박할 때, 절망적일 때, 그리고 분노 속에서도 웃을 수 있는 기질, 그것이 바로 유머이다.　　　　　— 이어령

【속담 · 격언】

■ 농담에도 한계가 있다.　　　　　— 일본

■ 농담은 가장 재미있는 대목에서 중지하라. (Leave a jest when it pleases you best.)　　　　　— 영국

■ 농담 가운데 진담이 있다. (Many a true word is spoken in jest.)

— 영국

■ 웃어라, 그러면 만인이 더불어 웃어 줄 것이요, 울어라, 그러면

혼자 울고 있음을 알리라. (Laugh, and the world laughs with you
; weep, and you weep alone.)　　　　　　　　　　　— 영국
▪ 기뻐하는 자와 함께 기뻐하고, 슬퍼하는 자와 더불어 슬퍼하라.
(Rejoice with them that do rejoice and weep with them that weep.)
　　　　　　　　　　　　　　　　　　　　　　　　— 영국
▪ 농담으로 그 사람의 인격을 알 수 있다.　　　　　— 프랑스

【중국의 고사】

▪ **골계(滑稽)** : 전국시대 초(楚)나라의 시인 굴원이 지은 것으로
　전하는 복거(卜居)—후세의 위작이라고도 일컫는다—중에
　『돌제골계(突梯滑稽)』라는 글귀가 보이는 것이 이 말의 최초
　의 출현이다. 돌제(突梯)란 미끄러진다는 형용, 골계(滑稽)는 굴
　러 돌아다니는 형용으로 이 네 글귀는 염결정직(廉潔正直)이라
　는 글귀와 대조적으로 쓰이며 뱀장어처럼 번둥번둥 놀고 있는
　생활을 형용한 것이다.

　　사마천의《사기》저리자감무열전(樗里子甘茂列傳)에서는 저
　리자가 워낙 골계하고 슬기로워 사람들은 그를 지낭(智囊 : 꾀
　보)이라고 별명 지었다고 기재되어 있다. 똑같이 『골계열전』
　에 들어 있는 순우곤(淳于髡), 우맹(優孟), 우전(優旃) 세 사람은
　모두가 제왕 측근에 있는 구변이 좋고 재치가 발랄한 사람들이
　어서 그러한 자기 재능을 써서 주군의 행동을 풍자하고 간하곤
　했는데, 이런 이들에게 대해 사마천은 『골계다변(滑稽多辯)』
　이니 『자주 우스갯소리를 한다. 그러나 대도에 합당하다.』라
　고 기재했다.

240

이러한 사마천의 용법에는 주석에 풀이한 것처럼 언설이 교
묘하고 도도히 얘기하는 의미가 담겨 있음과 동시에 세상사의
도리에 맞는 우스갯소리(戱言)라는 의미가 포함되어 있었던 것
인데, 나중에는 재미있고 우스꽝스런 말이나 짓을 가리키는 데
쓰이게 되어 『도리에 맞는』 것은 잊히고 말았다.

— 굴원(屈原) / 복거(卜居)

■ **돈제일주(豚蹄一酒)** : 돼지발과 술 한 잔이라는 뜻으로, 작은 것
으로 많은 것을 구하려고 함을 비유하는 말이다. 제 위왕(威王)
8년에 초나라에서 군사를 일으켜 제나라로 쳐들어왔다. 제나라
왕은 순우곤(淳于髡)에게 황금 100근, 사두마차 10대를 예물로
가지고 조나라로 가서 구원군을 청하게 했다. 그러자 순우곤이
하늘을 우러러보며 크게 웃으니 갓끈이 모조리 끊어졌다. 왕이
놀라 물었다. 『선생은 이것이 적다고 생각하시오?』 『어찌 감
히 그렇다고 하겠습니까.』 『그럼 웃는 데는 그만한 이유가 있
을 게 아니오?』 순우곤이 말했다.

『지금 저는 동쪽에서 오는 길에 길가에서 풍작을 비는 사람
을 보았는데, 돼지 발 하나와 술 한 잔(豚蹄盂酒)을 손에 들고
이렇게 빌고 있었습니다. │높은 골짜기에는 광주리에 가득 찬
수확이 있고(甌窶滿篝), / 낮은 들판에는 수레에 가득 찬 수확이
있을지어다(汚邪滿車). / 오곡이 풍성하게 잘 여물어서(五穀蕃
熟), / 집안 구석구석 넘쳐나게 하옵소서(穰穰滿家).」 저는 그가
손에 들고 있는 것은 그처럼 작으면서 원하는 것이 그처럼 큰
것을 보았기 때문에 그걸 생각하고 웃은 것입니다.』

위왕은 황금 1,000일, 백벽(白璧) 10쌍, 사두마차 100대로 예물을 늘려 보냈다. 순우곤은 사신으로 조나라에 이르렀다. 조나라 왕은 그에게 정병(精兵) 10만과 전차 1,000대를 내주었다. 초나라는 이 소식을 듣고 밤을 틈타 병사를 철수시켜 돌아갔다.

— 《사기》 골계열전

■ **삼년불비우불명(三年不蜚又不鳴)** : 3년 동안 꼼짝도 않으며 날지도 울지도 않는다는 뜻으로, 큰 뜻을 펼칠 날을 기다리는 것을 비유한 말. 《여씨춘추》 중언편에 이런 이야기가 있다.

오패(五覇)의 한 사람인 초장왕(楚莊王)은 왕이 된 지 3년이 되도록 정치에는 관심이 없고 술과 여자와 춤과 노래만을 즐기고 있었다. 이를 말리는 신하들의 간섭이 귀찮아진 장왕은 그가 있는 방 앞에 『감히 간하는 사람이 있으면 죽음을 당하리라(敢諫者死)』는 현판까지 걸어두었다.

이를 보다 못한 성공고(成公賈)가 좋은 꾀를 생각해냈다. 성공고가 들어오는 태도를 바라보고 있던 장왕은, 『간하는 사람은 죽는다는 현판을 보지 못했는가? 아니면 술을 마시고 싶어 들어왔는가, 음악이 듣고 싶어 들어왔는가?』하고 선수를 쳤다.

『신은 간하러 온 것이 아니라 수수께끼를 말씀드리러 왔습니다.』『그래 어디 말해 보게.』『남쪽 언덕에 새가 한 마리 날아와 앉았는데 3년이 되도록 꼼짝도 하지 않으며, 나는 일도 없으며, 우는 일도 없으니 이 새가 대관절 무슨 새이겠습니까?』

『3년을 움직이지 않는 것은 뜻을 굳히기 위해서다. 날지 않는 것은 날개가 완전히 여물어지기를 기다리고 있는 것이다.

울지 않는 것은 백성들이 어떻게 하는지 지켜보기 위한 것이다. 이 새가 한번 날면 하늘에 닿을 것이요, 한번 울면 사람을 놀라게 할 것이다. 알았으면 물러가 있게. 그건 나도 알고 있으니.』

장왕은 그 동안 누가 간신이고 누가 충신인지를 다 알고 있었고, 정치를 어떻게 해야만 되리라는 것도 다 알고 있었다. 그가 자리를 박차고 일어나 숙청을 단행하고 선정을 베풀자 모든 착한 신하와 백성들은 놀라며 기뻐했다. 이리하여 그의 말대로 하늘을 나는 기세로 천하를 횡행하여 세상을 놀라게 하는 패업을 이룩했던 것이다.

같은 내용의 이야기가 《사기》 골계열전 순우곤(淳于髡)의 이야기에도 나온다. 이때는 상대가 제위왕(齊威王)이 된다. 위왕 역시 술과 여자와 음악으로 밤을 새우기를 3년간 끝에 관리를 숙청하고 서정을 쇄신하여 천하를 깜짝 놀라게 했다. 그런데 《사기》에는 『삼년불비 우불명(三年不蜚 又不鳴)』으로 되어 있다. ─《여씨춘추》 중언편

■ **애마(愛馬)의 장례식** : 초나라 장왕(莊王) 때 왕에게는 애마(愛馬)가 있었는데, 아름답게 수놓은 비단옷을 입히고 화려한 곳에서 살게 했으며, 장막만 없을 뿐 침실에서 잠을 자게 하고 대추와 마른 고기를 먹였다. 그런데 그 말이 너무 살이 쪄서 죽자 왕은 신하들에게 복상(服喪)하게 하고 속널(棺)과 바깥널(槨)을 대부의 예에 준하여 장사지내려 했다. 신하들이 그것은 부당하다고 다투어 말하자, 왕은 이렇게 명령을 내렸다. 『감히 말에 대해서 간하는 자가 있으면 사형에 처하겠다.』

우맹이 이 말을 듣고 궁궐 문으로 들어가 하늘을 우러러 통곡했다. 왕이 놀라 까닭을 묻자, 우맹이 대답했다. 『그 말은 대왕의 애마였습니다. 초나라처럼 강성한 나라로서는 무슨 일이든 못할 일이 없습니다. 그 말을 대부에 준하는 예로 장사를 지내다니 너무나 초라합니다. 바라옵건대 임금의 예로 장사를 지내도록 하십시오.』 『어떻게 하면 임금의 예가 될 수 있겠소?』 우맹이 대답했다.

『신이 청하옵건대, 옥을 다듬어 속널을 짜고, 무늬 있는 가래나무(梓)로 바깥널을 만들며, 느릅나무·단풍나무·녹나무로 가로대를 만드십시오. 병사들을 동원하여 무덤을 파게 하고, 노약자들에게 흙을 져 나르게 하며, 제나라와 조나라의 사신이 장례식 앞쪽에 늘어서고, 한(韓)나라와 위(魏)나라 사신을 그 뒤에서 호위하게 하십시오. 사당을 세워 태뢰(太牢)로써 제사를 올리고, 1만 호의 읍으로써 받들게 하십시오. 제후들이 이 말을 들으면 모두들 대왕께서 사람을 천하게 보시고 말을 귀하게 여기신다는 것을 알 것입니다.』

왕이 말했다. 『과인의 생각이 그토록 심했단 말인가? 그러면 어떻게 해야 좋겠는가?』 우맹이 말했다. 『청컨대, 왕을 위하여 육축(六畜 : 소·말·돼지·양·닭·개)으로써 장사지내십시오. 부뚜막을 바깥 널로 삼고 구리로 만든 가마솥을 속널로 삼아 생강과 대추를 섞은 뒤에 목란을 밑에 깔고 오곡을 놓아 제사지내고, 아름답게 타오르는 화광(火光)으로 옷을 입혀 사람의 창자 속에서 장사 지내는 것입니다.』

그래서 왕은 말을 태관(太官 : 왕의 음식담당 요리사)에게 넘

244

겨 세상 사람들 모르게 처리하도록 했다. ─《사기》골계열전

■ **우맹의관(優孟衣冠)** : 사람의 외형만 같고 그 실은 다름을 비유하는 말. 또는 문학작품에 예술성이 전혀 없음을 이르는 말. 우맹이 손숙오(孫叔敖)의 의관을 입었다는 뜻이다. 중국 춘추시대 초(楚)나라의 악인(樂人) 우맹의 고사에서 유래되었다.

우맹은 풍자하는 말로써 사람들을 잘 웃겼다. 초나라 재상 손숙오는 우맹의 현명함을 잘 알고 있어 그를 후대했다. 손숙오가 병에 걸려 죽게 되었을 때, 아들에게 이렇게 유언했다. 『내가 죽고 나면 너는 틀림없이 가난하게 될 것이다. 그때에는 우맹을 찾아가서 「저는 손숙오의 아들입니다」라고 말하거라.』

몇 해가 지나자 손숙오의 아들은 과연 가난해져서 나무를 짊어지고 다니며 팔아서 생활을 하지 않으면 안 되게 되었다. 그래서 그는 우맹을 찾아갔다. 『저는 손숙오의 아들입니다. 아버지가 돌아가시기 전 저를 보고 가난해지거든 선생님을 찾아뵈라는 말씀을 남기셨습니다.』 우맹은 이때부터 손숙오처럼 의관을 갖추고 몸짓과 말투를 흉내내기 시작하여 1년쯤 지나자 손숙오와 똑같이 행동할 수 있었다.

우맹은 장왕이 베푼 주연에 참석하여 만수무강을 축원하였다. 장왕은 크게 놀라며 손숙오가 다시 살아온 것으로 여기고 그를 재상으로 삼으려고 하였다. 그러자 우맹이 말했다. 『바라건대 집에 돌아가서 처와 의논하고 나서 사흘 뒤에 재상이 되도록 해주십시오.』 장왕이 그렇게 하라고 허락하자, 사흘 뒤에 우맹이 다시 어전에 나타났다. 장왕이 물었다. 『그대의 처는 무엇

이라고 말하던고?』

우맹이 말했다. 『처는 저에게 「신중히 생각하여 재상 자리를 맡지 않는 편이 좋을 것입니다. 손숙오 같은 분도 초나라 재상으로서 충성을 다 하시고 또 청렴결백하게 초나라를 다스렸습니다. 그 때문에 대왕께서는 패자(覇者)가 되실 수 있었습니다. 그러나 손숙오 공께서 돌아가시니 그분의 아드님은 송곳을 꽂을 만한 땅도 없고(立錐之地), 곤궁에 빠져 나무장사를 해서 생활을 하고 있습니다. 만약 손숙오 공처럼 되어야만 하는 것이라면 스스로 목숨을 끊는 편이 났습니다.」 라고 말했습니다.』

그래서 장왕은 우맹에게 사과하고 손숙오의 아들을 불러들여 침구(寢丘)의 땅 4백 호에 봉하고 아버지의 제사를 받게 했는데, 그로부터 10대 동안 자손이 끊이지 않았다. 이것은 우맹이 말할 시기를 잘 알고 있었던 까닭이다. ―《사기》 골계열전

■ **날려 보낸 따오기** : 옛날에 제나라 임금은 순우곤에게 명하여 따오기를 초나라에 바치도록 한 일이 있었다. 순우곤은 도성문을 나서자 따오기를 날려 보내고 빈 새장만 들고 가서 초나라 왕을 알현하고 이렇게 말했다.

『제나라 왕께서는 저로 하여금 따오기를 바치게 했습니다만, 물 위를 지날 때 따오기가 목이 말라 하는 것을 차마 보고만 있을 수가 없어서 새장에서 꺼내 물을 마시게 했는데, 그만 제 손을 빠져나가 도망치고 말았습니다. 저는 스스로 배를 가르고 목을 찔러 죽을까도 생각했으나, 사람들이 우리 임금에 대해 하찮은 짐승 때문에 선비를 자살하게 만들었다고 비난하지 않을까

두려워서 그만두었습니다. 따오기는 털을 가진 놈으로서 그와 비슷한 종류가 많기 때문에 다른 것을 사가지고 대신할까도 생각했으나, 그런 행위는 신의가 없는 행동이기에 우리 임금을 속이는 일이 되고 맙니다. 다른 나라로 도망을 칠까도 생각했습니다만, 두 나라 임금 사이에 사신의 길이 막히고 말게 될 것이 두려웠습니다. 그러므로 이렇게 와서 뵙고 잘못을 저지른 죄를 자백하고 머리를 조아려 대왕으로부터 벌을 받고자 합니다.』

초나라 왕이 말했다. 『훌륭하도다. 제나라 왕에게는 이토록 신의가 두터운 선비가 있었단 말인가!』 그리고는 그에게 선물을 듬뿍 내렸다. 그 상품은 따오기를 바쳤을 경우의 배나 되었다.　　　　　　　　　　　　　　　　　　　　　　—《사기》 골계열전

■ **서문표의 기지** : 위나라의 문후(文侯) 때 서문표(徐門豹)가 업(鄴)의 현령이 되었다. 서문표는 업현에 이르자마자 장로들을 불러놓고, 백성들의 괴로움이 무엇인지를 물었다. 장로들이 말했다. 『하백(河伯 : 황하의 수신)에게 신부 감을 바치는 일로 고민하고 있습니다. 그 때문에 가난하게 살고 있습니다.』 서문표가 그 까닭을 묻자, 그들은 이렇게 대답했다.

『업현의 삼로(三老 : 향鄕에서 교화를 담당하는 관리)와 아전들은 해마다 백성들에게 세금을 부과하여 징수하기 수백만 전에 이르는데, 그 중에서 2, 30만 전을 들여 하백의 아내를 맞게하고 그 나머지 돈은 무당과 함께 나누어 갖습니다. 하백을 장가들이는 시기가 되면 무당들이 돌아다니며 남의 집 어여쁜 딸을 발견하고는 『이 아가씨야말로 하백의 부인 감이다.』 하고

는 폐백을 보내주고 그 처녀를 데려다가 목욕을 시키고, 갖가지 비단으로 장식한 새 옷을 지어 준 다음, 재계(齋戒)를 시키기 위해 재궁(齋宮 : 재계하는 집)을 하수 근처에 세우고 붉은 색깔의 장막을 쳐서 그 안에 살게 합니다. 그리고 처녀에게는 쇠고기·술·밥 등을 제공하며 열흘 남짓 지나면 여러 사람이 화장을 시켜 주고 시집갈 때의 상석(床席) 같은 것을 만들어 처녀를 그 위에 앉힌 다음 이것을 하수에다 띄우는데, 처음에는 떠 있다가 몇 십리쯤 떠내려가려면 물에 가라앉아 버립니다. 어여쁜 딸을 둔 집에서는 무당이 하백을 위해 그의 딸을 신부로 데려가지나 않을까 두려운 나머지 많은 사람들이 딸을 데리고 먼 곳으로 달아나 버립니다. 그런 까닭으로 성 안은 갈수록 사람이 줄어들어 비게 되고 또 가난하게 삽니다. 이 일은 그 유래가 아주 오래여서 민간의 속담에도 『만약 하백에게 신부를 보내주지 않으면 성은 넘치는 하수에 잠겨 백성들은 빠져 죽고 말 것이다.』라고 말하고 있습니다.』

서문표가 말했다. 『하백에게 아내를 맞게 해 주는 시기가 되어 삼로·무당·부로(父老)들이 처녀를 하수 가로 보낼 때는 나에게 꼭 이야기해 주시오. 나도 그 처녀를 전송하겠소.』

모두가 알았다고 대답했다. 그 때가 되어 서문표가 하수 기슭에 나가 보니 삼로·관속(官屬)·호족과 마을의 부로들이 모두 모였고, 구경나온 백성들도 2, 3천 명이나 있었다. 무당은 늙은 할미로서 나이는 이미 70이 지났고 제자 무당을 열 명쯤 거느리고 있었다. 그들은 모두 비단 홑옷을 입고 큰 무당 뒤에 서 있었다. 서문표가 말했다. 『하백의 아내가 될 처녀를 불러오너

248

라. 그 얼굴이 예쁜지 추한지 내가 보리라.』 말이 끝나자 장막 안에서 처녀를 데리고 나와 그의 앞에 세웠다.

서문표는 그 처녀를 본 다음 삼로·무당·부로들을 향하여 말했다. 『이 여자는 얼굴이 예쁘지 않구나. 수고스럽지만 큰 무당 할멈은 하수에 들어가서 하백에게 『더 예쁜 처녀를 구해서 후일 다시 날을 받아 보내겠다』고 이르고 오시오.』 그리고 바로 이졸(吏卒)에게 명령하여 큰 무당 할멈을 물속으로 집어던지게 했다. 그리고 잠시 후에 서문표가 말했다.

『무당 할멈이 왜 이렇게 나오지 않느냐? 그 제자 무당 중에 누가 들어가서 빨리 불러오너라.』 그러고 나서 제자 무당 한 사람을 강물 속에 집어던졌다. 다시 얼마 지나서 말했다. 『제자마저 어찌하여 이렇게 늦는단 말이냐? 한 사람 더 들어가서 빨리 오라고 일러라.』 또다시 제자 무당 한 명을 강물 속에 던졌다. 이리하여 도합 세 명의 제자를 집어던지게 하고 나서 서문표는 말했다.

『무당 할멈과 그 제자들은 여자이기 때문에 사정을 제대로 말하지 못하는가 보다. 그렇다면 삼로에게 부탁을 해야겠구나. 수고스럽지만 삼로가 강물 속에 들어가서 하백에게 사정을 이야기해 주구려.』그리고는 다시 삼로를 강물 속에 집어던졌다.

서문표는 붓을 관(冠) 앞에 찌르고 몸을 경(磬 : 曲形으로 생긴 악기)처럼 굽혀 한 차례 읍을 한 다음 강물을 향하여 서서 기다리고 있었다. 옆에서 보고 있던 장로들과 아전들은 놀라고 두려워했다. 서문표가 그들을 돌아보고 말했다. 『무당 할멈도 삼로도 돌아오지 않는군. 어떻게 하는 것이 좋을까?』 그리고는 다시 아전과 호족 한 명씩을 강물 속에 집어넣으려고 했다.

그러자 모두가 이마를 땅바닥에 조아리며 애원했다. 어찌나 머리를 조아렸던지 이마가 깨져서 피가 땅바닥에 흘러내리고 얼굴이 잿빛이 되었다. 잠시 후 서문표가 말했다. 『좋다. 잠시 머물러라. 잠깐만 더 기다려 보자.』 조금 있다가 서문표가 다시 말했다. 『아전들은 들어라. 모두들 일어나라! 아무래도 하백은 우리 사자들을 붙들어 두고 돌려보내지 않을 모양이구나. 너희들은 그만 돌아가거라!』

업현의 관민들은 크게 놀라고 두려워하여 그 뒤로는 하백을 위해 여자를 시집보내 준다는 따위의 소리를 하는 자가 아무도 없었다.　　　　　　　　　　　　　　　—《사기》골계열전

【에피소드】

■ **이탈리아인의 유머** : 대부분의 이탈리아인들의 유머는 『만지아레』라는 말과 연관성이 있는데, 이 말에는 『먹는다』는 것과 『뇌물을 받는다』는 두 가지 뜻이 있다. 예를 들면, 무솔리니의 아들 로마노가 저녁식사 때 무솔리니에게 묻는다. 『아버지, 제가 이담에 아버지처럼 훌륭한 사람이 되려면 무엇을 해야 하나요?』 이에 대해 무솔리니는 『만지 에 타치(처먹고 닥치고 있어)』라고 대답했다는 것이다.

동물 가운데서 제일 파쇼적인 것은 코끼리다. 왜냐하면 코끼리는 먼저 파시스트 스타일의 경례를 하고 나서 먹기 때문이다. 파시스트의 휘장은 기관차들이 철도를 『먹어 없앤다』하여 모든 기관차에게 달아놓았다. 베수비우스 산은 최근 입을 벌렸

다—먹기 위해, 그래서 명예박사 학위를 받았다. 등등이 그들의 유머다. 여객 한 사람이 경찰관을 붙들고, 『이 마을에서는 어디 가야 잘 먹을 수 있소?』하고 물으면 경찰관은, 『당 본부에 가시오..』라고 한다는 유머도 유행했다.   — J. 건서

■ 마크 트웨인이 유럽에서 유세를 돌고 있을 때 이 매력적인 유머리스트가 급사하였다는 소문이 본국에 퍼졌다. 이것을 확인하려는 전보가 런던으로 날아왔다. 그래서 그는 다음과 같은 전보를 보냈다. 『나의 죽음에 관한 보도에는 과장된 바가 있음.』

■ 간디는 대부분의 사람들이 생각하는 것처럼 그렇게 강압적인 개성을 가진 사람은 아니다. 그는 웃기를 잘한다. 그는 이야기하면서 낄낄거리고 웃는다. 언젠가 그는 친구에게, 만일 자기에게 유머센스가 없었던들 오래 전에 자살했을 것이라고 말한 일이 있다.

【成句】

■ 진중희언무(陣中戲言無) : 제갈양이 한 말로, 싸움에 임하는 군중(軍衆)에게 농담 같은 명령이나 지시는 있을 수 없다는 뜻. / 《삼국지연의》

꿈 *dream* 夢
(잠)

【어록】

■ 장자(莊子)가 꿈속에서 나비가 되었다(莊周夢爲胡蝶 : 만물이
하나로 된 절대의 경지에 서 있게 되면, 인간인 장주가 곧 나비
일 수 있고, 나비가 곧 장주일 수도 있다. 꿈도 현실도 죽음도
삶도 구별이 없다. 우리가 눈으로 보고 생각으로 느끼고 하는
것은 한낱 만물의 변화에 불과한 것이다. 이러한 경지에 들어
가면 참다운 우주의 신비, 실존의 진리, 참된 도를 터득할 수
있다는 뜻이다).   ─《장자》

■ 꿈속에서 또한 그 꿈을 점친다(夢之中又占其夢 : 꿈을 꾸면서
도 꿈이라고 알지 못하고, 그 꿈속에서 지금 꾼 꿈의 길흉을 점
치고 있다. 인생은 결국 꿈의 연속이다. 사람은 좋은 꿈을 꾸면
기뻐하고 흉한 꿈을 꾸면 걱정한다. 그러나 그것도 결국은 꿈
속의 일임을 알아야 한다. 줄여서 『몽중점몽(夢中占夢)』이라
고도 한다).   ─《장자》

▪ 덧없는 세상이 꿈과 같다.　　　　　　　　　　　　— 이백

▪ 오셔서는 봄꿈마냥 잠깐이더니, 가신 뒤엔 아침구름인 양 찾을 길 없네(來如春夢幾多時 去似朝雲無覓處).　　— 백거이(白居易)

▪ 정이 꿈을 알면 좋은 일 없건만, 꿈이 아니고야 언제 만나랴(情知夢無益 非夢見何期).　　　　　　　　　— 원진(元稹)

▪ 인간세상 일장 꿈과 같으니 순식간에 천변만화가 생긴대도 이상할 바 없다(人世一大夢 俯仰百變 無足怪者).　— 소식(蘇軾)

▪ 기쁨과 슬픔은 모두 다 허황한 꿈, 욕심과 사랑은 언제나 어리석은 것(喜笑悲哀都是假 貪求思慕總因癡).　—《홍루몽》

▪ 죄수는 사면을 꿈꾸고 목마른 자는 마실 것을 꿈꾼다(囚人夢赦 渴人夢漿).　　　　　　　　　　　　— 홍편(洪楩)

▪ 꿈은 수심 중에 깰까 두렵고, 취중엔 봄이 찾아와 즐겁네(夢怕愁時斷 春從醉里回).　　　　　　　　　— 전위(田爲)

▪ 희망이란 눈뜨고 있는 꿈이다.　　　　　— 아리스토텔레스

▪ 꿈은 그 사람의 성향(性向)의 진정한 설명자이다. 그러나 그것을 가려내고 이해하는 데에는 기술이 필요하다.　— 몽테뉴

▪ 꿈은 불만족에서 나온다. 만족한 인간은 꿈을 꾸지 않는다.

　　　　　　　　　　　　　　　　　　　　— 몽테를랑

▪ 행복은 꿈에 지나지 않고, 고통은 현실이다.　　— 볼테르

▪ 야망의 실체는 꿈의 그림자에 지나지 않는다. ……야망이란 사실 공기같이 허무한 것이어서 그것은 결국 그림자의 그림자에 지나지 않는다.　　　　　　　　　　　　　— 셰익스피어

▪ 이 천지간에는 자네의 철학으로는 꿈도 못 꿀 많은 일이 있다네, 호레이쇼여!　　　　　　　　　　　— 셰익스피어

■ 자기의 꿈을 쓰려고 하는 자는 도리어 깨어 있지 않으면 안 된
  다.　　　　　　　　　　　　　　　　　　　— 폴 발레리

■ 인간은 『꿈』에 의해서—즉, 그 꿈의 짙은 농도, 상관관계, 다
  양함에 의해서, 또는 인간의 본성과 자연환경마저도 변경시키
  려는 꿈의 놀라운 효과에 의해서 다른 모든 것과 대립관계를
  갖고, 다른 모든 것보다 우위에 서 있는 야릇한 생물, 고립된
  동물이다. 그리고 지칠 줄 모르고 그 꿈을 좇으려고 하는 존재
  이다.　　　　　　　　　　　　　　　　　　— 폴 발레리

■ 꿈꾸는 힘이 없는 자는 사는 힘도 없다.　　— 에른스트 톨러

■ 공화국은 하나의 꿈이다. 꿈이 없으면 아무것도 성취할 수 없
  다.　　　　　　　　　　　　　　　　　　　— 칼 샌드버그

■ 그들의 꿈이 되풀이하여 그들을 속이기까지는 그들은 그 꿈들
  을 믿는다.　　　　　　　　　　　　　　　— 한스 프라이어

■ 인생에는 사랑의 젊은 꿈만큼 달콤한 것은 없다.
  　　　　　　　　　　　　　　　　　　　　　— 토머스 무어

■ 인생은 꿈같아 아무 가치 없는 물방울에 지나지 않는다. 여러
  분이 매일 보듯이, 순간에 지나가고 머무는 일이 없다.
  　　　　　　　　　　　　　　　　　　　　— 미하일 네안더

■ 청춘의 꿈에 충실하라.　　　　　　　　— 프리드리히 실러

■ 내가 가난한 소년시절 습기 찬 지하실에서 살았을 때 나에겐
  친구도 장난감도 없었다. 그러나 알라딘의 램프가 곁에 있었다.
  　　　　　　　　　　　　　　　　　　　— 존 로널드 로얼

■ 꿈꾸는 자유 말고 어떤 다른 심리적 자유가 우리에게 있는가?
  　　　　　　　　　　　　　　　　　　　— 가스통 바슐라르

■ 책은 꿈을 가르쳐 주는 진짜 선생이다.　　— 가스통 바슐라르

■ 어느 곳은 놀라울 만큼 명백하고 보석세공처럼 소상하게 나타
나는가 하면, 또 어느 곳은 마치 공간도 시간도 무시한 것처럼
마구 뛰어넘는다. 꿈을 밀고 나가는 힘은 이성(理性)이 아니라
희망이며, 두뇌가 아니라 심정인 것 같다. — 도스토예프스키

■ 꿈은 병적인 상태에 놓여 있을 때는 유달리 두드러진 인상과
선명함과 지극히 현실과 흡사한 특색을 지니는 법이다.
　　　　　　　　　　　　　　　　　— 도스토예프스키

■ 구애(求愛)할 때에는 꿈을 꾸지만, 결혼하면 잠을 깬다.
　　　　　　　　　　　　　　　　　— 알렉산더 포프

■ 남자란 청혼하고 있을 동안은 꿈을 꾸고 있지만, 일단 결혼하
고 나면 깬다.　　　　　　　　　　— 알렉산더 포프

■ 꿈을 알아보는 것도 하나의 꿈이다.　　— 조지 새빌

■ 세계의 절반은 나머지 절반이 꿈을 꿀 수 있도록 땀을 흘리고
신음해야 한다.　　　　　　　　　　— 헨리 롱펠로

■ 슬픈 사연으로 내게 말하지 말라, 인생은 한낱 허황된 꿈에 지
나지 않는다고.　　　　　　　　　　— 헨리 롱펠로

■ 밤마다 겪는 불길한 모험.　　　　　　— 보들레르

■ 독일은 꿈을 선(線)에 의해서, 영국은 원근(遠近)에 의해서 나타
낸다.　　　　　　　　　　　　　　— 보들레르

■ 꿈은 영혼의 가장 깊고 가장 친밀한 개인의 방 안에 있는 작은
숨겨진 문(門)이다. 그리고 그 문은 의식(意識)상의 자아(自我)
가 있기 오래 전에 있었던, 그리고 의식적 자아가 도달할 수 없
이 먼 곳에 있게 될 영혼인 태고적 우주의 밤으로 열려져 있다.

— 카를 융

■ 몽고족의 한 황제가 13세기에 하나의 궁전을 꿈에서 보고 그
꿈을 따라 궁전을 짓는다. 그리고 18세기에는 한 영국 시인이
그것이 꿈에서 비롯된 궁전이었다는 것도 모르고 그 궁전에 대
한 시를 꿈꾼다. 이상의 일치점을 대조해 볼 때, 내 생각은 자는
사람들의 영혼 속에 작용하는, 혹은 대륙을 뛰어넘고 혹은 세
기를 질러 올 수 있는 조화의 힘이 있는 것이 아닌가 하는 의혹
을 품게 한다. — 호르헤 보르헤스

■ 지난밤의 꿈을 나한테 말하지 말라, 내가 요사이 프로이트를
읽고 있으니까. — 헨리 애덤스

■ 잠자고 꿈꾸었더니 인생은 아름다움이었다. 잠깨어 세상을 보
니 인생은 책임이었다. — E. 후퍼

■ 현실이 꿈과 일치할 경우는 드물다. 그러나 오로지 꿈만이 목
적을 고귀하게 만든다. — 린든 B. 존슨

■ 꿈이 많을수록 믿는 것이 적다. — 헨리 L. 멩컨

■ 너는 우리의 어스름 속 대낮의 빛이었고, 네 젊음은 우리에게
꿈을 주어 꿈꾸게 했네. — 칼릴 지브란

■ 꿈 이야기에는 독특한 매력이 있다. 그것은 우리를 매혹시키고
우리에게 영감을 불어넣어 주는 한 폭의 그림과도 같다. 꿈을
일컬어 우리는 분명히 『영감을 받듯이 꿈이라는 그림을 본
다.』라든가, 『우리는 틀림없이 영감을 받았다.』라고 말할 수
있겠다. 그러나 꿈 얘기를 남에게 할 때 우리는 보통 자신의 꿈
의 이미지로서 남에게까지 그 영감을 옮겨주지는 못한다. 꿈은
전개의 가능성을 안은 사상이 되어 우리의 마음을 스쳐 간다.

　　　　　　　　　　　　　　　　　　　　— 비트겐슈타인

■ 꿈에 백일몽과 같은 기능이 있다면, 모든 가능성(최악의 것을 포함해서)에 대하여 각오하는 것도 꿈이 맡아야 하는 역할의 일부가 될 것이다.　　　　　　　　　— 비트겐슈타인

■ 꿈 얘기는 잡다한 것의 상기(想起)다. 그것은 흔히 의미심장하고, 수수께끼에 가득 찬 한 덩이의 이야기가 피어난다. 이를테면 그것은 하나의 단편이고, 우리는 그 단편에서 강한 인상을 받는다.　　　　　　　　　　　　　— 비트겐슈타인

■ 이 세상의 행복이란 무엇인가—그림자에 지나지 않는다. 이 세상의 명성이란 무엇인가—꿈에 지나지 않는다.

　　　　　　　　　　　　　　— 프란츠 그릴파르처

■ 어느 날 밤, 나는 나의 네 어린 자식들이 피부색으로 차별을 받지 않고, 그 성격에 따라 구별되는 나라에 살고 있는 꿈을 꾸었다.　　　　　　　　　　　　　　— 마틴 루터 킹

■ 꿈은 사람이 잠들 때 유혼(遊魂)의 변동으로 생긴다. 인상편(人相篇)을 보면, 대체로 꿈의 경계는 신이 심상(心上)에 노닐 때 생긴다. 그러나 그 노니는 한계가 멀지 않아 오장육부의 안을 벗어나지 못하고 이목시청(耳目視聽)의 문을 출입할 뿐이다. 백안선사(白眼禪師)의 말에 의하면, 꿈이란 오경(五境)이 있는데, ① 영경(靈境) ② 보경(寶境) ③ 과거경(過去境) ④ 현재경(現在境) ⑤ 미래경(未來境)이라고 한다. 그런데 신이 조(躁)하면 꿈이 생기고 신이 정(靜)하면 꿈이 없는 것이다.

　　　　　　　　　— 오주연문장전산고(五洲衍文長箋散稿)

■ 공자가 일찍이 말하기를,『내가 꿈에 주공(周公)을 뵙지 못한

지가 오래구나.』라고 했으니, 대개 꿈은 사람의 정신에 만유(漫遊)한 것이지, 형체의 시킴은 아니다. 공자가 꿈에 주공을 본 것은 평소에 주공의 도를 마음속에 두어서 행한 까닭에 그 정신이 저절로 상감(相感)해서 꿈에 나타난 것이다.   — 기화

■ 꿈이 평등하므로 도(道)도 평등하다.   —《방등경(方等經)》

■ 인간에게는 유머를 이해할 수 있는 힘이 부여되어 있으며, 그것이 있기 때문에 인간의 꿈을 비판하고 그 꿈을 현실세계와 접촉시킬 수가 있다.   — 임어당

■ 꿈이란 놈은 끈질기게도 내 잠자리를 헤치고 들어와 밤새껏 나를 시달리게 하고 새벽 네 시 지나 참새들이 귀찮게 지저귀는 그 때서야 나를 내버려두고 저 혼자 어디론지 사라지고 만다.   — 이헌구(李軒求)

■ 꿈에도 못 잊을 그 님을 꿈에서라도 만나 일만 가지 설화와 정회를 풀 수 있다는 그 꿈의 의미는 가볍게 실속이 없다고 해서 무시해 버릴 수는 없는 노릇이다. 그러나 이런 것들이 때로는 요행수가 되어 미신이라는 형태로 탈바꿈하기도 하는 것이다.   — 이헌구

■ 청운의 큰 뜻이라는 것이 결국은 인생이란 것을 분홍빛 베일을 통해서만 볼 줄 알던 젊었을 때의 일시의 헛된 꿈이요, 사람의 마음과 몸을 영원히 안식시켜 줄 깊고도 높고 또 튼튼한 것이 아니었다는 것을 깨달았을 때…….   — 유진오

■ 꿈을 깨서 생각하면 꿈은 잠깐 동안의 허망이었던 것이다.   — 윤오영(尹五榮)

■ 어차피 불가능할 것이라면 꿈이라도 찬란하게 꾸자.

258

　　　　　　　　　　　　　　　　　　　— 이어령
■ 꿈은 항상 인간의 정신을 새롭게 불러내 준다. 꿈은 정신의 건
　강을 위한 사찰자(司察者)이며 안전판(安全辦)이다. — 신동집
■ 역사 이래 꿈시장은 불경기가 없었다.　　　　— 차동엽

【속담 · 격언】

■ 노루잠에 개꿈이라. (잠깐 자면서 꾼 같잖은 꿈 이야기, 또 격에
　맞지 않는 말을 하는 경우에 쓰는 말)　　　　— 한국
■ 꿈에 서방 맞은 격. (무엇이든 다 제 욕심에 차지 않음)
　　　　　　　　　　　　　　　　　　　— 한국
■ 꿈에 사위 본 듯. (무엇인가 한 일이 분명치 않다)　— 한국
■ 마음에나 있어야 꿈을 꾸지. (도무지 생각이 없으면 꿈도 안 꾸
　어진다)　　　　　　　　　　　　　　　— 한국
■ 꿈자리가 사납더니. (무엇이 뜻대로 되지 않고 일마다 방해되는
　것이 끼어든다)　　　　　　　　　　　　— 한국
■ 꿈꾼 셈이라. (뜻하지 않았던 좋은 일이 생겨 신기하고 놀랍다)
　　　　　　　　　　　　　　　　　　　— 한국
■ 꿈도 꾸기 전에 꿈 해몽. (어떻게 될는지 모르는 일을 가지고
　미리부터 제멋대로 상상하고 기대한다)　　　　— 한국
■ 꿈보다 해몽이 좋다.　　　　　　　　　— 한국
■ 꿈에 본 돈이다. (아무리 좋아도 제 손에 넣을 수는 없다)
　　　　　　　　　　　　　　　　　　　— 한국
■ 상시(常時)에 먹은 맘이 꿈에도 있다. (꿈꾸는 내용은 평상시에
　가진 생각이 어떤 모양으로든 나타난다)　　　　— 한국

■ 남녀가 함께 자도 보는 꿈은 다르다. — 몽고
■ 낮에는 밤의 꿈자리가 평안하도록 행위 하라. 그리고 청춘시대
  에는 노년에 평화하도록 행위 하라. — 인도
■ 꿈이 뜻하는 것, 가을구름의 영향, 여자의 생각과 왕의 본성은
  아무도 모른다. — 인도
■ 희망은 깨보면 꿈이다. — 영국
■ 병아리가 부화되기 전에는 그 마리수를 셈하지 말라. {Don't
  count your chickens till(or before) they are hetched. : 미리 꿈에 부풀
  지 말라} — 영국
■ 꿈과 사랑에 있어서 불가능이란 없다. — 불가리아
■ 배고픈 닭은 수수알의 꿈을 꾼다. — 러시아

【시 · 문장】
그 전날의 꿈을 또 꾸었습니다.
그것은 오월의 밤이었습니다.
보리수를 등에 지고 걸터앉아
영원한 맹세를 한 두 사람
맹세에 맹세를 거듭하고는
남몰래 웃으며 키스와 애무
맹세를 잊지 않는 정표로서
그대는 나의 손을 물었습니다.
두 눈이 유달리 밝던 임이여
지그시 내 손을 깨물던 임이여
굳은 맹세도 좋기는 하지만

깨물려 오래도록 아픈 것은 나 하나뿐.
— H. 하이네 / 그 전날의 꿈을

꿈에는 꽃다발을 두르고 노래하는 외투를 걸치고
환상의 나래로 하늘 높이 날아오르는 시인.
— 존 밀턴 / 교회국가(敎會國家)의 이유

님 찾아 꿈길 가니 그 님은 나를 찾아
밤마다 오가는 길 언제나 어긋나네.
이후란 같이 떠나서 노중봉(路中逢)을 하고저.
— 황진이 / 꿈

간밤에는 봄바람 불고
아득히 상강(湘江) 물이 그리웠어요.
거기에 계신 임이 몹시도 몹시도 그리웠어요.
그러기에 잠깐을 조는 새에도
몇 천 리 강남땅을 갔다 왔지요.
— 잠삼(岑參) / 춘몽(春夢)

밤 근심이 하 길기에
꿈도 길 줄 알았더니,
님을 보러 가는 길에
반도 못 가서 깨었구나.
새벽꿈이 하 짧기에

근심도 짧을 줄 알았더니,
근심에서 근심으로
끝 간 데를 모르겠다.
만일 님에게도
꿈과 근심이 있거든
차라리 근심이 꿈 되고 꿈이 근심 되어라.

— 한용운 / 꿈과 근심

당신이 맑은 새벽에 나무그늘 사이에서 산보할 때에
나의 꿈은 작은 별이 되어서
당신의 머리 위를 지키고 있겠습니다.
당신이 여름날에 더위를 못 이기어 낮잠을 자거든
나의 꿈은 맑은 바람이 되어서
당신의 주위에 떠돌겠습니다.
당신이 고요한 가을밤에 그윽이 앉아서 글을 볼 때에
나의 꿈은 귀뚜라미가 되어서
당신의 책상 밑에서 귀뚤귀뚤 울겠습니다.

— 한용운 / 나의 꿈

꿈에 뵈는 님이 신의 없다 하건마는
탐탐이 그리울 제 꿈 아니면 어이 보리
저 님아 꿈이라 말고 자로자로 뵈시소.

— 明玉

가노라 다시 보자 그립거든 어이 살꼬
비록 천리라타 꿈에야 아니 보랴
꿈 깨어 곁에 없으면 그를 어이하리오.

— 무명씨

꿈이란 것은 밤에 꾸는 것이다. 자면서 꾸는 것이다. 자면서 보고, 듣고, 먹고, 놀고, 울고, 웃고 하는 것이 꿈이요, 꿈 세상이다. 꿈 아닌 때의 눈·귀·코·혀·몸·의(意)가 진상(眞相)이라면 꿈속의 눈·귀·코·혀·목·몸·뜻도 꿈대로의 진상이다. 꿈속의 일체상(一切相)을 꿈꾸는 사람은 좀처럼 없을 게다. 깬 때의 일체상을 가상으로 여기는 사람이 좀처럼 없는 것과 같다. 꿈을 허무맹랑한 허사로 여김은 깬 때의 생각이요, 깬 때의 희로애락을 허무로 돌림은 자는 때의 그 때뿐이다. 그러니까 자나 깨나 그 허허실실(虛虛實實)은 마찬가지다—라고 말할 수도 있을 법한 일이다.

— 설의식 / 백일몽

현실주의(3)+꿈(2)+유머(2)+감수성(1)=영국인
현실주의(2)+꿈(3)+유머(3)+감수성(3)=프랑스인
현실주의(3)+꿈(3)+유머(2)+감수성(1)=미국인
현실주의(3)+꿈(4)+유머(1)+감수성(2)=독일인
현실주의(2)+꿈(4)+유머(1)+감수성(1)=러시아인
현실주의(2)+꿈(3)+유머(1)+감수성(1)=일본인
현실주의(4)+꿈(1)+유머(3)+감수성(3)=중국인

— 임어당 / 生活의 發見

우리의 꿈들은 어떤 공간 속에 살고 있는 것일까? 우리가 사는 밤의 생활은 어떤 역동성(力動性)을 가진 것일까? 우리들 꿈의 공간은 과연 휴식의 공간일까? 그 공간은 오히려 부단하고 몽롱한 어떤 운동으로 이루어져 있는 것이 아닐까? 이런 모든 문제들에 대하여 우리가 밝혀 낼 수 있는 것은 거의 없다. 왜냐하면 낮이 다시 돌아왔을 때 우리의 머릿속에 남는 것은 밤 동안 겪은 삶의 파편들뿐이기 때문이다. 우리는 그 꿈의 조각들을, 그 꿈 공간의 파편들을 뒤늦게야 밝은 공간의 기하학적 틀 속에다 나란히 늘어놓을 뿐인 것이다. 이리하여 우리는 꿈을 죽어 버린 조각조각으로 해부하는 것이다. 이리하여 우리는 휴식의 심리학이 지닌 모든 기능들을 골고루 다 연구할 수 있는 가능성을 상실하게 된다. 꿈을 통한 갖가지 변형(變形)으로부터 우리에게 남는 것은 오직 정체(停滯)뿐이다.　　　　　　　　　　　　　　　— G. 바슐라르 / 꿈의 공간

【중국의 고사】

■ **남가일몽(南柯一夢)** : 남쪽으로 뻗은 나뭇가지 밑에서의 한 꿈이란 뜻으로, 사람의 덧없는 일생과 부귀 같은 것을 비유해 하는 말이다. 옛날 소설 따위를 보면 생시와 다름없는 역력한 꿈을 말할 때 이 남가일몽이란 문자를 쓰곤 했다. 생시와 다름없는 꿈이란 뜻일 것이다. 장자(莊子)의 나비꿈(胡蝶夢)의 이야기처럼 사람은 과연 생시 같은 꿈을 꾸고 있는 건지, 꿈같은 삶을 살고 있는 건지 모를 일이다.

당나라 덕종(德宗 : 재위 779~805) 때, 강남 양주(揚州) 땅에 순우분이란 사람이 살고 있었다. 그의 집 남쪽에는 몇 아름이

나 되는 큰 괴화(槐花)나무가 넓게 그늘을 드리우고 있었는데, 여름철에는 친구들과 어울려 그 괴화나무 밑에서 술을 마시며 즐기곤 했다. 하루는 밖에서 술에 취한 순우분이 친구의 부축을 받으며 집으로 업혀 들어와서는 처마 밑에서 잠시 바람도 쐴 겸 누워 있었다. 잠이 어렴풋이 들었는가 했는데, 문득 바라보니 뜰 앞에 두 관원이 넙죽 엎드려 있었다. 그들은 머리를 들고, 『괴안국(槐安國) 국왕의 어명을 받잡고 모시러 왔습니다.』 하는 것이었다.

순우분은 그들을 따라 문 밖에 대기하고 있는 네 마리 말이 끄는 마차에 올라탔다. 마차는 쏜살같이 달리더니 큰 괴화나무 뿌리 쪽에 있는 나무 굴로 들어갔다. 처음 보는 풍경 속을 수십 리를 지나 화려한 도성에 와 닿았다. 왕궁이 있는 성문에는 금으로 『대괴안국(大槐安國)』이라 씌어 있었다. 국왕을 알현하자, 국왕은 그를 부마로 맞이할 뜻을 비쳤다. 그의 부친은 일찍이 북쪽 변방의 장수로 있었는데, 그가 어릴 때 간 곳을 알 수 없게 되었다. 괴안국 왕의 이야기로는 그의 아버지와 상의가 있어 이 혼사를 결정했다는 것이었다.

부마로 궁중에서 살게 된 그에게 세 명의 시종이 따르게 되었는데, 그 중 한 사람은 얼굴이 익은 전자화(田子華)란 사람이었다. 또 조회 때 신하들 속에 술친구였던 주변(周辯)을 발견하게 되었는데, 전자화의 말로는 지금은 출세를 해서 대신이 되어 있다고 했다. 이윽고 남가군(南柯郡)의 태수로 임명되어, 전자화와 주변을 보좌역으로 데리고 부임했다. 그로부터 20년 동안 두 사람의 보좌로 고을이 태평을 누리게 되고, 백성들은 그를 하늘처럼 우러러보았다.

그 사이 다섯 아들과 두 딸을 얻었는데, 아들들은 다 높은 벼슬에 오르고, 딸은 왕가에 시집을 가서, 그 위세와 영광을 덮을 가문이 없었다. 20년이 되던 해, 단라국(檀羅國) 군대가 남가군을 침략해 들어왔다. 주변이 3만의 군대를 이끌고 나가 맞아 싸웠으나 크게 패했다. 주변은 이내 등창을 앓다가 죽고, 뒤이어 순우분의 아내 역시 급병으로 세상을 떠나고 말았다.

그는 벼슬을 사임하고 서울로 돌아왔다. 그러나 그의 명성을 사모하여 찾아오는 귀족과 호걸들이 문턱이 닳도록 드나들었다. 그러자 그가 역적 음모를 꾸민다고 투서를 하는 사람이 있었다. 왕은 겁을 먹고 있던 참이라 그에게 근신을 명령했다. 그는 스스로 죄가 없는지라 심한 불행 속에 나날을 보냈다. 이것을 눈치 챈 국왕 내외는 그에게, 『고향을 떠난 지 벌써 오래니, 한번 다녀오는 것이 어떻겠는가? 그동안 손자들은 내가 맡을 터이니 3년 후에 다시 만나기로 하지.』하고 권했다. 그가 놀라, 『제 집이 여긴데, 어디를 간단 말입니까?』하고 반문하자, 『그대는 원래 속세 사람, 여기는 그대의 집이 아닐세.』하며 웃는 것이었다.

순우분은 그제야 옛날 생각이 되살아나 고향으로 돌아가기로 했다. 처음 그를 맞이하러 왔던 사람들에 의해 옛 집으로 돌아오자, 처마 밑에 자고 있는 자기 모습이 보였다. 깜짝 놀라 우뚝 서 있노라니 두 관리가 큰 소리로 그의 이름을 불렀다. 번쩍 눈을 뜨니, 밖은 그가 처음 업혀 올 때와 변한 것이 없고, 하인은 뜰을 쓸고 있고, 두 친구는 발을 씻고 있었다.

그가 친구와 함께 괴화나무 굴로 들어가 살펴보니 성 모양을 한 개미집이 있는데, 머리가 붉은 큰 개미 주위를 수십 마리의 큰 개미가 지키고 있었다. 그것이 『대괴안국』의 왕궁이었다. 다시 구멍을 더듬어 남쪽으로 뻗은 가지(南柯)를 네 길쯤 올라가자 네모진 곳이 있고 성 모양의 개미집이 있었다. 그가 있던 남가군이었다. 그는 감개가 무량해서 그 구멍들을 본래대로 고쳐 두었는데, 그날 밤 폭풍우가 지나가고 아침에 다시 보니 개미들은 흔적마저 보이지 않았다. 남가군에서 만난 사람들과는 열흘 전에 만난 일이 있었다. 하인을 시켜 알아보니 주변은 급병으로 죽고, 전자화도 병으로 누워 있었다. 그는 이 남가의 한 꿈에 인생의 허무함을 깨닫고 술과 여자를 멀리하고 도술(道術)에 전념하게 되었다. 그런 지 3년 뒤에 집에서 죽었는데, 이것이 남가국에서 약속한 기한이 되는 해였다.

― 《태평광기(太平廣記)》

■ **한단지몽(邯鄲之夢)** : 인생과 영화의 덧없음의 비유. 한단은 하북성에 있는 전국시대 조(趙)나라의 서울이었던 곳이다. 당 현종 개원(開元) 연간에 있었던 일이다. 도사인 여옹(呂翁)이 『한단』으로 가는 도중 주막에서 쉬고 있었다. 거기에 노생(盧生)이란 젊은이가 남루한 차림으로 검은 망아지를 타고 가다가 역시 쉬게 되었다.

젊은이는 여옹과 이야기를 주고받다가 문득 생각난 듯이, 『사나이가 세상에 태어나서 부귀를 누리지 못하고 이런 시골 구석에 처박혀 있다니……』 하고 한숨을 지었다. 『보아하니,

나이도 젊고 얼굴도 잘생긴데다가 매우 패기가 있어 보이는데, 왜 그런 실망에 찬 소리를 하는 거지?』하고 여옹이 물었다. 그러자 노생은 이렇게 대답했다.

『마지못해 살고 있을 뿐, 즐거움이란 것이 전연 없습니다.』 『어떻게 살면 즐겁게 사는 건가?』하고 묻자, 노생은 출장입상(出將入相)에 부귀영화를 누리는 것이 가장 큰 소원이라고 대답했다. 그때 노생은 갑자기 졸음이 왔다. 그때 마침 움막집 주인은 메조(黃粱)를 씻어 솥에다 밥을 짓고 있었다. 여옹이 행랑에서 베개를 꺼내 노생에게 주며 말했다.

『이걸 베고 눕지. 모든 것이 소원대로 이루어질 테니까.』청자로 된 베개였는데 양쪽에 구멍이 뚫려 있었다. 노생이 베개를 베고 눕는 순간 잠이 어슴푸레 들며 베개 구멍이 열리더니 속이 훤히 밝아왔다. 노생은 일어나 그리로 들어가 어느 부잣집에 이르렀다. 그리하여 마침내 그는 당대 제일가는 부잣집인 최씨 집 딸과 결혼하게 된다.

노생은 날로 살림이 불어나며 다시 과거에 급제까지 하게 된다. 고을의 원이 되어 크게 업적을 올린 끝에 3년 후에는 수도 장관으로 승진되어 장안으로 부임해 오게 된다. 다시 그는 오랑캐를 무찌르기 위해 절도사(節度使)로 부임하여 큰 공을 세우고 약간의 파란이 있기는 했으나 꾸준히 승진을 거듭하여 마침내 재상에까지 오르게 된다. 한때 간신의 모함을 받아, 포리들이 집을 둘러싸고 그를 역모 혐의로 잡아가려 했다.

그는 아내를 보고, 『내가 고향에서 농사나 짓고 있었으면 배고픔과 추위를 겪지 않고 편안히 살 수 있었을 것을 무엇이 부족해서 애써 벼슬을 하려 했던가……』하며 칼을 뽑아 들고 자살하려 했다. 그러나 아내가 말리는 바람에 미수에 그쳤는데, 다행히 사형은 면하고 멀리 남방으로 좌천이 되었다. 그러나 몇 해 후 모함을 받은 사실이 밝혀져 다시 재상으로 들어앉게 된다. 다섯 아들에 손자가 열이었고, 며느리들도 다 명문가 딸이었다. 이렇게 50년의 부귀를 누린 끝에 현직 재상의 몸으로 고요히 세상을 뜬다.

노생은 기지개를 켜며 하품을 하는 순간 잠이 깨었다. 살펴보니 주막집에 누운 그대로였고 옆에는 여옹이 앉아 있었다. 주인은 아직도 밥이 다 되지 않았는지 불을 때고 있다. 노생은 깜짝 놀라 일어나며, 『아니 꿈이었던가!』하고 소리쳤다. 그러자 여옹이 옆에서, 『이 세상이란 원래 그런 걸세』하고 웃었다. 노생은 과연 그 여옹의 말이 그렇다 싶었다. 노생은 잠시 후, 『총욕(寵辱)과 득실과 생사가 어떤 것인지를 다 알게 되었습니다. ……선생님의 가르치심은 절대로 잊지 않겠습니다.』하고 두 번 절한 다음 떠나갔다는 것이다.

이 이야기에서 덧없는 일생을 비유하여 『한단지몽』 혹은 『한단몽』이라고 하며, 또는 『황량지몽(黃粱之夢)』 『황량몽』이라고 하며, 『여옹침(呂翁枕)』이니 『황량일취지몽(黃粱一炊之夢)』이니 하는 말도 쓴다. 또 『노생지몽』이라고도 한다.　　　　　　　　　　　　　　— 심기제(沈旣濟) / 《침중기(沈中紀)》

■ **치인설몽(痴人說夢)** : 어리석은 사람이 꿈 이야기를 한다는 뜻으로, 종작없이 아무렇게나 지껄이는 것을 말한다. 그런데 이

말이 처음 쓰였을 때는 어리석은 사람이 꿈 이야기를 한다는
뜻이 아니고, 어리석은 사람에게 꿈 이야기를 해준다는 뜻이었
다. 즉 꿈에 본 이야기를 하면 어리석은 사람은 그것을 사실인
줄 알고 엉뚱하게 전한다는 것이다. 치인(痴人)은 어리석어도
보통 어리석은 것이 아니고 천치니 백치니 하는 바보를 말하는
것이다.

　남송의 중 혜홍이 지은 《냉제야화》에 다음과 같은 이야기
가 있다. 당나라 때 서역의 고승 승가(僧伽)가 지금의 안휘성(安
徽省) 근처를 여행했을 때다. 그의 하는 일이 남다른 것이 많았
기 때문에 어떤 사람이, 『당신은 성(姓)이 무엇(何)이오?』하고
묻자, 『내 성은 무엇이오.』하고 대답했다. 『어느 나라 사람이
오(何國人)?』하고 묻자, 『어느 나라 사람입니다(何國人).』하
고 대답했다. 즉 상대편이 『하성(何姓)이오?』하고 물으면, 묻
는 말을 그대로 받아 대답하고, 『한국인이오?』하고 물으면,
그대로 받아 『한국인이오』하고 대답한 것이다.

　뒷날 당나라의 문인(文人) 이옹(李邕)이 승가를 위해 비문을
썼을 때, 그는 승가가 농담으로 받아넘긴 대답인 줄을 모르고
비문에 쓰기를, 『대사의 성은 하(何)고, 한국 사람이었다(大師
姓何 何國人)』고 했다는 것이다. 이상과 같은 이야기를 쓴 다
음, 혜홍은 이옹에 대해 이렇게 평을 내리고 있다. 『이것이 바
로, 이른바 어리석은 사람을 대해 꿈 이야기를 한다는 것이다
(此正所謂對痴人說夢耳). 이옹은 마침내 꿈을 참인 줄로 생각하
고 있었으니, 참으로 그보다 더 바보일 수가 없다.』

　여기서는 사실이 아닌 것을 사실인 양 아는 것을 『치인설

몽』이라 말하고 있다. 그러나 보통 우리는 바보가 꿈 이야기
를 하고 있다는 뜻으로 쓰고 있다. 우리가 흔히 종잡을 수 없는
말을 들었을 때 『이 사람이 꿈을 꾸고 있나』 하는 말을 한다.
보통 사람도 꿈 이야기는 상식으로 판단하기 어렵다. 바보의
꿈 이야기는 몇 배로 더할 것이 아닌가. 그래서 생긴 문자일지
도 모른다.　　　　　　　— 혜홍(慧洪) / 《냉제야화(冷齊夜話)》

■ **병입고황(病入膏肓)** : 병이 이미 고황(膏肓)에까지 미쳤다는 말
이다. 고(膏)는 가슴 밑의 작은 비계, 황(肓)은 가슴 위의 얇은
막으로서 병이 그 속에 들어가면 낫기 어렵다는 부분이다. 결
국 병이 깊어 치유할 수 없는 상태를 비유하는 말이다. 그런데
나중에는 넓은 의미에서 나쁜 사상이나 습관 또는 작풍(作風)
이 몸에 배어 도저히 고칠 수 없는 것을 비유하는 말로도 쓰이
고 있다. 《좌전》 성공 10년에 다음과 같은 이야기가 있다.
　춘추시대 때 진경공(晉景公)이 하루는 자다가 꿈을 꾸었는데,
머리를 풀어헤친 귀신이 달려들면서 소리쳤다. 『네가 내 자손
을 모두 죽였으니, 나도 너를 죽여 버리겠다!』 경공은 소스라
치게 놀라 허둥지둥 도망을 쳤으나 귀신은 계속 쫓아왔다. 이
방 저 방으로 쫓겨 다니던 경공은 마침내 귀신에게 붙들리고
말았다. 귀신은 경공에게 달려들어 목을 조르기 시작했다. 경공
은 비명을 지르며 잠에서 깼다. 식은땀을 흘리며 잠자리에서
일어난 경공은 곰곰이 생각해 보았다. 10여 년 전 도안고(屠岸
賈)라는 자의 무고(無告)로 몰살당한 조씨 일족의 일이 머리에
떠올랐다.

경공은 무당을 불러 꿈 이야기를 하고 해몽을 해보라고 했다. 『황공하오나 폐하께서는 올봄 햇보리로 지은 밥을 드시지 못하게 될 것입니다.』『내가 죽는다는 말인가?』『황공하옵니다.』낙심한 경공은 그만 병이 나고 말았다. 그래서 사방에 수소문하여 명의를 찾았는데, 진(秦)나라의 고완(高緩)이란 의원이 용하다는 것을 알게 되었다. 그래서 급히 사람을 파견해서 명의를 초빙해 오게 하였다.

한편 병상에 누워 있는 진경공은 또 꿈을 꾸었다. 이번에는 귀신이 아닌 두 아이를 만났는데, 그 중 한 아이가 말했다. 『고완은 유능한 의원이야. 이제 우리는 어디로 달아나야 하지?』그러자 다른 한 아이가 대답했다. 『걱정할 것 없어. 명치 끝 아래 숨어 있자. 그러면 고완인들 우릴 어쩌지 못할 거야.』

경공이 꿈에서 깨어나 곰곰 생각해 보니 그 두 아이가 자기 몸속의 병마일 것이라고 생각했다. 이윽고 명의 고완이 도착해서 경공을 진찰했다. 경공은 의원에게 꿈 이야기를 했다. 진맥을 마친 고완은 놀랍다는 듯이 말했다. 『병이 이미 고황에 들어가 있습니다. 약으로는 도저히 치료할 수가 없겠습니다.』마침내 경공은 체념하고 말았다. 후하게 사례를 하고 고완을 돌려보낸 다음 경공은 혼자서 가만히 생각했다. 『내 운명이 그렇다면 어쩔 도리가 없는 일이 아니겠는가. 의연하게 죽음을 맞이하리라.』

이렇게 마음을 다잡고 나니 경공의 마음은 한결 가벼워졌다. 죽음에 대해서 초연해지니 병도 차츰 낫는 것 같았다. 그리하여 마침내 햇보리를 거둘 무렵이 되었는데, 전과 다름없이 건강했다. 햇보리를 수확했을 때 경공은 그것으로 밥을 짓게 하고는 그 무당을 잡아들여 물고를 내도록 명령했다. 『네 이놈, 공연한 헛소리로 짐을 우롱하다니! 햇보리 밥을 먹지 못한다고? 이놈을 당장 끌어내다 물고를 내거라!』 경공은 무당이 죽으며 지르는 단말마의 비명소리를 들으며 수저를 들었다. 바로 그 순간 경공은 갑자기 배를 잡고 뒹굴기 시작하더니 그대로 쓰러져 죽고 말았다. 결국 햇보리 밥은 먹어 보지도 못한 것이다. ──《좌전》 성공 10년

■ **결초보은(結草報恩)** : 죽어 혼령이 되어도 은혜를 잊지 않고 갚는다는 뜻이다. 춘추시대 5패의 한 사람인 진문공의 부하 장군에 위주라는 용사가 있었다. 그는 전장에 나갈 때면 위과와 위기(魏錡) 두 아들을 불러 놓고, 자기가 죽거든 자기가 사랑하는 첩 조희(祖姬)를 양반집 좋은 사람을 골라 시집을 보내 주라고 유언을 하고 떠났다.

그런데 막상 병들어 죽을 임시에는 조희를 자기와 함께 묻어 달라고 유언을 했다. 당시는 귀인이 죽으면 그의 사랑하던 첩들을 순장하는 관습이 있었기 때문이다. 그러나 위과는 아버지의 유언을 따르려 하지 않았다. 아우인 위기가 유언을 고집하자, 위과는, 『아버지께서는 평상시에는 이 여자를 시집보내 주라고 유언을 했었다. 임종 때 말씀은 정신이 혼미해서 하신 것이다. 효자는 정신이 맑을 때 명령을 따르고(從治命) 어지러울 때 명령을 따르지 않는다(不從亂命)라고 했다.』 하고, 장사를 마치자 그녀를 좋은 집으로 시집을 보내 주었다.

  그리고 얼마 후, 두 형제는 두회라는 진(秦)나라 대장을 맞아 싸우게 되었다. 두회는 하루에 호랑이를 주먹으로 쳐서 다섯 마리나 잡은 기록이 있고, 키가 열 자에 손에는 120근이나 되는 큰 도끼를 휘두르며 싸우는데, 온 몸의 피부가 구리처럼 단단해서 칼과 창이 잘 들어가지 않는 그런 용장이었다. 위과와 위기는 첫 싸움에 크게 패하고 그날 밤을 뜬눈으로 새우다시피 했다.

  그런데 꿈인 듯 생시인 듯 위과의 귓전에서 『청초파(靑草坡)』라고 속삭이는 소리가 들렸다. 위기에게 물어도 위기는 아무 소리도 듣지 못했다고 했다. 그래서 청초파란 지명이 있다는 것을 알고 그리로 진지를 옮겨 싸우기로 했다. 이날 싸움에서 적장 두회는 여전히 용맹을 떨치고 있었다. 그런데 위과가 멀리서 바라보니 웬 노인이 풀을 잡아매어 두회가 탄 말의 발을 자꾸만 걸리게 만들었다. 말이 자꾸만 무릎을 꿇자, 두회는 말에서 내려와 싸웠다. 그러나 역시 발이 풀에 걸려 자꾸만 넘어지는 바람에 마침내는 사로잡혀 포로가 되고 말았다. 그날 밤, 꿈에 그 노인이 위과에게 나타나 말했다.

  『나는 조희의 아비 되는 사람입니다. 장군이 선친의 치명(治命)을 따라 내 딸을 좋은 곳으로 시집보내 준 은혜를 갚기 위해 미약한 힘으로 잠시 장군을 도와드렸을 뿐입니다.』하고 낮에 있었던 일을 설명하고, 다시 장군의 그 같은 음덕으로 뒤에 자손이 왕이 될 것까지 일러주었다는 것이다.

  ─《춘추좌씨전》

【우리나라 고사】

■ 신라 제29대 태종대왕, 왕의 이름은 춘추(春秋), 성은 김씨로서 문흥대왕(文興大王)으로 추봉된 각간 용수(龍樹)의 아들이다. 어머니는 진평대왕의 딸인 천명부인(天明夫人)이고, 왕의 비는 문명황후(文明皇后) 문희이니 바로 김유신의 손아래 누이다. 왕이 문희를 맞아들이기 전의 일이다.

문희의 언니 보희는 어느 날 밤 서악(西岳)에 올라가 방뇨를 했더니 온 서울에 오줌이 그득히 차오른 꿈을 꾸었다. 아침에 일어나 동생 문희에게 그 꿈 얘기를 했더니, 문희는 『내가 그 꿈을 사겠다.』고 말했다. 언니는 『그럼 대신 무엇을 주겠느냐?』고 물었다. 『비단치마면 되겠지?』라고 동생은 말했다. 언니는 좋다고 응낙했다.

문희는 언니 보희 쪽을 향해 옷깃을 벌리고 꿈을 받아들일 자세를 지었다. 보희는, 『지난밤의 꿈을 너에게 넘겨준다.』고 외쳤다. 동생 문희는 비단치마로 꿈 값을 치렀다.

문희가 그 언니 보희에게서 꿈을 사고 난 뒤 열흘쯤 되는 정월 보름날이다. 문희의 오라버니 유신은 바로 자기 집 앞에서 춘추와 함께 축국(蹴鞠)을 하고 놀았다. 유신은 짐짓 춘추의 옷을 밟아 그 옷고름을 떨어뜨려 놓고는 자기 집에 들어가 꿰매도록 하자고 청했다. 춘추는 유신의 청에 따라 그의 집으로 들어갔다.

유신은 그 누이인 아해(보희)에게 춘추의 옷고름을 꿰매 드리라고 말했다. 아해는, 『어찌 그런 사소한 일로 가벼이 귀공자

를 가까이 하겠는가?』라며 사양했다(古本에는 보희가 병으로
나오지 못했다고 했음). 그러자 유신은 아지(문희)를 시켜 춘추
의 옷고름을 달아 주게 했다. 춘추는 유신의 그 의도를 알아채
고 마침내 문희와 상관했다.   ― 일연(一然) /《삼국유사》

【신화】

■ 모르페우스는 히프노스의 아들이며 꿈의 신령이다. 꿈은 인간
의 마음을 방해해 주고 또한 신의(神意)를 인간에게 전해 준다
고 생각되었다.《오디세이아》에 보면 꿈은 대양 오케아노스
의 서쪽 끝 태양이 가라앉는 곳 망령의 나라 근처에 집이 있으
며, 밤마다 이 나라에서 인간세계를 찾아올 때 꿈들이 지나는
문이 둘 있다. 하나는 반들반들한 상아 문으로, 이 문을 나온
꿈은 실수 없는 거짓말을 인간에게 전해 준다. 또 하나는 반들
반들한 뿔 문으로, 이 문을 나온 꿈은 실하고 정확한 사실을 알
려주는 정몽(正夢)이라는 것이다.

【에피소드】

■ **백일몽(白日夢)** : 백일몽을 백주몽(白晝夢)이라고도 한다. 흔히
공상하는 버릇을 가진 사람에게 『자네는 언제나 백일몽 같은
소리만 하네그려. 과대망상증에라도 걸린 게 아닌가?』라고 말
한다. 그런데 이 백일몽을 학문적으로 정의한 사람이 오스트리
아의 유태계 정신병학자이며, 정신분석학의 시조인 프로이트
이다.

『작가와 공상』이라는 소논문에서, 프로이트는 백일몽과 공

상(空想)이 무엇인가를 자세히 설명하고, 그것들과 문학가 및 작품과의 관계에 대하여 그의 탁견(卓見)을 전개한 것이다. 공상이건, 밤에 꾸는 꿈이건 간에 모두가 충족되지 않은 염원의 대용충족인데, 때문에 작가는 『백주의 몽상가』, 그의 작품을 『백주몽』에 비유함으로써 작가와 작품과의 비밀적인 부분을 밝히고자 한 것이다.

프로이트는 파리에서 신경병학자 샤르코(Jean Martin Charcot)의 문하생으로서 연구한 후, 오스트리아의 생리학자 브로이어(Josef Breuer)와 협력하여 《히스테리 연구》라는 책을 공저(共著)함으로써 최면술에 의한 히스테리 치료법을 시도했고, 뒤이어 최면술에 대체하여 자유연상법으로 이것을 고치고자 한 데서, 여기에 정신분석학이라는 새 학문분야를 개척했다. 이어서 《꿈의 해석》으로 꿈, 나아가서는 일반심리현상의 무의식 기제(機制)를 규명함으로써 정신분석에 대한 이론적 기초를 닦았다.

이후 그는 자기의 이론을 수많은 저술과 논문을 통하여 확대·심화시켜 나갔다. 그는 심리현상의 동인(動因)에 성욕(性欲)을 놓고, 이것이 의식의 검열자인 자아(自我)와 초아(超我)에 의하여 억압되어 무의식층에 침전하면, 그것과 의식과의 알력으로 히스테리 등의 신경 이상이 생긴다고 주장하면서, 이것의 치료는 이런 알력을 완화시키는 데 있으므로 이를 위해서는 무의식 층을 의식으로 이끌어 내는 것이 필요하다고 했다.

그간 프로이트는 빈 대학의 신경병학 교수로 재직하면서 수많은 제자를 길러내기도 했다. 또한 그는 자기 이론을 신경증

(神經症) 영역을 넘어 널리 예술·종교·도덕·문화 부문에까지 확대 적용함으로써 일반의 호평을 받은 반면, 그의 범성욕설(凡性欲說)은 극단적인 증오의 대상으로도 된 바 있다.

프로이트의 사상사적(思想史的) 의의는 주지주의(主知主義)에의 도전, 권위주의의 부정, 회의론의 조장, 성의 해방 등에 있다고 요약된다. 프로이트의 이상과 같은 정신분석학은 20세기 문학에도 지대한 영향을 주었는데, 독자가 데이비드 로렌스, 제임스 조이스, 토마스 만 등의 작품을 읽을 때, 프로이트의 정신분석학 원리와 내용을 알고 있다면 더욱 흥미있고, 또 분석적으로 감상하게 될 것으로 확신한다.

옛날 이집트 왕이 계속해서 두 가지의 이상한 꿈을 꾸었다. 그 하나는 일곱 마리의 살찐 암소가 나일 강변에서 풀을 먹고 있으니까 여윈 수소 일곱 마리가 강에서 나와 살찐 암소를 잡아먹었다. 또 하나의 꿈은 벼 한 줄기에서 벼이삭 일곱이 풍성히 열매를 맺으니까 다른 줄기의 마른 벼이삭 일곱이 나와 풍성한 열매를 다 없애버리는 꿈이었다.

왕은 곧 나라의 학자들을 모아 해몽을 시켰으나 알 수 없었고 감옥에 갇힌 요셉이라는 자를 불러 해몽시키니 『그 꿈은 두 가지 다 같은 의미를 가졌고 7년 풍년이 계속하고 후에 7년의 흉년이 온다는 뜻이므로 풍년 든 해에 흉년에 대비해 두어야 합니다.』라고 대답했다. 요셉의 말은 적중했고 요셉의 죄가 풀려 재상이 되어 풍년 동안 기근에 대비하여 준비했기 때문에 막상 흉년이 든 해엔 이집트만이 평탄하였다.

■ 스티븐슨의 소설은 곧잘 꿈으로 형성되었다. 어느 날 아침, 아직 잠자리에 있을 때 무서운 비명에 놀라 잠이 깬 소설가의 아내는 몸을 흔들어 그를 깨웠다. 그랬더니 그는 도리어 『중요한 대목에서 깨우면 곤란하지 않아? 아주 멋진 괴담 꿈을 꾸고 있었던 참인데.』 라고 화를 냈다. 그 꿈이 후에 유명한 《지킬 박사와 하이드씨》 가 되었던 것이다.

■ 영조 때, 나이 90을 산 정호라는 영의정이 있었다. 젊어서 과거를 치를 때 『이름이 좋지 않으니 낙방을 하리라.』 하는 꿈을 세 번이나 꾸었다고 한다. 그러나 정호는 『급제는 내 학문에 달린 것이지 이름이 무슨 상관이 있나.』 하고 세 번이나 나타난 현몽을 무시하였다고 한다.

【명작】

■ 꿈의 해석(Die Traumdeutung) : 정신분석의 창시자인 오스트리아의 지그문트 프로이트(Sigmund Freud, 1856~1939)는 오스트리아의 신경과의사, 정신분석의 창시자로서, 히스테리 환자를 관찰하고 최면술을 행하며, 인간의 마음에는 무의식이 존재한다고 하였다. 꿈·착각·해학과 같은 정상심리에도 연구를 확대하여 심층심리학을 확립하였다.

그의 저서 《꿈의 해석》 은 꿈에 대한 견해를 집대성한 책으로, 정신분석이론에서 중요한 위치를 차지하고 있다. 1899년 발간되었다. 꿈의 해석이란 꿈속에 숨어 있는 욕망이나 불안을 자유연상(自由聯想)에 의해 찾아내는 일을 말한다. 이러한 꿈의 해석은 수면 중에는 깨어 있을 때의 자아활동이 저하됨으로써 억압된 욕망이나 불안이 변형된 의식으로 떠오르는 것이라고 상정(想定)한 상태에서 이루어지는 것이다.

　프로이트는 먼저 여러 학자들의 문헌을 통해 이전의 꿈 해석 및 인식 방법을 검토한 뒤 자신의 독특한 꿈의 이론을 제시하고, 나아가 『꿈 문제에 관한 학문적 문헌』, 『꿈 해석의 방법, 꿈 사례분석』 등의 내용을 통해 꿈이 정신분석이론에 어떻게 적용되는지를 상세하게 보여주고 있다.

　이 책은 심리분석 이론과 그 실제 적용에 대한 기본적 특징들, 예컨대 꿈의 성적(性的) 특성, 오이디푸스 콤플렉스, 리비도(성욕), 소원충족 이론, 상징적 암호화, 억압이론, 자아와 무의식으로 분열된 심리, 노이로제 등의 이론과 실제 증세들, 의식화의 방법 등을 제시하고 있다. 꿈속에 나타나는 상징, 꿈과 의식 및 무의식의 연관성을 캐고 있는 프로이트는 꿈이 인간의 무의식적인 정신생활을 이해하는 지름길이라고 밝히고 있다.

【成句】

■ 일장춘몽(一場春夢) : 봄날의 한바탕 꿈처럼 헛된 영화(榮華). 짧은 봄밤의 일시적인 헛된 꿈은 금방 잊어버린다고 하는 의미. /《후청록(侯鯖錄)》

■ 몽중허인각차불배기신(夢中許人覺且不背其信) : 꿈에 약속하여 승낙한 것을 깬 후에 꿈인 줄 알면서도 실행한다는 뜻으로, 신의의 두터움을 이름. /《신서》

■ 부생약몽(浮生若夢) : 인생은 꿈처럼 덧없는 것임을 이르는 말.

/ 이백 『춘야연종제도화원서』

■ 몽중상심(夢中相尋) : 몹시 그리워 꿈속에서까지 친구를 찾는다는 뜻으로, 친밀함을 비유하는 말. / 《서언고사》

■ 몽중점몽(夢中占夢) : 꿈속에서 꿈 풀이를 한다는 말로, 인생이 꿈 그 자체라고 하듯, 인생의 덧없음을 이름. / 《장자》

■ 야장몽다(夜長夢多) : 밤이 길면 꿈도 길다는 뜻으로, 오랜 세월 동안에는 변화가 많음의 비유.

■ 오구지혼(梧丘之魂) : 죄 없이 살해되는 것. 제(齊)나라 경공(景公)이 오구(梧丘)에서 사냥을 한 날 밤 꿈에 선군인 영공(靈公)에 의하여 죄 없이 죽어간 다섯 사나이가 나타났다. 잠에서 깬 경공은 신하에게 명하여 땅을 파서 찾게 했더니 과연 다섯 구의 해골이 나왔다. 경공은 놀라서 그 해골을 새삼 정중히 장사지내게 했다는 고사에서 나온 말이다. / 《안자춘추》

■ 상사몽(相思夢) : 서로 사랑하고 사모하여 꾸는 꿈.

■ 지당춘초몽(池塘春草夢) : 못의 둑에 나 있는 파릇파릇한 봄풀 위에 누워 졸다가 꾼 소년시절의 꿈에서, 세월의 흐름, 젊은 시절의 덧없음을 비유하는 말. / 주희 《우성(偶成)》

■ 취생몽사(醉生夢死) : 술에 취해 꿈을 꾸는 듯한 기분으로 아무 의미 없이, 이룬 일도 없이 한 평생을 흐리멍덩하게 보냄. / 《정자어록(程子語錄)》

■ 일침강호몽(一枕江湖夢) : 한잠에 꾸는 강호의 꿈.

■ 취구지몽(炊臼之夢) : 아내를 잃음의 비유. 또 아내의 죽음을 알리는 꿈을 말한다. 부(釜=솥)는 부(婦=아내)와 통하여, 솥이 없어져 절구로 밥을 지었다는 꿈이라는 데서 나온 말. / 《유양잡

조(酉陽雜俎)》

- 포말몽환(泡沫夢幻) : 이 세상이 무상함의 비유. 포말(泡沫)은 물 위에 뜨는 거품. 몽환(夢幻)은 현실이 아닌 꿈과 환상. 이 세상 존재하는 것의 덧없음의 비유. 두 개의 출전(出典)에 유래하는 포말과 몽환이 합쳐져서 사자성어로 합성된 것. /《금강경》
- 몽리청춘(夢裡靑春) : 꿈속의 젊음.
- 유선일침(遊仙一枕) : 잠에 선인과 놂.
- 만사개여몽(萬事皆如夢) : 이 세상의 모든 일이 꿈같다는 말.
- 마맥분리(磨麥分梨) : 보리를 갈아 가루로 한 꿈을 꾸고 잃었던 남편을 찾았으며, 배를 쪼갠 꿈을 꾸니 잃었던 아들이 돌아왔다는 고사.
- 주상야몽(晝想夜夢) : 낮에 생각한 바가 그 밤의 꿈에 나타남.
- 낙월옥량(落月屋梁) : 밤에 벗의 꿈을 꾸고 깨 보니 지는 달이 지붕을 비추고 있다는 뜻에서, 벗을 생각하는 마음이 간절함을 이르는 말. / 두보(杜甫).
- 동상이몽(同床異夢) : 두 사람이 같은 잠자리에 자면서 각기 다른 꿈을 꾼다. 즉 일을 함께 하면서 각자 생각이 다름. /《여주원회비서(與朱元晦秘書)》
- 몽매난망(夢寐難忘) : 꿈에도 그리워 잊기가 어렵다.
- 몽상부도(夢想不到) : 꿈에도 생각할 수 없음.
- 몽중몽(夢中夢) : 꿈속에서 또 꿈을 꾼다는 뜻으로, 인간세상이 지극히 덧없고 허무함을 이르는 말. /《장자》
- 무마지재(舞馬之災) : 말이 춤추는 꿈을 꾸면 불이 난다는 데서, 화재(火災)를 달리 이르는 말. 마무지재(馬舞之災). /《전국책》

인명·책명 색인

ABC

12표법(十二表法, lex duodecim tabularum, BC 451~BC 450) 로마 최고(最古)의 성문법. 12동판법(銅板法)이라고도 한다. 법에 관한 지식과 공유지 사용을 독점하였던 귀족이 평민의 반항에 타협한 결과 제정되었으며 시장(市場)에 공시되었다

A. M. 슐레징거(Arthur Meier Schlesinger Jr., 1917~) 미국의 역사학자. 저서 《제국의 대통령직》에서 닉슨 행정부의 막강한 권위를 묘사하면서 제왕적 대통령(imperial president)이란 말을 처음으로 사용하였다. 1946년에는 풀리처상 수상작 《잭슨 시대》를 출판해 찬사를 받았다.

A. V. 비니(Alfred Victor de Vigny, 1797~1863) 프랑스의 시인·극작가. 시집 《운명》 가운데 《늑대의 죽음》, 《목자의 집》 등이 걸작이다. 낭만파 시인 중 유일한 철학시인이다. 견인주의(堅忍主義)와 상징적 수법으로 후세에 영향을 미쳤다.

A. 단테(Alighieri Dante, 1265~1321) 13세기 이탈리아의 시인. 예언자·신앙인으로서, 이탈리아뿐 아니라 전 인류에게 영원불멸의 거작 《신곡》을 남겼다. 중세의 정신을 종합하여 문예부흥의 선구자가 되어 인류문화가 지향할 목표를 제시하였다. 주요 작품으로 《신생》, 《농경시》, 《향연》 등이 있다.

A. 셰니에(Andre Marie de Chenier, 1762~1794) 18세기 프랑스의 서정시인. 로베스피에르의 공포정치에 반대 32세에 처형되었다. 낭만파, 고답파 시인들이 선구자라 여겼다. 대표작으로 《헤르메스 신》, 《목가》, 《풍자시집》 등이 있다.

A. 슐레겔(August Wilhelm von Schlegel, 1767~1845) 독일의 평론가·번역가·동양어학자. 독일 전기(前期) 낭만파운동의 중심인물. 낭만주의의 세계관 및 예술론의 기초를 닦았다. 본 대학교 미술사·문학사 교수를

지냈다. 셰익스피어의 명 번역자로서 업적을 남겼다.

A. 카울리(Abraham Cowley, 1618~1667) 영국의 시인·수필가. 시는 '형이상 시인' 중에서는 비교적 온건하여 상식적이고 과장이 없는 시풍을 지니고 있다. 연애시집 《애인》, 구약성서에서 취재한 장편 서사시 《다비드의 노래》 등이 유명하다. 또 고대 그리스의 시풍을 모방해 불규칙한 시행으로 쓴 핀다로스풍의 오드(頌詩)는 존 드라이든 등에게 계승되어 영국 시 사상 하나의 전통을 만들었다.

A. 코체부(August Friedrich Ferdinand von Kotzebue, 1761~1819) 독일의 극작가. 예술작품으로 알려지기보다는 정치적으로 많은 문제를 일으킨 인물로서 반(反) 나폴레옹 잡지를 발간하기도 하였다. 빈, 바이마르의 극장 전속작가와 페테르부르크의 극장 지배인, 궁정고문을 지냈고 러시아 문화 사절로서 활동했다.

A. 플렉스너(A. Flexner) 교육행정가. 뉴저지 주에 의학대학을 설립하고자 하는 뱀버거에게 수학의 중요성을 인식시켜서 '프린스턴고등연구소'를 설립하게 했다. 초대 연구소장에 취임한 그는 나치 하에서 위기에 처한 알베르트 아인슈타인을 첫 교수로 초빙함으로써 연구소를 세계 최고의 연구기관으로 부각시켰다.

A. 플라텐(August Platen, 1796~1835) 독일의 시인. 엄격한 고전문학이나 낭만파, 동양의 운격(韻格)까지도 훌륭하게 소화하였고 유미주의적 경향을 가지고 있었다. 시작품에는 리케르트와의 교우(交友) 및 괴테의 《동서시집》의 영향을 받은 《시집 가젤》, 남유럽의 자연과 예술미를 엄격한 시형 속에 담은 《베네치아의 소네트》, 이 밖에 어두운 절망과 죽음에의 동경 속에서 싹튼 만년의 송가(Ode)와 찬가(Hymne) 등이 있다.

A. 훔볼트(Alexander Freiherr von Humboldt, 1769~1859) 독일의 지리학자·자연과학자. 지질학을 공부한 후 광산 감독으로 일하였다. 그 후 빈 대학에서 자연지리학을 가르쳤다. 저서로 《우주》 등이 있다.

B. H. 클라이스트(Bernd Heinrich Wilhelm von Kleist, 1777~1811) 독일의 극작가·소설가. 고전주의로도 낭만주의로도 분류할 수 없는 독자적 문학과 비극적 생애로 독일 시인의 최고의 위치를 점하였다. 독일 희극의 최고 걸작 《깨진 항아리》를 만들었고 그 외에도 많은 수작을 발표했다.

C. R. 애틀리(Clement Richard Attlee, 1883~1967) 영국의 정치가. 사회주의자로서 노동당 당수, 국새상서(國璽尙書), 부총리 등을 지내고 노동당 단독 내각의 총리가 되었다. 인도의 독립을 인정하는 등 식민지 축소에 힘쓰고 국민의료보험제도의 창설 등 사회보장제도의 확립에 노력하였다.

C. 베르나르(Claude Bernard, 1813~1878) 프랑스의 생리학자. 실험의학과 일반생리학의 창시자. 저서인 《실험의학서설》은 실험생물학의 방법론에 관한 것으로 사상계에까지도 큰 영향을 끼쳤다.

C. V. 게오르규(Constantin-Virgil Gheorghiu, 1916~1992) 루마니아의 망명작가·신부. 대표작 《25시》에서 나치스와 볼셰비키 학정과 현대악을 고발, 전 세계에 반향을 일으켰다. 그 밖에 《제2의 찬스》, 《단독 여행자》 등과 한국에 대한 애정으로 《한국찬가》를 출간하였다.

D. H. 로렌스(David Herbert Richards Lawrence, 1885~1930) 영국의 소설가·시인·문학평론가. 작품으로 《하얀 공작》, 《침입자》, 《아들과 연인》, 《채털리 부인의 연인》이 있다.

E. M. 포스터(Edward Morgan Forster, 1879~1970) 영국의 소설가. 1907년 첫 장편소설 《천사들도 발 딛기 두려워하는 곳》을 발표한 이후, 《전망 좋은 방》(1909), 등으로 호평을 받았다. 버지니아 울프 등과 20세기 초 영국문단을 대표하는 작가로 자리매김하였다. 1927년 대표작 《인도로 가는 길》을 발표하여 커다란 성공을 거두었지만 이 작품을 마지막으로 포스터는 소설가로서보다는 지식인으로 더 많은 활동을 하게 되었다.

E. H. 카(Edward Hallett Carr, 1892~1982) 영국의 역사학자. 제2차 세계대전 중에 정보성 외교부장을 지냈고, 《타임스》 논설위원을 역임하기도 했다. 주요 저서 《새로운 사회》에서 소비에트 형과는 다른, 자유와 평등을 기조로 하는 사회주의의 실현을 시사하는 한편, 아시아의 민주주의 운동에 대한 이해를 촉구했다. 이 밖에도 《역사란 무엇인가?》 등 많은 저작이 있다.

F. 보덴슈테트(Friedrich Martin von Bodenstedt, 1819~1892) 독일의 저술가.

F. 스콧 피츠제럴드(Francis Scott Key Fitzgerald, 1896~1940) 미국의 소설가. 술의 밀조로 거부(巨富)가 된 주인공의 비극적인 생애를 그린 《위대한 개츠비》로 유명하다. 그 밖에 할리우드를 다룬 《최후의 대군》, 전후

1920년 새로운 세대의 선언이라 할 만한 《낙원의 이쪽》이 있다.

F. 헤벨(Christian Friedrich Hebbel, 1813~1863) 독일의 극작가. 19세기 독일 사실주의의 완성자이며 근대극의 선구자로서 높이 평가받았다. 범 비극주의 이념의 소유자로서, 주요 저서로는 《기게스와 그의 반지》가 있다.

G. E. 레싱(Gotthold Ephraim Lessing, 1729~1781) 독일의 극작가·비평가. 진정한 의미에서 독일 계몽주의의 가장 위대한 완성자인 동시에 독일 시민문학의 기초를 개척했으며, 프랑스 고전주의 문학의 영향을 배척하고 독일정신에 근거한 문학을 명석한 이론과 창작의 실천이라는 두 가지 면에서 확립한 당대 제일의 지도자라고 하여야 할 것이다.

G. K. 체스터턴(Gilbert Keith Chesterton, 1874~1936) 영국의 언론인·소설가. 보어전쟁에서의 국책비평 후기 빅토리아 왕조의 데카당스 진상규명 등에서 보여 준 그의 통렬한 역설은 가히 '역설의 거장'다운 면모가 있다. 주요 저서에는 《브라운 신부의 천진함》 등이 있다.

G. 라이프니츠(Gottfried Wilhelm von Leibniz, 1646~1716) 독일의 철학자·수학자·자연과학자·법학자·신학자·언어학자·역사가. 수학에서는 미적분법의 창시로, 미분기호, 적분기호의 창안 등 해석학 발달에 많은 공헌을 하였다. 역학(力學)에서는 '활력'의 개념을 도입하였으며, 위상(位相) 해석의 창시도 두드러진 업적의 하나이다.

G. 보카치오(Giovanni Boccaccio, 1313~1375) 이탈리아의 소설가로 단편소설집 《데카메론》을 지어 근대소설의 선구자로 칭송된다. 이 작품은 민중들 사이에 큰 인기를 모았으며, 오래도록 산문의 본이 되었다. 학식과 웅변이 뛰어났으며 작품에 《피아메타》, 《피에졸레의 요정》 등이 있다.

G. 카툴루스(Gaius Valerius Catullus, BC 84~BC 54) 고대 로마 공화정 말기의 서정시인. 사랑과 실연의 감정을 노래한 시로서, 훗날의 연애 엘레게이아(elegeia, 애도가) 시인들의 선구가 되었고, 서사시 《펠레우스와 테티스의 결혼》을 비롯하여 알렉산드리아 파 수법에 의한 몇 편의 시를 남겼다.

G. 파리니(Giuseppe Parini, 1729~1799) 이탈리아의 시인으로 푸니 학회에서 《일 카페》지의 간행을 맡았고 성직자와 《밀라노신문》의 편집자 등을 거쳐 밀라노 시청의 요직에 있었다. 대표작으로 귀족사회를 통렬히 비판한 《귀족에 관한 대화》와 4부작 시 《하루》가 있다.

G. 하우프트만(Gerhart Hauptmann, 1862~1946) 독일의 극작가·소설가. 자연주의 문학의 선구자. 주요 저서로 《아트리덴 4부극》이 있다. 자연주의에서 출발하였으며, 그 완성자인 동시에 그 초극자(超克者)이기도 하다. 그는 독일문학에 공통된 관념적인 묘사를 지양하고 하층민에서 영웅에 이르기까지 살아 있는 인간과 생의 고뇌 그 자체를 사실적이면서도 구상적(具象的)으로 부각시킨 점에서 독일로서는 독자적인 작가였다. 1912년 노벨문학상을 수상하였다.

H. B. 스토(Harriet Beecher Stowe, 1811~1896) 미국의 사실주의 작가. 노예제도에 반대하는 소설 《톰아저씨의 오두막》으로 유명하다. 이 소설은 도망노예법이 발효되었을 때에 중서부, 뉴잉글랜드와 남부에서의 노예제도 논쟁을 분석하고 있다. 책은 남북전쟁을 이끈 남부와 북부 사이의 의견대립을 심화시켰다. 스토는 남부에서 미움을 받았다.

H. G. 웰스(Herbert George Wells, 1866~1946) 영국의 소설가·문명비평가. 과학소설로 유명하다. 쥘 베른과 함께 '과학소설의 아버지'로 불린다. 집안이 가난하여 독학으로 대학을 졸업하였다. 《타임머신》, 《투명인간》 등 공상과학소설 100여 편을 썼다.

H. S. 월폴(Hugh Seymour Walpole, 1884~1941) 영국의 소설가·평론가. 처녀작 《목마》, 학교생활을 주제로 한 《페린씨와 트레일씨》에 이어 《불굴의 용기》를 발표해 큰 성공을 거두었다. 만년에는 역사소설의 새 경지를 개척 18세기부터 현대에 이르는 역사의 흐름을 배경으로 해 대장편 4부작 《헤리가(家)의 연대기》를 쓰기도 했다.

H. 그로티우스(Hugo Grotius, 1583~1645) 네덜란드의 법학자. 근대 자연법의 원리에 입각한 국제법의 기초를 확립하여 '국제법의 아버지'라 불린다. 저서 《전쟁과 평화의 법》에서는 전쟁의 권리·원인·방법에 대하여 논술하였는데, 국제법 전반을 체계적으로 서술한 최초의 저작이다.

H. 미라보(Honoré Gabriel Riqueti, Comte de Mirabeau, 1749~1791) 프랑스의 정치가·사상가. 방탕한 젊은 시절을 보냈으나, 계몽주의 사상에 감화되어 학자·문필가로서 명성을 떨쳤다. 박식하고 능란한 웅변으로 삼부회의 지도적 인물로 활약, 영국식 입헌정치를 목표로 자유주의 귀족과 부르주아지를 대표하였다. 저서로 《전제 군주론》, 《프로이센 왕국》

등이 있다.

H. 엘리스(Henry Havelock Ellis, 1859~1939) 영국의 수필가 · 의사. 인간의 성
행위를 연구했다. 그의 저서는 성 문제의 공개적 논의를 촉진시켰으며,
그는 여권 변호자, 성교육 옹호자로 알려지게 되었다. 문학과 예술에 관
해 쓴 후기 수필들은《견해와 논평》에 실렸다.

J. G. 헤르더(Johann Gottfried von Herder, 1744~1803) 독일의 철학자 · 문학
자. 직관주의적 · 신비주의적인 신앙을 앞세우는 입장에서 칸트의 계몽
주의적 이성주의 철학에 반대하였다. 주요 저서로《인류역사철학고》,
《언어의 기원에 대한 논고》가 있다.

J. G. 피히테(Johann Gottlieb Fichte, 1762~1814) 독일의 철학자, 독일 관념론
의 대표자. 실천적 · 주관적 관념론을 펼쳤으며, 그의 사상은 셸링과 헤
겔로 계승되었다. 나폴레옹 전쟁시 프로이센이 위기에 처하자《독일국
민에게 고함》이란 강연을 하였다.

J. N. 그리그(Johan Nordahl Brun Grieg, 1902~1943) 노르웨이의 시인 · 극작
가. 시대적 절망 · 회의 · 신앙 등의 서정성으로부터 사회문제로 옮겨갔
다. 제2차 세계대전 중 종군기자로 전사하였다. 시집《희망봉을 돌아
서》, 희곡《패배》등이 대표작이다.

J. P. 브리소(Jacques Pierre Brissot, 1754~1793) 프랑스의 정치가. 혁명이 일어
나자 헌법제정의회의 무정견을 날카롭게 비판했고, 루이 16세 퇴위진정
서의 기초자가 되었으며 지롱드파에 가담해 혁명전쟁의 적극론자로 로
베스피에르에 대항했다.

J. P. 야콥센(Jens Peter Jacobsen, 1847~1885) 덴마크의 소설가. 중편소설《모
겐스》를 발표하며 덴마크 문학에 새 기원을 열어 G. M. C. 브란데스를
중심으로 한 신문학운동의 기수가 되었다. 그 밖에《마리 그루베 부
인》, 《닐스 뤼네》등의 작품을 남겼다.

J. 밀레(Jean François Miele, 1814~1875) 프랑스의 화가. 농민생활에서 취재한
독특한 시적(詩的) 정감과 우수에 찬 분위기가 감도는 작풍을 확립, 바
르비종파의 대표적 화가가 되었다. 다른 화가들과 달리 풍경보다 농민
생활을 더 많이 그렸다. 주요 작품으로《씨 뿌리는 사람》, 《이삭줍
기》, 《만종》등이 있다. 1868년 레종 도뇌르 훈장을 받았다.

J. 베르나르(Jean-Jacques Bernard, 1888~1972) 프랑스의 극작가로 제 1 · 2차 세계대전 사이, 부르바르 극계에서 활약했다. 지적, 심리주의적이었으며, 「침묵의 연극」의 주장과 실천으로 유명하다. 작품은 《마르틴》, 《여행에의 권유》, 《타인의 봄》 등이다. T. 베르나르의 아들이다.

J. 오펜하이머(Joseph Süss-Oppenheimer, 1698~1738) 독일의 유대인 재정가. 뷔르템베르크 공 K. 알렉산더의 신임을 얻어 추밀고문관, 국고장관이 되어, 정치적 지위를 이용하여 악행을 일삼았다. L. 포이히트방거의 소설 《유대인 쥐스》는 그를 모델로 한 것이다.

J. 이타르(Jean Marc Gaspard Itard, 1775~1838) 프랑스의 교육자 · 의학자. 농아교육의 선구자로 1799년 남프랑스 아베롱 지구의 콘 숲에서 발견된 야생아(野生兒)에 대한 교육과 훈련에 헌신한 지능장애자 교육의 창시자로 유명하다.

L. A. 생쥐스트(Louis Antoine Léon de Saint-Just, 1767~1794) 프랑스혁명 말기에 활약한 로베스피에르 파(派)의 정치가. 혁명이 일어나자 국민군에 가담해 혁명가로 성장했다. 정치 및 군행정에 관해 비상한 수완을 보였고 국민공회 의장으로 '팡토즈법'을 추진했으나 테르미도르의 쿠데타 때 단두대에서 죽었다.

L. A. 세네카(Lucius Annaeus Seneca, BC 55?~AD 39) 고대 로마의 수사가. 1세기 중엽 로마의 지도적 지성인이었고, 네로 황제 재위 초기 로마의 실질적 통치자였다. 아들들에게 웅변술을 훈련시키기 위하여 지은 《논쟁 문제집》과 《설득법》은 후세에 널리 애용되는 교과서가 되었다. 내란 발발 이후의 역사도 저술하였으나 전해지지 않는다.

L. N. M. 카르노(Lazare Nicolas Marguerite Carnot, 1753~1823) 프랑스의 정치가 · 군사기술 전문가. 공안위원회의 군사담당관으로 선임되어 국민공회에 보고서를 제출, 총원징집법(總員徵集法)이 가결되게 하였다. 나폴레옹에 의하여 육군장관, 내무장관을 지냈다.

L. 코슈트(Lajos Kossúth, 1802~1894) 헝가리의 정치가로 조국해방과 사회개혁을 위하여 노력하였다. 대 오스트리아 독립전쟁을 지도하였으나 패하고 망명하였다. 미국 · 영국에서 민족해방운동에 헌신하였고, 이탈리아에서 헝가리 군을 조직하여 싸웠다.

M. A. 카루스(Marcus Aurelius Carus, ?~283) 로마제국의 황제(재위 282~283). 선대 황제들과 마찬가지로 자신의 황제 호칭의 일부로 마르쿠스 아우렐리우스라는 이름을 사용했다. 사산 왕조와 싸우려 했으나 갑자기 의문의 죽음을 당했는데 벼락에 맞았다는 설도 있다.

M. E. 에셴바흐(Marie von Ebner-Eschenbach, 1830~1916) 오스트리아의 작가로 처음에는 서정시·희곡을 썼으나 소설 《시계 파는 처녀 로티》로 명성을 떨친 후, 19세기 독일 최대의 여류작가가 되었다. 그 밖의 대표작에는 소설 《지방청의 촉탁의》, 《마을과 성(性)이야기》 등이 있다.

M. T. 키케로(Marcus Tullius Cicero, BC 106~BC 43) 고대 로마의 문인·철학자·변론가·정치가. 카이사르와 반목하여 정계에서 쫓겨나 문필에 종사했다. 수사학의 대가이자 고전 라틴 산문의 창조자이다. 오늘날 그는 가장 위대한 로마의 웅변가이자 수사학의 혁신자로 알려져 있다.

M. 사디(Musharrif Sa'di, 1209?~1291) 페르시아의 시인. 신비주의 탈박승으로서 30년간 방랑여행을 하였으며 메카 순례를 14회 하였다. 대표작으로 《과수원》, 《굴리스탄》이 있다.

M. 카토(Marcus Porcius Cato, BC 234~BC 149) 고대 로마의 정치가·장군·문인. 재무, 법무관을 거쳐 콘술이 되어 에스파냐를 통치하였고, 켄소르 등으로 정계에서 활약하였다. 고대 로마적인 실질강건성(實質剛健性)의 회복을 역설하고 주전론을 주창하기도 하였다. 라틴 산문학의 시조인 로마 최고의 역사서 《기원론》을 남겼다.

N. B. 타킹턴(Newton Booth Tarkington, 1869~1946) 미국의 소설가·극작가. 《인디애나의 신사》로 데뷔하였다. 《멋진 앰버슨 집안사람들》과 《앨리스 애덤스》로 두 번의 퓰리처상을 수상했다. 40여 편의 소설과 25편의 희곡을 남겼다.

N. 고골리(Nikolai Vasil'evich Gogol', 1809~1852) 우크라이나 태생 러시아의 소설가·극작가. 저서로는 《죽은 혼》, 《검찰관》, 희곡 《연극의 종연(終演)》, 중편 《로마》, 상트페테르부르크를 소재로 한 최고의 걸작 《외투》가 있다.

N. 프라이(Northrop Frye, 1912~1991) 캐나다 출신의 문학비평, 이론가이며 문학연구의 과학적 접근을 주장하였다. 20세기에 가장 영향력 있는 지식

인으로 평가된다. 저술로는 《교육된 상상력》, 《비평의 길》 등이 있다.

N. 하르트만(Nicolai Hartmann, 1882~1950) 독일의 철학자. 처음에는 신칸트 학파 내의 마르부르크 학파로 출발하였으나, 후에 그 관념론적·주관주 의적인 입장을 버렸다. 자신이 신존재론(新存在論)이라 부르는 객관주 의적·실재론적 입장으로 전환하였다.

P. C. 스키피오(Publius Cornelius Scipio, BC 236~BC 184) 고대 로마의 장군· 정치가. 제2차 포에니전쟁 때 이탈리아에 참전한 후 스페인의 카르타고 군(軍)을 격파했다. 아프리카의 자마에서 한니발을 무찌르고 제2차 포에 니 전쟁을 종결시켰다. 그는 스스로 스토아의 가르침을 신봉하고, 그리스 문화의 수입·보급에 진력, 군인·정치가로서도 탁월한 재능을 보였다.

P. 레벤(Phoebus Aaron Theodor Levene, 1869~1940) 러시아 태생의 미국 화학 자. 핵산연구의 선구자. 러시아의 반(反)유대주의에 쫓겨 미국 뉴욕으로 이주해 록펠러 의학연구소에서 일했다. 1909년 리보핵산(RNA) 분자로 부터 5탄당인 D-리보오스를 분리해냈다. 연구를 처음 시작할 때는 핵산 의 중요성을 알지 못했지만, 나중에 DNA와 RNA가 생명을 유지하는 데 매우 중요한 원소임을 밝혔다.

P. 제랄디(Paul Géraldy, 1885~1960) 프랑스의 시인·극작가. 상징주의풍의 연애시집 《너와 나》로 시인으로 주목받았으나 《은혼식》의 희곡을 쓰고 극작에 전념하였다. 연애 심리의 변화를 훌륭히 분석하여 극화하 였다. 불바르 연극의 전형적 작가 중 한 사람으로 평가받는다.

P. 클로델(Paul-Louis Claudel, 1868~1955) 현대 프랑스의 대표적인 시인·극 작가·외교관. 독자적인 시법(詩法)을 확립하여 호흡의 리듬에 입각한 시행(詩行)을 발표하였으며, 우주적인 넓이를 무대로 한 전인적인 극을 전개하였다. 대표작으로 희곡 《황금의 머리》, 《비단 구두》 등이 있다.

R. 타고르(Rabindranath Tagore, 1861~1941) 인도 시인. 벵골 문예부흥의 중심 이었던 집안 분위기 탓에 일찍부터 시를 썼고 16세에는 첫 시집 《들 꽃》을 냈다. 초기 작품은 유미적(唯美的)이었으나 갈수록 현실적이고 종교적인 색채가 강해졌다. 교육 및 독립운동에도 힘을 쏟았으며, 시집 《기탄잘리》로 1913년 노벨 문학상을 받았다.

S. T. 콜리지(Samuel Taylor Coleridge, 1772~1834) 영국의 시인·평론가. 19세

기 초 영국의 낭만파 시인 W. 워즈워스, S. T. 콜리지, R. 사우디 세 사람
이 다 같이 호반에 살았기 때문에 '호반시인(Lake Poets)'이라 불리었다.
콜리지가 시적 창작력이 급속히 감퇴되어 그 괴로움을 노래한 《실의의
노래》는 최후의 수작(秀作)이 되었다. 대표적 평론 《문학평전》은 강
연·담화·수첩 등의 형식으로 셰익스피어론을 비롯한 많은 평론으로
평론사상의 거장의 위치를 확립했다.

S. 샹포르(Sebastien-Roch Nicolas Chamfort, 1740~1794) 프랑스의 극작가·모
럴리스트. 뛰어난 기지로 유명하다. 그의 금언들은 프랑스 혁명시절 유
행하는 속담이 되었다. 뛰어난 말재주로 파리 사교계의 후원을 받았다.
희극 《인디언 소녀》, 《스미르나의 상인》, 비극 《뮈스타파와 제앙지
르》로 확고한 명성을 얻었다. 《몰리에르 예찬》으로 아카데미 프랑세
즈에 들어갈 수 있었다. 그러나 그 뒤 《아카데미론》에서는 아카데미
프랑세즈 회원들을 공격했다.

T. S. 엘리엇(Thomas Stearns Eliot, 1888~1965) 미국태생 영국 시인·극작가.
유명한 시 《황무지》와 희곡 《성당의 살인》, 《칵테일파티》등을 통해
모더니즘 운동을 주도했다. 성공적인 뮤지컬 《캣츠》는 1981년 영국에
서 막을 올린 이래 지금까지도 세계 각국에서 상연되고 있다.

T. 고티에(Théophile Gautier, 1811~1872) 프랑스의 시인·소설가·비평가·
저널리스트. 프랑스 문학의 감수성이 초기 낭만주의시대에서 19세기 말
탐미주의와 자연주의로 바뀌던 시절 강력한 영향력을 발휘했다. 작품으
로는 《낭만주의의 역사》, 《당대의 초상화들》, 《괴짜들》이 있다.

T. 루스벨트(Theodore Roosevelt, 1858~1919) 미국 제26대 대통령. 재임 시 내
정에서는 혁신주의를 내걸고 트러스트 규제, 철도통제, 노동자 보호입
법, 자원보존 등에 공헌했고, 외교에서는 먼로주의의 확대해석에 의해
강력한 외교를 추진했다. 러일전쟁 종결에 기여한 업적으로 1906년 노
벨평화상을 받았다.

T. 타소(Torquato Tasso, 1544~1595) 이탈리아의 시인. 르네상스 문학 최후의
시인으로 그의 최대의 걸작 《해방된 예루살렘》은 후기 르네상스 정신
을 완전히 종합한 것으로 유럽 문단에 큰 영향을 주었다.

T. 풀러(Thomas Fuller, 1608~1661) 잉글랜드 학자·설교가. 그의 작품 《신

성국가·세속국가 The Holy State, the Profane State》(1642)는 잉글랜드의 문학사가에게 중요한 인물들의 특성을 요약해 싣고 있다.

U. S. 그랜트(Ulysses Simpson Grant, 1822~1885) 미국의 제18대 대통령. 웨스트포인트 사관학교를 졸업(1843)한 후, 미국·멕시코 전쟁에 참가 (1845~48)했다.

V. M. 가르신(Vsevolod Mikhailovich Garshin, 1855~1888) 러시아의 소설가. 소년시절부터 시작된 광증의 발작이 재발되어 정신병원에 수용되었다. 명작 《붉은꽃》은 병원에 입원 중 자기의 체험에 그의 독자적인 '악의 꽃'을 테마로 엮은 것이고, 그 밖에 《꿈이야기》 등의 작품이 있다. 33세의 젊은 나이로 요절하였다.

V. 몬티(Vincenzo Monti, 1754~1828) 이탈리아 신고전주의의 대표적 시인·극작가. 저서로는 《우주의 아름다움》, 《바스비유에게 바치다》 등이 있다.

W. 에셴바흐(Wolfram von Essenbach) 독일의 궁정작가. 저서로는 유럽 중세 궁정문학의 최고 작품 《파르치발》이 있다. 그의 최대 걸작은 프랑스의 크레티앵 드 트루아의 《페르스발, 또는 성배(聖杯) 이야기》를 바탕으로 한 《파르치발》이며, 16권 24,840행의 대서사시다. 그 밖에 약간의 서정시를 남겼다

가

가도(賈島, 779~843) 중국 중당(中唐) 때의 시인. 서정적인 시는 매우 세련되어 세세한 부분까지 잘 묘사되어 있다. 한 자 한 구도 소홀히 하지 않고 고음(苦吟)하여 쌓아올리는 시풍이었으므로, 유명한 '퇴고(推敲)'의 어원이 된 일화는 그의 창작태도에서 생기게 되었다.

가브리엘레 단눈치오(Gabriele D'Annunzio, 1863~1938) 이탈리아의 시인·소설가·극작가로 데카당스 문학의 대표자. 참전 후에는 애국시를 써서 남구적(南歐的) 정열의 시인으로서의 면모를 보였고, 장편소설 《장미의 로망스》 3부작을 비롯하여 《사도》 등의 희곡과 시집을 썼다.

가브리엘 마르셀(Gabriel-Honoré Marcel, 1889~1973) 프랑스의 철학자·극작가. 파리대학, 몽펠리에대학에서 강의 했다. 키르케고르와 야스퍼스 계

열에 속하는 그리스도교적 실존주의자다. 저서로는《형이상학적 일
기》,《존재와 소유》,《존재의 비밀》, 희곡《갈증》등이 있다.
가스통 바슐라르(Gaston Bachelard, 1884~1962) 아카데미 프랑세즈에서 저
명한 위치에 오른 프랑스의 철학자·문학비평가. 구조주의(構造主義)의
선구자이며 시론(詩論)·이미지론으로도 유명하다. 중요 연구 분야인
과학철학에서 바슐라르는 인식론적 장애와 인식론적 단절의 개념을 도
입했다. 그는 20세기 후반에 미셸 푸코 등 많은 프랑스 철학자들에 영향
을 미쳤다.
간보(干寶, ?~?) 역사찬집에 종사했던 중국 동진(東晉)의 학자·문인. 저서
가운데《수신기(搜神記)》는 괴이전설(怪異傳說)을 집대성한 것으로 육
조(六朝) 소설의 뛰어난 작품일 뿐만 아니라 단편적이지만 당송시대 전
기물(傳奇物)의 선구가 되었다.
갈릴레오 갈릴레이(Galileo Galilei, 1564~1642) 이탈리아의 천문학자·물리
학자·수학자. 진자(振子)의 등시성 및 관성법칙 발견, 코페르니쿠스의
지동설에 대한 지지 등의 업적을 남겼다. 지동설을 확립하려고 쓴 저서
《프톨레마이오스와 코페르니쿠스의 2대 세계체계에 관한 대화》는 교
황청에 의해 금서로 지정되었으며 이단행위로 재판을 받았다.
강신재(康信哉, 1924~2001) 소설가. 1950년대와 1960년대에서 나타나는 애
정 풍속도를 세련되게 묘사하고, 감각적이고 신선한 문체는 대중소설의
위상을 한 단계 올려놓았다는 평가를 받았다. 주요 작품으로《젊은 느
티나무》,《명성황후》등 80여 편이 있다.
강원룡(姜元龍, 1917~2006) 한국의 민주화운동과 평화운동, 종교화합 등에
앞장선 개신교 목사. 저서로는《빈들에서—나의 삶, 한국현대사의 소용
돌이》,《강원용과의 만남, 그리고 여성운동》,《역사의 언덕에서》등
이 있다. 국민훈장모란장, 국민훈장동백장을 받았다.
강태공(姜太公, ?~?) 본명 강상(姜尙). 그의 선조가 여(呂)나라에 봉하여졌으
므로 여상(呂尙)이라 불렸다. 주나라 문왕(文王)의 초빙을 받아 그의 스
승이 되었고, 무왕(武王)을 도와 상(商)나라 주왕(紂王)을 멸망시켜 천하
를 평정하였으며, 그 공으로 제(齊)나라 제후에 봉해져 그 시조가 되었
다. 전국시대부터 경제적 수완과 병법가(兵法家)로서의 그의 재주가 회

자되기도 하였다. 병서(兵書)《육도(六韜)》(6권)는 그의 저서라 하며, 뒷날 그의 고사를 바탕으로 하여 한가하게 낚시하는 사람을 강태공 혹은 태공이라 하는 속어가 생겼다.

《개원천보유사(開元天寶遺事)》 중국 성당(盛唐)의 영화를 전하는 유문(遺聞)을 모은 책.

게오르크 리히텐베르크(Georg Christoph Lichtenberg, 1742~1799) 독일의 물리학자·계몽주의사상가. '리히텐베르크도형'을 발견하였고, 1778년부터《괴팅겐포켓연감》을 발행, 여기에 많은 자연과학 및 철학논문을 수록·발표하였다. 대학시절부터 써왔던《잠언집》은 후에 니체 등에게 많은 영향을 미쳤으며, 심리적 인간관찰의 집대성으로 오늘날에도 높이 평가된다.

게오르크 지멜(Georg Simmel, 1858~1918) 독일의 사회학자·신(新) 칸트주의 철학자. 저서《돈의 철학》에서 경제학이라는 특수한 주제에 자신의 일반원리를 적용하고 사회적 활동을 전문화했으며, 개인적·사회적 관계를 비인간화하는 데 미치는 화폐경제의 영향을 강조했다.

게오르크 헤겔(Georg Wilhelm Friedrich Hegel, 1770~1831) 칸트 철학을 계승한 독일 관념론의 대성자. 모든 사물의 전개(展開)를 정(正)·반(反)·합(合)의 3단계로 나누는 변증법(辨證法)은 그의 논리학과 철학의 핵심이다. 주요 저서로《정신현상학》,《법철학 강요》,《역사철학 강의》등이 있다.

겔리우스(Aulus Gellius, 123?~165?) 고대 로마의 수필가.《아티카 야화》는 법률·언어·문법·역사·전기·문헌비판 등의 문제를 다룬 것이다. 없어진 그리스·로마 원전에서 인용한 것이 많아, 많은 작가들이 전거(典據)로 삼았다.

경상자(庚桑子, ?~?) 중국 도가(道家)의 사상가.《장자》잡편 중 경상초편(庚桑楚篇)에 그의 행적이 나타나 있다. 공자학파의 본거지인 노(魯)나라 외루(畏壘)의 산속에 살면서 노자에게 배운 무위자연(無爲自然)의 길을 오로지 실천하였다고 한다.

《경행록(景行錄)》 송나라 때의 저작으로 「착한 행실을 기록한 책」이라고 하는데, 저자는 전해지지 않아 자세한 내용은 알려져 있지 않다.

《계녀서(戒女書)》우암(尤庵) 송시열(宋時烈)이 혼인하는 딸에게 지어준 교훈서를 필사한 책. 이 책에는 딸을 출가시키는 부모가 딸에게 아녀자가 지켜야 할 여러 가지 덕목을 훈계하는 내용이 실려 있다. 대체로 부모를 섬기는 법, 형제간의 우애하는 법, 제사를 받드는 법, 손님을 접대하는 법, 하인을 다루는 법, 각종 예의범절 등이 수록되어 있다.

계용묵(桂鎔默, 1904~1961) 소설가. 세련된 언어로 인간의 미묘한 심리를 다룬 소설을 발표했다. 1935년에 대표작 《백치 아다다》를 발표하여 주목을 끌었다. 이어 《청춘도》, 《신기루》, 그리고 광복 후에는 《별을 헨다》, 《물매미》 등을 발표하였다. 수필집으로 《상아탑》이 있다.

《고금사화(古今詞話)》중국 청(淸)나라의 심웅(沈雄)이 시화(詩話) 및 그 기법(技法) 등을 수록한 책.

고든 올포트(Gordon Willard Allport, 1897~1967) 미국의 사회심리학자. 1930년부터 1942년까지 하버드대학교 교수로 재직했다. '인격심리학의 권위자이며, 독일 심리학의 영향을 받아 이론적·조직적인 경향이 있다. 평화를 위한 사회과학자의 성명을 발표하는 등 사회심리학의 실제적 응용면에서도 활약했다.

《고문진보(古文眞寶)》 : 중국의 시문선집(詩文選集). 주(周)나라 때부터 송(宋)나라 때에 이르는 고시(古詩)·고문(古文)의 주옥편(珠玉篇)을 모아 엮은 책이다. 전집(前集) 10권, 후집(後集) 10권으로 되어 있으며, 편자인 황견(黃堅)과 편찬 경위 등에 대하여서는 분명하지 않으나, 송나라 말기에서 원(元)나라 초기에 걸친 시기의 편저임은 확실하다. 전집에는 권학문(勸學文) 등 10체(體) 217편의 시, 후집에는 사(辭)·부(賦) 등 17체 67편의 문장을 수록하였다.

고은(高銀, 1933~) 현실 참여의식과 역사의식을 시를 통하여 형상화한 현대시인. 자유실천문인협의회, 민주회복국민회의, 민족문학작가회의 등에 참여하며 민주화운동과 노동운동에 앞장서 왔다. 대표작으로 《피안감성》 등이 있다. 한국문학작가상(1974), 만해문학상(1988), 중앙문화대상(1991), 금관문화훈장(2002)을 수상했다.

고응척(高應陟, 1531~1605) 조선 중기의 학자·시인. 도학을 연구하고, 《대학》의 여러 편으로 교훈시를 만드는 등 사상적 체계를 시(詩)·부(賦)·

가(歌)·곡(曲) 등으로 표현하였다. 사성, 경주부윤 등을 지냈다. 저서에 《대학개정장》, 《두곡집》 등이 있다.

고창률(高昌律, 1935~2002) 승려·화가. '걸레스님 중광(重光)', '미치광이 중'을 자처하며 파격으로 일관하며 살았다. 선화(禪畵)의 영역에서 파격적인 필치로 독보적인 세계를 구축하여 명성을 얻었으며 말년에는 달마도 그리기에 열중하였다. 2000년 '괜히 왔다 간다'는 주제로, 마지막 전시회가 된 달마그림 전시회를 열었다.

고트프리 벤(Gottfried Benn, 1886~1956) 독일의 시인·수필가. 작품활동으로 바쁜 가운데 68세까지 내과의사로서 일했다. 시집으로 《시체 공시소》와 《육체》 등이 있다. 자서전 《이중인생》은 그의 냉소주의가 점차 사라져가고 있음을 잘 보여준다.

고트홀드 레싱(Gotthold Ephraim Lessing, 1729~1781) 독일의 극작가·비평가. 생애는 부단한 사상투쟁의 연속이었다. 독일의 계몽사상가 중에는 그 유례를 찾아볼 수 없는 확고부동한 신념과 명석한 지성의 소유자였다. 독일 근대 시민정신의 기수로 평가된다. 저서로 《라오콘》, 《미나 폰 바른헬름》 등이 있다.

공자(孔子, BC 551~BC 479) 중국 고대의 사상가, 유교의 시조. 최고의 덕을 인이라고 보았다. 인(仁)에 대한 공자의 가장 대표적인 정의는 '극기복례(克己復禮)' 곧, 「자기 자신을 이기고 예에 따르는 삶이 곧 인(仁)」이라는 것이다. 그 수양을 위해 부모와 연장자를 공손하게 모시는 효제(孝悌)의 실천을 가르치고, 이를 인(仁)의 출발점으로 삼았다.

《공자가어(孔子家語)》 공자의 언행 및 공자와 문인(門人)과의 논의(論議)를 수록한 책.

공지영(孔枝泳, 1963~) 소설가. 1990년대에 가장 왕성하게 작품활동을 한 대표적인 소설가 가운데 한 사람이다. 주로 학생운동을 하던 사람들의 정신적 공황에 대한 이야기나 가부장적 남성에 의해 억압받는 여성에 대한 이야기의 소설을 썼다. 《동트는 새벽》, 《무소의 뿔처럼 혼자서 가라》, 《도가니》 등의 작품이 있으며 21세기문학상 등을 수상했다.

《공총자(孔叢子)》 중국 전한(前漢)의 공부(공자의 9대손)가 편찬한 책. 현행본은 3권본·7권본 등이 있다. 공자 이하 자사(子思)·자고(子高)·자

순(子順) 등 일족의 언행을 모아 가언(嘉言)·논서(論書)·기의(記義)·
형론(刑論)·기문(記問)…… 등 21편으로 엮었다.

《관윤자(關尹子)》 중국의 사상문헌(思想文獻). 주(周)나라 관령(關令) 윤희
(尹喜)의 저작이라고 하나, 당(唐) 말 오대(五代)의 두광정(杜光庭)의 위작
(僞作)으로 본다. 신선방술(神仙方術)이나 불교 교리를 혼합한 것을 내용
으로 하고, 문장은 불전(佛典)을 모방하였다.

《관자(管子)》 춘추시대 제(齊)나라의 사상가·정치가인 관중(管仲, ?~BC
645)이 지은 것으로 되어 있으나, 그 내용으로 보아 후대의 사람들이 썼
고, 전국시대에서 한대(漢代)에 걸쳐서 성립된 것으로 여겨진다. 정치의
요체는 백성을 부유하게 하는 일이 으뜸이라고 하였다.

괴테(Johann Wolfgang von Goethe, 1749~1832) 독일의 시인·극작가·정치
가·과학자. 독일 고전주의의 대표자로서 세계적인 문학가이며 자연연
구가이다. 바이마르 공국(公國)의 재상으로도 활약하였다. 주요 저서로
는 《빌헬름 마이스터의 편력시대》, 《파우스트》 등이 있다.

구르몽(Ramy de Gourmont, 1858~1915) 프랑스의 문예평론가·시인·소
설가. 상징주의 이론을 전개했다. 문예지 《메르퀴르 드 프랑스》에 평
론을 발표했다. 저서는 《가면집》, 《철학적 산보》 등이며, 《프랑스어의
미학》이 높이 평가된다.

구상(具常, 1919~2004) 시인·언론인. 기독교적 존재론을 기반으로 미의식
을 추구, 전통사상과 선불교적 명상 및 노장사상까지 포괄하는 광범위
한 정신세계를 수용해 인간존재와 우주의 의미를 탐구하는 구도적(求導
的) 경향이 짙다. 주요 작품으로 6·25 전쟁을 제재로 한 시집 《초토의
시》를 펴내 서울특별시문화상을 받았다.

구스타프 슈바프(Gustav Benjamin Schwab, 1792~1850) 독일의 시인·작가·
목사로서 낭만파의 계통을 이었다. 민요풍의 가곡 《기사(騎士)》와 보덴
호(湖)》, 《뇌우(雷雨)》 등을 써서 잊혀진 향토문화를 깨우쳐 주었다.

구양수(歐陽脩, 1007~1072) 중국 송나라의 정치가·문인. 한림원학사(翰林
院學士) 등의 관직을 거쳐 태자소사(太子少師)가 되었다. 송나라 초기의
미문조(美文調) 시문인 서곤체(西崑體)를 개혁하고, 당나라의 한유를 모
범으로 하는 시문을 지었다. 당송팔대가(唐宋八大家)의 한 사람이었으

며, 후배들에게 많은 영향을 주었다. 주요 저서에는 《구양문충공집》 등이 있다.

구준(寇準, 961~1023) 북송 초의 정치가·시인. 시인으로서는 당시의 고관들 사이에서 유행하던 서곤체(西崑體)와 약간 다른 시풍(詩風)을 가졌으며, 자연의 애수(哀愁)를 읊은 시가 많았다. 시집으로 《구충민공시집(寇忠愍公詩集)》이 있다.

《국어(國語)》 중국 춘추시대 8국의 역사를 나라별로 적은 책. 주(周)나라 좌구명(左丘明)이 《좌씨전(左氏傳)》을 쓰기 위하여 각국의 역사를 모아 찬술한 것이다.

굴원(屈原, BC 343?~BC 278?) 중국 전국시대의 정치가이자 비극시인. 학식이 뛰어나 초나라 회왕(懷王)의 좌도(左徒 : 左相)의 중책을 맡아 내정·외교에서 활약하기도 했다. 작품은 한부(漢賦)에 영향을 주었고, 문학사에서뿐만 아니라 오늘날에도 높이 평가된다. 주요 작품에는 〈이소(離騷)〉, 〈어부사(漁父辭)〉 등이 있다.

권발(權撥, 1478~1548) 조선 중기의 문신·학자. 조광조의 개혁정치에 참여했으며, 윤원형 세력에 반대하다 희생되었다. 연산군(1496) 2년에 진사에, 중종 2년(1507)에 증광문과에 급제했다. 이후 병조판서·한성부판윤·예조판서 등을 두루 거쳤다. 선조 24(1591)년 영의정에 추증되었다. 저서에 《충재선생문집》이 있다.

귀곡자(鬼谷子, ?~?) 중국 전국시대 초(楚)나라의 정치가로 제자백가 중 종횡가(縱橫家)로 불린다. 소진과 장의의 스승으로, 귀곡에서 은거했기 때문에 귀곡자 또는 귀곡선생이라 불렸다.

귀스타브 쿠르베(Gustave Courbet, 1819~1877) 프랑스의 화가. 견고한 마티에르와 스케일이 큰 명쾌한 구성의 사실적 작풍으로 19세기 후반의 젊은 화가들에게 큰 영향을 끼쳤다. '현실을 있는 그대로 직시하고 묘사할 것을 주장했다.

권터 아이히(Günther Eich, 1907~1972) 근대의 불안을 그린 특이한 작풍(作風)으로 주목받은 독일의 서정시인. 방송극작가로서 활약하였다. 주요 저서로 《변두리의 농가》, 《비(雨)의 사자(使者)》 등이 있다.

그라시안이모랄레스(Baltasar Gracián y Morales, 1601~1658) 17세기 에스파

냐의 작가. 타라고나의 예수회 부속학교장을 역임하였다. 저서로 《비평가》가 유명하다. 프랑스 모럴리스트들의 선구가 되었다.

그레엄 그린(Henry Graham Greene, 1904~1991) 영국의 소설가. 형이상학적 스릴러의 작가로, 주요 저서에는 《권력과 영광》, 《공포의 성》, 《제3의 사나이》 등이 있다.

근사록(近思錄) 중국 송(宋)나라 때 신유학의 생활 및 학문 지침서. 1175년 주희(朱熹)와 여조겸(呂祖謙)이 주돈이(周敦頤)·정호(程顥)·정이(程頤)·장재(張載) 등 네 학자의 글에서 학문의 중심문제들과 일상생활에 요긴한 부분들을 뽑아 편집하였다. 제목의 '근사'는 논어의 「널리 배우고 뜻을 돈독히 하며, 절실하게 묻고 가까이 생각하면(切問而近思) 인(仁)은 그 가운데 있다」 는 구절에서 따온 것이다.

기대승(奇大升, 1527~1572) 조선 중기의 성리학자. 《주자대전》을 발췌하여 《주자문록(朱子文錄)》을 편찬하는 등 주자학에 정진하였다. 이황과 12년 동안 서한을 주고받으면서 8년 동안 사단칠정(四端七情)을 주제로 논란을 편 편지로 유명하다.

기욤 드 로리(Guillaume de Lorris, 1210?~1240?) 13세기 프랑스 중세 시인. 《장미설화》 전편 4,058행의 작자.

기욤 아폴리네르(Guillaume Apollinaire, 1880~1918) 프랑스의 시인·소설가. 작품은 《썩어가는 요술사》, 《동물시집》 등이다. 20세기 새로운 예술 창조자의 한 사람이다. 평론 《입체파 화가》, 《신정신》 은 모더니즘 예술 발족에 큰 영향을 끼쳤다.

기화(己和, 1376~1433) 조선 전기의 승려로 여러 산을 편력하며 학인(學人)들을 지도하고 수도했다. 이름은 수이(守伊). 법호 득통(得通). 당호 함허(涵虛). 세종 2년 오대산에 가서 여러 성인들을 공양하고 월정사(月精寺)에 있을 때 세종이 청하여 대자어찰(大慈御刹)에 머물렀다. 4년 후 이를 사퇴하고 길상(吉祥)·공덕(功德)·운악(雲嶽) 등 여러 산을 편력했다. 저서에 《함허화상어록(涵虛和尙語錄)》 등이 있다.

길버트 스튜어트(Gilbert Stuart, 1755~1828) 미국의 화가. 초상에서 낭만적인 성격묘사에 독자성을 발휘하였으며, 그가 그린 3점의 워싱턴 대통령상은 그 뒤 수없이 그려진 대통령 상의 원형이 되었다.

길재(吉再, 1353~1419) 호는 야은·금오산인. 고려 말, 조선 초의 성리학자. 1387년 성균학정(成均學正)이 되었다가, 1388년에 순유박사(諄諭博士)를 거쳐 성균박사(成均博士)를 지냈다. 조선이 건국된 뒤 1400년(정종 2)에 이방원이 태상박사(太常博士)에 임명하였으나 두 임금을 섬기지 않겠다며 거절하였다.

김경탁(金敬琢, 1906~1970) 동양철학자·교육자. 일본과 중국의 대학에서 철학교육을 수학하였다. 이후 고려대학 철학과 교수로 취임했다. 중국철학을 '생성철학(生成哲學)'으로 파악하여 중국철학의 방법론적 체계화를 이루었다.

김광욱(金光煜, 1580~1656) 조선 후기의 문신. 동지사로 청나라에 다녀왔고, 지중추부사 겸 판의금부사를 거쳐 우참찬에 올랐다. 문예와 글씨에 뛰어났으며, 《장릉지장(長陵誌狀)》을 찬하였다. 저서로는 《죽소집》이 있다. 시호는 문정(文貞)이다.

김교신(金敎臣, 1901~1945) 종교인·교육가. 양정고보(養正高普)·개성 송도고보(松都高普)·경기중학 등에서 민족주의 교육과 국적 있는 역사교육을 통해 학생들에게 독립정신을 고취하였다. 《성서조선(聖書朝鮮)》을 창간하여 교리전파에 심혈을 기울였으며 제자들에게 많은 영향을 끼쳤다.

김근형(金根瀅, 1890~1911) 일제강점기 때 활동한 독립운동가. 평안남도 평양 출생이다. 독립운동에 뜻을 품고 양기탁(梁起鐸)·신채호(申采浩)·안창호(安昌浩) 등이 조직한 신민회에 가담하여 민족운동을 전개했다. 1911년 '105인 사건'으로 일본경찰에 체포되어 혹독한 고문으로 사망했다. 1995년 건국훈장 애국장이 추서되었다.

김관석(金觀錫, 1922~2002) 목회자. 에큐메니칼 운동과 대한민국 민주화운동에 참여했다. 1968년에 한국기독교교회협의회 총무로 선출되면서 기독교 계열의 대표적인 반체제 인사가 되었다. 삼선개헌 반대운동과 민주회복국민선언 등 1970년대 민주화운동의 중심에 있었다. 국민훈장모란장을 받았다.

김난도(1963~) 서울대학교의 생활과학대학 소비자학과 교수. 미국 서던캘리포니아 대학교에서 공공관리론에 관한 연구로 박사학위를 받았다.

2006년에는 강의에 대한 열의와 지도력을 인정받아 서울대학교 교육상을 수상하였다. 저서 《아프니까 청춘이다》는 37주 연속 베스트셀러 1위에 오르면서 독자들이 선정하는 2011 최고의 책으로 선정되었다.

김남조(金南祚, 1927~) 사랑의 시학을 노래한 시인. 저서에 시집 《정념의 기》, 《겨울바다》, 《설일(雪日)》 등이 있고, 수필집 《잠시 그리고 영원히》, 《그래도 못 다한 말》 등이 있다. 이 밖에 콩트집 《아름다운 사람들》과 다수의 시선집이 있다. 사랑과 인생을 섬세한 언어로 형상화해 '사랑의 시인'으로 불리는 계관시인이다.

김내성(金來成, 1909~1957) 소설가. 호는 아인(雅人). 1939년 《조선일보》에 장편소설 《마인(魔人)》을 연재하면서 추리소설 작가로서의 독보적인 위치를 굳혔다. 작품으로 《실낙원의 별》, 《애인》 등이 있다. 사후 내성문학상이 제정되었다.

김대중(金大中, 1924~2009) 제15대 대통령을 지낸 한국의 정치가. 아태평화재단을 설립하여 이사장으로 활동했다. '아시아에서 가장 영향력 있는 지도자 50인' 중 공동 1위에 선정되었으며, 2000년 6월 평양을 방문하여 '6·15 남북공동선언'을 이끌어냈다. 또한 50여 년간 지속되어 온 한반도 냉전 과정에서 상호불신과 적대관계를 청산하고 평화에의 새 장을 여는 데 기여한 공로로 2000년 노벨평화상을 받았다.

김동인(金東仁, 1900~1951) 간결하고 현대적 문체로 문장혁신에 공헌한 소설가. 최초의 문학동인지 《창조》를 발간했다. 사실주의적 수법을 사용했고, 예술지상주의를 표방하고 순수문학운동을 벌였다. 주요 작품은 《배따라기》, 《감자》, 《광염 소나타》, 《발가락이 닮았다》 등이 있다.

김동환(金東煥, 1901~?납북) 호는 파인(巴人). 한국 최초의 서사시 《국경의 밤》의 시인. 향토적, 애국적 감정의 민요적 색채가 짙은 서정시를 발표하여 이광수·주요한 등과 함께 문명을 떨쳤다. 월간지 《삼천리문학》을 발간하였다. 저서에 《승천하는 청춘》, 《삼인시가집》, 《해당화》와 소설·평론·수필 다수가 있다.

김말봉(金末峰, 1901~1961) 소설가. 중외일보 기자로서 창작활동을 시작했다. 1933년 중앙일보에 처녀작 단편소설 《망명녀》를 발표하면서부터 대중소설 작가의 지위를 얻었다. 한국예술원위원, 한국문학가협회 대표위원을 역임했고, 작품으로는 《화려한 지옥》, 《푸른 날개》, 《생명》, 《화관의 계절》 등이 있다.

김성식(金成植, 1908~1986) 사학자. 전사편찬위원, 고려대학, 경희대학 명예교수 등을 지내며 한국사학 발전에 공헌하였다. 저서 《대학사》, 《독일학생운동사》, 《루터 연구》, 수필집 《역사와 현실》 등이 있다.

김성탄(金聖嘆, ?~1661) 중국 명말·청초의 문예비평가. 독자적인 견식으로 문예비평을 했으며, 문학으로 간주되지 않았던 희곡과 소설을 정통문학과 구별하지 않고 다루었다. 주요 저서로는 《장자》, 《초사(楚辭)》, 《사기》, 《수호지》 등에 대해 각각 비평을 한 《성탄재자서(聖嘆才子書)》 등이 있다.

김소운(金素雲, 1907~1981) 시인·수필가. 20세부터 일본 시단에서 활약하여 《조선민요집》, 《조선시집》 등 많은 작품을 일본에 소개하는 데 큰 공헌을 했다. 《물 한 그릇의 행복》 등 10여 권의 수필집을 발표하였고 1980년 대한민국 문화훈장 은관을 받았다. 1951년 장편수필 《목근통신(木槿通信)》이 일본 《중앙공론(中央公論)》에 번역 소개되어 한일 양국 문단에 큰 반향을 불러일으켰다.

김소월(金素月, 1902~1934) 한국의 대표적 서정시인. 기념비적 작품인 《진달래꽃》은 한국의 전통적인 한을 노래한 시라고 평가받으며, 짙은 향토성을 전통적인 서정으로 노래하여 오늘날까지 많은 사랑을 받고 있다. 《금잔디》, 《엄마야 누나야》, 《산유화》 등 많은 명시를 남겼다.

김시습(金時習, 1435~1493) 생육신의 한 사람인 조선 전기의 학자이다. 유·불(儒佛) 정신을 아울러 포섭한 사상과 탁월한 문장으로 일세를 풍미하였다. 금오산실에서 한국 최초의 한문소설 《금오신화》를 지었고, 《탕유관서록》, 《탕유관동록》 등을 정리했으며, 《산거백영》을 썼다.

김억(金億, 1896~?) 시인. 최초의 번역시집 《오뇌의 무도》를 낸 시인이며 1923년에 간행된 시집 《해파리의 노래》는 근대 최초의 개인 시집으로서 그 특징이 있다. 에스페란토의 선구적 연구가로서 《에스페란토 단기강좌》를 발표하여 한국어로 된 최초의 에스페란토 입문서를 남겼다.

김오남(金午男, 1906~?) 일제시대의 시조작가. 시인 김상용(金尙鎔)의 여동생으로 인생의 무상함, 숙명 등을 주제로 하여 전통적 경향을 보이는 작품을 썼고, 1930년대 시조부흥운동에 여류문학가로는 유일하게 참여하였다.

김옥균(金玉均, 1851~1894) 조선 후기의 정치가. 갑신정변을 주도하였다. 갑신정변에 투영된 김옥균의 사상에는 문벌폐지, 인민평등 등 근대사상을 기초로 하여 낡은 왕정사 그 자체에 어떤 궁극적 해답을 주려는 혁명적 의도가 들어 있었다.

김옥길(金玉吉, 1921~1990) 교육자. 이화여자대학교 총장을 세 번 연임하였고 문교부장관으로 재직하며 학원자율화와 교복자율화를 추진하였다. 교육계·기독교계 등에서도 폭넓은 사회활동을 하였다. 국민훈장 무궁화장이 추서되었다.

김용옥(金容沃, 1948~) 호는 도올(檮杌). 철학사상가. 동서양 철학과 종교사상까지 다양한 학문적 탐구와 저작활동을 벌이고 있다. 그의 철학은 동양과 서양철학을 아우르는 기철학을 중심으로 한다. 아직 그 전모에 대해서는 형성 중이라고 여겨지지만 동양사상이 그 뿌리인 기철학을 통해 서양철학의 여러 문제를 해소하고 사상적·보편적 비전을 제시하는 의미를 가지리라고 추측된다. 저서로는 《東洋學 어떻게 할 것인가》 외에 수많은 작품이 있다.

김유기(金裕器, ?~?) 조선 후기의 가인(歌人). 숙종 때 명창으로 이름을 떨쳤고, 당대를 대표하는 최고의 명창으로 시조를 잘하여 시조 10수가 전한다.

김유정(金裕貞, 1908~1937) 소설가. 1935년 소설 《소낙비》가 《조선일보》 신춘문예에, 《노다지》가 《중외일보》에 각각 당선됨으로써 문단에 데뷔하였다. 《봄봄》, 《금 따는 콩밭》, 《동백꽃》, 《따라지》 등의 소설을 내놓았고 29세로 요절할 때까지 30편에 가까운 작품을 발표했다.

김인후(金麟厚, 1510~1560) 조선 중기의 문신. 1540년 문과에 합격하고 1543년 홍문관 박사, 세자시강원 설서를 역임하여 당시 세자였던 인종을 가르쳤다. 을사사화가 일어나자 고향으로 돌아가 성리학 연구와 후학 양성에만 정진하였다. 문집으로 《하서전집》, 《주역관상편》, 《서명사천도》, 《백련초해》 등이 있다.

김재원(金載元, 1909~1990) 고고학자. 서울대학교 강사, 진단학회 간사장·
평의원 등을 겸하고, 1955년 대한민국학술원 회원이 되었다. 1964년 독
일 고고학 연구회 통신회원이 되고, 1968년 한국고고학회장으로 선출되
었다.

김정국(金正國, 1485~1541) 조선 중기의 학자·문신. 중종 때 기묘사화로
삭탈관직되었다가 복관되어 전라감사가 되고 뒤에 병조참의·공조참
의·형조참판 등을 지냈다. 김굉필의 문인으로, 시문이 당대에 뛰어났
고 의서에도 조예가 깊었다. 저서로는《사재집》,《성리대전절요》,
《촌가구급방》등이 있다.

김정희(金正喜, 1786~1856) 조선 후기의 서화가·문신·문인·금석학자.
순조 19년(1819) 문과에 급제하여 성균관대사성, 이조참판 등을 역임하
였다. 학문에서는 실사구시(實事求是)를 주장하였고, 서예에서는 독특한
추사체를 대성시켰으며, 특히 예서·행서에 새 경지를 이룩하였다.

김종서(金宗瑞, 1383~1453) 조선 전기의 문신. 1433년 야인들의 침입을 격
퇴하고 6진을 설치하여 두만강을 경계로 국경선을 확정하였다. 수양대
군에 의하여 1453년 두 아들과 함께 집에서 격살되고 대역모반죄라는
누명까지 쓰고 효시됨으로써 계유정난의 첫 번째 희생자가 되었다.

김천택(金天澤, ?~?) 조선 후기의 시조작가·가객. 호는 남파(南坡).《해동
가요》에 57수를 남겼고, 1728년에는 시가집《청구영언》을 편찬하여
국문학사상 귀중한 자료가 되고 있다. 사대부들이 즐겼던 시조가 중인
가객들에게까지 확산되는 데 선구적 역할을 했다.

김형석(金亨錫, 1920~) 수필가·철학자. 수필집《고독이라는 병》은 베스
트셀러가 되었다. 그의 수필은 현대인의 삶의 지표를 제시하기 위해 기
독교적 실존주의를 배경으로 현대의 인간조건을 추구하여 부드럽고 시
적인 문장으로 엮어 독자들에게 감명을 주고 있다. 수필집으로는《영원
과 사랑의 대화》,《오늘을 사는 지혜》등이 있다.

나

나도향(羅稻香, 1902~1926) 한국의 소설가. 초기에는《젊은이의 시절》,
《환희》등의 애상적인 작품들을 발표하였고 이후《물레방아》,《뽕》,

《벙어리 삼룡이》를 발표하면서 객관적인 사실주의적 경향을 보여주었다. 작가로서 완숙의 경지에 접어들려 할 때 요절하였다.

나세르(Jamal 'Abd an-Nāser, 1918~1970) 이집트의 군인·정치가. 반둥회의(아시아·아프리카회의)에 출석하여 적극적인 중립주의·비동맹주의 외교정책을 추진했고 수에즈운하의 국유화를 선언, 수에즈전쟁이 일어났으나 국제여론의 지지로 이를 해결해 아시아·아프리카의 지도자가 되었다.

나츠메 소세키(夏目漱石, 1867~1916) 일본의 소설가·영문학자. 작풍은 당시 전성기에 있던 자연주의에 대하여 고답적, 관상적(觀賞的)이었으며, 주요 저서로는《호토토기스(두견)》,《나는 고양이로소이다》등이 있다.

나폴레옹 1세(Napoléon I, 1769~1821) 프랑스의 군인·제1통령·황제. 프랑스혁명의 사회적 격동기 후 제1제정을 건설했다. 법전을 편찬하는 등 개혁정치를 실시했으며, 유럽 여러 나라를 침략 세력을 팽창했다. 그러나 러시아 원정 실패로 엘바 섬에, 워털루 전투 패배로 세인트헬레나 섬에 유배되었다.

나폴레옹 2세(Napoleon II, 1811~1832) 나폴레옹 1세의 유일한 아들. 1814년 나폴레옹 1세가 폐위되자 어머니 마리 루이즈와 함께 외가인 오스트리아에 머물렀다. 1815년 3월 왕위를 되찾은 아버지 나폴레옹 1세가 6월에 다시 폐위되어 유배 길에 오르자 뒤를 이을 황제로 임명되었다. 하지만 연합군의 파리 점령으로 왕위는 루이 18세에게 넘어갔고 나폴레옹 2세는 프랑스에 돌아오지도 못한 채 폐위되었다.

《남사(南史)》 중국 당(唐)의 이연수(李延壽)가 편찬한 사서(史書). 기전체로 송(宋)·남제(南齊)·양(梁)·진(陳) 등 남북조시대(南北朝時代) 남조(南朝) 네 왕조의 역사를 기술한 중국 25사(二十五史) 가운데 하나이다.

남이(南怡, 1441~1468) 조선 전기의 무신(武臣). 약관의 나이로 무과(武科)에 장원, 세조의 지극한 총애를 받았다. 1467년(세조 13) 이시애(李施愛)가 북관에서 난을 일으키자 우대장(右大將)으로 이를 토벌, 적개공신(敵愾功臣) 1등에 오르고, 의산군(宜山君)에 봉해졌으며, 28세의 나이로 병조판서에 올랐다.

남효온(南孝溫, 1454~1492) 조선 전기의 문신. 생육신 중에 한 사람이다. 사육신(死六臣)의 절의를 추모하고, 그들의 충절이 세상에 전해지지 않음을 염려하여 《육신전(六臣傳)》을 저술하는 등 당시의 금기사항에 조금도 거리낌이 없었다. 저서에 《추강집(秋江集)》 등이 있다.

《냉재야화(冷齋夜話)》 중국 남송(南宋)의 승려 석혜홍(釋惠洪)이 지은 설화.

너대니얼 호손(Nathaniel Hawthorne, 1804~1864) 미국의 소설가. 대표작 《주홍글씨(The Scarlet Letter)》는 청교도의 엄격함에 대한 교묘한 묘사, 죄인의 심리 추구, 긴밀한 세부구성, 정교한 상징주의로 19세기의 대표적 미국소설이 되었다. 그 밖에 《일곱 박공의 집(The House of the seven Gables)》 등을 발표하였다.

노드롭 프라이(Northrop Frye, 1912~1991) 캐나다 출신의 문학비평가. 문학 연구의 과학적 접근을 주장하였다. 20세기 가장 영향력있는 지식인으로 평가된다. 대표적인 저술로는 《교육된 상상력》, 《비평의 길》 등이 있다.

노먼 빈센트 필(Norman Vincent Peale, 1898~1993) 미국 작가. 교회의 목회자로 42년간 사역했다. 그는 세계적인 베스트셀러가 된 저서 《적극적 사고방식의 능력》, 《예수 그리스도의 적극적인 능력》을 포함 46권의 저서를 저술했다. 간단명료한, 낙관적인, 역동적인 설교를 통해 많은 사람을 그리스도께로 인도한다.

노발리스(Novalis, 1772~1801) 독일의 시인·소설가. 낭만파 시인들과 교류하며, 문학 활동을 벌였다. 저서로 《밤의 찬가》 등이 있다.

노수신(盧守愼, 1515~1590) 조선 중기의 문신·학자. 을사사화 때 이조좌랑에서 파직되어 귀양살이를 하였다. 선조 즉위 후에는 우의정, 좌의정을 거쳐 영의정에 올랐다. 문집에 《소재집(蘇齋集)》이 있다.

노스트라다무스(Nostradamus, 1503~1566) 르네상스기(期) 프랑스의 의사·철학자·점성가. 프랑스 각지를 방랑하면서 페스트나 풍토병 치료에 종사하는 한편 신(新)플라톤주의 사상·은비사상(隱祕思想)에 접했다. 그의 저서는 그 신비성 때문에 로마 가톨릭교회에 의해 금서가 되었다. 그 중에서도 4행시 《예언집》(Les Propheties)은 수개국어로 썼으며, 자신의 죽음뿐만 아니라 후원자인 앙리 2세의 죽음, 프랑스혁명, 나폴레옹의 등장까지 예언하였다.

노신(魯迅, 1881~1936) 중국의 문학가·사상가. 대표작《아큐정전(阿Q正傳)》은 세계적인 작품이며 후에 그의 주장에 따른 형태로 문학계의 통일전선이 형성되었다. 그의 문학과 사상에는 모든 허위를 거부하는 정신과 언어의 공전(空轉)이 없는, 어디까지나 현실에 기초한 강인한 사고가 뚜렷이 부각되어 있다. 그 밖의 저서로는《광인일기》,《고향》등이 있다.

노어 웹스터(Noah Webster, 1758~1843) 미국의 사서 및 교과서 편찬가.《표준철자 교과서》를 발행해 미국의 표준 영어교과서로 널리 쓰여 영어교육의 권위자가 되었다. 수록 낱말이 7만 규모인《미국 영어사전(American Dictionary of the English Language)》을 발간하여 미국의 사서 계에 큰 영향을 끼쳤다.

노자(老子, ?~?) BC 6세기경에 활동한 중국 제자백가 가운데 한 사람으로 도가(道家)의 창시자. 노자는 유가에서는 철학자로, 일부 평민들 사이에서는 성인 또는 신으로 숭배되었다. 도교 경전인《도덕경(道德經)》의 저자로 알려져 있다. 현대 학자들은《도덕경》이 한 사람의 손에 의해 저술되었다고는 생각지 않으나, 도교가 불교의 발전에 큰 영향을 미쳤다는 사실은 통설로 받아들이고 있다.

노포(魯褒, ?~?) 3세기 전후의 중국 서진(西晉)시대의 문신이자 학자로, 화폐권력과 화폐숭배를 비판한《전신론(錢神論)》을 썼다.

《논어(論語)》사서(四書)의 하나로 유가(儒家)의 성전(聖典)이라고도 할 수 있다. 중국 최초의 어록이기도 하다. 고대 중국의 사상가 공자의 가르침을 전하는 가장 확실한 옛 문헌이다. 공자와 그 제자와의 문답을 주로 하고, 공자의 발언과 행적, 그리고 고제(高弟)의 발언 등 인생의 교훈이 되는 말들이 간결하고도 함축성 있게 기재되었다.

《논형(論衡)》중국 후한의 사상가 왕충(王充)의 저서. 전국시대의 제자(諸子)의 설 외에 당시의 정치·풍속·속설 등 다방면의 문제를 다뤄 실증적이고 합리적 비판을 가했다. 비판적 정신이 풍부하여 전통사상, 특히 한나라 때 유학 속에 잠재한 허망성을 지적하고 속유(俗儒)의 신비주의

사상, 즉 미신적 사상을 배격하고 있다.

니코스 카잔차키스(Níkos Kazantzakís, 1883~1957) 그리스의 시인·소설
가·극작가. 여러 나라를 편력하면서 역사상 위인을 주제로 한 비극을
많이 썼다. 그리스 난민의 고통을 묘사한 《다시 십자가에 못 박히는 그
리스도》로 세계적인 명성을 얻었다. 대표작으로 《그리스인 조르바》,
《오디세이아》 등이 있다.

니콜라 부알로(Nicolau Boileau-Despréaux, 1636~1711) 프랑스의 시인·비평
가. 문학 비평사상 극히 중요한 《시법》은 몰리에르, 라신 등의 작품에
서 고전주의문학이론을 추출 집대성했다. 그의 비평의 근원은 이성과
양식이다.

니콜라우스 레나우(Nikolaus Lenau, 1802~1850) 헝가리 출생 오스트리아 시
인. 작가 개인의 절망감뿐 아니라 당대의 염세주의를 반영하는 감상적
인 서정시로 유명하다. '세계고(世界苦)의 시인'이라 불렸다. 작품으로
《시집》, 《시전집》 등이 있다.

니콜라우스 코페르니쿠스(Nicolaus Copernicus, 1473~1543) 폴란드의 천문학
자. 지동설을 주창하였다. 저서에 《천체의 회전에 관하여》가 있다. 그
러나 그가 생각한 태양계의 모습은 현재 우리가 생각하는 태양계의 그
것과는 차이가 있다.

다

다니엘 오코넬(Daniel O'Connell, 1775~1847) 아일랜드 해방운동 지도자. 영
국 하원의원으로서 가톨릭 해방령을 성립시키는 등 아일랜드의 독립을
위하여 노력하였다.

다니엘 웹스터(Daniel Webster, 1782~1852) 미국의 웅변가·정치가. 연방대
법원에서 저명한 변호사로 활약했고, 미국 하원의원·상원의원 및 국무
장관을 지냈다. 열렬한 국민주의자이자 잭슨 대통령의 농업주의시대에
기업의 이익을 옹호한 인물로 가장 잘 알려져 있다.

다니카와 슌타로(谷川俊太郎, 1931~) : 일본 현대시를 대표하는 시인. 철
학자 아버지의 영향으로, 철학·음악·문학 등 예술 분야에 관심을 가
져온 그는 중학교 시절 시를 쓰기 시작해 21세에 첫 시집 《20억 광년의

고독》을 출간했다. 시인, 작사가뿐만 아니라 그림책 작가로도 유명해
서 《무엇이든 대답해주는 상자》는 베스트셀러가 되기도 했다.

다리우스 1세(Darius I, BC 549~BC 486) 아케메네스 왕조 페르시아제국의
왕. 뛰어난 행정조직과 대규모 건축사업으로 유명하다. 몇 차례에 걸쳐
그리스 정복을 꾀했으나 폭풍으로 함대가 파괴되었으며, BC 490년에는
마라톤에서 아테네에 패했다.

다자이 오사무(太宰治, 1909~1948) 일본의 소설가. 좌익운동의 영향을 받
은 작품을 많이 썼다. 주요 저서로는 《사양(斜陽)》, 《만년(晩年)》, 《인
간실격》 등이 있다.

《당서(唐書)》 당나라의 정사(正史)로서 25사(史)의 하나. 당고조(唐高祖)의
건국(618)에서 애제(哀帝)의 망국(907)까지 290년 동안의 당나라 역사의
기록이다. 처음에는 단지 《당서》로 씌어졌지만, 송나라 때 내용을 고
쳐 《신당서(新唐書)》로 편찬하였다. 그래서 《구당서》와 《신당서》로
나누어졌다.

《대대례(大戴禮)》 중국 전한의 대덕(戴德)이 공자의 72제자의 예설(禮說)
을 모아 엮은 책. 《예기》214편을 85편으로 정리한 것이다. 39편만이
전해진다.

《대학(大學)》 공자와 그의 제자 증자(曾子)가 지은 것으로 여겨지는 간략
한 유교 경전. 4서 중 중요한 경서. 본래 《예기》의 제42편이었던 것을
송(宋)의 사마광이 처음으로 따로 떼어서 《대학광의(大學廣義)》를 만들
었다. 그 후 주자가 《대학장구》를 만들어 경(經) 1장, 전(傳) 10장으로
구별하여 주석을 가하고 이를 존숭하면서부터 널리 세상에 퍼졌다.

더글러스 맥아더(Douglas MacArthur, 1880~1964) 미국의 군인. 제2차 세계
대전 중 연합군 사령관으로 1945년 8월 일본을 항복시키고 일본점령군
최고사령관이 되었다. 6·25전쟁 때는 UN군 최고사령관으로 부임하여
인천상륙작전을 지휘하였다. 「노병(老兵)은 죽지 않고 사라질 뿐이다」
라는 유명한 말을 남겼다.

더글러스 제럴드(Douglas William Gerrold, 1803~1857) 영국의 극작가·언론
인·유머작가. 극적인 구성보다 대화의 위트에 주력한 희곡을 썼으며,
진보적 자유주의자로서 풍자적인 비평을 썼다. 작품으로 《베개 밑 설

교》가 있다.

데메트리우스 키도네스(Dēmētrios Kydōnēs, 1324?~1398?) 비잔티움제국의
신학자로 오랫동안 이탈리아의 밀라노에서 살면서 저작에도 힘썼다. 신
학·수사학의 저서가 있다.

데모스테네스(Demosthenes, BC 384~BC 322) 고대 그리스의 웅변가·정치
가. 반(反)마케도니아운동의 선두에 서서 의회연설로 조국의 분기(奮起)
를 촉구하였다. 전해지는 61편의 연설 중《필리포스 탄핵 제1~제3》3편
을 비롯 정치연설이 유명하다.

데모크리토스(Dēmokritos, BC 460?~BC 370?) 고대 그리스의 자연철학자.
원자론을 확립했다. 그는 특별한 자연현상(천둥·번개·지진 등)을 초
인적 힘의 탓으로 설명하고자 하는 욕망 때문에 많은 사람이 신의 존재
를 믿는다고 생각했다. 이론보다 실천에 바탕을 둔 그의 윤리체계는 궁
극적 선(유쾌함)이라는 개념을 제시했다.

데이비드 흄(David Hume, 1711~1776) 영국의 철학자. 그의 인식론(認識論)
은, 존 로크에서 비롯된 '내재적 인식비판'의 입장과 뉴턴 자연학의 실
험·관찰의 방법을 응용했다. 인간본성 및 그 근본법칙과 그것에 의존
하는 여러 학문의 근거를 해명하는 일이었다. 홉스의 계약설을 비판하
고 공리주의를 지향한다.

데일 카네기(Dale Carnegie, 1888~1955) 컨설턴트.《어떻게 친구를 만들고
상대를 설득할 것인가》,《어떻게 고민을 극복하고 새 삶을 찾을 것인
가》등과 같은 인간관계론과 처세론에 관한 저서를 다수 집필했다.

데팡 부인(Marie de Deffand, 1697~1780) 프랑스의 여류 문필가, 프랑스 사교
계의 총아. 귀족 가문에서 태어나 파리의 수녀원에서 교육받았다. 데팡
부인이 후기에 쓴 산문은 독특한 문체와 수사법을 보여주고 있으며, 궁
정과 가정에서 일어난 사건들을 기록한 연대기는 흥미로울 뿐 아니라
매우 귀중한 자료이다.

도로데아 딕스(Dorothea Lynde Dix, 1802~1887) 미국 사회개혁가. 일생을 정
신질환자의 복지를 위해 헌신한 사회개혁자·인도주의자.

도리스 레싱(Doris May Lessing, 1919~) 영국 소설가. 시·희곡·소설을 포
함한 많은 작품으로, 1950년대의 '앵그리 영맨(angry youngman)'을 대표하

는 한 사람으로 활약하였다. 페미니즘 소설의 고전《황금 노트북》으로
2007년 노벨문학상을 받았다.

도로시 파커(Dorothy Parker, 1893~1967) 미국의 단편 소설가 · 시인. 위트에
찬 시와 소설로 이름을 떨쳤다. 1926년에 첫 시집《충분한 밧줄(Enough
Rope)》은 베스트셀러가 되었다. 그 밖의 시집으로 《선셋 건(Sunset
Gun)》등이 있다. 1929년에 단편소설 《빅 블론드(Big Blonde)》로 오헨
리 상을 받았다.

도스토예프스키(Fyodor Mikhailovich Dostoevskii, 1821~1881) 톨스토이와 함
께 19세기 러시아 문학을 대표하는 세계적인 문호. '넋의 리얼리즘'이라
불리는 독자적인 방법으로 인간의 내면을 추구하여 근대소설의 새로운
가능성을 열어놓았다. 작품으로《죄와 벌》,《백치》,《악령(惡靈)》등
수많은 대작이 있다.

도연명(陶淵明, 365~427) 이름은 잠(潛). 중국 동진(東晉) · 송대(宋代)의 시
인. 기교를 부리지 않고 평담(平淡)한 시풍이었기 때문에 당시의 사람들
로부터는 경시를 받았지만, 당대 이후는 육조(六朝) 최고의 시인으로서
그 이름이 높았다. 그의 시풍은 당대(唐代)의 맹호연, 왕유 등 많은 시인
들에게 영향을 주었다. 주요 작품으로《오류선생전》,《도화원기》,
《귀거래사》등이 있다.

도종환(1954~) 시인. 1984년 동인지《분단시대》를 통해 작품활동을 시작
했으며, 제8회 신동엽창작기금을 수상하였다. 시집에《고두미 마을에
서》,《접시꽃 당신》,《지금 비록 너희 곁을 떠나지만》, 산문집에《지
금은 묻어둔 그리움》등이 있다.

《동몽선습(童蒙先習)》조선 명종 때 학자 박세무(朴世茂)가 저술하였다.
《천자문》을 익히고 난 후의 학동들이 배우는 초급교재로, 먼저 오륜
(五倫)을 설명하였다. 이어 중국의 삼황오제(三皇五帝)에서부터 명나라
까지의 역대 사실(史實)과 우리나라의 단군에서부터 조선시대까지의 역
사를 약술하였다.

《동문선(東文選)》1478년(성종 9)에 성종의 명을 받아 서거정(徐居正), 노
사신(盧思愼), 강희맹(姜希孟), 양성지(梁誠之) 등 23인의 찬집관이 참여
하여 편찬한 우리나라 역대 시문선집이다.

두목(杜牧, 803~853) 이상은(李商隱)과 더불어 이두(李杜)로 불리는 중국 만당전기(晩唐前期)의 시인. 산문에도 뛰어났지만 시에 한층 뛰어났으며, 근체시(近體詩), 특히 칠언절구를 잘했다. 주요 작품으로 《아방궁의 부》, 《강남춘(江南春)》 등이 있다.

두보(杜甫, 712~770) 이백과 함께 '이두(李杜)'로 병칭되는 중국 최대의 시인이며, 시성이라 불렸던 성당시대의 시인. 널리 인간의 심리, 자연의 사실 가운데 그 때까지 발견하지 못했던 새로운 감동을 찾아내어 시를 지었다. 주요 작품으로 〈춘망(春望)〉, 〈월야(月夜)〉, 〈애강두(哀江頭)〉 등 많은 유명한 시가 있다.

드니 디드로(Denis Diderot, 1713~1784) 프랑스의 백과전서파를 대표하는 계몽주의 철학자이자 작가이다. 주요 작품으로는 《경솔한 보석들》, 《수녀》 등의 소설, 《달랑베르의 꿈》 등의 철학서적, 《사생아》 등의 희곡이 있다.

드와이트 아이젠하워(Dwight David Eisenhower, 1890~1969) 미국의 제34대 대통령. 아이크(Ike)라는 애칭으로 불렸다. 대통령 재임 중 국무장관 덜레스와 부통령 닉슨을 중용하여 수완을 발휘하였다.

디오게네스(Diogenēs, ?~BC 320?) 고대 그리스의 철학자. 견유학파(犬儒學派 : 금욕적 자족을 강조하고 향락을 거부하는 그리스 철학파)의 전형적 인물. 안티스테네스의 여러 저작에 영향을 받았다. 디오게네스는 일관된 사고체계보다는 인격적 본보기를 보임으로써 견유학파의 철학을 전파했다. 그의 추종자들은 도덕의 파수꾼으로 자처했다.

디오게네스 라에르티오스(Diogenēs Lāertios, ?~?) 3세기 전반 경 고대 그리스 전기작가. 그의 삶에 관해서 알려진 것은 매우 적다. 다만 그가 저술한 철학자 전기인 《고대 그리스 철학자의 생활과 의견 및 저작 목록》만이 현재까지 전해지는데, 고대 그리스 철학자들의 삶에 관한 많은 정보를 알려주는 귀중한 자료이다.

디오니시오스(Dionysios, BC 170?~BC 90?) 그리스의 문법학자. 문법 《테크네 그람마티케》로 유명하다. 《테크네 그람마티케》는 그리스문법의 요체로, 소리 · 음절 · 말의 3부로 되어 있다. 르네상스기까지 교과서로 전하여졌다.

디오니시우스(Dionysius, ?~268) 그리스의 역사가이자 변론술 교수. BC 30년
경의 문학비평과 이론의 지도자였다. 대표작으로는 《모방론》, 《투키
디데스론》이 있으며 역사가로서 《로마사》(20권)를 저술하였다.

디오판토스(Diophantos, 246?~330?) 알렉산드리아에서 활약한 그리스의 수
학자. 대수학의 아버지라고 불리며, 저서로 《산수론(算數論)》이 있다.
그의 《산수론》은 아라비아어로 번역되어 그곳 학자에게 영향을 끼쳤
으며, 뒤에 라틴어로 번역되어 중세 말 유럽으로 전파되어 대수학 발달
에 공헌했다.

라

라로슈푸코(François de La Rochefoucauld, 1613~1680) 프랑스의 모럴리스트.
대귀족의 장남으로 16세에 이탈리아 전쟁에 참가한 후부터 사랑과 야심
에 찬 모험의 시대를 보낸다. 프롱드의 난에서 반란군을 지휘하다가 실
명(失明)했다. 그 후 정치적 야망을 버리고 귀부인들과 더불어 사블레
부인의 살롱에 출입하였고, 명상과 저작의 생활을 보내 예리한 인간 관
찰의 글인 《맥심》을 남겼다.

라브뤼예르(Jean de La Bruyère, 1645~1696) 17세기 프랑스의 모럴리스트.
《사람은 가지가지》의 정치적 풍자는 18세기의 문학을 예고했다. 당시
사회 모든 계층의 모든 형태를 그린 수상록 《캐릭터》를 쓰고 귀족이나
승려의 생태를 비판하였다. 책에서 시사문제를 언급해 아카데미 프랑세
즈 회원이 되는 데 어려움을 겪었지만, 1693년에 결국 회원으로 선출되
었다.

라이너 마리아 릴케(Rainer Maria Rilke, 1875~1926) 오스트리아 시인 · 작가
로 20세기 최고의 독일어권 시인 중 한 사람. 1902년 파리로 건너가 조
각가 로댕의 비서가 되어 로댕의 이념인 사물을 깊이 관찰하고 규명하
는 능력을 길렀다. 그의 작품들은 인간성을 상실한 이 시대의 가장 순수
한 영혼의 부르짖음으로서 높이 평가되고 있다. 《젊은 시인에게 보내는
편지》는 독일은 물론 미국에서도 사랑을 받았다.

라이오넬 트릴링(Lionel Trilling, 1905~1975) 미국의 영문학자 · 소설가 · 평
론가. 컬럼비아대학교 영문과 최초 유대인 교수. 평전 《매튜 아널드》

는 심리학·정치학 등의 이론을 도입한 역작이다.

라인홀드 니버(Reinhold Niebuhr, 1892~1971) 프로테스탄트 신학자로, 미국의 변증법 신학의 대표자. 1929~33년의 세계적 대공황의 시기에 '위기의 신학'이라고 일컬어지는 신학의 입장을 세웠는데, 그 후 유럽에 있어서 이 파의 신학자들이 조직신학을 설교한 것과는 달리, 그는 인간·윤리·역사 등 현실문제에 대해 얘기했다.

라인홀트 슈나이더(Reinhold Schneider, 1903~1958) 독일의 시인·소설가·수필가. 그리스도교적 휴머니즘의 입장에서 반 나치스적 태도로 나치스의 탄압을 견디어낸 작가 중의 한 사람이다. 주요 작품으로 《라스 카자스와 카를 5세》가 있다.

라게르크비스트((Par Fabian Lagerkvist, 1891~1974) 스웨덴의 작가. 제1차 대전 후의 전위적 작가로서 근대인의 불안과 고뇌와 정열적인 휴머니즘을 지향했다. 1940년 스웨덴 아카데미 회원, 1951년 노벨문학상 수상. 《무녀(巫女)》 등의 작품이 있다.

라파엘(Raphael) 그리스도교에서 말하는 대천사(大天使)들 중 한 천사. 구약성서 「토비트서」에 나오는 일곱 천사의 하나로, 헤브라이어로 「하느님이 낫게 하였다」라는 뜻이다. 7세기경부터 베네치아교회에서는 수호성인(守護聖人)으로 받들었으며, 라파엘을 소재로 한 미술작품도 16세기 이후부터 다양해졌다.

라 퐁텐(Jean de la Fontaine, 1621~1695) 프랑스의 대표적인 우화작가. 판차탄트라와 같은 고대 인도문학, 이솝, 호라티우스 등에서 영감을 받아서 발표한 시문으로 된 우화집으로 유명하다. 그의 우화는 이솝 우화에 비해 내용 면에서 인간 세태에 대한 풍자의 강도가 세다. 루이 14세의 여섯 살 난 손자에게 헌정된 《우화 선집(Fables Choisies)》에는 124개의 우화가 실려 있는데, 동물에 비교하여 사람의 참다운 모습을 생각게 해주는 뛰어난 작품이다.

랑클로(Ninon de Lenclos, 1620~1705) 프랑스의 유명한 사교계 여성. 에피쿠로스 철학에 대해 꾸준한 관심을 가졌다. 그녀가 개업한 살롱에는 당대의 가장 이름난 문인·정치가 등이 출입했다.

랜달 재럴(Randall Jarrell, 1914~1965) 미국의 시인·소설가·비평가. 유년기

가 시의 주된 주제이며, 《잃어버린 세계》에서 자신의 어린 시절에 대
해 폭넓게 서술했다. 밴더빌트 대학에서 강의를 시작했다. 1942년 공군
에 입대했고 전쟁 때의 경험을 쓴 《작은 친구》, 《상실》 등에 훌륭한
시가 많이 실려 있다.

랠프 에머슨(Ralph Waldo Emerson, 1803~1882) 미국의 사상가 · 시인. 정신
을 물질보다도 중시하고 직관에 의하여 진리를 알고, 자아의 소리와 진
리를 깨달으며, 논리적인 모순을 관대히 보는 신비적 이상주의였다. 주
요 저서에는 《자연론》, 《대표적 위인론》 등이 있다.

러더퍼드 헤이스(Rutherford Birchard Hayes, 1822~1893) 미국의 정치가. 제19
대 대통령. 재임 중 그때까지 군정(軍政)을 펴고 있던 남부 여러 주에서
연방군을 철수시킴으로써 재건(再建)을 완결 지었으며, 관리임용제도를
개혁하였다.

레몽 아롱(Raymond Aron, 1905~1983) 프랑스의 정치사회학자로, 전후 장 폴
사르트르 등과 함께 잡지 《현대》를 창간하고, 《콩바》, 《피가로》 등
잡지의 논설기자로 활약하였다. 주요 저서에 《지식인들의 아편》 등이
있다.

레베카 웨스트(Rebecca West, 1892~1983) 영국 소설가 · 비평가. 정치와 문
학의 비평분야에서도 재기 넘치는 활약을 보였다. 처녀작 《병사의 귀
환》과 다음 작품 《재판관》에서는 프로이트의 영향이 보인다. 그 밖에
《생각하는 갈대》, 《샘물이 넘친다》 등의 작품이 있다.

레오나르도 다빈치(Leonardo da Vinci, 1452~1519) 르네상스 시대의 이탈리
아를 대표하는 천재적 미술가 · 과학자 · 기술자 · 사상가. 15세기 르네
상스 미술은 그에 의해 완벽한 완성에 이르렀다고 평가받는다. 조각 ·
건축 · 토목 · 수학 · 과학 · 음악에 이르기까지 다양한 방면에 재능을 보
였다. 《최후의 만찬》, 《모나리자》 등 대작을 그렸다.

레오폴트 폰 랑케(Leopold von Ranke, 1795~1886) 독일의 역사가. 역사학의
독자적인 연구시야를 개척했다는 점에서 '근대 역사학의 아버지'라 불
린다. 주요 저서로 《라틴 및 게르만 제(諸)민족의 역사 1494~1514》 등
이 있다.

레옹 강베타(Léon Gambetta, 1838~1882) 프랑스의 정치가 · 변호사. 나폴레

옹 3세의 전제(專制)에 반대한 것으로 유명하다. 공화주의연합을 지도하
고 신문《프랑스 공화국》을 창간하였다.

레옹 블룸(Lèon Blum, 1872~1950) 프랑스의 정치가·문예평론가. 제1차 세
계대전 후 사회당을 지도하여 1936년 인민전선 내각의 수상이 되었다.
제2차 세계대전 후에는 임시정부 수반을 지냈다.

레이먼드 크노(Raymond Queneau, 1903~1976) 초현실주의에서부터 출발한
프랑스 시인·소설가. 언어유희와 블랙유머 등이 담긴 실험적 작품을
썼다. 주요 저서에《참나무와 개》등이 있으며 그 밖에《푸른 꽃》등의
소설작품에 의하여 '앙티로망'의 선구자의 한 사람으로 일컬어지고 있
다.

레프 톨스토이(Lev Nikolaevich Tolstoi, 1828~1910) 러시아의 문명비평가·
사상가. 도스토예프스키와 함께 19세기 러시아 문학을 대표하는 세계적
문호다. 처녀작《유년시대》를 익명으로 발표하여 네크라소프로부터
격찬을 받았다.《전쟁과 평화》,《부활(Voskresenie)》등 불후의 작품들
이 있다.

렉스 워너(Rex Ernest Warner, 1905~1986) 영국의 소설가·시인·고전어학
자. 저서는 카프카의 알레고리를 모방한《기러기 사냥》, 좌우사상으로
고민하는 자유주의적 대학교수를 그린《교수》등이 있다.

로맹 롤랑(Romain Rolland, 1866~1944) 프랑스의 소설가·극작가·평론가.
대하소설의 선구가 된《장 크리스토프》로 1915년 노벨문학상을 수상
했다. 평화운동에 진력하고, 국제주의 입장에서 애국주의를 비판했다.
그 밖에《매혹된 영혼》등이 있다.

로버트 로이(Robert Harry Lowie, 1883~1957) 오스트리아 빈 출생의 미국 문
화인류학자. 미개민족의 사회와 종교에 대한 관심이 깊었다. 주요 저서
로《미개사회》,《독일을 이해하기 위하여》등이 있다.

로버트 린드(Robert Wilson Lynd, 1879~1949) 영국의 수필가 겸 저널리스트.
《뉴스 크로니클》지의 문예부장으로 있었고《뉴 스테이츠먼》에 에
세이를 기고하며 문예비평 분야에서 폭넓게 활약하였다. 주요 저서에
《아일랜드 산책》,《신구의 거장들》등이 있다.

로버트 버턴(Robert Burton, 1577~1640) 영국 목사·문필가·고전학자. 수필

집 《우울의 해부》는 세상에 대한 인간의 불만과 이것을 누그러뜨리는 방법에 관한 내용으로 그의 풍부한 기지와 유머가 그를 유명하게 만들었다.

로버트 번스(Robert Burns, 1759~1796) 영국 시인. 18세기 잉글랜드 고전 취미의 영향에서 벗어나 스코틀랜드 서민의 소박하고 순수한 감정을 표현한 점에 특징이 있다. 《새앙쥐에게》와 《두 마리 개》 등 동물을 통하여 인도주의적 사상을 표현한 작품이 있다.

로버트 브라우닝(Robert Browning, 1812~1889) 영국 빅토리아 시대의 대표적인 시인. 탁월한 극적 독백과 심리묘사로 유명하다. 가장 유명한 작품은 로마의 살인재판에 대해 쓴 시집 《반지와 책》이 있다.

로버트 브라운(Robert Brown, 1550?~1633?) 영국의 종교가. 프로테스탄트의 일파인 회중파 교회(Congregational Church)의 창시자. 영국 국교회의 주교 제도와 성직 서임식을 부정하여 문제가 되자 스코틀랜드로 망명하였다.

로버트 브리지스(Robert Seymour Bridges, 1844~1930) 영국 시인 · 수필가. 《단시집(短詩集)》으로 시인으로서의 명성을 얻었다. 순직한 감정과 운율(韻律)이 아름다운 시를 많이 썼다. 그 밖에 장시(長詩) 《미(美)의 유언》이 있다.

로버트 사우디(Robert Southey, 1774~1843) 영국의 시인 · 전기작가. 프랑스 혁명에 열광하여 서사시 《잔 다르크》를 썼고 후에 계관시인이 되었다. 대표작으로 《살라바》, 《매도크》 등의 서사시와 《넬슨 전(傳)》, 《웨슬리 전(傳)》 등이 있다.

로버트 셔우드(Robert Emmet Sherwood, 1896~1955) 미국의 극작가. 작품에서 인간의 정치적 · 사회적 문제를 다루었다. 그가 쓴 연설문은 유명 인사들을 위한 대작(代作)을 좋은 관행으로 만드는 데 크게 기여했다. 제2차 세계대전 뒤 내놓은 작품으로, 아카데미상에 빛나는 영화 《우리 생애 최고의 해》 등 많은 작품이 있다.

로버트 스칼라피노(Robert A. Scalapino, 1919~) 미국의 정치학자로 한국, 일본, 중국 등 아시아 문제 전문가. 캘리포니아대학교 동아시아 연구소 소장을 지냈다. 《한국공산주의운동사》, 《현대 일본 정당과 정치》, 《중국의 사회주의 혁명》 등 한국과 아시아에 관련 저서를 많이 썼다.

로버트 스콧(Robert Falcon Scott, 1868~1912) 영국의 해군장교·탐험가. 1901 ~1904년 디스커버리호를 타고 남극탐험을 지휘하였다. 1910년 테라노 바 호에 의한 제2차 남극탐험에 나서서 1912년 1월 18일 남극점에 도달 하였다. 마지막까지 용기를 잃지 않고 영국신사다운 최후를 마친 것이 알려져 국민적 영웅이 되었다. 저서로는 《탐험항해기》(2권)가 있다.

로버트 스티븐슨(Robert Louis Balfour Stevenson, 1850~1894) 《보물섬》을 쓴 영국 소설가·시인. 소설의 근원적 속성에다 새 생명을 불어넣었다. 평 이하고 유창한 《물방앗간의 윌》, 격조 높은 명문의 《마카임》 등의 소 품도 주옥같은 명작으로 꼽힌다. 그 밖에 대표작품으로 《지킬박사와 하 이드씨》 등이 있다.

로버트 워런(Robert Penn Warren, 1905~1989) 미국 작가·시인·평론가. 남 부의 농민문화를 강조하는 일파의 시인과 비평가 그룹에 가담하여 시인 으로서 주목을 끌었다. 독재적인 정치가의 흥망을 그린 《모두가 왕의 신하》와 시집 《약속》은 두 작품 모두 퓰리처상을 받았다.

로버트 이든(Robert Anthony Eden, 1897~1977) 영국의 정치가. 처칠 내각의 전시외교의 지도자로서 실력을 보였다. 1955년에 처칠의 뒤를 이어 총 리가 되었다. 1957년 수에즈운하의 소유권을 두고 이집트를 공격했지만 실패하였다.

로버트 케네디(Robert Francis Kennedy, 1925~1968) 미국의 정치가. 존 F. 케 네디 대통령의 동생. 법무장관과 대통령고문을 지냈다. 저서로 《내부의 적》, 《정의의 추구》 등이 있다.

로버트 프로스트(Robert Lee Frost, 1874~1963) 미국의 시인. 농장생활 경험 을 살려 소박한 농민과 자연을 노래해 현대 미국시인 중 가장 순수한 고전적 시인으로 꼽힌다. 케네디 대통령 취임식에 자작시를 낭송하는 등 미국의 계관시인 격 존재로 퓰리처상을 4회 수상했다.

로버트 헤릭(Robert Herrick, 1591~1674) 영국의 시인. 왕당파 서정시인으로 작품은 《헤스페리데스》에 수록되어 있다. 벤 존슨의 시풍을 계승하여 격조를 갖춘 목가적 서정시를 발표하였다.

로베르 사바티에(Robert Sabatier, 1923~) 프랑스의 시인·소설가·수필가. 아카데미프랑세즈 시 대상을 받았다. 폴 발레리와 초현실주의자들로부

터 영향을 받아, 음악적이며 상징적이다. 작품으로 《태양의 축제》 등이
있다.

로베르트 무질(Robert Musil, 1880~1942) 오스트리아 소설가. 처녀작 《사관
후보생 퇴를레스의 망설임》으로 호평을 받은 후, 클라이스트 상을 받
은 희곡 《열광자들》 등을 발표하였다. 날카로운 풍자로 현실과 비현실
의 이중성적 세계를 구축했다.

로베르트 분젠(Robert Wilhelm von Bunsen, 1811~1899) 독일의 화학자. 유기
화학 방면에는 카코딜화합물을 연구하였으며 무기화학 방면에서는 희
토류와 백금족을 연구하였다. 그 밖에 지구화학, 공업화학 등 다양한 화
학분야를 연구하였다.

로베르트 슈만(Robert Alexander Schumann, 1810~1856) 독일의 작곡가. 낭만
주의와 슈베르트의 영향을 받았고 피아노독주곡과 가곡 작곡에 특히 뛰
어났으며, 작품으로는 《피아노협주곡》, 《사육제》 등이 있다.

로제 마르탱뒤가르(Roger Martin du Gard, 1881~1958) 프랑스의 소설가·극
작가. 잡지 《NRF》의 동인으로 새로운 소설을 대표하는 신인의 하나로
평가되었다. 대하소설 《티보가의 사람들》 중 《1914년 여름》으로 노벨
문학상을 받았다.

로페 데 베가(Lope Felix de Vega Carpio, 1562~1635) 에스파냐의 극작가·시
인이며 소설가. 새로운 극작법에 의한 작품들로 에스파냐 황금세기의
국민연극을 만들어냈고 서정시인으로서도 탁월하였다. 1,800편에 달하
는 희곡과 수많은 극작품을 썼다. 대표작에 연애희극 《상대는 모른 채
사랑한다》, 사극 《펜테오베프나》 등이 있다.

루도비코 아리오스토(Ludovico Ariosto, 1474~1533) 르네상스기를 대표하는
이탈리아의 시인. 시작(詩作)과 외교활동에서 기반을 굳히고, 한평생 에
스테 후작 집안에서 일하면서 《광란의 오를란도》를 남겼다.

루돌프 발렌티노(Rudolph Valentino, 1895~1926) 이탈리아 출생의 미국 영화
배우로 렉스 잉그럼 감독의 《묵시록의 4기사》에 출연하며 스타가 되
었다. 라틴계통의 미남배우로 여성에게 많은 인기를 얻었다.

루돌프 불트만(Rudolf Bultmann, 1884~1976) 독일의 프로테스탄트 신학자로
신약성서의 양식사적(樣式史的) 연구를 개척하였다. 변증법적 신학운동

의 추진가였다. 주요 저서로는 《예수》, 《신약성서의 신학》 등이 있다.

루돌프 오이켄(Rudolf Christoph Eucken, 1846~1926) 베르그송, 딜타이 등과 함께 '생의 철학'의 대표자로 꼽혀 많은 저작으로 이상주의적인 생의 철학을 옹호 발전시켰으며, 그 서술에서 풍기는 따뜻함과 박력으로 1908년 노벨문학상을 수상하였다. 저서로는 《대사상가의 인생관》, 《삶의 의미와 가치》 등이 있다.

루돌프 폰 예링(Rudolf von Jhering, 1818~1892) 독일의 법학자. 법의 사회적 실용성을 중시한 목적법학(目的法學)을 설파하였다. 초기에는 역사법학파에 속하는 로마법 학자로서, 《로마법의 정신》을 남겼다.

루스 베네딕트(Ruth Fulton Benedict, 1887~1948) 미국의 문화인류학자로서, 그의 학문적 입장은 인간의 사상, 행동의 의미를 심리적으로 파악하려고 한 문화양식론을 띤다. 저서로 《문화의 유형》, 《민족—과학과 정치성》, 《국화와 칼》 등이 있다.

루이 14세(Louis XIV, 1638~1715) 프랑스 부르봉 왕조의 왕. 절대왕정의 대표적인 전제군주. 중앙집권을 강화하고, 재상제를 폐지하고, 영토를 확장하였으며, 문화의 황금시대를 이루었다. 베르사유 궁전을 지어 유럽 문화의 중심이 되게 하였다. 그러나 신교도를 박해하였고, 화려한 궁정 생활로 프랑스의 재정결핍을 초래하였다.

루이 18세(Louis XVIII, 1755~1824) 프랑스의 왕. 나폴레옹이 엘바 섬으로 추방되자 왕위에 올라 입법권과 사법권의 독립, 신성불가침적 세습왕권과 함께 법 앞의 평등, 기본적 인권 등을 규정한 헌법을 제정하였다.

루이 세바스티앵 메르시에(Louis Sébastien Mercier, 1740~1814) 프랑스의 극작가·저널리스트·소설가. 《재판관》, 《탈주자》 등 희곡을 썼다. 소설 《야만인》, 《철학적 몽상》이 있다. 낭만파운동의 선구자 중 하나로, 고전주의를 격렬히 공격하였다.

루이스 맥니스(Frederick Louis MacNeice, 1907~1963) 영국 시인. 스스럼없는 가벼운 구어체의 시풍은 유머가 풍부한 현대적인 이미지나 관념을 구사하는 점이 특징이다. 저서에는 위스턴 오든과 합작한 이색적 기행 시문집 《아이슬란드에서 온 편지》와 역시 오든의 영향이 역력한 시극 《그림 속에서》 등이 있다.

루이스 멈포드(Lewis Mumford, 1895~1990) 뉴욕 태생의 문명 평론가·건축
가. 기계가 인간을 지배한다는 기능주의적 디자인 사상을 비판하고 인
간성을 회복하는 데 힘썼다. 이들 사상은 그의 저서 《기술과 문명》,
《도시의 문화》, 《예술과 기술》에 반영되었으며, 이들을 통해서 건
축·도시·문명에 대하여 비판을 행하였다.

루이스 브랜다이스(Louis Dembitz Brandeis, 1856~1941) 미국의 법률가. 변호
사가 되어 노동법에 관심을 갖고 최저임금법의 합헌성을 주장하고, 철
도회사의 독점사업과 맞서 싸워 명성을 얻었다. 유대인으로서는 최초의
연방최고재판소 판사가 되었다.

루이스 월리스(Lewis Wallace, 1827~1905) 미국의 소설가·정치가·군인. 멕
시코 전쟁과 남북전쟁에서 공훈을 세우고, 뉴멕시코 지사와 터키 공사
를 역임했다.

루이자 메이 올컷(Louisa May Alcott, 1832~1888) 미국의 여류소설가. 초절론
자(超絶論者)이자 아동교육론자인 부친에게서 철저한 정신교육을 받았
다. 천부의 문학적 재능을 살려 남북전쟁 당시의 후방인 뉴잉글랜드의
가정을 묘사한 《작은 아씨들》과 그 밖에 30여 편의 소녀소설을 썼다.

루이제 린저(Luise Rinser, 1911~2002) 독일의 여류 소설가. 전후 독일의 가
장 뛰어난 산문작가로 평가받고 있으며, 시몬 드 보봐르와 더불어 현대
여성계의 양대 산맥으로 일컬어진다. 1979년 로즈비타 기념메달을 수상
했으며 주요 작품으로 《생의 한가운데》, 《다니엘라》 등이 있다.

루이지 안토넬리(Luigi Antonelli, 1882~1942) 이탈리아의 극작가. 제1차 세
계대전 후에 L. 키아렐리 등과 함께 그로테스크 연극의 중진이었다. 대
표작은 《바람 속의 장미》 등이 있다.

루이지 피란델로(Luigi Pirandello, 1867~1936) 이탈리아의 극작가·소설가.
염세적인 작풍의 시인으로 출발하여 7편의 장편소설과 246편의 단편소
설을 발표하였다. 《작자를 찾는 6명의 등장인물》 등 연극사에 길이 남
을 극작을 써서 1934년 노벨문학상을 받았다.

루이 파스퇴르(Louis Pasteur, 1822~1895) 프랑스의 화학자·미생물학자. 화
학조성·결정구조·광학활성의 관계를 연구하여 입체화학의 기초를 구
축하였다. 발효와 부패에 관한 연구를 시작한 후 젖산발효는 젖산균과

관련해서 일어나며 알코올발효는 효모균의 생활에 관련해서 일어난다
는 것을 발견하였다.

루크레티우스(Titus Lucretius Carus, BC 94?~BC 55?) 로마의 시인·유물론
철학자. 철학 시 《사물의 본성에 대하여》는 에피쿠로스의 자연학을 가
장 완벽하게 보존하는 작품으로 에피쿠로스의 윤리학설과 논리설에 대
해서도 언급하고 있다. 고대 원자론의 원칙에 의해 자연현상·사회제
도·관습을 자연적 합리적으로 설명하고, 영혼과 신에 대한 편견을 비
판하였다.

루트비히 뵈르네(Ludwig Börne, 1786~1837) 자유주의적 혁명사상을 가지고
있던 청년독일파의 대표적 평론가. 경찰 서기를 지냈다. 자유주의적 혁
명사상을 가지고 뛰어난 평론활동가로 알려졌다. 주요 저서에 《파리 소
식》 등이 있다.

르네 데카르트(Rene Descartes, 1596~1650) 프랑스의 철학자·수학자·물리
학자. 근대철학의 아버지로 불리는 데카르트의 형이상학적 사색은 방법
적 회의(懷疑)에서 출발한다. 「나는 생각한다, 고로 나는 존재한다
(cogito, ergo sum)」라는 근본원리가 《방법서설》에서 확립되어, 이 확실
성에서 세계에 관한 모든 인식이 유도된다.

르네 샤르(René Char, 1907~1988) 프랑스의 시인. 응축된 간결한 시구의 경
질적인 작품으로 앙리 미쇼, 웨인 프레메르와 함께 프랑스 현대시의 대
표자이다. 작품은 《아르틴》, 《임자 없는 망치》, 《잠이 든 신의 글》,
《부서진 시》 등이 있다.

리처드 버튼(Richard Burton, 1925~1984) 영국 출신의 영화배우로 아카데미
상 후보에 7번이나 지명된 영국 영화사에서 손꼽히는 인물. 엘리자베스
테일러와의 2번의 결혼으로 유명하다.

리처드 셰리든(Richard Brinsley Sheridan, 1751~1816) 영국의 극작가·정치가.
처녀작 《연적(戀敵)》은 자신의 경험에서 소재를 찾은 희곡으로 교묘한
줄거리와 경쾌하고 절묘한 대화로 대성공을 거두었다. 걸작 《스캔들 학
교》는 풍속 희극의 전통을 잘 계승해 18세기 영국 연극의 뛰어난 작품
으로 지목되고 있다.

리처드 스틸(Sir Richard Steele, 1672~1729) 영국의 수필가·극작가·언론

인 · 정치가. 정기간행물 《태틀러》, 《스펙테이터》의 주요 필자로, 조지프 애디슨과 더불어 잘 알려져 있다.

리처드 엘먼(Richard David Ellmann, 1918~1987) 미국의 문학비평가 · 학자. 제임스 조이스, 예이츠 및 현대 영국과 아일랜드 작가들의 생애와 작품에 대해 연구했다. 저서로는 《예이츠》, 《제임스 조이스》 등이 있다.

리플리 월드 오브 엔터테인먼트(Repley's World of Entertainment) 《믿거나 말거나(Believe It or Not!)》 전 세계의 신기한 물건이나 기묘한 이야기를 모아 놓은 박물관.

리하르트 바그너(Wilhelm Richard Wagner, 1813~1883) 독일의 작곡가. 오페라 외에도 거대한 규모의 악극을 여러 편 남겼는데 모든 대본을 손수 썼고 많은 음악론과 예술론을 집필했다. 주요 작품으로는 《탄호이저》, 《로엔그린》, 《트리스탄과 이졸데》, 그리고 4부작 《니벨룽겐의 반지》 등이 있다.

리히텐베르크(Georg Christoph Lichtenberg, 1742~1799) 독일의 물리학자 · 계몽주의사상가. '리히텐베르크 도형'을 발견하였고, 1778년부터 《괴팅겐 포켓연감》을 발행, 여기에 많은 자연과학 및 철학논문을 수록 · 발표하였다.

린든 B. 존슨(Lyndon Baines Johnson, 1908~1973) 미국의 제36대 대통령. 35대 케네디 대통령의 피살로 대통령 직에 올랐다. 많은 진보적 정책을 실현하였다. 1964년 압도적인 지지를 받아 재선된 그는 사회적 · 경제적 개혁을 통해 복지정책을 적극적으로 추진했다.

마

마거릿 미첼(Margaret Mitchell, 1900~1949) 미국의 소설가. 소설 《바람과 함께 사라지다》로 퓰리처상(賞)을 받았으며, 발간 후 즉시 영화화되어 작품상을 비롯하여 8개 부문의 오스카상을 받았다.

《마누법전(Code of Manu)》 BC 200~AD 200년경에 만들어졌다는 인도 고대의 백과전서적인 종교성전(宗敎聖典)으로 힌두인이 지켜야 할 법(法 : 다르마)을 규정하고 있다.

마더 테레사(Mother Teresa of Calcutta, 1910~1997) 유고슬라비아의 알바니아

계 가정에서 태어나 1928년 로레토 수녀원에 들어갔다. 인도 콜카타에서 평생을 가난하고 병든 사람을 위해 봉사했다. '사랑의 선교수사회'를 설립했으며 1979년 노벨 평화상을 받았다. 1981년 한국을 방문. 1995년 워싱턴에 입양센터(아동을 위한 테레사의 집)를 세워 사생아·미혼모 문제 등을 입양운동을 통해 해결하고자 했다.

마르그리트 드 나바르(Marguerite de Navarre, 1492~1549) 16세기 전반 프랑스의 작가·시인. 국왕 프랑수아 1세의 누이다. 저서로는 《죄 있는 영혼의 거울》과 단편집 《엡타메롱(7일 이야기)》이 있다.

마르셀 파뇰(Marcel Paul Pagnol, 1895~1974) 프랑스 극작가·영화제작자·영화감독. 무대희극의 대가로 유명했으며, 1946년 영화제작자로서는 최초로 프랑스 아카데미 회원으로 선출되었다. 극작가로서 《토파즈》로 성공하였고 이후 《마리우스》를 포함한 풍자희극 3부작을 내놓았다.

마르셀 프루스트(Marcel Proust, 1871~1922) 프랑스의 소설가. 작품 《잃어버린 시간을 찾아서》를 통하여 인간의 의식 깊이를 추구하여 의식의 흐름의 기법을 창시하였다.

마르쿠스 루카누스(Marcus Annaeus Lucanus, 39~65) 고대 로마의 시인. 네로 황제에게 문학활동을 금지당해 피소의 네로 암살음모에 가담, 발각되어 자살 명령을 받았다. 서사시 《내란기》는 폼페이우스와 카이사르의 싸움을 테마로 공화제의 말로를 비관주의로 묘사하였다.

마르쿠스 마르티알리스(Marcus Valerius Martialis, 40?~104?) 에스파냐 출신의 고대 로마 시인. 당대 문인 유베날리스, 퀸틸리아누스, 플리니우스 등과 교우를 맺었다. 남아 있는 14권의 작품은 거의가 경구(警句)로서 모든 인간의 통속성에 대하여 통렬한 풍자를 하였다.

마르쿠스 바로(Marcus Terentius Varro, BC 116~BC 27) 고대 로마의 백과전서가(百科全書家). 카이사르 때 로마 최초의 공공도서관장으로 임명되었다. 저서는 시를 삽입한 도덕적 수필집 150권을 비롯하여, 라틴어·문학사·수사학(修辭學)·역사·지리·법률 등 모든 분야의 연구를 합쳐서 500권에 이른다. 그러나 현존하는 것은 《라틴어론》 일부와 《농업론》뿐이다.

마르쿠스 아우렐리우스(Marcus Aurelius Antoninus, 121~180) 로마제국 제16

대 황제(재위 161~180)로 5현제(賢帝)의 마지막 황제이며 후기 스토아파
의 철학자로《명상록》을 남겼다. 당시 경제적·군사적으로 어려운 시
기였고 페스트의 유행으로 제국이 피폐하여 그가 죽은 후 로마제국은
쇠퇴하였다.

마르쿠스 안토니우스(Marcus Antonius, BC 82?~BC 30) 고대 로마의 정치가.
율리우스 카이사르(시저) 휘하의 로마 장군으로, 제2차 삼두정치(三頭政
治) 때의 세 실력자 중 한 사람. 동방원정에 전념하여 여러 주를 장악하
고 군사·경제적으로 막강한 세력을 쌓았다. 이집트 여왕 클레오파트라
를 아내로 삼고 옥타비아누스와의 악티움 해전에서 패하여 자살하였다.

마르키드 사드(Donatien Alphonse François de Sade, 1740~1814) 프랑스의 소
설가. 사회, 창조자에 대한 반항자로서 높이 평가된다. 사디즘이란 말은
그의 이름에서 유래되었다. 작품은《쥐스틴, 또는 미덕의 불행》,《알린
과 발쿠르》등이 있다.

마르틴 루터(Martin Luther, 1483~1546) 독일의 종교개혁자이자 신학자. 면
죄부 판매에 '95개조 논제'를 발표하여 교황에 맞섰으며, 프로테스탄트
개혁을 촉진시켰다. 신약성서를 독일어로 번역하여 독일어 통일에 공헌
하였으며, 새로운 교회 형성에 힘써 '루터파 교회'를 성립하였다.

마르틴 부버(Martin Buber, 1878~1965) 유대계 독일 사상가. 시오니즘문화운
동에 종사하며 예루살렘의 헤브라이대학에서 사회철학 교수 역임. 헤브
라이어 성서를 독일어로 번역하였다. 그는 유대적 신비주의의 유산을
이어받아 유대적 인간관을 현대에 살리려고 하였다. 주요 저서에《인간
의 문제》,《유토피아에의 길》,《사회와 국가》등이 있다.

마르틴 하이데거(Martin Heidegger, 1889~1976) 독일의 실존철학자. 20세기
실존주의의 대표자로 꼽히는 독창적인 사상가이며 기술사회 비판가이
다. 당대의 대표적인 존재론자였으며 유럽 대륙 문화계의 신세대에게
커다란 영향을 끼쳤다. 주요 저서로《존재와 시간》등이 있다.

마리 레슈친스카(Maria Karolina Zofia Felicja Leszczyńska, 1703~1768) 프랑스
루이 15세의 왕비. 폴란드의 공주로, 결혼한 지 처음 9년 동안은 부부간
의 금실이 매우 좋았다. 그러나 너무나 헌신적이고 얌전한 아내에게 점
차 싫증을 느낀 루이 15세는 아내에 대한 애정이 식어 정부를 여러 명

두었다.

마리 로랑생(Marie Laurencin, 1883~1956) 프랑스의 화가·판화제작자. 사교
계의 거물 코코 샤넬의 초상화를 그렸는데 샤넬은 이 초상화를 입수하
지 못했다. 현재 초상화는 파리의 올랑줄리 미술관에서 전시중이다.

마리 발라(Marie Esprit Léon Walras, 1834~1910) 프랑스의 경제학자. 저서
《순수경제학요론》에서 '한계효용이론'을 제창하여 근대경제학의 시
조가 되었다. 또한 경제수량의 상호의존관계를 수학적으로 포착한 '일
반균형이론'을 확립함으로써 근대경제학 발전에 큰 공적을 남겼다.

마리 블랑(Marie Jean Gustave Blanc, 1844~1890) 프랑스의 파리 외방전교회
소속 신부로서 한국에서 활동한 선교사. 제7대 조선교구장으로 신부양
성을 위해 힘썼다. 성서보급을 위하여 출판사도 설립하였다.

마리 앙투아네트(Josèphe-Jeanne-Marie-Antoinette, 1755~1793) 프랑스 루이 16
세의 왕비. 오스트리아 여왕 마리아 테레지아의 막내딸. 아름다운 외모
로 작은 요정이라 불렸다. 프랑스혁명이 시작되자 파리의 왕궁으로 연
행되어 시민의 감시 아래 생활을 하다가 국고를 낭비한 죄와 반혁명을
시도하였다는 죄명으로 처형되었다.

마리 퀴리(Marie Curie, 1867~1934) 프랑스의 물리학자·화학자. 남편과 함
께 방사능 연구를 하여 최초의 방사성 원소 폴로늄과 라듐을 발견하였
으며, 이 발견은 방사성 물질에 대한 학계의 관심을 불러일으켜 새 방사
성원소를 탐구하는 계기를 만들었다. 1903년 노벨물리학상, 1911년 노
벨화학상을 수상.

마이클 스미스(Michael Smith, 1932~2000) 영국 출신의 캐나다 생화학자.
DNA(디옥시리보핵산) 속에 있는 유전자 정보 일부를 변형시키고, 유전
자를 조작해 어떤 형태의 단백질이라도 만들어 낼 수 있는 발판을 마련
하였다. 1993년 노벨화학상 수상.

마이클 샌델(Michael J. Sandel, 1953~) 영국 옥스퍼드대 발리올 칼리지에서
박사학위 수료. 27세 최연소 하버드대 교수가 된 샌델은 29세이던 1982
년 자유주의 이론의 대가 존 롤스를 비판한《자유주의와 정의의 한계》
를 발표하면서 세계적 명성을 얻었다. 특히 그가 하버드대에서 지난 20
년간 해온 「정의」 강의는 1만 명이 넘는 학생들이 수강한 기록을 세우

기도 했다. 저서 《정의란 무엇인가(Justice : What's the Right Thing to Do
?)》는 국내에 정의 열풍을 일으키며 큰 인기를 얻었다.

마이클 해링턴(Michael Harrington) 미국의 진보적 지식인.

마크 트웨인(Mark Twain, 1835~1910) 《톰 소여의 모험》을 쓴 미국 소설가.
사회 풍자가로서 남북전쟁 후에 사회 상황을 풍자한 《도금시대》와 에
드워드 6세 시대를 배경으로 한 《왕자와 거지》 등을 썼다. 또 미국의 제
국주의적 침략을 비판하고 반제국주의, 반전활동에 열성적으로 참여했
다.

마키아벨리(Niccolò Machiavelli, 1469~1527) 16세기 르네상스기 이탈리아의
역사학자·정치이론가. 대표작인 《군주론》에서 마키아벨리즘이란 용
어가 생겼고, 근대 정치사상의 기원이 되었다. 군주의 자세를 논하는 형
태로 정치는 도덕으로부터 구별된 고유의 영역임을 주장하였다.

마튀랭 레니에(Mathurin Régnier, 1573~1613) 프랑스의 풍자시인. 새로운 고
전주의 시대 말레르브의 규 정신에 반대, 자유로운 시상과 영감을 중시
했다. 《풍자시집》이 유명하다. 고대 풍자시의 양식을 재현, 부알로데프
레오의 선구가 되었다.

마틴 루터 킹(Martin Luther King Jr., 1929~1968) 미국의 침례교회 목사이자
흑인해방운동가. 1968년 암살당하기까지 비폭력주의에 입각한 '공민권
운동'의 지도자로 활약했다. '몽고메리 버스 보이콧 투쟁'을 이끌었으며,
남부 그리스도교도 지도회의(SCLC)를 결성했다. 1964년 노벨평화상을
받았다.

《마하바라타(Mahābhārata)》 인도 고대의 산스크리트 대서사시. '바라타
족(族)의 전쟁을 읊은 대사시(大史詩)'란 뜻으로 오랜 세월 구전되어 오는
사이에 정리·수정·증보를 거쳐 4세기경 지금의 형태를 갖추게 된 것
으로 여겨진다. 18편 10만 송(頌)의 시구와 부록 《하리바니사(Harivanis
a)》로 구성되었다.

마하비라(Mahāvīra, BC 448?~BC 376?) 자이나교 창시자. 크샤트리아계급 출
신으로 출가하여 12년의 고행 끝에 깨달음을 얻었다. 자신의 가르침이
과거의 24성인, 특히 마지막 7성인의 가르침을 이어받은 것이라고 주장
했다. 이들 성인을 모두 지나라고 부른 데서 자이나교의 명칭이 유래하

였다.

마하트마 간디(Mohandas Karamchand Gandhi, 1869~1948) 인도의 민족운동 지도자이자 인도 건국의 아버지이다. 남아프리카에서의 인종차별에 대한 투쟁으로 유명해졌다. 제1차 세계대전 이후 영국에 대해 반영・비협력운동 등의 비폭력저항을 전개하였다.

막스 베버(Max Weber, 1864~1920) 독일의 법률가・정치가・정치학자・경제학자・사회학자로, 사회학이론에 심대한 영향을 끼친 인물. 당대 정치학에 상당한 영향력을 행사했으며, 베르사유 조약의 독일제국 측 협상자로, 바이마르 헌법의 초안을 닦는 위원회의 일원으로 활동하였다. 주요 논문에 「사회과학적 및 사회정책적 인식의 객관성」, 「프로테스탄티즘의 윤리와 자본주의의 정신」이 있다.

막심 고리키(Maksim Gorky, 1868~1936) 러시아의 작가. 《유년시대》, 《사람들 속에서》, 《나의 대학》에 나타나 있다. 처녀작 《마카르 추드라》로 인정을 받았고 이어 《첼카슈》로 주목을 끌었으며, 제정러시아의 밑바닥에서 허덕이는 사람들의 생활을 묘사하여 프롤레타리아 문학의 선구가 되었다.

만그 티무르(忙哥帖木兒, Mengu-Timur, ?~1280) 킵차크한국의 칸(Khan, 재위 1266년~1280년). 1266년 베르케(Berke) 칸 사망 후 뒤를 이어 칸이 되었다. 몽골제국 쿠빌라이와 하이두의 항쟁 사이에서 하이두 편에 섰다.

매슈 아널드(Matthew Arnold, 1822~1888) 영국의 시인・비평가・교육자. 장학관을 역임하며 영국 교육제도의 개혁에 힘써 근대적인 국민교육 증진에 크게 이바지했다. 내성적인 명상시인으로도 높이 평가받았으며, 10년간 옥스퍼드대학 교수를 지냈다.

매화(?~?) 조선시대의 여류시조시인・평양기생. 「매화 옛 등걸에 ……춘설(春雪)이 난분분(亂紛紛)하니 필똥말똥하여라」라는 널리 알려진 시조의 지은이라고 한다. 문인화의 필치가 느껴지는 작품이다.

맬컴 엑스(Malcolm X, 1925년~1965) 미국의 흑인권리신장운동가. 개종 전 이름은 맬컴 리틀(Malcolm Little). 엘 하지 말릭 엘 샤바즈(El-Hajj Malik El-Shabazz)로도 알려져 있으며, 미국의 흑인 무슬림 지도자이며, 흑인 이슬람 종교단체인 네이션 오브 이슬람(Nation of Islam)의 대변인이다.

맹사성(孟思誠, 1360~1438) 고려 말 조선 초의 재상. 세종 때 이조판서로 예문관 대제학을 겸하였고 우의정에 올랐다. 《태종실록》을 감수, 좌의 정이 되어 《팔도지리지》를 찬진(撰進)하였다. 조선 전기의 문화 창달 에 크게 기여하였다.

맹자(孟子, BC 372?~BC 289?) 중국 전국시대의 유교 사상가. 전국시대에 배 출된 제자백가(諸子百家)의 한 사람이다. 공자의 유교사상을 공자의 손 자인 자사(子思)의 문하생에게서 배웠다. 도덕정치인 왕도(王道)를 주장 하였으나 이는 현실과 동떨어진 이상주의라고 생각되어 제후들에게 채 택되지 않았다. 그래서 고향에 은거하여 제자교육에 전념하였다.

《맹자(孟子)》 중국 전국시대의 사상가 맹가(孟軻)의 저술. 민주주의와 자 본주의의 현대사회에서는 그 전체적인 사회·정치이론을 받아들일 수 없게 되었지만, 크게는 '성선설'로부터 구체적으로 '호연지기론(浩然之 氣論)'에 이르는 견해들은 시대를 뛰어넘어 인간생활의 한 지침이 되고 있다. 빈틈없는 구성과 논리, 박력있는 논변으로 인해 《장자》, 《좌씨 전》과 더불어 중국 진(秦) 이전의 3대 문장으로 꼽힌다.

메난드로스(Menandros, BC 342~BC 292) 고대 그리스의 신희극(新喜劇) 작 가. 작품은 평범한 아테네 시민의 일상을 제재로 한 연애 중심의 인정 희비극이며, 로마 희극의 표본이 되어 후세의 희곡문학에 큰 영향을 주 었다. 완전하게 남아있는 작품으로 《까다로운 성격자》가 있다.

《명심보감(明心寶鑑)》 고려 충렬왕 때의 문신 추적(秋適)이 금언(金言), 명구(名句)를 모아 놓은 책. 이 책은 하늘의 밝은 섭리를 설명하고, 자신 을 반성하여 인간 본연의 양심을 보존함으로써 숭고한 인격을 닦을 수 있다는 것을 제시해 주고 있다.

모르겐슈테른(Oskar Morgenstern, 1902~1977) 독일 출신의 미국 경제학자. 폰 노이만과 함께 발표한 《게임이론과 경제행동》이 사회과학의 각 분 야, 수학이나 공학(工學)에 널리 영향을 끼쳤고 20세기의 위대한 업적의 하나로 꼽히고 있다.

모리스 르블랑(Maurice Leblanc, 1864~1941) 프랑스의 추리소설가. 뤼팽을 주인공으로 하는 일련의 소설로 세계적으로 유명해졌다. 대표작으로 《괴도신사 뤼팽》, 《뤼팽 대 셜록홈즈》 등이 있다. 레지옹 도뇌르 훈장을 받았다.

모리스 메테를링크(Maurice Maeterlinck, 1862~1949) 벨기에의 시인·극작가·수필가. 희극 《발렌 왕녀》를 비롯하여 몇 편의 상징극, 특히 《펠레아스와 멜리상드》로 유명해졌다. 이어서 《파랑새》등 신비주의적 경향의 작품들과 독자적인 자연관찰의 저서들을 남겼고 노벨문학상을 받았다.

모리스 바레스(1862~1923) 19세기 말 프랑스의 작가. 작품으로는 《자아예찬》, 《뿌리 뽑힌 사람들》, 《콜레트 보도슈》등이 있다. 전통주의적인 국가주의자, 애국주의적 정치가로 이름이 높았다.

모스코스(Moschos, ?~?) BC 150년경에 활동한 그리스의 목가시인·문법학자. 《에우로파》, 《달아나는 에로스》등의 작품이 있다. 교묘한 기교와 화려한 표현으로 헬레니즘 시대의 시가 지닌 특색을 잘 표현하였다.

모윤숙(毛允淑, 1910~1990) 한국현대시인협회장, 펜클럽 한국본부 회장, 문학진흥재단 이사장 등을 지낸 시인. 대한민국예술원상, 국민훈장모란장 등을 수상하였다. 저서로는 《모윤숙 전집》, 《논개》, 《렌의 애가》등이 있다.

모파상(Guy de Maupassant, 1850~1893) 19세기 후반 프랑스의 소설가. 장편 《여자의 일생》은 프랑스 사실주의 문학이 낳은 걸작으로 평가된다. 그 밖에 《비계덩이》, 《피에르와 장》등이 있다. 무감동적인 문체로, 이상성격 소유자, 염세주의적 인물이 많이 등장한다.

몰리에르(Jean Baptiste Poquelin Molière, 1622~1673) 17세기 프랑스의 극작가·배우. 《타르튀프》, 《돈 후안》과 최고작 《인간 혐오자》등 성격 희극으로 유명하다. 이는 프랑스, 이탈리아의 희극에 뿌리 내리고 있다. 인간을 모럴리스트적으로 고찰한 함축성 있는 희극을 이루었다.

몽고메리(Lucy Maud Montgomery, 1874~1942) 캐나다의 여류 아동문학가. 처녀작 《빨간 머리 앤》으로 인기를 얻었다. 전 작품 22점 중 앤을 주인공으로 한 작품은 10점에 이르나, 소녀다움을 생생하게 묘사한 매력있는 인물 앤을 창조한 첫 작품 이후에는 감상이 지나쳐 높은 평가를 받지 못하였다.

몽탈랑베르(Comte de Montalembert, 1810~1870) 프랑스의 정치가·가톨릭

사가. 자유론자로서, 교회를 국가의 감독으로부터 해방시키려는 교회자
유화에 노력하였다. 람네 · 라코르데르 등과 《미래》지를 창간하였다.
프랑스 국민의회 및 입법원 의원을 지냈으며 가톨릭원리를 옹호하였다.
몽테뉴(Michel Montaigne, 1533~1592) 프랑스의 사상가 · 문필가. 16세기 후
반 프랑스의 광신적인 종교 시민전쟁의 와중에서 종교에 대한 관용을
지지했고, 인간중심의 도덕을 제창했다. 그러한 견해가 자신에게 무엇
을 의미하는지를 밝히기 위해 에세(essai)라는 문학형식을 만들어냈다.
그의 《수상록(Essais)》은 인간정신에 대한 회의주의적 성찰과 라틴 고전
에 대한 해박한 교양을 반영하고 있다.
몽테를랑(Henry de Montherlant, 1896~1972) 프랑스의 소설가 · 극작가. 소설
《아침의 교대》(1920), 《독신자》, 《젊은 처녀들》, 극작 《산티아고의
성 기사단장》 등이 있다.
몽테스키외(Baron de La Brède et de Montesquieu, 1689~1755) 프랑스의 사상
가로 보르도 고등법원의 평정관(評定官)과 원장을 지냈고 아카데미 회
원이 되었다. 10여 년이 걸린 대저(大著) 《법의 정신》을 저술하였으며,
사법 · 입법 · 행정의 3권분립 이론으로 왕정복고와 미국의 독립 등에
영향을 주었다.
무문혜개(無門慧開, 1183~1260) 중국 남송(南宋)의 임제종(臨濟宗) 승려. 속
성 허(許). 자 자원(子元). 천룡사(天龍寺)의 광화상(曠和尙)에게 배우고,
1246년 칙령(勅令)에 따라 항주(杭州)에 호국인왕사(護國仁王寺)를 세웠
다. 저서 《무문관(無門關)》이 유명하다.
무함마드(Muhammad, 마호메트, 570~632) 610년 경 알라의 계시를 받고 이
슬람교를 창시했다. 박해를 피해 622년 메카에서 메디나로 갔는데 이를
'헤지라'라고 한다. 메디나에서 신도들을 모아 630년 메카 함락에 성공
한 무함마드는 이슬람공동체 '움마(Ummah)'를 세우고, 이를 확장했으며,
이후 이슬람교는 아라비아 전역에 퍼졌다. 무슬림들은 무함마드를 보통
'예언자 무함마드' 혹은 '라술 알라(Rasul Allah : 신의 사도)'라고 부른다.
문덕수(文德守, 1928~) 시인. 1955년 《현대문학》에 시 〈침묵〉, 〈화석〉
등이 추천되어 등단했다. 시집으로 《황홀》, 《선 · 공간》, 《새벽바다》
등이 있으며 그 밖에도 많은 시집과 평론집이 있다. 현대문학상, 현대시

인상, 문학예술상 등을 수상하였다.

《문선(文選)》 중국 양나라의 소통(蕭統 : 昭明太子)이 진(秦)·한(漢)나라 이후 제(齊)·양(梁)나라의 대표적인 시문을 모아 엮은 책.

문일평(文一平, 1888~1939) 사학자·언론인.《조선일보》편집고문으로 활약하였으며, 국사연구에도 노력을 기울여 많은 논문을 집필하였다. 저서에《조선사화》,《호암전집》,《한국의 문화》등이 있다. 1995년 건국훈장독립장이 추서되었다.

《문중자(文中子)》 중국의 유서(儒書). 수(隋)나라 왕통(王通)이 찬(撰)하였다 하나 분명하지 않다. 이 책은《논어》를 모방하여 대화의 형식으로 되어 있는데, 불교가 널리 성하였던 당시에《논어》의 참뜻을 밝혔다는 점에서 높이 평가된다.

미구엘 아스투리아스(Miguel Angel Asturias, 1899~1974) 과테말라의 시인·소설가로서 대표작《과테말라의 전설집》을 발표하여 절찬을 받은 이후, '토착문화파'로서의 창작활동을 하였다. 프랑스 주재 대사를 역임. 1967년 노벨문학상 수상.

미구엘 우나무노(Miguel de Unamuno, 1864~1936) 에스파냐의 철학자·시인·소설가. 살라망카 대학 총장을 지냈고 '1898년대의 작가'의 지도적 중심인물로서 문학·사상 양면에서 다채로운 활동을 하였다. 주요 저서에《돈키호테와 산초의 생애》등이 있으며 실존적인 생의 문제를 다루었다.

미셸 투르니에(Michel Tournier, 1924~) 현대 프랑스 문단에서 가장 뛰어난 작가 중 한 사람. 처녀작 《방드르디 혹은 태평양의 끝》으로 아카데미 프랑세즈 소설 대상을, 두 번째 작품 《마왕》으로 공쿠르상을 수상하였으며, 매년 노벨문학상의 유력한 후보로 거론되는 작가이다. 그의 작품세계는 동화적이고 악마주의적이며, 삶의 근본적 문제들을 이야기 형식으로 다루고 있다는 점에서 매우 철학적이다.

미시마 유키오(三島由紀夫, 1925~1970) 일본의 소설가. 전후세대의 니힐리즘이나 이상심리를 다룬 작품을 많이 썼다. 장편소설《가면(假面)의 고백》으로 문단에서 확고하게 지위를 굳혔다. 전후세대의 니힐리즘이나 이상심리를 다룬 작품을 많이 썼는데, 그 본질은 오히려 탐미적이었다.

그의 방법론이 거의 완전하게 표현된 것은 《금각사(金閣寺)》에서였다.

미요시 다쓰지(三好達治, 1900~1964) 일본의 시인.

미켈란젤로(Michelangelo Buonarroti, 1475~1564) 이탈리아의 조각가·건축가. 르네상스 회화, 조각, 건축에서 뛰어난 업적을 남겼다. 산 피에트로 대성당의 《피에타》, 《다비드》, 시스티나 대성당의 천장화 등이 대표작이다.

미키 기요시(三木淸, 1897~1945) 일본의 철학자. 프랑스·독일에 유학한 후, 호세이(法政)대학 교수가 되었다. 《유물사관과 현대의 의식》 등을 통하여 마르크스주의의 인간학적 기초를 탐구하였다. 1930년에 공산당의 동조자라는 이유로 검거되었다. 후일에는 마르크스주의를 멀리하고 '니시다 철학'에 접근하였다.

미하엘 네안더(Michael Neander, 1525~1595) 독일의 교육자로 이루펠트의 신학교 교사를 지냈으며 인문주의 및 종교개혁의 이상을 실제 교육면에서 구체화하였다. 교육의 주목적을 경건심의 양성에 두었으며, 많은 교과서를 편찬하였다.

미하일 레르몬토프(Mikhail Yur'evich Lermontov, 1814~1841) 러시아의 대표적 낭만주의 시인·소설가. 소설 《우리 시대의 영웅》은 뒤 세대 러시아 작가들에게 심오한 영향을 끼쳤다. 그 밖의 저서로 《도망자》, 《현대의 영웅》 등이 있다. 전제정치를 반대해 온 그는 세 차례나 캅카스로 유배되었고, 27세의 짧은 생애를 마쳤다.

미하일 바쿠닌(Mikhail Aleksandrovich Bakunin, 1814~1876) 러시아의 혁명가·급진적 무정부주의자. 사회민주동맹을 설립, 제1인터내셔널에서는 마르크스와 대립하였다. 그의 급진적 무정부주의는 에스파냐·이탈리아·러시아의 혁명운동에 큰 영향을 주었다.

미하일 바흐찐(Mikhail Bakhtin, 1895~1975) 러시아의 철학자·문학평론가.

미하일 아르치바셰프(Mikhail Petrovich Artsybashev, 1878~1927) 러시아 근대주의의 소설가. 톨스토이, 도스토예프스키의 영향을 받은 단편소설로 문단에 데뷔. 대표작 《사닌(Sanin)》은 혁명의 패배에 환멸을 느낀 인텔리겐치아가 암담한 반동기에 처하여 도덕적으로 퇴폐하고 성(性)의 방종으로 흐르던 시대풍조를 반영한 장편소설이다. 그 밖의 작품으로 《봉기(蜂起)》,《말도둑》은 자유주의적인 색채가 짙었다.

민태원(閔泰瑗, 1894~1935) 소설가·언론인. 초기 신소설기와 현대소설기에 걸쳐 작품활동을 하였다.《동아일보》사회부장,《조선일보》편집국장을 역임하였고,《레미제라블》을《애사(哀史)》라는 제목으로 번안하여《매일신보》에 연재하였다. 작품으로는《부평초》,《소녀》등이 있다.

바

《바가바드기타(Bhagavadgītā)》힌두교에서 3대경전의 하나로 여기는 중요 경전. 약칭하여《기타》라고도 한다. '지고자(至高者 : 신)의 노래'라는 뜻이다. 고대 인도의 대서사시《마하바라타》가운데 제6권〈비스마파르바〉의 제23~40장에 있는 철학적·종교적인 700구(句)의 시를 말한다. 저작자는《마하바라타》의 편찬자인 비아사로 보는데, 성립연대는 BC 2, 3, 5세기설 등 확실치가 않다.

바르트리하리(Bhartrhari, 450~500) 인도의 산스크리트 서정시인으로《슈링가라 샤타카(戀愛百頌)》등의 세 가지 샤타카(百頌詩集)의 작자로 알려졌다.

바바하리다스(Baba Hari Das, 1923~) 요가의 지혜를 전달하는 데 최선을 다하고 있다. 저서로는《성자가 된 청소부》가 있다.

바브라 스트라이샌드(Barbra Streisand, 1942~) 미국의 팝송가수·영화배우. 뮤지컬《퍼니 걸》과 출연 영화로는《헬로 달리》,《추억》,《스타탄생》등이 있다. 영화《퍼니걸》로 아카데미 여우주연상을 받았다.

바스코 발보아(Vasco Nunez de Balboa, 1475~1519) 남태평양을 최초로 발견한 스페인의 탐험가이며 정복자. 남아메리카에 최초의 유럽이주민 정착촌을 건설하여 지도자가 되었다.

바오로 6세(Paulus Ⅵ, 1897~1978) 로마의 교황(1963~1978)으로 다른 그리스도교회(프로테스탄트 등), 무신앙자와의 화해·접촉에 주력하였다. 평화와 국제간의 문제에 큰 관심을 가졌다.

바츨라프 니진스키(Vatslav Nizhinskii, 1890~1950) 폴란드계 소련의 무용가겸 안무가. 러시아 발레단 발레뤼스의 제1남성무용수로 활약했고《목신의 오후》,《봄의 제전》등을 창작하였다.

박두진(朴斗鎭, 1916~1998) 청록파 시인으로 활동한 이후, 자연과 신의 영
원한 참신성을 노래한 30여 권의 시집과 평론 · 수필 · 시평 등을 통해
문학사에 큰 발자취를 남겼다. 주요작품으로《거미의 성좌》등이 있다.

박목월(朴木月, 1916~1978) 한국시인협회 회장, 시 전문지《심상(心像)》의
발행인 등으로 활동한 시인. 한국시단에서 김소월과 김영랑을 잇는 시인
으로, 향토적 서정을 민요가락에 담담하고 소박하게 담아냈다. 본명은 영
종(泳鍾). 주요 작품으로《경상도 가랑잎》,《사력질(砂礫質)》,《무순(無
順)》등이 있다.

박세당(朴世堂, 1629~1703) 조선 후기의 학자. 당시의 정국을 주도하던 노
론계의 반대 입장에서 주자학을 비판하고 독자적 견해를 주장하였다.
학풍과 사상 연구에서 벗어난 실사구시적(實事求是的) 학문 태도를 강
조하였으며,《사변록》을 저술하였다.

박수근(朴壽根, 1914~1965) 화가. 회백색을 주로 하여 단조로우나 한국적
주제를 서민적 감각으로 다룬 점이 특색이다. 대표작으로《소녀》,
《산》,《강변》등이 있다.

박영희(朴英熙, 1901~?) 시인 · 소설가 · 평론가. 카프에서 활약하다 탈퇴하
며「얻은 것은 이데올로기요, 잃은 것은 예술이다」라는 유명한 말을
남겼다. 주요 저서로《회월시초(懷月詩抄)》,《문학의 이론과 실제》등
이 있다.

박은식(朴殷植, 1859~1925) 한말의 민족사학자 · 독립운동가.《황성신문》
의 주필로 활동했으며 독립협회에도 가입하였다. 대동교(大同敎)를 창
건하고 신한청년당을 조직하는 등 활발한 항일활동을 하였다. 1962년
건국훈장대통령장이 추서되었다.

박이문(朴履文, 1675~1745) 조선 후기의 문신으로, 1721년(경종 1)에 증광문
과 병과(丙科) 2위로 급제하여 벼슬에 올랐다. 관직은 사간원 정언(正言),
사헌부 장령(掌令) 등을 역임하였다. 사헌부 장령으로 재임하던 중 성학
(聖學)을 돈독히 하고, 탕평책(蕩平策)을 시행할 것을 건의하여 왕의 가
납을 받았다.

박인로(朴仁老, 1561~1642) 가사문학 발전에 크게 이바지한 조선 중기 무

신·시인. 무과에 급제하여 수문장(守門將)·선전관을 지냈다. 주요 작품으로 《노계집(蘆溪集)》, 《태평사(太平詞)》 등이 있다.

박인환(朴寅煥, 1926~1956) 《세월이 가면》, 《목마(木馬)와 숙녀》 등의 시를 쓴 시인. 《아메리카 영화시론(試論)》을 비롯한 많은 영화평을 쓰기도 했다.

박제가(朴齊家, 1750~1805) 조선 후기의 실학자. 박지원의 문하에서 실학을 연구했다. 1778년 사은사(謝恩使) 채제공(蔡濟恭)의 수행원으로 청나라에 가서 이조원(李調元)·반정균(潘庭筠) 등에게 새 학문을 배웠으며 귀국하여 《북학의(北學議)》를 저술하여 청나라 문물을 수용할 것을 강조한 북학파를 형성했다. 정조의 특명으로 규장각 검서관(檢書官)이 되어 많은 서적을 편찬했다.

박종홍(朴鍾鴻, 1903~1976) 한국의 철학자·교육자. 서울대학교 교수, 성균관대학교 유학대학장, 한양대학교 문리과대학장 등을 역임하였고 학술원종신회원, 철학회회장, 한국사상연구회 회장, 대통령 교육문화담당 특별보좌관을 지냈다.

박종화(朴鍾和, 1901~1981) 민족과 역사를 떠난 문학은 존재할 수 없다고 역설하며 스스로 민족을 주제로 하는 역사소설을 쓴 시인·소설가. 주요 작품으로 《흑방비곡(黑房祕曲)》, 《금삼의 피》 등이 있으며 문화훈장 대통령장 등을 수상하였다.

박지원(朴趾源, 1737~1805) 호는 연암. 조선후기 실학자·소설가. 《열하일기》, 《연암집》, 《허생전》 등을 쓴 이용후생(利用厚生)의 실학을 강조하였으며, 자유 기발한 문체를 구사하여 여러 편의 한문소설을 발표하였다.

박팽년(朴彭年, 1417~1456) 조선 전기의 문신. 사육신의 한 사람. 집현전 학사로 여러 가지 편찬사업에 종사했고 단종 복위를 도모하다 김질(金礩)의 밀고로 체포되어 고문으로 옥중에서 죽었다. 문장과 글씨에 뛰어났으며, 글씨에 〈취금헌천자문(醉琴軒千字文)〉이 있다. 그의 묘는 서울 노량진 사육신묘역에 안장되어 있다.

박화성(朴花城, 1904~1988) 국제펜클럽 한국본부 중앙위원, 한국소설가협회 상임위원 등 다양한 활동을 한 여류작가. 주요 작품으로 《백화(白

花)》,《사랑》,《고개를 넘으면》 등이 있다.

《반야심경(般若心經)》 대반야바라밀다경(大般若波羅蜜多心經)의 요점을 간략하게 설명한 짧은 경전으로, 당나라 삼장법사 현장(玄奘)이 번역했으며 260자로 되어 있다. 반야바라밀다심경(般若波羅蜜多心經)이라고도 한다.

발자크(Honoré de Balzac, 1799~1850) 프랑스의 소설가. 사실주의의 선구자로서 나폴레옹 숭배자였다. 작중인물의 재등장 수법으로 정통적인 고전소설 양식을 확립하는 데 이바지했으며 18세기 가장 위대한 소설가 중의 한 사람으로 꼽힌다. 종합적 제목《인간희극》가운데 대표작은《외제니 그랑데》,《절대의 탐구》,《고리오 영감》,《골짜기의 백합》,《농민》 등이다.

방순원(方順元, 1914~2004) 법조인·교육자. 서울지법 부장판사를 거쳐 서울대학교, 숭실대학교 법과대학 교수를 지냈으며 대법원 판사를 역임하였다. '3대 청빈법관'으로 꼽혔으며 법조인의 사표로서 한국법률문화상, 국민훈장무궁화장을 받았다.

백거이(白居易, 772~846) 중국 중당기(中唐期)의 시인. 작품 구성은 논리의 필연에 따르며, 주제는 보편적이어서 '유려평이(流麗平易)'한 문학의 폭을 넓혀 당(唐) 일대(一代)를 통하여 두드러진 개성을 형성했다. 주요 저서로는《장한가(長恨歌)》,《비파행(琵琶行)》 등이 있다.

백낙준(白樂濬, 1895~1985) 한국의 교육가·정치가로 영국 왕립역사학회원과 연희전문교수, 연희대학총장을 지냈고, 문교부장관, 서울시교육회장, 대한교육연합회장, 통일원고문, 국정자문위원 등을 역임하였다. 저서에《한국의 현실과 이상》,《한국개신교사》(英文), 에세이집《시냇가에 심은 나무》 등이 있다.

《백씨문집(白氏文集)》 중국 당대(唐代) 중기 백거이의 시문집. 본래 75권이었으며, 시 3, 문(文) 1의 비율로 3,840편 이상을 수록하였다. 현재는 끝의 일부분이 없으며, 시가(詩歌) 2,900편이 남아 있다. 문집 중의 「신악부(新樂府) 50수」를 비롯한 작품들은 지금도 중국에서 높이 평가되고 있으며, 유럽에서도 「장한가(長恨歌)」,「비파행(琵琶行)」 등 여러 시편이 번역되어 있다.

백철(白鐵, 1908~1985) 문학평론가. 국제펜클럽대회의 한국대표. 대한민국
예술원상·국민훈장모란장을 수상하였다.

밴 브룩스(Van Wyck Brooks, 1886~1963) 미국 평론가·전기작가.《청교도들
의 포도주》,《아메리카, 성년기에 이르다》로 유명해졌다. 청교도의 전
통적 결함, 특히 그 이중성을 지적하여 왕성해지려는 새로운 문학의 태동
에 공헌했다. 작품과 그 작품을 낳게 한 환경과의 관계를 다루면서 뉴잉
글랜드를 중심으로 하는 19세기 미국의 문인생활을 여실히 재현해 호평
을 받았다.

버락 오바마(Barack Hussein Obama, 1961~) 제44대 미국 대통령. 인권변호
사 출신으로 일리노이주 상원의원(3선)을 거쳐 연방 상원의원을 지냈으
며, 2008년 민주당 대통령 후보로 출마하여 공화당의 존 매케인 후보에
압승, 미국 최초의 흑인(정확하게는 혼혈 흑인) 대통령이 되었다. 취임
후 핵무기 감축, 중동평화회담 재개 등에 힘써 2009년 노벨 평화상을 수
상하였다. 2012년 재선에 성공했다.

버지니아 울프(Adeline Virginia Woolf, 1882~1941) 영국의 소설가·비평가.
저서《제이콥의 방》에서는 주인공이 주변 사람들에게 주는 인상과 주
변 사람들이 주인공에게 주는 인상을 대조시켜 그린 새로운 소설형식을
시도하였다. 이와 같은 수법을 보다 더 완숙시킨 작품이《댈러웨이 부
인》이었다.

버트런드 러셀(Bertrand Arthur William Russell, 1872~1970) 영국의 철학자·
수학자·사회평론가. 수리철학, 기호논리학을 집대성하여 분석철학의
기초를 쌓았다. 평화주의자로 1950년에 노벨문학상을 수상하였으며 저
서에《정신의 분석》,《의미와 진리의 탐구》따위가 있다.

범순인(范純仁, 1027~1101) 중국 송(宋)나라 때의 명신(名臣).「지우책인명
(至愚責人明)」즉「어리석은 사람일지라도 남을 나무라는 데는 총명하
다」는 뜻으로, 자신의 허물은 덮어두고 남의 탓만 하는 것을 비유하는
말로 유명하다.

《법구경》(法句經, Dharmapāda) 서기 원년 전후의 인물인 인도의 법구(산
스크리트어 Dharmatrata, 法救)가 편찬한 불교의 경전으로 석가모니 사
후 삼백 년 후에 여러 경로를 거쳐 기록된 부처의 말씀을 묶어 만들었다

고 한다. 인생에 지침이 될 만큼 좋은 시구(詩句)들을 모아 엮은 경전.
불교의 수행자가 지녀야 할 덕목에 대한 경구로 이루어져 있다. 주요 내
용은 폭력, 애욕 등을 멀리하고 삼보에 귀의하여 선한 행위로 덕을 쌓고
깨달음을 얻으라는 것이다.

법언(法言) 전한 말 양웅(揚雄, BC 53~AD 18)의 대표작으로 《논어》의 체
재를 모방한 문답체의 수상론집. 13권. 고성(古聖)과 경서에 어긋나는 법
가(法家)나 음양가(陰陽家) 등 제자(諸子)의 사조(思潮)를 바로잡고 법(先
王이나 古聖이 정한 典則)에 의해 대도(大道)를 밝히려고 하였다.

법정(法頂, 1932~2010. 3. 11.) 한국의 승려이자 수필작가. 속명은 박재철.
전라남도 해남(海南)에서 태어났다. 1956년 전남대학교 상과대학 3년을
수료한 뒤, 같은 해 통영 미래사(彌來寺)에서 당대의 고승인 효봉(曉峰)
을 은사로 출가하였다. 순수 시민운 단체인 「맑고 향기롭게」를 만들어
이끌었다. 이후 강원도 산골에서 밭을 일구면서 무소유의 삶을 살았다.
폐암이 발병하여 길상사에서 78세(법랍 54세)를 일기로 입적하였다. 대
표 수필집으로는 《무소유》, 《오두막 편지》, 《새들이 떠나간 숲은 적
막하다》, 《버리고 떠나기》, 《물소리 바람소리》 등이 있다. 그 밖에
《깨달음의 거울(禪家龜鑑)》 등의 역서를 출간하였다. 법정은 죽기 전
이렇게 말했다. 「절대로 다비식 같은 것을 하지 말라. 이 몸뚱이 하나
를 처리하기 위해 소중한 나무들을 베지 말라. 내가 죽으면 강원도 오두
막 앞에 내가 늘 좌선하던 커다란 너럭바위가 있으니 남아 있는 땔감
가져다가 그 위에 얹어 놓고 화장해 달라. 수의는 절대 만들지 말고, 내
가 입던 옷을 입혀서 태워 달라. 그리고 타고 남은 재는 봄마다 나에게
아름다운 꽃 공양을 바치던 오두막 뜰의 철쭉나무 아래 뿌려 달라. 그것
이 내가 꽃에게 보답하는 길이다. 어떤 거창한 의식도 하지 말고, 세상
에 떠들썩하게 알리지 말라. 그동안 풀어놓은 말빚을 다음 생으로 가져
가지 않겠다. 내 이름으로 출판한 모든 출판물을 더 이상 출간하지 말아
주기를 간곡히 부탁한다. 사리도 찾지 말고, 탑도 세우지 말라.」

베니토 무솔리니(Benito Amilcare Andrea Mussolini, 1883~1945) 이탈리아의
정치가로, 파시스트당 당수·총리. 히틀러와 함께 파시즘적 독재자의 대
표적 인물. 1939년 독일과 군사동맹을 체결, 나치스 독일, 일본과 함께

국제파시즘 진영을 구성하였다.

《베다(Veda)》인도에서 가장 오래된 신화적 제식문학(祭式文學)의 집대성이자 우주의 원리와 종교적 신앙을 설명하는 철학 및 종교 문헌. 베다란 산스크리트어로 '지식' 또는 '종교적 지식'을 의미한다. 현존하는 성전 중 가장 오래된 것으로 믿겨지는데, 대부분의 인도학자들은 베다는 문자로 기록되기 이전인 기원전 2세기부터 구전되어 왔다는 데 동의하고, 힌두 전통에 따르면 베다는 인간의 작품이 아니라고 한다.

베르길리우스(Publius Vergilius Maro, BC 70~BC 19) 고대 로마의 시인. 영어 이름은 버질(Virgil). 애국심과 풍부한 교양, 시인으로서의 완벽한 기교 등으로 '시성(詩聖)'으로 불렸다. 7년에 걸쳐 완성한 《농경시(農耕詩)》, 미완성 작품인 장편 서사시 《아이네이스》 등의 대작을 남겼다.

베토벤(Ludwig van Beethoven, 1770~1827) 독일의 작곡가로 고전주의와 낭만주의 과도기의 주요인물이다. 하이든·모차르트의 고전주 전통에 입각했고, 이전의 어떤 작곡가들보다도 생생하게 삶의 철학을 대사 없는 음악으로만 표현해 음악의 위력을 드러냈다. 교향곡 9번에서는 지금까지 한 번도 시도된 적이 없었던 성악과 기악을 한데 결합시켰다. 그의 개인적 삶은 병든 귀에 대한 영웅적인 투쟁으로 점철되었고, 중요작품들 중 일부는 그가 완전히 소리를 들을 수 없게 된 마지막 10년간 작곡된 것이었다.

벤저민 디즈레일리(Benjamin Disraeli, 1804~1881) 영국의 정치가. 《비비언 그레이》등 정치소설을 남겼다. 재무장관을 지내고 총리가 되어 제국주의적 대외진출을 추진하였고 공중위생과 노동조건의 개선에 힘썼다. 빅토리아 시대의 번영기를 지도하여 전형적인 2대 정당제에 의한 의회정치를 실현하였다.

벤저민 프랭클린(Benjamin Franklin, 1706~1790) 미국의 정치가·과학자. 피뢰침의 발명과 번개의 방전(放電)현상 증명 등 과학 분야를 비롯하여 고등교육기관 설립 등의 문화사업에도 공헌하였다. 미국독립선언기초위원·헌법제정위원 등을 지냈으며 문학적으로 높이 평가되는 《자서전》을 남겼다.

벤 존슨(Ben Jonson, 1572~1637) 영국의 극작가·시인·평론가. 고전의 깊은 학식과 매력 있는 인격으로 문단의 중심적인 존재로 각광받았으며, 기질희극의 전통을 확립시킨 업적을 지니고 있다. 최초의 기질희극 《십인십색》으로 기질희극의 유행을 주도하였다. 《연금술사》 등의 작품을 남겼다.

《벽암록(碧巖錄)》 중국 송(宋)나라 때의 불서(佛書). 불교 선종(禪宗)의 공안집(公案集).

보덴슈테트(Friedrich Martin von Bodenstedt, 1819~1892) 독일의 작가 · 번역가 · 비평가. 그의 시는 당시 독자들로부터 크게 사랑을 받았다. 동양문체로 쓴 시집 《미르차 샤피의 노래》는 나오자마자 큰 반향을 일으켰다. 뮌헨대학교의 슬라브어 교수가 되었다. 이 시기에 푸슈킨, 투르게네프, 레르몬토프를 비롯한 러시아 작가의 작품들을 많이 번역했다.

보들레르(Charles Pierre Baudelaire, 1821~1867) 19세기 후반 프랑스의 시인. 랭보 등 상징파 시인들에게 영향을 끼쳤다. 낭만파 · 고답파에서 벗어나 인간심리의 심층을 탐구, 고도의 비평정신을 추상적 관능과 음악성 넘치는 시에 결부했다. 대표작으로 《악의 꽃》이 있다.

보브나르그(Luc de Clapiers de Vauvenargues, 1715~1747) 18세기 전반 프랑스의 모럴리스트. 고전주의와 낭만주의를 두루 지니고 시정과 감수성이 넘쳤다. 《성찰과 잠언》은 격조 높은 문체로 인간의 정열과 진가를 분석, 루소적 낭만파의 선구가 되었다.

보우(普雨, 1509~1565) 조선의 승려. 조선 중기 선 · 교(禪敎) 양종을 부활시키고 나라의 공인(公認) 정찰(淨刹)을 지정하게 하며, 과거에 승과(僧科)를 두게 하는 등 많은 활약을 하였다. 억불정책(抑佛政策)에 맞서 불교를 부흥시켜 전성기를 누리게 하였으나 그가 죽자 종전으로 되돌아갔다. 저서에 《허응당집(虛應堂集)》, 《선게잡저(禪偈雜著)》 《불사문답(佛事問答)》 등이 있다.

보이티우스(Anicius Manlius Severinus Boethius, 480?~524) 고대 로마 최후의 저술가 · 철학자. 그의 저서는 철학 · 신학을 위시해서 수학이나 음악에까지 미치고 있으며, 대표작은 옥중에서 집필한 《철학의 위안》이다. 이것은 저자와 철학과의 우의적 대화를 산문과 운문이 섞인 메니포스풍 형식으로 쓴 것으로 그리스 철학, 특히 플라톤의 영향이 강하다. 더욱이 그는 아리스토텔레스의 논리를 그리스도교의 여러 문제에 응용해서 다음에 오는 스콜라철학의 선구자가 되었다.

《보적경》(寶積經, Maharatnakuta) 불교의 여러 경들을 모아 편집한 혼합 경전. 보통 원제대로 《대보적경(大寶積經)》이라고 하는데, 명칭은 법보 (法寶)의 누적이라는 뜻에서 연유한다. 단독경(單獨經)이 아니라 120권 으로 편집되어 있다.

볼테르(Voltaire, 1694~1778) 18세기 프랑스의 작가, 대표적 계몽사상가. 비극작품으로 17세기 고전주의의 계승자로 인정되고, 오늘날 《자디그》, 《캉디드》 등의 철학소설, 역사 작품이 높이 평가된다. 백과전서 운동을 지원하였다.

볼프강 보르헤르트(Wolfgang Borchert, 1921~1947) 독일의 시인·극작가. 전쟁과 투옥의 반복된 생활로 26세의 나이에 요절하였다. 그런 그의 경험은 그의 작품에서 잘 드러나 대표작 희곡 《문 밖에서》는 전쟁이 준 깊은 상처를 안고 사는 의미를 물으면서 폐허를 헤매지만, 대답은 없고 문이란 문은 그의 눈앞에서 모두 닫힌다. 밀도 짙은 단문(短文)으로 '잃어버린 세대'의 전형을 그린 이 작품은 비상한 반향을 불러일으켰다. 시집으로는 《가로등과 밤과 별》, 단편집 《민들레》 등이 있다.

볼프강 모차르트(Wolfgang Amadeus Mozart, 1756~1791) 오스트리아의 음악가. 아버지 레오폴트(Leopold Mozart, 1719~1787)는 바이올리니스트였으며, 누나와 동생에게 어려서부터 음악교육을 시켰는데, 특히 볼프강은 비상한 음악적 재능을 나타내어 주위를 놀라게 했다.

부현(傅玄, 217~278) 낭중(郎中)에 임명되어 《위서(魏書)》 편찬에 참가하였던 중국 서진 때의 문신·학자. 홍농태수·부마도위·사마교위 등의 관직을 지냈다. 주요 저서에는 유학사상의 필요성을 강조하는 내용의 《부자(傅子)》가 있다.

불워 리턴(Edward George Earle Bulwer Lytton, 1803~1873) 영국의 정치가·소설가. 문필생활을 하면서 정계에 진출하여 1858년 식민지 담당 대신으로 활약했다. 많은 통속소설을 썼는데, 그 가운데서 장편역사소설 《폼페이 최후의 날》이 유명하다.

브루노 슐츠(Bruno Shulz, 1892~1942) 폴란드의 유대계 소설가. 교사직에 종

사하다 나치 비밀경찰에 사살당했다. 《육계색(肉桂色)의 가게》를 비롯
하여 일생에 남긴 2개의 단편집은 폴란드에 실험적인 전위, 비현실주의
문학을 확립한 걸작이다.

브룩 테일러(Brook Taylor, 1685~1731) 영국의 수학자. 저서 《증분법(增分
法)》에 미분학의 유명한 '테일러의 정리'를 밝혔으며, 이것은 후에 콜
린 매클로린이 무한급수의 고찰로 재 정식화하여 그 저서에 기술함으로
써, 흔히 '매클로린의 정리'로도 불린다. 테일러의 저서는 간결하고 애매
모호해서 두 논문이 즉시 영향을 끼치지는 못했으나 뒤에 가치를 드러
냈다.

브와디스와프 레이몬트(Władysław Stanisław Reymont, 1867~1925) 폴란드의
소설가. 농민생활을 연대기적으로 기록한 소설 《농민》으로 노벨문학
상을 받았다. 그 밖에 《만남》, 《밤피르》, 《1794년》 등이 있다.

블라디미르 나보코프(Vladimir Nabokov, 1899~1977) 러시아 출신의 미국 소
설가·시인·평론가·곤충학자. 나비 수집가로도 유명하다. 미국으로
이주한 뒤로는 뛰어난 영어로 작품을 발표하였는데, 10대 소녀에 대한
중년남자의 성적(性的) 집착을 묘사한 《롤리타》는 큰 반향을 일으켰다.

블라디미르 레닌(Vladimir Il'ich Lenin, 1870~1924) 러시아의 혁명가·정치
가. 러시아 11월혁명(볼셰비키혁명, 구력 10월)의 중심인물로서 러시아
파 마르크스주의를 발전시킨 혁명이론가이자 사상가. 무장봉기로 과도
정부를 전복하고 이른바 프롤레타리아 독재를 표방하는 혁명정권을 수
립한 다음 코민테른을 결성하였다.

블라드미르 프리체(Vladimir Maksimovich Friche, 1870~1929) 러시아의 문예
학자·평론가. 예술을 사회기구의 법칙에 의하여 해명하려고 하는 예술
사회학을 주장하였다. 주요 저서로 《유럽문학 발달사》, 《예술사회
학》 등이 있다.

블레싱턴 백작부인(Countess of Blessington, 1789~?) 아일랜드의 작가. 런던
사교계를 거부한 아일랜드 블레싱턴 백작의 부인. 저서로는 《그레이스
캐시디 또는 영국·아일랜드 합병 철회론자》가 성공하고, 이어서 훗날
그녀를 기억하게 만든 《바이런 경과의 대화》가 있다.

비베카난다(Vivekananda, 1863~1902) 근대 인도의 종교 및 사회개혁 지도자.

세계종교회의에 힌두이즘 대표 자격으로 참가했고 미국과 영국에 힌두
철학을 소개했다. 그의 연설과 저작은 인도의 민족전통에 대한 긍지를
고취하고 많은 민족운동 지도자나 참가자에게 사상적 무기를 제공했다.

비온(Biōn, ?~?) BC 100년경에 활동한 그리스의 전원시인. 이탈리아인 제자
가 쓴 《비온을 위한 애가》는 그가 시칠리아에서 살았음을 시사한다.
모스코스와 더불어 테오크리토스에 버금가는 대표적인 목가시인이다.

비토리오 알피에리(Vittorio Alfieri, 1749~1803) 이탈리아의 비극작가로, 작
품에는 희곡 《사울》, 《미르라》 등이 있다. 자유를 위한 싸움, 자유로운
인간의 찬미, 이러한 인간이 최후의 승리를 거둔다는 것이 작품의 지배
적인 모티브이다.

비트겐슈타인(Ludwig Josef Johan Wittgenstein, 1889~1951) 오스트리아 태생
의 영국 철학자. 논리 실증주의와 분석철학의 형성에 기여하였다. 저서
에 《논리철학 논고(論考)》, 《철학탐구》 등이 있다.

빅터 영(Victor Young, 1900년~1956년) 미국의 작곡가. 극장 오케스트라의
지휘, 편곡을 하는 한편, 작곡에도 힘을 기울여 1928년에 작곡한 《스위
트 스우》가 큰 인기를 얻었다. 《80일간의 세계일주》를 마지막으로 캘
리포니아에서 사망하였다. 1956년에는 아카데미 음악상을 수상했다.

빅토르 위고(Victor-Marie Hugo, 1802~1885) 프랑스의 낭만파 시인·소설
가·극작가. 시집 《징벌》, 소설 《레미제라블》 등 수많은 걸작이 있다.
보불전쟁으로 나폴레옹 3세의 몰락과 함께 위고는 공화주의 옹호자로
서 민중의 환호 속에 파리로 돌아와 국민적 시인으로 추앙받았다. 프랑
스 왕실로부터 레지용 도뇌르 기사훈장을 수여받았다.

빈센트 반 고흐(Vincent van Gogh, 1853~1890) 네덜란드의 화가. 일본의 우
키요에(浮世繪) 판화에 접함으로써 그때까지의 렘브란트와 밀레 풍(風)
의 어두운 화풍에서 밝은 화풍으로 바뀌었으며, 정열적인 작품활동을
하였다. 자화상이 급격히 많아진 것도 이 무렵부터였다. 작품에 《빈센
트의 방》, 《별이 빛나는 밤》, 《밤의 카페》 등이 있다.

빌 게이츠(Bill Gates, 1955~) 미국의 기업가. 폴 앨런과 함께 최초의 소형
컴퓨터용 프로그램 언어인 베이직(BASIC)을 개발하였으며 마이크로소
프트사를 설립하였다. 퍼스널 컴퓨터의 운영체제 프로그램인 '윈도즈

(Windows)'시리즈를 출시하여 획기적인 판매실적을 올렸다. 세계 컴퓨터 시장의 주도권을 장악하면서 엄청난 부를 쌓아 《포브스 Forbes》 지에서 선정하는 세계 억만장자 순위에서 13년 연속 1위를 차지하였고, 2008년 자선활동에 전념하기 위하여 33년간 이끌던 마이크로소프트사의 경영에서 손을 떼고 공식 은퇴하였다

빌헬름 딜타이(Wilhelm Dilthey, 1833~1911) 독일의 철학자로 생(生)의 철학의 창시자. 베를린대학 교수. 자연과학에 대해 정신과학의 영역을 기술적·분석적·심리적 방법으로 확고하게 만들었다. 칸트의 비판정신의 영향을 받아, 헤겔의 이성주의·주지주의에 반대하여 역사적 이성의 비판을 제창했다.

빌헬름 뮐러(Wilhelm Müller, 1794~1827) 독일의 시인. 민중적 심정이 담긴 낭만적인 시를 많이 썼다. 작품으로 《그리스인의 노래》, 《아름다운 물방앗간 아가씨》 등이 있고, 《겨울여행》은 슈베르트의 작곡으로 유명하다. 동양학자·비교언어학자인 프리드리히 뮐러의 아버지다.

빌헬름 부슈(Wilhelm Busch, 1832~1908) 독일의 시인·풍자화가. 염세적이었으며, 교회나 시민사회의 속물성(俗物性)을 강하게 풍자·비판하였다. 그림이야기 《막스와 모리츠》 등으로 특히 청소년 사이에 인기가 있었다. 그 밖의 작품으로는 《신앙심 깊은 헬레네》와 시집 《마음의 비판》 등이 있다.

빌헬름 빈델반트(Wilhelm Windelband, 1848~1915) 독일의 철학자·철학사가. 신(新) 칸트학파의 하나인 서남(西南)독일학파(바덴학파)의 창시자. 철학사의 입장에서는 각 개인의 사상의 기록을 중심으로 하던 종전 방법과는 달리, 철학적 문제와 개념의 역사적 전개를 중시하는 방법을 사용했다. 주요 저서로 《서양근세 철학사》, 《철학사 교본》 등이 있다.

빌헬름 셰퍼(Wilhelm Schäfer, 1868~1952) 독일의 작가. 자연주의에서 출발한 향토작가로서, 1911, 1928, 1942년 잇달아 《일화집》을 간행하여 문학적 업적을 세웠다. 그 밖에 저서로 《독일 혼(魂)의 13책》이 있다.

사

《사기(史記)》 중국 전한(前漢)의 사마천(司馬遷)이 저술한 상고시대인 황

제(黃帝) 시대부터 한나라 무제 태초 연간(BC 104~101)까지의 중국과 그 주변 민족의 역사를 포괄하여 저술한 중국 최초의 역사서. 《사기》는 인간과 하늘의 상호관계에서 전개되는 인간의 역사를 냉엄하게 통찰하여 초자연적인 힘 또는 신에서 해방된 인간 중심의 역사를 발견하였다고 보기도 한다. 따라서 《사기》는 열전에 가장 많은 비중을 할애하였고, 신비하고 괴이한 전설과 신화에 속하는 자료는 모두 배제하고 주로 유가 경전을 기준으로 합리적으로 믿을 수 있다고 판단된 자료만 취록하였다는 것이다. 또 열전의 첫 머리에 이념과 원칙에 순사한 백이(伯夷)·숙제(叔齊)의 열전을, 마지막에 이(利)를 좇는 상인의 열전 화식열전(貨殖列傳)을 두어, 위대한 성현뿐 아니라 시정잡배가 도덕적 당위의 실천과 이욕적 본능 사이에서 방황하고 고뇌하는 생생한 모습을 제시함으로써 사기는 '살아 숨쉬는 인간에 의해서 역사가 창조된다는 점을 극명하게 보여준다는 것이다

사마광(司馬光, 1019~1086) 중국 북송(北宋)의 정치가·사학자. 사마온공(司馬溫公)이라고도 한다. 신종이 왕안석을 발탁하여 신법을 단행하게 하자 이에 반대해 사퇴했다.《자치통감》을 완성했고 철종이 즉위한 뒤 재상이 되자 왕안석의 신법을 구법으로 대체, 구법당의 수령으로 수완을 크게 발휘했다.

사마천(司馬遷, BC145?~BC 86?) 전한시대의 역사가이며《사기(史記)》의 저자이다. 무제의 태사령이 되어 사기를 집필하였고, 기원전 91년《사기》를 완성하였다. 중국 최고의 역사가로 칭송된다. 천문역법과 도서를 관장하는 태사령(太史令)인 부친 사마담(司馬談)은 아들 사마천에게 어린 시절부터 고전 문헌을 구해 읽도록 가르쳤다. 사마천이 20세가 되던 해 낭중(郎中 : 황제의 시종)이 되어 무제를 수행하여 강남·산동·하남(河南) 등의 지방을 여행하였다. 아버지 사마담이 죽으면서 자신이 시작한 《사기》의 완성을 부탁하였고, 그 유지를 받들어 BC 108년 태사령이 되면서 황실 도서에서 자료 수집을 시작하였다. 사마천은 흉노의 포위 속에서 부득이하게 투항하지 않을 수 없었던 이릉(李陵) 장군을 변호하다 황제인 무제의 노여움을 사서, BC 99년 48세 되던 해 남자로서 치욕스러운 궁형(宮刑)을 받았다. 사마천은 자신이 옥에 갇히고 궁형

에 처한 경위와 그에 더욱 분발하여 사기를 저술하는데 혼신의 힘을 쏟은 심경을 고백하였다.

사무엘 울만(Samuel Ullman, 1840~1924) 유태계 미국 시인. 1920년 80세 생일을 기념하는 시집 《80년 세월의 정상에서》가 출간되었다. 이 책의 권두서를 장식한 시가 「청춘(Youth)」이었다.

《사물기원(事物紀原)》 중국 송나라의 고승(高丞)이 편찬한 유서(類書). 천지·산천·조수(鳥獸)·초목·음양·예악·제도를 55부로 나누어 사물의 유래를 상세히 설명하였다.

사샤 기트리(Sacha Guitry, 1885~1957) 프랑스의 배우·극작가·영화작가. 뤼시앵 기트리의 아들. 주로 제1·2차 세계대전 중간기에 활약하였다. 환상과 정열과 기지로 가득 찬 작품은 대중에게 많은 사랑을 받았다. 작품은 《베르그 오프 좀의 탈취》, 《어느 사기꾼의 소설》 등이다. 성공한 자신의 작품을 영화화하고, 로댕, 르누아르 등의 기록영화를 시도했다.

《사소절(士小節)》 조선 후기의 실학자이며 문신인 이덕무(李德懋, 1741~1793)가 후진(後進) 선비들을 위하여 만든 수양서.

사포(Sapphō, BC 612?~?) 고대 그리스 최대의 여류시인. 소녀들을 모아 음악·시를 가르쳤으며, 문학을 애호하는 여성 그룹을 중심으로 활약한 것 같다. 다작 시인으로, 서정시·만가(挽歌)·연가·축혼가 모두가 솔직·간명·정확한 표현으로 개인적 내용을 노래하고 있다.

살루스티우스(Gaius Sallustius, BC 86~BC 35?) 고대 로마의 역사가·정치가. 호민관으로 선출, 키케로의 정적이 되었다. 카이사르 군대를 지휘, 아프리카, 누미디아 총독으로 있었다. 주요 저서는 《역사》, 《카틸리나의 음모》 등이다. 스토아철학 영향이 강한 문제의식 및 역사관이 엿보인다.

《삼국사기(三國史記)》 고려시대 김부식(金富軾) 등이 기전체(紀傳體)로 편찬한 삼국의 역사서. 주로 유교적 덕치주의, 군신의 행동, 사대적인 예절 등 유교적 명분과 춘추대의를 견지한 것이지만, 반면에 한국 역사의 독자성을 고려한 현실주의적 입장을 띠고 있다는 특징을 가지고 있다.

《삼국지(三國志)》 진(晉)나라의 학자 진수(陳壽 : 233~297)가 편찬한 것으로, 《사기》, 《한서》, 《후한서》와 함께 중국 전사사(前四史)로 불린다. 위서(魏書) 30권, 촉서(蜀書) 15권, 오서(吳書) 20권, 합계 65권으로 되어 있으나 표(表)나 지(志)는 포함되지 않았다. 찬술한 내용은 매우 근엄하고 간결하여 정사 중의 명저라 일컬어진다.

새뮤얼 골드윈(Samuel Goldwyn, 1882~1974) 폴란드 출생의 미국 영화제작자·연출가. 골드윈사(社)를 설립하였고 이것이 후에 MGM(Metro Goldwin Mayer's Inc.) 영화사가 되었다. 미국의 대표적인 연출자 가운데 하나이며, 주요 작품으로 《공작부인》, 《폭풍의 언덕》 등이 있다.

새뮤얼 다니엘(Samuel Daniel, 1562~1619) 영국의 시인으로 서정시·교훈시·역사시 등을 지었다. 주요 작품에는 《클레오파트라의 비극》, 《랭커스터가(家)와 요크가(家)의 내전》이 있다.

새뮤얼 버틀러(Samuel Butler, 1835~1902) 영국 소설가. 미술 연구를 하는 한편 익명으로 풍자소설 《에레혼》을 썼으며, 《만인의 길》은 그의 저작 중에서 가장 소설다운 이야기이지만, 일종의 정신적 자서전이며 자기만족적인 빅토리아 시대의 종교도덕에 대한 통렬한 비판을 던진 반역의 글이다.

새뮤얼 베이커(Samuel White Baker, 1882~1893) 영국의 탐험가.

새뮤얼 베케트(Samuel Barclay Beckett, 1906~1989) 20세기 중반 아일랜드 출생의 프랑스 소설가·극작가. 희곡 《고도를 기다리며》로 유명하고, 앙티테아트르(anti-théâtre : 전통적 극작법을 외면하고 참된 연극 고유의 수법으로 인간존재에 접근하는 연극)의 선구자였다. 3부작 《몰로이》, 《말론은 죽다》 등은 누보로망의 선구적 작품이다. 노벨문학상을 수상했다.

새뮤얼 스마일스(Samuel Smiles, 1812~1904) 스코틀랜드 작가·개혁운동가. 대표작품 《자조론(自助論)》은 위인의 실생활에서 교훈을 인용 「하늘은 스스로 돕는 자를 돕는다」는 어구로 시작해 자기에 대한 진실한 성실이 만인에게 통한다는 신념을 많은 사실에 의거하여 설명했다. 이 책은 각국어로 번역되어 세계에 큰 영향을 끼쳤다.

새뮤얼 존슨(Samuel Johnson, 1709~1784) 영국의 시인·비평가. 대저(大著) 《영어사전》을 완성하였으며, 《영국 시인전》 10권을 집필하였다. 작품에 교훈시 《욕망의 공허함》, 소설 《라셀라스》 따위가 있다.

새뮤얼 콜리지(Samuel Taylor Coleridge, 1772~1834) 영국의 서정시인·비평

가 · 철학자. 윌리엄 워즈워스와 함께 쓴 《서정민요집(Lyrical Ballads)》은
영국 낭만주의 운동의 시발이 되었고, 그의 《문학평전(Biographia
Literaria)》은 영국 낭만주의 시대에 나온 일반 문학비평 중 가장 중요한
작품이다.

새뮤얼 클라크(Samuel Clarke, 1675~1729) 영국의 철학자 · 신학자 · 도덕사
상가. 이신론(理神論)과 유물론(唯物論)의 경향에 반대하면서도, 새로운
사상의 영향 아래 새로운 신학 · 윤리 체계를 수립하려 했다. 신학에서
는 뉴턴과 유사점이 있었으며, 하느님의 존재와 영혼불멸 등의 문제를
합리적으로 밝히려 했다. 주요 저서로 《신의 존재 및 속성의 논증》 등
이 있다.

샘 래번슨(Sam Levenson, 1911~1980) 미국의 유머리스트 · 작가 · 선생 · TV
호스트 · 저널리스트.

생텍쥐페리(Antoine Marie Roger de Saint-Exupéry, 1900~1944) 프랑스의 소설
가. 《어린 왕자》로 유명하다. 진정한 의미의 삶을 개개 인간 존재가 아
니라, 사람과 사람의 정신적 유대에서 찾으려 했다. 작품으로는 《남방
우편기》, 《야간비행》(페미나 문학상 수상), 《인간의 대지》 등이 있다.

샤를 드골(Charles André Marie Joseph De Gaulle, 1890~1970) 프랑스의 군인 ·
정치가. 알제리 민족자결정책, 알제리 독립 가결로 알제리전쟁을 평화
적으로 해결하여 프랑스 경제의 가장 큰 장애를 제거했다. 드골 체제를
일단 완성시킨 후 '위대한 프랑스'를 중심으로 유럽 민족주의를 부흥하
기 위하여 주체적인 활동을 전개했다.

샤를 디들로(Charles Louis Didelot, 1767~1837) 스웨덴 태생의 프랑스 무용
가 · 안무가 · 무용교사. 상트페테르부르크 발레단 안무가를 지냈고 런
던, 파리에서 활약한 뒤 황실 발레학교 교장이 되어 러시아 발레의 기초
를 닦았다. 여성용 색 타이즈를 착용하도록 하였고 비약적 스텝을 고안
했다.

샤를루이 필리프(Charles Louis Philippe, 1874~1909) 프랑스의 소설가. 시청
공무원으로서 《랑클로》라는 문예잡지의 동인이 되어 활약하였다. 부
드럽고 선량하지만 무식한 젊은 창녀를 사랑한 경험으로 쓴 소설 《뷔
뷔 드 몽파르나스》가 유명하다. 그 밖에 《페르드리 영감》, 《어머니와

아들》, 《젊은 날의 편지》 등의 작품이 있다.

샤를 모리스 도네(Maurice Charles Donnay, 1859~1945) 프랑스의 극작가. 아
리스토파네스의 희곡을 각색 번안한 《리지스트라타》와 세기말의 연
애심리를 묘사한 《연인들》이 대표작이다. 아카데미 프랑세즈 회원이
되었다.

샤를 생트뵈브(Charles Augustin Sainte-Beuve, 1804~1869) 19세기 프랑스의
문예비평가·시인·소설가. 프랑스 근대비평의 아버지라고 불린다. 인
상주의, 과학적 비평을 융합한 새로운 형의 비평에 전념했다. 저서로
《문학적 초상화》, 《월요한담(月曜閑談)》 등이 있다.

샤를 페기(Charles Péguy, 1873~1914) 프랑스의 시인·사상가. 희곡《잔 다
르크》에서는 잔 다르크를 민중과 사회주의의 영웅으로 묘사하였다. 또
《샤르트르 성모에게 보스 지방을 바치는 시》는 그리스도교 시의 걸작
이다. 실증주의를 비판하였으며, 휴머니즘의 전통을 옹호하였다.

샤토브리앙(François Auguste René de Châteaubriand, 1768~1848) 19세기 프랑
스 낭만파 문학의 선구자. 작품《그리스도교의 정수》는 그리스도교를
고양하는 범신론적 경향이 강했다. 대혁명 후 황폐한 민심에 큰 영향을
끼쳤고, 낭만주의 문학의 방향을 결정짓게 하였다.

샬럿 브론테(Charlotte Brontë, 1816~1855) 영국 여류 소설가. 소녀시절부터
공상력과 분방한 상상력을 지녔고, 글을 쓰는 습관을 붙여 뛰어난 표현
기법을 터득하고 있었다. 저서로《제인 에어》, 《셜리》, 《빌레트》 등
이 있다.

서경보(徐京保, 1914~1996) 승려. 1953년 해인대학(지금의 경남대학교) 교
수를 거쳐 1962년 동국대학교 교수로 부임하여 1969년에는 동교 불교대
학장에 취임하였다. 126개의 박사학위, 1,042권의 저서, 757개의 통일기
원비 건립, 50여만 점의 선필(禪筆), 최대 석굴법당 건립 등 5개 분야에
서 기네스북에 오르기도 하였다.

서경덕(徐敬德, 1489~1546) 조선 중기의 유학자·주기론(主氣論)의 선구자.
황진이, 박연폭포와 함께 개성을 대표한 송도삼절(松都三絶)로 지칭되
기도 하며, 황진이의 유혹을 물리친 일화가 유명하다. '이(理)'보다는 '기
(氣)'를 중시하는 주기철학의 입장에 서 있다. 문집으로는《화담집(花潭

集)》이 있다.

서머셋 몸(William Somerset Maugham, 1874~1965) 영국의 소설가·극작가. 제1차 세계대전 직전에 완성한 장편소설 《인간의 굴레》는 작자가 고독한 청소년 시절을 거쳐 인생관을 확립하기까지 정신적 발전의 자취를 더듬은 자서전적 걸작이다.

서정주(徐廷柱, 1915~2000) 1942년을 시작으로 친일작품들을 발표했으며, 시 《화사》, 《자화상》, 《귀촉도》 등을 통해 불교사상과 자기성찰 등을 표현하였다. 대한민국 문학상, 대한민국 예술원상 등을 수상하였다.

석가(釋迦, ākyamuni, BC 563?~BC 483?) 석가모니(釋迦牟尼)·석가문(釋迦文) 등으로도 음사하며, 능인적묵(能仁寂默)으로 번역된다. 보통 석존(釋尊)·부처님이라고도 존칭한다. 본래의 성은 고타마(Gautama : 瞿曇), 이름은 싯다르타(Siddhārtha, 悉達多)인데, 후에 깨달음을 얻어 붓다(Buddha, 佛陀)라 불리게 되었다. 또한 사찰이나 신도 사이에서는 진리의 체현자(體現者)라는 의미의 여래(如來, Tathāgata), 존칭으로서의 세존(世尊, Bhagavat)·석존(釋尊) 등으로도 불린다.

선우휘(鮮于輝, 1922~1986) 한국의 언론인·소설가. 수많은 시사 논평을 발표하였고 1957년 《문학예술》지에 《불꽃》으로 당선하여 작가로서 인정받았다. 저서로서 《화재》, 《현실과 지식인》 등이 유명하다.

《설원(說苑)》 전한(前漢) 말에 유향(劉向)이 편집하였다. 〈군도(君道)〉, 〈신술(臣術)〉 등 20편으로 구성되었다. 같은 저자의 《신서(新序)》와 그 체재가 비슷하며, 내용도 중복된 것이 있다. 고대의 제후나 선현들의 행적이나 일화·우화 등을 수록한 것이며, 위정자를 설득하기 위한 훈계독본으로 이용하였다.

성 베네딕투스(St. Benedictus von Nursia, 480?~550?) 가톨릭의 베네딕토 수도회의 창설자. 동굴에서 은둔생활을 할 때 많은 제자들이 몰려들었다고 한다. 성서에 나오는 예언자들에 비견되는 많은 기적들을 행하였다고 전한다.

성삼문(成三問, 1418~1456) 조선 전기의 문신·학자. 세종 때 《예기대문언두(禮記大文諺讀)》를 편찬하고 한글창제를 위해 음운연구를 해 정확을 기한 끝에 훈민정음을 반포케 했다. 세조가 단종을 몰아내고 왕위에 오르자, 단종의 복위를 협의했으나 김질의 밀고로 체포되어 친국을 받고 처형되었다.

성철(性徹, 1912~1993) 속명 이영주(李英柱). 오로지 구도에만 몰입하는 승려로 파계사(把溪寺)에서 행한 장좌불와(長坐不臥) 8년은 유명한 일화이다. 조계종 종정을 지내며 돈오돈수(頓悟頓修)를 주장하여 뜨거운 논쟁을 불러일으켰다.

세르반테스(Miguel de Cervantes, 1547~1616) 에스파냐의 소설가·극작가·시인. 레판토 해전에 참가하여 부상을 입었고, 알제리에서 노예생활을 하기도 하며 가난한 생활을 보냈다. 당시 에스파냐의 기사 이야기를 패러디한 소설 《돈키호테》는 유명하며 성격묘사에 뛰어났다.

세바스티안 브란트(Sebastian Brant, 1458~1521) 독일의 시인·법학자. 바젤 대학 교수. 중세의 전통에 대한 경향을 가지고 있었다. 운문작품 《바보의 배》는 우인문학(愚人文學)의 원조로 후세에 커다란 영향을 미쳤다.

《세설신어(世說新語)》 중국 남조(南朝) 송(宋)나라의 유의경(劉義慶, 403~444)이 편집한 후한 말부터 동진(東晉)까지의 명사들의 일화집. 덕행·언행부터 혹닉(惑溺)·구극(仇隙)까지의 36문(門)으로 나눈 3권본으로, 지인소설(志人小說)의 대표작이다.

셰익스피어(William Shakespeare, 1564~1616) 영국이 낳은 세계 최고의 시인·극작가. 그는 평생을 연극인으로서 보냈다. 주요 작품으로 《로미오와 줄리엣》, 《베니스의 상인》, 《햄릿》, 《맥베스》 등이 있다.

소광(疏廣, ?~?) 중국 한(漢)나라 때 학자. 춘추(春秋)에 정통하여 선제(宣帝) 때 박사(博士)에 등용되었고, 뒤이어 태부(太傅)가 됨. 벼슬로 이름을 얻는 것을 후회하여 벼슬을 그만둔 것을 많은 사람들이 칭찬하였음.

소순(蘇洵, 1009~1066) 중국 북송(北宋)시대의 문학자. 날카로운 논법과 정열적인 필치에 의한 평론이 구양수(歐陽修)의 인정을 받아 유명해졌다. 정치·역사·경서 등에 관한 평론도 많이 썼으며, 아들 소식(蘇軾)·소철(蘇轍)과 함께 삼소(三蘇)라 불렸다. 주요 저서에는 《시법(諡法)》, 《가우집(嘉祐集)》 등이 있다.

소스타인 베블런(Thorstein Bunde Veblen, 1857~1929) 미국의 사회학자·사회평론가. 산업의 정신과 기업의 정신을 구별하였으며, 상층계급의 과

시적 소비를 지적하였다. 주요 저서로《유한계급론》이 있다.

소식(蘇軾, 1036~1101) 호는 동파(東坡). 중국 북송 제일의 시인. 「독서가 만 권에 달하여도 율(律)은 읽지 않는다」고 해 초유의 필화사건을 일으켰다. 시(詩)·사(詞)·부(賦)·산문(散文) 등 모두에 능해 당송팔대가의 한 사람으로 손꼽혔다. 당시(唐詩)가 서정적인 데 대하여 그의 시는 철학적 요소가 짙고 새로운 시경(詩境)을 개척하였다. 대표작《적벽부(赤壁賦)》는 불후의 명작으로 불리고 있다.

소크라테스(Socrates, BC 469~BC 399) 고대 그리스의 철학자. 그 때까지의 그리스 철학자들은 우주의 원리를 묻곤 했다. 소크라테스에서 비로소 자신과 자기 근거에 대한 물음이 철학의 주제가 되었다. 이런 의미에서 소크라테스는 내면(영혼의 차원) 철학의 시조라 할 수 있다.

소통(蕭統, 501~531) 중국 남조 양(梁)나라의 문학평론가. 양의 무제 소연(蕭衍)의 장남으로 황태자가 되었으나, 즉위하기 전에 죽었다. 저서로 제(齊)·양나라의 대표적인 시문을 모아 엮은《문선(文選)》이 있는데, 이는 당 이후로도 문학학습의 교과서로 자리 잡았다.

소포클레스(Sophocles, BC 496~BC 406) 고대 그리스 3대 비극시인의 한 사람으로 정치가로서도 탁월한 식견을 지니고 국가에 공헌하였다. 123편의 작품을 씀으로써 비극 경연대회에 18회나 우승하였고, 대표작은《아이아스》,《안티고네》등이 있다.

손문(孫文, 1866~1925) 중국혁명의 선도자·정치가. 공화제를 창시하였다. 그의 정치는 삼민주의(三民主義)로 대표된다. 대한민국임시정부를 지원한 공으로 건국훈장 대한민국장이 추서되었다.

손사막(孫思邈, 581~682) 중국 초당(初唐)의 명의·신선가(神仙家). 당나라 시대의 대표적 의서인《천금요방(千金要方)》과《천금익방(千金翼方)》이 그의 저작으로 전하여지고 있으며, 의가의 윤리를 논설하고 있는 점이 특히 주목된다.

손우성(孫宇聲, 1904.~?)《해외문학》창간 동인이며 주로 프랑스 문학을 연구·소개했다. 우리나라 최초로 프랑스 문학을 강의했다. 1981년 대한민국 학술원 원로회원이 되었다. 평론《하늘과 땅의 비중》은 김동리의《사반의 십자가》에 대한 본격적 비평으로 유명하다.

《손자(孫子)》 춘추시대 오나라 합려(闔閭)를 섬기던 명장 손무(孫武, BC 6
세기경)의 저서.《오자(吳子)》와 병칭(倂稱)되는 병법칠서(兵法七書) 중
에서 가장 뛰어난 병서로 이 둘을 합쳐 흔히 '손오병법(孫吳兵法)'이라
부른다.

손턴 와일더(Thornton Niven Wilder, 1897~1975) 미국 소설가 · 극작가. 격조
있는 문체와 신선한 형식, 인간 존재의 의미를 찾는 명상적인 작풍, 인
간의 가능성을 믿고 인생을 긍정하는 태도에 의해 미국 문학계의 특이
한 지위를 차지했다.《우리 마을》,《위기일발》은 모두 퓰리처상을 수
상한 희곡이다. 저서로는 뮤지컬《헬로, 달리》의 원작이 된 인생을 구
가하는 희극《중매인》등이 있다.

솔로몬(Solomon, ?~BC 912?) 이스라엘 왕국 제3대 왕. 「지혜의 왕」으로 알
려졌다. 군사력으로 통치했고, 군사 · 행정 · 상업 문제를 다루기 위해
이스라엘 식민지들을 건설했다. 그가 벌인 대규모 토목사업 가운데 가
장 뛰어난 것은 수도 예루살렘에 세운 유명한 성전이다. 그는 현인과 시
인으로서도 명성을 얻었다. 전통적으로 「아가」의 저자로 간주되며,
「잠언」에는 그가 쓴 것으로 간주되는 격언과 교훈이 있다.

솔론(Solon, BC 640?~BC 560?) 아테네의 정치가 · 시인. 집정관 겸 조정자로
선정되어 정권을 위임받은 후, '솔론의 개혁'이라 일컫는 여러 개혁을 단
행하였다. 에레게이아 기타의 시형(詩形)으로 쓴 서정시가 단편적으로
전해진다.

송건호(宋建鎬, 1927~2001) 한국 언론사에 뚜렷한 자취를 남긴 언론인으로
서《한겨레신문》을 창간하여 편집권의 독립과 남북한 문제에 대한 냉
전적인 보도의 틀을 벗어나게 하는 데 이바지하였다.

《송사(宋史)》 중국 원(元)나라 때의 사서(史書). 북송(北宋) 이래 각 황제마
다 편찬한 국사나 실록(實錄) · 일력(日曆) 등을 기초로 하였다.

송지영(宋志英, 1916~1989) 언론인 · 번역문학가. 일제 강점기에《동아일
보》기자로 언론계에 입문, 중국 난징에서 대한민국 임시정부와 연계해
활동하다가 1944년 체포되었다. 징역 2년형을 선고받고 일본 나가사키
형무소에서 복역 중 일본이 태평양 전쟁에 패하면서 풀려났다.

쇼펜하우어(Arthur Schopenhauer, 1788~1860) 독일의 철학자로서 흔히 '염세

주의 철학자'로 불린다. 그의 철학은 칸트의 인식론에서 출발하여 피히
테, 셸링, 헤겔 등의 관념론적 철학에 정면으로 반대하는 의지의 형이상
학을 주창했다. 저서로는 4년간의 노작인《의지와 표상(表象)으로서의
세계》가 있다.

《수신기(搜神記)》중국 동진(東晋)의 역사가 간보(干寶)가 편찬한 소설집.
지괴(志怪 : 육조시대의 귀신괴이·신선오행에 관한 설화)의 보고(寶庫)
로 여겨지는 가장 대표적인 설화집이다.

《수타니파타(Sutta-nipāta)》팔리어(語)로 기록된 남방 상좌부(上座部)의 경
장(經藏)에 수록되어 있는 경전.

《수호전(水滸傳)》시내암(施耐庵)의 작품으로, 양산(梁山) 호숫가의 영웅
고사를 기초로 했다. 봉건사회 농민반란을 소재로 했는데, 지배계급의
부패와 억압받는 백성들의 모습을 폭로하여 반란을 일으킬 수밖에 없었
던 민중의 실태를 보여준다.

《순오지(旬五志)》조선 인조 때의 학자이며 시평가(詩評家)인 현묵자(玄
默子) 홍만종(洪萬宗)의 문학평론집. 한국의 역사, 유·불·선에 관한 일
화, 훈민정음 창제에 대한 견해, 속자(俗字)에 대한 기술 등 실로 다양한
내용이 들어 있다.

순자(荀子, BC 298?~BC 238?) 본명은 순황(荀況), 순경(荀卿). 중국 전국시대
말기의 사상가로 맹자의 성선설(性善說)을 비판하여 성악설(性惡說)을
주장했으며, 예(禮)를 강조하여 유학 사상의 발달에 큰 영향을 끼쳤다.

쉬페르비엘(Jules Supervielle, 1884~1960) 프랑스의 시인·소설가·극작가.
작품은《슬픈 유머》,《밤에 바친다》,《비극적인 육체》등이 있다. 광
대한 우주적 공간감각이 특징이다.

슈테판 게오르게(Stefan George, 1868~1933) 현대 독일시의 원천을 만든 독
일의 서정시인. 상징주의의 영향을 많이 받았다. 초기에는 반자연주의
적이고 예술지상주의적인 작품을 썼으나 만년에는 예언자적 경향을 나
타냈다. 시집《삶의 융단》,《동맹의 별》등을 썼다.

슈테판 츠바이크(Stefan Zweig, 1881~1942) 오스트리아의 유대계 작가로서,
앙드레 모루아와 함께 20세기의 3대 전기작가로 일컬어진다. 주요 저작
에는《로맹 롤랑》등의 전기작품이 있으며 수필·소설·희곡에서도 다

수의 작품을 남겼다.

스웨덴보르그(Emmanuel Swedenborg, 1688~1772) 스웨덴의 신비주의 사상
가. 저서로는 《천국과 지옥》 등이 있다.

스퀴데리(Madeleine de Scudéry, 1607~1701) 17세기 프랑스의 작가. 작품으로
는 《이브라힘》(1641), 《아르타멘, 또는 키루스 대왕》, 《클렐리》 등이
있다.

스타니슬라프 노이만(Stanislav Kostka Neumann, 1875~1947) 체코의 시인.
젊은 시절부터 정치에 관심을 가졌고, 한때 무정부주의적 경향을 가졌
다. 자연을 노래한 서정시집 《숲과 물과 언덕의 책》, 근대문명이나 기
술에 대한 낙천적인 사상을 노래한 《새로운 노래》 등이 대표작이다.

스타티우스(Publius Papinius Statius, 45?~96) 고대 로마의 시인으로 도미티아
누스 황제의 사랑을 받으며 서사시 《테바이스》와 《숲》 등의 작품을
발표하였다. 뛰어난 기교가 넘치는 시로 후세에 큰 영향을 주었다.

스탕달(Stendhal, 1783~1842) 프랑스의 소설가. 발자크와 함께 19세기 프랑
스 양대 거장으로 평가된다. 《라신과 셰익스피어》로 낭만주의운동 대
변자가 되었다. 대표작으로 《적과 흑》, 《파르므의 승원》 등이 있다.

스테판 말라르메(Stéphane Mallarmé, 1842~1898) 19세기 프랑스의 상징파 시
인. 그의 '화요회'에서 20세기 초 활약한 지드, 발레리 등이 배출되었다.
장시 《목신의 오후》, 《던져진 주사위》 등이 있다. 프랑스 근대시의 최
고봉으로 인정받는다.

스토바이오스(Johannes Stobaeus, 5세기경) 그리스의 철학자.

스티브 잡스(Steve Jobs, 1955~2011. 10. 5.) 미국의 기업가이며 애플 사(社)의
창업자. 매킨토시 컴퓨터를 선보이고 성공을 거두었지만, 회사 내부 사
정으로 애플을 떠나고 넥스트 사(社)를 세웠다. 그러나 애플이 넥스트스
텝을 인수하면서 경영 컨설턴트로 복귀했다. 애플 CEO로 활동하며 아
이폰, 아이패드를 출시, IT 업계에 새로운 바람을 불러일으켰다.

스티븐 코비((Stephen Covey, 1932~2012) 미국인으로 하버드대학에서 MBA.
브리검영 대학에서 조직행동학과 경영관리학 교수, 부총장 등을 역임하
였다. 국제경영학회로부터 맥필리(McFeely) 상을 받았으며, 타임지로부
터 '미국에서 가장 영향력 있는 25명' 가운데 한 사람으로 선정되기도

하였다. 저서로 《성공하는 사람들의 7가지 습관》(The 7 Habits of Highly Effective People, 1989)등이 있다.

스티븐 크레인(Stephen Crane, 1871~1900) 미국의 시인 · 소설가. 에밀 졸라의 자연주의를 도입한 미국 사실주의문학의 선구자로, 그의 성공비결은 조롱과 연민, 환상과 현실, 절망과 희망 사이의 긴장을 잘 유지한 데 있다. 서로 갈등하는 2가지 명제 사이의 대조를 극적으로 제시한 탁월한 소설가였다. 대표작으로 《붉은 무공훈장》, 《매기(Maggie)》등이 있다.

스피노자(Baruch de Spinoza, 1632~1677) 네덜란드의 철학자. 데카르트 철학에서 결정적 영향을 받았다. 「모든 것이 신이다.」라고 하는 범신론(汎神論)의 사상을 역설하면서도 유물론자 · 무신론자였다. 그의 신이란 그리스도교적인 인격의 신이 아니고, 신은 즉 자연이었기 때문이다.

《시경(詩經)》 춘추시대의 민요를 중심으로 모은 중국에서 가장 오래 된 시집. 풍(風) · 아(雅) · 송(頌) 셋으로 크게 분류되고 다시 아(雅)가 대아 · 소아로 나뉘어 전해진다. 풍(國風이라고도 함)은 여러 나라의 민요로, 주로 남녀 간의 정과 이별을 다룬 내용이 많다. 아(雅)는 공식 연회에서 쓰는 의식가(儀式歌)이며, 송은 종묘의 제사에서 쓰는 악시(樂詩)이다.

시그프리드 서순(Siegfried Lorraine Sassoon, 1886~1967) 유대계 영국 시인. 제1차 세계대전에 참전하여 두 차례에 걸쳐 부상을 당하고 그 체험을 바탕으로 전쟁의 비참함과 무의미함을 서정시로 읊어 반전 시인으로 이름을 떨쳤다. 대표작으로 《역습》, 《여우사냥꾼의 추억》 등이 있다.

시드니 스미스(Sydeny Smith, 1771~1845) 당대 영국 최고의 설교가, 의회 개혁의 옹호자. 재기와 일에 대한 실제적인 추진력, 저술을 통해 가톨릭교도 해방문제에 대한 여론을 바꾸는 데 큰 몫을 했다.

시라이시 고이치(白石浩一) 일본 작가. 소화여자대학교 교수로서 심리학에 관한 저서를 집필하고 있다. 저서로는 《철학개론》, 《교육심리학》, 《사랑의 심리학》, 《이론심리학》, 《즐거운 심리학》 등이 있다.

시릴 터너(Cyril Tourneur, 1575~1626) 영국의 극작가 · 시인. 당시 가장 인기가 있었던 《복수자의 비극》과 《무신론자의 비극》의 작자로 추정된다. 이 작품들은 삶에 대한 혐오와 공포에 대해 묘사하였고, 해골이나 변장 등에 새로운 의미와 깊이를 부여하였다.

시메옹 베르뇌(Siméon François Berneux, 1814~1866) 프랑스 외방전교회 소속
의 선교사로 한국에서 활약한 신부. 한국 선교사에 대한 자료를 수집·
번역하도록 도왔다. 충북 제천시 배론에 한국 최초의 신학교를 설립하
였다.

시모니데스(Simōnidēs of Ceos, BC 556?~BC 468?) 고대 그리스의 서정시인.
페르시아 전쟁 때의 전사자의 묘비명으로 유명하며, 찬가·만가 등 광
범위한 영역에 걸쳐 시작(詩作)을 하였으나 약간의 단편과 비문만이 전
해진다. 그의 시는 우아한 어휘와 간결한 시구 속에 작자의 견식과 진실
된 정이 샘처럼 솟아나는 뛰어난 것이었다.

시몬 드 보봐르(Simone de Beauvoir, 1908~1986) 프랑스의 실존주의 여류소
설가·사상가. 사르트르와의 계약결혼으로 유명하다. 작품으로는《초
대받은 여자》, 공쿠르상 수상작《타인의 피》,《레 망다랭》,《처녀시
대》등이 있다. 여성론《제2의 성》은 큰 반향을 일으켰다.

시몬 베유(Simone Adolphine Weil, 1909~1943) 프랑스의 사상가. 미국으로 망
명하였으나 레지스탕스 운동에 참가하려고 귀국을 시도하던 중 런던에
서 객사하였다. 억압당한 사람들에 대한 사랑과 실천이 그녀의 목표였
다. 주요 저서로《억압과 자유》,《뿌리를 갖는 일》등이 있다.

시어도어 드라이저(Theodore Dreiser, 1871~1945) 미국 소설가. 미국의 자연
주의적 사실주의의 정점을 이루는 작가로 간주되고, 그의 작품은 19~
20세기에 걸친 자본주의 상승기에 있어서 미국의 적나라한 모습을 보여
준다. 대표작《아메리카의 비극》은 미국사회의 나쁜 여파에서 오는 인
간의 비극을 묘사하여 성공한 아메리카 사실주의의 기념비적 작품이다.

시어도어 파커(Theodore Parker, 1810~1860) 미국의 유니테리언파의 목사·
신학자·사회개량운동가. 하버드대학교 신학과를 졸업하고 목사가 되
었다. 20개 국어를 구사하고, 성서에 관한 독일어 문헌을 번역하였으며,
이른바 '고등비평'에 관심을 보였다. 금주, 여성교육, 노예제 폐지 등 사
회문제 개선에 힘써 정치에도 영향을 끼쳤다.

《신자(愼子)》기원전 4세기 무렵, 중국 전국시대(戰國時代) 제(齊)나라 선
왕(宣王) 때 직하(稷下)의 학사(學士)를 지낸 신도(愼到, BC 395~BC 315)
가 지은 책. 책의 중심사상은 도가(道家) 사상이다. 우언(寓言)「영계기

의 삼락(榮啓期三樂)」과 「노자의 문병(老子問疾)」에서 묵가와 도가의
전형적인 사상을 엿볼 수 있다.

심훈(沈熏, 1901~1936) 농촌계몽소설 《상록수》를 쓴 소설가·영화인. 《상
록수》는 브나로드운동(vnarod movement, 19세기 후반 러시아 젊은 지식
인층에 의해 전개된 농촌운동)을 남녀 주인공의 숭고한 애정을 통해 묘
사한 작품으로서, 1935년 이 작품이 《동아일보》 발간 15주년 기념 현상
모집에 당선되자 이때 받은 상금으로 상록학원을 설립했다.

《십팔사략(十八史略)》 중국 남송(南宋)의 증선지(曾先之)가 편찬한 중국
의 역사서. 사실의 취사선택이 부정확하였기 때문에 중국에서는 평판이
좋지 않았고, 사료적 가치가 없는 통속본이지만, 중국왕조의 흥망을 알
수 있고, 많은 인물의 약전(略傳)·고사·금언 등이 포함되어 있다.

아

아나카르시스(BC 6세기) 그리스의 철학자. 솔론이 정치가로서 법을 만들고
있을 때 그는 빙긋이 웃으며, 법은 거미줄과 같은 것이라고 말했다. 바
꾸어 말하면, 약한 사람은 잡히지만 강한 범인은 그것을 찢어버린다는
것이다. 그 뒤에 솔론은 아나카르시스가 회의하는 곳에 참석했다가 이
렇게 말했다. 「그리스에서 정치는 현명한 사람들이 논하지만, 결정은
무식한 사람들이 하는군요. 참으로 놀랐습니다.」

아나톨 프랑스(Anatole France, 1844~1924) 프랑스의 소설가·평론가. 작품
사상으로 지적회의주의(知的懷疑主義)를 지니며 자신까지를 포함한 인
간 전체를 경멸하고, 사물을 보는 특이한 눈, 신랄한 풍자, 아름다운 문
체를 사용했다. 주요 작품으로는 《실베스트르 보나르의 죄》 등이 있다.
1892년에 아카데미 회원이 되었으며, 1921년 노벨문학상을 수상했다.

아널드 토인비(Arnold Joseph Toynbee, 1889~1975) 영국의 역사가. 필생의 역
작 《역사의 연구》에서 독자적인 문명사관을 제시했다. 유기체적인 문
명의 주기적인 생멸이 역사이며, 또 문명의 추진력이 고차문명의 저차
문명에 대한 '도전'과 '대응'의 상호작용에 있다고 주장했다. 19세기 이
후의 전통 사학에 맞서 새로운 역사학을 개척했다고 평가받는다.

아델베르트 폰 샤미소(Adelbert von Chamisso, 1781~1838) 프랑스 귀족 출신

의 독일 시인·식물학자. 베를린 낭만주의자들 중에서 가장 재능이 뛰어난 서정시인으로 《파우스트》 같은 동화 《페터 슐레밀의 놀라운 이야기》로 잘 알려져 있다. 독일 시에 정치적 서정주의 요소를 도입하는 데 기여하여 많은 비평가들이 그를 정치적 시인의 선구자라고 평했다.

아돌푸스 그릴리(Adolphus Washington Greely, 1844~1935) 미국의 군인으로서 북극 탐험가.

아돌프 히틀러(Adolf Hitler, 1889~1945) 독일의 정치가. 1920년 독일 국가사회주의당 나치당의 당수를 지냈고, 게르만 민족주의와 반유태주의를 기치로 1933년 독일 수상이 되었다. 이듬해 독일 국가원수로서 총통으로 불리었다. 제2차 세계대전을 일으켰지만 패색이 짙어지자 자살하였다.

아들라이 스티븐슨(Adlai Ewing Stevenson, 1900~1965) 미국 외교관·정치가. 웅변과 기지가 뛰어난 자유주의 입장을 고수한 정치가로서, 정치·외교에 대한 건설적인 비판자로서 큰 영향력을 행세한 정치인이었다. 주요 저서로 《위대한 소명》, 《내가 생각하는 것》 등이 있다.

아르망 리슐리외(Armand Richelieu 1585~1642) 프랑스의 정치가. 루이 13세의 모후이며 섭정인 마리 드 메디시스에게 발탁되어 왕실고문관이 되었으나 루이 13세와 긴밀한 관계를 맺자 마리와 대립하였다. 그를 제거하려던 마리는 왕에 의해 숙청되었고, 이후 재상의 지위를 인정받아 책임관료제를 수립하였다. 주요 저서로 《교리문답》이 있다.

아르키다모스(Archidamos, BC 400년경) 스파르타의 왕.

아르키메데스(Archimedes, BC 287?~BC 212) 고대 그리스 최대의 수학자·물리학자. '아르키메데스의 원리', 「구에 외접하는 원기둥의 부피는 그 구 부피의 1.5배이다」라는 정리를 발견하였다. 지렛대의 반비례법칙을 발견하여 기술적으로 응용하였으며, 그 외의 업적으로 그리스 수학을 더욱 진전시켰다.

아르킬로코스(Archilochos, BC 8~7세기경) 그리스의 서정시인. 불우한 환경 속에서 귀족계급의 인습을 매도하기를 즐겼다. 풍자에 적합한 이암버스율(iambus律)의 완성자로서 후세에 큰 영향을 끼쳤다. 고대에는 호메로스와도 비견되던 천부적 시인이었다.

아르투르 루빈스타인(Artur Rubinstein, 1887~1982) 폴란드 출생의 미국 피

아니스트. 풍부한 음량과 변화가 많은 음색을 갖춘 20세기 대표적 피아
니스트로서, 드뷔시, 라벨, 프랑크, 로보스 등의 작품에 뛰어난 해석을
보였다.

아르투어 슈니츨러(Arthur Schnitzler, 1862~1931) 오스트리아의 소설가이자
극작가. '젊은 빈'파의 대표적 작가로 빈에서 영위되는 세기말적인 애욕
의 세계를 정신분석의 수법을 써가면서 묘사해 나갔다. 작품으로 희곡
《초록 앵무새》, 장편소설 《테레제, 어떤 여자의 일생》 등이 있다.

아리스토텔레스(Aristoteles, BC 384~BC 322) 플라톤과 함께 그리스 최고의
사상가로 꼽히는 인물로 서양지성사의 방향과 내용에 매우 큰 영향을
끼쳤다. 플라톤이 초감각적인 이데아의 세계를 존중한 것에 대해 그는
인간에게 가까운, 감각되는 자연물을 존중하고 이를 지배하는 원인들의
인식을 구하는 현실주의 입장을 취하였다.

아리스토파네스(Aristophanes, BC 450?~BC 386?) 고대 그리스의 희극시인.
시사문제나 소피스트를 풍자하는 데에 뛰어났으며, 작품으로 《연회의
사람들》, 《구름》, 《여자의 평화》 등이 있다.

아베 프레보(Abbé Prévost, 1697~1763) 프랑스의 소설가. 귀족 집안에서
태어나 예수회의 교육을 받았다. 큰 뜻을 품고 군에 입대 영국으로 건
너갔으나, 사랑과 연애로 시간을 보냈다. 귀국하여 1731년 《한 귀부
인의 수기》 20권을 썼다. 그 중 특히 유명한 《마농 레스코》는 제7권
에 나온다.

아베 피에르(l'abbe Pierre, 1912~2007) 프랑스의 신부. 1949년 엠마우스 공
동체를 시작하여 세계적인 빈민구호 공동체운동으로 확산되었다. 제
2차 세계대전 직후 신부로서 국회의원이 되어 활동함 평생을 빈민구
호에 헌신 '빈민의 아버지'로 불린다. 레종 도뇌르 훈장을 받았다. 저
서로는 《당신의 사랑은 어디에?》, 《이웃의 가난은 나의 수치》 등이
있다.

아서 웰링턴(Arthur Wellesley Wellington, 1769~1852) 영국의 군인이 · 정치
가. 포르투갈 원정군 사령관이 되어 나폴레옹 군을 이베리아반도에서
몰아내었고 워털루전투에서 대전하였다. 보수당 총리가 되어 카톨릭교
도 해방령을 성립시켰다.

아서 피구(Arthur Cecil Pigou, 1877~1959) 영국의 경제학자. 신고전파경제학의 대가로서, 주요 저서 《후생경제학》을 통해 후생경제학의 기초를 닦았다. 임금과 물가가 내리면 사람들이 가지고 있는 화폐적 자산의 실질가치는 올라가 소비를 증가시키는 원인이 될 수 있다고 한 '피구효과'를 《실업의 이론》에서 저술하였다.

아우구스트 베벨(August Ferdinand Bebel, 1840~1913) 독일의 사회주의 사상가로 사회민주당의 지도자. 부인운동에도 관심을 가져 1879년에는 주저 《부인론》을 출간해 부인해방운동에 커다란 영향을 주었다.

아우구스티누스(Aurelius Augustinus, 354~430) 초대 그리스도교 교회가 낳은 위대한 철학자이자 사상가. 고대문화 최후의 위인이었다. 중세의 새로운 문화를 탄생하게 한 선구자였다. 주요 저서 《고백록》에서 관심을 가졌던 것은 신과 영혼이었다.

아우에르바하(Auerbach) 독일의 작가. 저서로 《미메시스》가 있다.

아이버 리처즈(Ivor Armstrong Richards, 1893~1979) 영국의 문예평론가. 대학에서 영어를 가르치면서 '의미론'의 과학적 연구를 하였으며, 심리학이 문학비평상 기본적 조건임을 입증하여 근대문예비평의 기초를 세웠다. 저서에 《문예비평의 원리》, 《실천적 비평》,등이 있다.

아이스킬로스(Aeschylos, BC 525?~BC 456) 고대 그리스의 대 비극시인으로 모두 90편의 비극을 썼으며, 온 그리스에 명성을 떨쳤다. 현재는 《오레스테이아》, 《페르시아인》 등 7개의 비극이 남아있으며 작품을 통해서 인간과 신의 정의가 일치한다는 것을 노래하였다.

아이작 뉴턴(Isaac Newton, 1643~1727) 영국의 물리학자·천문학자·수학자·근대이론과학의 선구자. 학자들과 대중들로부터 인류 역사상 가장 영향력 있는 사람 가운데 한 명으로 꼽힌다. 수학에서 미적분법 창시, 물리학에서 뉴턴역학의 체계 확립, 이에 표시된 수학적 방법 등은 자연과학의 모범이 되었고, 사상 면에서도 역학적 자연관은 후세에 커다란 영향을 끼쳤다. 주요 저서로는 《광학》, 《자연철학의 수학적 원리(프린키피아)》 등이 있다.

아이작 월턴(Izaak Walton, 1593~1683) 영국 수필가·전기작가. 크롬웰 정권 아래서 왕당파였으며 주요 저서 《조어대전(釣魚大全)》은 영국 수필문학의 대표작 중의 하나로 꼽히고 있다.

아쿠타가와 류노스케(芥川龍之介, 1892~1927) 일본의 소설가. 합리주의와 예술지상주의를 바탕으로 쓴 작품이 많다. 복잡한 가정사정과 병약한 체질은 그의 생애에 어두운 그림자를 드리워 일찍부터 페시미스틱(비관주의적)하고 회의적인 인생관을 간직하고 있었다. 대표작으로는 《나생문(羅生門)》, 《어떤 바보의 일생》, 《톱니바퀴》 등이 있다. 매년 2회(1월 · 7월) 그를 기념하여 수여하는 아쿠타가와상이 있다.

아포크리파(Apocrypha, 外經) 성경의 편집 선정 과정에서 제외된 문서들. 《에스델》, 《지혜서》, 《집회서》, 《바룩서》, 《예레미야의 편지》 등 총 14권이다.

《아히칼(Ahikar)》 그리스의 유대인 속담집.

안데르센(Hans Christian Andersen, 1805~1875) 덴마크의 동화작가. 《즉흥시인》으로 독일에서 호평을 받아 전 유럽에 명성을 떨치기 시작하여 《인어공주》, 《미운 오리새끼》 등 아동문학의 최고봉으로 꼽히는 수많은 걸작 동화를 남겼다.

안병욱(安秉煜, 1920~) 한국의 철학자 · 교육자 · 수필가. 숭실대학교 교수, 흥사단 이사장, 안중근의사기념사업회 이사 등을 지냈고 인간교육을 위한 강연과 에세이, 철학사상, 전기 등의 저서와 논문을 발표했다.

안수길(安壽吉, 1911~1977) 소설가. 아호는 남석(南石). 주로 만주와 함경도를 무대로 민족의 수난과 항일 투쟁사를 사실적으로 묘사하여 민족문학의 큰 수확으로 평가받은 거작 《북간도(北間島)》를 썼다.

《안씨가훈》 중국 남북조(南北朝) 시대 말기의 귀족 안지추(顏之推, 531~591)가 자손을 위하여 저술한 교훈서. 가족도덕 · 대인관계를 비롯하여 구체적인 경제생활 · 풍속 · 학문 · 종교, 나아가서는 문자 · 음운(音韻) 등 다양한 내용을 구체적인 체험과 풍부한 사례를 바탕으로 하여 논하였다.

안연지(顏延之, 384~456) 중국 육조시대 송나라의 문인. 유불(儒佛)에 통달해 '삼세인과(三世因果)'의 설을 주장했고, 자제에게 처세의 길을 가르치는 데 세심하고 성실했다. 중서시랑(中書侍郎), 영가태수(永嘉太守) 등을 역임했다. 주요 저서로는 《정고(庭誥)》, 《안광록집(顏光祿集)》 등이 있다.

안중근(安重根, 1879~1910) 한말의 독립운동가 의사(義士). 삼흥학교(三興學校)를 세우는 등 인재양성에 힘썼으며, 만주 하얼빈에서 침략의 원흉 이토히로부미(伊藤博文)를 사살하고 사형되었다. 사후 건국훈장 대한민국장이 추서되었다. 옥중에서 《동양평화론》을 집필하였으며, 서예에도 뛰어나 옥중에서 휘호한 많은 유묵(遺墨)이 보물로 지정되었다.

안창호(安昌浩, 1878~1938) 한말의 독립운동가・사상가. 독립협회, 신민회(新民會), 흥사단(興士團) 등에서 활발하게 독립운동활동을 하였다. 1962년 건국훈장 대한민국장이 추서되었다.

안철수(安哲秀, Cheol Soo Ahn 1962~) 서울대학교 의과대학 졸업. 의학박사, 의대교수. 국내 최대 컴퓨터 안티바이러스(백신) 프로그램 연구소 설립자이자, 카이스트 교수로 강단에 섰으며, 서울대 융합과학기술대학원 원장. 현실적 이해관계를 따지지 않고 끊임없이 도전하는 모습을 통해 '국민 멘토'라는 별명을 얻으며 대중적인 인기를 얻었다.

안토니 반다이크(Anthony Van Dyck, 1599~1641) 루벤스에 버금가는 플랑드르 파(派)의 대가로, 우미・고아한 화풍으로 많은 걸작을 남겼다. 성당과 수도회를 위한 성화를 그렸다. 1632년 찰스 1세의 초청을 받고 영국 궁정의 수석화가가 되어 국왕 일가를 비롯한 궁정인들의 초상을 그렸다.

안토니오 마차도(Antonio Machado, 1875~1939) 에스파냐의 시인으로 '98년대' 작가 중의 한 사람이다. 교사로 재직하며 시작에 종사하였고, 장엄하고 명상적인 시풍으로 《카스티야의 들》, 《새로운 노래》 등의 작품을 남겼다.

안톤 체호프(Anton Pavlovich Chekhov, 1860~1904) 러시아의 소설가・극작가. 《지루한 이야기》, 《사할린 섬》 외 수많은 작품을 써 사회에 큰 반향을 불러일으켰다. 객관주의 문학론을 주장하였고 시대의 변화와 요구에 대한 올바른 목소리를 전달하기 위해 저술활동을 벌였다. 《대초원》, 《갈매기》, 《벚꽃 동산》 등 많은 희곡과 소설을 남겼다.

안티스테네스(Antisthenēs, BC 445?~BC 365?) 그리스의 철학자, 키니코스학파의 창시자. 소크라테스의 제자가 되어 그의 실질강건(實質剛健)한 실천면을 찬미·계승한 금욕주의자였다. 세상의 욕심을 떠난 덕(德)만이 최상의 것이며, 쾌락은 기만적인 것이라고 보았다.

안지추(顏之推, 531~591) 중국 육조시대(六朝時代) 말기의 문학가. 온건중정(穩健中正)한 사상의 소유자였으며, 학식은 풍부한 체험의 뒷받침과 더불어 당대 최고였다. 《안씨가훈(顏氏家訓)》을 지어 가족과 가정도덕을 중요시했다.

안티폰(Antiphon, BC 480~411) 고대 아테네 웅변가. 로마의 정치가 지금까지 알려진 웅변가 가운데 웅변을 직업으로 삼은 최초의 아테네인. 그는 '로고그라포스', 즉 법정에서 피고인을 위해 법정 연설문을 대신 써주는 작가였다. 안티폰의 글 가운데 15편이 지금까지 남아 있는데, 그 중 〈헤로데스의 살인에 관하여〉, 〈코레우테스에 관하여〉, 〈의붓어머니를 고발함〉은 실제로 법정에서 행한 연설이었다.

안회(顏回, BC 521~BC 490) 춘추시대 노(魯)나라의 현인. 자는 연(淵). 공자가 가장 신임한 제자. 은군자적인 성격으로 「자기를 누르고 예(禮)로 돌아가는 것이 곧 인(仁)이다」, 「예가 아니면 보지도 말고, 듣지도 말고, 말하지도 말고, 행동하지도 말아야 한다」는 공자의 가르침을 지켰다.

알랭(Alain, 1868~1951) 프랑스의 철학자·평론가. 1906년에 《데페슈 드 루앙》지에 《노르망디 인의 어록》을 3,098회나 연재했다. 행복·그리스 도교·문학·미학·교육·정치 등에 관한 짧은 에세이를 발표해 유명해졌다. 또한 결정론을 경멸하고 '판단의 자유'를 중시했다.

알랭푸르니에(Alain-Fournier, 1886~1914) 프랑스의 소설가·시인. 《파리저널》지 문예란을 담당하였다. 《NRF》지에 소설 《몬대장》을 발표 유명해졌다. 그 밖에 《기적》, 리비에르와의 《서신 왕래》, 《가족에의 편지》 등이 있다.

알레산드로 만초니(Alessandro Francesco Tommasso Antonio Manzoni, 1785~1873) 이탈리아의 시인·소설가·극작가로 이탈리아 낭만주의 최고의 작가. 가톨릭으로 개종하여, 《성가》 등의 기독교적 낙원의 이상에 자유·평등·박애정신을 결부한 작품을 발표하였다. 역사소설 《약혼자》는 이탈리아 근대소설의 선구가 되었다.

알렉산더 잭슨(Alexander Young Jackson, 1882~1974) 캐나다의 화가. 풍부하고 강렬한 색채를 사용한 작업으로 풍경화 발전에 크게 이바지했다. 1차 세계대전에 참전한 경험을 작품에 담기도 했다. 대표적인 미술작품으로 《단풍나무 꼭대기》, 《황무지》, 《이른 봄, 세인트로렌스 강변의 언덕》 등이 있으며, 회고록 《한 화가의 조국》을 남겼다.

알렉산더 코헨(Alexander Henry Cohen, 1920~2000) 미국의 연극 제작자·연출가. 《Angel Street》를 무대에 올려 1,295회의 장기 공연을 하면서 성공했다. 나인어클럭시어터를 조직하였으며 《햄릿》으로 큰 성공을 거뒀다. 연극 외에 텔레비전 쇼·코미디프로그램을 제작 총지휘하였고 《Beyond the Fringe '65》 등을 직접 연출하였다.

알렉산더 포프(Alexander Pope, 1688~1744) 영국의 시인·비평가. 대표작은 풍자시 《우인열전》이며, 철학 시 《인간론》은 표현의 묘에서 뛰어난 역작이다. 그 밖에 《비평론》, 《머리카락을 훔친 자》, 《윈저의 숲》, 호메로스의 번역시 《일리아드》, 《오디세이》 등이 있다.

알렉산더 해밀턴(Alexander Hamilton, 1755~1804) 미국의 정치가. 미국 독립전쟁 당시 조지 워싱턴의 부관으로 활약하였다. 독립 후 아나폴리스회의, 헌법제정회의에서 뉴욕 대표로 참가하였다. 연방헌법비준 성립을 위해 〈연방주의자〉를 발표하였다. 조지 워싱턴 대통령 정부에서 재무장관으로 상공업의 발달을 중시한 재무정책을 취하였다.

알렉산드르 그리보예도프(Aleksandr Sergeevich Griboedov, 1795 ~1829) 러시아의 시인·극작가. 대표작으로 희극 《지혜의 슬픔》이 있는데, 이 작품 하나로써 그는 감상주의와 낭만주의에서 탈피한 사실주의 연극의 창시자가 되었다.

알렉산드르 푸슈킨(Aleksandr Sergeyevich Pushkin, 1799~1837) 러시아에서 가장 위대한 시인이며, 근대 러시아 문학의 창시자. 바이런의 영향을 강하게 받아 《카프카스의 포로》, 《집시》 등 낭만주의적 색채가 농후한 서사시, 서정시를 썼으며, 《인색한 기사》 등 시작품을, 그리고 단편집 《벨킨 이야기》, 《스페이드 여왕》, 소설 《대위의 딸》 등의 걸작을 썼다.

알렉상드르 뒤마(Alexandre Dumas, 1802~1870) 19세기 프랑스의 극작가·소설가로 소설 《삼총사》, 《몽테크리스토 백작》으로 세계적으로 유명

하다. 대(大) 뒤마라고도 한다. 《앙리 3세와 그 궁정》으로 새로운 로망
파 극의 선구자 구실을 하였다.

알렉시스 토크빌(Alexis Tocqueville, 1805~ 1859) 프랑스의 정치학자·역사
가·정치가. 베르사유 재판소 배석판사를 지냈고, 교도소 조사를 위하
여 미국 방문 후 《미국의 민주주의》를 저술했다. 영국에서 자유주의
자와 교유하며 J. S.밀에게 큰 영향을 주었으며 외무장관을 역임하였다.

알베르 카뮈(Albert Camus, 1913~1960) 프랑스의 소설가·극작가. 1942년
《이방인》을 발표하여 문단의 총아로 떠올랐다. 《시지프의 신화》,
《칼리굴라》 등의 소설을 통해 부조리한 인간과 사상에 대해 이야기했
으며, 《페스트》를 발표해 더욱 큰 명성을 얻었다.

알베르토 모라비아(Alberto Moravia, 1907~1990) 이탈리아의 소설가. 《무관
심한 사람들》로 문단에 데뷔하여 《가장무도회》, 《유행병》 등의 작품
을 썼다. 리얼리스트와 네오 모럴리스트의 태도로 혁신적인 기법에 의
존하지 않고 뛰어난 작품을 내놓았다.

알베르트 슈바이처(Albert Schweitzer, 1875~1965) 독일의 신학자·철학자·
음악가·의사. 아프리카 가봉에 병원을 세워 원주민의 치료에 헌신했으
며, 핵실험 금지를 주창하는 등 인류의 평화에 공헌하였다. 1952년 노벨
평화상을 받았다. 저서에 《문화와 윤리》, 《라이마루스에서 브레데까
지》 등이 있다.

알베르트 아인슈타인(Albert Einstein, 1879~1955) 독일 태생의 이론물리학
자. 〈광양자설〉, 〈브라운운동 이론〉, 1905년 〈특수상대성이론〉을 연
구하여 발표하였으며, 1916년 〈일반상대성이론〉을 발표하였다. 미국
의 원자폭탄 연구인 맨해튼계획의 시초를 이루었으며, 〈통일장이론〉
을 더욱 발전시켰다.

알카이오스(Alkaios, BC 620?~BC 580?) 그리스의 서정시인. 현존하는 그의
시는 모두가 레스보스 섬 방언으로 엮여져 있으며, 격정적인 전술, 전투,
정치적 분쟁과 이에 얽힌 개인적 분노의 노래들이다. 후대에의 영향은
로마의 시인 호라티우스를 통하여 특히 크게 나타나고 있다.

알키다마스(Alcidamas, BC 6세기경) 그리스의 소피스트.

알퐁스 도데(Alphonse Daudet, 1840~1897) 19세기 후반 프랑스의 소설가. 소

설《별》,《방앗간 소식》,《사포》 등이 있다. 희곡《아를의 여인》은
비제가 작곡해 유명해졌다. 자연주의 일파에 속했으나, 인상주의적인
매력 있는 작풍을 세웠다.

알퐁스 드 라마르틴(Alphonse de Lamartine, 1790~1869) 프랑스 낭만파의 대
표적인 시인 · 정치가.《명상시집》으로 잊혀졌던 서정시를 부활시켰다.
아카데미 프랑세즈 회원이었다. 임시정부의 외무장관을 지냈다. 작품으
로《천사의 타락》,《왕정복고사》 등이 있다.

알프레드 뮈세(Louis-Charles-Alfred de Musset, 1810~1857) 19세기 전반 프랑
스 낭만파 시인 · 극작가 · 소설가. '프랑스의 바이런'이라고도 한다. 작
품은《세기아의 고백》,《비애》,《추억》 등이 있다. 4편으로 된 일련
의《밤》의 시는 프랑스 낭만파 시의 걸작으로 인정된다. 아카데미 프
랑세즈 회원이었다.

알프레드 스테방스(Alfred Stevens, 1823~1906) 벨기에의 화가. 1844년에 파
리로 가서 평생을 지냈다. 제2제정시대의 화려한 파리 사람들을 사실적
으로 그렸는데, 인상파의 영향을 받아 취향있고 품위있는 견실성이 특
색이었다.《살로메》,《오필리아》 등 문학적인 주제의 작품 외에《아
틀리에》,《사라 베르나르의 초상》 등 풍속적 내용의 작품도 있다.

알프레드 허버트(Alfred Francis Xavier Herbert, 1901~1984) 오스트레일리아
의 소설가 · 단편작가. 오스트레일리아 노던 주의 생활과 그곳 원주민이
백인들에게 당한 비인간적인 대우를 해학적으로 그린 장편소설《캐프
리코니아(Capricornia)》로 유명하다.

알프레트 베르너(Alfred Werner, 1866~1919) 스위스의 화학자. 질소화합물
의 분자구조를 연구하고 원자가에 대한 배위설을 설명하였으며, 착염의
입체구조를 밝혔다. 1913년 노벨화학상을 받았다.

알프레트 아들러(Alfred Adler, 1870~1937) 오스트리아의 정신의학자. '개인
심리학'을 수립하였으며, 인간의 행동과 발달을 결정하는 것은 인간존
재에 보편적인 열등감 · 무력감과 이를 보상 또는 극복하려는 권력에의
의지, 즉 열등감에 대한 보상욕구라고 생각하였다. 저서로는《개인심리
학의 이론과 실제》,《의미있는 삶》,《인간 본성의 이해》 등이 있다.

암브로시우스(Ambrosius, 340~397) 초대 가톨릭교회의 교부이자 교회학자.

니케아 정통파의 입장에 서서 교회의 권위와 자유를 수호하는 데 노력
하여 신앙·전례(典禮) 활동의 실천 등에 큰 공을 남겼다.

앙드레 드 셰니에(André de Chénier, 1762~1794) 프랑스의 서정시인. 로베스
피에르의 공포정치에 반대, 32세에 처형되었다. 낭만파, 고답파 시인들
이 선구자라 여겼다. 대표작은 《헤르메스신》, 《목가》, 《풍자시집》
등이다.

앙드레 말로(André-Georges Malraux, 1901~1976) 20세기 중반 프랑스의 소설
가·정치가. 저서로는 《인간의 조건》, 전 세계 예술의 역사 및 철학서
인 《침묵의 소리》, 르포르타주 소설의 걸작 《희망》 등이 있다. 전체주
의가 대두하자 앙드레 지드 등과 반파시즘 운동에 참가하였다. 드골 정
권하에서 정보·문화장관을 역임했다.

앙드레 모루아(André Maurois, 1885~1967) 프랑스의 소설가·전기작가·평
론가. 소설 《브랑블 대령의 침묵》으로 문단에 등장하였으며, 그 후 소
설은 《풍토(風土)》 등의 가작(佳作)을 내놓았으나 오히려 1923년에 발
표한 《셸리의 일생》을 비롯한 소설류의 전기 《바이런》, 《마르셀 프
루스트를 찾아서》, 《상드 전》, 《위고 전》, 《발자크》 등이 있다.

앙드레 브르통(André Breton, 1896~1966) 프랑스의 시인. 초현실주의의 주
창자. 1924년 《초현실주의 선언》을 발표, 꿈·잠·무의식을 인간정신
의 자유로운 발로로 보는 시의 혁신운동을 궤도에 올렸다. 《문학》 등
기관지 발간, 작품 《나자(Nadja)》 등이 있다.

앙드레 쉬아레스(André Suarès, 1868~1948) 프랑스의 평론가·수필가. 시적
직관과 열정에 기본을 둔 독특한 비평으로 유명하다. 저서는 《3인론(파
스칼·입센·도스토예프스키)》, 《대유럽인 괴테》 등이 있다.

앙드레 지드(André Paul Guillaume Gid, 1869~1951) 프랑스의 작가·인도주
의자·모럴리스트. 19세부터 창작을 시작하여 처녀작 《앙드레 왈테르
의 수기》를 발표하였다. 《사전꾼들》의 발표를 통해 현대소설에 자극
을 줬다. 주요 저서로는 《좁은 문》, 《지상의 양식》, 《배덕자》 등이 있
으며 1947년 노벨 문학상을 수상했다.

앙리 게도(Henri Gaidoz, 1842~1932) 프랑스의 언어학자·켈트언어학 개척
자.

앙리 라코르데르(Jean Baptiste Henri Lacordaire, 1802~1861) 프랑스의 도미니
크수도회 수도가이자 설교가. 「근대사회에서 교회가 새로운 영성(靈性)
을 확립하고 민주주의 이념의 정당성을 인정하자」는 사상운동을 전개
하였다. 노트르담 대성당의 신부로서 명설교가로도 알려졌으며 젊은 세
대의 큰 호응을 받았다.

앙리 미쇼(Henri Michaux, 1899~1984) 20세기 중반 프랑스의 시인·화가. 신
비주의와 광기(狂氣)의 교차점에 서는 독자적 시경(詩境)을 개척, 현대
프랑스의 대표적 시인 중 한 사람으로 지목된다. 저서로는 《내면의 공
간》, 《비참한 기적》 등이 있다.

앙리 베르그송(Henri Bergson, 1859~1941) 프랑스의 철학자. 콜레주 드 프랑
스의 교수를 지냈다. 그는 프랑스 유심론(唯心論)의 전통을 계승하면서
도, 다윈의 진화론의 영향을 받아 생명의 창조적 진화를 주장하였다. 이
와 같은 그의 학설은 철학·문학·예술 영역에 큰 영향을 주었다. 1928
년에 노벨문학상을 수상했다.

앙리 장송(Henri Jeanson, 1900~1970) 프랑스 작가. 작품으로 《망향》 등이
있다.

앙투안 아르노(Antoine Arnauld, 1612~1694) 프랑스의 신학자·철학자로서
얀선주의의 유력한 지도자이다. 라이프니츠의 사상에 영향을 미쳤다.
《포르 루아얄의 논리학》은 논리학의 고전으로 높이 평가된다.

애거사 크리스티(Agatha Mary Clarissa Christie, 1890~1976) 플롯의 느낌을 들
어 꾸밈없이 작품을 쓴 영국 여류추리작가. 저서 《스타일즈 장(莊) 살인
사건》에 등장하는 탐정 프와로는 사색형으로서, 사건 관계자의 언동에
서 진상을 포착하는 데 특색이 있다. 그 밖에 주요 저서로 《아크로이드
살인사건》, 《오리엔트특급 살인사건》, 《ABC 살인사건》 등이 있다.

애덤 스미스(Adam Smith, ?~1790) 영국의 정치경제학자·도덕철학자로 고
전경제학의 창시자이다. 근대경제학, 마르크스 경제학의 출발점이 된
《국부론》을 저술하였다. 처음으로 경제학을 이론·역사·정책에 도
입하여 체계적 과학으로 이룩하였다. 경제행위는 '보이지 않는 손'에 의
해 종국적으로는 공공복지에 기여하게 된다고 생각하였으며 예정조화
설을 주장했다.

애프라 벤(Aphra Behn, 1640~1689) 영국 최초 여류소설가·극작가. 사리남을 무대로 노예문제를 다룬 소설 《오루노코》는 프랑스의 중세 기사도 이야기의 영향을 받아 자유사상을 담은 사실적 수법에 뛰어난 근대소설의 선구적 작품이라고 할 수 있다.

앤드루 잭슨(Andrew Jackson, 1767~1845) 미국 군인·정치가. 영·미전쟁 때는 민병대를 인솔하여 영국군과 싸워 격파함으로써 일약 전쟁영웅 칭송을 받았다. 정치적으로 확립한 새로운 민주주의의 개념은 '잭슨민주주의'라는 이름으로 미국의 지배적인 이데올로기가 되어 20세기 초반까지 그 영향력을 미쳤다.

앤드루 존슨(Andrew Johnson, 1808~1875) 미국의 제17대 대통령. 링컨 대통령이 암살당하자 뒤를 이어 제17대 대통령이 되었다. 전후 남부 재건과정에서의 호의적 정책으로 북부 공화당 급진파와 대립, 대통령으로서는 최초로 탄핵 소추되었으나 무죄로 탄핵을 면했다. 러시아로부터 알래스카를 매수했다.

앤드루 카네기(Andrew Carnegie, 1835~1919) 미국의 산업자본가로 US스틸사의 모태인 카네기 철강회사를 설립하였다. 이후 교육과 문화사업에 헌신하였다. 이름 앞에 강철왕이라는 수식어가 따라다닌다.

앤서니 콜린스(John Anthony Collins, 1676~1729) 영국의 이신론자(理神論者)·자유사상가. 만년에 존 로크와 친교를 맺어 그로부터 강한 영향을 받았다. '자유로운 사고' 즉 자유로운 이성의 탐구에 의해서 승인된 것만이 진리라고 하였다. 기적이나 예언, 영혼불멸 등을 초이성적(超理性的)인 것이라 하여 부정하였다. 대표 저서에 《자유사고론》, 《인간의 자유와 필연에 관하여》 등이 있다.

앨런 긴즈버그(Allen Ginsberg, 1926~1997) 미국의 시인. '비트제너레이션'의 지도자. 그의 시는 산만한 구성 가운데 예언적인 암시를 주면서 비트족(族)의 문화적·사회적인 비순응주의를 주장한 것이었고, 때때로 외설적인 표현을 즐겨 다루었다. 대표작 《울부짖음》은 현대 미국사회에 대한 격렬한 탄핵이며, 동시에 통절한 애가(哀歌)라고 할 만한 장편시이다.

앨런 루이스(Alun Lewis, 1915~1944) 영국의 시인. 시집 《침입자의 새벽》은 직절적(直截的)이며 정열적인 시풍을 보여준다. 그 밖에 단편집 《최

후의 심문》이 있으며, 사후에 유고시집(遺稿詩集)과 서간집이 간행되
었다.

앨런 밀른(Alan Alexander Milne, 1882~1956) 영국의 작가. 극·동화·추리소
설 세 분야에 걸쳐 발자취를 남겼다. 제1차 세계대전 후에는 풍자적이고
해학적인 작품을 썼다. 또한 극작가로서 널리 알려졌다. 주요 저서로는
《도버 가도(街道)》, 《아기곰 푸》 등이 있다.

엘렌 케이(Ellen Karolina Sofia Key, 1849~1926) 스웨덴의 여성 사상가로 문학
사, 여성문제, 교육문제에 걸쳐 휴머니즘의 입장에서 저작활동을 했다.
사회적 자유주의와 개인의 해방, 억압되어 온 여성과 아동의 해방을 주
장하였다. 《여성운동》 등 다수의 저서가 있다.

앨빈 토플러(Alvin Toffler, 1928~) 미국의 미래학자. 미래사회는 정보화사
회가 될 것이라고 주장하고, 제1의 물결인 농업혁명은 수천 년에 걸쳐
진행되었지만, 제2의 물결인 산업혁명은 300년밖에 걸리지 않았으며,
제3의 물결인 정보화혁명은 20~30년 내에 이루어질 것이라고 주장하였
다. 대표작 《제3의 물결》에서 처음으로 재택근무·전자정보화 가정 등
의 새로운 용어가 사용되었다. 이외에도 《미래의 충격》, 《권력 이동》
등이 있다.

앨저넌 스윈번(Algernon Charles Swinburne, 1837~1909) 영국 시인·평론가.
대표작으로 영국 속물주의에의 반항을 표시한 이교적이고 관능적인
《시와 발라드》 등이 있다. 이 밖에 비극 작품, 셰익스피어, 빅토르 위
고, 벤 존슨 등에 대한 비평, 그리고 시론과 소설론 등도 있다.

앨프레드 가드너(Alfred George Gardiner, 1865~1946) 영국의 저널리스트·
수필가. 1902~1919년 런던의 《데일리뉴스》 지의 주필을 역임하였다.
'Alfa of the Plough(북두칠성 중의 주성)'이라는 필명으로 유머가 풍부한
수필을 썼다. 저서로 《Pillars of Society》 《People Importance》 등이 있다.

앨프레드 테니슨(Alfred Tennyson, 1809~1892) 영국의 시인. 17년간을 생각
하고 그리던 죽은 친구 헬럼에게 바치는 걸작 애가(哀歌) 《인 메모리
엄》은, 어두운 슬픔에서 신에 의한 환희의 빛에 이르는 시인의 '넋의
길'을 더듬은 대표작일 뿐만 아니라 빅토리아 시대의 대표시다. 윌리엄
워즈워스의 후임으로 계관시인(桂冠詩人)이 되었다.

앨프레드 화이트헤드(Alfred North Whitehead, 1861~1947) 영국의 철학자·수학자. 처음에 수학적 논리학(기호논리학) 연구에 종사하였고, 버트랜드 러셀과의 공저 《수학원리》를 저술하여 수학의 논리적 기초를 확립하려 하였다.

앰브로즈 비어스(Ambrose Gwinnett Bierce, 1842~1914) 날카로운 비판으로 유명하며 대서양 연안의 저널리즘에서 활약하였던 미국의 저널리스트·소설가. 단편소설의 구성에 있어 날카로운 필치로 최고라는 평가를 받는다. 《삶의 한가운데서》, 《악마의 사전》 외 다수의 저서를 남겼다.

야지나발키아(Yājñavalkya) 우파니샤드의 대표적인 사상가로서, 아트만(Atman : 我)을 인식주관으로서, 불가설·불가괴(不可壞)한 것으로 주장했다.

야코프 그림(Jacob Grimm, 1785~1863) 그림 형제의 형. 동생은 빌헬름 그림. 대학에서는 법률을 배웠고, 괴팅겐대학의 교수가 되었으며, 하노버 왕의 헌법 위반을 규탄하여 이른바 「괴팅겐 7교수사건」으로 공국 밖으로 추방당했다. 1841년 베를린아카데미 회원으로 추천되었다. 《그림 동화》, 《독일전설》, 《독일어사전》 등 공동저작이 많다. 특히 《독일어 사전》은 1854년에 제1권을 낸 이후 여러 학자가 계승하여 1861년에 완성하였다.

야코프 부르크하르트(Jacob Burckhardt, 1818~1897) 스위스의 역사가. 바젤 대학 사학·미술사 교수였다. 대표작 《이탈리아 르네상스의 문화》는 르네상스사 연구에 결정적인 명저로서, 이후 '르네상스'란 말은 역사상 일반용어로 쓰이게 되었다.

양성지(梁誠之, 1415~1482) 조선 전기의 문신이자 학자. 《동국지도》 등을 찬진하였고 홍문관 설치를 건의하였다. 《예종실록》 등의 편찬에 참여하고 공조판서·대사헌 등을 거쳐 홍문관대제학이 되어 《동국여지승람》 편찬에 참여하였다. 주요 저서에 《눌재집》, 《유선서》, 《시정기》, 《삼강사략》 등이 있다.

양주(楊朱, BC 440?~BC 360?) 중국 전국시대의 학자. 자기 혼자만이 쾌락하면 좋다는 위아설(爲我說), 즉 이기적인 쾌락설을 주장했다. 지나침을 거부하고 자연주의를 옹호하였다. 이것은 노자사상(老子思想)의 일단을 발전시킨 주장이었다.

양주동(梁柱東, 1903~1977) 국문학·영문학자. 1923년에 동인지 《금성(金星)》으로 등단하여, 이후에 향가해독에 몰입하면서, 고시가(古詩歌) 해석에 힘을 쏟았다. 한국인으로는 처음으로 향가 25수 전편에 대한 해독집인 《조선고가연구》를 펴냈다. 대한민국학술원 종신회원.

어니스트 헤밍웨이(Ernest Miller Hemingway, 1899~1961) 미국의 소설가. 《노인과 바다》로 1953년 퓰리처상, 1954년 노벨문학상 수상. 그 밖에 《무기여 잘있거라》, 《누구를 위하여 좋은 울리나》가 있다. 문명의 세계를 속임수로 보고, 인간의 비극적인 모습을 간결한 문체로 묘사한 20세기 대표작가.

어윈 쇼(Irwin Shaw, 1913~1984) 미국 극작가 겸 소설가. 전쟁에서의 경험을 토대로 한 최초의 소설 《젊은 사자들》을 썼다. 이 작품은 인간 긍정의 정신에서 3명의 병사를 중심으로 전쟁 전의 시민생활과 전쟁생활을 그린 작품으로 제2차 세계대전이 낳은 대표적 전쟁소설로 인정받았다.

에녹 베넷(Enoch Arnold Bennett, 1867~1931) 영국의 소설가. 프랑스의 자연주의 영향 아래 사실적 작품을 발표하였다. 작품으로 《늙은 아내 이야기》가 있다.

에드거 앨런 포(Edgar Allan Poe, 1809~1849) 미국의 시인·소설가·비평가. 미국 낭만주의 문학을 대표하는 인물이다. 그는 괴기소설과 시로 유명하며, 미국에서 단편소설 개척자이자, 고딕소설·추리소설·범죄소설의 선구자다. 40세에 사망한 포의 사망 원인은 그의 최후의 미스터리다. 정확한 묘지 위치조차도 논쟁거리다. 단편 《황금 풍뎅이》, 《어셔가의 몰락》, 《모르그가의 살인사건》, 《검은 고양이》 등이 있다.

에드나 밀레이(Edna St. Vincent Millay, 1892~1950) 미국 시인·극작가. 처녀시집 《재생 其他》를 발표했고, 《한밤중의 대화》 등 많은 시집을 발표했다. 《두 번째의 4월》 등이 있으며, 《하프 제작자(The Harp-weaver)》로 퓰리처상을 수상했다.

에드먼드 고스(Edmund William Gosse, 1849~1928) 영국의 비평가·문학사가. 아버지에 대한 격렬한 애증을 겪으면서 문학에 관심을 갖게 되었다는 내력이 그의 저서 《아버지와 아들》에 자세히 드러나 있다. 저서로는 문학사 《18세기 영문학》이 있다. 17~18세기 영문학뿐만 아니라, 스칸디나비아 문학과 프랑스 문학에 관해서도 선구자적 저서를 남겼다.

에드먼드 버크(Edmund Burke, 1729~1797) 영국의 정치가 · 정치사상가. 조지 3세의 독재 경향과 아메리카 식민지에 대한 과세에 반대했고, 당시 벵골 총독 헤이스팅스를 탄핵했다. 웅변가로서 정의와 자유를 고취했으며, 영국 보수주의의 대표적 이론가로 명성을 떨쳤다.

에드먼드 스펜서(Edmund Spenser, 1552?~1599) 영국의 시인. 미완성 대작 장편 서사시 《페어리 퀸》으로 유명하다. 희곡의 셰익스피어와 함께 가장 위대한 시인으로 꼽힌다. 약동하는 이미지의 아름다움은 예로부터 많은 시인을 사로잡았으며, '스펜서 시체(詩體)'라는 형식의 아름다운 음악성은 절찬을 받았다.

에드먼드 카트라이트(Edmund Cartwright, 1743~1823) 영국의 동력방직기 발명가. 1789년 물레방아나 증기기관을 이용한 역직기를 발명함으로써 실을 만드는 속도와 천을 짜는 속도를 연결시켰다. 그는 직접 공장을 세워 직물을 생산하였으며, 산업혁명에 끼친 영향이 크다.

에드바르 그리그(Edvard Hagerup Grieg, 1843~1907) 노르웨이의 작곡가 · 피아니스트. 작품 속에 민족음악의 선율과 리듬을 많이 도입하고 민족적 색채가 짙은 작품을 다수 만들어 오늘날 노르웨이 음악의 대표적 존재가 되었다. 헨리크 입센의 작품을 바탕으로 한 부대음악(附帶音樂) 《페르귄트》와 《피아노협주곡》으로 명성을 떨쳤다.

에드워드 기번(Edward Gibbon, 1737~1794) 영국의 역사가. 《로마제국쇠망사》는 2세기부터 1453년 콘스탄티노플의 멸망까지 1300년의 로마 역사를 다룬 작품으로, 로마사 중 가장 조직적이고 계몽적이다. 그의 《자서전》 또한 문학적 가치가 높다.

에드워드 달버그(Edward Dahlberg, 1900~1977) 미국 소설가. 소년시절의 생활을 소재로 한 일종의 프롤레타리아트 소설 《밑바닥의 개》, 《프라싱에서 칼바리까지》 등으로 알려졌으나, 《내 육신의 몸이기에》라는 자서전으로 주목을 끌었다.

에드워드 영(Edward Young, 1683~1765) 영국 시인. 대표작 《밤의 상념》은 무운시(無韻詩)로 구성된 교훈시이며, 인생의 유전(流轉) · 죽음 · 영혼불멸 등에 관한 명상을 노래하여 묘반파(墓畔派) 유행의 계기가 되었다.

에드워드 포스터(Edward Morgan Forster, 1879~1970) 영국의 소설가. 대작 《인도로 가는 길》이 유명하다. 20세기 영국을 대표하는 작가의 한 사람. 그 밖의 작품으로 《가장 길었던 여로》, 《전망 좋은 방》, 《하워즈 엔드》 등이 있다.

에드워드 피츠제럴드(Edward Fitzgerald, 1809~1883) 영국의 시인·번역가. 11세기 페르시아 시를 영역한 《오마르 하이얌의 루바이야트》는 인생의 비관적 운명론과 감각성을 강조한 것으로 시인들의 공감을 얻었다.

에드워드 허버트(Edward Herbert, 1583~1648) 영국의 군인·정치가·외교관·철학자. 영국 이신론(理神論)의 개조로 불린다.

에드윈 로빈슨(Edwin Arlington Robinson, 1869~1935) 미국의 시인. 아더왕 전설에서 소재를 딴 3부작 《멀린》, 《랜슬롯》, 《트리스트럼》으로 퓰리처상을 받았다. 그 뒤 《시집》과 《두 번 죽은 사나이》로 또 다시 퓰리처상을 받았다. 실의와 소외의 와중에서 인간의 영위(營爲)를 노래한 그의 작품은 높이 평가된다.

에드윈 허블(Edwin Powell Hubble, 1889~1953) 미국의 천문학자. 1929년 은하들의 스펙트럼선에 나타나는 적색이동(赤色移動)을 시선속도(視線速度)라고 해석하고, 후퇴속도(後退速度)가 은하의 거리에 비례한다는 '허블의 법칙'을 발견하여 우주팽창설에 대한 기초를 세웠다.

에디 리켄바커(Eddie Rickenbacker) 제1차 세계대전 미 공군조종사.

에라스무스(Desiderius Erasmus, 1466?~1536) 네덜란드의 인문학자. 중세 독일에서 함께 존경받은 14명의 거룩한 수호성인 가운데 한 사람이다. 로마 황제 디오클레티아누스가 그리스도 교도를 박해할 때 순교했다고 전해진다. 그는 교회의 타락을 준열하게 비판했다. 제자들 가운데에서 많은 종교개혁자가 나왔다. 저서로는 《격언집》, 《우신예찬》 등이 있다.

에른스트 아른트(Ernst Moritz Arndt, 1769~1860) 19세기 독일의 산문작가·시인·저술가. 나폴레옹 시대에 독일인들의 민족적 자각을 표현했다. 「라인은 독일의 강이지, 국경이 아니다」 라는 말로 유명하다.

에른스트 톨러(Ernst Toller, 1893~1939) 독일의 표현주의 극작가. 사회주의자로서 바이에른 혁명운동을 지도하였으나 투옥되었고 미국 망명 후 궁

핍한 생활 속에 자살했다. 《변전》, 《대중과 인간》 등의 혁명극을 옥중
에서 만들었고, 이후 시집 《제비의 노래》 등을 만들었다.

에리히 레마르크(Erich Maria Remarque, 1898~1970) 독일의 소설가. 제1차
세계대전의 전장에서의 체험을 소재로 한 《서부전선 이상 없다》를 발
표 세계적 인기작가가 되었다. 그의 작품에서는 인간세상에서의 갈등과
고뇌가 담겨 있다.

에리히 케스트너(Erich Kästner, 1899~1974) 독일의 소설가. 처음에 4권의 시
집을 출판하여 이름이 알려지게 되었다. 소년소설 《에밀과 탐정들》,
《점박이 소녀와 안톤》 등이 있다. 그는 또한 제1차 세계대전 후의 사회
의 허위성을 찌른 풍자소설 《파비안》을 발표함으로써, 반(反)나치 작
가라는 낙인이 찍혀 집필금지와 분서(焚書) 처분을 받기도 하였다.

에리히 프롬(Erich Fromm, 1900~1980) 미국 신프로이트학파의 정신분석학
자이자 사회심리학자. 프랑크푸르트학파에 프로이트 이론을 도입 사회
경제적 조건과 이데올로기 사이에 사회적 성격이라는 개념을 설정하고
이 3자의 역학에 의해 사회나 문화 변동을 분석하는 방법론을 제기하였
다. 저서에 《자유로부터의 도피》, 《선(禪)과 정신분석》 등이 있다.

에릭 호퍼(Eric Hoffer, 1902~1983) 집단 동일시에 관한 심리적 연구서 《대
중운동의 실상》을 쓴 저자. 인간의 마음을 움직이는 집단활동의 힘을
비전문가적 시각으로 바라본 책으로, 오늘날 테러리스트, 자살 폭탄자
들의 과격 대중운동에 적절하게 적용되고 있다.

에마뉘엘 무니에(Emmanuel Mounier, 1905~1950) 프랑스의 철학자. 인격주
의의 제창자. 잡지 《에스프리》를 창간, 정신의 가치와 개개인의 인격
을 지키고, 물질문명과 교회의 우경(右傾)을 공격하였다. 제2차 세계대
전 중에는 레지스탕스 운동에 참가하여 투옥되었다.

에마누엘 스베덴보리(Emanuel Swedenborg, 1688~1772) 스웨덴의 자연과학
자 · 철학자 · 신학자. 심령체험을 겪은 후 과학적 방법의 한계를 깨닫고,
시령자(視靈者) · 신비적 신학자로서 활약하였다. 저서 《천국의 놀라운
세계와 지옥에 대하여》가 유명해졌는데, 이는 《묵시록》의 새로운 해
석으로서 그의 신지학(神智學)의 진수를 전개한 것이었다.

에밀 기메(Emile Etienne Guimet, 1836~1918) 프랑스의 실업가 · 수집가. 1878

년 리옹에 기메 미술관을 설립하여 1884년 국가에 헌납하고 1888년 파리로 옮겨졌으며, 1928년 국립종교미술관으로 개조되었다.

에밀리 디킨슨(Emily Elizabeth Dickinson, 1830~1886) 미국의 여류 시인으로 엄격한 청교도의 집안에 태어나 평생을 독신으로 살면서 시 쓰기에 열중하였다. 자연과 사랑 외에도 청교도주의를 배경으로 한 죽음과 영원 등의 주제를 많이 다루었다. 특히 1885년에 사랑에 실패한 후로 삶, 죽음, 사랑, 신, 시간, 영원 등에 관하여 많은 시를 썼다.

에밀리 브론테(Emily Jane Brontë, 1818~1848) 영국 여류소설가·시인.《내 영혼은 비겁하지 않노라》등의 시편(詩篇)에 의해 시인으로서 특이한 지위를 차지하고 있다. 유일한 소설《폭풍의 언덕》은 오늘날에는 셰익스피어의《리어왕》, 허먼 멜빌의《백경(白鯨)》에 필적하는 명작이라고까지 평가되고 있다.

에밀 리트레(Maximilien Paul Emile Littré, 1801~1881) 프랑스의 의사·철학자·언어학자. 콩트의 제자로 실증주의사상 보급에 힘썼다. 특히 그 이론적 측면을 발전시켜, 당시 제3공화정의 공인철학으로 만들려 노력했다. 저서는《오귀스트 콩트와 실증철학》,《철학적 관점에서 본 과학》등이 있다.

에밀 브루너(Emil Brunner, 1889~1966) 스위스의 프로테스탄트 신학자이자 변증법적 신학 창시자의 한 사람. 1924년부터 1953년까지 취리히대학교 조직신학·실천신학 교수를 역임하였다. 주요 저서로《복음적 신학의 종교철학》,《중보자(보조자)》등이 있다.

에밀 졸라(Émile François Zola, 1840~ 1902) 프랑스의 소설가·비평가. 처녀작《테레즈 라캥》으로 자연주의 작가로 인정받았으며, 이때부터 클로드 베르나르의 실험의학을 문학에 적용하여〈루공 마카르 총서〉(전 20권)가 탄생했다. 이 속에는《나나》,《목로주점》,《대지》등의 걸작이 들어 있다. 1898년 논문 '나는 탄핵한다'로 드레퓌스 사건을 공격하여 금고형을 받았다. 1902년 방에 피워둔 난로 가스에 중독되어 사망했는데, 타살 의혹도 있다.

에바 페론(María Eva Duarte de Perón, 1919~1952) 아르헨티나의 대통령 후안 페론의 두 번째 부인. 애칭인 에비타(Evita)로 불린다. 그녀에 대해서는 긍정과 부정의 의견이 양존하며, 죽은 지 50여 년이 지난 현재까지도 추모 열기는 계속되고 있다. 후안 페론의 독재를 위한 방패막이었다는 비판도 있다. 그녀의 이야기는 여러 차례 영화화되었으며, 뮤지컬 《에비타》로 제작되기도 했다.

에우리피데스(Euripides, BC 484?~BC 406?) 고대 그리스 3대 비극시인의 한 사람으로, 사티로스극 《키클로프스》를 비롯한 19편의 작품이 전해진다. 아이러니를 내포한 합리적인 해석과 새로운 극적 수법으로 그리스 비극에 큰 변모를 가져왔다. 주로 인간의 정념(情念)의 가공할 작용을 주제로 하였고, 특히 여성심리 묘사에 뛰어났다.

에이머스 올컷(Amos Bronson Alcott, 1799~1888) 미국의 교육가·사상가로 보스턴에 유아학교를 설립, 교육을 통한 육체·정신·도덕·미의식의 조화를 기도하였다. 하버드에 프루트랜즈(Fruitlands)라는 이상주의적 공동체를 건설하였고, 콩코드 철학학교에서 고등교육에 진력하였다.

에이브러햄 링컨(Abraham Lincoln, 1809~1865) 남북전쟁에서 승리해 연방(聯邦)을 보존하고 노예를 해방시킨 미국의 제16대 대통령(재위 1861년~1865년). 모든 미국 대통령 선호도 설문조사에서 1위를 차지하며 민주주의를 대변한 웅변가로서 끊임없는 존경을 받았다.

에즈라 파운드(Ezra Loomis Pound, 1885~1972) 미국의 시인. 이미지즘과 그 밖의 신문학 운동의 중심이 되어 엘리엇, 조이스를 소개하였다. 《피산 캔토스》(1948)로 보링겐상을 받았다. 이백의 영역 《The Ta Hio》 등 다방면의 우수한 번역을 남겼다.

에피쿠로스(Epikouros, BC 342?~BC 271) 고대 그리스의 철학자. 35세경 아테네에서 '에피쿠로스 학원'을 열었다. 기초를 이루는 원자론(原子論)에 의하면 참된 실재는 원자(아토마)와 공허(케논)의 두 개이다. 원자 상호간에 충돌이 일어나서 이 세계가 생성된다고 했다.

에픽테토스(Epiktētos, 50?~138?) 이탈리아 로마제정시대의 스토아 철학자. 로마 노예 신분이면서 스토아 철학을 배웠다. 그는 스토아인으로서 철학자라기보다는 철인(哲人)이었다. 있는 그대로의 '자연'을 인식하고 우리의 의지를 그것에 일치시키기 위한 '수련(修練)'이 철학이라고 했다.

엔드레 아디(Endre Ady, 1877~1919) 헝가리 시인. 진보적 서구파의 문예지

《뉴고트》를 주재하여 사회주의 사상과 데카당스가 교차하는 급진파
의 시인·평론가로 활약하였다. 작품으로 《신시집》, 《피와 금》 등의
시집과 단편소설·수필집 등이 있다.

엘라 윌콕스(Ella Wheeler Wilcox, 1850~1919) 미국의 시인·작가·저널리
스트. 어려서부터 대중문학을 탐독하여 14세의 어린 나이에 첫 작품을
발표하였다. 첫 시집 《물방울》 등 많은 시집과 소설을 썼다.

엘런 글래스고(Ellen Anderson Gholson Glasgow, 1873~1945) 미국의 소설가.
역사소설로 《민중의 목소리》, 전원소설로 《불모지》, 도시소설로 《로
맨틱한 희극배우》, 그리고 《우리의 생애에》로 퓰리처상을 수상했다.

엘리 위젤(Elie Wiesel, 1929~) 미국 유대계 작가 겸 인권운동가. 아우슈비
츠 강제수용소 등의 참상을 그린 자전적 첫 작품 《그날 밤》을 발표해
1백만 부 이상이 팔리고 영화로 제작되어 세계의 이목을 끌었다. 그 밖
에 《다섯 개의 성서 초상》과 《제5의 아들》로 1984년 프랑스 문학대
상을 받았다. 인권운동으로 1986년 노벨평화상을 수상했다.

엘리아스 카네티(Elias Canetti, 1905~1994) 에스파니아계 유대인으로 오스
트리아의 빈 대학 졸업 후 1988년 나치스의 박해를 피해 런던에 정착,
독일어로 작품을 썼다. 제2차 세계대전 후 재평가되어 흔히 카프카나 조
이스와 비견된다. 주요 작품으로 장편소설 《현혹(眩惑)》, 《허공의 코미
디》 등이 있다. 1981년 노벨문학상을 수상하였다.

엘리자베스 브라우닝(Elizabeth Barrett Browning, 1806~1861) 영국의 대표
여류시인. 《포르투갈인으로부터의 소네트》는 역시(譯詩)를 가장하여
남편인 로버트 브라우닝에 대한 애정을 솔직하게 노래한 작품이다. 장
편 서사시 《오로라 리》는 사회문제·여성문제를 《캐서귀디의 창》은
이탈리아의 독립에 대한 동정을 노래한 시이다

엘리자베스 스티븐스(Elizabeth Wallace Stevens, 1806~1861) 영국의 시인.
로버트 월리스 스티븐스의 아내로서, 작품으로 시집 《포르투갈인이 보
낸 소네트》 등이 있다.

엘베시우스(Claude-Adrien Helvetius, 1715~1771) 프랑스 계몽기의 철학자. 존
로크의 인식론과 콩디야크의 감각론을 발전시켜 공리주의의 윤리학을
설명하였다. 선과 악의 기준은 타인의 평가에 있으며, 선이라는 것은 공

공이익에 부합되는 행위라고 하였다. 즉 개인의 이기주의와 사회복지의 일치를 지향했다.

《여씨춘추(呂氏春秋)》 진나라의 정치가 여불위(呂不韋)가 빈객(賓客) 3,000명을 모아서 편찬하였다. 도가(道家) 사상이 중요한 부분을 차지하나, 유가(儒家)·병가(兵家)·농가(農家)·형명가(刑名家) 등의 설도 볼 수 있다. 또한 춘추전국시대의 시사(時事)에 관한 것도 수록되어 있어 그 시대를 알 수 있는 중요한 사론서이다.

《열녀전(列女傳)》 유향(劉向)이 지은 8편 15권으로, 나중에 송(宋)나라 방회(方回)가 7권으로 간추린 것. 부인의 유형을 모의(母儀)·현명(賢明)·인지(仁智)·정신(貞愼)·절의(節義)·변통(辯通)·폐얼(嬖孼)의 7항목으로 나누어, 항목마다 15명가량을 수록하였다. 유명한 현모·양처·열녀·투부(妬婦)의 이야기는 모두 다 나와 있다.

《열자(列子)》 중국의 철학서. 8권 8편. 열어구(列禦寇 : 列子)가 서술한 것을 문인, 후생들이 보완하여 천서(天瑞)·황제(黃帝)·주목왕(周穆王)·중니(仲尼)·탕문(湯問)·역명(力命)·양주(楊朱)·설부(說符)의 8편으로 나누어 기술하였다. 전한(前漢) 말에 유향(劉向)이 교정하여 8권으로 만들고, 동진(東晉)의 장담(張湛)이 주(注)를 달았다. 「우공이산(愚公移山)」 「조삼모사(朝三暮四)」 「기우(杞憂)」 등의 고사로 유명하다.

《염철론(鹽鐵論)》 중국 전한(前漢)의 선제(宣帝) 때에 환관(桓寬)이 편찬한 책. 무제(武帝) 때부터 비롯된 소금·철·술 등의 전매(專賣) 및 균수(均輸)·평준(平準) 등 일련의 재정정책을 무제가 죽은 뒤에도 존속시킬 것인지의 여부를 전국에서 추천을 받고 참석한 자들 간에 논의한 내용을 수록한 것이다.

《예기(禮記)》 중국 고대 유가(儒家)의 경전. 곡례(曲禮)·단궁(檀弓)·왕제(王制)·월령(月令)·예운(禮運)·예기(禮器)·교특성(郊特性)·명당위(明堂位)·학기(學記)·악기(樂記)·제법(祭法)·제의(祭儀)·관의(冠儀)·혼의(婚儀)·향음주의(鄕飮酒儀)·사의(射儀) 등의 편(篇)이 있고, 예의 이론 및 실제를 논하는 내용이다. 4서의 하나인 《대학(大學)》과 《중용(中庸)》도 이 가운데 한 편이다.

예수 그리스도(Jesus Christ, BC 4?~AD 30) 그리스도교의 창시자인 예수를 하느님의 메시아로 인정한다는 의미를 담고 있으며, 그 자체가 예수를 지칭하는 말로도 쓰인다. 예수라는 이름은 헤브라이어로 '하느님(야훼) 은 구원해 주신다'라는 뜻이며, 그리스도는 '기름부음을 받은 자', 즉 '구세주'를 의미한다. 「예수 그리스도는 어떤 사람인가?」라는 물음은, 예수 탄생 이래 오늘날까지 끊임없이 제기되는 물음이다. 그리스도교도에게는 그리스도는 '살아 계신 하느님의 아들'이다. 《마태복음》 제16장 16절을 보면, 예수는 제자들에게 「너희는 나를 누구라고 생각하느냐?」하고 물었다. 「선생님은 살아 계신 하느님의 아들 그리스도이십니다」라고 시몬 베드로가 대답하자, 예수는 「너에게 그것을 알려주신 분은 사람이 아니라 하늘에 계신 내 아버지시니 너는 복이 있다」라고 말했다고 적혀 있다.

오귀스트 로댕(Auguste Rodin, 1840~1917) 프랑스의 조각가. 근대조각의 시조로 일컬어진다. 그가 추구한 웅대한 예술성과 기량은 조각에 생명과 감정을 불어넣어 예술의 자율성을 부여했다. 장식미술관을 위한 대작의 모티프를 단테의 《신곡》 지옥편에서 얻은 영감에 두고 거작 《지옥문》의 제작에 착수하였다. 한편 이러한 사상 속에서 그의 명성의 중핵을 이루는 갖가지 작품, 즉 《생각하는 사람》, 《아담과 이브》, 《발자크 상(像)》 등을 통해 다채롭고 정력적인 활동을 하였다.

오귀스트 콩트(Auguste François Xavier Comte, 1798~1857) 프랑스의 철학자·사회학창시자. 여러 사회적·역사적 문제에 관하여 온갖 추상적 사변을 배제하고 과학적·수학적 방법에 의하여 설명하려고 하였다. 3단계 법칙에서는 인간의 지식 발전단계 중 최후의 실증적 단계가 참다운 과학적 지식의 단계라고 주장하였다.

오비디우스(Publius Ovidius Nasō, BC 43~AD 17) 고대 로마의 시인. 작품에는 《사랑의 기술》, 《여류의 편지》 등이 있으며, 특히 유명한 《변신이야기》는 서사시 형식으로써 신화를 집대성하였다. 그의 작품은 세련된 감각과 풍부한 수사(修辭)로 르네상스 시대에 널리 읽혔고, 후대에도 많은 영향을 끼쳤다.

오상순(吳相淳, 1894~1963) 호는 공초(空超). 작품에서 운명을 수용하려는 순응주의와 동양적 허무의 사상을 다룬 시인. 주요 작품으로 《아시아의 마지막 밤 풍경》,《방랑의 마음》등이 있다.

오소백(吳蘇白, 1921~2008) 40년대 말 기자생활을 시작해 50년대와 60년 초까지 8개 일간신문의 사회부장을 9차례 역임했다. 불안했던 해방정국과 반민특위, 그리고 정부수립에서 6·25에 이르기까지 격동 반세기 현장을 온몸으로 누비며 광산촌과 농어촌 등 불우한 사람들을 기사화한 그는 사회부 기자의 전범(典範)으로 불려왔고, 기자정신을 몸소 실천했던 '현장'이었으며, '역사'라 평가받았다.

오쇼 라즈니쉬(Osho Rajneesh, 1931~1990) 인도의 신비가, 구루 및 철학자. 한때는 브하그완 슈리 라즈니쉬라 불렀다. 철학교수로서 인도를 돌아다니며 대중을 상대로 강연했다. 그는 사회주의와 간디 및 기성 종교에 반대하고 성에 대한 개방적 태도를 지지하여 논란을 일으켰다.

오스카 와일드(Oscar Wilde, 1854~1900) 아일랜드 시인·소설가·극작가·평론가. '예술을 위한 예술'을 표어로 하는 탐미주의를 주창했고 그 지도자가 되었다. 주요 저서에는 장편소설《도리언 그레이의 초상》등이 있다.

오스틴 돕슨(Austin Dobson, 1840~1921) 영국의 시인·문학사가·전기작가. 1885년부터 문학사, 특히 18세기 영국문학을 연구하여,《골드스미스傳》,《리처드슨傳》을 비롯한 시인·문학가의 전기·평론집 등을 많이 썼다.

오언 영(Owen D. Young, 1874~1962) 미국의 법률가·실업가로서, 독일의 배상문제에 관한 '영 플랜(Young Plan)'을 내놓았다. 보스턴에서 변호사를 개업하여 법률 실무에 종사하는 한편, 제너럴일렉트릭 사(社)의 이사장 및 뉴욕연방준비은행의 중역, 국제상업회의소 회장 등을 지냈다.

《오월춘추(吳越春秋)》중국 후한의 조엽(趙曄)이 춘추시대의 오(吳)와 월(越) 두 나라 사이에 있었던 분쟁의 전말을 기록한 역사서. 6권본과 10권본이 있다.

《오잡조(五雜組)》중국 명대(明代)의 수필집. 사조제(謝肇淛) 저. 전체를 천(天)·지(地)·인(人)·물(物)·사(事)의 5부로 나누고, 자연현상·인사(人事)현상 등의 넓은 범위에 걸쳐서 저자의 견문과 의견을 항목별로 정리한 것이다. 명대의 정치·경제·사회·문화에 관한 귀중한 자료가 되고 있다.

오카 마코토(大岡信, 1931~) 일본의 시인·비평가.

오토 딕스(Otto Dix, 1891~1969) 독일의 화가·판화가. 드레스덴 분리파 창립자의 한 사람으로 일하고 1923년 다다이즘으로 전향했다. 제2차 세계대전 이후 주로 종교적 주제로 표현주의 경향의 작품을 제작하였다.

오토 바이닝거(Otto Weininger, 1880~1903) 오스트리아의 사상가. 유일한 저서 《성(性)과 성격》은 반(反)유대주의 선전가들의 지침서로 쓰였다. 과학과 철학이 혼합된 연구결과를 출판해 모든 생물은 남성적 요소와 여성적 요소를 다양한 비율로 겸비하고 있다고 주장했다. 23세에 권총 자살했다.

오토 비스마르크(Otto Eduard Leopold von Bismarck, 1815~1898) 독일의 정치가. 프로이센 총리로 '철혈정책'으로 독일을 통일했다. 보호관세정책으로 독일의 자본주의 발전을 도왔으나 전제적 제도를 그대로 남겨놓았다. 통일 후 유럽의 평화유지에 진력하였다.

오 헨리(O. Henry, 1862~1910) 미국 소설가. 순수한 단편작가로, 따뜻한 유머와 깊은 페이소스를 작품에 풍겼다. 특히 독자의 의표를 찌르는 줄거리의 결말은 기교적으로 뛰어나다. 유명한 마지막 잎새》를 비롯하여 10년 남짓한 활동기간 동안 300편 가까운 단편소설을 썼다.

오화섭(吳華燮, 1916~1979) 영문학자. 한국 셰익스피어협회 이사가 되어 셰익스피어 연극의 한국 소개에 힘썼다. 연세대학교 문과대학장을 역임, 번역문학상을 수상했고, 저서로는 《현대 미국 극》, 수필집 《이 조그마한 정열을》이 있다.

옥타비오 파스(Octavio Paz, 1914~1998) 멕시코의 시인이자 비평가. 외교관으로 세계 각지를 다니며 시작(詩作)에 열중하였고 파리에서 쉬르리얼리즘운동에 참여하기도 하였다. 대표적 시집으로 《동사면(東斜面)》 《활과 리라(el acro y la lira)》 등이 있으며 1990년 노벨문학상을 수상하였다.

올더스 헉슬리(Aldous Leonard Huxley, 1894~1963) 영국의 소설가·비평가. 대표작 《연애대위법》은 갖가지 형의 1920년대 지식인들을 풍자적으로 묘사한 작품이다. 이 소설로 20세기를 대표하는 작가 중 한 사람이 되었다. 그 밖에 《어릿광대의 춤》, 《멋진 신세계》 등이 있다.

올리버 골드스미스(Oliver Goldsmith, 1728~1774) 아일랜드 출생의 영국 시인·소설가·극작가. 선량한 시골 목사 집안의 파란을 유머와 경쾌한 풍자를 곁들여 묘사한 소설 《웨이크필드의 목사》, 《세계의 시민》이 있고, 시로는 《나그네》와 《한촌행(寒村行)》이 대표작이다.

올리버 크롬웰(Oliver Cromwell, 1599~1658) 영국의 정치가·군인. 청교도혁명에서 왕당파를 물리치고 공화국을 세우는 데 공을 세웠다. 1653년 '통치장전(統治章典)'을 발표하고 호국경(護國卿)에 올라 전권을 행사했다.

올리버 홈스(Oliver Wendell Holmes, 1809~1894) 미국의 소설가·의학자. 생리학교수를 지냈으며 의학적 지식을 반영한 수필집 《아침식탁의 독재자》로 널리 알려졌다.

왕건(王建, 재위 918~943) 고려 제1대 왕. 궁예의 휘하에서 견훤의 군사를 격파하였고, 정벌한 지방의 구휼에도 힘써 백성의 신망을 얻었다. 고려를 세운 후 수도를 송악으로 옮기고, 불교를 호국신앙으로 삼았으며, 신라와 후백제를 합병하여 후삼국을 통일하였다. 왕들이 치국의 귀감으로 삼도록 《훈요십조(訓要十條)》를 유훈으로 남겼다.

왕양명(王陽明, 1472~1529) 중국 명나라 중기의 유학자. 양명학파의 시초로 각처에 학교를 설치하여 후진교육에 진력하였다. 이에 《양명문록(陽明文錄)》이 간행되었고 양명서원이 건립되었다. 양명학파로서 명대 사상계에 큰 영향을 끼치게 될 기초가 확립되었다. 제자와의 토론을 모은 《전습록(傳習錄)》이 있다.

왕유(王維, 699?~759) 중국 당(唐)의 시인이자 화가로서 자연을 소재로 한 서정시에 뛰어나 '시불(詩佛)'이라고 불리며, 수묵(水墨) 산수화에도 뛰어나 남종문인화의 창시자로 평가를 받는다.

왕찬(王粲, 177~217) 중국 후한(後漢) 말기 위(魏)의 시인. 조조가 위(魏)의 왕이 되자 시중(侍中)으로서 제도개혁에 진력하고, 조씨 일족을 중심으로 하는 문학집단 안에서 문인으로서도 활약했다. 건안칠자(建安七子)의 한 사람이자 그 대표적 시인으로 가장 표현력이 풍부하고 유려하면서도 애수에 찬 시를 남겼다.

왕충(王充, 27~100?) 중국 후한(後漢)의 사상가. 낙양(洛陽)에 유학하여 저명

한 역사가 반고(班固)의 부친 반표(班彪)에게 사사하였다. 철저한 반속
정신(反俗精神)의 소유자로 언론의 자유를 내세우는 위진적(魏晉的) 사
조를 만들어 내었다. 주요 저서로 《논형(論衡)》이 있다.

요하네스 케플러(Johannes Kepler, 1571~1630) 독일의 천문학자. 《신 천문
학》에서 행성의 운동에 관한 제1법칙인 '타원궤도의 법칙'과 제2법칙인
'면적속도 일정의 법칙'을 발표하여 코페르니쿠스의 지동설을 수정 · 발
전시켰다. 그 뒤 《우주의 조화》에 행성운동의 제3법칙을 발표하였다.

요한네스 크리소스토무스(John Chrysostom, 349?~407) 또는 요한 크리소스
톰은 초기 기독교의 교부이자 제37대 콘스탄티노폴리스 대주교였다. 뛰
어난 설교자였던 그는 초대 교회(고대 교회)의 중요한 신학자 가운데 한
사람이었고 끊임없이 기독교 교리에 대해 설전을 펼쳤다.

요한 글라임(Johann Wilhelm Ludwig Gleim, 1719~1803) 독일의 시인. 아나크
레온파의 대표이다. 인생의 쾌락을 노래하는 작품을 많이 썼다. 운문으
로 된 《우화집》과 《어느 척탄병(擲彈兵)의 프로이센 군가》 등이 유명
하다.

요한 코메니우스(Johann Amos Comenius, 1592~1670) 모라비아(Moravia : 지
금의 체코)의 교육자. 영국, 스웨덴, 폴란드 등에서 평화를 위한 교육의
구상에 의거한 학교개혁을 실천하는 한편 유럽의 평화실현구상을 발표
하였다. 청소년교육과 민중계몽의 방법을 범지(汎知 : pansophia)로써 체
계화하여 그 후의 교육에도 큰 영향을 끼쳤다.

요한 하만(Johann Georg Hamann, 1730~1788) 독일의 철학자 · 시인. 주로 편
지와 단편적인 문장으로 예언적인 견해를 썼다. 지적(知的) 편중의 계몽
주의를 극복하고, 전체적인 인격을 추구하려고 노력하였다. '슈투름 운
트 드랑(질풍노도)'의 문학운동의 선구로 간주된다.

요한 헤르바르트(Johann Friedrich Herbart, 1776~1841) 독일의 철학자이자
교육사상가. 윤리학과 심리학에 기초를 둔 교육학을 조직하여 교육의
궁극적 목적을 도덕적인 성격의 형성이라고 주장하며 세계 각국의 교육
계에 큰 영향을 주었다.

요한 스트린드베리(Johan August Strindberg, 1849~1912) 스웨덴의 극작가이
자 소설가로, 심리학과 자연주의를 결합시킨 새로운 종류의 서구 극을

만들어냈으며, 이것은 후에 표현주의 극으로 발전했다. 대표작으로는 《아버지》, 《줄리앙》, 《유령 소나타》 등이 있다.

우나무노(Miguel de Unamuno, 1864~1936) 에스파냐의 철학가·시인·소설가. 살라망카대학에서 교수와 총장을 지냈고 '1898년대의 작가'의 지도적 중심인물로서 문학·사상 양면에서 다채로운 활동을 하였다. 주요 저서에 《돈키호테와 산초의 생애》 등이 있으며 실존적인 생의 문제를 다루었다.

우드로 윌슨(Thomas Woodrow Wilson, 1856~1924) 미국의 28대 대통령. 제1차 세계대전 중 비밀외교의 폐지와 민족자결주의를 제창, '14개조 평화원칙'을 발표하였고 국제연맹 창설에 공헌하여 노벨평화상을 받았다.

우마르 하이얌(Umar Khayyām, 1040?~1123) 페르시아의 수학자·천문학자·시인. 셀주크 왕조 마리크샤 왕의 천문대를 운영하였고, 2차방정식의 기하학적·대수학적 해법을 연구하였다. 《자라르 연대기》로 불린 새로운 역법(曆法)을 고안하였고, 《루바이야트》라는 근대 페르시아어로 된 4행시를 썼다.

우치무라 간조(內村鑑三, 1861~1930) 일본 메이지·다이쇼시대 그리스도교의 대표적인 지도자·종교가. 무교회(無敎會)주의 그리스도교 사상가를 배출하여 현대 일본문화에 큰 영향을 끼쳤다. 김교신·함석헌을 통하여 한국에도 영향력을 미쳤다.

《우파니샤드(Upanisad)》 고대 인도의 철학서. 바라문교(波羅門敎, Brāhmanism)의 성전 베다에 소속하며, 시기 및 철학적으로 그 마지막 부분을 형성하고 있기 때문에 베단타(Vedānta : 베다의 말미·극치)라고도 한다. 현재 200여 종이 전해지는데, 그 중 중요한 것 10여 종은 고(古) 우파니샤드로 불리며, BC 600~AD 300년경, 늦어도 기원 전후에 성립된 것이다. 그 후 10수세기에 이르기까지 만들어진 것을 신우파니샤드라고 하며, 모두 산스크리트로 썼었다.

운초(雲楚, 미상) 성천(成川)의 명기(名妓)로서 가무·시문(詩文)에 뛰어났던 조선시대 기생 시인. 문집 《부용집》에 수록된 시 30여 수는 규수문학의 정수로 꼽힌다.

울피아누스(Domitius Ulpianus, 170?~228) 로마의 법학자·정치가. 명료하고

수려한 필체로 법에 관한 많은 글을 썼다. 그는 파피니아누스와 마찬가
지로 마르쿠스 안티스티우스 라베오와 같은 창의적인 법사상가는 아니
었으나, 당시의 이론을 정리하고 해석하는 데 탁월한 능력을 발휘했다.

워런 버핏(Warren Buffett, 1930~) 미국의 주식투자가. 증권 세일즈맨인 아
버지 밑에서 자라 콜롬비아대학 경영대학원 경제학 석사. 주식투자를
시작하여 한때 미국 최고의 갑부의 위치까지 올라섰던 전설적인 투자의
귀재로 미국에서 5위 안에 드는 갑부로 알려져 있다. '오마하의 현인
(Oracle of Omaha)'이라고도 불린다. 친구인 빌 게이츠 재단에 재산의
85%인 370억 달러를 기부하겠다고 밝혔다.

워싱턴 어빙(Washington Irving, 1783~1859) 미국의 수필가 · 소설가. 《뉴욕
사(史)》를 출간하여 풍자와 유머러스한 필치로 유명해졌다. 영국 풍물사
적(風物史跡)을 우아한 문체로 수필 식으로 엮은 《스케치 북》이 대표작
이며, 이 작품으로 미국작가로는 처음 국제적인 명성을 얻었다. 단편집 ·
전기 · 여행기 등이 많고 전아(典雅)한 문장과 로맨틱한 소재를 고집했다.
《원각경(圓覺經)》 대승(大乘) · 원돈(圓頓)의 교리를 설한 것으로, 주로 관
행(觀行)에 대한 설명인데, 문수(文洙) · 보현(普賢) · 미륵보살 등 12보살
이 불타와 일문일답하는 형식을 취하였다. 《유마경(維摩經)》, 《능엄경
(楞嚴經)》과 함께 선(禪)의 3경(經)이다.

월리스 스티븐스(Wallace Stevens, 1879~1955) 미국 시인. 풍부한 이미지와
난해한 은유(隱喩)를 특색으로 작품을 쓰며 《필요한 천사》 같은 뛰어난
시평론도 남겼다. 《시집》으로 퓰리처상을 수상했다.

월터 랜더(Walter Savage Landor, 1775~1864) 영국의 시인 · 산문작가. 주요
작품으로는 서사시 《게비르》, 《시모니데어》가 유명하며, 《상상적 대
화편》, 《페리클레스와 아스파시아》, 《펜타메론》은 당당한 산문의
대화편이다. 《로즈 에일머》와 같은 주옥같은 단편이 있다.

월터 롤리(Walter Raleigh, 1552?~1618) 영국의 군인 · 탐험가 · 시인 · 작가.
위그노 전쟁에 참가하고 아일랜드 반란을 진압한 공으로 기사작위를 서
임 받았다. 북아메리카를 탐험, 플로리다 북부를 '버지니아'로 명명하고
식민을 행했으나 실패했다.

월터 리프먼(Walter Lippmann, 1889~1974) 미국의 평론가 · 칼럼니스트.

1921년 《뉴욕 월드》 지의 논설기자로서 명성을 떨쳤고 《뉴욕 헤럴드 트리뷴》 지에서 칼럼 '오늘과 내일' 난을 담당하여 미국 정계뿐만 아니라 세계적으로 영향을 미치는 평론을 발표했다. 1947년에는 유명한 《냉전》을 발표하여, 그 후 국제정치의 유행어로 만들었다.

월터 배젓(Walter Bagehot, 1826~1877) 영국의 정치가이며 문필가. 특히 저서 《영국 헌정》은 당시 영국 헌정에 대한 권위 있는 해설서로서 명성이 높았다. 다른 저서 《물리학과 정치학》이 있다.

월터 스콧(Walter Scott, 1771~1832) 19세기 초 영국의 역사소설가·시인·역사가. 《최후의 음유시인의 노래》, 《마미온》, 《호수의 여인》의 3대 서사시로 유명하다. 역사소설 《웨이벌리》, 《가이 매너링》, 《부적》 등은 유럽에서 애독되었다. '웨이벌리의 작자'라는 익명을 사용하였다.

월터 페이터(Walter Horatio Pater, 1839~1894) 영국의 비평가·수필가·인문주의자. 19세기 말 데카당스적 문예사조의 선구자이다. 레오나르도다빈치, 보티첼리 등 르네상스기 화가 중심의 평론집 《르네상스 사(史)의 연구》를 발표했다. 그가 주창한 '예술을 위한 예술' 옹호론은 심미주의로 알려진 운동의 원칙이 되었다.

월트 휘트먼(Walt Whitman, 1819~1892) 미국의 시인. 시집 《풀잎》은 형식과 내용면에서 매우 혁신적이었으며, 이 작품으로 종래 전통적 시형을 벗어나 미국의 적나라한 모습을 찬미했다. 3판에 이르러는 '예언자 시인'으로의 변모를 드러냈다. 산문집 《자선일기 기타》가 유명하다.

웬들 개리슨(Wendell Phillips Garrison, 1840~1907) 미국의 신문잡지 편집인. W. L. 개리슨의 아들. 문예평론지 《네이션》의 문예란을 집필하였다. 동생인 F. J. 개리슨과 함께 아버지의 전기 《윌리엄 로이드 개리슨 1805~79》을 집필하였다.

《위서(魏書)》 중국 남북조시대 북제(北齊)의 위수(魏收)가 편찬한 사서(史書). 기전체(紀傳體)로 북위(北魏)의 역사를 서술한 중국 이십오사(二十五史) 가운데 하나다.

위스턴 오든(Wystan Hugh Auden, 1907~1973) 미국의 시인. 기법적으로 고대 영시풍의 단음절 낱말을 많이 써서 조롱이 섞인 경시와 모멸을 덧붙인 독특한 스타일을 만들어 냈다. 주요 저서로는 《시집》, 《연설자들》

등이 있다.

윈스턴 처칠(Winston Leonard Spencer Churchill, 1874~1965) 영국의 정치가.
자유당 내각의 통상장관·식민장관·해군장관 등을 역임하였다. 제2차
세계대전 중에 노동당과의 연립내각을 이끌고 루스벨트, 스탈린과 더불
어 전쟁의 최고정책을 지도했다. 이후 반소 진영의 선두에 섰으며 1946
년 '철의 장막'이라는 신조어를 만들어내기도 했다. 그는 역사·전기 등
의 산문에도 뛰어나 많은 저서를 남겼으며, 《제2차 세계대전》(6권)으
로 노벨문학상을 수상하였다. 또한 화가로서도 재질을 발휘했다.

윌 듀란트(William James Durant, 1885~1981) 미국의 철학가·역사가. 컬럼
비아 대학교 철학과 박사. 전 세계인을 철학의 길로 이끈 영원한 베스트
셀러 《철학 이야기》의 저자이자 저명한 역사가. 그 밖의 저서로 《역사
속의 영웅들》이 있다.

윌리엄 2세(William II, 1056~1100) 영국 노르만왕조의 왕(재위 1087~1100).
노르망디의 귀족 반란을 진압하고 스코틀랜드에 침입하여 왕을 굴복시
켰으나 무단정치와 반로마 교회적 태도 등으로 인심을 잃었다.

윌리엄 E. 두보이즈(William Edward Du Bois, 1868~1963) 미국의 역사가. 흑
인문제를 사회학적인 방법으로 분석하고 인종주의에 맞서 대항한 흑인
지도자이기도 하다. 1903년에 쓴 책 《흑인의 영혼》은 출간된 지 100년
이 지난 지금까지 계속 출판되고 있으며 《톰 아저씨의 오두막》이후 흑
인들에게 가장 많은 영향력을 준 책으로 꼽힌다.

윌리엄 S. 클라크(William Smith Clark, 1826~1886) 미국의 과학자·교육자.
매사추세츠 주립 농과 대학 학장을 역임했으며, 학생들에게 깊은 종교
적 감화를 주었으며, '소년들아 포부를 가져라(Boys be Ambitious!)'라는 그
의 말은 유명하다.

윌리엄 고드윈(William Godwin, 1756~1836) 영국의 정치평론가·소설가. 프
랑스혁명 직후 사유재산의 부정(否定)과 생산물의 평등분배에 입각한
사회정의 실현을 주장하여 《정치적 정의나 그것이 일반 미덕과 행복에
미치는 영향에 관한 고찰》을 써서 무정부주의의 선구자이자 급진주의
의 대표가 되었다.

윌리엄 글래드스턴(William Ewart Gladstone, 1809~1898) 영국의 정치가. 자

유당 당수를 지냈고, 수상 직을 4차례 역임하였다. 윈스턴 처칠과 함께 가장 위대한 영국의 수상으로 추앙받고 있다. 백작 작위를 수여하려고 할 때 이를 사양하여 대평민(The Great commoner)으로서 일생을 마쳤다.

윌리엄 길버트(William Schwenck Gilbert, 1836~1911) 영국의 극작가. 1907년 경(Sir) 칭호를 받았으며, 불의의 사고로 익사하였다. 작풍은 영국사람 특유의 풍자와 유머가 넘치며, 대표작으로는 《군함 피나포어》, 《펜잔스의 해적》 등이 있다.

윌리엄 깁슨(William Ford Gibson, 1948~) 미국계 캐나다 소설가. 과학소설의 장르인 사이버펑크의 「검은 예언자(느와르 프로펫, noir prophet)」라고 불린다. 1982년 그의 데뷔작인 뉴로맨서(Neuromancer)에서 「사이버스페이스(cyberspace)」라는 용어와 개념이 유명해졌다. 그는 아직 잘 알려지지 않은 90년대 이전에, 현재 전 세계적으로 퍼져 있는 네트워크 공간을 잘 묘사했으며 뉴로맨서에서 쓰인 많은 용어들이 90년대에 들어 인터넷 등에서 널리 쓰이게 되었다.

윌리엄 매킨리(William McKinley, 1843~1901) 미국 제25대 대통령. 금본위제도 유지와 보호관세로 산업자본에 유리한 정책을 전개하였다. 미국 · 스페인 전쟁을 일으키고 극동에 대해서 문호개방정책을 취하였다.

윌리엄 밴더빌트(William Henry Vanderbilt, 1821~1885) 미국의 철도사업가 · 자선사업가. 뉴욕 시 5번가에 한 구획 전체에 건물을 짓고 수집한 그림과 조각품을 전시했는데, 개인 수집품으로는 세계에서 가장 훌륭하다는 평을 들었다. 메트로폴리탄 미술관, YMCA, 교회, 병원 등에 상당액의 유산을 기증했다.

윌리엄 부스(William Booth, 1829~1912) 영국의 종교가. 구세군의 창립자. 1865년 동부 런던의 빈민굴에서 전도한 것이 구세군의 시작이 되었다. 저서에 《암흑의 영국에서》가 있다.

윌리엄 브라이언(William Jennings Bryan, 1860~1925) 미국의 정치가. 안으로는 금권정치를, 밖으로는 제국주의를 반대하여 평화유지에 힘쓴 진보파 정치가로 알려져 있다.

윌리엄 브라이언트(William Cullen Bryant, 1794~1878) 미국의 시인 · 저널리스트. 미국문학의 확립기를 산 시인이다. '미국시의 아버지'로 불리는

《새너토프시스》,《물새에게》등의 자연을 노래한 시로 문학가로서 인정받았다.《뉴욕 리뷰》지(誌)를 편집하였으며,《뉴욕 이브닝 포스트》지의 편집에 관계하였다.

윌리엄 블랙스톤(William Blackstone, 1723~1780) 영국의 법학자. 왕좌(王座) 재판소·민소 재판소의 재판관. 산업혁명 이전까지의 영국법 전반을 체계화하고 해설한《영법석의(英法釋義)》를 써서, 영국법학의 학문성을 높이고, 독립전쟁 전후의 미국법 발달에 큰 영향을 주었다.

윌리엄 블레이크(William Blake, 1757~1827) 영국 시인·화가. 신비로운 체험을 시로 표현했다. 작품으로《결백의 노래》,《셀의 서(書)》,《밀턴》등이 있다. 화가로서 단테 등의 시와 구약성서 〈욥기〉 등을 위한 삽화를 남김으로써 천재성도 보이며 활약하기도 했다.

윌리엄 사로얀(William Saroyan, 1908~1981) 미국의 작가. 1940년《너의 인생의 한때》가 퓰리처상으로 결정되었으나, 수상을 거부했다.《내 이름은 아람》,《인간희극》,《록 워그럼》등이 유명하다. 가족, 이웃 등을 모델로 인간성의 선함과 삶의 가치를 다루고 있다.

윌리엄 새커리(William Makepeace Thackeray, 1811~1863) 19세기 영국 문학을 대표하는 소설가. 적절히 억제된 교양 있는 문체, 날카로운 역사 감각 등이 최근 재평가되고 있다. 주요 저서로는 대작《허영의 시장》,《헨리 에즈먼드》등이 있다.

윌리엄 스토리(William Wetmore Story, 1819~1895) 미국의 조각가. 문필가와 연극배우 등 사회 저명인사들로 이뤄진 모임의 중심인물로도 알려져 있으며, 그의 조각품 중에는《클레오파트라》가 유명하다. 미국과 영국에서 폭넓은 인기를 얻었다.

윌리엄 섬너(William Graham Sumner, 1840~1910) 미국의 사회학자. 1875년 세계 최초로 사회학강좌를 개설하였다. 그의 사회학은 인류학적 경향을 띠어, 집단에 공유되고 사회질서 유지의 힘이 되는 습속이라는 개념을 제창하였다. 저서에《습속론》이 있다.

윌리엄 알렉산더 스털링(1576?~1640) 스코틀랜드의 시인.

윌리엄 예이츠(William Butler Yeats, 1865~1939) 아일랜드 시인·극작가. 환상적이며 시적인《캐서린 백작부인》을 비롯하여 몇 편의 뛰어난 극작품을 발표했으며, 1923년에는 노벨문학상을 수상하였다. 독자적 신화로써 자연(자아)의 세계와 자연 부정(예술)의 세계의 상극을 극복하려 노력했다.

윌리엄 오슬러(William Osler, 1849~1919) 영국의 의학자. 주요 저서로 《의학의 원리와 실제》, 《근대의학의 개혁》이 있으며, 그의 이름을 표제에 단 맥길문고 《Bibliotheca Osleriana》는 의학사상 귀중한 문헌이다.

윌리엄 워즈워스(William Wordsworth, 1770~1850) 영국의 낭만주의 시인. 1843년 친구인 로버트 사우디의 뒤를 이어 1850년까지 계관시인을 지냈다. 테일러 콜리지와 공저한 《서정 민요집》은 영국 낭만주의 운동의 시발점이 되었다.

윌리엄 윌리엄스(William Carlos Williams, 1883~1963) 과장된 상징주의를 배제하고 평명한 관찰을 기본으로 한 '객관주의'의 시를 표방해 작품을 쓴 미국 시인. 작품 《미국인의 기질》에서 역사적 인물에 대한 논평을 통해 미국인의 특성과 문화를 분석했다. 단편 《장 베크》, 《냉혹한 얼굴》과 시집 《브뢰헬의 그림, 기타》로 1963년 시 부문 퓰리처상을 받았다.

윌리엄 잉(William Motter Inge, 1913~1973) 미국의 극작가. 미국 중서부의 시골 서민 감정을 잘 파악하였으며 심리묘사에 뛰어났다. 《돌아오라, 어린 세바여》, 《피크닉》, 《버스 정류장》, 《계단 위의 어둠》 등을 발표해 브로드웨이 관객층의 공감을 불러일으켰다.

윌리엄 제임스(William James, 1842~1910) 미국의 심리학자 · 철학자. '의식의 흐름(Stream of Consciousness)'이라는 용어를 처음 사용하였으며, 빌헬름 분트와 함께 근대 심리학의 창시자로 일컬어진다.

윌리엄 채닝(William Ellery Channing, 1780~1842) 미국 유니테리언파 목사. 칼뱅주의에 반대하고 인간성에 있어서 신의 내재를 주장했다. 노예제도와 전쟁에 반대하였으며 문학적 독립선언인 《미국 국민문학론》을 썼다.

윌리엄 콜린스(William Collins, 1721~1759) 영국 시인. 18세기 후반 고전주의 시단(詩壇)에 낭만적인 시풍을 도입한 선구자. 주요 작품으로는 《석양부(夕陽賦)》를 비롯하여 《1746년 연두부(年頭賦)》, 《간소부(簡素賦)》 등이 있다.

윌리엄 콩그리브(William Congreve, 1670~1729) 영국의 극작가. 화려한 희극적 대화술 및 상류사회에 대한 풍자적 묘사, 동시대인들의 가식적인 행위에 대한 반어적인 탐구 등을 통해 영국 풍속희극의 토대를 형성했다. 작품으로 《늙은 독신자》, 《거짓말쟁이》, 《세상만사》 등이 있다.

윌리엄 쿠퍼(William Cowper, 1731~1800) 영국 시인. 낭만파 시인들에게 많은 영향을 끼쳤다. 전원(田園) 찬미에 새로운 경지를 개척하여 대작 《과제》을 발표했고, 그 밖에 《올니의 찬미가》, 《존 길핀》 등이 있으며 온화한 인품이 풍기는 서간문으로도 유명하다.

윌리엄 템플(William Temple, 1881~1944) 영국의 종교철학가. 저서 《자연, 인간 및 신》에서 최고 가치이자 궁극적 실재인 신을 제시하였다. 플라톤의 영향을 받은 그의 사상은 만년에 스콜라주의로 기울어졌다.

윌리엄 페티(William Petty, 1623~1687) 영국의 경제학자로 정치산술을 창시하였으며 노동가치설을 제창하여 고전학파의 선구가 되었다.

윌리엄 펜(William Penn, 1644~1718) 영국의 신대륙 개척자. 찰스 2세에게 북아메리카의 델라웨어 강 서안의 땅에 대한 지배권을 출원하여 허가를 받자 그 땅을 펜실베이니아라 명명하고, 퀘이커 교도를 중심으로 하는 자유로운 신앙의 신천지로 만들었다.

윌리엄 포크너(William Cuthbert Faulkner, 1897~1962) 미국의 작가. 인간에 대한 신뢰와 휴머니즘의 역설적 표현을 통해 인간의 보편적인 모습을 규명하려는 그의 의지의 발현(發現)으로 남부사회의 변천해온 모습을 연대기적으로 묘사하였다. 주요 저서로는 《우화(寓話)》, 《자동차 도둑》 등이 있다. 1949년 노벨문학상을 수상. 또한 퓰리처상을 2회 수상했다.

윌리엄 피트(William Pitt the Elder, 1708~1778) 영국의 정치가. 대(大)피트. 휘그당원으로 1768년 사실상의 수상직을 겸하여 국정을 지도하였다. 7년전쟁에서 독일의 프리드리히 빌헬름 1세를 지원하여 북아메리카 식민지에 대한 프랑스의 위협을 제거하였다. 북아메리카 식민지에 대한 과세에 반대하였으나 식민지의 독립은 지지하지 않았다.

윌리엄 필립스(William D. Philips, 1948~) 미국의 물리학자. 스티븐 추, 코앙타누지와 함께 독자적인 연구로 레이저 빛을 이용, 원자를 마이크로켈빈 온도까지 냉각시켜 얼어 있는 원자를 계속 떠 있게 해 이들을 각기

다른 원자의 포위망 안에 가둘 수 있는 방법을 개발하였다.

윌리엄 하비(William Harvey, 1578~1657) 영국의 의학자·생리학자. 케임브리지와 이탈리아의 파드아 대학에서 수학하였다. 그는 저서 《동물에 있어서 심장 및 혈액의 운동에 관한 해부학적 연구》에서 혈액이 순환하는 것을 많은 실험으로 확인, 그 동력은 심장의 박동이라는 것을 증명하였다. 이 증명은 데카르트의 사상에도 영향을 주었다.

윌리엄 해즐릿(William Hazlitt, 1778~1830) 영국의 비평가·수필가. 인간애가 넘치는 수필작품으로 특히 대중의 사랑을 받았다. 문학적인 기교와 허세를 부리지 않은 진솔한 문체에 작가의 지성을 담은 그의 작품들은 독자들에게 읽는 것만으로도 순수한 독서의 즐거움을 맛볼 수 있게 한다. 《셰익스피어 극의 성격》, 《영국 시인론》 등의 평론이 유명하다.

윌리엄 화이트(William Foote Whyte, 1914~ 2000) 미국의 사회학자. 인포멀한 제1차 집단에 항상 관심을 가지고, 소년 갱에 관한 소집단, 레스토랑의 종업원 상호간의 관계, 종업원과 고객의 인간관계, 제너럴 모터스의 노사관계(勞使關係) 등의 연구를 차례차례로 행하고 있다.

유길준(兪吉濬, 1856~1914) 한말의 개화운동가이며 최초의 국비유학생으로 미국에서 공부하였다. 귀국 후 7년간 감금되어 《서유견문》을 집필하였다. 아관파천(俄館播遷)으로 친일정권이 붕괴되자 일본으로 12년간 망명하였다. 순종황제의 특사로 귀국한 뒤, 국민교육과 계몽사업에 헌신하였다.

유달영(柳達永, 1911~2004) 한국의 농촌운동가·교육자. 국토통일원(현 통일부) 고문, 원예학회 회장 등으로 활동하였다. 농촌계몽운동을 벌였으며 일생 동안 농학연구를 비롯하여 식량자급, 무궁화 심기 등 실천적 활동을 하였다.

유리왕(琉璃王, ?~18) 고구려 제2대 왕. 부여로부터 아버지 동명성왕을 찾아 고구려에 입국, 태자로 책립되고 동명성왕에 이어 즉위하였다. 계비인 치희(雉姬)를 그리는 《황조가(黃鳥歌)》를 지었으며, 3년 도읍을 홀본(忽本 : 졸본)에서 국내성(國內城)으로 옮겼다.

유베날리스(Decimus Junius Juvenalis, 50?~130?) 고대 로마의 시인. 작품으로는 《풍자시집》이 남아 있으며 당시의 부패한 사회상에 대하여 격렬한 분노를 보이고 있다.

유세신(庾世信, ?~?) 조선 영조 때의 가객(歌客).

유안(劉安, BC 179?~BC 122) 중국 전한(前漢) 때 학자. 문학애호가로서, 사상적으로 노장을 주축으로 여러 파의 사상을 통합하려 했고, 도가사상에 의거한 통일된 이론으로 당시 유교 중심의 이론과 대항하려 했다. 주요 저서에는 빈객들과 함께 저술한 《회남자(淮南子)》가 있다.

《유양잡조(酉陽雜俎)》 단성식(段成式, ?~863)이 지은 중국 당나라 때의 수필집. 이상한 사건, 황당무계한 이야기를 비롯하여 도서·의식(衣食)·풍습·동식물·의학·종교·인사(人事) 등 온갖 사항에 관한 것을 탁월한 문장으로 흥미있게 기술하였다. 당나라 때의 사회를 연구하는 데 귀중한 사료가 된다.

유주현(柳周鉉, 1921~1982) 역사를 사실주의적으로 분석한 역사소설을 많이 남긴 소설가. 《조선총독부》, 《대원군》 등의 작품으로 종래의 흥미 위주의 역사물에서 벗어나 인간과 역사관에 깊이를 더한 작품으로 주목을 받았다.

유진오(兪鎭午, 1906~1987) 법학자·문인·정치가. 1948년 정부 수립을 위한 제헌헌법을 기초하고, 초대 법제처장을 역임하는 등의 활동을 하였다. 1967년 정계로 들어가 제7대 국회의원에 당선되어 활동하였다. 저서에는 《헌법해의(憲法解義)》, 《창랑정기(滄浪亭記)》 등이 있다.

유진 오닐(Eugene Gladstone O'Nell, 1888~1953) 미국의 극작가. 대표작 《지평선 너머》가 처음으로 브로드웨이에서 상영되었다. 이 작품으로 퓰리처상을 받았고 극작가로서의 지위를 확고히 하였다. 그 이후로도 《애너 크리스티》 등으로 퓰리처상을 받았으며, 1936년 노벨문학상을 수상함으로써 미국문학을 세계적 수준으로 끌어올리는 데 크게 공헌하였다.

유치환(柳致環, 1908~1967) 시인·교육자. 교육과 시작(詩作)을 병행, 중·고교 교장으로 재직하면서 통산 14권에 이르는 시집과 수상록을 간행하였다. 대표작으로는 허무와 낭만의 절규를 노래한 《깃발》을 비롯해 《수(首)》, 《절도(絶島)》 등이 있다.

유클리드(Euclid, BC 330?~BC 275?) 고대 그리스의 수학자. 그리스 기하학, 즉 '유클리드기하학'의 대성자이다. 그의 저서 《기하학원본》은 기하학

에 있어서의 경전적(經典的) 지위를 확보함으로써 유클리드 하면 기하
학과 동의어로 통용되는 정도에 이르고 있다.

유향(劉向, BC 79?~BC 8?) 전한시대 학자. 한나라 고조의 배다른 동생인 유
교의 4세손. 성제 때 외척의 횡포를 견제하고 천자의 감계가 되도록 하
기 위해 상고로부터 진, 한에 이르는 부서재이(符瑞災異)의 기록을 집성
하여 《홍범오행전론》을 저술하였다. 《한서》에 그의 전기가 수록되어
있다.

육구몽(陸龜蒙, ?~881) 중국 만당(晚唐)의 시인・농학자(農學者). 송강(松江)
의 보리에 은거하며 농경을 장려하고 개간과 농업의 개량사업에 힘쓰는
한편 시서(詩書)를 즐기며 유유자적한 생활을 보냈다. 친구인 피일휴(皮
日休)와 서로 주고받은 화답시가 유명하다. 농서(農書)인 《뇌사경(未耟
經)》, 시문집 《당보리선생문집(唐甫里先生文集)》 등의 저서가 있다.

《육도삼략(六韜三略)》 중국의 병서(兵書). 《육도》와 《삼략》을 아울러
이르는 말이며 중국 고대 병학(兵學)의 최고봉인 「무경칠서(武經七
書)」 중의 2서(書)이다. 《육도》의 도(韜)는 화살을 넣는 주머니, 싸는
것, 수장(收藏)하는 것을 말하며, 변하여 깊이 감추고 나타내지 않는 뜻
에서 병법의 비결을 의미한다. 문도(文韜)・무도(武韜)・용도(龍韜)・호
도(虎韜)・표도(豹韜)・견도(犬韜) 등 6권 60편으로 이루어지며 주(周)의
태공망(太公望)의 저서라고 전하나 후세의 가탁(假託)이 분명하다. 《삼
략》의 략(略)은 기략(機略)을 뜻하며 상략(上略)・중략・하략의 3편으
로 이루어졌다. 무경칠서 중 가장 간결한 병서로 사상적으로는 노자의
영향이 강하나 유가(儒家)・법가(法家)의 설도 다분히 섞여 있다. 이것도
태공망의 저서라는 설과, 한(漢)의 지장(智將) 장량(張良)이 황석공(黃石
公)에게서 전수했다는 설도 있으나 실은 후한에서 수(隋)나라 무렵에 성
립된 것으로 추정하고 있다.

육상산(陸象山, 1139~1192) 중국 남송의 유학자. 주자와 대립하여 중국 전
체를 양분하는 학문적 세력을 형성하였다. 주자는 객관적 유심론을 주
장한 반면, 상산은 주관적 유심론을 주장하였다. 상산의 학문은 양자호
등에 의해 계승되었다. 주요 저서에 《상산선생 전집》(36권)이 있다.

육유(陸游, 1125~1210) 철저한 항전주의자로 일관했던 중국 남송의 대표적

시인. 자는 무관(務觀). 약 50년간에 1만 수에 달하는 시를 남겨 중국 시
사상 최다작의 시인으로 꼽힌다. 강렬한 서정을 부흥시킨 점이 최대의
특색이라 할 수 있다. 주요 저서에는 《검남시고(劍南詩稿)》 등이 있다.

윤동주(尹東柱, 1917~1945) 일제 강점기에 짧게 살다간 젊은 시인으로, 어
둡고 가난한 생활 속에서 인간의 삶과 고뇌를 사색하고, 일제의 강압에
고통받는 조국의 현실을 가슴 아프게 생각한 고민하는 철인이었다. 그
의 이러한 사상은 《서시》, 《자화상》, 《또 다른 고향》, 《별 헤는 밤》
등의 작품에 잘 나타나 있다. 특히 《하늘과 바람과 별과 시》 는 그의 대
표 시로서, 어두운 시대에 깊은 우수 속에서도 티 없이 순수한 인생을
살아가려는 그의 내면세계를 표현하고 있다.

윤상(尹祥, 1373~1455) 조선 전기 학자. 정몽주(鄭夢周)의 문인으로, 1448년
(세종 30년) 예문관제학으로 성균관박사가 되어, 성균관에 들어간 세손
에게 강의하였으며, 문종 초에 치사(致仕)하였다. 성리학・역학에 밝았
으며, 후진양성에 힘써 조선 전기의 가장 훌륭한 사범이었다. 문집에
《별동집》이 있다.

윤선도(尹善道, 1587~1671) 조선 중기의 문신・시인. 호는 고산(孤山)・해
옹(海翁). 치열한 당쟁으로 일생을 거의 유배지에서 보냈다. 경사에 해박
하고 의약・복서・음양・지리에도 통하였으며, 특히 시조에 뛰어나 정
철의 가사와 더불어 조선시가에서 쌍벽을 이룬다. 저서에 《고산유고(孤
山遺稿)》가 있다.

윤오영(尹五榮, 1907~1976) 동양의 고전수필을 바탕으로 한국적 수필문학
을 개척한 수필가・교육자. 저서에 《수필문학강론》 등의 이론서와 수
필집 《고독의 반추》 등이 있다.

율리우스 카이사르(Gaius Julius Caesar, BC 100~BC 44) 로마 공화정 말기의
정치가・장군. 영어이름은 줄리어스 시저. 폼페이우스, 크라수스와 함께
3두동맹을 맺고 갈리아 전쟁을 수행하였다. 1인 지배자가 되어 각종 사
회정책, 역서(曆書)의 개정 등의 개혁사업을 추진하였으나 훗날 브루투
스에게 암살당했다.

이간(李偘, 1640~1699) 조선 후기의 종친. 선조의 13번째 왕자 인흥군 영의
아들. 도정을 거쳐 낭원군에 봉해졌다. 형인 낭선군(朗善君)과 함께 전서

(篆書)와 예서(隸書)에 능해 영변의 〈보현사풍담대사비(普賢寺楓潭大師碑)〉 등을 남겼다.

이건호(李建浩, 1876~1950) 조선 말·일제강점기의 시인. 면우 곽종석의 문인이었으며, 매천 황현의 제자들과 함께·「매월음사」라는 시 모임을 조직하여 활동하였다.

이고리 스트라빈스키(Igor Fëdorovich Stravinsky, 1882~1971) 러시아 출신의 미국 작곡가. 발레곡《불새》,《페트루슈카》로 성공을 거두고 그의 대표작《봄의 제전》으로 당시의 전위파 기수로 주목 받았다. 제1차 세계대전 후에는 신고전주의 작풍으로 전환, 종교음악에도 관심을 보였다.

이곡(李穀, 1298~1351) 고려시대의 학자. 문장에 뛰어났다. 가전체(家傳體) 작품《죽부인전(竹夫人傳)》과 100여 편의 시가《동문선(東文選)》에 전하며, 저서로《가정집(稼亭集)》이 전한다.

이광수(李光洙, 1892~1950) 호는 춘원(春園). 한국 최초의 근대 장편소설《무정(無情)》을 쓴 소설가. 소설문학의 새로운 역사를 개척하였다. 주요 작품으로《무정》,《흙》등을 비롯하여《이차돈(異次頓)의 사(死)》,《사랑》,《원효대사》,《유정》등 장·단편 외에 수많은 논문과 시편들이 있다.

이규보(李奎報, 1168~1241) 고려시대의 문신·문인. 명문장가로, 그가 지은 시풍(詩風)은 당대를 풍미했다. 몽골군의 침입을 진정표(陳情表)로써 격퇴하기도 하였다. 저서에《동국이상국집》,《국선생전》등이 있으며, 작품으로《동명왕편(東明王篇)》등이 있다.

이기영(李箕永, 1895~1984) 한국의 소설가. 1925년 조선프롤레타리아예술가동맹에 가담한 이후 경향문학의 대표적 작가로서 독보적 위치를 차지하였고, 카프의 조직과 창작 양면에서 맹활약하였다.《농부 정도룡》,《민촌》등의 소설을 통해 농민문학의 새로운 형식을 창출하였다.

이덕무(李德懋, 1741~1793) 조선 후기의 실학자. 정조(正祖)가 규장각을 설치하여 검서관(檢書官)을 등용할 때 박제가·유득공·서이수 등과 함께 뽑혀 여러 서적의 편찬 교감에 참여했다. 명(明)과 청(淸)나라의 학문을 깊이 수용하여 실질적으로는 북학을 따른 것으로 보인다. 후진(後進) 선비들을 위하여 만든 수양서(修養書)《사소절(士小節)》을 지었다.

이만갑(1921~) 사회학자. 서구의 실증주의적인 사회조사방법을 전파하여 한국사회학의 경험적 연구방법론의 기틀을 다지는 데 많은 역할을 했으며, 농촌사회학·가족사회학·지역사회개발론·근대화이론 등의 분야에 많은 연구업적을 남겼다. 국민훈장동백장·모란장, 학술원상 등을 받았으며, 저서로《한국농촌의 사회구조》,《사회조사방법》등이 있다.

이무영(李無影, 1908~1960)《제1과 제1장》,《흙의 노예》등 농촌소설을 쓴 소설가.《농부전초(農夫傳抄)》로 제4회 서울특별시문화상을 수상했다.

이반 곤차로프(Ivan Aleksandrovich Goncharov, 1812~1891) 러시아 작가. 저서로는《평범한 이야기》,《오블로모프》,《단애》등이 있다.

이반 골(Yvan Goll, 1891~1950) 독일의 작가. 표현주의적이고 초현실주의적, 신화적인 시적 이미지를 추구하였다. 문체나 언어가 다양한 것이 특징이다. 대표작으로《로트링겐의 민요》,《토르소》,《새로운 오르페우스》등이 있다.

이반 투르게네프(Ivan Sergeevich Turgenev, 1818~1883) 러시아의 소설가. 저서로는 1830~1840년대의 '잉여인간(剩餘人間)'을 형상화한 장편《루딘(Rudin)》을 발표하여 장편작가로서의 지반을 굳혔다. 그 밖에《귀족의 보금자리》,《사냥꾼의 수기》,《그 전날 밤》,《아버지와 아들》,《처녀지》등이 있다.

이백(李白, 701~762) 중국 당나라 시인. 중국 최고의 시인으로 추앙되며 시선(詩仙)으로 불린다. 자 태백(太白), 호 청련거사(青蓮居士). 두보(杜甫)와 함께 '이두(李杜)'로 병칭되는 중국 최대의 시인이다. 1,100여 편의 작품이 현존한다.

이병기(李秉岐, 1891~1968) 호는 가람(嘉藍). 시조시인. 수많은 고전을 발굴하고 주해하는 데 공을 세운 국문학자.《의유당일기(意幽堂日記)》,《근조내간집(近朝內簡集)》등을 역주(譯註) 간행했고, 백철(白鐵)과 공저로《국문학 전사(全史)》를 발간, 국문학사를 체계적으로 정리 분석했다.

이병주(李炳注, 1921~1992) 스토리의 다양한 전개를 통해 역사의식의 핵심에 접근한 소설가. 장편《산하(山河)》,《그해 5월》,《지리산》등 현대사의 이면을 파헤친 소설들에서 두드러진 성과를 거두었다.

이븐 시나(Ibn Sīnā, 980~1037) 페르시아의 철학자·의사. 18세에 모든 학문에 통달하였으며, 20대에 아리스토텔레스의 《형이상학(形而上學)》을 40회나 정독하였다. 토마스 아퀴나스에게도 영향을 끼쳤다. 그는 아리스토텔레스에 플라톤을 가미한 철학으로 이슬람 신앙을 해석하였다.

이상(李箱, 1910~1937) 난해한 작품들을 많이 발표한 시인·소설가. 본명은 김해경(金海卿), 보성고보(普成高普)를 거쳐 경성고공(京城高工) 건축과를 나온 후 총독부의 건축기수가 되었다. 1931년 처녀작으로 시 《이상한 가역반응(可逆反應)》을 《조선과 건축》지에 발표하고, 이듬해 시 《건축무한육면각체(建築無限六面角體)》를 이상(李箱)이라는 이름으로 발표했다. 《날개》를 발표하여 큰 화제를 일으켰고, 같은 해 《동해(童骸)》, 《봉별기(逢別記)》 등을 발표하였다.

이상백(李相佰, 1904~1966) 사학자·사회학자·체육인. 서울대학교 교수, 한국사회학회장을 역임했고, 한국 사회학의 개척자로 활약, 조선왕조사 연구에 업적을 남겼다. 대한올림픽위원회위원장, 국제올림픽위원회(IOC) 위원이었다.

이상은(李商隱, 812~858) 유미주의적(唯美主義的) 경향이 있는 중국 당(唐)나라 말기의 시인. 전고(典故)를 자주 인용, 풍려(豊麗)한 자구를 구사하여 당대 수사주의문학(修辭主義文學)의 극치를 보였다. 주요 저서로는 《이의산시집(李義山詩集)》, 《번남문집(樊南文集)》 등이 있다.

이상재(李商在, 1850~1927) 한말의 정치가·사회운동가. 서재필과 독립협회를 조직, 부회장으로 만민공동회를 개최했다. 개혁당 사건으로 복역했고, 헤이그 만국평화회의 밀사파견을 준비했다. 소년연합척후대 초대 총재, 조선일보사 사장 등을 지냈다.

이솝(Aesop, ?~?) 고대 그리스의 우화작가로, 《이솝이야기》의 작자로 알려졌다. 이솝은 아이소포스(Aisopos)의 영어식 표기인데, 헤로도토스에 따르면 BC 6세기에 사모스 사람 이아도몬의 노예였으며, 델포이에서 살해되었다고 한다. 안짱다리에다 불룩 나온 배, 검고 추한 용모를 가졌다는 유명한 아이소포스 상(像)은 아득한 후세의 창작에 지나지 않는다.

이수광(李睟光, 1563~1628) 조선 중기의 명신. 임진왜란 때 함경도지방에서 큰 공을 세웠다. 주청사로 연경에 내왕, 《천주실의(天主實義)》 등을 들여와 한국 최초로 서학을 도입했다. 《지봉유설》로 서양과 천주교 지식을 소개했다. 이조판서 등을 지냈고, 영의정에 추증됐다.

이숭인(李崇仁, 1347~1392) 고려 말기의 학자. 삼은(三隱)의 한 사람이다. 밀직제학(密直提學)으로 정몽주와 함께 실록을 편수했다. 친명·친원 양쪽의 모함을 받아 여러 옥사를 겪었다. 조선 개국 때 정도전의 원한을 사 살해되었다. 문장에 뛰어났다. 《도은집(陶隱集)》이 있다.

이양하(李敭河, 1904~1963) 주지주의(主知主義) 문학이론을 소개한 수필가·영문학자. 수필집 《나무》를 간행했고 권중휘(權重輝)와 공저로 《포켓 영한사전》을 펴냈다. 주요 저서로 《이양하 수필집》 등이 있다.

이어령(李御寧, 1934~) 평론가·소설가, 수필가. 평론을 통해 한국문학의 불모지적 상황에서 새로운 터전을 닦아야 할 것을 주장하였다. 이데올로기와 독재체제의 맞서 문학이 저항적 기능을 수행해야 한다는 것을 역설하기도 하였다. 저서로는 수필집 《흙 속에 저 바람 속에》, 《지성의 오솔길》, 《오늘을 사는 세대》, 《차 한 잔의 사상》 등이 있다.

이연수(李延壽, ?~?) 중국 당(唐)의 역사가로서 남북조시대 각 국가의 사서(史書)들을 정선(精選)하여 《남사(南史)》와 《북사》를 편찬하였다.

이오시프 스탈린(Iosif Vissarionovich Stalin, 1879~1953) 소련의 정치가. 레닌의 후계자로서 소련공산당 서기장·수상·대원수를 지냈고 1929년부터 1953년까지 소비에트 사회주의공화국 연방을 통치한 독재자이다. 테헤란·얄타·포츠담 등의 거두회담에 참석, 연합국과의 공동전선을 굳혀 독일을 굴복시키는 데 일익을 담당했다.

이오시프 이바노비치(Iosif Ivanovich, 1845?~1902) 루마니아의 작곡가·군악대장. 팡파르와 행진곡, 왈츠 등을 많이 작곡했다. 또 수많은 통속민요와 군악대용 작품을 많이 썼으나, 그의 피아노 소품과 성악작품도 굉장히 세련되다. 왈츠곡 《도나우 강의 잔물결》, 《카르멘 실바》의 작곡자로서 유명하다.

이외수(李外秀, 1946~) 춘천교육대학 중퇴(뒤에 명예졸업). 1972년 강원일보 신춘문예에 단편소설 《견습 어린이들》로 데뷔했으며, 1973년 중편소설 《훈장》이 세대지에서 신인문학상을 받았다. 작가 초기시절 지붕 위에 올라가 술을 마시거나 도를 닦고 다닌다 하여 기인이라 불렸다. 소

설《벽오금학도》,《장외인간》. 시집《그대 이름 내 가슴에 숨 쉴 때
까지》. 에세이《내 잠 속에 비 내리는데》 등 많은 작품이 있다.

이원수(李元壽, 1911~1981) 홍난파에 의해 작곡된 동요《고향의 봄》을 작
사한 아동문학가. 장편동화와 아동소설 장르를 개척했고 아동문학 이론
을 확립하는 데도 크게 기여했다. 작품으로《이원수 아동문학독본》,
《어린이 문학독본》 등이 있다.

이육사(李陸史, 1904~1944) 시인. 일제 강점기에 끝까지 민족의 양심을 지
키며 죽음으로써 일제에 항거했다.《청포도》,《교목(喬木)》등의 작품
들을 통해 목가적이면서도 웅혼한 필치로 민족의 의지를 노래했다.

이은상(李殷相, 1903~1982) 시조시인. 호는 노산(鷺山). 가곡으로 작곡되어
널리 불리고 있는《가고파》,《성불사의 밤》,《옛동산에 올라》등의
시조를 썼다. 예술원 공로상, 5·16민족상 학예부문 본상 등을 수상하였
다.

이이(李珥, 1536~1584) 조선 중기의 학자·정치가. 어머니는 사임당 신씨이
다. 호조·이조·형조·병조 판서 등을 지냈다. 선조에게 '시무육조(時
務六條)'를 바치고, '십만양병설' 등 개혁안을 주장했다. 동인·서인 간의
갈등 해소에 노력했다. 저서로는《성학집요》,《격몽요결》,《기자실
기》 등이 있다.

이인로(李仁老, 1152~1220) 시와 술을 즐기며 당대 석학들과 어울린 고려
시대 학자. 시문(詩文)뿐만 아니라 글씨에도 능해 초서(草書)·예서(隸
書)가 특출하였다. 저서에《은대집(銀臺集)》,《후집(後集)》등이 있다.

이정구(李廷龜, 1564~1635) 조선 중기의 문신. 명나라 요청으로《경서》를
강의했다. 정묘호란 때 왕을 호종, 강화에 피난하여 화의에 반대했다. 우
의정, 좌의정을 지냈다. 한문학의 대가로서 글씨에 뛰어났고 조선 중기
4대문장가로 일컬어진다.

이정보(李鼎輔, 1693~1766) 조선 후기 영조 때의 문신. 탕평책을 반대했다.
이조판서 때 김원행 등 선비를 기용해 세인을 놀라게 했다. 양관대제학·
성균관지사·예조판서 등을 거쳐 중추부판사가 되었다. 글씨와 한시에
능했다. 시조의 대가로 78수의 작품을 남겼다.

이제현(李齊賢, 1287~1367) 고려시대의 문신·학자. 원나라와의 관계에서

부당한 처사를 해결하는 등 활약하였다. 당대의 명문장가로 정주학의 기초를 확립했다. 조맹부 서체를 도입 유행시켰다. 저서로는 《효행록》, 《익재집(益齋集)》, 《역옹패설(櫟翁稗說)》, 《익재난고(益齋亂藁)》 등이 있다.

이조년(李兆年, 1269~1343) 고려시대의 문신. 충렬왕 20년(1294)에 문과에 급제하였으며, 1306년 비서승 때 왕유소(王惟紹) 등이 충렬왕 부자를 이간한 사건에 연루되어 귀양을 갔다. 충혜왕 때(1340) 정당문학에 승진, 예문관대제학이 되어 성산군(星山君)에 봉하여졌다. 시문에 뛰어났으며, 시조 1수가 전한다.

이주홍(李周洪, 1906~1987) 소설가·아동문학가. 해학·기지·풍자로 엮어지는 사실적 묘사와 치밀한 구성으로 《완구상》, 《늙은 체조교사》 등 소설·시·희곡·동화·동시 등에서 많은 작품을 발표하였다.

이주홍(李周洪, 1906~1987) 소설가·아동문학가. 해학·기지·풍자로 엮어지는 사실적 묘사와 치밀한 구성으로 《완구상》, 《늙은 체조교사》 등 소설·시·희곡·동화·동시 등에서 많은 작품을 발표하였다.

이준(李儁, 1859~1907) 한말의 항일애국지사. 독립협회에 참여하고, 개혁당, 대한보안회, 공진회, 헌정연구회 등을 조직했다. 보광, 오성학교를 세웠다. 1907년 헤이그 만국평화회의에 이상설·이위종 등과 합류했으나, 일본 측의 방해로 참석 못하고 순국했다.

이중섭(李仲燮, 1916~1956) 서양화가. 작풍(作風)은 포비슴(야수파)의 영향을 받았으며 향토적이며 개성적인 것으로서 한국 서구근대화의 화풍을 도입하는 데 공헌했다. 담뱃갑 은박지에 송곳으로 긁어서 그린 선화(線畵)는 표현의 새로운 영역의 탐구로 평가된다. 작품으로 《소》(뉴욕현대미술관 소장), 《흰 소》(홍익대학교 소장) 등이 있다.

이지함(李之菡, 1517~1578) 조선 중기의 학자·문신·기인(奇人). 일반적으로 《토정비결》의 저자로 알려져 있지만, 근거는 없다. 역학·의학·수학·천문·지리에 해박하였으며 농업과 상업의 상호보충관계를 강조하고 광산개발론과 해외 통상론을 주장했다. 진보적이고 사상적 개방성을 보였다.

이청담(李淸潭, 1902년~1971) 승려. 1927년 일본으로 건너가 송운사의 아키

모토에게서 불도를 닦아 득도하였다. 이듬해 귀국하여 개운사 불교전문
강원의 대교과를 졸업하였다. 대한불교조계종회 의장, 해인사 주지, 도
선사 주지, 조계종 총무원장 등을 지내면서 대한민국 불교정화에 크게
이바지하였다.

이태극(李泰極, 1913~2003) 시조시인. 조종현과 더불어 시조전문지《시조
문학》을 창간하여 작품발표와 신인 배출의 토대를 마련함으로써 한국
시조계를 중흥시켰다. 대표작으로《서해상의 낙조》가 있다.

이태영(李兌榮, 1914~1998) 한국 최초의 여성 변호사. 한국가정법률상담소
를 세우고 여성에 대한 불평등과 인습에 맞서 싸운 여성운동가이기도
하다. '가족법 개정운동'으로 1989년 이혼여성의 재산분할청구권을 인정
하고, 모계 · 부계 혈족을 모두 8촌까지 인정하도록 하는 결실을 얻었다.

이하(李賀, 790~816) 중국 중당(中唐)의 시인. 특출한 재능과 초자연적 제재
(題材)를 애용하는 데 대해 '귀재(鬼才)'로 불린다. 주요 작품에는 좌절된
인생에 대한 절망감을 굴절된 표현으로 노래한《장진주(將進酒)》를 비
롯,《안문태수행》,《소소소의 노래》등이 있다.

이하윤(異河潤, 1906~1974) 시인. 서울대학교 명예교수. 저서로 시집《물레
방아》,《실향(失香)의 화원(花園)》등과 역사집이 있다.

이항(李恒, 1499~1576) 조선 중기의 문신 · 학자. 활쏘기와 말 타기에 뛰어
났다. 사서 중《대학》을 중시했고, 이기론(理氣論)에 대해서는 이와 기
가 항상 일물(一物)이 됨을 강조했다. 문집《일재집(一齋集)》이 있다.

이항녕(李恒寧, 1915~) 법학자. 국민훈장무궁화장을 수상했으며, 저서로는
《법철학개론》,《민법학개론》등의 법률관계 저술과, 소설《교육가
족》등, 그리고 수필집《낙엽의 자화상》등이 있다.

이헌구(李軒求, 1905~1983) 서구문학을 한국에 소개하는 데 힘쓴 문학평론
가. 중앙문화협회 창립동인의 한 사람이었으며, 문필가협회 창립의 주
역을 맡았다. 주요 저서로《모색의 도정》,《문화와 자유》등이 있다.

이황(李滉, 1501~1570) 조선 중기의 학자 · 문신. 이기호발설이 사상의 핵심
이다. 영남학파를 이루었고, 이이(李珥)의 제자들로 이루어진 기호학파
와 대립, 동서 당쟁과도 관련되었다. 일본 유학계에 큰 영향을 끼쳤다.
도산서원을 설립 후진양성과 학문연구에 힘썼다. 저서로《퇴계전서》

가 있고 작품으로는 시조에 《도산십이곡(陶山十二曲)》이 있다.

이효석(李孝石, 1907~1942) 한국 단편문학의 전형적인 수작(秀作)이라고 할 수 있는 《메밀꽃 필 무렵》을 쓴 소설가. 장편 《화분(花粉)》 등을 계속 발표하여 성(性) 본능과 개방을 추구한 새로운 작품경향으로 주목을 끌기도 하였다. 대표적인 단편소설작가이다.

이희승(李熙昇, 1896~1989) 국어학자. 조선어학회 간사 및 한글학회 이사에 취임, 조선어학회사건으로 복역하였다. 서울대학교, 성균관대학교에 재직, 동아일보사 사장(1963)을 지냈다. 저서로 《국어대사전》, 문학작품으로 《박꽃》, 《벙어리 냉가슴》, 《소경의 잠꼬대》 등이 있다.

인평대군(麟坪大君, 1622~1658) 조선 제16대 인조임금의 셋째 아들. 1650년 이후 4차례에 걸쳐 사은사로 청나라에 다녀왔다. 제자백가에 정통했으며, 병자호란의 국치를 읊은 시가 전해진다. 또 서예와 그림에도 뛰어났다. 저서에 《송계집》, 《산행록》 등이 있다.

임마누엘 칸트(Immanuel Kant, 1724~1804) 독일의 철학자. 서유럽 근세철학의 전통을 집대성하고, 전통적 형이상학을 비판하며 비판철학을 탄생시켰다. 저서에 《순수이성비판》, 《실천이성비판》, 《판단력비판》 등이 있다.

임어당(林語堂, 1895~1976) 중국의 소설가·문명비평가. 음운학(音韻學)을 연구하고 노신 등의 어사사(語絲社)에 가담하여 평론을 썼다. 자유주의자로서 세계정부를 제창하였다. 소품문지(小品文誌) 《인간세(人間世)》 등을 창간, 소품문을 유행시켰으며, 평론집을 발표해 영국에 중국문화를 소개하기도 했다.

잉거솔(Robert Green Ingersoll, 1833~1899) 미국의 정치가·웅변가. '위대한 불가지론자(不可知論者)'로 유명하다. 성서를 맹렬히 비판하고 인본주의 철학과 과학적 합리주의 사상을 전파시켰다.

자

자사(子思, BC 483?~BC 402?) 중국 고대 노(魯)나라의 학자. 공자의 손자이며, 4서의 하나인 《중용(中庸)》의 저자로 전한다. 고향 노나라에 살면서 증자(曾子)의 학을 배워 유학 전승에 힘썼다. 일상생활에서 과불급(過

不及)이 없는 중용을 지향했다.

자와할랄 네루(Pandit Jawaharlal Nehru, 1889~1964) 인도의 정치가. 간디의 영향을 받아 반영(反英) 독립투쟁에 사회주의적 요소를 결합시키는 것 이 목표였다. 총리 겸 외무장관을 지내며 비동맹주의를 고수하였다.

자크 리비에르(Jacques Rivière, 1886~1925) 프랑스의 평론가. 《NRF(신프랑 스 평론)》편집장을 지냈다. 투철한 감정과 명석한 문체가 특색인 젊고 성실한 비평가로서 알려졌다. 작품은 《에튀드》, 《신의 발자취를 좇아 서》, 《랭보》, 《모럴리즘과 문학》, 《왕복 편지》 등이 있다.

자크 샤르돈느(Jacques Chardonne, 1884~1968) 프랑스의 소설가. 처녀작 《축 혼가》는 연애·결혼·남편·아내를 주제로, 연애소설에 대한 부부소 설의 형식을 만들어내었다. 그 밖에 《에바》, 《클레르》, 《시메리크》 등이 있다.

자크 오디베르티(Jacques Audiberti, 1899~1965) 프랑스의 시인·소설가·극 작가. 초현실주의 운동에 자극을 받아 창작활동에 종사했다. 남국풍의 충만한 상상력과 짜임새 있고 분방한 스타일, 풍부한 표현 등은 때로 빅 토르 위고와 비교되기도 한다. 주요 저서에는 《성채(城砦)》 등이 있다.

자크 프레베르(Jacques Prévert, 1900~1977) 초현실주의 작가 그룹에서 활약 한 프랑스 시인. 사회에 대한 희망과 감상적인 사랑의 발라드를 주로 썼 다. 당대 최고의 시나리오 작가로 활동했다. 오랜 전통의 구전시를 초현 실주의 풍의 '노래시'라는 형식으로 만들어 인기를 얻었다. 대표작으로 《파롤》, 《스펙터클》 등이 있다. 샹송 〈낙엽〉의 작사자이기도 하다.

잔 다르크(Jeanne d'Arc, 1412~1431) 영국의 백년전쟁 후기에 프랑스를 위기 에서 구한 영웅적인 소녀. 1429년의 「프랑스를 구하라!」는 신의 음성 을 듣고 고향을 떠나 샤를 황태자(뒷날의 샤를 7세)를 도왔다.

장경세(張經世, 1547~1615) 조선 중기 학자. 이황의 《도산십이곡(陶山十二 曲)》을 본떠 임금에게 충성하고 나라를 사랑하는 마음을 읊은 《강호연 군가(江湖戀君歌)》 12곡을 지었다. 남원의 덕계서원에 배향되었다. 문집 에 《사촌집(沙村集)》이 있다.

장 그르니에(Jean Grenier, 1898~1971) 프랑스의 소설가·철학자. 파리대학 교 교수. 소설가 알베르 카뮈도 제자로서 많은 영향을 받았다. 작품으로

《사력의 물가》,《존재의 불행》등이 있다.

장덕조(張德祚, 1914~2003) 여성작가로는 드물게 역사소설을 썼으며, 소설
은 일단 재미있어야 한다고 생각하고 수사적인 문장을 많이 사용했다.
6·25전쟁 종군기자로 활동하며 휴전협정을 취재한 공로로 문화훈장
보관장을 받았다. 1989년《고려왕조 5백년》14권을 출간했다.

장 랭보(Jean Nicolas Arthur Rimbaud, 1854~1891) 프랑스의 시인. 조숙한 천
재로 15세부터 20세 사이에 작품을 썼다. 이장바르의 영향을 받았다. 작
품은《보는 사람의 편지》,《명정선》,《일뤼미나시옹》,《지옥의 계
절》등이 있다. 폴 베를렌과 연인 사이였다.

장 메레(Jean Mairet, 1604~1686) 프랑스의 고전주의 극작가. 코르네유의 선
배이자 경쟁자이다. 동시대 극작가들은 그의 작품에 나오는 인물과 장
면, 대사들을 자유롭게 차용했다.

장 바티스트 라신(Jean Baptiste Racine, 1639~1699) 프랑스의 극시작가, 프랑
스 고전주의 비극의 대가.《베레니스》,《이피제니》등 삼일치의 법칙
을 지킨 정념비극의 걸작으로 성공을 거두었다. 아카데미 회원이었다.
그 밖에《페드르》등의 작품이 있다.

장사숙(張思叔) 중국 송(宋)나라의 대유학자. 그는 항상 14가지 좌우명을 마
음에 두고 실천할 수 있도록 힘썼다. 그 중에 「일을 할 때는 반드시 처
음에 잘 도모하고(作事必謀始), 말을 할 때는 반드시 행함을 고려한다(出
言必顧行)」등의 말은 모든 사람이 귀감으로 삼을 만하다.

장 아누이(Jean-Marie-Lucien-Pierre Anouilh, 1910~1987) 프랑스의 극작가. 작
품으로는 특히 한국에서도 자주 상연되어 온《앙티곤》을 비롯하여,
《투우사들의 왈츠》,《종달새》,《베케트》등의 걸작이 있다.

장 앙리 파브르(Jean Henri Fabre, 1823~1915) 프랑스의 곤충학자·박물학
자. 1855년 노래기벌의 연구를 발표하였고, 얼마 후에 르키앙 박물관장
이 되었다. 1878년 마지막 거처인 세리냥의 아르마스로 이사하여《곤충
기》를 출판하였다.

장 앙투안 드 바이프(Jean-Antoine de Baïf, 1532~1589) 16세기 프랑스 시인.
플레이아드 시파의 박식한 시인으로서 유명하다. 시집《멜린》,《기분
전환》등이 있다. 샤를 9세를 설득하여, 1570년 '시와 음악 아카데미'를

설립, 프랑스 시 개혁에 공헌하였다.

장이욱(張利郁, 1895~1983) 교육자. 서울대학교 사범대학장과 총장을 지냈
으며《새벽》지 대표. 주미대사, 흥사단 이사장, 실지회복 이북동지회
이사장 등을 지냈다. 도산사상의 전파와 사회교육에 힘썼다.

장자(莊子, BC 369~BC 289?) 중국 고대의 사상가로서 제자백가(諸子百家)
중 도가(道家)의 대표자. 도(道)를 천지만물의 근본원리라고 보았다. 이
는 도는 어떤 대상을 욕구하거나 사유하지 않으며(無爲), 스스로 자기
존재를 성립시키며 절로 움직인다(自然)고 보는 일종의 범신론(汎神論)
이다.

《장자(莊子)》 중국 전국시대의 사상가 장자(莊子 : 莊周)의 저서. 노자의
학문을 깊이 연구하였으며 그의 사상의 밑바탕에 동일한 흐름을 엿볼
수 있다. 《장자》의 문학적인 발상은 우언우화(寓言寓話)로 엮어졌는데,
종횡무진한 상상과 표현으로 우주본체·근원·물화현상(物化現象)을
설명하였고, 현실세계의 약삭빠른 지자(知者)를 경멸하기도 하였다.

장 자크 루소(Jean-Jacques Rousseau, 1712~1778) 18세기 프랑스의 사상가·
소설가. 작품은《신 엘로이즈》,《에밀》,《고백록》등이다. 프랑스 혁
명에서 그의 자유민권 사상은 혁명지도자들의 사상적 지주가 되었다.
19세기 프랑스 낭만주의 문학의 선구적 역할을 하였다.

장적(張籍, 766?~830?) 중국 당나라의 문학가. 전쟁의 비정함과 전란 속에
겪는 백성들의 고난을 사실적으로 잘 그렸다. 주요 작품으로《축성
사》,《야로가》등은 봉건통치계급들이 농민에게 가져다 준 고통을 폭
로하고 고난에 허덕이는 농민들에게 동정을 나타내고 있다.

장지연(張志淵, 1864~1921) 대한제국과 일제강점기 초기의 언론인으로
1905년 을사조약이 체결되자 황성신문에 '시일야 방성대곡(是日也放聲
大哭)'이라는 사설을 발표하여 일본의 흉계를 통박하고 그 사실을 널리
알렸다. 하지만 1914년부터 1918년까지 조선총독부의 기관지 구실을 한
매일신보에 고정 필진으로 참여해 친일 경향의 시와 산문을 발표하여
일본 제국주의의 지배에 순응하여 협력했다는 비판을 받고 있다.

장 칼뱅(Jean Calvin, 1509~1564) 장로교를 창시한 프랑스의 개신교 신학자
이자 종교개혁자. 1533년 에라스무스와 루터를 인용한 이단적 강연의

초고를 썼다는 혐의를 받고 은신해 지내면서 교회를 초기 사도시대의
순수한 모습으로 복귀시킬 것을 다짐하고 로마가톨릭교회와 결별했다.
저서에 복음주의의 고전이 된 《그리스도교 강요(綱要)》, 《로마서 주
해》 등이 있다.

장 콕토(Jean Cocteau, 1889~1963) 프랑스의 시인·소설가·극작가. 다방면
에 이른 활동을 겸하며 문단과 예술계에 물의를 일으키기도 하였다. 작
품으로 소설 《사기꾼 토마》, 《무서운 아이들》, 희곡 《무서운 어른
들》, 시나리오 《비련》, 《마녀와 야수》, 《오르페》 등이 있다.

장 파울(Jean Paul, 1763~1825) 본명은 리히터(Johann Paul Friedrich Richter).
독일의 소설가. 독일 문학사상에서 레싱(Gotthold Ephraim Lessing)이나 괴
테와 비견되기도 한다. 그의 문학론의 총결산이라고 할 수 있는 《미학
입문》은 독일 낭만주의 해명에서도 귀중한 문헌이다.

장 폴랑(Jean Paulhan, 1884~1968) 프랑스의 비평가. 다다이즘운동에 관계했
으며, 비평에서는 '언어' 문제에 주목했고 낭만주의 이후의 문학에 대한
위기적 상황을 분석하면서 사고와 언어 사이의 조화의 길을 제시한 낭
만주의 이후의 문학에 대한 위기적 상황을 분석하면서 사고와 언어 사
이의 조화의 길을 제시했다. 주요 저서로 《타르브의 꽃》 등이 있다.

장 폴 사르트르(Jean Paul Sartre, 1905~1980) 프랑스의 작가·사상가. 시몬
드 보봐르와 계약결혼 평생 반려했다. 철학논문 《존재와 무》는 무신
론적 실존주의의 입장에서 전개한 존재론으로, 제2차 세계대전 전후 시
대사조를 대표한다. 노벨문학상 수상을 거부하여 큰 반향을 일으켰다.

장 프레보(Jean Prévost, 1901~1944) 프랑스의 소설가. 포퓰리즘에 공감을 나
타낸 《부캉캉 형제》, 평론 《몽테뉴의 생애》, 《스탕달에 있어서의 창
조》 등 뛰어난 작품을 썼고, 1943년 전작품에 대하여 아카데미 문학대
상을 받았다. 독일과의 레지스탕스 전투에서 영웅적인 죽음을 당했다.

장현광(張顯光, 1554~1637) 조선 중기 학자. 유학의 입장에서 온 세상의 만
물이 생겨나는 근원을 이르는 태극을 내세우되 일체유(一體儒)와 그 근
원을 대답을 기다리는 것과 조화의 논리로 융화 종합하는 철학적 근거
를 명시했다. 영남의 많은 남인 학자들을 길러냈다. 주요 저서로 《여헌
집》, 《역학도설(易學圖說)》 등이 있다.

잭 캔필드(Jack Canfield, 1944~) 매사추세츠대학교 대학원 교육석사. 작가 카운슬러. 저서로 《영혼을 위한 닭고기수프》 등이 있으며, 마크 빅터 한센(Mark Victor Hansen)과 함께 여러 권의 시리즈로 펴낸 《마음을 열어주는 101가지 이야기》는 미국에서만 2천 6백만 부, 세계적으로는 150개국, 38개국 언어로 출간되어 4천만 독자들의 사랑을 받는 전 세계적인 베스트셀러이다.

잭 케루액(Jack Kerouac) 소위 「비트 제너레이션의 화신」 혹은 「비트들의 왕」이라는 칭호를 받은 미국의 소설가. 「비트 제너레이션」은 일반적으로 제1차 세계대전 후에 환멸을 느낀 미국의 지식계급 및 예술파 청년들에게 주어진 명칭이다. 헤밍웨이의 《해는 또다시 떠오른다》의 서문에 「당신들은 모두 잃어버린 세대의 사람들입니다」라는 거트루드 스타인이 한 말을 인용한 말이다. 저서로 《마을과 도시》 등이 있다.

《전국책(戰國策)》 중국 전한(前漢) 시대의 유향(劉向)이 동주(東周) 후기인 전국시대(戰國時代) 전략가들의 책략을 편집한 책. 왕 중심 이야기가 아니라, 책사(策士)·모사(謀士)·세객(說客)들이 온갖 꾀를 다 부린 이야기가 중심으로 언론(言論)과 사술(詐術)이다.

전혜린(田惠麟, 1934~1965) 성균관대학교 교수·수필가·번역문학가. F. 사강 원작 《어떤 미소》를 비롯하여 E. 슈나벨의 《한 소녀의 걸어온 길》, 이미륵(李彌勒)의 《압록강은 흐른다》, E. 케스트너의 《파비안》 등을 번역 소개하였다.

정도전(鄭道傳, 1342~1398) 고려 말 조선 초의 문신·학자. 이성계를 도와 조선을 건국하였으며 나라의 기틀을 다지는 역할을 했다. 하지만 제1차 왕자의 난 때 이방원(李芳遠)에게 참수되었다. 저서로 《삼봉집》, 《경제문감》 등이 있다.

정몽주(鄭夢周, 1337~1392) 고려 말 문신·학자. 의창(義倉)을 세워 빈민을 구제하고 유학을 보급했으며, 성리학에 밝았다. 《주자가례》를 따라 개성에 5부 학당과 지방에 향교를 세워 교육진흥을 꾀했다. 시문에 뛰어나 시조 《단심가》 외 많은 한시가 전해지며 서화에도 뛰어났다. 이성계 일파를 제거하려 했으나 방원(芳遠 : 태종)에 의해 선죽교에서 격살당했다.

정약전(丁若銓, 1758~1816) 조선 후기 문신으로 이익(李瀷)의 학문에 접하

였다. 진주목사 재원(載遠)의 아들로 약용(若鏞)의 둘째형이다. 남인계
(南人系) 학자들과 교유하고 역수학, 천주교 등 서학(西學)에 관심을 가
졌다. 천주교에 입교한 후 신유사옥 때 흑산도로 유배되었고, 유배지에
서 생을 마쳤다. 대표저서로 《자산어보(玆山魚譜)》가 있다.

정여창(鄭汝昌, 1450~1504) 조선 전기 문신 겸 학자. 성리학의 대가로서 경
사에 통달하고 실천을 위한 독서를 주로 하였다. 《용학주소》, 《주객문
답설》, 《진수잡저》 등의 저서가 있었으나 무오사화 때 부인이 태워
없앴다. 문집에 《일두유집(一蠹遺集)》이 있다.

정약용(丁若鏞, 1762~1836) 조선 후기 학자·문신. 사실적이며 애국적인 많
은 작품을 남겼고, 한국의 역사·지리 등에도 특별한 관심을 보여 주체
적 사관을 제시했으며, 합리주의적 과학정신은 서학(西學)을 통해 서양
의 과학지식을 도입하기에 이르렀다. 주요 저서로 《목민심서》, 《경세
유표》 등이 있다.

정인보(鄭寅普, 1893~1950) 한학자·역사학자. 양명학 연구의 대가였으며
한민족이 주체가 되는 역사체계 수립에 노력한 역사학자였다. 저서 《조
선사연구》, 《양명학연론》이 있다. 국학대학의 초대학장을 지냈다.

정지상(鄭知常, ?~1135) 고려시대 문신. 수도를 서경으로 옮길 것과 금(金)
나라를 정벌하고 고려의 왕도 황제로 칭할 것을 주장하였다. 시에 뛰어
나 고려 12시인의 한 사람으로 꼽혔다. 저서로는 《정사간집(鄭司諫
集)》이 있다.

정지용(鄭芝溶, 1902~1950) 시인. 섬세하고 독특한 언어를 구사하여 대상을
선명히 묘사하여 한국 현대시의 신경지를 열었던 시인. 이상(李箱)의 시
를 세상에 알리고, 조지훈, 박목월 등과 같은 청록파 시인들을 등장시키
기도 하였다. 작품으로 《향수(鄕愁)》 등이 있다.

정철(鄭澈, 1536~1593) 《관동별곡(關東別曲)》 등을 지은 조선 중기 문신·
시인. 당대 가사문학의 대가로서 시조의 윤선도와 함께 한국 시가사상
쌍벽으로 일컬어진다. 문집으로 《송강집》, 《송강가사》, 《송강별추록
유사(松江別追錄遺詞)》, 작품으로 시조 70여 수가 전한다.

정호(程顥, 1032~1085) 중국 북송(北宋) 중기의 유학자. '이기일원론(理氣一
元論)', '성즉이설(性則理說)'을 주창하였다. 그의 사상은 동생 정이를 거

쳐 주자(朱子)에게 큰 영향을 주어 송나라 새 유학의 기초가 되었고, 정주학(程朱學)의 중핵을 이루었다. 저서에 《정성서(定性書)》, 《식인편(識仁篇)》, 시에 《추일우성(秋日偶成)》 등이 있다.

제노(Flavius Zeno, ?~491) 로마제국의 황제(474~491년 재위). 처남 바실리스쿠스의 반란으로 피신했다가 황제의 자리를 되찾기도 했다. 동고트족 반란을 진압하고 동방교회들의 갈등을 해결하려 노력했다.

제논(Zēnōn ho Kyprios, BC 335?~BC 263?) 고대 그리스의 철학자. 그의 철학은 절욕(節慾)과 견인(堅忍)을 가르치는 것이었으며 '자연과 일치된 삶'이 그 목표였다. 아리스토텔레스가 변증법의 발명자라고 부른 인물로서 특히 역설로 유명하다. 그의 역설은 논리학과 수학의 엄밀성을 발전시키는 데 이바지했으며 연속과 무한이라는 개념이 정확하게 발전하고서야 비로소 해결될 수 있었다.

제라드 홉킨스(Gerard Manley Hopkins, 1844~1889) 19세기 영국의 시인으로 《홉킨스 시집》이 있다. 독창적으로 '도약률'이라는 운율법을 이용, 두운(頭韻)을 많이 써서 이미지와 암유(暗喩)의 복잡한 구성을 시도, 의미의 강력한 집중을 나타냈다. 특히 《도이칠란트호의 난파》가 유명하다.

제레미 벤담(Jeremy Bentham, 1748~1832) 영국의 철학자·법학자. 인생의 목적은 '최대 다수의 최대 행복'의 실현에 있으며, 쾌락을 조장하고 고통을 방지하는 능력이야말로 모든 도덕과 입법의 기초원리라고 하는 공리주의(功利主義)를 주장하였다.

제레미 테일러(Jeremy Taylor, 1613~1667) 1636년 찰스 1세의 궁정 전속 목사가 되어 설교가로 이름을 날렸다. 청교도 혁명 때 투옥되었다가 석방되자 웨일스에 머물며 《성생론(聖生論)》과 《성사론(聖死論)》을 썼다. 이 책들은 실감나는 비유와 생동감 넘치는 문체로 큰 호평을 받았다.

제롬 D. 샐린저(Jerome David Salinger, 1919~2010) 미국 소설가. 《호밀밭의 파수꾼》은 미국 문단의 걸작으로 평가받는 작품이다. 그 밖에 저서로 《9개의 단편》, 《프래니와 주이》, 《목수들이여, 대들보를 높이 올려라》 등이 있다.

제르멘 드 스탈(Germaine de Staël, 1766~1817) 보통 스탈 부인으로 불린다. 주 프랑스 스웨덴 대사인 스탈 남작과 결혼. 프랑스의 비평가이자 소설가로서 실증적 비평의 선구가 되었다. 비평사에서 주목할 만한 의의를 지닌 《독일론》을 저술하였으며, 프랑스 낭만주의의 발전에 기여했다.

제인 맨스필드(Jayne Mansfield, 1933~1967) 미국의 영화배우·연극배우. 브로드웨이와 할리우드에서 활동하였으며, 1950~1960년대의 미국 브로드웨이와 할리우드의 육체파 여배우로 마릴린 먼로나 소피아 로렌과 비교되며, 1967년 교통사고로 사망했다.

제인 오스틴(Jane Austen, 1775~1817) 영국의 소설가. 섬세한 시선과 재치 있는 문체로 영국 중상류층 여성들의 삶을 다룬 것이 특징이다. 담담한 필치로 인생의 기미(機微)를 포착하고 은근한 유머를 담은 그녀의 작품은 특히 20세기에 들어서면서 높이 평가되었다. 《오만과 편견》, 《지성과 감성》등은 여러 차례 영화화되는 등 지금도 인기를 끌고 있다.

제임스 가필드(James Abram Garfield, 1831~1881) 미국 제20대 대통령. 남북전쟁 때 북군장교로 의용군을 이끌었다. 하원의원 당시 공화당 내에서 지위를 쌓아 대통령후보에 지목되어 당선되었다.

제임스 기번스(James Gibbons, 1834~1921) 미국 볼티모어 교구의 제9대 대주교이자 추기경. 43세에 볼티모어 교구장이 되었고 1886년에는 레오 13세에 의해 추기경으로 임명받았다. 유럽 이주민들의 유입으로 인해 발생한 문제들과 미국의 비밀결사 문제, 교회 내 문제 등을 현명하게 풀어나갔다.

제임스 더버(James Grover Thurber, 1894~1961) 미국의 유머작가·만화가. 「유머란 어떠한 정서의 혼란을 성찰하여 부드럽게 이야기한 것」이라고 말했으며, 특히 여권문화와 기계문명 속에 놓여진 개인의 우수와 공포와 고독을 뒤집어 놓은 점에서 많은 도회지식인의 공감을 얻었다. 우화 《현대 이솝이야기》등이 있다.

제임스 듀젠베리(James Stemble Duesenberry, 1918~) 미국의 경제학자. 저서 《소득·저축·소비자 행동의 이론》에서 소비가 단지 개인의 소득액뿐만 아니라 사회에서의 소득계층상의 순위에도 의존한다고 하는 상대소득가설을 수립하였다. 이 저서에서 '전시효과'라고 하는 경제학용어가 처음 사용되었다. 그 밖의 저서로 《경기순환과 경제성장》이 있다.

제임스 딘(James Byron Dean, 1931~1955) 미국의 영화배우. 《에덴의 동쪽》,

《이유없는 반항》, 《자이언트》등에 연이어 출연하며 큰 인기를 얻었다. 교통사고로 24세의 짧은 영화인생을 마감하였다.

제임스 레스턴(James Barrett Reston, 1909~1995) 미국의 저널리스트. 1960년 전후까지 수많은 특종기사를 취재하여 《뉴욕타임스》의 상징적인 존재가 되었고 국제적인 기자로 인정받았다. 1969~1974년 뉴욕타임스의 부사장으로 있으면서 많은 유명기자를 길러냈다.

제임스 로웰(James Russell Lowell, 1819~1891) 미국 시인 · 비평가 · 외교관. 전통파 평론가로서 문단에 큰 영향을 끼쳤다. 만년에는 에스파냐와 영국 공사를 역임하였다. 저서로 《나의 장서》, 《서재의 창》 외에 시집 《버드나무 아래》 등이 있다.

제임스 매디슨(James Madison, 1751~1836) 미국의 제4대 대통령. 헌법제정회의에서 헌법초안 기초를 맡아 '미국헌법의 아버지'로 불린다. 토머스 제퍼슨 행정부의 국무장관을 지낸 후 대통령이 되어 제퍼슨의 중립정책을 계승하였다.

제임스 맥도널드(James Ramsay MacDonald, 1824~1905) 영국의 동화작가 · 시인. 애버딘 대학을 졸업한 뒤 목사가 되었고, 작가로 데뷔하여 작품을 썼다. 독자적인 공상 이야기 《북풍의 등에 업혀》로 유명하다. 그 밖에 《빛나는 공주》, 《공주님과 커디 소년》 등이 있다.

제임스 먼로(James Monroe, 1758~1831) 미국의 제5대 대통령. 제퍼슨의 명으로 나폴레옹에게서 루이지애나를 사들였다. 그 후 매디슨 밑에서도 활약하다가 1817년 대통령에 취임했다. 외교 기본정책으로 '먼로주의'를 선포하여 유럽 제국의 신대륙에 대한 간섭을 저지했다.

제임스 베벨(James Bebel, 1938~2010) 마틴 루터 킹 목사와 함께 1960년대 미국 흑인 인권운동을 이끌었던 목사.

제임스 베닛(James Gordon Bennett, 1795~1872) 《뉴욕 헤럴드》를 창간한 미국의 신문인. 스코틀랜드에서 출생 1819년 미국으로 건너갔다. 처음에는 학교선생 · 교정 · 번역 등에 종사했다. 1835년 500달러의 자본으로 《뉴욕 헤럴드》를 창간하여 새로운 아이디어에 의거한 편집과 풍부한 뉴스의 전달, 과감한 통신수단의 이용 등으로 대신문으로 발전하였다.

제임스 왓슨(James Dewey Watson, 1928~) 미국의 분자생물학자. 프랜시스

크릭과 공동연구로 DNA의 구조에 관하여 2중나선모델을 발표하였다. 1962년 크릭, 모리스 윌킨스와 함께 DNA의 분자구조해명과 유전정보 전달에 관한 연구업적으로 노벨생리·의학상을 수상하였다.

제임스 볼드윈(James Mark Baldwin, 1861~1934) 미국의 사회심리학자. 프린 스턴대학교 심리학·철학 교수로 재직하면서 심리학연구소를 세웠다. 아동심리의 연구에서 출발, 인격의 형성을 밝혀 미국 사회심리학의 기 초를 다졌다.

제임스 뷰캐넌(James Buchanan, 1791~1868) 미국의 제15대 대통령. 연방하 원의원, 러시아 대사, 연방상원의원, 포크 행정부의 국무장관을 지냈고 적극외교 추진에 중요한 역할을 했다.

제임스 조이스(James Augustine Joyce, 1882~1941) 아일랜드의 소설가·시인 으로 20세기 문학에 커다란 변혁을 초래한 작가. 37년간 국외로 망명생 활을 하며 아일랜드와 고향 더블린에 대한 작품을 썼다. 대표작으로 《더블린의 사람들》, 《율리시스》, 《젊은 예술가의 초상》 등이 있다.

제임스 진스(James Hopwood Jeans, 1877~1946) 영국의 물리학자·천문학자. 「기체운동론」을 발표하며 이 이론에서 레일리-진스의 법칙을 발견 하였으며, 「방사와 양자론」은 양자론의 발전에 기여하였다.

제임스 캐벌(James Branch Cabell, 1879~1958) 미국의 소설가. 대표작 《매뉴 얼 일대기》는 중세 프랑스의 가공의 나라인 포아텀의 역사를 이 나라 의 창시자 톰 매뉴얼과 그의 후손들을 중심으로 묘사한 10여 권에 달하 는 로맨스의 연작이다.

제임스 쿠퍼(James Fenimore Cooper, 1789~1851) 미국 소설가. 변경(邊境)을 배경으로 백인과 인디언의 관계를 다채롭게 묘사한 《가죽 스타킹 이 야기》가 대표작이다. 사회소설에서는 격렬한 움직임과 서스펜스가 풍 부한 로맨스를 다루어 '미국의 스콧'이라고도 불린다.

제임스 쿡(James Cook, 1728~1779) 영국의 탐험가·항해가. 캡틴 쿡으로도 불린다. 뉴질랜드와 오스트레일리아 탐험에 이어 1772년 남극권에 들어 갔다. 1776년에는 북태평양 탐험을 떠나 베링 해협을 지나 북빙양에 도 달했다. 그의 탐험으로 태평양의 많은 섬들의 위치와 명칭이 결정되고 현재와 거의 같은 태평양지도가 만들어졌다.

제임스 클라크(James Freeman Clarke, 1810~1888) 미국의 유니테리언파 목사·신학자·저술가. 다재다능한 개혁가로서 노예제도를 반대했고, 공무원제도의 개선을 주장했다.

제임스 터버(James G. Thurber, 1894~1961) 현대사회에서 느끼는 좌절감과 불안을 통찰력을 가지고 유머 있게 다루어 온 작가이자 카투니스트(cartoonist). 마크 트웨인 이후 미국에서 가장 위대한 유머리스트로 인정받고 있다. 저서로는 《월터 미티의 비밀생활》 등이 있다.

제임스 풀브라이트(James William Fulbright, 1905~1995) 미국의 정치가. 아칸소대학교 총장을 지내고 하원의원, 상원의원으로서 미국의 대외정책에 막강한 영향력을 행사하였다. 미국정부의 잉여농산물을 외국에 공매한 돈을 그 국가와 미국의 교육교환계획에 충당할 수 있도록 제안한 풀브라이트 법(法)에 의거 '풀브라이트 장학금'을 확립했다.

제프리 초서(Geoffrey Chaucer, 1343~1400) 중세 영국 최대의 시인. 근대 영시의 창시자로, '영시의 아버지'라 불린다. 《트로일루스와 크리세이드》, 《선녀 전설》을 거쳐, 중세 이야기 문학의 집대성이라고도 할 대작 《캔터베리 이야기》로 중세 유럽 문학의 기념비를 창조하였다.

조광조(趙光祖, 1482~1519) 조선 중종 때 사림의 지지를 바탕으로 도학정치의 실현을 위해 활동했다. 천거를 통해 인재를 등용하는 현량과(賢良科)를 주장하여 사림(士林) 28명을 선발했으며 중종을 왕위에 오르게 한 공신들의 공을 삭제하는 위훈삭제 등 개혁정치를 서둘러 단행하였다. 사흘 후 기묘사화가 일어나 능주로 귀양갔으며 한 달 만에 사사되었다.

조나단 스위프트(Jonathan Swift, 1667~1745) 영국 풍자작가·성직자·정치평론가. 윌리엄 템플(William Temple)의 비서로서의 생활은 후년의 풍자작가 스위프트의 성격 형성에 크게 영향을 미쳤다. 저서로는 《걸리버 여행기(Gulliver's Travels)》를 비롯하여, 정치·종교계를 풍자한 《통 이야기(A Tale of Tub)》, 《책의 전쟁(The Battle of the Books)》 등이 있다.

조나단 에드워드(Jonathan Edwards, 1703~1758) 12세에 예일대학에 입학한 천재. 그는 1720년 예일대학을 최우등으로 졸업했다. 철저한 칼빈주의자인 그는 원죄, 예정론, 거듭남의 필요성을 강조했다. 그의 가장 유명한 설교인 「진노하신 하나님의 손에 놓인 죄인들」은 회개하지 않은 죄인들이 지옥에서 맞이하게 될 운명을 생생하게 그려냈다.

조동필(趙東弼, 1845~ ?) 조선 후기의 문신. 성균관대사성을 지내고 1894년 이조참의·이조참판을 역임하였다. 1899년 장례원경(掌禮院卿)으로 고종과 소견(召見)하는 자리에서 제례상의 문제와 각 왕릉의 보존 및 비각을 보수하고 석비를 제작하는 문제 등을 논의하고 왕명에 의하여 이를 거행하는 등 왕실의 의례를 주로 맡았다.

조로아스터(Zoroaster, BC 630?~BC 553?) 자라투스트라의 영어명. 역사상의 인물이라는 것은 분명하지만 어느 시대 사람인지는 확실치 않다. BC 7세기 말에서 BC 6세기 초에 살았으며 20세 경에 종교생활을 시작해 30세 경에 아후라 마즈다신의 계시를 받고 조로아스터교(拜火敎)를 창시하였다고 한다.

조르다노 브루노(Giordano Bruno, 1548~1600) 르네상스 시대 이탈리아의 철학자. 도미니코 교단의 사제가 되었으나 가톨릭 교리에 회의를 품게 되었다. 1592년 베네치아에서 이단신문(異端訊問)에 회부되어 1600년 로마에서 화형(火刑)을 당했다. 자연에 대한 동경으로 가득 찬 그의 철학은 범신론적인 특징이 강하다.

조르주 당통(Georges Jacques Danton, 1759~1794) 프랑스의 혁명가이자 정치가. 파리코뮌의 검찰관 차석 보좌관과 법무장관을 지냈다. 국민공회에서는 산악당에 속하였고 자코뱅당의 우익을 형성하였으며 혁명적 독재와 공포정치의 완화를 요구하여 로베스피에르에 의하여 처형되었다.

조르주 뷔퐁(Georges Louis Leclerc de Buffon, 1707~1788) 프랑스의 철학자·박물학자. 파리왕립식물원 원장이 되어 모은 동식물에 관한 자료를 기초로 1749년부터 《박물지》를 출판하였다.

조르주 브라크(Georges Braque, 1882~1963) 프랑스의 화가. 피카소와 함께 큐비즘(입체파)을 창시하고 발전시킨 작가다. 20세기 미술에 결정적인 역할을 했고 일관되게 큐비즘의 가능성을 탐구하였다.

조르주 상드(George Sand, 1804~1876) 19세기 프랑스의 여류소설가. 남장차림, 시인 뮈세, 음악가 쇼팽과의 모성적 연애사건으로 유명하다. 저서는 《앵디아나》, 《콩쉬엘로》, 《마의 늪》, 《사랑의 요정》 등이 있다. 선구적 여성해방운동 투사로도 재평가된다.

조반니 그라시(Giovanni Battista Grassi, 1854~1925) 이탈리아의 동물학자.
1896년에 렙토세팔루스(Leptocephalus)가 뱀장어의 유체(幼體)임을 발견
하여 유럽산 뱀장어의 산란장과 그 생활사를 밝히는 데 있어서 중요한
실마리가 되었다. 1899년에 열대지방에서 말라리아병원충이 모기 체내
에서 어떻게 번식하는지 밝혔다.

조반니 카사노바(Giovanni Giacomo Casanova, 1725~1798) 에스파냐계 이탈
리아의 문학가 · 모험가 · 엽색가. 재치와 폭넓은 교양으로 외교관 · 재
무관 · 스파이 등 여러 직업을 가졌고 여러 계층의 사람들과 두루 사귀
었다. 그의 《회상록》은 18세기 유럽의 사회 · 풍속을 아는 데 귀중한
기록이다.

조병옥(趙炳玉, 1894~1960) 일제 강점기 때 활동한 독립운동가 · 정치가. 한
인회 · 흥사단 등의 단체에 참여하여 독립운동을 했다. 광복을 맞이해
한국민주당을 창당하고, 미 군정청 경무부장에 취임, 치안유지와 공산
당 색출에 진력했다.

조봉암(曺奉岩, 1898~1959) 독립운동가 · 정치가. 노농총연맹조선총동맹을
조직해 문화부책으로 활약하다가 상하이 코민테른 원동부(遠東部) 조선
대표에 임명되고, ML당을 조직해 활동했다. 제헌의원 · 초대농림부장관
이 되고 대통령선거에 출마하기도 했다.

조셉 라스키(Harold Joseph Laski, 1893~1950) 영국의 정치학자 · 교육자.
1930년대 '영국 민주주의의 위기'를 해명하는 과정에서 마르크스주의로
전향했다. 미국 하버드대학교 시절 펴낸 《현대 국가에서의 권위》와
《주권의 기초》는 주권국가의 전능성을 배격하고 정치적 다원주의를
주장한 것이었으나 1925년의 《정치학 개론》에서는 국가를 '사회의 기
초적 제도'로 규정함으로써 종래의 입장을 반전시켰다.

조셉 스테펀스(Joseph Lincoln Steffens, 1866~1936) 미국의 언론인 · 강연가 ·
정치철학자. 뉴욕에서 신문기자로 재직하면서 그는 정치인들이 사업가
들로부터 뇌물을 받고 사업활동상의 특혜를 제공하는 부패상을 많이 발
견했다. 뒤에 《매클루어스 매거진》의 편집국장이 된 후 부패상들을 모
아 《도시의 수치》라는 책을 냈다.

조셉 콘래드(Joseph Conrad, 1857~1924) 영국 소설가. 해양문학의 대표적 작

가. 그의 작품은 제2차 세계대전 후 실존주의적 인간관으로 주목을 끌었
다. 대표작 《나르시소스 호의 흑인》과 1900년에 발표한 문제작 《로드
짐》에 이어 《청춘》, 《태풍》 등의 단편도 박력 있는 해양소설이다.

조슈아 레이놀즈(Joshua Reynolds, 1723~1792) 영국의 초상화가. 고전 작가
들을 연구해 영국 미술계에 새로운 초상화 스타일과 기법을 확립했다.
아름다운 색채와 명암의 교묘한 대비에 뛰어나고, 장중하며 우아했다.

조안 로빈슨(Joan Violet Robinson, 1903~1983) 영국의 경제학자·교수. 1979
년 여자로서는 처음으로 킹스 칼리지의 명예회원이 되었다. 저서 《불완
전 경쟁의 경제학》을 통해 분배와 배분의 문제를 분석하고 착취의 개
념을 자세히 다루었다.

조연현(趙演鉉, 1920~1981) 문학평론가. 순수문학을 옹호하였다. 예술문화
윤리위원회 위원장, 문학평론가협회장, 펜클럽 한국본부 부위원장 등을
역임하였다. 저서로 《한국현대문학사》, 《한국현대작가론》 등이 있다.

조제프 드 메스트르(Joseph Marie de Maistre, 1753~1821) 프랑스의 소설가·
철학자·정치가. 프랑스 전통주의를 대표하는 사상가였다. 프랑스혁명
에 반대, 절대왕정과 교황의 지상권을 주장했다. 작품으로 《교황론》,
《상트페테르부르크 야화》 등이 있다.

조제프 주베르(Joseph Joubert, 1754~1824) 프랑스의 작가, 비평가. 1789년
프랑스혁명 후 수년간 치안재판소의 판사였다.

조제프 쥐글라르(Joséph Clément Juglar, 1819~1905) 프랑스의 경제학자. 원
래 의사였으나 경제학, 특히 경기변동의 통계적 연구에 종사하여 근대
경기변동이론의 발전에 공헌하였다. 쥐글라르 파동으로 알려진 경기순
환의 규칙성을 서술하였다.

조지 6세(George VI, 1895~1952) 영국의 왕(재위 1936~1952). 형 에드워드
8세가 심프슨 부인과의 결혼문제로 왕위에서 물러나자 뒤를 이어 즉위
하였다. 국제친선에 힘을 기울였고, 제2차 세계대전 중에는 런던을 떠나
지 않고 시민과 위험을 함께 했다.

조지 기싱(George Robert Gissing, 1857~1903) 영국의 소설가·수필가. 중류
이하 빈민계층의 생활을 사실적으로 그려 유명하다. 《신 삼류문인의 거
리》, 《유랑의 몸》에서 지식인 등이 그의 교양 때문에 자기가 속해 있

는 빈민층에 안주하지 못하는 비극을 다루었다.

조지 네이선(George Jean Nathan, 1882~1958) 미국의 연극평론가 · 문예비평가 · 잡지편집자. 문예잡지 《스마트 세트》의 편집을 맡았으며 잡지 《뉴요커》 등의 극평을 맡았다. 신인작가들의 작품을 게재하여 발굴하였고, 해외의 새로운 희곡을 소개하여 미국 연극 발전에 영향을 주었다.

조지 마셜(George Catlett Marshall, 1880~1959) 제2차 세계대전 중 미국 육군 참모총장을 거쳐 국무장관, 국방장관을 지냈다. 1947년 그가 제안한 유럽부흥계획은 '마셜 플랜'으로 알려져 있다. 1953년 노벨평화상 수상.

조지 맥도널드(George Macdonald, 1824~1905) 영국 동화작가 · 시인. 독자적인 공상 이야기 《북풍의 등에 업혀》로 유명하다. 그 밖에 《공주님과 난쟁이》, 《공주님과 커디 소년》 등이 있다.

조지 메러디스(George Meredith, 1828~1909) 영국의 소설가 · 시인. 위트가 있는 대화와 경구조의 언어를 잘 구사한 소설로 유명하다. 인물의 심리를 탐구하고, 시대에 앞서서 여성을 남성과 동등하게 보는 매우 주체적인 인생관을 가졌다. 대표작으로 《리처드 페버럴의 시련》, 《에고이스트》 외에 많은 작품을 써 만년에는 영국문단의 지도적 존재가 되었다.

조지 무어(George Edward Moore, 1873~1958) 영국의 철학자, 케임브리지대학 교수. 관념론에 반대해서 신실재론의 입장을 취했다. 관념론은 존재를 지각된 것으로 보는데, 이는 지각된 대상과 대상의 지각을 혼동하는 것으로, 실제로는 대상이 있고 이것이 지각되는 것이라고 설명하고 있다.

조지 바이런(George Gordon Byron, 1788~1824) 영국 낭만파 시인. 반속적(反俗的)인 천재시인으로 런던 사교계의 총아로 등장했다. 주요작품으로 《카인》, 《사르다나팔루스》, 《코린트의 포위》 등이 있다. 날카로운 풍자, 근대적인 내적 고뇌, 다채로운 서간 등은 전 유럽을 풍미했다.

조지 밴크로프트(George Bancroft, 1800~1891) 미국의 사학가 · 정치가. 《미국사》 저술을 통해 미국 역사학의 아버지로 불렸다. 해군장관이 되어 아나폴리스 해군사관학교를 설립하였고, 영국주재 공사 및 독일주재 공사를 역임하였다.

조지 버나드 쇼(George Bernard Shaw, 1856~1950) 아일랜드의 극작가 · 소설가 · 비평가. 가난하여 초등학교만 나와 급사로 일하면서 음악과 그림을

배우고 소설도 썼다. 마르크스의 《자본론》에 감동받아 페이비언협회
를 설립하는 등 사회주의자로서 활약하였다. 연극·미술·음악 등의 비
평도 하고, 풍자와 기지에 찬 신랄한 작품을 썼다. 걸작 《인간과 초인》
을 써 세계적인 극작가가 되었다. 1925년에 노벨 문학상을 수상했다.

조지 산타야나(George Santayana, 1863~1952) 에스파냐 출생의 미국 철학
자·시인·평론가. 처녀작 《미의 의식》에서는 비판적 실재론을 설명
해 T. S. 엘리엇 등에게 영향을 주었다. 이 밖에도 《존재의 영역》, 평론
으로 루크레티우스, 단테, 괴테를 논한 《3인의 시인 철학자》 등이 있다.

조지 새빌(George Savile, 1633~1695) 영국의 정치가·저술가. 명예혁명 당시
요직에서 활약하여 제임스 2세의 퇴위와 윌리엄 3세의 즉위를 실현시켰
다. 라로슈푸코를 상기시킬 만한 《국가의 금언》 등이 있다.

조지 아담스키(George Adamski, 1891~1965) 미확인비행물체연구가(ufology).
폴란드 태생의 미국 시민으로, 1946년 10월 9일 유성우(流星雨) 기간에
아담스키와 그의 친구들은 팔로마 가든의 야영지에 있는 동안 시거 모
양의 비행접시 모선을 목격했다고 주장했다.

조지 어거스트 무어(George Augustus Moore, 1852~1933) 영국 소설가·시인.
에밀 졸라의 영향을 받아 상징시에서 자연주의 소설로 전향하여 《광대
의 아내》, 《에스터 워터스》 등을 썼다. 또 《케리스강》에서는 종교에
대한 관심을 나타냈다.

조지 에드워드 무어(George Edward Moore, 1873~1958) 영국의 실재론 철학
자·교수. 윤리문제와 철학에 대한 체계적 접근방식으로 뛰어난 현대사
상가가 되었다. 버트런드 러셀, 비트겐슈타인 등과 케임브리지 학파를
대표한다.

조지 엘리엇(George Eliot, 1819~1880) 영국의 소설가. 주요 저서에는 대작
《미들마치》, 《다니엘 데론다》 등이 있다. 멋진 심리묘사와 도덕·예
술에 대한 뛰어난 지적(知的) 관심에 의해 20세기 작가의 선구적 역할을
수행한 것으로 평가된다.

조지 오웰(George Orwell, 1903~1950) 인도에서 태어난 영국의 작가·비평
가·정치평론가. 러시아혁명과 스탈린의 배신에 바탕을 둔 정치우화
《동물농장》으로 일약 명성을 얻게 되었으며, 지병인 결핵으로 입원

중 걸작 《1984년》을 완성했다. 계급의식과 성실·선예(先銳)의 대립을 풍자하고 이것을 극복하는 길을 제시하는 등 공헌을 했다는 데 의의가 있다.

조지 워싱턴(George Washington, 1732~1799) 미국 초대 대통령. 건국의 아버지로 불린다. 대통령 취임 후에는 연방정부의 기초 확립에 노력하였고, 프랑스혁명에 따른 영불(英佛)전쟁 때는 중립을 지켰다. 3선을 끝내 사양하고 은퇴하였다.

조지프 애디슨(Joseph Addison, 1672~1719) 영국의 수필가·시인·정치가. 《가디언》지의 발간인인 리처드 스틸과 함께 공동 창작한 작품 《드 카바리》에서 시골신사의 성격묘사는 영국 근대소설 발전에 커다란 영향을 끼쳤다. 1697년 존 드라이든의 번역 작품인 베르길리우스의 《농경시》에 서문을 써서 명성을 얻기도 했다.

조지 이스트먼(George Eastman, 1854~1932) 미국의 사진 기술자. 사진 건판을 발명하고 1880년 로체스터에 공장을 건설, 1884년 롤 필름 제작에 성공하였다. 1888년 코닥카메라를 고안하고, '이스트먼 코닥 회사'를 설립하였다. 1928년에는 천연색 필름을 발명하였다.

조지 크래브(George Crabbe, 1754~1832) 영국 시인. 목회활동을 하면서 여가에 시를 썼다. 비참한 농민생활을 그린 《마을》로 인정을 받았다. 그의 작품은 충실하고 자상한 생활기록이며, '운문으로 쓴 소설'이라고 불린다. 그 밖에 작품으로 《교구의 기록》, 《도시》 등이 있다.

조지프 키플링(Joseph Rudyard Kipling, 1865~1936) 영국의 소설가·시인. 유명한 단편소설 《정글북》은 문체가 뛰어나고 재미있기는 하지만 균형 잡히고 일관성 있는 장편소설은 잘 쓰지 못한다는 평을 듣기도 했다. 1907년 노벨문학상 수상.

조지 허버트(George Herbert, 1593~1633) 영국의 목사, 형이상학파 시인. 종교시집 《성당》은 구어적 표현, 비근한 이미지, 유연한 시형이 특색이다.

조지훈(趙芝薰, 1920~1968) 청록파 시인. 자유당 정권 말기에 민권수호국민총연맹, 공명선거추진위원회 등에 적극 참여하여 시집 《역사 앞에서》와 유명한 《지조론(志操論)》을 썼다. 주요 작품으로 《승무》 등이 있다.

조항록(趙香祿, 1920~2010) 기독교 목회자. 함경남도 북청군 출신으로 일제
강점기 말기인 1943년에 조선신학교를 졸업하고 장로교 목회자가 되었
다. 서울 종로 초동교회 담임목사로 재직. 한국신학대학 학장, 한국기독
교장로회 총회장 역임, 국제사면위원회 한국지부 이사장을 지냈다.

존 F. 케네디(John Fitzgerald Kennedy, 1917~1963) 미국 제35대 대통령. 소련
과 부분적인 핵실험금지조약을 체결하였고, 중남미 여러 나라와 '진보
를 위한 동맹'을 결성하였으며 평화봉사단을 창설하기도 하였다. 재임
중 쿠바 사태, 베를린 봉쇄 등 여러 가지 어려운 위기를 맞았으며, 댈러
스에서 자동차로 가두행진을 벌이던 중 암살당했다.

존 건서(John Gunther, 1901~1970) 미국의 저널리스트·작가. 세계정치에
관한 일련의 '내막기사(內幕記事)'로 유명하다. 저서로는《유럽의 내
막》,《아시아의 내막》,《라틴 아메리카의 내막》,《아메리카의 내
막》,《아프리카의 내막》,《소비에트의 내막》 등이 있다.

존 게이(John Gay, 1685~1732) 영국 시인·극작가. 보수당 계열의 문인들과
교류하며 유머 넘치는 장시《트리비아》 등을 썼다. 오페라 대표작으로
《거지 오페라》가 있다. 이 작품에는 자유당 내각에 대한 신랄한 풍자
와 정통파 이탈리아 오페라에 대한 조소가 담겨 당시 큰 인기를 모았다.

존 골즈워디(John Galsworthy, 1867~1933) 영국의 소설가·극작가. 사회의
부정으로 학대받고 희생되는 사람에 대한 의분으로 인도주의적 작품을
발표했고, 자유주의 인도주의적 입장에서 사회 모순을 지적하면서도 그
것을 고쳐 나가는 인간의 미래에 대한 가능성을 제시했다. 저서로《말장
(末章)》,《포사이트 가의 기록》이 있다. 1932년 노벨문학상 수상.

존 그레이(John Gray, 1798~1850) 영국의 사회사상가로 오언주의자의 협동
사회창설 시도에 적극적으로 협력하였다. 그 사상적 입장에 서서 저술
한《인간행복론》과《화폐의 본질》 등이 있다.

존 뉴먼(John Henry Newman, 1801~1890) 영국의 가톨릭 신학자·추기경.
1833년 J. 키블의 설교에 영향을 받아 가톨릭에 가까운 고교회파(高敎會
派)에 속하며 '옥스퍼드운동'을 전개했다. 재속(在俗) 성직자들로 구성된
오라토리오회를 창립하는 등 버밍엄과 런던에서 활약했다.

존 듀이(John Dewey, 1859~1952) 미국의 철학자·교육학자. 실용주의(프래

그머티즘)의 대표적인 철학자로 사상계에 정통적 지위를 차지하였으며,
탐구보다 행동을 제일로 하는 실천적 연구에 중점을 두고, 정신철학을
대표한 것으로서 주목된다. 대표적 저서로는 《논리학-탐구의 이론》,
《경험으로서의 예술》 등이 있다.

존 드라이든(John Dryden, 1631~1700) 영국 시인·극작가·비평가. 왕정복
고기의 대표적인 문인으로 다방면에 걸쳐서 많은 저술을 남겼다. 《압살
롬과 아히도벨》은 구약성서에 나오는 인물을 빗대 왕에게 적대하는 사
람들을 사정없이 공격하였으며, 뚜렷한 인물묘사가 풍자를 더욱 통렬히
표현하였다. 같은 형태의 풍자시로 《훈장》, 《플렉크노 2세》가 있다.

존 러스킨(John Ruskin, 1819~1900) 영국의 비평가·사회사상가. 예술미의
순수감상을 주장하고 「예술의 기초는 민족 및 개인의 성실성과 도의에
있다」고 하는 자신의 미술원리를 구축해 나갔다.

존 레이(John Ray, 1627~1705) 영국의 박물학자. 1682년 식물 신분류법》을
출판, 1693년에는 《사지(四肢) 동물일람》을 발표하여 식물 및 동물분류
학의 기초를 이루었다. 최초로 쌍떡잎식물과 외떡잎식물을 구별하였다.
종(種)의 개념을 명확히 하여 영국 박물학의 아버지로 불린다.

존 로널드 로얼(John Ronald Reuel Tolkien, 1892~1973) 영국의 영문학자·소
설가. 《반지 원정대》, 《두 개의 탑》, 《왕의 귀환》 등, 《반지의 제왕》
3부작은 판타지 소설의 고전으로 불린다. 20세기 영문학사에 큰 발자취
를 남겼고, 현대 판타지 소설이라는 새 장르를 발전시킨 작가로 꼽힌다.

존 로널드 톨킨(John Ronald Reuel Tolkien, 1892~1973) 영국의 소설가. 《반지
원정대》, 《두 개의 탑》, 《왕의 귀환》 등 《반지의 제왕》 3부작은 판타
지 소설의 고전으로 불린다. 20세기 영문학사에 큰 발자취를 남겼고, 현
대 판타지 소설이라는 새 장르를 발전시킨 작가로 꼽힌다.

존 로크(John Locke, 1632~1704) 영국의 철학자·정치사상가로서 계몽철학
및 경험론철학의 원조로 일컬어진다. 자연과학에 관심을 가졌고 반 스
콜라적이며 《인간오성론(人間悟性論)》 등의 유명한 저서를 남겼다. 교
육에도 많은 관심을 보여 소질을 본성에 따라 발전시켜야 한다고 주장
하였다.

존 루이스(John Llewellyn Lewis, 1880~1969) 미국의 노동운동 지도자로 산업

별 노동조합회의(CIO)를 조직하고 초대의장이 되었다. 쟁의(爭議)에서나
법정에서나 투사로서 활약한 미국노동계의 중심인물이었다.

존 릴리(John Lyly, 1554~1606) 영국의 소설가 · 극작가. 영국 최초의 소설이
라고 할 수 있는 《유퓨즈 · 지혜의 해부》, 《유퓨즈와 영국》으로 된 2
권의 산문 로망의 화려한 문체는 유퓨이즘(euphuism, 뚜렷하게 형식적이
며 정교한 산문 문체로서 16~17세기에 영국에서 유행한 화려하게 과장
하여 사용한 문체)이란 말을 남겼을 정도로 널리 알려졌다.

존 머리(John Middleton Murry, 1889~1957) 영국의 언론인 · 평론가. 문학작
품에 대해 낭만적이면서도 전기적인 비평방법을 취해 당시 주도하고 있
던 비평경향에 정면으로 도전했다. 1935년에 출간된 자서전 《두 세계
사이에서》는 자신의 생애를 놀라울 정도로 자세히 묘사하고 있다.

존 메이스필드(John Edward Masefield, 1878~1967) 영국 시인. 시집 《해수(海
水)의 노래》, 대표작인 서사시 《여우 레이나드》를 발표했다. 알기 쉬
운 운문(韻文)으로 해양과 이국의 정서, 사회적 관심이 넘치는 그의 시
는 한동안 많은 대중 독자들을 매료했다.

존 밀턴(John Milton, 1608~1674) 《실낙원(失樂園)》의 저자로서 셰익스피어
에 버금가는 대시인으로 평가되는 영국 시인. 최초로 영어로 쓴 걸작시
《그리스도 강탄의 아침에》는 종교적 주제에 있어서나 기교적 원숙에
있어서 성년에 도달하였고 또 그의 장래의 방향을 선언한 작품이었다.

존 번연(John Bunyan, 1628~1688) 영국 설교가 · 우화작가. 윌리엄 기퍼드(영
국의 비평가)가 죽은 후로는 비국교파(非國敎派)의 설교자로서 명성을
얻기도 했다. 자서전 《넘치는 은총》은 그 동안에 겪은 그의 영혼의 고
뇌와 정신적 · 육체적 고통을 기록한 것이라고 한다. 특히 《천로역정》
은 영국 근대소설 발전에 크게 기여했다.

존 베링톤 웨인(John Barrington Wain, 1925~) 영국의 시인 · 소설가. 주요
저서로, 대학을 나와 지방도시에 내려왔으나 중산층의 폐쇄성에 적응하
지 못하고 어느 사회에도 소속되지 못하고 무모하게 직업을 전전하는 찰
스를 주인공으로 엮은 피카레스크 소설인 《급히 내려오다》 등이 있다.

존 볼(John Ball, 1338~1381) 영국의 사상가. 성직자로 활동하였으나, 성속귀
족(聖俗貴族)을 비판하고, 평등주의 · 공산주의 · 계급타파를 주장하여

파문되었다. 여러 번의 투옥에도 꺾이지 않고 방랑설교를 계속하였다.

존 셀던(John Selden, 1584~1654) 영국의 법학자 · 정치가 · 역사가. 자유주의 입장에서 국민의 권리확대에 힘써 버밍공의 탄핵, 권리청원의 기초에 참가하였다. 또한 《해양폐쇄론》을 써서, 바다를 영유 가능한 대상으로 파악하였다. 주요 저서에 《명예의 칭호》, 《Table Talk》 등이 있다.

존 셔먼(John Sherman, 182~ 1900) 미국의 정치인 · 재정가. 변호사가 되어 상원의원을 거쳐 국무장관이 되었다. 세율을 개정하였으며, 1890년에 실시한 반트러스트법 및 셔먼법은 특히 유명하다.

존 스타인벡(John Ernst Steinbeck, 1902~1968) 로스트 제너레이션을 이은 30년대의 사회주의 리얼리즘을 대표하는 미국 소설가. 작풍은 사회의식이 강렬한 작품과 온화한 휴머니즘이 넘치는 작품으로 대별된다. 주요 저서로 《분노의 포도》, 《에덴의 동쪽》 등이 있으며 노벨 문학상, 퓰리처상을 수상했다.

존 스튜어트 밀(John Stuart Mill, 1806~1873) 영국의 경제학자 · 철학자 · 사회과학자 · 사상가. 초기에는 공리주의(功利主義)에 공명하였으나 후에 사상적으로 전환하여 종래의 공리주의적 자유론을 대신하여 인간정신의 자유를 해설한 《자유론》을 저술하였다.

존 애덤스(John Adams, 1735~1826) 미국의 제2대 대통령. 인지조례 제정에 따른 반영(反英)운동의 지도자로서 대륙회의의 대표로 활약하였다. 국무장관이 되어 '먼로 선언'의 기초를 맡았다. 1824년 다시 제6대 대통령이 되었으나 국내개발계획 등이 성공하지 못하였고 그 뒤 하원의원으로 활약하였다.

존 워너메이커(John Wanamaker, 1838~1922) 미국 워너메이커 백화점 설립자. 14세 때부터 고용살이를 한 끝에 1861년 남성의류점 오크 홀(Oak Hall)을 필라델피아에서 시작 번창하여 1869년 상호를 존 워너메이커(John Wanamaker & Co.)로 개칭, 마침내 필라델피아에서 가장 큰 백화점이 되었다. 신문광고를 이용하는 상술 및 정찰판매제를 개척하였다.

존 웹스터(John Webster, 1580?~1625?) 영국 극작가. 2대 비극으로 꼽히는 《백마》는 《맥베스》처럼 요염한 정열을 간직한 창녀 비토리오의 죄로 번득이는 아름다움을 그린 것이고, 《몰피 공작부인》은 《리어 왕》

같은 공작부인의 비운을 그린 복수극이다.

존 케인스(John Maynard Keynes, 1883~1946) 영국의 경제학자. 저서 《고용·
이자 및 화폐의 일반이론》에서 완전고용을 실현·유지하기 위해서는
자유방임주의가 아닌 정부의 보완책(공공지출)이 필요하다고 주장하였
다. 이 이론에 입각한 사상의 개혁을 케인스 혁명이라고 한다.

존 키츠(John Keats, 1795~1821) 영국의 낭만주의 서정시인. 짧은 생애 동안
뛰어난 감각적 매력, 고전적 전설을 통한 철학적 표현을 담은 시를 썼다.
가장 잘 알려진 시로는 《엔디미온》, 《잔인한 미녀》, 《나이팅게일에
게》, 《히페리온》 등이 있다. 25세의 나이로 로마에서 폐결핵으로 요양
중 사망했다.

존 틴들(John Tyndall, 1820~1893) 영국의 물리학자. 미립자에 의한 빛의 산
란 연구로 '틴들현상'을 발견했으며, 음파의 투과에 미치는 대기밀도의
영향 등 음향에 관한 연구가 있다. 열현상에 대해서는 분자운동론적 해
석을 하였다.

존 페인(John Howard Payne, 1791~1852) 미국의 극작가·배우. 유럽 낭만주
의파 극작가들의 기법과 주제를 따랐다. 주요작품으로는 그의 유명한
노래 〈즐거운 나의 집(Home, Sweet Home)〉이 삽입되어 있는 《밀라노
의 소녀 클라리》, 어빙과 함께 쓴 《찰스 2세》 등이 있다. 저작권법의
효력이 약했던 그 당시 페인은 성공작을 쓰고도 거의 돈을 벌지 못했다.

존 포드(John Ford, 1586~1639?) 17세기 영국의 극작가. 작품은 《연인의 우
수》, 《사랑의 희생》, 《상심》, 《가엾도다, 그녀는 창녀》 등이다. 엘리
자베스 시대 최후의 위대한 비극작가라 할 수 있다.

존 플레처(John Fletcher, 1579~1625) 영국의 극작가. 보몬트와의 합작 희비
극으로 만년의 셰익스피어의 라이벌이 되고, 인기를 독차지하였다. 《처
녀의 비극》이 특히 뛰어났다. 셰익스피어가 미완성으로 남긴 《헨리 8
세》의 보완자로 알려진다.

존 핌(John Pym, 1584?~1643) 영국 청교도혁명 초기의 정치가. 하원의원이
되어 버킹검 공 탄핵, 권리청원 등에 활약하였다. 단기의회에서 국왕의
실정을 공격하고, 장기의회에서는 스트랫포드 백작에 대한 탄핵, 대권
재판소(大權裁判所)와 자의적 과세 폐지 등 개혁을 실현시켰다.

존 해링턴(John Harington, 1561~1612) 영국의 작가. 이탈리아 시인 아리오스토의 《광란의 오를란도》를 번역했다. 잉글랜드 엘리자베스시대의 법률가 · 번역가 · 작가 · 재사로, 해링턴 경으로 불린다. 수세식 화장실을 발명한 사람으로 유명하다.

존 헤이(John Milton Hay, 1838~1905) 미국의 외교관 · 언론인. 매킨리, 루스벨트 대통령 때 국무장관을 지냈다. 1899년 중국에 대한 문호개방정책의 제창 등 미국의 해외팽창정책에 크게 공헌하였다. 《뉴욕 트리뷴》지(紙) 부편집장을 지냈다.

존 헤이우드(John Heywood, 1497?~1580?) 영국 헨리 8세의 궁정시인 · 극작가, 도덕극의 애호가. 극중 인물에 다양한 인간성을 부여 개성화함으로써 영국 드라마가 엘리자베스 여왕시대 희극으로 개화하는 데 기여했다. 작품으로 《고약한 날씨》, 《사랑의 유희》 등이 있다.

존 휘티어(John Greenleaf Whittier, 1807~1892) 미국의 시인. 남북전쟁 전부터 노예해방론자로서 활발한 논리를 전개했다. 《뉴잉글랜드의 전설》, 《바바라 프리치》, 《신을 찬미하라》, 유명한 장시 《눈에 갇혀서》가 있다.

《좌씨전(左氏傳)》 공자의 《춘추(春秋)》를 노(魯)나라 좌구명(左丘明)이 해석한 책. 《춘추좌씨전(春秋左氏傳)》, 《좌전(左傳)》이라고도 한다. BC 722~BC 481년의 역사를 다룬 것으로 《국어(國語)》와 자매편이다. 《춘추》와는 성질이 다른 별개의 저서로서, 《공양전(公羊傳)》, 《곡량전(穀梁傳)》과 함께 3전(三傳)의 하나이다. 문장의 교묘함과 인물묘사의 정확이라는 점 등에서 문학작품으로도 뛰어나 고전문의 모범이 된다.

주세페 가리발디(Giuseppe Garibaldi, 1807~1882) 이탈리아 통일운동에 헌신한 군인 · 공화주의자. 공화주의에서 사르데냐왕국에 의한 이탈리아통일주의로 전향, 해방전쟁 때 알프스 의용군을 지휘했고 남이탈리아왕국을 점령하는 등 이탈리아 통일에 기여했다.

주세페 마치니(Giuseppe Mazzini, 1805~1872) 이탈리아의 정치지도자. 불굴의 공화주의자로 이탈리아의 통일공화국을 추구하였다. 낭만주의문학을 연구하여 이탈리아의 도덕적 혁신의 필요성을 강조하였다. 청년이탈리아당 및 청년유럽당을 결성하고 밀라노 독립운동에도 참가하였으며 빈곤한 망명생활을 하며 여러 차례 군사행동을 일으켰으나 전부 실패하였다.

주세페 베르디(Giuseppe Verdi, 1813~1901) 이탈리아의 작곡가. 그의 오페라는 19세기 전반까지 이탈리아 오페라의 전통 위에서 극과 음악의 통일적 표현에 유의하면서도 독창의 가창성을 존중하고 중창의 충실화와 관현악을 연극에 참여시키는 문제 등에서 한 걸음 앞서 있었다. 《리골레토》, 《일 트로바토레》, 《라 트라비아타》, 《아이다》 등의 작품으로 유명하다.

주시경(周時經, 1876~1914) 개화기의 국어학자로, 우리말과 한글의 전문적 이론연구와 후진양성으로 한글의 대중화와 근대화에 개척자 역할을 했다. 우리말 문법을 최초로 정립하였다. 저술인 《국문문법》, 《국어문전음학》 등은 우리말과 한글을 이론적으로 체계화하였고, 국어에서의 독특한 음운학적 본질을 찾아내는 업적을 남겼다. 그의 개척자적 노력으로 오늘날의 국어학이 넓게 발전할 수 있는 터전이 마련되었다.

《주역(周易)》 유교의 경전 중 3경의 하나인 《역경》, 단순히 《역(易)》이라고도 한다. 이 책은 점복(占卜)을 위한 원전과도 같은 것이며, 어떻게 하면 흉운을 물리치고 길운을 잡느냐 하는 처세상의 지혜이며, 나아가서는 우주론적 철학이기도 하다. 주역이란 글자 그대로 주(周)나라의 역(易)이란 말이다.

주의식(朱義植, ?~?) 조선 후기 시조작가. 숙종 때 무과(武科)에 급제하여 칠원현감을 지냈다. 노래를 짓고 부르는 데 뛰어난 재주가 있었다. 김천택(金天澤)은 《청구영언》에서 「그는 시조에만 능할 뿐 아니라, 몸가짐이 공손하고 마음씨가 고요하여 군자의 풍도가 있었다.」고 하였다. 시조는 《청구영언》, 《해동가요》 등의 가곡집에 14수가 전하며, 자연·탈속·계행(戒行) 및 회고와 절개를 주제로 다루었다.

주자(朱子, 1130~1200) 중국 송대의 유학자. 주자학을 집대성하였다. 그는 우주가 형이상학적인 '이(理)'와 형이하학적인 '기(氣)'로 구성되어 있다고 보았다. 인간에게는 선한 '이'가 본성으로 나타난다고 하였다. 그러나 불순한 '기' 때문에 악하게 되며 '격물'(格物)'로 이 불순함을 제거할 수 있다고 하였다.

《중용(中庸)》 공자의 손자인 자사(子思)의 저작. 오늘날 전해지는 것은 오경(五經)의 하나인 《예기(禮記)》에 있는 중용편이 송(宋)나라 때 단행본이 된 것으로, 《대학》, 《논어》, 《맹자》와 함께 사서(四書)로 불리며, 송학(宋學)의 중요한 교재가 되었다. 여기서 '中'이란 어느 한쪽으로 치우치지 않는다는 것, '庸'이란 평상(平常)을 뜻한다.

쥘 르나르(Jules Renard, 1864~1910) 19세기 후반 프랑스의 소설가·극작가. 저서로는 《홍당무》(1894), 《포도밭의 포도 재배자》, 《박물지》 등이 있다. 시트리의 촌장, 아카데미 공쿠르 회원.

쥘리 레스피나스(Julie Lespinasse, 1732~1776) 프랑스의 서간문학가. 백과전서파인 달랑베르의 연인이 되어 문학상 영향을 받았다. 애인 기베르 백작에게 써 보낸 《서간집》은 여류 서간문학의 일대 걸작으로 꼽힌다.

쥘 미슐레(Jules Michelet, 1798~1874) 프랑스의 역사가로 국립고문서보존소 역사부장, 파리대학 교수. 역사에서 지리적 환경의 영향을 중시하고 민중의 입장에서 반동적 세력에 저항하였다.

증자(曾子, BC 506~BC 436) 중국 춘추시대(春秋時代)의 유학자. 공자의 도(道)를 계승하였으며, 그의 가르침은 공자의 손자 자사(子思)를 거쳐 맹자(孟子)에게 전해져 유교사상 중요한 위치를 차지한다.

지그몬드 모리츠(Zsigmond Móricz 1879~1942) 헝가리 문단에서 사실주의 작가의 제1인자가 된 소설가. 단편 《7크로이차르》로 인정을 받은 후, 농촌을 중심으로 변화한 사회 속에 살아가는 인간의 생활을 추구한 많은 작품을 발표하였다.

지그문트 프로이트(Sigmund Freud, 1856~1939) 오스트리아의 신경과 의사, 정신분석의 창시자. 히스테리 환자를 관찰하고 최면술을 행하며, 인간의 마음에는 무의식이 존재한다고 하였다. 꿈·착각·해학과 같은 심층심리학을 연구하였다. 저서로는 《히스테리 연구》, 《꿈의 해석》, 《정신분석 입문》 등이 있다.

지그 지글러(Zig Ziglar, Hilary Hinton Zigla, 1926~2012) 미국의 작가. 자기 계발과 성공학의 대가로 알려져 있다. 그의 책은 전 세계적으로 수천만 부 이상이 팔렸으며, 그의 칼럼 <지그 지글러의 용기를 주는 한마디 말>은

많은 호평을 받았다. 《시도하지 않으면 아무것도 할 수 없다》 등의 저서
가 있다.

지눌(知訥, 1158~1210) 고려의 승려로 불자의 수행법으로 돈오점수(頓悟漸
修)와 정혜쌍수(定慧雙修)를 주장하였다. 선(禪)으로써 체(體)를 삼고 교
(敎)로써 용(用)을 삼아 선·교의 합일점을 추구했다. 저서에 《진심직설
(眞心直說)》, 《목우자수심결(牧牛子修心訣)》 등 다수가 있다.

《진서(晉書)》 당 태종의 지시로 방현령(房玄齡) 등이 찬한 진(晉)왕조의
정사(正史). 처음으로 재기(載記)라는 양식이 정사에 나타난 것이며, 오
호십육국에 관한 기록으로서 진나라 시대를 이해하는 데 도움이 된다.
주로 장영서(臧榮緒)의 《진서(晉書)》에 의존하였고, 많은 사관(史官)이
집필하였다.

진계유(陳繼儒, 1558~1639) 중국 명나라 말기의 문인. 생애를 마칠 때까지
풍류와 자유로운 문필생활로 일생을 보냈다. 《금병매》를 지은 왕세정
(王世貞)으로부터 존경을 받았다. 주요 저서로는 《보안당비급》, 《미공
전집(眉公全集)》 등이 있다.

진종황제(眞宗皇帝, 968~1022) 중국 북송 제3대의 황제. 도교를 신봉하는
한편 재정을 충실히 하고 산업과 학문을 장려하였다. 산해관(山海關) 조
약(1044)으로 송은 만리장성 이남의 연운(燕雲) 16주를 영구히 포기하는
데 동의했다. 또한 유교의 영향력을 강화시켜 1011년 모든 지방 도시들
에 공자의 사원을 세우라는 명을 내렸다.

《집회서》 (集會書, Ecclesiasticus) 구약성서의 지혜 문학서. 《잠언》, 《전도
서》, 《솔로몬의 지혜》와 함께 지혜 문학서에 속한다. 주로 실제 생활
에 경험이 많고 구약성서에 밝은 저자가 일상생활의 여러 가지 문제를
취급하여 설명하고 있다. 「지혜의 시작은 하느님을 두려워하는 것이
다」라는 등 지혜에 관하여 많은 것을 쓰고 있다. 가톨릭에서는 이 책을
'제2정경(正經)'으로 채택하고 있다.

차

차동엽(1958~) 가톨릭 신부. 세례명은 노르베르토 서울대학교 기계공학과
77학번으로 1981년에 졸업. 해군학사장교 72기 출신이며, 현재는 인천

가톨릭대학교 교수로 봉직하고 있다. 저서로《무지개 원리》,《김수환 추기경의 친전》,《내 가슴을 다시 뛰게 할 잊혀진 질문》등이 있다.

찰리 채플린(Charles Spencer Chaplin, 1889~1977) 영국의 희극배우·영화감독·제작자. 1914년 첫 영화를 발표한 이래《황금광 시대》,《모던 타임스》,《위대한 독재자》등 무성영화와 유성영화를 넘나들며 위대한 작품을 만들었다. 콧수염과 모닝코트 등의 이미지로 세계적인 인기를 얻었으며, 1975년 엘리자베스 여왕으로부터 공로를 인정받아 작위를 받았다.

찰스 E. 휴스(Charles Evans Hughes, 1862~1948) 미국 연방최고재판소 장관을 지내면서 뉴딜정책의 급진화를 억제한 미국의 법률가이자 정치가.

찰스 다윈(Charles Robert Darwin, 1809~1882) 영국의 생물학자·철학자. 1859년에 진화론에 관한 자료를 정리한《종(種)의 기원(起原)》에서 생물의 진화론을 내세워 코페르니쿠스의 지동설만큼이나 세상을 놀라게 했다. 당시 지배적이었던 창조설, 즉 지구상의 모든 생물체는 신의 뜻에 의해 창조되고 지배된다는 신중심주의 학설을 뒤집고 새로운 시대를 열어, 인류의 자연 및 정신문명에 커다란 발전을 가져왔다.

찰스 디킨스(Charles John Huffam Dickens, 1812~1870) 영국 소설가. 대표작으로《황폐한 집》,《위대한 유산》등이 있다. 그의 소설은 지나치게 독자에 영합하는 감상적이고 저속하다는 일부의 비난도 있지만, 각양각색의 인물들로 가득찬 수많은 작품에 온갖 상태가 다 묘사되어 있고, 그의 사후 1세기를 통해 각국어로 번역되어 셰익스피어 못지않은 명성을 누렸다.

찰스 램(Charles Lamb, 1775~1834) 영국의 수필가. 자신의 신변 관찰을 멋진 유머와 페이소스를 섞어가며 훌륭하게 문장화한 《엘리아의 수필》은 걸작으로 평가받고 있다. 이 밖에도《찰스 램 서간집》등이 있다.

찰스 리드(Charles Reade, 1814~1884) 영국 소설가·극작가. 생애의 태반은 대륙여행과 저술로 보냈다. 그의 모든 작품은 철저한 사실주의이며, 능란한 화술에도 불구하고 암시성이 결여된 것이 하나의 흠이다.

찰스 섬너(Charles Sumner, 1811~1874) 미국의 정치가, 노예제 반대운동 지도자. 텍사스병합과 멕시코전쟁이 노예제의 확대를 뜻한다 하여 반대했다. 남부세력을 신랄하게 비판한 탓으로 노예제 옹호론자들의 미움을 받았고 공화당의 급진파 지도자였다.

찰스 슈와브(Charles Michael Shwab, 1862~1939) 미국의 초기 철강업자. 카네기 철강회사와 'US 스틸'의 사장직을 역임하고 이후 베들레헴철강회사를 설립해 전국적인 규모의 철강회사로 키웠다. 1897년 35세의 슈와브는 사장이 되어 연봉 100만 달러가 넘는 보수를 받았다.

찰스 엘리엇(Charles William Eliot, 1834~1926) 하버드대학교를 졸업하고 1858년 하버드대학교의 수학 및 화학 조교수가 되었다. 1869년 10월에 총장으로 취임했고, 1909년에 퇴직하기까지 하버드대학교를 세계적으로 유명한 대학으로 만들었다. 저작으로는 《교육 개혁》과 《대학행정》 등이 있다.

찰스 킹즐리(Charles Kingsley, 1819~1875) 목사, 성당 참사회원 등을 역임했던 소설가·종교가. 어린이를 위해 《물의 아이들》을 발표해 근대 공상 이야기의 선구자가 되기도 했다. 그 밖에 대표작으로 《앨턴 로크》 등이 있다.

《채근담(菜根譚)》 중국 명말(明末)의 환초도인(還初道人) 홍자성(洪自誠)의 어록. 사상적으로는 유교가 중심이며, 불교와 도교도 가미되었다. 이 책은 요컨대 동양적 인간학을 말한 것이며, 저자가 청렴한 생활을 하면서 인격수련을 게을리 하지 않았으며, 인생의 온갖 고생을 맛본 체험에서 우러난 주옥같은 지언(至言)이다.

천경자(千鏡子, 1924~) 서양화가. 채색화를 왜색풍이라 하여 무조건 경시하던 해방 이후 60년대까지의 그 길고 험난했던 시기를 극복하고 마침내 채색화 붐이 일고 있는 오늘을 예비했던 그 확신에 찬 작가정신으로 말미암아 그녀의 존재는 더욱 확고하다.

천상병(千祥炳, 1930~1993) 시인·평론가. '문단의 마지막 순수시인' 또는 '문단의 마지막 기인(奇人)'으로 불렸으며 우주의 근원, 죽음과 피안, 인생의 비통한 현실 등을 간결하게 압축한 시를 썼다. 주요 작품으로 《새》, 《귀천(歸天)》 등이 있다.

체사레 베카리아(Cesare Bonesana Marchese di Beccaria, 1738~1794) 이탈리아의 형법학자. 저서 《범죄와 형벌》을 발표하여 일약 형법학자로서 유명해졌다. 형벌은 어디까지나 범죄의 경중과 균형을 이루어야 하고, 그 균형은 법률로써 정해야 한다는 죄형법정주의의 사상과 고문·사형의 폐지론 등을 낳게 했다.

최유청(崔惟淸, 1095~1174) 고려시대의 문신. 예종 때 과거에 급제하였으나 학문을 이루지 못하였다 하여 벼슬길에 나가지 않았다. 뒤에 직한림원 (直翰林院)이 되었으나 인종 초에 이자겸의 간계로 평장사(平章事) 한교여(韓皦如)가 유배될 때 매서(妹婿)인 정극영과 함께 파직되었다.

최인훈(崔仁勳, 1936~) 소설가·희곡작가. 주요 작품 가운데《광장》은 남북한의 이데올로기를 동시에 비판한 최초의 소설이자 전후문학 시대를 마감하고 1960년대 문학의 지평을 연 첫 번째 작품으로 평가되며, 문학적 성취 면에서도 뛰어난 소설로 꼽힌다.

최재희(崔載喜, 1914~1984) 한국의 철학자. 1947년 고려대학교 교수, 1952년 서울대학교 교수 등을 역임했다. 인식론에 있어 비판철학의 경험적 실재론의 입장을 지지했다. 사회사상에서는 발전적 자연주의에 입각하였다. 또 신본주의(神本主義)가 아닌 인본주의라는 의미에서 휴머니즘을 고수하였다.

최정희(崔貞熙, 1912~1990) 소설가. 1960년 발표한 대표작《인간사(人間史)》는 일제 말기에서 8·15광복, 남북분단, 6·25전쟁을 거쳐 4·19혁명에 이르기까지의 사회적 역사적 변천사를 그린 작품이다. 서울시문화상, 여류문학상 등을 수상.

최치원(崔致遠, 857~?) 신라시대 학자. 879년 황소(黃巢)의 난 때 고변(高騈)의 종사관으로서《토황소격문(討黃巢檄文)》을 초하여 문장가로서 이름을 떨쳤다. 저서로는《계원필경(桂苑筆耕)》,《중산복궤집(中山覆簣集)》등이 있다.

최현배(崔鉉培, 1894~1970) 한글학자. 호는 외솔. 조선어학회 창립, '한글맞춤법통일안' 제정에 참여, 조선어학회사건으로 복역하였다. 광복 후 교과서 행정의 기틀을 잡았다. 연세대학교 부총장 등을 역임하였다. 저서로는《우리말본》,《한글갈》,《글자의 혁명》등이 있다

츠빙글리(Ulrich Zwingli, 1484~1531) 스위스의 종교개혁가. 취리히 대성당의 설교자로 일하며 체계적인 성경강해로 명성을 날렸다. 루터의 영향

으로 취리히의 종교개혁에 나섰다. 가톨릭을 고수하는 주(州)들과의 전투에 종군목사로 참전했다가 카펠 전투에서 전사했다.

친첸도르프(Nicolaus Ludwig Zinzendorf, 1700~1760) 독일의 종교가. 루터파의 경건주의자. 삼십년전쟁에서 생긴 모라비아파 망명자들과 함께 1722년 신앙적 공동체의 마을 헤른후트(「주의 가호가 함께」라는 뜻)를 창설하고 27년 이를 형제단으로 발전시켰다. 교회의 기초는 신조가 아닌 경건에 있다는 것을 강조했다.

카

카를 그로스(Karl Groos, 1861~1946) 독일의 철학자·미학자. 튀빙겐 대학 등에서 미학과 교육학을 강의하였다. 감정이입 미학의 입장에서 '내적 모방'이라는 개념으로 미적 향수체험(享受體驗)을 고찰하였다. 생물학적 진화론의 입장에서 예술의 발생론적 연구를 시도하여, 예술의 기원을 유희성에서 찾았다.

카를로 골도니(Carlo Goldoni, 1707~1793) 18세기 이탈리아의 희극작가. 극의 개혁을 단행, 배우의 즉흥적 대사와 가면에 의지하는 연출법으로 바꾸었다. 작품으로 《커피점》, 《연인들》, 《새 집》 등이 있다. 이탈리아 연극을 유럽에 전파했다.

카를 마르크스(Karl Heinrich Marx, 1818~1883) 독일의 경제학자·정치학자. 헤겔의 영향을 받아 무신론적 급진 자유주의자가 되었다. 엥겔스와 경제학연구를 하며 집필한 저서 《독일 이데올로기》에서 유물사관을 정립하였으며, 《공산당선언》을 발표하여 각국의 혁명에 불을 지폈다. 《경제학비판》, 《자본론》 등의 저서를 남겼다.

카를 베르네르(Karl Adolph Verner, 1846~1896) 덴마크의 언어학자. 논문 《제1음운 추이의 예외》(베르네르의 법칙)로 유명하다. '그림의 법칙'의 예외 중 하나가 인도유럽어의 오래된 악센트의 영향에 따른다는 점을 밝혔다.

카를 부세(Karl Busse, 1872~1918) 독일의 시인·소설가·평론가. 1892년 《시집》을 발표한 이래 신낭만파 시인의 한 사람으로 주목을 받았다. 주요 저서에 《신시집》, 소설 《청춘의 폭풍》 등이 있다.

카를 야스퍼스(Karl Theodor Jaspers, 1883~1969) 독일의 철학자. 그의 최대의
저서인 《철학》을 펴내 '실존철학'을 체계적으로 전개하였다. 서구사회
가 제기하는 기계문명, 대중사회적 사회, 정치상황, 특히 제1차 세계대
전 후의 가치전환적인 사상적 위기에 대한 깊은 성찰이 기조를 이루었
다.

카를 융(Carl Gustav Jung, 1875~1961) 스위스의 정신과 의사. 정신분석의 유
효성을 인식하고 연상실험을 창시하여, 프로이트가 말하는 억압된 것을
입증하고, '콤플렉스'라고 이름 붙였다. 분석심리학의 기초를 세우고 성
격을 '내향형'과 '외향형'으로 나눴다.

카를 프란초스(Karl Emil Franzos, 1848~1904) 오스트리아의 소설가 · 신문
편집자.

카를 하르트만(Karl Robert Eduard von Hartmann, 1842~1906) 독일의 철학자.
《무의식의 철학》으로 명성을 얻었다. 이것은 쇼펜하우어의 비관주의
적 의지철학을 자연과학의 진화론으로 매개하면서 헤겔의 변증법적 발
전사상으로 결합시켰다.

카를 훔볼트(Karl Wilhelm von Humboldt, 1767~1835) 독일의 언어철학자. 언
어연구에 주력하여 내적 언어의 형성을 존중하였으며, 언어를 유기적으
로 취급하고, 언어철학의 기초를 쌓아 종합적이고 인간적인 언어학을
추진하였다. 주요 저서에 《양수에 대하여》 등이 있다.

카를 힐티(Carl Hilty, 1833~1909) 스위스의 사상가 · 법률가. 국제법의 대가
로서 헤이그 국제사법재판소의 스위스 위원을 지낸 그의 사상적 기조는
그리스도교 신앙을 기반으로 하는 이상주의적 사회개량주의라 할 수 있
다. 저서로는 《행복론》 등이 있다.

카시오도루스(Flavius Magnus Aurelius Cassiodorus, 490?~585?) 로마인으로서
의 마지막 정치가이자 역사가. 콘술(집정관), 친위대장관을 지냈고, 수도
원을 세우고 저술에 전념하여 중세 수도원 연구생활의 기틀을 이루었고
《연대기》 등의 저서를 남겼다.

칼로스 베이커(Carlos Heard Baker, 1909~1987) 미국의 교사 · 소설가 · 비평
가. 《헤밍웨이》는 헤밍웨이에 대한 권위 있는 연구서로 인정받았다.
이 책에는 헤밍웨이라는 한 예술가와 그가 살아간 시대를 묘사했고, 그

의 소설을 도덕적·미학적 관점에서 비평했다.

칼릴 지브란(Kahlil Gibran, 1883~1931) 철학자·화가·소설가·시인으로 유럽과 미국에서 활동한 레바논의 대표작가. 영어 산문시집《예언자》, 아랍어로 쓴 소설《부러진 날개》등의 작품으로 유명하며 저작들에 직접 삽화를 싣기도 하였다. 예술활동에만 전념하면서 인류의 평화와 화합, 레바논의 종교적 단합을 호소했다.

칼 메닝거(Karl Augustus Menninger, 1893~1990) 미국의 정신분석의. 1925년 토피 가에서 아버지, 동생과 함께 메닝거 집단진료소를 세웠으며, 1926년 정신지체아동을 위해 사우트하드학교를 개설하였다. 1941년 메닝거 재단을 만들고, 1945년 메닝거정신과학교를 세웠다.

칼 샌드버그(Carl Sandburg, 1878~1967) 미국의 시인. 시카고라는 근대도시를 대담 솔직하게 다루었으며 부두 노동자나 트럭 운전사들이 쓰는 속어나 비어(卑語)까지도 시에 도입해 전통적인 시어(詩語)에 집착하는 사람들에게 충격을 주었다. 저서에는《옥수수 껍질을 벗기는 사람》등이 있으며, 1951년 퓰리처상을 수상했다. 링컨 연구자로도 유명하다.

칼 샤피로(Karl Shapiro, 1913~2000) 유대계 미국 시인. 제2차 세계대전에 종군하면서 전쟁시를 써서 호평을 받았다. 이때 발표된 시집《사람·장소·물건》은 신선한 서정미로 주목을 끌었으며, 퓰리처상을 받았다. 그 후《유대인의 시》등으로 반체제적인 유대계 시인으로 활약했다.

칼 크라우스(Karl Kraus, 1874~1936) 오스트리아의 풍자가·극작가·시인·소설가. 20세기 가장 유명한 독일어 풍자가로 인정받았다. 그가 독일문화와 독일 정치에 대하여 쓴 신문평론은 당대 최고의 풍자문장으로 꼽히고 있다.

캐들린 레인 영국의 여류 시인. 케임브리지 대학에서 자연 과학의 학위를 취득한 이색적인 경력의 소유자이다. 시작품 속에 동물학적인 이미지를 불어넣기도 하면서 자연의 내부 깊숙이 있는 신비적인 존재에 시선을 집중시키고 있다.

케네스 블랜차드(Kenneth H. Blanchard, 1939~) 리더십과 팀 매니지먼트 분야에서 세계적인 컨설턴트이자 저술가. 자신이 공부했던 코넬대학에서 12년간 리더십을 가르친 후 자신의 회사를 차려 컨설팅과 교육, 강연과 저술활동을 계속하고 있다.《칭찬은 고래도 춤추게 한다》,《하이파이브》등의 그의 대표작들은 전 세계 25개국 언어로 번역되었고 1,200만 부 이상이 판매되었다.

코넌 도일(Arthur Conan Doyle, 1859~1930) 영국 추리작가. 에드거 알란 포와 에밀 가보리오를 동경하여 새로운 인물의 창조에 착상, 마침내 '셜록 홈스'를 탄생시켰다. 장편은《바스커빌가(家)의 개》외 3편, 단편 55편이 있다. 명탐정 홈스는 전 세계 독자들과 친해졌고, 추리소설 보급에 한몫을 했다.

《코란(Koran)》이슬람교의 경전(經典)으로, 이슬람의 예언자 무함마드가 610년 아라비아 반도 메카 근교의 히라(Hira) 산 동굴에서 천사 가브리엘을 통해 처음으로 유일신 알라의 계시를 받은 뒤부터 632년 죽을 때까지 받은 계시를 집대성한 것이다.

코르넬리우스 네포스(Cornelius Nepos, BC 99?~BC 24?) 고대 로마의 전기작가·웅변가. 그리스와 로마의 정치가·문인들을 비교한《위인전》중《해외명장전》이 현존한다. 사실보다 도덕적인 의도가 너무 강하여 역사가로서의 평점은 낮다.

콩도르세(Marquis de Condorcet, 1743~1794) 프랑스의 철학자·수학자·정치가. 16세 때부터 적분·해석 등의 수학적 업적을 쌓았으며, 26세에 과학 아카데미 회원이 되었다.《인간정신 진보의 역사적 개관 초고(草稿)》를 저술함으로써 역사적 발전에 관해서 낙관주의를 표명하였고, 인류의 무한한 진보를 믿었다.

퀸투스 엔니우스(Quintus Ennius, BC 239~BC 169) 고대 로마 초기의 시인으로 '라틴 문학의 아버지'라 불린다. 그리스 문학을 기초로 삼아 로마 문학을 향상시키려 애썼다. 특히 호메로스에 심취, 그의 시 양식을 도입했고 로마사를 읊은 대서사시《연대기》에 있어서는 자기 스스로가 제2의 호메로스라고 칭하면서 로마의 위대함을 찬미하고 그 사명을 설파했기 때문에 '로마 문학의 아버지'라고 불린다.

퀸틸리아누스(Marcus Fabius Quintilianus, 35?~95?) 고대 로마 제정 초기의 웅변가·수사학자. 제1대 수사학 교수의 책임자로 활약하였고 웅변·수사학의 교과서인 동시에 인간육성에 관한 글인《변사가(辯辭家)의 육성》

을 저술하였다.

크레비용(Claude Prosper Jolyot de Crébillon, 1707~1777) 프랑스 소설가. 비극 작가 P. J. 크레비용의 아들로서, 대표작은 《소파》로 소파 속에 숨은 영혼이, 소파에서 일어나는 여러 가지 사랑이야기를 한다는 설정인데, 내용은 육체적인 묘사보다는 주고받는 전아한 심리에 역점을 두었다. 18세기 프랑스의 퇴폐적인 풍속을 아름다운 이야기로 바꿔 놓아 널리 애독되었다.

크리소스토무스(Johannes Chrisostomus, 349~407) 가톨릭 성인 · 설교가. 안티오키아에서 성서의 가르침을 설교하였고, 후에 콘스탄티노플(이스탄불)의 총주교가 되었다. 교회 내의 도덕적 개혁에 주력하였다. 그의 이름은 '황금의 입'을 의미하는데, 그가 얼마나 웅변적인 설교가였는지를 나타내는 이름이다.

크리스토퍼 몰리(Christopher Darlington Morley, 1890~1957) 미국 저널리스트 · 소설가. 《이브닝 포스트》지와 《새터데이 리뷰》지에 박식과 기지가 넘치는 명문을 자주 기고하며 뉴욕의 문단에서 활약하였다. 평론집 · 시집 · 소설이 다수 있으며, 특히 소설 《키티 포일(Kitty Foyle)》은 베스트셀러가 되었다.

크리스토퍼 콜럼버스(Christopher Columbus, 1451?~1506) 이탈리아의 탐험가. 에스파냐 여왕 이사벨의 후원을 받아 인도를 찾아 항해를 떠나 쿠바, 아이티, 트리니다드 등을 발견했다. 그의 서인도항로 발견으로 아메리카대륙은 유럽인들의 활동무대가 되었고, 에스파냐가 주축이 된 신대륙 식민지 경영도 시작되었다.

크리스토퍼 프라이(Christopher Fry, 1907~) 영국의 극작가. 희극 《불사조는 또다시》(1946)는 2차 세계대전 후 시극 유행의 계기를 만들었다. 영국 시극에 희극적 요소를 부활시키고, 전후 영국 연극의 주류 자리를 지켰다. 《벤허》, 《바라바》 등 각본도 집필하였다.

크리스티나 로세티(Christina Georgina Rossetti, 1830~1894) 영국의 시인 · 작가. 환상적인 시와 동시(童詩) · 종교시 · 설교문 · 논설에 뛰어난 재주를 보였다. 1891년 치명적인 암이 발병하기 전까지는 테니슨 다음가는 계관시인으로 유력한 후보였다.

크리스티나 여왕(Drottning Kristina, 1626~1689) 1632년에서 1654년까지 재
  위한 스웨덴의 여왕.
크리시포스(Chrysippos, BC 279?~BC 206?) 그리스의 철학자. 아테네에서 제
  논의 제자 클레안테스에게 배웠다. 스토아 철학을 처음으로 체계화한
  학자로서 「크리시포스가 없었더라면 스토아의 존재는 없었을 것이다」
  라는 평을 들었다. 다작가(多作家)로서, 논리학을 중심으로 자연·윤리
  학 등 700여 편의 저작이 있으나, 그 대부분은 고전을 인용한 것이다.
크세노파네스(Xenophanēs, BC 565?~BC 470?) 그리스의 시인·철학자. 각지
  를 방랑하면서 시를 지었다. 그리스의 전통적인 다신교와 인간적인 신
  (神)들에 관해 노래한 시인 호메로스와 헤시오도스를 공격하였다. 그는
  신은 인간처럼 생긴 것이 아니라 전지전능하며 유일하다고 주장했다.
크세노폰(Xenophōn, BC 430?~BC 355?) 그리스 역사가. 아테네의 훌륭한 가
  문에서 태어나 일찍이 소크라테스 문하생이 되었다. BC 401년 페르시아
  왕의 동생 키로스가 일으킨 전쟁에 참전해 겪은 일을 산문형식으로 쓴
  수기가 《아나바시스(Anabasis)》다. 이후 스파르타 왕의 호의를 얻어 스
  킬루스에 살며 저술에 전념했다. 《소크라테스의 추억》 등 그의 작품은
  아티카 산문의 모범으로 여겨진다.
클라우디우스(Matthias Claudius, 1740~1815) 독일의 서정시인. 건전한 그리
  스도교적 정서, 자연스러운 유머 등이 그의 시의 특징이다. 시 《자장
  가》와 《죽음과 소녀》는 슈베르트의 작곡으로 유명하다.
클라우디우스(Matthias Claudius, 1740~1815) 독일의 서정시인. 건전한 그리
  스도교적 정서, 자연스러운 유머 등이 시의 특징이다. 시 《자장가》와
  《죽음과 소녀》는 슈베르트의 작곡으로 유명하다.
클라우제비츠(Carl von Clausewitz, 1780~1831) 프로이센의 군인. 프랑스 혁
  명에의 간섭전쟁(干涉戰爭) 때는 프로이센군의 사관으로서 활약하였다.
  사후에 간행된 저서 《전쟁론》은 이 시대의 전쟁경험에 기초를 둔 고
  전적인 전쟁철학으로 불후(不朽)의 가치를 지니고 있다. 「전쟁은 정치
  적 수단과는 다른 수단으로 계속되는 정치에 불과하다」고 한 유명한
  말은 군사지도부에 대한 정치지도부의 우월성을 설파한 것이며, 레닌
  등에게도 깊은 영향을 주었다.

클라이브 루이스(Clive Staples Lewis, 1898~1963) 영국의 소설가 · 영국성공
회 평신도. 케임브리지 대학에서 철학과 르네상스 문학을 가르쳤다.
《반지의 제왕》의 저자인 톨킨과 우정을 유지했다. 개신교, 성공회, 로
마 가톨릭 등 기독교 교파를 초월한 기독교의 교리를 설명한 기독교 변
증과 소설, 특히 《나니아 연대기(The Chronicles of Narnia)》로 유명하다.

클레망소(Georges Clemenceau, 1841~1929) 프랑스의 정치가 · 언론인 · 의사.
상원의원과 총리 겸 내무장관을 지냈으며 육군장관이 되어 제1차 세계
대전에서 프랑스를 승리로 이끌었다. 파리강화회의에 프랑스 전권대표
로 참석하였고 베르사유조약을 강행하였다.

클라이스트(Edwald Georg von Kleist, 1700~1748) 독일의 물리학자. 전기현상
에 대해 연구하여 축전에 성공하였는데, 이것이 라이덴병의 원형으로 J.
A. 놀레에 의해 라이덴병이라 명명되고, 얼마 뒤 W. 윗슨에 의해 개량되
어 전기현상 연구에 많은 도움을 주었다.

클라크 위슬러(Clark Wissler, 1870~1947) 미국의 인류학자. 특정한 문화요
소가 있는 지역적 범위 내에는 특징적인 형태를 지닌다는 '문화영역' 개
념을 발전시켰다. 《아메리칸 인디언》 등의 저서가 있다.

클레멘트 애틀리(Clement Richard Attlee, 1883~1967) 영국의 정치가. 사회주
의자로서 노동당 당수, 국새상서(國璽尚書), 부총리 등을 지내고 노동당
단독 내각의 총리가 되었다. 인도의 독립을 인정하는 등 식민지 축소에
힘쓰고 국민의료보험제도의 창설 등 사회보장제도의 확립에 노력했다.

클로드 베르나르(Claude Bernard, 1813~1878) 프랑스의 생리학자. 실험의학
과 일반생리학의 창시자이다. 저서인 《실험의학서설》은 실험생물학의
방법론에 관한 것으로 사상계에까지도 큰 영향을 끼쳤다.

클로드 생시몽(Claude Henri de Rouvroy, comte de Saint-Simon, 1760~1826) 프
랑스의 사상가 · 경제학자. 계몽주의사상의 영향을 받으며 자랐다. 그는
인류역사의 발전적 전개를 주장, 봉건영주와 산업자의 계급투쟁으로 이
어진 프랑스의 역사를 개선하여 양쪽이 협력 지배하는 계획생산의 새
사회제도를 건설해야 한다고 주장하였다. 그의 사상은 마르크스와 엥겔
스의 사회주의 이념과 존 스튜어트 밀의 사상에 영향을 주었다.

키르케고르(Søren Aabye Kierkegaard, 1813~1855) 덴마크의 철학자. 그는 대

중의 비자주성과 위선적 신앙을 엄하게 비판하였다. 다른 한편에서는 절망의 구렁텅이에서 단독자(單獨者)로서의 신(神)을 탐구하는 종교적 실존의 존재방식을 《죽음에 이르는 병》 등의 저작을 통해 추구하였다.

킹즐리(Sidney Kingsley, 1906~) 미국의 극작가. 주로 사회 비판과 고발에 대한 작품을 만들었다. 작품으로는 퓰리처상을 수상한 《백의의 사람들》 외에 《데드 엔드》, 《1,000만의 유령》 등 다수가 있고 1943년에 만든 《애국자들》은 역작으로 평가 받는다.

킬론(Kylon BC 560년경) 그리스 현인(賢人). 그리스 7현인(Seven Wise Men of Greece) 가운데 한 사람.

타

타키투스(Publius Cornelius Tacitus, 55?~117?) 로마 제정시대의 역사가. 호민관·재무관·법무관을 거쳐 콘술(집정관)을 지냈고 아시아주의 총독을 맡았다. 제정(帝政)을 비판한 사서(史書)를 저술하였고 주요 저서에 《역사》, 《게르마니아》 등이 있다.

타킹턴(Newton Booth Tarkington, 1869~1946) 미국의 소설가·극작가. 《인디애나의 신사》로 데뷔하였다. 《멋진 앰버슨 집안 사람들》과 《앨리스 애덤스》로 두 차례의 퓰리처상을 수상했다. 40여 편의 소설과 25편의 희곡을 남겼다.

탁광무(卓光茂, 1330?~1410?) 고려 말기 문신. 공민왕 때 우사의대부(右司議大夫)로서 간관을 능멸한 신돈의 심복인 홍영통을 탄핵하다가 파직되었다. 후에 예의판서 등을 역임하였으며, 이제현·정몽주·이숭인 등과 교유하였다.

탈레스(Thales, BC 624?~BC 546?) 그리스 최초의 철학자. 7현인(七賢人)의 제1인자이며, 밀레토스 학파의 시조 만물의 근원을 추구한 철학의 창시자이며, 그 근원은 '물'이라고 하였다. 물을 생명을 위하여 불가결한 것으로 보았다. 변화하는 만물에 일관하는 본질적인 것을 문제 삼은 데 그의 공적이 있다.

《탈무드(Talmud)》 유대인 율법학자들이 사회의 모든 사상(事象)에 대하여 구전·해설한 것을 집대성한 책. 유대교의 율법, 전통적 습관·축제·

민간전승·해설 등을 총망라한 유대인의 정신적·문화적인 유산으로,
유대교에서는 《토라(Torah)》라고 하는 '모세의 5경' 다음으로 중요시된
다.

《태평광기(太平廣記)》 송나라 태종의 칙명으로 977년에 편집된 책으로,
정통역사에 실리지 않은 기록 및 소설류를 모은 것으로, 당시의 학자 이
방(李昉)을 필두로 12명의 학자·문인이 편집했다. 475종의 고서에서 추
린 이야기를 신선·여선(女仙)·도술·방사(方士) 등 92개의 항목으로
수록하였다.

테네시 윌리엄스(Tennessee Williams, 1911~1983) 현대 미국의 대표적인 극
작가. 할리우드에서 시나리오 작가로 일하면서 쓴 《유리 동물원》이 시
카고에서 상연되어 큰 성공을 거두었다. 《욕망이라는 이름의 전차》로
퓰리처상을 받아 전후 미국 연극계를 대표하는 극작가가 되었다.

테드 터너(Ted Turner, 1938~) 세계 최대 뉴스왕국 CNN(Cable News
Network)을 설립한 언론재벌이며 자선사업가.

테르툴리아누스(Quintus Septimius Florens Tertullianus, 160~220) 초기 그리스
도교의 주요 신학자·논쟁가·도덕주의자. 그리스도교 신자들의 순교
에 감동하여 개종하였다. 신학에 관한 많은 책을 썼으며, 「불합리하기
때문에 나는 믿는다」라는 유명한 말을 남겼다.

테오그니스(Theognis, ?~?) BC 6세기 경에 활약한 고대 그리스의 엘레게이
아 시인. 오랜 전통적인 귀족의 교양과 근본 원칙을 중심으로 민중에 대
한 증오와 귀족의 긍지를 노래하였다.

테오크리토스(Theokritos, ?~?) BC 3세기 전반의 그리스의 대표적인 목가시
인. 주로 서사시의 운율을 사용한 여러 가지 내용의 시가 남아 있으며
시칠리아 전원에서의 목자를 노래한 시가 대표작으로 꼽힌다.

테오프라스토스(Theophrastos, BC 327?~BC 288?) 그리스의 철학자·과학자.
플라톤과 아리스토텔레스에게서 배웠으며, 아리스토텔레스가 개설한
리케이온 학원의 후계자가 되었다. 식물학의 창시자이기도 하다. 《식물
지에 대하여》와 철학적인 《식물의 본원에 대하여》 등의 저작이 있다.

테렌티우스(Publius Terentius Afer, BC 195?~BC 159) 고대 로마의 희극작가.
「현인에게는 한 마디면 족하다」 「나는 인간이다. 인간에 관한 일이라

면, 무엇이든 남의 일로는 여기지 않는다」 등 인구에 회자되는 수많은
명구를 남겼다. 《자학자》, 《포르미오》 등의 작품을 상연했다.

토마스 만(Thomas Mann, 1875~1955) 독일의 소설가 · 평론가. 저서 《마의
산》은 사랑의 휴머니즘으로 향해 간 정신적 변화과정을 묘사한 작품이
다. 이는 독일의 소설예술을 세계적 수준으로 높인 임무를 다하였다.
《바이마르 공화국의 양심》으로 1929년 노벨문학상을 받았다.

토마스 아 켐피스(Thomas a Kempis, 1379~1471) 네덜란드 신학자. 《그리스
도를 본받아》는 논란이 있지만, 아마도 그의 저서로 보인다. 단순한 언
어와 문체로 유명한 이 책은 물질적 생활보다는 영적 생활을 강조하고,
그리스도를 중심에 두고 살 때 보상이 주어진다고 주장했으며, 성찬은
신앙을 증진시키는 수단이라고 지지했다. 신비주의보다는 금욕주의를,
극단적인 엄격성보다는 온건함을 강조했다.

토마스 아퀴나스(Thomas Aquinas, 1225?~1274) 이탈리아의 신학자. 중세 유
럽의 스콜라철학을 대표하는 그는 경험적 방법과 신학적 사변을 양립
시켰다. 신 중심의 입장을 유지하면서도, 인간의 상대적 자율을 확립하
기도 했다. 주요 저서에 《신학대전》, 《진리에 대하여》, 《신의 능력에
대하여》 등이 있다.

토마스 트란스트뢰메르(Tomas Tranströmer, 1931~) 스웨덴의 시인 · 작
가 · 심리학자 · 번역가. 스톡홀름대학에서 심리학 전공하였다. 비행청
소년들을 대상으로 한 록스투나센터(Roxtuna center)에서 심리상담사로
일하면서 시작(詩作)을 병행하여 《미완의 천국》에 이어 《반향과 흔
적》을 출간하였다. 2011년 노벨문학상을 수상했다.

토머스 그레셤(Sir Thomas Gresham, 1518~1579) 영국의 금융업자 · 무역가
로서 '악화는 양화를 구축(驅逐)한다'는 '그레셤의 법칙'의 제창자로서 알
려져 있다. 런던의 상인 집안에서 태어나 케임브리지대학교를 졸업한
후 에드워드 6세, 엘리자베스 1세의 밑에서 재정고문으로 근무하였다.
화폐의 개주(改鑄)에 노력하였고, 왕립 증권거래소를 창설하였다.

토머스 그레이(Thomas Gray, 1716~1771) 명성도 재산도 얻지 못한 채 땅에
묻히는 서민들에 대한 동정을 애절한 음조로 노래한 걸작 《시골 묘지에
서 읊은 만가》로 시대를 앞선 낭만적 경향을 나타낸 18세기 중엽의 대

표 시인이었다.

토머스 데커(Thomas Dekker, 1572?~1632?) 영국의 극작가·산문논평가. 가
장 유명한 작품으로는 《구두장이의 휴일》, 《정직한 매춘부 제2부》가
있다.

토머스 리드(Thomas Reid, 1710~1796) 영국의 철학자·윤리학자, 상식학파
(常識學派)의 창시자. 글래스고대학 교수로 있으면서 존 로크와 조지 버
클리의 영향을 받아 인식비판에서 출발, 특히 데이비드 흄의 인식론을
연구했다. 그의 상식철학은 흄 철학의 범위 내에 있으면서도 종교를 변
호하려고 한 점에 의의가 있다.

토머스 매콜리(Thomas Babington Macaulay, 1800~1859) 19세기 영국의 역사
가·정치가. 인도총독 고문으로 만인의 법 앞에서의 평등, 영어교육, 인
도 형법전 작성 등 인도 통치상 중요한 제언을 했다. 저서는 《영국사》,
《밀턴론》 등이다.

토머스 맬서스(Thomas Robert Malthus, 1766~1834) 영국의 경제학자. 저서
《인구론》에서 인구는 기하급수적으로 증가하나 식량은 산술급수적으
로 증가하므로 인구와 식량 사이의 불균형이 필연적으로 발생할 수밖에
없으며, 여기에서 기근·빈곤·악덕이 발생한다고 하였다. 이러한 불균
형과 인구증가를 억제하는 방법으로 도덕적 억제를 들고 있다.

토마스 머튼(Thomas Merton, 1915~1968) 20세기 미국 로마가톨릭교회
의 작가. 1949년에 성직자로 서품되었다. 저서로 《칠층산(The Seven
Storey Mountain)》, 《요나의 표징》, 《장자(莊子)의 도》 등이 있다.

토머스 모어(Thomas More, 1477~1535) 이상적 국가상을 그린 명저 《유토피
아》를 쓴 영국의 정치가·인문주의자. 르네상스 문화운동의 영향을 받
았고, 에라스무스와 친교를 맺었다. 외교 교섭에도 수완을 발휘했다. 해
학취미의 소유자로 명문가·논쟁가였다.

토머스 무어(Thomas Moore, 1779~1852) 아일랜드 시인으로, 이국적 정서가
넘치는 페르시아의 설화 시 《랄라루크》로 유명해졌다. 정치적 풍자시
와 애국적인 시집을 남겼고, 《잉글랜드의 파지 가(家) 사람들》 등 영국
인에 대한 유머러스한 풍자시로도 유명하다.

토머스 브라운(Sir Thomas Browne, 1605~1682) 17세기 영국의 의사·저술가.

《의사의 종교》는 종교와 과학의 대립에 있어 신앙인으로서 신념을 서술한 종교적 수상록이다. 통칭 《미신론》으로 알려진 《전염성 유견(謬見)》과 《호장론(壺葬論)》 등이 있다.

토머스 에디슨(Thomas Alva Edison, 1847년~1931) 미국의 발명가이자 사업가. 세계에서 가장 많은 발명을 남긴 사람으로 1,093개의 미국 특허가 에디슨의 이름으로 등록되어 있다. 토머스 에디슨은 후에 GE(General Electronic)를 건립한다.

토머스 울프(Thomas Clayton Wolfe, 1900~1938) 시정이 넘쳐흐르는 독특한 문체의 미국 소설가. 주요 저서 가운데 장편 《천사여 고향을 보라》, 《때와 흐름에 관하여》, 《거미줄과 바위》, 《그대 다시는 고향에 가지 못하리》는 그의 4대 걸작으로 꼽힌다.

토머스 제퍼슨(Thomas Jefferson, 1743~1826) 미국의 제3대 대통령. 1776년에 독립선언서를 기초하고, 초대 국무장관을 지냈다. 대통령 재임 때 루이지애나를 매수하였으며, '미국 민주주의의 아버지'로 불린다.

토머스 칼라일(Thomas Carlyle, 1795~1881) 영국의 사상가 · 역사가. 물질주의와 공리주의에 반대하여 인간정신을 중시하는 이상주의를 제창하였다. 저서에 《의상(衣裳) 철학》, 《프랑스 혁명사》, 《과거와 현재》, 《영웅숭배론》 등이 있다.

토머스 캠벨(Thomas Campbell, 1777~1844) 스코틀랜드의 시인. 전쟁을 제재로 한 서정시를 주로 발표하였으며, 작품으로 《호헨린덴 마을》, 《영국의 수병(水兵)들이여》, 《발트 해의 싸움》 등이 있다.

토머스 페인(Thomas Paine, 1737~1809) 18세기 미국의 작가. 국제적 혁명이론가로 미국 독립전쟁과 프랑스혁명 때 활약하였다. 《상식》으로 독립이 가져오는 이익을 펼쳐 영향을 끼쳤다. 독립전쟁 때 《위기》를 간행, 민중의 사기를 고무하였다.

토머스 하디(Thomas Hardy, 1840~1928) 19세기 영국의 소설가 · 시인. 대표작은 《귀향》, 《테스》, 《미천한 사람 주드》 등 소설과 《패자들》 등의 시집도 있다. 19세기 말 영국 사회의 인습, 편협한 종교인의 태도를 용감히 공격하고, 남녀의 사랑을 성적 면에서 대담히 폭로하였다.

토머스 헉슬리(Thomas Henry Huxley, 1825~1895) 영국의 생물학자로 불가

지론(agnosticism)」이라는 말을 만들어냈다. 바다 동물에 흥미를 느껴, 1854년 《대양산의 히드로 충류》 라는 논문을 발표하였다. 그 무렵 찰스 다윈의 학설에 영향을 받은 그는 다윈의 학설을 널리 알리고, 정치제도의 개선, 과학교육의 발전 등 여러 방면에 크게 활약하였다. 저서에 《자연계에 있어서의 인간의 위치》 등이 있다.

토머스 홉스(Thomas Hobbes, 1588~1679) 영국의 철학자. 서양 정치철학의 토대를 확립한 책 《리바이어던》 의 저자로 유명하다. 자연을 만인의 만인에 대한 투쟁 상태로 보고, 그로부터 자연권 확보를 위하여 사회계약에 의해서 리바이어던(이것은 《리바이어던》 에 나오는 국가의 이름이기도 하다)과 같은 강력한 국가권력이 발생되었다고 주장하였다.

토머스 휴스(Thomas Hughes, 1822~1896) 영국의 사상가·소설가. 옥스퍼드 대학교를 졸업하였으며, 1848년 변호사가 되고, 후에 영국자유당 소속 하원의원이 되었다. 그리스도교 사회주의운동에 종사했고, 노동자학교 설립에 진력하였다. 《톰 브라운의 학창생활》 은 일종의 교훈소설로, 학교소설의 고전이다.

토머스 흄(Thomas Ernest Hulme, 1883~1917) 20세기 초 영국의 시인·비평가·철학자. 런던에서 '시인 클럽'을 설립하고, 이미지즘 시 운동을 주도하였다. 유고집 《성찰》 이 있다. 그의 종교적 세계관, 고전주의적 예술관은 T. S. 엘리엇 등 시인·문학자들에게 큰 영향을 주었다.

토스카니니(Arturo Toscanini, 1867~1957) 9세 때 파르마음악원에 입학하여 첼로와 작곡을 공부했다. 연주자의 해석을 가능한 한 배제하고 악보에 떠오르는 작곡자의 의도를 재현하여 악보의 지시를 잘 이해한 지휘기술과 이에 필요한 악단의 통제를 해내는 역량 면에서는 20세기 전반을 대표하는 지휘자로서 높이 평가된다.

톰 모리스(Tom Morris, 1952~) 미국의 철학자. 저서 《천재 A반을 위한 철학》 은, 이미 낡았다고 치부해 버렸던 고대의 지혜를, 그것도 비즈니스에 부합시켜 새로운 의미를 창출해 냈다. 그 밖에 《아리스토텔레스가 제너럴모터스를 경영한다면》, 《해리포터 철학교실》 등의 경제·경영서를 냈다.

투키디데스(Thukydides, BC 460?~BC 400?) 그리스의 역사가. 군의 장군이었

으나 추방당해 20년간 망명생활을 했다. 그동안 《펠로폰네소스 전쟁
사》를 저술하였다. 이 책은 엄밀한 사료비판, 인간심리에 대한 깊은 통
찰로 역사서의 고전으로 평가받는다. 교훈적 역사가의 시조로 꼽힌다.
티투스 리비우스(Titus Livius, BC 59~AD 17) 고대 로마의 역사가. 《로마 건
국사》는 대제국 로마를 건설한 로마인의 도덕과 힘을 찬양한 편년체의
역사서이다. 그의 명문은 고대의 크세노폰과 필적하며 〈로마사 연구의
성서〉로 알려져 있다.

파

파블로 피카소(Pablo Ruiz y Picasso, 1881~1973) 에스파냐의 입체파 화가. 프
랑스 미술에 영향을 받아 파리로 이주하였으며, 르누아르, 툴루즈, 뭉크,
고갱, 고흐 등 거장들의 영향을 받았다. 초기 청색시대를 거쳐 입체주의
미술양식을 창조하였고, 20세기 최고의 거장이 되었다. 《게르니카》,
《아비뇽의 처녀들》 등의 작품이 유명하다.
파스칼(Blaise Pascal, 1623~1662) 프랑스의 수학자·물리학자·철학자·종
교사상가. '파스칼의 정리'가 포함된 〈원뿔곡선 시론〉 '파스칼의 원리'
가 들어있는 〈유체의 평형〉 등 많은 수학·물리학에 대한 글을 발표하
고 연구를 하였다. 또한 활발한 철학적·종교적 활동을 하였으며, 유고
집 《팡세》가 있다.
파에드루스(Gaius Julius Phaedrus, BC 15~AD 50) 고대 로마의 우화시인. 마
케도니아 출신. 《이솝 이야기》에 바탕을 둔 많은 동물에 관한 우화를
집대성하여 후세에 남긴 공적이 크다. 특히 그 시체(詩體)와 이야기가
모두 단순 평이하며 격조가 높고, 대단한 인기를 모아 나중에는 산문으
로 번역되었다. 이솝의 그리스 원전과 그의 시까지도 잃어버린 중세에
이 산문 번역이 전해져 우화는 명맥을 잇게 되었다.
파울루 코엘류(Paulo Coelho, 1947~) 브라질의 소설가로 신비주의 작가이며
극작가, 연극연출가, 저널리스트, 대중가요 작사가로도 활동하였다. 대
표작은 세계 20여 개 국어로 번역된 《연금술사》를 비롯하여 《피에트
라 강가에 앉아 나는 울었노라》 등이 있다.
파울 첼란(Paul Celan, 1920~1970) 독일의 시인. 시집 《양귀비와 기억》에

수록된 '죽음의 푸가'는 현대시의 고전으로 평가된다. 1960년에 퓨히너 상을 수상하였다.

파울 에른스트(Paul Karl Friedrich Ernst, 1866~1933) 독일의 소설가·평론가. 자연주의적 현실묘사에 역점을 두었으며 민족적 색채가 짙은 신고전주의 확립에 힘썼다. 주요 저서로 《모르겐브로츠탈의 보석》, 《라우텐탈의 행복》 등의 장편소설을 비롯하여, 희곡으로는 《카노사》, 《프로이센 정신》 등이 있다.

파울 틸리히(Paul Johannes Tillich, 1886~1965) 독일의 신학자. 종교적 사회주의의 이론적 지도자로서 히틀러에 의해 추방되어 1933년 미국으로 망명했다. 그의 신학은 존재론적이었다. 또한 신학과 철학을 문답관계로 보는 것이 특징이었다. 저서에 《조직신학》 등이 있다.

파울 플레밍(Paul Fleming, 1609~1640) 독일 바로크기 최고의 시인. 여행 중의 체험, 실연과 사랑의 감정을 시로 썼다. 현세와, 내세의 영원성의 신앙이라는 이원성이 바로크 문학적인 특색을 나타낸다. 주요 작품으로 《독일 시집》, 《종교·세속 시집》 등이 있다.

파울 하이제(Paul Johann Ludwig von Heyse, 1830~1914) 독일의 소설가. 정확하고 유려한 언어의 구사로 독일의 근대소설에서 새로운 전기를 마련하였다. 주요 저서로 《아라비아타》, 《가르다호 단편집》이 있다. 1910년 노벨문학상을 받았다.

《파이드로스(Phaidros)》 철학서로서, 플라톤의 중기 대화편. 소크라테스와 파이드로스가 주인공이며, 부제는 '미(美)에 관하여' 또는 '사랑에 관하여'이다. 첫째 주제는 특히 《고르기아스》(소피스트들에 대한 비판을 담은 플라톤의 대화편)와 깊은 관계를 가진 변론술의 로고스적 음미이며, 또 하나의 주제는 《향연(饗宴)》이나 《이온》과 밀접한 관계에 있는 신적(神的) 광기로서의 사랑의 문제이다. 이들 주제와 떼어놓을 수 없는 철학자의 정의(定義), 방법의 문제, 로고스(言語)의 문제, 영혼의 윤회와 불사(不死)의 설명 등도 있다.

팔만대장경(八萬大藏經) 대장경은 경(經)·율(律)·논(論)의 삼장(三藏)을 말하며, 불교경전의 총서를 가리킨다. 이 대장경은 고려 고종 24~35년(1237~1248)에 걸쳐 간행되었다. 고려시대에 간행되었다고 해서 고려대장경이라고도 하고, 판수가 8만여 개에 달하고 8만 4천 번뇌에 해당하는 8만 4천 법문을 실었다고 하여 8만대장경이라고도 부른다. 이것을 만들게 된 동기는 현종 때 의천이 만든 초조대장경이 몽고의 침략으로 불타없어지자 다시 대장경을 만들었으며, 그래서 재조대장경이라고도 한다. 몽고군의 침입을 불교의 힘으로 막아보고자 하는 뜻으로 국가적인 차원에서 대장도감(大藏都監)이라는 임시기구를 설치하여 새긴 것이다.

패트릭 헨리(Patrick Henry, 1736~1799) 미국 독립혁명의 지도자. 1763년 '목사사건'의 소송에 성공하여 명성을 떨쳤다. 1775년 비합법 민중대회에서 '자유가 아니면 죽음을 달라'라는 연설을 하고 영국 본국과의 개전(開戰)을 주장하였다.

패티 스미스(Patricia Lee Smith, 1946~) 미국의 여가수 · 작가. 1975년 데뷔 앨범 《말(Horse)》을 발매하면서 널리 알려졌다. 그 전엔 비트 시인들과 뉴욕에서 어울렸다. 아르튀르 랭보 등 19세기 초현실주의 프랑스 시의 영향을 많이 받았다. 펑크에 시적인 가사를 통해 문학성을 도입했다는 평가를 받았다. 2007년에 로큰롤 명예의 전당에 올랐다.

퍼시 셸리(Percy Bysshe Shelley, 1792~1822) 19세기 영국의 낭만파를 대표하는 시인으로, 이상주의적 인류애를 표현하는 시를 썼다. 작품에 극시 《사슬에서 풀린 프로메테우스》, 서정시 《종달새에게》, 《구름》 등이 있다.

펄 벅(Pearl Buck, 1892~1973) 미국 소설가. 장편 처녀작 《동풍 · 서풍》을 비롯해 빈농으로부터 입신하여 대지주가 되는 왕룽(王龍)을 중심으로 그 처와 아들들 일가의 역사를 그린 장편 《대지(大地)》는 대표작품이다. 또 미국의 여류작가로는 처음으로 노벨문학상이 《대지》 3부작에 수여되었다.

페데리코 로르카(Federico García Lorca, 1898~1936) 에스파냐의 시인 · 극작가. 시집 《노래의 책》, 《집시 가집》으로 유명하다. 대학생 극단 '바라카'를 조직, 고전극 부활에 힘썼다. 극작으로 《피의 혼례》, 《베르나르다 알바의 집》 등이 있다.

페렌츠 몰나르(Ferenc Molnár, 1878~1952) 헝가리의 극작가 · 소설가. 세련된 기지와 해학이 넘치는 콩트와 단편소설을 많이 발표하였고 희곡 분

야에서 경묘한 풍자, 뛰어난 줄거리의 구성 등으로 세계적 명성을 떨쳤
다. 대표적인 희곡으로 《릴리옴》, 《이리》 등이 있다.

페리클레스(Perikles, BC 495?~BC 429) 고대 아테네의 정치가·군인. 평의
회·민중재판소·민회에 실권을 가지도록 하는 법안을 제출해 민주정
치의 기초를 마련했다. 외교상으로는 강국과는 평화를 유지했고 델로스
동맹의 지배를 강화했다. 페리클레스의 시대는 아테네의 최성기였다.

페스탈로치(Johann Heinrich Pestalozzi, 1746~1827) 스위스의 교육자로서 학
교를 세워 독자적인 교육방법을 실천하였다. 저서로는 《은자의 황혼》,
《린하르트와 게르트루트》, 《백조의 노래》 등이 있으며 교육이상으로
서 전인적(全人的)·조화적 인간도야를 주장하였다.

페트로니우스(Gaius Petronius Arbiter, 20~66) 고대 로마의 문인. 집정관을
지내며 황제 네로의 총애를 받아 '우아(優雅)의 심판관'이라 불리었다.
작품으로는 문학사상 악한(惡漢)소설의 원형으로 꼽히는 《사티리콘》
과 약간의 서정시가 남아있다.

펠리시테 라므네(Hugues-Félicité-Robert de Lamennais, 1782~1854) 프랑스의
사상가·종교철학자. 사상적으로나 문체로 뛰어난 저서 《종교 무관심
론》(4권)의 간행으로 큰 명성을 얻었다. 《입헌민주당》지 창간 후 국민
의회 의원으로서 의회에 진출. 그의 종교적 사상은 근대정치적 가톨릭
사상에 자극을 주었다.

펠리페 칼데론(Felipe de Jesus Calderón Hinojosa, 1962~) 멕시코의 정치가.
2006년 7월 대통령선거에 집권여당 PAN(National Action Party : 국민행동
당) 후보로 출마하여 당선, 12월에 임기 6년의 대통령으로 취임하였다.
그러나 선거 결과에 불복한 야당의 저항정부 구성과 전국적인 소요사태
로 취임과 동시에 위기에 봉착했다.

포이에르바하(Ludwig Andreas Feuerbach, 1804~1872) 독일의 철학자·도덕
가. 자신의 가장 중요한 저서 《그리스도교의 본질》에서는 인간의 고유
한 사유 대상은 어디까지나 인간이라고 주장하고 종교를 무한자에 대한
의식으로 축소했다.

폴 게티(Paul Getty, 1982~1976) 미국 대공황 이후 미국 최고의 부자. 지금은
사라진 석유회사를 설립하였고 석유사업으로 돈을 벌어 50년대에는 세

계에서 가장 돈 많은 사람 중 한 명이었다. 지독한 구두쇠로 알려졌고, 자기 재산에 광적으로 집착하는 사람이었다고 한다. 1976년 사망하며 남긴 기부금은 게티 미술관의 설립과 운영의 기초가 되었다.

폴 고갱(Paul Gauguin, 1848~1903) 프랑스 후기인상파 화가. 문명세계에 대한 혐오감으로 남태평양 타히티 섬으로 떠났고 원주민의 건강한 인간성과 열대의 밝고 강렬한 색채가 그의 예술을 완성시켰다. 그의 상징성과 내면성, 그리고 비(非)자연주의적 경향은 20세기 회화가 출현하는 데 근원적 역할을 했다.

폴 니장(Paul Nizan, 1905~1940) 프랑스의 소설가. 급우였던 장 폴 사르트르, 시몬 드 보봐르 등에게 사상 · 견식 · 인격을 통해 영향을 주었다. 기행수필 《아뎅 아라비아》, 소설 《음모》 등이 있다.

폴리비오스(Polybios, BC 204~BC 125?) 헬레니즘 시대의 그리스 역사가. 제1포에니 전쟁에서 BC 144년까지의 로마역사를 《역사》 40권으로 저술하여, 로마의 세계 지배는 그 국제(國制)의 우수성에 있다고 결론지었다. 그의 정체순환사관(政體循環史觀)과 혼합정체론(混合政體論)은 특히 유명하다.

폴 모랑(Paul Morand, 1888~1976) 프랑스의 시인 · 소설가. 코즈모폴리턴 문학 창조자 중 하나이다. 《밤이 열리다》, 《밤이 닫히다》를 발표, 제1차 세계대전 후 혼란과 퇴폐를 그린 신감각파적인 서정적 필치가 유명하다.

폴 발레리(Ambroise Paul ToussaintJules Valéry, 1871~1945) 20세기 전반 프랑스의 시인 · 비평가 · 사상가. 말라르메의 전통을 확립하고 재건, 상징시의 정점을 이뤘다. 20세기 최고의 산문가로 꼽힌다. 저서로는 《매혹》, 《구시장》, 《잡기장》, 《영혼과 무용》, 《외팔리노스》 등이 있다.

폴 베를렌(Paul-Marie Verlaine, 1844~1896) 19세기 프랑스 상징파의 시인. 랭보의 연인이었다. 근대의 우수(憂愁)와 권태, 경건한 기도 따위를 정감이 풍부하게 노래하였다. 저서로 《좋은 노래》, 《말없는 연가》, 《예지》 등이 있다.

폴 부르제(Paul Charles Joseph Bourget, 1852~1935) 프랑스의 소설가. 그의 명저 《현대심리 논총》으로 인해 스탕달이 재평가되었다. 작품으로는

《제자》, 《역마을》, 《이혼》 등이 있다. 정밀 견고한 구성미, 정확한 심리분석 수완을 보인다.

폴 엘뤼아르(Paul Éluard, 1895~1952) 다다이즘 운동에 끼어들고, 이윽고 초현실주의의 대표적 시인으로 활약한 프랑스 시인. 「시인은 영감을 받는 자가 아니라 영감을 주는 자」 라고 한결같이 생각했다. 유명한 시 《자유》가 수록된 《시와 진실》, 《독일군의 주둔지에서》 는 프랑스 저항시의 백미다.

폴 쿠퍼(Paul Cooper, 1926~1996) 미국의 작곡가 · 음악평론가. 음악이론서를 저술하고 《로스앤젤레스 미러》, 《앤아버 뉴스》 의 음악평론가로 활동했으며, 《계간 음악》 에 기고하기도 했다. 스톡홀름 왕립음악원과 코펜하겐의 왕립음악원에서 객원교수로 활동했다.

폼페이우스(Gnaeus Pompeius Magnus, BC 106~BC 48) 고대 로마 공화정 말기의 장군 · 정치가. 해적토벌, 미토리다테스 전쟁 등 오랜 세월에 걸쳐 로마를 괴롭힌 싸움에 종지부를 찍었지만, 카이사르와 대립해 패했다.

퐁트넬(Bernard Le Bovier de Fontenelle, 1657~1757) 계몽사상가이자 프랑스 문학가. 시 · 오페라 · 비극 등 문학작품에 관여했다가 나중에 과학사상의 보급자 · 선전자로서 성공을 거두었다. 몽테스키외와 절친한 사이였으며 볼테르에게 영향을 끼쳤다. 퐁트넬의 가장 독창적인 공헌은 그의 책 《우화의 기원에 관하여》 에 나타난 역사학 방법에 대한 연구였다.

푸블릴리우스 시루스(Publius Sirus, BC 1세기경) 고대 로마의 무언극 작가.

풀크 그레빌(Fulke Greville, 1554~1628) 영국의 시인 · 극작가 · 정치가. 그리스도교적 인문주의의 내부 모순에 대한 그의 근대적인 의식은 인간의 딜레마의 정치적 함축을 다룬 세네카적인 운문비극(韻文悲劇) 《무스타파》 와 《알라함》 에 잘 나타나 있다. 이 밖에 종교적 · 철학적 내용의 교훈시를 포함한 소네트집 《카엘리카》 가 있으나 《시드니경의 일생》 이 가장 유명하다.

프란체스코(Francesco d'Assisi, 1182~1226) 신의 음유시인, 가톨릭 성인. 프란체스코회 창립자. 아시시의 부유한 상인집안에서 태어났다. 20세에 회심(回心)하여 모든 재산을 버리고 평생을 청빈하게 살며 이웃사랑에 헌신했다. 1224년에 성흔(聖痕 : 그리스도가 십자가에 못 박혔을 때 옆구리와 양손·양발에 생긴 5개의 상처)을 받은 것으로 유명하다. 자애로운 인품과 그가 행한 기적은 모든 시대를 통해 사람들로부터 존경을 받았는데, 시에나의 성녀 카타리나와 함께 이탈리아의 수호성인이 되었다. 《태양의 찬가》를 비롯하여 뛰어난 시도 남겼다.

프란체스코 페트라르카(Francesco Petrarca, 1304~1374) 이탈리아의 시인·인문주의자. 교황청에 있으며 연애시를 쓰기 시작하는 한편 장서를 탐독하여 교양을 쌓았고, 이후 계관시인(桂冠詩人)이 되었다. 성 아우구스티누스와의 대화형식인 라틴어 작품 《나의 비밀》을 집필하였고, 이탈리아어로 된 서정시 《칸초니에레》로 소네트의 극치를 보여주었다.

프란츠 그릴파르처(Franz Grillparzer, 1791~1872) 19세기 오스트리아의 극작가. 이반(離反)·분열의 고통이 인생과 작품에 결정적 영향을 주었다. 대표작은 《사포》, 《금빛 양모피》 등이다. 문학평론과 미학 논문도 썼고, 날카로운 경구를 남겼다.

프란츠 리스트(Franz Liszt, 1811~1886) 헝가리 태생 피아니스트·작곡가. 어려서부터 뛰어난 음악적 재능을 나타냈으며, '피아노의 왕'이라 불리었다. 뛰어난 기교로 유럽에 명성을 떨쳤고, 지금도 역사상 가장 위대한 피아니스트로 추앙받고 있다. 낭만시대 음악에 큰 공헌을 했다. 주요 작품으로 《파우스트 교향곡》, 《단테 교향곡》 등이 있다.

프란츠 브렌타노(Franz Brentano, 1838~1917) 독일의 철학자·심리학자. 아리스토텔레스—토마스 아퀴나스적인 실재론 철학을 배경으로 학적(學的) 철학의 기초 구축을 꾀하였다. 철학의 기초학으로서, 경험적 방법에 의해 정신현상을 기술하는 기술적(記述的) 심리학의 이념을 전개했다.

프란츠 요제프 하이든(Franz Joseph Haydn, 1732~1809) 빈고전파를 대표하는 오스트리아의 작곡가. 교향곡의 아버지로 불린다. 100곡 이상의 교향곡, 70곡에 가까운 현악4중주곡 등으로 고전파 기악곡의 전형을 만들었으며, 특히 제1악장에서 소나타형식의 완성으로도 유명하다. 대표작으로 《천지창조》, 《사계(四季)》 등이 있다.

프란츠 카프카(Franz Kafka, 1883~1924) 체코의 유대계 소설가. 인간 운명의 부조리, 인간 존재의 불안을 통찰하여, 현대 인간의 실존적 체험을 극한에 이르기까지 표현하여 실존주의 문학의 선구자로 높이 평가받는다.

주요작품으로 《성(城)》, 《변신(變身)》 등이 있다.

프랑수아 라블레(François Rabelais, 1483~1553) 프랑스의 작가·의사·인문
주의 학자. 프랑스 르네상스의 최대 걸작인 《가르강튀아와 팡타그뤼엘
이야기》를 썼다. 몽테뉴와 함께 16세기 프랑스 르네상스 문학의 대표
적 작가이다. 영국의 셰익스피어, 에스파냐의 세르반테스에 비견된다.

프랑수아 모리아크(François Mauriac, 1885~1970) 프랑스의 소설가. 심리소
설의 전통을 이었지만, 복잡성, 혼돈의 세계를 혼돈(混沌) 그대로 라신적
수법으로 받아들였다. 작품의 무게가 문체에 있다. 작품은 《파리새 여
자》, 《어린 양》, 평론 《소설론》 등이다. 1952년 노벨문학상을 받았다.

프랑수아 비용(1431~?) 15세기 프랑스 중세 말기의 시인으로, 방랑과 투옥
을 되풀이하는 생애를 보냈다. 저서로는 《작은 유산》, 《유언시집》 등
이 있다. 리얼리스트였고, 서정시에도 비현실적인 것은 없으며 야유, 조
소를 표현했다. 《지난날의 당신의 발라드》 등은 뛰어난 작품이다.

프랑수아 사강(Françoise Sagan, 1935~2004) 20세기 중엽 프랑스의 여류소설
가·극작가. 현대 프랑스에서 가장 많은 독자를 가진 작가로 활약 중이
다. 작품으로 《슬픔이여 안녕》, 《어떤 미소》, 《브람스를 좋아하시나
요》, 《잃어버린 프로필》, 《흐트러진 침대》 등이 있다.

프랑수아 케네(François Quesnay 1694~1774) 중농주의를 창시한 프랑스의
경제학자. 농업자본의 재생산 문제를 도표로 표시한 《경제표》를 작성
하였다. 중농주의의 체계를 확립하는 한편, 국내시장의 확장을 위하여
자유방임정책의 채용과 세제개혁을 주장하였다.

프랑수아 코페(François Coppée, 1842~1908) 프랑스의 시인. 고답파(高踏派)
시풍의 처녀시집 《성유물함(聖遺物函)》을 발표하였고, 여배우 사라 베
르나르가 연기한 단막시극 《행인(行人)》으로써 문단에서의 지위를 구
축했다. 서민의 생활과 감정을 소박하게 묘사한 시와 극을 잇달아 발표
하여, 다소 고풍스러우면서도 감상적인 스타일로 인기를 끌었다.

프랑수아 페늘롱(François de Salignac de La Mothe Fénelon, 1651~1715) 프랑스
의 종교가·소설가. 그의 대표작인 소설 《텔레마크의 모험》은 왕세손
의 교육을 위해 쓴 것인데, 고전주의 문학의 걸작인 동시에 거기에 전개
되는 루이 14세의 전제(專制)에 대한 비평과 유토피아적인 이상사회의

기술 등은 계몽사상 형성에 적지 않은 역할을 하였다.

프랑시스 잠(Francis Jammes, 1868~1938) 상징파의 후기를 장식한 신고전파 프랑스 시인. 상징주의 말기의 퇴폐와 회삽(晦澁)한 상징파 속에서 이에 맞선 독자적인 경지를 열었다. 주요 저서로《그리스도교의 농목시(農牧詩)》,《새벽종으로부터 저녁 종까지》등이 있다.

프랜시스 베이컨(Francis Bacon, 1561~1626) 르네상스 후의 근대철학, 특히 영국 고전경험론의 창시자이다. 인간의 정신능력 구분에 따라서 학문을 역사 · 시학 · 철학으로 구분했다. 다시 철학을 신학과 자연철학으로 나누었는데, 그의 최대의 관심과 공헌은 자연철학 분야에 있었고 과학방법론 · 귀납법 등의 논리 제창에 있었다.

프랜시스 카르코(Francis Carco, 1886~1958) 프랑스 작가 · 시인. 악한 · 매춘부 · 도둑 · 실직자 등을 즐겨 소재로 다루었고, 속어를 많이 쓰는 회화체로써 뒷골목 분위기와 하층사람들을 교묘하게 묘사했다. 주요 작품 가운데《쫓기는 사나이》로 아카데미 소설 대상을 받기도 했다.

프랜시스 톰프슨(Francis Thompson, 1859~1907) 영국의 시인. 1893년《시집》을 출간하였다. 신으로부터의 도주와 신의 추구를 노래한 「하늘의 사냥개」는 이 중 백미다. 「셸리론」은 가장 유명한 평론이다.

프랜시스 허치슨(Francis Hutcheson, 1694~1747?) 18세기 영국의 도덕감각학파. 인간의 심성에는 이기적 경향과는 독립된 이타적경향이 있다고 하였다. 또한 미적 감각과 마찬가지로 정사(正邪)를 판단하는 자연스럽고 보편적인 도덕감각이 있다고 설파했다. 공리주의자에게 커다란 영향을 주었다.

프랭크 그레이엄(Frank Dunstone Graham, 1890~1949) 교역조건은 생산비에 의해 결정된다는 생산비설을 주장한 미국경제학자. 주로 국제무역이론을 연구하여 J. S. 밀과 A. 마셜 등이 확립한 고전적 상호수요설에 대하여 비판적 태도를 취하였으며, 국제가치론의 재구성에 노력하였다.

프랭클린 루스벨트(Franklin Delano Roosevelt, 1882~1945) 미국의 제32대 대통령. 강력한 내각을 조직하고 경제공황을 극복하기 위하여 뉴딜정책을 추진하였다. 제2차 세계대전 중에는 연합국회의에서 지도적 역할을 다하여 전쟁종결에 많은 노력을 기울였다.

프레더릭 로버트슨(Frederick William Robertson, 1816~1853) 성공회의 프로테스탄트 목사로, 설교는 신학적이라고 할 수는 없었으나, 인간윤리에 관한 넓은 관심을 나타냈다. 영적 자유에 이르는 길을 가르쳤다. 그가 죽은 뒤에 출판된《설교집》은 뛰어난 설교문학으로 평가받고 있다.

프레데리크 쇼팽(Frédéric François Chopin, 1810~1849) 폴란드의 작곡가・피아니스트. 자유롭고 시대를 앞서가는 독자적인 양식의 작품을 많이 남겼으며 특히, 약 200곡에 이르는 피아노곡으로 유명하다. 페달의 사용과 약박(弱拍)을 약간 인접한 강박(强拍)에 접근시키는 연주법으로 후세의 피아노 연주법에도 큰 영향을 끼쳤다.

프로타고라스(Protagoras, BC 485?~BC 414?) 고대 그리스의 대표적 소피스트. '인간은 만물의 척도'라는 말로 유명하다. 인간은 사물을 제각각 인식하여 사물을 절대적이 아닌 상대적으로 본다는 뜻이다. 인간이 가지게 되는 지식은 인간의 인식에 기초하는데, 이 인식은 또한 인간의 감각에 기반을 두고 있어서, 인간의 감각기관에 의해서 인식되는 것이 각각 다르므로 지식 또한 사람마다 다르다는 상대주의적 진리론을 주장한 것이다. 그는 우주의 이법(理法)에 관해서 과학이 주장하는 것에 회의를 품었고, 신의 존재에 대해서도 불가지론(不可知論)의 태도를 취하였다.

프로페르티우스(Sextus Propertius, BC 48?~BC 16?) 고대로마의 서정시인으로 아우구스투스의 총신 G. 마에케나스의 문인그룹의 한 사람이었다. 대표작《서정시집》은 금언적(金言的) 명구로 연애의 갖가지 상(相)을 노래하여 후세의 시인 괴테와 바이런 등에 큰 영향을 끼쳤다.

프리드리히 2세(Friedrich II, 1712~1786) 프리드리히 대왕. 프로이센의 국왕. 강력한 대외정책을 추진하여 오스트리아의 제위 상속을 둘러싼 분쟁에 편승 슐레지엔 전쟁을 일으켰다. 오스트리아, 러시아와 관계가 악화되자 영국・프랑스 간 식민지전쟁에서 영국과 동맹을 맺음으로써 7년전쟁이 시작되었다. 국민의 행복증진을 우선한 계몽전제군주로 평가된다.

프리드리히 니체(Friedrich Wilhelm Nietzsche, 1844~1900) 독일의 시인・철학자. 쇼펜하우어의 의지철학을 계승하는 '생의 철학'의 기수(旗手)이며, 키르케고르와 함께 실존주의의 선구자로 지칭된다. 저서로는《반시대적 고찰》, 《차라투스트라는 이렇게 말했다》 등이 있다.

프리드리히 로가우(Friedrich Freiherr von Logau, 1604~1655) 독일의 풍자시
인. 직설적이고 꾸밈없는 문체로 잘 알려졌다. 신랄하기는 하지만 별로
교훈적이지 않은 그의 글은 당대에는 보기 드물게 직선적이고 꾸밈이
없었다. 격언시집《시로 쓴 100가지 독일잠언》계속 개정 증보되어 출
판되었다.

프리드리히 뤼케르트(Friedrich Rückert, 1788~1866) 독일의 시인. 고전파·
로망파·동양 시가 절충된 시를 많이 썼다. 어린이들을 위한 시·동화
작가로서도 유명하다. 시집으로《사랑의 봄》,《브라만의 지혜》등이
있다. 그의 많은 시가 슈베르트, 슈만 등에 의해 작곡되었다.

프리드리히 마이네케(Friedrich Meinecke, 1862~1954) 독일의 역사가. 베를린
자유대학 초대 총장. 딜타이, 트뢸치와 함께 정신사(精神史) 또는 이념
사(理念史)의 방법을 확립함으로써 역사학회에 많은 영향을 끼쳤다. 저
서로는《세계시민주의와 국민국가》,《역사주의의 성립》등이 있다.

프리드리히 뮐러(Friedrich Max Müller, 1823~1900) 독일의 동양학자·비교
언어학자. 시인 빌헬름 뮐러의 아들이다. 인도학의 넓은 분야에서 과학
적·비판적 학문 연구의 기초를 쌓았다. 비교언어학과 비교신화학을 확
립하였다. 51권으로 이루어진 《동양의 경전》을 편찬했으며,《인도 6
파 철학》등이 있다.

프리드리히 셸링(Friedrich Wilhelm Joseph von Schelling, 1775~1854) 독일의
철학자. 칸트, 피히테를 계승하여 헤겔로 이어지는 독일 관념론의 대표
자의 한 사람이다. 헤겔의 사상을 '소극 철학'으로 보고, '적극 철학'을
설파하여 '이성'과 '체계'를 깨뜨리는 실존철학의 길을 열었다. 주요 저
서로《선험적(先驗的) 관념론의 체계》,《인간적 자유의 본질에 관한
철학적 고찰》등이 있다.

프리드리히 슈나크(Friedrich Schnack, 1888~1977) 독일의 작가. 소박한 자연
감정과 근대적인 박물학적(博物學的) 지식을 융합시킨 시·소설·수필
등을 발표하였다.《나비의 생활》이 대표작으로 꼽힌다.

프리드리히 슐라이어마허(Friedrich Ernst Daniel Schleiermacher, 1768~1834)
독일의 프로테스탄트 신학자·철학자. '근대신학의 아버지'로 불린다.
베를린 설교를 통하여 민족주의를 고취하여 애국설교가라는 명성을 얻

었다. 루터파와 개혁파의 통합운동에 힘썼다.

프리드리히 실러(Johann Christoph Friedrich von Schiller, 1759 ~1805) 독일의 시인·극작가. 작품 《군도(群盜)》를 극장에서 상연함으로써 큰 호응을 얻었고, 이는 독일적인 개성 해방의 문학운동인 '질풍노도운동(Sturm und Drang)'의 대표작으로 손꼽힌다. 독일의 국민시인으로서 괴테와 더불어 독일 고전주의문학의 2대 거성으로 추앙받는다.

프리드리히 엥겔스(Friedrich Engels, 1820~1895) 독일의 사회주의자. 마르크스와 공동 집필한 《독일 이데올로기》에서 유물사관(唯物史觀)을 제시하여 마르크스주의의 철학적 기초를 확립하였다. 마르크스의 이론적·실천적 활동을 경제적으로 지원하였으며 마르크스주의 보급에 노력하였다.

프리드리히 헵벨(Friedrich Hebbel) 독일의 사실주의 대표적 작가. 저서로 《마리아 막달레나》가 있다.

프리드쇼프 난센(Fridtjof Nansen, 1861~1930) 노르웨이의 북극탐험가·동물학자·정치가. 프람 호(號)로 북극탐험에 나서 북위 86° 14′ 지점에 도달했다. 국제연맹의 노르웨이 대표였고 제1차 세계대전 후 인도주의적 입장에서 포로의 본국송환·난민구제에 힘썼다.

프리츠 운루(Fritz von Unruh, 1885~1970) 독일 표현주의문학의 대표적 작가. 제1차 세계대전을 겪은 뒤 평화주의자이면서 철저한 반전주의자가 되었다. 초기작들은 빌헬름시대 군인정신의 찬양을 다루었다. 대표작으로는 《한 종족》, 《광장》 등이 있다.

프세볼로트 가르신(Vsevolod Mikhailovich Garshin, 1855~1888) 러시아의 소설가. 소년시절부터 시작된 광증의 발작이 재발되어 하르코프의 정신병원에 수용되었다. 명작 《붉은 꽃》은 병원에 입원 중 자기의 체험에 그의 독자적인 '악의 꽃'을 테마로 엮은 것이고, 그 밖에 《꿈이야기》, 《병졸 이바노프의 회상》 등의 작품이 있다. 33세의 나이로 요절하였다.

프타호테프(Ptahhotep, BC 2400년경) 고대 이집트 제5왕조 후반의 3왕 중 장제신관장(葬祭神官長). 고대 이집트 귀족의 묘 사카라의 계단형 피라미드 서쪽에 있는 마스타바의 묘주. 그의 묘 벽화는 제5왕조에 있어서 부조예술의 최전성기의 대표작이다.

플라우투스(Titus Maccius Plautus, BC 254?~BC 184) 고대 로마의 희극작가로
운율의 극적 효과를 탐구하고 사랑의 고백이나 욕설, 임기응변의 대답
등에 라틴어 표현력의 새 분야를 개척하였다. 대표작은 《포로》, 《밧
줄》 등이 있다.

플라톤(Plato, BC 428~BC 348) 고대 그리스의 철학자, 형이상학의 수립자.
소크라테스만이 진정한 철학자라고 생각하였다. 영원불변의 개념인 이
데아(idea)를 통해 존재의 근원을 밝히고자 했다. 특히 그의 모든 사상의
발전에는 윤리적 동기가 바탕을 이루고 있다. 그의 작품은 1편을 제외하
고 모두가 논제를 둘러싼 철학 논의이므로 《대화편》 이라 불린다.

플로베르(Gustave Flaubert, 1821~1880) 프랑스 작가. 꿈 많은 로마네스크한
자기 자신의 모습을 우스꽝스런 존재로 관조하는 작품을 많이 썼다. 신
비평파의 비평가들은 문학을 결연히 언어의 문제로 환원시킨 최초의 작
가로서 플로베르를 누보로망의 원류로 평했다. 주요작품에는 《세 가지
이야기》 등이 있다.

플루타르코스(Plutarchos, 46?~120?) 고대 로마의 그리스인 철학자·저술가.
플라톤 철학을 신봉하고 박학다식한 것으로 유명하다. 저작활동은 매우
광범위하여 전기·윤리·철학·신학·종교·자연과학·문학·수사학
에 걸쳐 그 저술이 무려 250종에 달했던 것으로 추정된다.

플리니우스 2세(Gaius Plinius Caecilius Secundus, 61?~113?) 고대 로마의 문
인·정치가. 집정관과 비티니아의 총독을 지냈고 트라야누스 황제에 대
한 송덕연설과 법정변론으로 이름을 떨쳤으며 《서한집》 (11권)이 전해
진다.

피네로(Arthur Wing Pinero, 1855~1934) 영국의 극작가. 작품 《탕아》로 입
센풍의 사회문제극을 비롯하여, 《탱커리 씨의 후처》로 성공, 런던 극
단에 새 바람을 일으켰다. 사실적 수법, 교묘한 구성, 판단력으로 영국
근대극에 선구적 역할을 했다.

피델 카스트로(Fidel Castro (Ruz), 1926~) 쿠바의 정치가·혁명가. 1959년
총리에 취임하고 1976년 국가평의회 의장직에 올랐다. 공산주의 이념
아래 49년간 쿠바를 통치하였다. 2008년 2월에 국가평의회 의장직을 사
임하고 권력을 라울 카스트로에게 넘겼다.

피란델로(Luigi Pirandello, 1867~1936) 이탈리아의 극작가·소설가. 염세적인 작풍의 시인으로 출발하여 7편의 장편소설과 246편의 단편소설을 발표하였다. 《작자를 찾는 6명의 등장인물》 등 연극사에 길이 남을 극작을 써서 1934년 노벨문학상을 받았다.

피셔 에임스(Fisher Ames, 1758~1808) 미국의 정치가·연설가·작가. 죽기 4년 전 하버드 대학교의 총장으로 선출되었으나 건강상태의 악화로 그만두었다.

피에르 드 마리보(Pierre de Marivaux, 1688~1763) 프랑스의 극작가·소설가. 우아 세련 고답적인 문체는 '마리보다지'라 불린다. 아카데미 프랑세즈 회원으로 뽑혔으나, 19세기에 와서야 비평가 생트 뵈브에 의해 비로소 재인식되었다. 이성의 시대와 낭만주의 시대를 잇는 중요한 작가로 인정받고 있다. 소설 《마리안의 생애》 등은 프랑스 근대 사실소설의 선구적 작품이다. 대표작은 희극 《사랑의 기습》 등이 있다.

피에르 드 보마르셰(Pierre Augustin Caron de Beaumarchais, 1732 ~1799) 18세기 프랑스의 극작가. 작품은 《비망록》, 《세비야의 이발사》 등이고, 걸작 《피가로의 결혼》이 있다. 루이 16세의 밀사였고, 미국 독립전쟁에 개입하였다. 프랑스 작가의 저작권 보호를 위해 활약했다.

피에르 라쇼세(Pierre Claude Nivelle de La Chausée, 1692~1754) 18세기 프랑스의 극작가로 희비극의 창시자로 일컬어진다. 희극적 요소에 감상적 정감을 혼입, 해피엔드로 끝나는 형식을 확립했다. 대표작은 《멜라니드》이다.

피에르 보나르(Pierre Bonnard, 1867~1947) 프랑스의 화가. 고갱의 영향을 받은 반 인상파인 나비 파(派)를 결성하였다. 대상의 설명에서 벗어나 현란한 명색이 교향(交響)하는 독자적인 색채의 세계를 확립, 「색채의 마술사」로 불렸다. 작품으로는 《빛을 등진 누드》 등 유화 이외에 구아슈(gouache)·수채화·석판화에서도 많은 가작을 남겼다.

피에르 샤롱(Pierre Charron, 1541~1603) 프랑스의 가톨릭 신학자·철학자·설교자·신학자로 명성을 떨쳤다. 남프랑스에서 유명하였다. 몽테뉴와 친교를 맺어 그의 사상적 영향을 받았다.

피에르 아벨라르(Pierre Abélard, 1079~1142) 중세 프랑스 철학을 대표하는 철학자·신학자로, 중세 철학사의 보편적 논쟁에서 빠질 수 없는 인물이다. 논리학 저서들을 통해서 독자적인 언어철학을 명석하게 설명했다. 스콜라 철학의 아버지로 불린다.

피에르 코르네유(Pierre Corneille, 1606~1684) 프랑스의 극작가. 《미망인》, 《루아얄 광장》 등의 풍속희극으로 주목을 받았으며, 《거짓말쟁이》를 발표하여 몰리에르 이전에 문학적 희극을 확립했다는 평가를 받았다.

피에로 코르토나(Pietro da Cortona, 1596~1669) 이탈리아의 화가·건축가. 화려한 색채와 빛의 효과를 이용하여 바로크양식의 천장에 맞는 아름다운 인물·장식을 그려 회화와 건축을 통일적으로 구상했다.

피에르 드 롱사르(Pierre de Ronsard, 1524~1585) 프랑스의 대표 시인. 플레야드파의 대표자였다. 알렉산드란 시구를 확립, 고전극시의 길을 열었다. 《엘렌의 소네트》는 롱사르 시의 최고봉이다. 중세 서정시와 근대의 상징시를 잇는 계승자였고, 시형식의 개혁을 실천하였다.

피에르 샤롱(Pierre Charron, 1541~1603) 프랑스의 가톨릭 신학자·철학자. 몽테뉴와 친교를 맺어 그의 사상적 영향을 받았다. 주요 저서인 《지혜에 대하여》에서는 특히 인간의 지혜가 자신의 힘의 본성(本性)과 한계를 아는 데 있다고 하여 회의적 입장을 굳혔다. 그러나 이것은 몽테뉴의 《수상록》을 모방한 것이라고 할 수 있다.

피에르 에마뉘엘(Pierre Emmanuel, 1916~1988) 프랑스 여류시인·평론가. 신화(神話)와 성서의 세계를 통한 인간의 근원적 문제에 대한 깊은 통찰력으로 현대 프랑스 시단에서 독자적인 지위를 차지한 철학시인으로 주목된다. 현대의 인간이 직면하는 온갖 문제를 전체적·통일적으로 파악하려고 하는 야심적·예언자적 시인이기도 하다.

피에르 프루동(Pierre-Joseph Proudhon, 1809~1865) 프랑스의 무정부주의 사상가이자 사회주의자. 《재산이란 무엇인가?》에서 자본가의 사적 소유를 부정하며 힘 대신 정의를 가치의 척도로 삼아야 한다고 주장하였다. 그의 사상은 제1인터내셔널 조직, 파리코뮌에 큰 영향을 끼쳤다.

피에트로 메타스타시오(Pietro Metastasio, 1698~1782) 이탈리아의 극시인. 그리스의 고전극을 본받아 이탈리아 연극을 부흥시키고자 《버림받은 디도네》 등 많은 음악극을 썼다. 빈의 궁정시인을 지냈으며, 이탈리아

오페라 탄생의 서막을 열어놓는 공헌을 하였다.

피에트로 카발리니(Pietro Cavallini, 1250?~1330?) 이탈리아의 화가·모자이크 공예가. 회화에 처음으로 고딕조각 수법을 응용하였다. 비잔틴주의의 극복을 시도했고 조소적(彫塑的)인 요소를 색조에 담은 새로운 회화식 표현영역을 개척했다. 주요 작품 산타 체칠리아 성당의 벽화 《최후의 심판》, 《수태고지》 등이 있다.

피천득(皮千得, 1910~2007) 시인·수필가·영문학자. 시보다는 수필을 통해 진수를 드러냈다. 주요작품으로 수필 《은전 한 닢》, 《인연》 등이 있으며, 시집으로는 《서정소곡》 등이 있다.

피타고라스(Pythagoras, BC 582?~BC 497?) 그리스의 종교가·철학자·수학자. 그는 만물의 근원을 '수(數)'로 보았으며, 수학에 기여한 공적이 매우 커 플라톤, 유클리드를 거쳐 근대에까지 영향을 미쳤다. 오늘날 「피타고라스 정리」의 증명법은 유클리드에 유래한 것이며, 그의 증명법은 알려져 있지 않다.

피터 드러커(Peter Ferdinand Drucker, 1909~2005) 미국의 경영학자. 현대를 대량생산원리에 입각한 고도산업사회로 보고, 그 속에서 기업의 본질과, 이를 바탕으로 한 경영관리의 방법을 전개하였다. 주요 저서에 《경제인의 종말》, 《산업인의 미래》, 《새로운 사회》, 《경영의 실제》, 《단절의 시대》 등이 있다.

핀다로스(Pindaros, BC 518?~BC 438?) 그리스의 서정시인으로 왕후와 귀족들을 위한 찬미의 시를 지었다. 이후 민주주의의 물결로 왕후와 귀족이 몰락하자 상실되었던 세계의 고귀한 혼의 부활을 절규하는 불후의 명시를 많이 남겼다.

필레몬(Philemon, BC 368?~BC 264?) 그리스 시인. 아테네 신희극에 속하는 작품들을 쓴 시인. 메난드로스와 같은 시대에 활동한 선배이자 경쟁자였다. 극작가로서 교묘하게 꾸며진 줄거리와 생생한 묘사, 극적인 놀라움 및 진부한 교훈으로 유명했다.

필론(Philōn ho Alexandreios, BC 15?~AD 45?) 유대인 필론이라고도 한다. 헬레니즘시대 대표적인 유대철학자이며 최초의 신학자이다. 그리스철학과 유대인의 유일신 신앙의 융합을 꾀했다. 고대 그리스도교신학, 철학사상의 형성과 뒷날의 신플라톤주의까지 큰 영향을 미쳤다.

필립 랜돌프(Asa Philip Randolph, 1889~1979) 미국의 노동운동·공민권운동 지도자. 흑인차별에 대해 항의하고 정부에 압력을 가했다. 1941년 군수산업체와 연방정부에서의 인종차별 철폐 행정명령, 1948년 군대 내에서의 인종차별을 금지하는 대통령령을 공포하도록 하는 데 큰 역할을 했다.

필립 매신저(Philip Massinger, 1583~1640) 영국의 극작가. 성(性)과 폭력의 자극을 희구하는 젊은 세대의 기호에 영합하고, 교묘한 줄거리 전개와 무대기교로 한때는 극단의 인기를 독차지하였다. 합작·단독작을 합하여 약 60편에 이르는 많은 작품을 썼다. 주요 작품으로는 《새 차용금 상환법》, 《밀라노의 공작》 등이 있다.

필립 시드니(Philip Sidney, 1554~1586) 영국 엘리자베스 시대의 궁정신하·정치가·시인·평론가로서 당대의 이상적인 신사로 여겨졌다. 《아스트로펠과 스텔라》는 셰익스피어의 소네트 다음가는 최고의 소네트 연작으로 평가받았다. 《시의 변호》에서 르네상스 시대의 비평개념을 영국에 소개했다.

필립 체스터필드(Philip Chesterfield, 1694~1773) 영국의 정치가·외교관. 예절, 사교술, 세속적인 성공비법 등에 관한 안내서인 《아들에게 주는 편지(Letter to His Son)》의 저자로 유명하다. 자신의 임종을 지켜주기도 했던 평생의 친구인 외교관 솔로몬 데이롤스에게 보낸 글을 비롯해서 유머와 매력이 넘치는 글의 본보기가 되는 많은 서한집을 남겼다.

하

하드리아누스(Publius Aelius Hadrianus, 76~138) 로마제국 황제. 오현제(五賢帝 : 네르바, 트라야누스, 하드리아누스, 안토니누스 피우스, 마르쿠스 아우렐리우스)의 한 사람. 제국 제반 제도의 기초를 닦았으며 로마법의 학문연구를 촉진시키고 문예·회화·산술을 애호하였다.

하위지(河緯地, 1412~1456) 조선 전기의 문신으로 사육신의 한 사람. 집현전 직전(直殿)에 등용되어 수양대군을 보좌하여 《진설(陣說)》의 교정과 《역대병요(歷代兵要)》의 편찬에 참여하였다. 침착 과묵한 청백리로 에스파냐 등과 단종 복위를 꾀하다가 실패 거열형(車裂刑)에 처해졌다.

하이데거(Martin Heidegger, 1889~1976) 독일 실존주의 철학의 대표자. 나치스 지배 기간 동안 협력하였다. 프라이부르크 대학에서 신학, 철학을 수학. 마르부르크, 프라이부르크 대학의 교수를 역임. E. 훗살 교수의 현상학으로부터 출발하여 기초적 존재론을 이룩하였으며, 키르케고르의 영향을 받았다.

하인리히 만(Heinrich Mann, 1871~1950) 독일의 소설가. 작가 토마스 만의 형. 이탈리아와 프랑스의 문학과 사상에 많은 영향을 받았다. 사회와 문명에 대한 비판적 안목으로 자유 독일정신의 지주로 간주되었다. 대표작으로 장편 《소도시(小都市)》가 있다.

하인리히 뵐(Heinrich Theodor Böll, 1917~1985) 독일의 소설가. 제2차 세계대전의 혼란한 사회와 인간을 그린 작품이 많다. 주요 저서로는 《열차는 정시에 도착하였다》, 《그리고 아무 말도 하지 않았다》, 《아홉시 반의 당구》, 《어떤 어릿광대의 견해》 등이 있으며, 그 밖에 많은 단편과 라디오 드라마·평론이 있다. 1971년에는 성취지향사회에 대한 저항을 담은 《여인과 군상》을 발표하고 이듬해 노벨문학상을 수상했다.

하인리히 주조(Heinrich Suso, 1295?~1366) 별명은 조이제. 하느님에 대한 순수적 사랑과 하느님의 관조가 인간 완성에 중요하다고 하였다. 주조의 걸작 《영원한 지혜》는 토마스 아 켐피스의 《그리스도를 본받아》가 나올 때까지 가장 인기 있는 신앙 서적이었다.

하인리히 트라이치케(Heinrich von Treitschke, 1834~1896) 독일의 역사가·정치평론가. 하이델베르크대학교, 베를린대학교 등의 교수를 지냈고 소독일주의를 주장하였다. 국민자유당에 속하여 군국주의·애국주의를 제창하고 강경외교를 주장하였다. 주요 저서로 《19세기 독일역사》 등이 있다.

하인리히 하이네(Heinrich Heine, 1797~1856) 독일의 시인. 낭만주의와 고전주의 전통을 잇는 서정시인인 동시에 반(反)전통적·혁명적 저널리스트였다. 독일 시인 중에서 누구보다도 많은 작품이 작곡되어 오늘날에도 널리 애창되고 있다. 주요 저서로 《로만체로》가 있다.

한갑수(韓甲洙, 1913~2004) 국어학자·한글학자. 한글의 발전과 보급을 위해 일했으며 한글의 바른 용법을 알렸다. 한글학회 회장, 한글재단 초대 이사장을 지냈다. 세계교육재단 평화문화상을 받았다. 저서로는《바른 말 고운말 사전》,《국어대사전》등이 있다.

한니발(Hannibal, BC 247~BC 183) 카르타고의 정치가·장군. 제2차 포에니 전쟁(한니발전쟁)을 일으켜 육로로 피레네산맥과 알프스를 넘어서 이탈 리아로 침입, 각지에서 로마군을 격파했다. 그러나 대(大)스키피오가 카 르타고를 공격하자 고국에 소환되어 자마 전투에서 대패했다.

《한비자(韓非子)》중국 전국시대 말 한(韓)나라의 공자(公子)로 법치주의 를 주창한 한비(韓非)와 그 일파의 논저(論著).

《한서(漢書)》중국 후한(後漢)의 역사가 반고(班固)가 저술한 기전체(紀傳 體)의 역사서. 사마천의《사기》와 더불어 중국 사학사상(史學史上) 대 표적인 저작이다. 한무제에서 끊긴《사기》의 뒤를 이은 정사(正史)로 여겨지므로 '두 번째의 정사'라 하기도 한다.

한스 벤더(Hans Bender, 1919~) 독일의 소설가. 전후 젊은 세대의 의식을 대표하는 작가 중 한 사람이다. 주요 작품으로 전쟁과 포로생활을 테마 로 한 장편소설《갈망의 음식》, 단편집《늑대와 비둘기》등이 있다. 시집으로는《외국인이여 떠날지어다》가 있다.

한스 홀투젠(Hans Egon Holthusen, 1913~) 독일의 시인·비평가. 유미주의 적 경향이 강하다. 반(反)나치스운동에 참가하였다. 주요시집으로《이 시대에》, 에세이로는《만년의 릴케》등의 작품을 남겼다.

한스 카로사(Hans Carossa, 1878~1956) 독일의 시인·소설가. 뮌헨 대학에서 《아름다운 미혹의 해》,《의사 기온》등을 썼다. 의사시험에 합격하고 아버지의 대리가 되어 의업에 종사하였다. 소년시절부터 괴테를 스승으 로 숭앙하였다.

《한시외전(漢詩外傳)》전한(前漢)의 경학자(經學者) 한영(韓嬰)이 지은 《시경》의 해설서. 정확한 저술 시기는 알 수 없지만 경제(景帝) 또는 무제(武帝) 때로 추정된다.《시경》을 해설하면서 잡다한 고사와 고어 (古語)·설화를 인용하여 앞에 쓰고, 그 뒤에《시경》의 시구들을 기술 하는 형태로 되어 있다.

한용운(韓龍雲, 1879~1944) 독립운동가·승려·시인. 일제시대 때 시집 《님의 침묵》을 출판하여 저항문학에 앞장섰고, 불교를 통한 청년운동

을 강화하였다. 종래의 무능한 불교를 개혁하고 불교의 현실참여를 주
장하였다. 주요 저서로 《조선불교유신론》 등이 있다.

한유(韓愈, 768~824) 송대(宋代) 중국 당나라의 문학가・사상가. 조선과 일
본에 광범위한 영향을 미친 후대 성리학(性理學)의 원조이다. 산문의 문
체개혁(文體改革)과 시에 있어 지적인 흥미를 정련(精練)된 표현으로 나
타낼 것을 시도하는 등 문학상의 공적을 세웠다.

할란 엘리슨(Harlan Ellison, 1934~) 미국의 SF 작가.

함석헌(咸錫憲, 1901~1989) 사상가・민권운동가・문필가. 1958년 발표한
〈생각하는 백성이라야 산다〉는 글은 자유당 시절의 대표적 필화사건
이다. 1970년 월간지 《씨알의 소리》를 창간, 여기에 발표한 많은 글과
강연 등을 통해 민중계몽운동을 폈다. 1985년 노벨 평화상 후보로 지
명・추천받았다. 주요 저서로 《뜻으로 본 한국역사》, 《역사와 민족》
등 다수가 있다.

해럴드 래스키(Harold Joseph Laski, 1893~1950) 영국의 정치학자. 런던대학
교수를 지냈고, 노동당 집행위원장이 되어 의회주의를 통한 평화혁명을
주장하였다. 저서로 《근대국가에서의 자유》 등이 있다.

해럴드 존스(Harold Spencer Jones, 1890~ 1962) 영국의 천문학자. 31년에 소
행성(小行星)이 지구로 접근할 때 그 지심시차(地心視差)를 측정, 지구
와 태양 사이의 거리(1AU)를 결정했다.

해리 에머슨 포스딕(Harry Emerson Posdic, 1878~1969) 미국 침례교 목사.
유니온 신학교에서 설교학을 가르쳤으며, 유명한 리버사이드 교회의 목
사가 되어 그곳에서 은퇴하였다. 저서로는 《기도의 의미》가 있다.

해리 트루먼(Harry Shippe Truman, 1884~1972) 미국 제33대 대통령. 각종 위
원회 위원과 국방계획조사 특별위원회 위원장을 지내고 부통령을 거쳐
대통령이 되었다. 반소・반공을 내세운 트루먼독트린으로 2차 세계대전
후의 국제정치의 방향을 결정하였고 6・25전쟁으로 인한 한국 파병에
이르기까지 내정 ・외교를 지도하였다.

허균(許筠, 1569~1618) 조선중기 문신・소설가. 소설 《홍길동전》은 사회
모순을 비판한 조선시대 대표적 걸작이다. 작품으로 《한년참기(旱年讖
記)》, 《한정록(閑情錄)》 등이 있다.

허먼 멜빌(Herman Melville, 1819~1891) 미국 소설가·시인. 대표작 《백경
(Moby Dick)》은 에이햅 선장이라는 강렬한 성격의 인물이, 머리가 흰
거대한 고래에 도전하는 내용의 소설로, 모선인 범선이 아닌 노 젓는 작
은 보트로 고래를 쫓는 용감한 포경선 선원들의 생활을 생생하게 그리
면서, 다른 한편에서는 에이햅의 복수전이 이교적(異敎的) 분위기를 낳
고, 악·숙명·자유의지 등의 문제에 대한 철학적 고찰이 전개되는 작
품이다.

허버트 리드(Herbert Read, 1893~1968) 영국의 시인·예술비평가. 예술을 과
학이나 철학과 같이 유익한 지식의 자주적 형식이라고 논했다. 주요 저
서로는 《벌거벗은 용사》, 《예술의 의미》 등이 있다.

허버트 스펜서(Herbert Spencer, 1820~1903) 영국의 철학자. 저서 《종합철
학체계》로 유명한데, 36년간에 걸쳐 쓴 대작이다. 성운(星雲)의 생성에
서부터 인간사회의 도덕원리 전개에 이르기까지 모든 것을 진화
(evolution)의 원리에 따라 조직적으로 서술하였다. 또 철학과 과학과 종
교를 융합하려고 하였다.

허버트 오스틴(Hebert Austin) 1905년 영국에서 오스틴 모터 컴퍼니(Austin
Motor Company)를 설립했다. 자동차업계 최초로 생산·판매를 비롯하여
정비소·렌터카·쇼룸까지 통합한 서비스를 제공하였다. 제1차 세계대
전이 일어난 뒤에는 군용 트럭과 항공기 엔진 등을 생산하였다. 그 공로
로 허버트 오스틴은 여왕으로부터 기사작위를 받았다.

허버트 조지 웰스(Herbert George Wells, 1866~1946) 영국의 소설가·문명비
평가. 쥘 베른과 함께 '과학소설의 아버지'로 불린다. 《타임머신》, 《투
명 인간》 등 공상과학소설 100여 편을 썼다. 그 밖의 저서로 《세계문화
사대계》, 《생명의 과학》 등이 있다.

허버트 후버(Herbert Clark Hoover, 1874~1964) 미국의 제31대 대통령. 대통
령 당선 후 심각한 경제 불황을 타개할 대책 수립, 군비축소를 추진하는
한편, 라틴아메리카 여러 나라와의 우호관계 유지 및 선린외교의 기초
를 구축하였다. 제2차 세계대전 후 대통령 트루먼의 요청으로 세계의 식
량문제를 개선하는 한편, 행정부문 재편성위원회(후버위원회)의 위원장
으로 활약하였다.

헤라클레이토스(Herakleitos, BC 540?~BC 480?) 그리스의 철학자로 「만물은 유전한다」고 말했다. 불이 조화로운 우주의 기본적인 물질적 원리라고 주장한 우주론으로 유명하다. 생애에 대해서는 알려진 것이 거의 없으며, 그의 견해는 후대 작가들이 인용한 짤막한 단편들 속에만 남아 있다.

헤로도토스(Herodotos, BC 484?~BC 425?) 그리스 역사가. 키케로가 '역사의 아버지'라고 불렀다. 페르시아 전쟁사를 다룬 《역사》를 썼다. 《역사》에는 일화와 삽화가 많이 담겨 있으며 서사시와 비극의 영향을 받은 것으로 여겨진다. 그리스인 최초로 과거의 사실을 시가가 아닌 실증적 학문의 대상으로 삼았다.

헤르만 헤세(Hermann Hesse, 1877~1962) 독일의 소설가・시인. 단편집・시집・우화집・여행기・평론・수상(隨想)・서한집 등 다수의 간행물을 썼다. 주요 작품으로 《수레바퀴 밑에서》, 《데미안》, 《싯다르타》 등이 있다. 《유리알 유희》로 1946년 노벨문학상을 수상하였다.

헤르베르트 마르쿠제(Herbert Marcuse, 1898~1979) 독일 출생의 미국 철학자. 프랑크푸르트대학 '사회연구소'에서 에리히 프롬 등과 함께 활동했다. 고도산업사회에 있어 인간의 사상과 행동이 체제 안에 완전히 내재화하여 변혁력을 상실하였음을 예리하게 지적한 《일차원적 인간》이 유명하다. 그의 이론은 신좌익운동의 정신적 지주가 되었다.

헤시오도스(Hēsiodos, ?~?) BC 8세기 말경의 사람으로 추측되며, 고대 그리스의 서사시인으로 '이오니아파'의 호메로스와 대조적으로 종교적・교훈적・실용적인 특징의 '보이오티아파' 서사시를 대표한다. 농경기술과 노동의 신성함을 서술한 《노동과 나날》은 설화성(說話性)과 목가적 서술이 뛰어나다.

헨리 3세(Henry III, 1207~1272) 잉글랜드의 왕(재위 1216~1272). 프랑스인을 궁정에 중용하고, 로마교황에 대한 신종(臣從)의 자세를 취하여 영국 귀족의 반감을 샀다. 프랑스 영지회복 파병 등을 위한 다액의 증세, 헌납금으로 귀족・평민 양쪽의 불만을 가중시켰다.

헨드릭 빌렘 반 룬(Hendrik Willem van Loon, 1882~1944) 네덜란드계 미국인으로서 아동도서작가・역사가・기자. 아이들을 위한 역사책인 《인간의

역사(The Story of Mankind》는 1922년 제1회 튜베리상 수상작이기도 하
다. 나중에 그 책은 그가 직접 업데이트하기도 하고, 그 후 그의 아들,
나중엔 다른 역사가들이 업데이트를 계속 해오고 있다. 그는 역사의 결
정적인 사건들과 역사적 인물들의 완벽한 묘사를 포함해서 역사에 있
어서의 예술의 역할에 역점을 두고 강조하는 작가로 알려져 있다.

헨리 F. 아미엘(Henri-Frédéric Amiel, 1821~1881) 스위스의 프랑스계 문학자
이자 철학자로 제네바 대학교에서 철학교수를 지냈다. 죽은 후, 1만
7,000쪽에 달하는 자신의 일기가 《아미엘의 일기》로 출판되어 유명해
졌다.

헨리 L. 멩컨(Henry Louis Mencken, 1880~1956) 미국의 논쟁가·언론인. 미
국인들의 생활에 관한 신랄한 비판으로 유명하며, 1920년대 미국의 소
설에 강한 영향을 미쳤다. 자서전적 3부작인 《행복한 시절》, 《신문사
시절》, 《이방인 시절》 등은 언론생활에서 겪은 경험을 집중적으로 다
루고 있다.

헨리 데이비스(William Henry Davis, 1871~1940) : 영국의 시인. 웨일스 켄트
주(州) 뉴포트 출생. 신대륙까지 발길을 옮긴 방랑생활 뒤 시작(詩作)을
시작하여 자연을 노래하는 소박한 시풍으로 인정받았다. 시 이외에 《한
방랑자의 자서전》이 있다.

헨리 레니에(Henri de Régnier, 1864~1936) 프랑스의 시인·소설가. 고답파,
상징파의 영향을 받고 신고전주의적인 작풍을 세워 아나톨 프랑스와
프랑스 문단의 쌍벽을 이루었다. 시집으로 《물의도시》, 소설로 《타오
르는 청춘》, 《심야의 결혼》 등이 있다.

헨리 롱펠로(Henry Wadsworth Longfellow, 1807~1882) 미국 시인. 유럽의 시
적 전통, 특히 유럽대륙 여러 나라의 민요를 솜씨 있게 번안함으로써 미
국 대중에게 전달한 공적은 크다. 초서의 《캔터베리 이야기》를 모방하
여 1863년에 출판한 《웨이사이드 주막 이야기》는 이야기꾼으로서의
재능을 보여준다.

헨리 루이스 멩켄(Henry Louis Mencken, 1880~1956) 미국 문예비평가. 《아
메리칸 머큐리》지를 창간했으며 미국문화 전반에 대해 준엄하게 비판
하는 한편 미국문학의 독립을 주장해 신흥문학 육성에 커다란 구실을

했다. 대표적인 저서로는 평론《편견집(偏見集)》,《아메리카어(語)》등
이 있다.

헨리 밀러(Henry Valentine Miller, 1891~1980) 미국의 소설가.《북회귀선
(Tropic of Cancer)》은 파리생활의 경험을 토대로 한 것인데, 소설이라기
보다는 일종의 초현실파적인 파리생활의 스케치이지만, 시정(市井)의
풍경과 그의 반(反)문명적 사상이 신선한 문체로 생생하게 묘사되어 훌
륭한 작품을 이루어냈다.

헨리 반다이크(Henry van Dyke, 1852~1933) 미국의 작가·성직자. 저서로
는《The Other Wise Man》이 있다.

헨리 본(Henry Vaughan, 1622~1695) 영국 '형이상학파 시인'의 한 사람. 옥스
퍼드 대학 출신의 의사로서 내란 때에는 왕당파의 군의관으로 출정하기
도 했다. 문필활동은 라틴어 시문의 번역으로부터 시작했으며, 종교시
집《불꽃 튀는 부싯돌》은 대표적 작품이다. 그의 시는 당대에는 인정
을 받지 못하였으나 100년이 지난 뒤 재평가 받았다.

헨리 비처(Henry Ward Beecher, 1813~1887) 자유주의적인 미국 회중교회 목
사. 탁월하고 호소력 있는 언변과 사회문제에 대한 여론환기로 유명한
당대의 영향력 있는 개신교 설교가. 저서로《진화와 종교》,《예수그리
스도의 생애》,《예일대학교 설교강좌》등이 있다.

헨리 소로(Henry David Thoreau, 1817~1862) 미국 사상가·문학자. 자연에
대해서 뿐만 아니라 사회문제에 대해서도 항상 민감한 반응을 보였다.
멕시코 전쟁에 반대하여 인두세(人頭稅) 납부를 거부한 죄로 투옥당했
으나, 그때 경험을 기초로 쓴《시민의 반항》은 후에 간디의 운동 등에
큰 영향을 주었다.

헨리 아펜젤러(Henry Gerhard Appenzeller, 1858~1902) 미국 감리교 목사로
한국에 와서 활약한 선교사. 한국선교회를 창설하고 배재학당(培材學堂)
을 설립하였다. 암기위주인 한국의 교육방식을 이해중심적인 교육방식
으로 고치는 데 공헌하였다.

헨리 애덤스(Henry Brooks Adams, 1838~1918) 미국의 역사가·작가·사상
가. 저서에《제퍼슨과 매디슨 통치하의 미국사》,《헨리 애덤스의 교
육》등이 있다.

헨리 엘리스(Henry Havelock Ellis, 1859~1939) 영국의 의학자, 문명비평가. 본업인 의학지식과 청소년 시절의 미개사회에 대한 식견이 가미되어 화제작이 된 저서 《성심리(性心理)의 연구》로 유명하다.

헨리 제임스(Henry James, 1843~1916) 미국의 소설가. 심리적 사실주의의 선구자로 꼽힌다. 작품으로 《어떤 부인의 초상》, 《비둘기의 날개》, 《나사의 회전》 등이 있다.

헨리 조지(Henry George, 1839~1897) 미국의 경제학자로 단일토지세를 주장한 《진보와 빈곤》을 저술하였다. 19세기 말 영국 사회주의 운동에 커다란 영향을 끼쳐 '조지주의 운동'으로 확산되었다.

헨리크 입센(Henrik Ibsen, 1828~1906) 노르웨이의 극작가. 근대 사실주의 희극의 창시자. 힘차고 응집된 사상과 작품으로 근대극을 확립하였고, 근대 사상과 여성해방 운동에 깊은 영향을 끼쳤다. 《인형의집》으로 온 세계의 화재를 불러 모으며 근대극의 1인자가 되었다. 《유령》, 《민중의 적》 등의 작품으로 새로운 경지를 개척하며 사람들을 열광시켰다.

헨리 잭슨(Henry M. Jackson, 1912~) 미국 정치가. 하원의원, 상원의원, 상원 원자력위원회 위원을 역임했다. C. A. 린드버그와 공동으로 버나드 M. 브랜치상을 받았고, 알래스카 대학교에서 명예법학박사 학위를 받았다.

헨리 케인(Sir Thomas Henry Hall Caine, 1853~1931) 영국의 작가. 감상, 도덕적인 열정, 교묘하게 암시된 지방색, 개성이 강한 등장인물이 결합된 대중소설로 유명하다. 단테 가브리엘 로제티의 비서로 있었다. 1885년 첫 장편소설 《죄악의 그림자》를 발표한 뒤 《맨 섬의 재판관》을 비롯해 많은 작품을 썼다. 미국에서 연합군 쪽 선전자로 활약한 공로를 인정받아 1918년 기사작위를 받았다.

헨리 포드(Henry Ford, 1863~1947) 미국의 자동차회사 '포드'의 창립자. 조립라인 방식에 의한 양산체제인 포드시스템을 확립하였으며 합리적 경영방식을 도입해 포드를 미국 최대의 자동차 제조업체로 키워냈다.

헨리 필딩(Henry Fielding, 1707년~1754) 영국의 소설가. 소설 《조셉 앤드루스의 모험》의 서문에서 소설을 '산문에 의한 희극적 서사시'라 정의하여 처음으로 종래의 문학형식에서 소설의 위치 선정에 대한 견해를 발표하였다. 새뮤얼 리처드슨과 더불어 18세기 최고의 소설가이자 영국소설의 전통에 하나의 흐름을 창시한 위대한 작가였다.

헨리 허드슨(Henry Hudson, 1550?~1611) 영국의 탐험 항해가. 1609년 네덜란드 동인도회사의 청탁으로 항로개척에 나섰다. 아메리카 대륙에 이르러 허드슨 강을 발견하고 뉴암스테르담(뉴욕) 식민지의 기초를 구축했다. 이듬해에는 캐나다 북방을 탐험하여 영국의 북캐나다 지배의 기초를 닦았다.

헬렌 켈러(Helen Adams Keller, 1880~1968) 맹인으로 귀머거리였던 미국의 교육자·저술가·사회사업가. 그녀의 교육과 훈련은 장애인 교육에 있어서 특출한 성취로 받아들여졌다. 저서로 《나의 삶》, 《헬렌 켈러의 비망록》 등이 있다. 헬렌 켈러의 어린 시절은 윌리엄 깁슨의 희곡 《기적을 일으킨 사람》에 묘사되어 있는데, 이 희곡은 1960년 퓰리처상을 받았다.

현상윤(玄相允, 1893~1950) 사학가·교육가·철학자로 3·1운동의 계획과 추진에 참가하여 옥고를 치른 후 중앙고등보통학교 교장과 조선민립대학기성회 중앙집행위원을 지냈다. 광복 후 보성전문학교 교장에 취임하여 고려대학으로 승격되자 초대 총장을 지냈다.

《현우경(賢愚經)》 위나라의 혜각·담학·위덕 등이 서역의 우전국에 가서 삼장법사로부터 들은 설법을 중국에 돌아와 번역하여 엮은 것이다. 성현과 범부의 예를 들어 착한 일을 하고 불교와 인연을 맺을 것을 강조하는 내용이다. 쉽고 흥미로운 설화로 불교를 대중화시키는 데 도움이 되었다.

혜가(慧可, 487~593) 중국 남북조(南北朝)시대의 승려로 달마의 제자가 되었을 때, 눈 속에서 왼팔을 절단하면서까지 구도(求道)의 성심을 보이고 인정을 받았다는 전설로 유명하다.

혜민(惠敏) 조계종 승려. 작가. 저서 《멈추면 비로소 보이는 것들》은 출간 7개월 만에 100만부를 돌파, 인문·교양 단행본 중 최단기간 100만부 돌파 기록을 세웠다. 2012년 가장 영향력 있는 종교인에 오르기도 했다. 현재 뉴욕 불광사 총무 및 미국 매사추세츠 주 Hampshire College에서 종교학 교수로 재직 중. 하버드대학에서 비교종교학 석사과정을 밟던 중 출가를 결심, 2000년 봄 해인사에서 사미계를 받으며 조계종 승려가 되었다.

호라티우스(Quintus Horatius, BC 65~BC 8) 고대 로마의 시인으로 공화제(共和制)를 옹호하는 브루투스 진영에 가담하였다가 패한 뒤 하급관리를 지내며 시를 썼고 이후 옥타비아누스의 정책에 뜻을 같이하였다. 작품은 《서정시집》 4권과 《서간시》 2권 등이 남아 있다.

호러스 그릴리(Horace Greeley, 1811~1872) 미국의 언론인. 미국 언론사상 최고의 논설기자로 평가받고 있다. 《뉴요커》의 편집주간으로 활동했으며, 《뉴욕 트리뷴》을 창간했다. 공상적 사회주의자였으나, 급진적인 개혁을 배제하는 온건파로서 노예제도 폐지를 주장하여 링컨의 대통령 출마를 지지하였다.

호레이쇼 넬슨(Horatio Nelson, 1758~1805) 영국의 제독. 미국 독립전쟁, 프랑스 혁명전쟁에 종군했고 코르시카 섬 점령, 세인트 빈센트 해전에서도 수훈을 세웠다. 나폴레옹 대두와 더불어 프랑스함대와 대결하는 중심인물이었고 트라팔가르 해협에서 프랑스 · 에스파냐 연합함대를 격멸시켰다.

호르바트(Öden von Horváth, 1901~1938) 독일의 희곡작가. 파시즘을 반대하고, 소시민들의 중류의식을 비판하는 작품을 주로 썼는데 그 제재로 교양은어를 사용하였다. 주요 작품으로는 《이탈리아의 밤》, 《비너발트의 이야기》, 《카시미르와 카롤리네》 등이 있다.

호르헤 보르헤스(Jorge Luis Borges, 1899~1986) 아르헨티나의 소설가 · 시인 · 평론가. 환상적 사실주의에 기반을 둔 단편들로 현대 포스트모더니즘 문학에 큰 영향을 끼쳤다. 주요 작품으로는 《불한당들의 세계사》, 《픽션들》 등의 시집이 있다.

호메로스(Homeros, BC 800?~BC 750) 유럽 문학 최고 최대의 서사시 《일리아스》와 《오디세이아》의 작자. 두 서사시는 고대 그리스의 국민적 서사시로 그 후의 문학, 교육, 사고에 큰 영향을 끼쳤다.

호세 오르테가이가세트(José Ortega y Gasset, 1883~1955) 에스파냐의 철학자. 근본사상은 니체, 빌헬름 딜타이 등의 계통을 잇는 '생(生)'의 철학에 근원을 두었다. 활발한 저작활동으로 《돈키호테 론》 등을 발표하였다.

호아킴 데 포사다(Joachim de Posada) 세계적인 대중연설가이자 자기계발 전문가. 《마시멜로 이야기》를 통해 전 세계 수많은 기업과 독자들의 삶을 아주 특별하게 바꾸고 있다. 그의 사람들의 '내일'을 꿈과 용기의 시간으로 변화시킨 그는 당대 최고의 동기부여가이자 탁월한 이야기꾼으로서 그 명성을 드높이고 있다.

호적(胡適, 1891~1962) 중국의 사상가·교육가. 베이징대학 교수를 지내며 프래그머티즘 교육이론 보급에 힘썼다. 베이징대학교 학장, 주미대사 등을 역임하며 국부의 정치·외교·문교정책 시행에 중요 역할을 하였다. 주요 저서로 《중국 철학사 대강(大綱)》, 구어 시집 《상시집(嘗試集)》, 《백화(白話)문학사》, 《후스 문존(文存)》, 자서전 《사십자술(四十自述)》 등이 있다.

홍승면(洪承勉, 1927~1983) 언론인. 아시아재단 후원으로 미국 스탠포드대학에서 신문학을 공부하였다. 국제신문인협회 한국위원회 사무국장. 《프라하의 가을》, 《백미백상》 등의 저서가 있고, 1988년 1월에는 친지와 동료들이 추모문집 《잃어버린 혁명과 화이부동(和而不同)》을 간행했다.

홍종인(洪鍾仁, 1903~1998) 언론인. 1920년 평양고등보통학교 재학중 3·1운동에 가담해 퇴학당했다. 8·15 해방 후 《조선일보》 복간과 함께 사회부장, 1946년 정경부장, 같은 해 편집국장이 되었다. 저서로 《인간의 자유와 존엄》이 있고 금관문화훈장을 받았다.

황윤석(黃胤錫, 1729~1791) 18세기 조선시대의 언어학자로 호는 이재(頤齋)·서명산인(西溟散人)·운포주인(雲浦主人)·월송외사(越松外史). 문집 《이재유고》의 제25권 및 《화음방언자의해》와 제26권에 있는 《자모변》은 국어연구에 귀중한 자료가 되고 있다.

황정견(黃庭堅, 1045~1105) 고전주의적인 작풍을 지닌 중국 송나라의 시인·화가. 호는 산곡(山谷). 지방관리를 역임하다 중앙관직에 취임, 교서랑(校書郞)이 되어 국사편찬에 종사했다. 학식에 의한 전고(典故)와 수련을 거듭한 조사(措辭)를 특색으로 한다.

황진이(黃眞伊, ?~?) 조선시대의 시인 · 명기(名妓). 시(詩) · 서(書) · 음률(音律)에 뛰어났으며, 출중한 용모로 더욱 유명하였다. '동짓달 기나긴 밤을 한허리를 둘에 내어'는 그의 가장 대표적 시조이다. 대표작으로 《만월대 회고시》, 《박연폭포시》 등이 있다.

《회남자(淮南子)》 중국 전한(前漢)의 회남왕(淮南王) 유안(劉安)이 그의 빈객들과 함께 지었다. 형이상학 · 우주론 · 국가정치 · 행위규범에 대한 내용을 다루었다. 대체로 초기 도가의 고전인 노자와 장자에서 다루어진 내용들이지만 이 책의 우주생성론에서 도(道)는 태허(太虛)에서 나오고 태허는 우주를 낳으며, 이것은 다시 양의(兩儀)를 낳는다고 했다.

《효경(孝經)》 유교 경전(經典)의 하나. 공자가 제자인 증자에게 전한 효도에 관한 논설 내용을 훗날 제자들이 편저(編著)한 것으로, 연대는 미상이다. 천자 · 제후 · 대부 · 사(士) · 서인(庶人)의 효를 나누어 논술하고 효가 덕(德)의 근본임을 밝혔다.

《후한서(後漢書)》 중국 남북조시대 남조(南朝) 송(宋)의 범엽(范曄)이 편찬한 기전체(紀傳體) 사서(史書)로 광무제(光武帝)에서 헌제(獻帝)에 이르는 후한의 13대 196년 역사를 기록하고 있다.

휘호 그로티우스(Hugo Grotius, 1583~ 1645) 또는 휘호 더 흐로트. 네덜란드의 법학자. 근대 자연법의 원리에 입각한 국제법의 기초를 확립하여 '국제법의 아버지'라 불린다. 저서 《전쟁과 평화의 법》에서는 전쟁의 권리 · 원인 · 방법에 대하여 논술하였는데, 국제법 전반을 체계적으로 서술한 최초의 저작이다.

휴버트 험프리(Hubert Horatio Humphrey, 1911~1978) 미국의 정치가. 미니애폴리스 시장, 민주당 상원의원, 원내총무를 역임하고 대통령 린든 B. 존슨의 러닝메이트로 부통령에 당선되었다. '흑인민권향상의 투사'라는 말을 듣기도 했으며 존슨 대통령의 베트남전쟁 정책을 지지하였다.

히에로니무스(Eusebius Hieronymus, 345?~419?) 가톨릭 성인. 암브로시우스·그레고리우스·아우구스티누스와 함께 라틴 4대 교부로 일컬어진다. 당시의 교부(Church Father)들 중에서 히브리어 원본의 성경을 연구한 성서학자로 유명하다. 가장 큰 업적은 그리스어 역본인 70인역 성서를 토대로《시편》 등의 라틴어 역본을 개정한 일이다. 신약성서는 그리스어로 씌어졌으나 구약성서는 본래 히브리어와 아람어로 씌어졌다고 한다.

《히토파데샤》 (Hitopadeśa) 산스크리트로 된 인도의 설화집(說話集). '유익한 교훈'이라는 뜻으로, 9세기에 나라야나가 지은 것이라고 전한다. 벵골에 전해진 유명한 설화집《팡차탄트라》의 이본(異本)으로서, 원본인 5편의 이야기를 4편으로 개작하고 새로이 17가지의 설화를 추가하였다. 내용은 실천 도덕 등에 중점을 둔 우화 형식을 빌려 격언적인 시구(詩句)를 사용하였다.

히포낙스(Hipponax, ?~?) BC 6세기 중엽에 출생한 고대 그리스의 시인으로 통렬한 풍자시를 지었다. 국어와 외래어를 자유자재로 구사하면서 생생하고 간결한 시체(詩體)를 썼다.

히포크라테스(Hippokratēs, BC 460?~BC 377?) 고대 그리스 페리클레스시대 의사. 의학사의 가장 중요한 인물 중 한 사람. 의학의 아버지라고 부르며, 히포크라스학파를 만들었다. 이 학파는 고대 그리스의 의학을 혁명적으로 바꾸었으며, 마술과 철학에서 의학을 분리해내어 의사라는 직업을 만들었다. 인체의 생리나 병리를 체액론에 근거하여 사고했고 '병을 낫게 하는 것은 자연이다'는 설을 치료원칙의 기초로 삼았다. 그의 학설을 모은《히포크라테스 전집》은 히포크라테스의 언설(言說)만을 편집한 것이 아니라, 히포크라테스의 가르침을 받은 제자들과 몇 대에 걸쳐 의학도들에 의해 내용이 곁들여졌다.

히폴리토스(Hippolytos, BC 5세기경) 그리스 신화의 영웅. 아테네의 왕 테세우스와 아마존의 여왕 히폴리테 사이에서 태어난 아들.

히폴리트 텐(Hippolyte Adolphe Taine, 1828~1893) 프랑스의 평론가·철학자·역사가. 오귀스트 콩트의 실증주의적 방법을 써서 과학적으로 문학을 연구하였다. 인종·환경·시대 3요소를 확립하고,《영국문학사》(4권)를 썼다. 프로이센·프랑스 전쟁, 파리코뮌 후 내셔널리스트의 경향이 강해지기도 했다.

김동구(金東求, 호 운계雲溪)

경복고등학교 졸업

경희대학교 사학과 졸업

성균관대학교 경영대학원 경영학과 제1회 수료

경희대학교 경영대학원 경영학과 제1회 졸업

〈편저서〉

《논어집주(論語集註)》, 《맹자집주》,

《대학장구집주(大學章句集註)》,

《중용장구집주》, 《명심보감》

명언 행복 편 (3)

초판 인쇄일 / 2013년 12월 16일

초판 발행일 / 2013년 12월 20일

☆

엮은이 / 김동구

펴낸이 / 김동구

펴낸데 / 圖書出版 明文堂

창립 1923. 10. 1

서울특별시 종로구 안국동 17-8

☎ (영업) 733-3039, 734-4798

(편집) 733-4748 FAX. 734-9209

H.P. : www.myungmundang.net

e-mail : mmdbook1@hanmail.net

등록 1977. 11. 19. 제 1-148호

☆

값 **13,500**원

ISBN 979-11-951643-3-2   04800

ISBN 979-11-951643-0-1(세트)